本书为国家社会科学基金项目（18XZW006）阶段性成果

“不朽”的焦虑：宋代文学传播与文人身份认同

杨挺 著

WUHAN UNIVERSITY PRESS
武汉大学出版社

图书在版编目(CIP)数据

“不朽”的焦虑:宋代文学传播与文人身份认同/杨挺著.—武汉:武汉大学出版社,2020.12(2022.4 重印)

ISBN 978-7-307-21634-1

Ⅰ.不… Ⅱ.杨… Ⅲ.中国文学—古典文学研究—宋代 Ⅳ.I206.44

中国版本图书馆 CIP 数据核字(2020)第 117165 号

责任编辑:李　琼　黄河清　　责任校对:李孟潇　　版式设计:韩闻锦

出版发行:**武汉大学出版社**　(430072　武昌　珞珈山)

(电子邮箱:cbs22@whu.edu.cn　网址:www.wdp.com.cn)

印刷:武汉邮科印务有限公司

开本:720×1000　1/16　印张:25　字数:358 千字　插页:1

版次:2020 年 12 月第 1 版　2022 年 4 月第 2 次印刷

ISBN 978-7-307-21634-1　定价:80.00 元

目　录

绪　论

我们把你放在世界的中心，由此更容易观察世界上的别的东西。我们既没把你置于天堂，也没把你置于尘世，既没有让你死，也没让你不朽，以便有选择的自由和荣誉。作为你自己的构造者和铸造者，你能把你自己塑造成你所希望的任何形式。

——转引自[加]查尔斯·泰勒《自我的根源：现代认同的形成》①

传播，指信息的传递②。人类社会的信息传递，总是基于人们的交往行为而发生③：作为精神产品的文学，当然依附于符号和媒介(语言、印本、文献等)而达成传播；而作为社会活动的文学④，则主要体现在

① [加]查尔斯·泰勒著，韩震等译：《自我的根源：现代认同的形成》，译林出版社2012年版，第285页。

② [美]斯蒂文·小约翰著，陈德民、叶晓辉译：《传播理论》，中国社会科学出版社1999年版，第10页。

③ 关于“传播”的概念，中外学界定义纷纭，难归一是。张国良曾对英语“communication”与汉语“传播”的义项进行比较，他指出汉语“传播”缺乏英语“communication”词义所包含的交通、交流的义项(《传播学原理》，复旦大学出版社1995年版，第3~4页)。在此基础之上，他认为传播(communication)的主要含义是“精神内容的传布”。我们认为，无论是汉语的“传播”，还是英语的“communication”，都具有传达、传递、传染的共同义项，而构成反馈与响应只是其中的部分情况，并非必须具备之义项。由此，本书将以语言为载体、以文学为内容的精神传布(无论是否构成回馈或交流)都纳入“文学传播”的范围进行讨论。

④ 童庆炳主编：《文学理论教程》第三章，高等教育出版社2008年版，第23~36页。

人们的社会交往之中①。概而言之，文学与传播实在密不可分。

一、研究现状

中国文学传播问题的较早研究是从中国文化中的传播问题开始的。中国台湾地区学者朱传誉先生较早撰有《宋代新闻史》②、《先秦唐宋明清传播事业论集》③等著作，不仅开启了中国古代传播事业研究的先机，且已形成系统考察的态势。台湾“中国古典文学研究会”所编《文学与传播的关系》论文集亦较早对魏晋南北朝、宋代等时期文学的传播方式，以及“五四”以来新文学乃至当代文学与媒介之关系，进行了多方面考察与探讨④。随着改革开放及对外交流的扩大，大陆学者亦陆续加入中国传统文化传播的研究阵营。如吴予敏《无形的网络——从传播学的角度看中国的传统文化》一书，对中国古代社会的传播媒介、传播方式、传播观念以及中国传统文化模式都进行了分门别类的考察，特别对政治领域的传播进行了专章探讨⑤。李敬一《中国传播史(先秦两汉卷)》对先秦两汉时期的传播方式和传播思想进行了系统的研究⑥。孙旭培主编《华夏传播论：中国传统文化中的传播》⑦则是一次集体成果的展现。其著网罗海峡两岸二十多位学者，对中华文化中的传播现象进行全方

① 在本书之中，我们将以文学为内容的社会交往和精神交往(无论其是否借助媒介)都归于“文学传播”的范畴之内进行讨论。另可参见陈力丹：《精神交往论——马克思恩格斯的传播观》第三章“人的本质与精神交往”，开明出版社1993年版，第41~66页。

② 朱传誉：《宋代新闻史》，“中国学术著作奖助委员会”1967年版。

③ 朱传誉：《先秦唐宋明清传播事业论集》，台湾“商务印书馆”1988年版。

④ 台湾“中国古典文学研究会”编：《文学与传播的关系》，台湾学生书局1995年版。

⑤ 吴予敏：《无形的网络——从传播学的角度看中国的传统文化》，国际文化出版公司1988年版。

⑥ 李敬一：《中国传播史(先秦两汉卷)》，武汉大学出版社1996年版。

⑦ 孙旭培主编：《华夏传播论：中国传统文化中的传播》，人民出版社1997年版。

面、多角度的研究，涉及语言、文字、环境、政治、文化、教育、科学、经济、军事等多个领域的传播活动及特点；他们也从传播主体、传播体制、传播控制等过程与要素切入，进行中国传统社会传播的全程研究。此编之中，中华文化的对外传播也较早受到关注。周月亮《中国文化传播史》既有从传播内容着眼而对中国文化中的巫术、学术、宗教、科技、建筑、医学、娱乐、政治等的集中考察，也有从传播媒介着眼而对符号、口传、军令、文献、迁徙等方面的系统研究①。

近年来，受到文化研究、接受美学等理论的影响，文学中的传播问题开始突破文化传播研究的笼罩而自开局面。由于与大众媒介兴衰与共，中国近代、现代、当代文学的传播问题更易受到学界关注。如包礼祥《近代文学与传播》②、王玉琦《近现代之交中国文学传播模式转换研究：1902—1927》③、杨敏《文学传播与中国现代文学》④、程光炜主编《大众媒介与中国现当代文学》⑤、赵凌河主编《国统区文学传播形态》⑥、杨琳《回归历史的现场：延安文学传播研究：1935—1945》⑦、陈伟军《传媒视域中的文学：建国后十七年小说的生产机制与传播方式》⑧等专著，先后出版。黄发有《文学传媒与文学传播研究》⑨，则对中国当代文学的传播形态进行了多方面的考察。

与此同时，文学传播的理论研究亦逐渐成为学界热点。如金惠敏

① 周月亮：《中国文化传播史》，北京广播学院出版社 2000 年版。

② 包礼祥：《近代文学与传播》，江西人民出版社 2001 年版。

③ 王玉琦：《近现代之交中国文学传播模式转换研究：1902—1927》，江西人民出版社 2005 年版。

④ 杨敏：《文学传播与中国现代文学》，吉林大学出版社 2017。

⑤ 程光炜主编：《大众媒介与中国现当代文学》，人民文学出版社 2005 年版。

⑥ 赵凌河主编：《国统区文学传播形态》，辽宁人民出版社 2006 年版。

⑦ 杨琳：《回归历史的现场：延安文学传播研究：1935—1945》，中国社会科学出版社 2016 年版。

⑧ 陈伟军：《传媒视域中的文学：建国后十七年小说的生产机制与传播方式》，广西师范大学出版社 2009 年版。

⑨ 黄发有：《文学传媒与文学传播研究》，南京大学出版社 2013 年版。

《媒介的后果：文学终结点上的批判理论》①、孙绍先主编《文学艺术与媒介关系研究》②、张邦卫《媒介诗学：传媒视野下的文学与文学理论》③等，皆着眼于媒介语境下文学理论的更新与换代。张荣翼则发表《文学传播的批评意义》④、《文学传播中的当代问题》⑤、《文学传播中的文化问题》⑥、《文学的传媒演变与文学研究的视角调整》⑦、《媒体传播与文学史书写》⑧等系列论文，为文学传播理论研究开辟应有的领域。宋玉书《坚守与应变：大众传媒时代的文学及传播形态》对大众传媒时代的文学生存图景、价值取向的分化与重建、文学写作与文学形态，以及文字与图像的交融与转换等新兴问题进行讨论，颇具前沿意识⑨。在文学传播的专题研究与理论研究取得丰硕成果的基础之上，一些文学传播的通论性著作也开始出现。如文言主编《文学传播学引论》借用传播学的"5W 模式"，从控制分析、内容分析、媒介分析、受众分析、效果分析五个方面对文学传播进行体系建构的尝试⑩。其中，对文学传播者的双重角色(个人传播与媒介传播)、文学传播的娱乐因素、故事的接受分析等专门问题的探讨，不乏真知灼见。与此同时，一些海外的文学传播理论著作也逐渐被译介进来，如甘锋翻译了美国学者利

① 金惠敏：《媒介的后果：文学终结点上的批判理论》，人民出版社 2005 年版。

② 孙绍先主编：《文学艺术与媒介关系研究》，中国社会科学出版社 2006 年版。

③ 张邦卫：《媒介诗学：传媒视野下的文学与文学理论》，社会科学文献出版社 2006 年版。

④ 张荣翼：《文学传播的批评意义》，《社会科学辑刊》1996 年第 4 期。

⑤ 张荣翼：《文学传播中的当代问题》，《社会科学辑刊》2003 年第 6 期。

⑥ 张荣翼：《文学传播中的文化问题》，《哈尔滨工业大学学报》2012 年第 5 期。

⑦ 张荣翼：《文学的传媒演变与文学研究的视角调整》，《社会科学》2013 年第 10 期。

⑧ 张荣翼：《媒体传播与文学史书写》，《甘肃社会科学》2016 年第 2 期。

⑨ 宋玉书：《坚守与应变：大众传媒时代的文学及传播形态》，文化艺术出版社 2013 年版。

⑩ 文言主编：《文学传播学引论》，辽宁人民出版社 2006 年版。

奥·洛文塔尔《文学、通俗文化和社会》一书①，并撰有相关研究专著《洛文塔尔文学传播理论研究》②。

中国古代文学传播的研究相对来说稍显冷门，但近年来亦日渐兴盛。前面提到的台湾"中国古典文学研究会"所编《文学与传播的关系》论文集，即可视为台湾学者对魏晋南北朝、宋代以及近代的文学传播状况所作历史考察与理论分析的集中体现③。大陆学者王金寿《中国古代文学传播概论》一书对《诗经》、楚辞、乐府、"六经"的传播进行了动因、媒介、方式与途径的多维考察④。王运涛《文学传播学论稿(下)》(又名《中国古代贬谪文化与经典文学传播研究》)⑤，对中国古代贬谪与文学传播进行了通史性考察。至于断代文学传播研究，主要有柯卓英《唐代文学的传播研究》⑥。其作不仅从类型、过程、主体、媒介、功能等方面对唐代文学传播进行要素与系统研究，也从诗歌、小说、戏剧、赋、游记等文体角度进行分体考察。此外，柯著还对唐代文学在日本的传播给予了足够的关注。相比断代研究而言，个案研究更为常见。塔娜《清代文学传播个案研究：屈大均诗文集的传播与禁毁》对清代屈大均的著述、交游及其诗文集的传播与禁毁情况进行考察；并在此基础之上，探讨了此个案的文化意义⑦。还有不少从专书入手的传播研究。马银琴的《周秦时代〈诗〉的传播史》⑧、熊良智的《楚辞的艺术形态及其

① [美]利奥·洛文塔尔著，甘锋译：《文学、通俗文化和社会》，中国人民大学出版社2012年版。

② 甘锋：《洛文塔尔文学传播理论研究》，东南大学出版社2014年版。

③ 台湾"中国古典文学研究会"编：《文学与传播的关系》，台湾学生书局1995年版。

④ 王金寿：《中国古代文学传播概论》，甘肃教育出版社2008年版。

⑤ 王运涛：《文学传播学论稿(下)》(《中国古代贬谪文化与经典文学传播研究》)，吉林文史出版社2005年版。

⑥ 柯卓英：《唐代的文学传播研究》，中国社会科学出版社2009年版。

⑦ 塔娜：《清代文学传播个案研究：屈大均诗文集的传播与禁毁》，南开大学出版社2015年版。

⑧ 马银琴：《周秦时代〈诗〉的传播史》，社会科学文献出版社2011年版。

传播研究》①、刘成荣的《〈左传〉的文学接受与传播研究》等②，皆属此类。从接受史的角度进行文学传播研究，颇具代表性的著作有尚永亮等著《中唐元和诗歌传播接受史的文化学考察(上、下)》③。其著对韩孟、元白、刘柳等元和诗歌在唐代、两宋，及其明清时期的传播与接受进行贯通性的研究。由于小说与戏剧的流布范围更为广泛，其传播问题也更显突出。如曹萌《中国古代戏剧的传播与影响》④、宋莉华《明清时期的小说传播》⑤、王平主编《明清小说传播研究》⑥、李玉莲《中国古代白话小说戏曲传播论》⑦、郭玉华《中国四大民间传说的戏剧传播研究》⑧等著作，皆属借鉴传播研究视角而对小说、戏剧领域进行再探讨的著作。牛景丽《〈太平广记〉的传播与影响》⑨、程国赋《三言二拍传播研究》⑩、赵春宁《〈西厢记〉传播研究》⑪、何香久《〈金瓶梅〉传播史话：一部奇书在全世界的奇遇》⑫等聚焦于著名作品传播研究，也颇值关注。

由于印刷技术的发达，宋代文学的印刷传播问题受到了中外学者的广泛关注。台湾地区学者周彦文较早对宋代坊肆刻书与诗文集传播给予全面关注和充分肯定⑬。张高评《印刷传媒与宋诗特色——兼论图书传

① 熊良智：《楚辞的艺术形态及其传播研究》，商务印书馆 2016 年版。

② 刘成荣：《〈左传〉的文学接受与传播研究》，南京大学出版社 2014 年版。

③ 尚永亮等：《中唐元和诗歌传播接受史的文化学考察(上、下)》，武汉大学出版社 2010 年版。

④ 曹萌：《中国古代戏剧的传播与影响》，中国社会科学出版社 2006 年版。

⑤ 宋莉华：《明清时期的小说传播》，中国社会科学出版社 2004 年版。

⑥ 王平主编：《明清小说传播研究》，山东大学出版社 2006 年版。

⑦ 李玉莲：《中国古代白话小说戏曲传播论》，山西教育出版社 2005 年版。

⑧ 郭玉华：《中国四大民间传说的戏剧传播研究》，中国电影出版社 2017 年版。

⑨ 牛景丽：《〈太平广记〉的传播与影响》，南开大学出版社 2008 年版。

⑩ 程国赋：《三言二拍传播研究》，中国社会科学出版社 2006 年版。

⑪ 赵春宁：《〈西厢记〉传播研究》，厦门大学出版社 2005 年版。

⑫ 何香久：《〈金瓶梅〉传播史话：一部奇书在全世界的奇遇》，中国文联出版社 1998 年版。

⑬ 台湾“中国古典文学研究会”编：《文学与传播的关系》，台湾学生书局 1995 年版，第 23~44 页。

播与诗分唐宋》从印刷文化史之视角，结合版本学、传播学、接受学，作学科整合之研究①。其著对于宋诗特色、诗分唐宋、唐宋变革，以及唐宋诗异同、唐宋诗之争等课题的研究，皆极具价值。海外汉学家对宋代文学传播亦予十分的关注。日本学者内山精也《苏轼文学与传播媒介——试论同时代文学与印刷媒体的关系》从乌台诗案的辨析切入，延伸至宋代印刷术之于士大夫社会的影响而作广域的考察②。美国学者露西尔·介《留住记忆：印刷术对于宋代文人记忆和记忆力的重大影响》③、艾朗诺《书籍的流通如何影响宋代文人对文本的观念》④诸文，多从印刷媒介角度对创作心态、文人记忆、文学文本等文学深层问题进行剖析。国内学界也对宋代印刷术之于文学的推动作用关注颇多。如于兆军《版印传媒与两宋文学的传播及其嬗变》主要着眼于印刷媒介与宋代总集编纂之勃兴⑤，其文对印刷兴起之于江西诗派、江湖诗派等文学流派形成的促进作用颇多揭示。张锦辉《宋代雕版印刷与文学传播研究》着力探讨宋代雕版印刷中杜诗传播与苏轼作品扩张的相关情况⑥；其文于雕版印刷之于文学流派的影响（特别是江西诗派影响的扩大与江湖诗派的形成）进行重点考察。

不可忽视的是，一些研究者虽采用传统方法，却大力推动了宋代文

---

① 张高评：《印刷传媒与宋诗特色——兼论图书传播与诗分唐宋》，里仁书局2008年版。

② ［日］内山精也著，益西拉姆译：《苏轼文学与传播媒介——试论同时代文学与印刷媒体的关系》，《新宋学》第一辑，上海辞书出版社2001年版，第251~262页。

③ ［美］露西尔·介：《留住记忆：印刷术对于宋代文人记忆和记忆力的重大影响》，巩本栋主编《中国学术与中国思想史》（《思想家》Ⅱ），江苏教育出版社2002年版，第486~498页。

④ ［美］艾·朗诺：《书籍的流通如何影响宋代文人对文本的观念》，《第四届宋代文学国际研讨会论文集》，浙江大学出版社2006年版，第98~114页。

⑤ 于兆军：《版印传媒与两宋文学的传播及其嬗变》，河南大学2011年博士学位论文，第292~302页。

⑥ 张锦辉：《宋代雕版印刷与文学传播研究》，陕西师范大学2011年硕士学位论文，第28~42页。

学印刷传播的实证性研究。如祝尚书《宋人别集叙录》①和《宋人总集叙录》②、王岚《宋人文集编刻流传丛考》③、巩本栋《宋集传播考论》④等，对于宋代文集编印传播的历史情状有颇多考证⑤。

基于对宋代传唱活动盛行的体认，宋词传播研究成为热度仅次于印刷研究的领域。如龙建国《唐宋词与传播》⑥、钱锡生《唐宋词传播方式研究》⑦、谭新红《宋词传播方式研究》⑧、邓子勉《两宋词集的传播与接受史研究》⑨等先后出版，足见其盛。随之而后，宋代其他文体的传播研究，亦渐成新兴之势。叶宽的博士论文《宋代文学传播研究》中专设一节，对墓志文撰者的传播意识进行考察。梅华发表《宋代文集传播方式探析——以文集序跋为对象》等论文，对宋集序跋的传播途径进行考察，借以对宋代文集的传播方式抉择有所讨论⑩。

在媒介传播(印刷、传唱等)研究盛兴不衰的同时，文人交往活动亦逐渐受到学界重视。日本学者浅见洋二《距离与想象——中国的诗歌与媒体、作为媒体的诗歌》一文“将诗歌作为一种构成文人间信息网络的媒体来把握”⑪，虽然表述上依然使用“媒介研究”，但其实际探讨已属于活动传播研究。值得提及的是，近年出现的一些关于宋代文人交往

① 祝尚书：《宋人别集叙录》，中华书局1999年版。

② 祝尚书：《宋人总集叙录》，中华书局2004年版。

③ 王岚：《宋人文集编刻流传丛考》，江苏古籍出版社2003年版。

④ 巩本栋：《宋集传播考论》，中华书局2009年版。

⑤ 朱迎平：《宋代刻书产业与文学》，上海古籍出版社2008年版。

⑥ 龙建国：《唐宋词与传播》，百花洲文艺出版社2004年版。

⑦ 钱锡生：《唐宋词传播方式研究》，复旦大学出版社2009年版。

⑧ 谭新红：《宋词传播方式研究》，武汉大学出版社2010年版。

⑨ 邓子勉：《两宋词集的传播与接受史研究》，华东师范大学出版社2015年版。

⑩ 梅华：《宋代文集传播方式探析——以文集序跋为对象》，《内江师范学院学报》2015年第5期。

⑪ [日]浅见洋二：《距离与想象——中国诗学的唐宋转型》，日本宋学研究六人集，上海古籍出版社2005年版，第198~238页。

活动的研究著作，虽未明言传播研究，但事实上涉及文学传播的诸多问题①。如欧阳光《宋元诗社研究丛稿》较早对宋代诗社的成员、地点及其交往活动进行考证②。熊海英《北宋文人集会与诗歌》将文人集会视为一种文化风尚，不仅对文人集会的源流、新变、特质进行考察，也重点对雅集与诗歌创作及文学批评进行了详细的讨论，最后还对文人集会的复雅观念与乐易精神及其群体意识进行了总体的探讨③。周扬波《宋代士绅结社研究》对乡约、经济合作、民间救济、士绅武装、耆老会、文艺会社等士绅结社形式进行研究，其中对耆老会与文艺会社的考察，也涉及文学结社与文学传播的关系④。方健《北宋士人交游录》以专题的方式，重点考察了王禹偁、范仲淹、王安石、苏轼为中心的北宋四大交游圈子⑤。梁建国《朝堂之外：北宋东京士人交游》以活动方式为纲，重点考察了拜谒、走访、宴饮、雅集、送别等几种重要的交往活动⑥。张再林《宋代文人结盟与文学研究》分前、中、后期三段对北宋文人结盟情况进行总体考察，其间特别对“欧门”、苏门以及江西派等文人结盟活动有深入的探讨；其著对南宋文人结盟情况，特别是两浙文人结盟进行了重点研究⑦。以上诸家虽然更多从历史文化的角度对文人交往展开考察，但其间的研究截面却程度不同地涉及文学传播问题。

王兆鹏先生是中国大陆较早对宋代文学传播进行全方位研究的学者。自二十世纪九十年代以来，他发表了一系列涉及宋代文学传播的论

① 如张英的《论宋代文人贬谪对文学传播的负面影响》(《武陵学刊》2017 年第 1 期)、郁玉英的《论文学传播中的“共生”效应及其对文学经典生成的影响——以宋词为中心》(《江西社会科学》2012 年第 3 期)，都从文人活动现象的角度着眼，程度不同地涉及宋代文人交往(传播)的研究。

② 欧阳光：《宋元诗社研究丛稿》，广东教育出版社 2011 年版。

③ 熊海英：《北宋文人集会与诗歌》，中华书局 2008 年版。

④ 周扬波：《宋代士绅结社研究》，中华书局 2008 年版。

⑤ 方健：《北宋士人交游录》，上海书店出版社 2013 年版。

⑥ 梁建国：《朝堂之外：北宋东京士人交游》，中国社会科学出版社 2016 年版。

⑦ 张再林：《宋代文人结盟与文学研究》，广西师范大学出版社 2016 年版。

文：从文体上涉及宋代诗文、词作等；从方式上涉及刻石题壁、编辑出版等；从社会活动上涉及投卷名流、歌妓传唱等①。受其影响，宋代文学传播研究得到深入与拓展，学界视野逐渐由技术(印刷术)与活动(传唱、编刻)的重点关注，延伸到对宋代媒介社会作全面观照。如叶宽《宋代文学传播研究》已经从权力归属、阶层分化、信息传播等角度进行宋代文学传播的全面考察②；谭新红有对宋代驿递与文学③、宋代文学域外传播等领域的较早开辟等④。其实，在中国古代文学传播研究的理论建设方面，王兆鹏先生也是较早的倡导者。其《传播与接受：文学史研究的另两个维度》提出了文学史研究的两个维度：传播与接受⑤；其《中国古代文学传播研究的六个层面》提出了中国古代文学传播研究包含主体、环境、方式、内容、对象、效果六个层面的问题⑥；其《中国古代文学传播方式研究的思考》从传播手段、传播载体、传播途径、文本形态四个方面对传播方式研究进行体系建构⑦。此外，曹萌《文学传播学的创建与中国古代文学传播研究》等文⑧，从提倡研究古代文学传播方式到思想及其他辅助性要素出发，进一步提出了建立古典文学传播学学科的建议⑨。2011 年王水照先生在第七届宋代文学年会的闭幕式上提出宋代文学研究中的“五朵金花”(科举、党争、地域、家族、传播)，标志着文学传播研究在宋代文学研究领域实现了正式的“裂土封

---

① 王兆鹏：《宋代文学传播探原》，武汉大学出版社 2013 年版。

② 叶宽：《宋代文学传播研究》，武汉大学博士 2011 年学位论文。

③ 谭新红：《宋代的驿递制度与文学传播》，《武汉大学学报》2010 年第 5 期。

④ 谭新红、柯贞金：《论两宋时期文学作品的域外传播》，《福州大学学报》2015 年第 2 期。

⑤ 王兆鹏：《传播与接受：文学史研究的另两个维度》，《江海学刊》1998 年第 3 期。

⑥ 王兆鹏：《中国古代文学传播研究的六个层面》，《江汉论坛》2006 年第 5 期。

⑦ 王兆鹏：《中国古代文学传播方式研究的思考》，《文学遗产》2006 年第 2 期。

⑧ 曹萌：《文学传播学的创建与中国古代文学传播研究》，《沈阳师范大学学报》2004 年第 5 期。

⑨ 李永平、杨莹：《古典文学传播研究的回顾与前瞻》，《西安石油大学学报》2007 年第 3 期。

疆”。

综上所述，中外学者(无论是否使用“文学传播”的概念)从多个方面对宋代文学传播进行了广泛的研究，为宋代文学提供了更多的观照视角，也拓展了宋代文学研究的领域和空间。不过，必须指出的是，此类研究也出现了将文学研究拉向“外部研究”的不利趋势①；事实上造成了文学精神研究的进一步弱化。简单说来，即当我们考察传播媒介与方式时，文学活动的主体(就宋代而言，其主流群体即是文人士大夫)为什么要追求作品的传播？他们如何理解作品的传播？以及传播机制对文学表达有何反向的影响？这些内在观念与精神层面的问题往往被忽视了。就目前该领域的研究现状而言，令人感到担忧的是，无论我们对宋代文学传播进行多么细致入微的考察，都无法对当时士人林林总总的文学传播活动做出一个总体的把握。与此同时，由于港台学者对现代新儒家立场的坚持，其中特别受到钱穆等人的“新宋学”的影响，宋代士文化研究事实上成为中国士文化研究的重镇，这对宋代文学研究也产生了明显的影响：即学者热衷于从士人心态角度对文学面貌进行把握。同样令人惋惜的是，此类研究更多地从政治表达和哲学阐述去把握宋代文人的心路历程与精神体验，而对其间充满热情的传播行为与传播心态置若罔闻。这导致士人的文学交往(传播)行为，没有受到足够的重视。总体上说，我们迫切需要一种能将宋代文学传播的外部研究与内部研究、行为研究与心态研究有机结合起来的理论方法与观照视角。

二、选题意义

日本学者内藤湖南曾经指出：“唐代是中世的结束，而宋代则是近代的开始。”②他从政治体制着眼，提出问题：“中世和近世的文化状

① [美]勒内·韦勒克、奥斯汀·沃伦著，刘象愚、邢培明、李哲明译：《文学理论》，江苏教育出版社2005年版，代译序第9页。

② [日]内藤湖南：《概括的唐宋时代观》，刘俊文主编：《日本学者研究中国史论著选译》第一卷，中华书局1992年版，第10页。

态，究竟有什么不同?”进而指出：“从政治上来说，在于贵族政治的式微和君主独裁的出现。”其后，宫崎市定在《东洋的近世》一文中对此问题有进一步的揭示：“宋代实现了社会经济的跃进、都市的发达、知识的普及。”并认为“与欧洲文艺复兴现象比较，应该理解为并行和等值的发展”。① 显然，宫崎市定正是从社会经济、城市文化、教育普及等方面发掘出宋代与唐代根本不同的社会特征。

中国学者更多从精神渊源上发现现代思想与传统士大夫文化的亲缘关系。如许纪霖曾经指出：“现代中国思想还有另外的一个渊源，就是中国自身的文化传统，这与西方思想一样重要。”②意思是说，现代中国的知识分子虽然受到西方思想的深刻影响，但五四之前的士大夫文化也是他们思想的重要渊源。在我们看来，宋代社会作为士大大文化张扬的典型时代，宋代士文化作为中国古代士文化中的精粹，不仅从中衍生出已经显现的当代知识分子精神；而且，其间还沉淀着大量隐而未彰的精神特质与行为风范，等待我们去深入发掘。值得特别揭出的是，宋代“近世化”与士大夫生活最为相关的社会特征，正在于有宋一代的右文政策，及其在此政策激发下而兴起的“知识的普及”。这一时代的特征诱使宋代士大夫普遍具有淑世激情，“当世之知”与“后世之知”成为他们的人生追求。而宋代士大夫的精神文化除了体现在他们的政治活动与学术著述中，也体现在他们鲜活的文学活动之中。特别是其中纷繁多样的文学交往(传播)活动更是他们“‘不朽’之焦虑”集中体现的领域。

英国社会理论家安东尼·吉登斯认为生活在晚期现代性场景中的每一个人，都要面临着一系列的核心问题，那就是：“该做什么？如何行动？成为谁?”③吉登斯虽然主要在现代性的语境之下对自我认同进行讨

① ［日］宫崎市定：《东洋的近世》，刘俊文主编：《日本学者研究中国史论著选译》第一卷，中华书局 1992 年版，第 217 页。

② 许纪霖：《中国知识分子十论》，复旦大学出版社 2011 年版，自序第 15 页。

③ ［英］安东尼·吉登斯著，赵旭东、方文译：《现代性与自我认同》，三联书店 1998 年版，第 80 页。

论，但他并不认为“自我是现代性的独特产物”。他进而指出：“在所有的文化中，‘个体性’都肯定受到程度不同的赞赏，并且在某种意义上成为个体潜能的培育方式。”①概而言之，自我认同问题其实具有超越时代的普遍性意义。② 加拿大哲学家查尔斯·泰勒将人生的经历看作一场持续的叙事，他说：“我们用叙述把握我们的生活。……为了具有我们是谁的含义，我们必须有我们怎么样生成，以及我们走向何方的概念。”③斯图亚特·霍尔则特别提出，“身份认同源自对自我的叙述化”，而“身份得以产生的‘缝合进故事’部分地处于虚构假想状态(也处于象征符号状态)”，它“总是部分地构筑在幻想中，或至少构筑在幻觉领域里”。④ 概而言之，文学书写其实是身份认同的重要方式。

周宪在《文学与认同》一文中指出：

> 我们每个人都生活在一个具体的社会-文化情境中。作为一种“社会动物”，作为一个具有自我反思性的主体，人人都面临如下问题：我是谁，我们是谁？在与形形色色的他人或群体复杂的社会交往中，在想象性地与他人的关联中，在五花八门的文学和艺术世界中，我们必然会注意到我和他、我们和他们的许许多多的差异，自觉到我和我们自己的文化特性。⑤

① ［英］安东尼·吉登斯著，赵旭东、方文译：《现代性与自我认同》，三联书店1998年版，第85页。

② 已有学者将身份认同理论运用于中国传统社会的人物研究，如胡翼鹏：《中国隐士：身份建构和社会影响》(社会科学文献出版社2011年版)。不过，学界更多将此理论运用于现代人物研究。如潘艳慧《〈新青年〉翻译与现代中国知识分子的身份认同》(齐鲁书社2008年版)、周佩瑶《“学衡派”的身份想象》(福建教育出版社2013年版)等。

③ ［加］查尔斯·泰勒著，韩震等译：《自我的根源：现代认同的形成》，译林出版社2012年版，第69~70页。

④ ［英］斯图亚特·霍尔：《导言：是谁需要“身份”?》，［英］斯图亚特·霍尔、［英］保罗·杜盖伊编著，庞璃译：《文化身份问题研究》，河南大学出版社2010年版，第5页。

⑤ 周宪：《文学与认同》，周宪主编：《文学与认同：跨学科的反思》，中华书局2008年版，第181页。

其意思是说，我们在社会交往与文艺活动中，必然会触及或唤醒身份认同(identity，学界或译为身份、或译为认同)的问题。周宪也说过："认同的实践和建构始终与文学重要的表意实践密切相关。"①甚至进一步指出："(认同)是在话语实践中进行的，在种种象征认同形态中，语言和文学无疑扮演了最为重要的角色。……可以说文学一种建构性的认同话语实践，其作用不可或缺。"②文学实践当然包括文学创作(表达)、文学传播，以及文学接受等多个环节的活动；不过文学传播无疑是这些环节中最为显性且占据关键位置的一环。所以，我们将"身份认同"作为反窥宋代文学传播活动的重要视角，应该没有太大的问题。

需要承认的是，当今学界已经有从身份认同角度进行宋代文学研究的探索。较早开始的是对文学家个体和群体的身份考察。如朱丽霞《辛弃疾的"身份焦虑"及其文学表现》从辛词中探析其深隐的郁勃不平的"身份焦虑"③。范月霞《士人身份的分裂——以北宋士人为中心对官吏和文人双重身份的考察》注意到宋代士人身份分裂在题材、体裁及审美倾向上的文学表现④。侯体健《刘克庄的文学世界》第二章"江湖与魏阙：身份转换与文学活动"以江湖游士、州府长官、朝廷重臣和地方精英四种身份为视角，窥入刘克庄的文学活动，以勾勒其晚宋时期士人文学活动的整体轮廓⑤。其《士人身份与南宋诗文研究》则对祠禄官制与地域诗人、祠官文学与退居士大夫以及晚宋士大夫群体进行深入的探讨⑥。时文静、张洪海《从苏轼自我指称探其身份认同——以黄州诗词

① 周宪：《文学与认同》，《文学评论》2006年第6期，第5页。

② 周宪：《文学与认同》，周宪主编：《文学与认同：跨学科的反思》，中华书局2008年版，第192页。

③ 朱丽霞：《辛弃疾的"身份焦虑"及其文学表现》，《郑州大学学报》2001年第6期。

④ 范月霞：《士人身份的分裂——以北宋士人为中心对官吏和文人双重身份的考察》，内蒙古大学2006年硕士论文，第40~45页。

⑤ 侯体健：《刘克庄的文学世界》，复旦大学出版社2013年版，第89~165页。

⑥ 侯体健：《士人身份与南宋诗文研究》，复旦大学出版社2019年版，第13~84页。

作品为例》从黄州时期苏轼自称的考察，探讨其罪臣、老农、诗人的三重身份及其承载的心态转变①。杨理论、骆晓倩《宋代士大夫的自我意识与身份认同：从苏轼诗歌说开去》以苏轼诗歌世界中的自我意识为中心，对宋代文人的现实自我、理想自我，及其自我检视的价值取向等问题进行探讨②。此外，伴随文人士夫广泛的社会交往而形成的师门、宗派、地域、统绪等群体的身份认同问题也逐渐引起学界的关注。日本学者平田茂树、远藤隆俊、冈元司编《宋代社会的空间与交流》一书中收入远藤隆俊《宋代的宗族研究与空间、交流》和《北宋士大夫的寄居与宗族——乡里与移居者的信息交流》、井上彻《再论宋代以降的宗族特点——关于仁井田陞的同族"共同体"理论》等关于空间与交流情况的论文，其研究涉及宋代社会的宗族、地域等"文化共同体"的多方面问题③。郭学信《宋代士大夫群体意识研究》对宋代士大夫的角色意识、群体意识、世俗意识、隐名意识等方面的考察已经涉及文人个体认同与群体认同的交融等问题④。徐波《北宋"复合型"士人的身份认同与文学意义》对北宋士大夫群体中文士与儒生两种不同的身份认同进行考察，揭示其间离合与演进的历史情状及其文学意义⑤。应该说，身份认同理论已经开始运用于宋代社会的文学家身份以及宗族、区域等"共同体"问题的研究中，但文学传播与身份认同的互构关系，学界关注的人仍然不多，从而留下了大量富有研究价值的话题，等待我们倾注心力，加以开掘。

---

① 时文静、张洪海：《从苏轼自我指称探其身份认同——以黄州诗词作品为例》，《乐山师范学院学报》2018年第1期。

② 杨理论、骆晓倩：《宋代士大夫的自我意识与身份认同：从苏轼诗歌说开去》，《西南大学学报》2018年第3期。

③ ［日］平田茂树、远藤隆俊、冈元司编：《宋代社会的空间与交流》，河南大学出版社2008年版。

④ 郭学信：《宋代士大夫群体意识研究》，中国社会科学出版社2017年版。

⑤ 徐波：《北宋"复合型"士人的身份认同与文学意义》，《九江学院学报》2018年第4期。

三、研究视角

从身份认同角度研究宋代文人的文学传播行为与现象，首先会涉及身份认同概念两组关系的协调问题。第一是个人认同与社会认同的关系。韦克斯(Jeffrey Weeks)对(身份)认同有比较清晰的定义：

> 认同乃关于隶属(belonging)，即关于你和一些人有何共同之处，以及关于你和他者(others)有何区别之处。从它的最基本处来说，认同给你一种个人的所在感(a sense of personal location)，给你的个体性(individuality)以稳固的核心。认同也是有关于你的社会关系，你与他者复杂地牵连。①

孟樊进一步分析后认为，认同可以分为两个层级，即个人的认同(personal identity)和社会的认同(social identity)。孟樊续有解释："个人的认同"指的是"自我的建构，即我们对自己作为独立个体的自我感，以及我们如何认知我们自己与我们认为别人如何看我们自身"；社会的认同则涉及"作为个体的我们如何将我们自己放置在我们所生存于其中的社会的方式，以及我们认知他者如何摆置我们的方式；它衍生自个人所参与其中的各类不同的生活关系"。参照孟樊的定义，从个人身份自我设立的角度，宋代文人的自我书写应该得到讨论。又"由于我们所占据的社会地位会对自我意识产生直接影响"②，所以文人的"对话网络"也应该受到足够的关注③。因此，我们将宋代文人的自我建构与社会

---

① 转引自孟樊：《后现代的认同政治》，扬智文化事业股份有限公司2001年版，第18~19页。

② ［美］朱蒂斯·A. 霍华德著，张戌凡译：《关于认同的社会心理学》，周宪主编：《文学与认同：跨学科的反思》，中华书局2008年版，第56页。

③ ［加］查尔斯·泰勒著，韩震等译：《自我的根源：现代认同的形成》，译林出版社2012年版，第52页。

融入都纳入“身份认同”的范畴而加以讨论，并且注意二者的交融与互渗。

第二是多元性与过程性的关系。正如拉普朗什和彭大历斯所说：“视作整体的身份认同绝非一个有机统一的体系。与超自我的中介共存的需求是变化纷繁的，有矛盾冲突，又无序混乱的一样，理想的自我是由身份认同和并不一定和谐的文化理想组成。”①意思是说，身份认同是一个变化纷繁的过程。斯图亚特·霍尔续有申说：“这儿展开的身份的概念不是本质主义者的，而是一个策略的和定位性的概念。”他指出身份认同是“建构在许多不同的且往往是交叉的、相反的论述、实践及地位上的多元组合”，而且“从属于一个激进的历史化过程，并持续不断地处于改变与转化的进程当中”。我们同意霍尔提倡的“散发性态度”：“把身份认同看做是一种建构，一个永远未完成的过程——总是在建构中。”②概括而言，即身份的建构具有**多元性**和**过程性**。霍尔在讨论全球化时代移民的身份问题时，曾经指出：

> 与其说是“我们是谁”或“我们来自何方”，不如说是我们可能会成为什么、我们一直以来怎样表现以及我们有可能在怎样表现自己上施加了怎样的压力。身份因此被构成在表现的内部，而非外部。

霍尔虽然主要在全球化进程中讨论身份的支离破碎，但其理论所指，并非局限于此一进程之中的身份问题。因此，我们的思维仍然可以得到启发：我们也可以拒绝自然主义固定地看待文人身份(个体与群体)的问

---

① 转引自斯图亚特·霍尔：《导言：是谁需要“身份”?》，[英]斯图亚特·霍尔、保罗·杜盖伊编著，庞璃译：《文化身份问题研究》，河南大学出版社2010年版，第4页。

② [英]斯图亚特·霍尔：《导言：是谁需要“身份”?》，[英]斯图亚特·霍尔、保罗·杜盖伊编著，庞璃译：《文化身份问题研究》，河南大学出版社2010年版，第3页。

题，从而促使我们重新审视宋代文人身份建构的多元性与过程性。也就是说，在我们的眼中，宋代文人的身份认同，既纷繁多样，又充满变化。

其次会涉及文学传播的两组关系协调问题。其一是文学(语言)互动与借助媒介的关系。朱蒂斯·A. 霍华德指出：

> 符号互动论的基本假设是人们赋予客体、行为、自身以及他人以符号意义，他们通过互动而形成和传递这些意义。……由于意义通过互动而形成，因此，语言充当着核心角色。由于这些认同所蕴含的关系，认同确定了个体在社会空间中的位置，而认同本身则成为了在行动者和情境之间意义交换的符号。①

从符号互动论的角度，文学(语言)意义基于互动而形成和得到传递，而(身份)认同确定互动关系，又在互动关系中得到建构。霍华德进一步提醒我们："互动论者对认同的研究明确无误地表述了认同是通过语言进行建构、磋商与沟通的，要么，直接在互动中进行，要么间接地通过各式各样的媒介形式进行。"②意思是，语言对(身份)认同所起的作用，一方面在互动中完成，一方面通过媒介来进行。我们可以将互动与媒介一并替换为"传播"，则这一作用机制就转换成：文学—传播—身份，这事实上形成本书写作的基本逻辑结构。受此启发，我们对宋代文人文学传播与身份建构的研究将兼顾语言互动与借助媒介两种情况，而最后希图对文学(语言)意义的形成与传递有所揭示。

其二是传播动机与传播行为的关系。在检阅宋代诗文中，我们发现，追求"不朽"(达到永恒)是宋代文人士夫进行文学创作与文学传播

---

① ［美］朱蒂斯·A. 霍华德著，张戌凡译：《关于认同的社会心理学》，周宪主编：《文学与认同：跨学科的反思》，中华书局2008年版，第60页。

② ［美］朱蒂斯·A. 霍华德著，张戌凡译：《关于认同的社会心理学》，周宪主编：《文学与认同：跨学科的反思》，中华书局2008年版，第61页。

的主要心理动因①。在“不朽”之焦虑的驱动之下②，他们唱和与酬答，希图在文学互动之中，寻找彼此的沟通，分享共同的知识，而后形成群体的态度。他们投谒与延誉，结识文学同好，感念师门恩泽，乃至由此进入文学谱系之中。他们雅集赋诗，流连会社，以群体姿态宣示士林。他们或埋头书册，闭门觅句，或观察自然，面对现实，用阅读与写作践行自己的文人身份。他们向人呈示诗作，孜孜不倦，企图展现自我期望的形象。印刷术的应用使文集的编刻变得切实可行：个人文集成为进入文学圈子的必要媒介，也是他们表明师承统绪的主要凭据。因此，考察文人身份认同，追求文人想成为的人，以及想加入的群体，可以使我们对文人心态与社会行为获得更为贯通的理解。

四、基本思路

当我们用身份认同理论审视宋代文学传播现象时，其中所隐含的有趣话题，令我们倍感鼓舞。不过，宋代文人的文学传播与身份认同确实是一个极为庞大的题目，本书不可能进行全面的考察与讨论；我们希望选择一些具有代表性的个案进行集中的探讨，以图深入宋代士人精神世界和文学传播的丰富生态之中，并且能从总体上体察宋代士人往来奔竞的身影与身份认同的不懈追求。事实上，我们只能着眼于与文人身份认同有关的宋代文学传播活动中具有普遍性的几个方面，然后较为任意地选取一些例子来加以说明。

西昆诗派作为宋代第一诗派，当杨刘诸公于馆阁之中进行咏史酬唱时，他们的诗歌已经体现出多种构句模式，其中隐藏着西昆诗派整体的历史态度与政治立场。这种基于共同的文化场域而表现出来的诗派群体性，显然是文学传播(诗歌互动)与文人身份认同研究不可回避的方面。

① [加]查尔斯·泰勒著，韩震等译：《自我的根源》，译林出版社2012年版，第61页。

② [英]安东尼·吉登斯著，赵旭东、方文译：《现代性与自我认同》，三联书店1998年版，第48~49页。

对此问题的分析形成了本书的第一章“结构与历史：西昆酬唱中的咏史句法与诗派立场”。宋代文人身处“好贤乐善”的社会风气之中，前贤先达往往性喜延誉，后学才俊亦由此而“踊跃自勉，乐于修进”①。显然，投谒与延誉对于结成文学同好与师门恩泽等文人关系具有重要的推动作用。对此专题的考察，形成了本书第二章“文章之盟：宋代文人投谒与延誉及同好与师承——以欧阳修为中心的考察”。宋代文人性喜雅集，形式多样，各具特色。雅集之时，成员之间互相唱和、赠答，或出示、传示新作，或相与议论品题。雅集之后，与会之作又往往编次成集，宣示士林。对此专题的考察，形成本书第三章“活动与身份：宋代文人雅集与结社及其‘文学圈子’”。印刷术的广泛应用不仅带来文集获取的方便，更重要的是使文学交流的媒介发生变化，并因之而建构出新的阅读情境与写作情境，由此形成近似于“我读故我在”和“我写故我在”的文人生存方式。对此问题的探讨，形成本书之第四章“媒介与诗学：宋代文人的阅读与写作及其诗法变迁”。经历元祐党禁与靖康之乱的文学统绪如何在南宋重建，对于政治稳定之后的南宋官方和士林，成为亟须解决的文化问题。在此背景之下，苏轼文章成为南宋文学不可忽视的文学高峰。基于不同的文化立场，各家各派皆发起讨论，或为推崇，或为批评，其间隐藏着文学接受与文统接续等问题的探讨。对此专题的讨论，形成了本书第五章“斯文曲折：宋室南渡后的苏文命运与文统接续”。“服膺斯文”的使命，使宋代文人勉力于文学收藏与文献裒辑。在“钦承先训”的信念之下，子孙总是怀着恭敬而愧疚的心情，裒辑着父祖的文集。门生、后学则以“传道化民”的强烈责任感裒辑先贤遗文。我们对宋代文学文献收藏与裒辑的观念进行全面的考察，由此形成本书第六章“服膺斯文：宋代文人的文献收藏与裒辑及其文化意识”。归居山阴的陆游，他频繁地写诗，向亲旧、座客、儿孙、邻翁、道士、后学进行呈示，以图重建自己的“对话网络”。正是在此种种社会交往与文学呈示

① 葛立方：《韵语阳秋》卷一，何文焕辑：《历代诗话》，中华书局 1981 年版，第 489 页。

之中，陆游逐渐建立起与身处宦途时迥然不同的身份认同。对此个案的探讨形成本书第七章“呈示与自我：绍熙退居后陆游的社会交往与身份书写”。宋代文集之兴，不惟随之而有序跋之兴盛，且序跋往往隐藏着自觉和不自觉的关系考量与社会修辞，从不同的侧面和角度参与了“作者”的身份建构。对此专题的探讨，形成了本书第八章“对话的准则：宋代文集序跋中的多维修辞及其作者建构”。江湖诗派代表人物戴复古一生奔走，其携集投谒与交游求序，伴随其诗法取径的艰辛探索。为一窥其“渐进而多面”的身份获得，形成本书第九章“变化与生成：戴复古的诗集编次与交游序跋及其诗坛地位”。基于政治地位与社会地位的提升，宋代士子的淑世情怀得到极大的刺激与释放，求取“当世之知”成为文人普遍的人生理想。刊印技术的成熟使“后世之知”这一人生安慰获得了技术的保障。我们尝试对宋代文人文学传播的社会条件与群体观念进行总体的论述，探讨士人广泛进行社会交往与文学传播的深层原因，找寻士人之自我认同与社会认同之实现机制，最后形成本书第十章“走向自觉：宋代文人与文学传播及其身份追求”。本章之写作也承担了全书总论的任务。

综合而观，本书将涉及宋代文学传播活动中的酬答与唱和、投谒与延誉、雅集与结社、阅读与写作、文统接续、文献收藏与裒辑、交往与呈示、文人交游与文集序跋等多种方式与渠道，而致力于探讨隐藏其间的文人身份认同问题。

第一章　结构与历史：西昆酬唱中的咏史句法与诗派立场

景德二年(1005)九月，真宗命王钦若、杨亿、刘筠、钱惟演等人取历代君臣德美之事，编撰《历代君臣事迹》，至大中祥符六年(1013)八月，历时近九年，终于编成，御赐名《册府元龟》①。众人于修书之余，“因以历览遗编，研味前作，挹其芳润，发于希慕，更迭唱和，互相切劘”②，大中祥符元年(1008)，其诗作汇为《西昆酬唱集》③。馆阁诸公处于“同题”唱和这样一种“文学场域”之中④，酬唱——其实是他

---

① 许琰：《〈西昆酬唱集〉的编定及选诗》，《历史文献研究》总第30辑，华东师范大学出版社2011年版，第161~162页。

② 杨亿：《西昆酬唱集序》，王仲荦：《西昆酬唱集注》，中华书局1980年版，第2页。关于宋代馆阁建置情况，亦可参见陈元锋：《北宋馆阁翰苑与诗坛研究》第一章“宋代馆阁之建置”(中华书局2005年版，第13~41页)、李更：《宋代馆阁校勘研究》第二章“宋代馆阁制度沿革”(凤凰出版社2006年版，第46~90页)等相关论述。

③ 今日易见者有四部丛刊本[明嘉靖丁酉(十六年版，1537)张綖序刻本]《西昆酬唱集》、周桢与王图炜合注《西昆酬唱集》(上海古籍出版社1985年版)、王仲荦《西昆酬唱集注》(中华书局1980年版)、郑再时《西昆酬唱集笺注》(齐鲁书社1986年版)。本章所引集中诗句皆以王仲荦注本为准。近年来学界重新认识了《西昆酬唱集》在文学史上的重要地位，研究论著渐多。目前对西昆体进行整体性研究的专著有：曾枣庄《论西昆体》(台湾丽文文化公司1993年版)、周益忠《西昆研究论集》(台湾学生书局1999年版)、张明华《西昆体研究》(人民文学出版社2010年版)。硕、博士论文有：王小丽《〈西昆酬唱集〉研究》(上海大学2004年硕士学位论文)、吕维《西昆酬唱集研究》(贵州大学2005年硕士学位论文)、许琰《〈西昆酬唱集〉研究》(西北师范大学2007年博士学位论文)等。

④ 曾枣庄指出：“《西昆酬唱集》犹有古风，其中多数唱酬是和意而不和韵，即同题而不同韵。”(曾枣庄：《论西昆体》，台湾丽文文化公司1993年版，第134页)

们进行文学交流并寻求集体认同的重要方式①。在《西昆酬唱集》中，咏史诗是特别值得我们重视的类型②。这些诗歌的创作，表面看来，乃“规抚义山，得其一体”，即模仿李商隐咏史诗而作③。深层看来，“咏史诸篇，应皆修书有得，而借事发抒”④，也就是说，西昆咏史诗与《册府元龟》之编撰，以及五代、宋初史实皆有不可分割的联系⑤。所以，西昆酬唱中的咏史诗——这既可以看作西昆诗派历史态度的集中呈现⑥，又可以看作其文学表达的特殊文本，其间隐藏的丰富信息，确实值得我们做更深入的探讨⑦。我们在阅读中发现，西昆咏史诗存在一系列的“构句模式”(句法)⑧，这成为我们把握西昆诗派的历史态度与诗

---

① 周益忠：《西昆研究论集》，台湾学生书局 1999 年版，第 394~395 页。

② 曾枣庄先生指出：“在《西昆酬唱集》中有几首咏史之作，如《始皇》《汉武》《南朝》《明皇》《成都》《旧将》等，连起来就是一部以诗写成的宋以前的中国史，涉及秦、汉、南朝、唐、五代及宋初的历史教训，更是一组典型的借古讽今之作。”(曾枣庄：《论西昆体》，台湾丽文文化公司 1993 年版，第 54 页)。

③ 张明华：《西昆体研究》，人民文学出版社 2010 年版，第 130 页。

④ 周益忠：《西昆研究论集》，台湾学生书局 1999 年版，第 50 页。

⑤ 曾枣庄认为，杨刘诸人在秘阁编《历代君臣事迹》，触古感今，故借咏史以作讽谏(曾枣庄：《论西昆体》，台湾丽文文化公司 1993 年版，第 60 页)。张明华认为：“西昆诗人的那些咏史诗的写作，固然可能受到现实中某些具体事件的启发，但主要还是因为编写《历代君臣事迹》时引发的喟叹。”(张明华：《西昆体研究》，人民文学出版社 2010 年版，第 43 页)

⑥ [法]克洛德·列维-斯特劳斯(Claude Lévi-Strauss)著，李幼蒸译：《野性的思维》，中国人民大学出版社 2006 年版，第 212 页。

⑦ 石钰：《〈西昆酬唱集〉咏史诗浅探》，《社会科学》2018 年第 1 期。

⑧ 胡晓明在《中国诗学之精神》中认为宋诗学存在一种普遍的兴趣，即“不同诗作所表现的意味、义理、思想、情调之某种共通性的自觉”，将将之命名为“意义原型之自觉”(江西人民出版社 2001 年版，第 135~136 页)周裕锴师则将此种“共通性”进一步区分为“意义原型”和“结构原型”(《宋代诗学通论》，上海古籍出版社 2007 年版，第 189~191 页)。其中，“意义原型”指的是超越于体裁和句式之上的相似的体验，而“结构原型”指若干首诗中同一类型构句模式——宋人所说的句法。由此他认为：“句法不光指语词的排列组合，而相当于诗歌中一切具有美学效果因素的结构(structure)，是一种有意味的形式(significant form)。”本书对“句法”这一术语的使用大体遵此定义。

派立场的文学脉搏①。

一、立场的歧异：君王与馆臣

正如前面提到，杨、刘诸公的咏史酬唱与《历代君臣事迹》的编撰有着紧密的关系，所以，如果要对西昆咏史诗中的历史态度有所了解，很有必要先对《历代君臣事迹》中的政治立场稍加梳理②。景德二年(1005)九月，真宗“命刑部侍郎资政殿学士王钦若、右司谏知制诰杨亿修《历代君臣事迹》”③，显然这是皇帝亲自安排的一项重大文化工程。真宗对修撰工作的进展一直保持密切关注，不仅亲自选派文臣，并数次“阅其门类”，检讨编撰原则。据程俱《麟台故事》记载：

> 明年(景德三年，1006)，真宗幸崇文院阅新编《君臣事迹》，王钦若、杨亿以其草数卷进呈，上览之，命亿指述起例、编附门目

---

① 王德明在《论宋代的诗歌句法理论》一文中，对宋代所说的句法进行了归类，概括为修辞手法、诗句节奏、对仗方法、声律变化、语言习惯、用字、句式、句型、词序、上下句的安排，以及作诗的方法等十一种用法，并进一步合并为诗句结构、修辞手法、用字、语言风格、作诗方法五类(《新疆大学学报》2000 年第 3 期)。如果我们把修辞手法、用字也归并到诗句结构的话，则宋人所说句法实际分为三个层次，即作诗方法、诗句结构、语言风格。那么，作诗方法属于手段层面，语言风格属于表达效果。只有诗句结构才是句法的核心内容，而诗句结构即相当于周裕锴师所说的“构句模式”。

② 立场，指观察事物和处理问题时所处的地位和由此所抱的态度(汉语大词典编辑委员会、汉语大词典编纂处编：《汉语大词典》第 8 卷，汉语大词典出版社 1993 年版，第 377 页)。张明华认为：“西昆体”的得名是因为《西昆集》的盛行。先有了《西昆集》，然后才有了所谓的“西昆体”这个名号。(《西昆体研究》，人民文学出版社 2010 年版，第 4 页)。简单说来，即以集定派。所以，本章遵此思路，所讨论的西昆诗派，只以《西昆酬唱集》收诗为据，即以杨、刘、钱为核心，延及李宗谔、任随、刁衎等外围人物，不涉及所谓的“后期西昆派”(段莉萍：《后期“西昆派”研究》，巴蜀书社 2009 年版)，也不参与曾枣庄先生所谓的《西昆集》中非西昆体问题的讨论(曾枣庄：《论西昆体》，台湾丽文文化公司 1993 年版，第 43~45 页)。

③ 程俱撰，张富祥校证：《麟台故事校证》，《唐宋史料笔记丛刊》，中华书局 2000 年版，第 295~296 页。

> 之意。上曰："卿等编阅群书，用功至广，旧称《御览》《广记》，此书尤更不同。"亿曰："《御览》止载故实，而无善恶之别；《广记》止是小说琐语，固与此书有异。"上因喻以著书难事，尤当尽心者。其编修次序有未允者，亲改正之，且曰："朕编此书，欲著明历代君臣德美之事，为将来法，至于开卷览古，亦有资于学者。"

由程俱的记载，可知真宗编撰此书的真实目的是编撰一部可以成为政治、道德、历史、学术多方面典范的文化大典。真宗确定其编撰原则为"区别善恶，务在审正"。在编撰细则上，则坚持"经史之外，异端小说咸所不取"。此外，一些具体门类的处理，真宗都亲自指导，"每门具草即进，上亲览摘其舛误，多出手书，或召对指示商略"①。《历代君臣事迹》之编撰，"凡九年"，"至大中祥符六年(1013)，成一千卷上之"；"上览久之"，赐名《册府元龟》；并应王钦若等表请，御笔作序，曰：

> 太宗皇帝始则编小说而成《广记》，纂百氏而著《御览》，集章句而制《文苑》，聚方书而撰《神医》，次复刊广疏于"九经"，较阙疑于"三史"，修古学于篆籀，总妙言于释老。洪猷丕显，能事毕陈。朕遹遵先志，肇振斯文，载命群儒，共司缀缉。粤自正统，至于闰位，君臣善迹，邦家美政，礼乐沿革，法令宽猛，官师议论，多士名行，靡不具载，用存典刑。②

也就是说，真宗欲将《册府元龟》作为"肇振斯文""用存典刑"的范本，用以接续太宗盛世修典的传统。

在君王看来，《册府元龟》编撰是一件关系治乱的重大工程，但在

---

① 程俱撰，张富祥校证：《麟台故事校证》，《唐宋史料笔记丛刊》，中华书局2000年版，第296~297页。

② 王应麟：《玉海》卷五十四，江苏古籍出版社、上海书店1987年影印本，第1032页。

馆阁文人的心目中，受命编撰所带来的心理感受却极为复杂。杨亿《送倚序》对当时心情，有详细交代：

> 我以不肖之质，中人之才，黄屋过听，擢司雅诰，敢不摩揣铅钝，励精夙夜，期有以润色帝载，与三代同风。奈何力不逮心，位过其量，岁祀逾久，官谤嚣然，不能上封自劾，幞被引退，乃犹束带就列，俯首取容，碌碌于荐绅间，亦颜之厚矣。①

所谓“润色帝载，与三代同风”，可见受命修书是令杨亿感到荣幸之至的；“敢不摩揣铅钝，励精夙夜”则表达了进入秘阁的责任自担；“力不逮心”，“亦颜之厚矣”则为不能胜任而自惭形秽。在写给钱惟演的《与秘阁钱少卿启》中，他再次写到自己受命修书的心理感受。“若非奇才，岂膺是选”②，再次表达自己的荣幸之感。不过，更多是重大的责任：“秘书内阁，旋直于深严”，“用旌稽古之功，尤洽当仁之论”，在历史的追溯中，馆臣要体现出恰当的判断；“眷惟职业，素所蕴崇。□石室之遗编，伫分四部；侍栢梁之高宴，即赋七言”，身入秘阁，有文献编类与文学侍君的双重责任；“然陪清跸之游，更献从臣之颂”，“梁园旨酒，居客右以无疑；谢砌苍苔，代王言而在即”，也有宾客列宴、代王立言的重要事务。

在《西昆酬唱集》首篇《受诏修书述怀感事三十韵》中，杨亿对当时心情的描述更为曲尽，“太极垂裳日，中原偃革初。楼船秋发咏，衡石夜程书。好问虚前席，征贤走传车”③，写天下太平，君王欲兴文治，诏令群臣修书。随后连用汉武帝“楼船秋发咏”、秦始皇“衡石夜程书”、

① 杨亿：《武夷新集》卷七，《宋集珍本丛刊》，线装书局2004年版，第262页。

② 杨亿：《武夷新集》卷十九，《宋集珍本丛刊》，线装书局2004年版，第376页。

③ 杨亿编，王仲荦注：《西昆酬唱集注》卷上，中华书局1980年版，第1~8页。

汉文帝“好问虚前席”、汉文帝“征贤走传车”四个典故来夸饰下诏修书的重大意义。其次，“细绎资金匮，规模出玉除。纷纶开四部，秘邃接千庐”，其间“金匮”“玉除”“四部”“千庐”，物象纷呈，铺陈开馆修书的庄严宏大。再次，“饫赐双鸡膳，亲回六尺舆。华芝下阊阖，白羽拥储胥”，其“华芝”指代帝驾，“阊阖”指代宫殿，“白羽”指代侍女，“储胥”指代侍卫，皆铺陈帝王亲临秘阁的盛况。其后铺排秘阁生活，列举校书、读书、讲学、谈经、月评、作文、雅饮、清言等日常事务①。“弥旬容出沐，终日喜群居”，对于这样的文人群居，杨亿还是比较喜欢；不过，“嵇康真懒慢，谢客亦空疏”，语意突转，自叹性情疏懒，自愧学问空疏；“晨趋叹劳止，夕惕念归欤”，从而流露出强烈的归隐之思②。

刘筠作有和诗③。其诗首先写秘阁的职务生活：论思、视草、承旨、类书；其后更铺张其事：尊经、发例、编年、列帝、提纲、定论、纠谬、评判、采掇、销除、组织、穷研十二种活动。诗中罗列了良弼、英才、西清、东观、天禄阁、承明庐、折俎宴、函文八种物象，营造出一个英才充满、藏书丰富、职务繁忙的秘阁。再者，刘筠共使用了五个典故：参鲁造居、骈拇处末、颊牙辅车、卫鹤乘轩、刘祥喻驴，来表达自己忝列秘阁的荣幸之感。其后，再用四个典故(狗尾续貂、百鸷一鹗、见弹求炙、临川羡鱼)来写自己的惭愧之情。与杨亿的“嵇康真懒慢，谢客亦空疏”不同，刘筠“学勤徒力尔，性拙奈天与”，称自己虽发愤努力，但天性驽钝。而且，刘筠没有杨亿那样的归隐之思，反而对之进行了劝慰：“大道今兴起，先生意卷舒。正为王者瑞，何羡使君旟。暗室欣观火，颓波赖决渠。当仁如退让，末迹定沦胥。”意思是说，如

① 成明明：《北宋馆阁与文学研究》，四川大学2006年博士学位论文，第190页。

② 关于杨亿馆阁修书期间的归隐情怀，可参见段莉萍《对〈西昆酬唱集〉中杨亿诗思想价值的再评价》(《乐山师范学院学报》2006年第6期，第20~21页)、吕维《西昆酬唱集研究》(贵州大学2005年硕士学位论文，第29页)的相关论述。

③ 杨亿编，王仲荦注：《西昆酬唱集注》卷上，中华书局，1980年版，第8~14页。

今大道兴起，先生(杨亿)自当舒卷自如；如此大有作为之机，自应当仁不让。合而观之，对于参与秘阁编书，杨、刘皆倍感荣幸与责任重大；但杨亿由自惭才思不足而生归隐之思，刘筠则认为应趁此时机，有所作为。可见杨、刘二人同入馆阁，受命编书，其心情既有互相感染，亦各有出处不同。

二、情景的终结:《南朝》与《成都》

正如前面提到，杨亿自陈"用旌稽古之功，尤洽当仁之论"①，在史籍编纂之时，作出准确而精当的判断是馆臣应尽之职责。五代之时，割据政权，此起彼伏。惟西蜀与南唐，既有天险之可恃，又有富饶之自足，而国祚稍长。对于宋初馆臣来说，"历览遗编，研味前作"，言及西蜀与南唐，则不可避免触及割据与统一及王朝之正统问题。可以推想，以《南朝》《成都》为题的酬唱，实蕴藏了现实政治解释的需要。

唐人咏南朝事，多以"金陵"为题。如刘禹锡《金陵怀古》："潮满冶城渚，日斜征虏亭。蔡洲新草绿，幕府旧烟青。兴废由人事，山川空地形。后庭花一曲，幽怨不堪听。"②表达对金陵朝代更迭的历史感慨和人治甚于形胜的政治见解。其《金陵五题》组诗则表达怀古幽思与现实忧患③。许浑《金陵怀古》："玉树歌残王气终，景阳兵合戍楼空。松楸远近千官冢，禾黍高低六代宫。石燕拂云晴亦雨，江豚吹浪夜还风。英雄一去豪华尽，惟有青山似洛中。"④表达对六朝衰亡的感慨与伤怀⑤。至李商隐，则有七律《南朝》二首咏之，其一："地险悠悠天险长，金陵王

① 杨亿撰：《武夷新集》卷十九，《宋集珍本丛刊》，线装书局 2004 年版，第 376 页。

② 刘禹锡：《刘梦得文集》卷三，四部丛刊初编本。

③ 刘禹锡：《刘梦得文集》卷四，四部丛刊初编本。

④ 许浑：《丁卯集》卷上，四部丛刊初编本。

⑤ 吴子良概括为"词人即事睹景，怀古思旧，感慨悲吟，情不能已"的范式(《林下偶谈》卷三，《丛书集成初编》，商务印书馆 1936 年版，第 28 页)。

气应瑶光。休夸此地分天下，只得徐妃半面妆。”①讥讽南朝偏安，天险实不足恃。其二：“玄武湖中玉漏催，鸡鸣埭口绣襦回。谁言琼树朝朝见，不及金莲步步来。敌国军营漂木柹，前朝神庙锁烟煤。满宫学士皆颜色，江令当年只费才。”谓陈后主沉溺女色，而江总虽有绝代才华，亦不得其用。可见，义山咏南朝事，在感慨之余，皆意含针砭。馆阁诸公有以“南朝”为题的酬唱，由杨亿首唱：

> 五鼓端门漏滴稀，夜签声断翠华飞。繁星晓埭闻鸡度，细雨春场射雉归。步试金莲波溅袜，歌翻玉树涕沾衣。龙盘王气终三百，犹得澄澜对敞扉。②

前三联皆铺排南朝奢靡之举：齐武帝拂晓出发，车驾飞驰，奔赴鸡鸣埭；东昏侯广置射场，细雨之中射雉；东昏侯以金莲帖地，令潘妃舞其上；陈后主令张丽华歌唱《玉树后庭花》，引人泣泪沾衣。尾联“龙盘王气终三百，犹得澄澜对敞扉”，打破历代咏南朝诗往往于尾联表达悲慨的惯性，陈述了天下终将一统的历史必然。这对于馆臣来说，显然是一个非常重要的立场。接着来看钱惟演的和诗：

> 结绮临春映夕霏，景阳钟动曙星稀。潘妃宝钏光如昼，江令花笺落似飞。舴艋凌波朱火度，舳棱拂汉紫烟微。自从饮马秦淮水，蜀柳无因对殿帏。③

前三联依然铺写南朝诸君奢靡之举：陈后主之结居临春阁事、齐武帝置

---

① 李商隐著，冯浩笺注，蒋凡标点：《玉溪生诗集笺注》卷三，上海古籍出版社1979年版，第682~683页。

② 杨亿编，王仲荦注：《西昆酬唱集注》卷上，中华书局1980年版，第14~15页。

③ 杨亿编，王仲荦注：《西昆酬唱集注》卷上，中华书局1980年版，第15~17页。

钟于景阳楼事、东昏侯令潘妃舞、江总侍宴诗笺如飞、齐武帝时朱火南渡、陈高祖时重云殿紫烟属天。尾联写自从隋兵南渡，饮马秦淮，蜀地之柳也没有机会植于帐殿之中了，表达了对南朝君王奢靡逸乐的批评。至于刘筠的和诗，意味稍有不同：

> 华林酒满劝长星，青漆楼高未称情。麝壁灯回偏照昼，雀航波涨欲浮城。钟声但恐严妆晚，衣带那知敌国轻。千古风流佳丽地，尽供哀思与兰成。①

刘诗依然铺排南朝奢靡之举，但只是集中列举了东昏侯一人数事：夜华林持酒劝星、自慨人生不永；兴光楼火后，更起诸殿，极尽奢华；修建朱雀浮桥，城市若浮其上；宫中钟声敲响，催促宫人严妆。此三联令读者沉浸于南朝生活的回忆之中，但尾联却语意一转："千古风流佳丽地，尽供哀思与兰成。"由此，全诗传达出奢华犹如浮云，终将消散的历史虚无意味。比较而言，翰林学士李宗谔的和诗，在结构上有更多的变化：

> 仙华玉寿夜沉沉，三阁齐云复道深。平昔金铺空废苑，于今琼树有遗音。珠帘映寝方成梦，麝壁飘香未称心。惆怅雷塘都几日，吟魂醉魄已相寻。②

从三阁齐云到庭园荒芜，从麝壁飘香至朱帘梦破，从雷塘为都到国亡身死，李诗将昔时繁盛与今日荒凉进行场景切换③，从而产生强烈的对比效果，所谓"一昔一今，今昔之感宛然可闻"④。我们将四诗并观，发

---

① 杨亿编，王仲荦注：《西昆酬唱集注》卷上，中华书局1980年版，第17页。

② 杨亿编，王仲荦注：《西昆酬唱集注》卷上，中华书局1980年版，第17~18页。

③ [法]尚·布什亚著，林志明译：《物体系》，上海人民出版社2001年版，第93页。

④ 周益忠：《西昆研究论集》，台湾学生书局1999年版，第78页。

现其结构虽有小异，但从中都可以概括出“昔时……今日……”的构句模式。可以看出，杨、钱、刘、李诸公皆借此表达了奢靡实不足恃的历史态度和天下终将一统的政治立场。①

除“南朝”酬唱之外，馆臣关于西蜀的酬唱，亦值关注。我们稍事翻检，发现六朝、唐时写及蜀地的诗作，大多铺排其交通之艰难与人情之凄楚。如梁简文帝有《蜀道难》二首，其一：“建平督邮道，鱼复永安宫。若奏巴渝曲，时当君思中。”其二：“巫山七百里，巴水三回曲。笛声下复高，猿啼断还续。”②写交通艰难与情思凄楚。其后，刘孝威、阴铿、张文琮等续有作，大意不出蜀道之险与交通之艰。③ 至李白《蜀道难》，则曰：“蜀道之难难于上青天！蚕丛及鱼凫，开国何茫然？尔来四万八千岁，不与秦塞通人烟。”④虽然其夸张笔势空前绝后，而其措意亦不出蜀道艰险与交通隔绝之范围。耐人寻味的是，无论诗人如何铺写蜀道的艰难，一旦写及蜀地的中心——蜀都，都极赞其富庶与繁华。如李白在《上皇西巡南京歌十首》中，其一曰“剑壁门高五千尺，石为楼阁九天开”，其二曰“九天开出一成都，万户千门入画图”⑤，则由感叹蜀道之艰难，转向赞美蜀都之繁盛。杜甫《剑门》诗有曰：“惟天有设险，剑门天下壮。连山抱西南，石角皆北向。两崖崇墉倚，刻画城郭状。一夫怒临关，百万未可傍。珠玉走中原，岷峨气凄怆。”⑥而《成都府》则曰：“曾城填华屋，季冬树木苍。喧然名都会，吹箫间笙簧。信美无与适，

① 王仲荦注曰：“或谓馆臣南朝诗，皆影射宋灭南唐事，予不敢牵强傅会，以遂其说。独李宗谔此两句，讬讽意远，确是阴指宋真宗及南唐近事。宋于开宝八年(973)，太宗命曹彬提兵灭南唐，至景德二年(1005)，已三十载。而宋真宗崇尚虚华，耽淫女宠，后宫并宠者甚众，殆蹈南唐后主之覆辙，故宗谔特引世所传陈后主讥隋炀帝以为戒也。”(杨亿编，王仲荦注：《西昆酬唱集注》卷上，中华书局1980年版，第19页)可备一说。

② 郭茂倩编：《乐府诗集》卷四十，中华书局1979年版，第590页。

③ 郭茂倩编：《乐府诗集》卷四十，中华书局1979年版，第590~592页。

④ 李白撰，王琦注：《李太白全集》卷三，中华书局1977年版，第162页。

⑤ 李白撰，王琦注：《李太白全集》卷八，中华书局1977年版，第435页。

⑥ 杜甫撰，仇兆鳌注：《杜诗详注》卷九，中华书局1979年版，第719~721页。

侧身望川梁。”①合而观之，咏及蜀地与蜀都，大致不出路途艰难与城市富庶两端。② 值得特别揭出的是，杜甫《剑门》已曰：“三皇五帝前，鸡犬各相放。后王尚柔远，职贡道已丧。至今英雄人，高视见霸王。并吞与割据，极力不相让。吾将罪真宰，意欲铲叠嶂。恐此复偶然，临风默惆怅。”指出蜀地在割据与统一之间的摇摆，并表达诗人的隐忧与不安。西昆咏史有一组以《成都》为题的唱和，耐人寻味。亦由杨亿首唱：

> 五丁力尽蜀川通，千古成都绿酎醲。白帝仓空蛙在井，青天路险剑为峰。漫传西汉祠神马，已见南阳起卧龙。张载勒铭堪作戒，莫矜函谷一丸封。③

杨诗铺排了五丁开山、秦时设仓、（蜀中）金马碧鸡、（南阳）卧龙征聘等蜀地历史事件，而尾联“张载勒铭堪作戒，莫矜函谷一丸封”是全诗转折之关键：它明确地表明了蜀地割据之不可恃的历史态度。④ 至刘筠的和诗，有曰：“镂肤剽俗恣游遨，可得蹲鸱号富饶。井络共知天与险，蚕丛无奈世兴妖。”⑤列举蜀地诸种风俗民情：俗恣游遨、自号富

① 杜甫撰，仇兆鳌注：《杜诗详注》卷九，中华书局1979年版，第724～725页。

② 李商隐《井络》：“井络天彭一掌中，漫夸天设剑为峰。阵图东聚燕江石，边柝西悬雪岭松。堪叹故君成杜宇，可能先主是真龙。将来为报奸雄辈，莫向金牛访旧踪。”（李商隐著，冯浩笺注，蒋凡标点：《玉溪生诗集笺注》卷二，上海古籍出版社1979年版，第359页）赞颂了诸葛亮的雄才大略，亦表达了功业未成的无限憾恨。胡曾《咏史诗·成都》曰：“杜宇曾为蜀帝王，化禽飞去旧城荒。年年来叫桃花月，似向春风诉国亡。”（胡曾《新雕注胡曾咏史诗》卷二，四部丛刊三编本）仅为古蜀国之兴亡而慨叹，其立意与世事无涉。

③ 杨亿编，王仲荦注：《西昆酬唱集注》卷上，中华书局1980年版，第148～149页。

④ 方回选评，李庆甲集评校点：《瀛奎律髓汇评》卷三，上海古籍出版社1986年版，第131页。

⑤ 杨亿编，王仲荦注：《西昆酬唱集注》卷上，中华书局1980年版，第150～151页。

饶、自恃天险。“杜鹃积恨花如血，诸葛遗灵柏半烧。才似文园何足道，一生琴意衹成痟。”以杜宇积恨、蜀柏半烧、相如成痟，喻指割据之不可久恃。这其实也是馆臣以“成都”为题进行唱和时不可动摇的政治立场。再看钱惟演的和诗：

> 武侯千载有遗灵，盘石刀痕尚未平。巴妇自饶丹穴富，汉庭还责碧砮征。雨经蜀市应和酒，琴到临邛别寄情。知有忠臣能叱驭，不论云栈更峥嵘。①

此诗首联与颔联写武侯开道、汉廷远征，表示蜀地与中原沟通，从未停止。颈联写以蜀雨和酒、邛琴寄情，谓蜀地自具风情。尾联写栈道虽峥嵘艰难，但得忠臣叱驭，天险实不足恃。与杨、刘二诗一样，钱诗最终表达了蜀地割据不足恃，天下必归一统的政治信念。

我们发现，馆阁诸公咏南朝、西蜀史事所表现出来的态度，实与《册府元龟》遥相呼应。《册府元龟》僭伪部总序有曰：

> 唐室之季，王度交丧，礼乐征伐不出于朝廷，山河疆理遂分于土壤。王审知跨据山海，裂五郡而为闽。王建凭恃岩险，包三川而为蜀。杨行密宅淮海之壤，擅鱼盐之富，建号而称吴。刘陟总百越之众，通珠贝之利，开国而为汉。其后孟知祥因同光之难，凭二剑之固，僭尊名而为后蜀。李昪承吴人之业，保重江之阻，冒旧服而为唐。刘崇以汉室之亡，托于宗胄，仍厥位号，保于太原。而吴唐二蜀，继守其宇。七闽之乱，厥土三分。显德之世，尚余四国。皇朝受命，始平井络，旋殄五岭，后克江表，三晋遗孽，再驾而服，混一区内，以致太平。②

---

① 杨亿编，王仲荦注：《西昆酬唱集注》卷上，中华书局1980年版，第151~152页。

② 王钦若等编纂，周勋初等校订：《册府元龟》卷第二百一十九，凤凰出版社2006年版(校订本)，第2466页。

总序称南唐则曰："李昪承吴人之业，保重江之阻，冒旧服而为唐。"称宋灭南唐，则曰："皇朝受命……后克江表……混一区内以致太平。"对于西蜀，总序乃称，"王建凭恃岩险，包三川而为蜀"，其后"孟知祥因同光之难，凭二剑之固，僭尊名而为后蜀"，直至"皇朝受命，始平井络"。至此可以明白，西昆咏史诗中的"南朝""成都"酬唱皆隐含割据与统一问题的集体态度。如上所述，《南朝》酬唱，馆臣虽铺写其逸乐，而最终表达天险不足恃，天下终归于一统；《成都》酬唱，皆写其自恃富饶，又谓但得忠臣叱驭，亦终归于一统。① 此种"昔时……今日……""无论……终究……"的构句模式被馆臣用于表达某种"情景的终结"，成为割据与统一问题的解释模式。②

三、时间的截取：《公子》与《旧将》

唐诗以《公子行》为题者甚众。刘希夷《公子行》有曰："天津桥下阳春水，天津桥上繁华子。……此日遨游邀美女，此时歌舞入娼家。"③主要写公子之游宴无羁。其后"与君相向转相亲，与君双栖共一身。愿作贞松千岁古，谁论芳槿一朝新。百年同谢西山日，千秋万古北邙尘"，写美女心许公子，愿一生相守的情衷。刘希夷此诗虽铺排逸乐生活，但延续了六朝乐府写男女情爱的传统。至司空曙《观猎骑》(一作《公子行》)，则曰："缠臂绣纶巾，貂裘窄称身。射禽风助箭，走马雪翻尘。金埒争开道，香车为驻轮。翩翩不知处，传是霍家亲。"④主要写公子之游荡与权势。顾况《公子行》有曰："轻薄儿，面如玉，紫陌春风缠马

① ［法］克洛德·列维-斯特劳斯(Claude Lévi-Strauss)著，李幼蒸译：《野性的思维》，中国人民大学出版社2006年版，第213页。

② ［法］克洛德·列维-斯特劳斯(Claude Lévi-Strauss)著，李幼蒸译：《野性的思维》中国人民大学出版社2006年版，第196页。

③ 《全唐诗》卷八十二，中华书局1980年版，第3册，第885页。

④ 《全唐诗》卷二百九十二，中华书局1980年版，第9册，第3316页。

足。……朝游冬冬鼓声发，暮游冬冬鼓声绝。入门不肯自升堂，美人扶踏金阶月。”①则写公子之志得意满与纵情逸乐。李商隐有两首《公子》诗，其一曰：“外戚封侯自有恩，平明通籍九华门。金唐公主年应小，二十君王未许婚。”②写公子之身世显赫与结亲豪门。其二曰：“一盏新罗酒，凌晨恐易消。归应冲鼓半，去不待笙调。歌好惟愁和，香浓岂惜飘。春场铺艾帐，下马雉媒娇。”③亦写公子的纵情逸乐。总体看来，唐代以《公子行》为题的诗歌，主要铺排年少公子纵情逸乐的放荡生活，间及其显赫家世与结亲豪门。西昆酬唱中有以《公子》为题者，由杨亿首唱：

> 夹道青楼拂彩霓，月轩宫袖按前溪。锦鳞河伯供烹鲤，金距邻翁逐斗鸡。细雨垫巾过柳市，轻风侧帽上铜堤。珊瑚击碎牛心熟，香枣兰芳客自迷。④

此诗罗列公子游逸生活的场景：按节歌舞、斗鸡烹鲤、纵马过市、侧帽上堤、斗富竞奢。全诗极力展现其生活奢靡，作风放荡，营造出及时行乐的情景与氛围。至于刘筠和作：

> 油壁春车隔渭桥，黄山路远苦相邀。行庖爨蜡雕胡熟，永埒铺金汗血骄。别馆横陈张静婉，期门长揖霍嫖姚。注钩握槊曾无惮，绿桂膏浓晓未销。⑤

① 《全唐诗》卷二百六十五，中华书局1980年版，第8册，第2940。

② 李商隐著，冯浩笺注，蒋凡标点：《玉溪生诗集笺注》卷一，上海古籍出版社1979年版，第38页。

③ 李商隐著，冯浩笺注，蒋凡标点：《玉溪生诗集笺注》卷三，上海古籍出版社1979年版，第556页。

④ 杨亿编，王仲荦注：《西昆酬唱集注》卷上，中华书局1980年版，第69~70页。

⑤ 杨亿编，王仲荦注：《西昆酬唱集注》卷上，中华书局1980年版，第70~71页。

刘诗依然列举公子们的游逸活动：打猎、行庖、马射、狎妓、结交、博弈等。尾联“注钩握槊曾无惮，绿桂膏浓晓未销”，写彻夜狂欢，至晓未终。可以看出，刘筠此诗，以当下时间展示为基础，却隐含了对未来时间的担忧。至于钱惟演之和作：

莲勺交衢接荻园，来时十里一开筵。歌翻南国桃根曲，马过章台杏叶鞯。别殿对回双绶贵，后门归夜九枝然。闲随翠幰攲乌帽，紫陌三条入柳烟。①

钱诗依然写公子的活动：赴宴、歌舞、面君、归来、纵乐。与杨、刘诗不同的是，钱诗中公子的活动是具有时间接续关系的。其尾联“闲随翠幰攲乌帽，紫陌三条入柳烟”，则营造出延伸的空间感。我们大致可以用“(公子)正在……”的句法来概括杨、刘、钱三诗的构句模式②。随之，我们应该注意到，与唐人写“公子行”颇为不同的是：杨、刘、钱三人皆将笔墨倾注于当下逸乐的铺排，既缺乏对过去(如出身门第)的追溯，也放弃了对未来(如结亲豪门)的展望。这种“只顾眼前”的时间视角可能隐藏了杨、刘诸公对公子放荡生活的“春秋褒贬”。

馆臣关于“旧将”的酬唱也值得我们关注。我们注意到，唐诗以将军为题者，除写及决胜边塞、叙功返朝的“将军行”传统之外③，还有一个关于鏖战一生却叙功无缘的“老将行”书写传统。如骆宾王《帝京篇》有“俄闻卫霍有功勋，未厌金陵气，先开石椁文。朱门无复张公子，

① 杨亿编，王仲荦注：《西昆酬唱集注》卷上，中华书局1980年版，第72~73页。

② ［法］尚·布什亚著，林志明译：《物体系》，上海人民出版社2001年版，第215页。

③ 如刘希夷《将军行》主要写将军决战边塞之气魄以及为国家中流砥柱之地位，张籍《将军行》则铺写将军的决胜边塞和叙功返朝(郭茂倩编：《乐府诗集》卷九十，中华书局1979年版，第1267~1268页)。

灞亭谁畏李将军"①，感慨权势转瞬即衰，功勋不足恃。高适《蓟门行五首》其三："蓟门逢古老，独立思氛氲。一身既零丁，头鬓白纷纷。勋庸今已矣，不识霍将军。"②亦写老将年迈，功勋为人遗忘。王维《老将行》取意有所不同。其初写少年英武骁勇，而后驰骋疆场，建立功勋。但命奇不偶："卫青不败由天幸，李广无功缘数奇。自从弃置便衰朽，世事蹉跎成白首。"③弃置不用，为世所忘。诗末所云"节使三河募年少，诏书五道出将军"，"莫嫌旧日云中守，犹堪一战取功勋"，表白只要国家有难，随时可以应诏而起，颇有曹操"烈士暮年，壮心不已"的忠勇情怀。④ 李白《赠郭将军》一诗，则主要写老将年迈归京的苦闷生活："平明拂剑朝天去，薄暮垂鞭醉酒归。爱子临风吹玉笛，美人向月舞罗衣。畴昔雄豪如梦里，相逢且欲醉春晖。"⑤表达对"所用非所长"之境遇的同情与共鸣。李商隐《旧将军》则曰："云台高议正纷纷，谁定当时荡寇勋？日暮灞陵原上猎，李将军是故将军。"⑥写朝堂叙功，而真正的将军却与之无缘，诗人怀才不遇、报国无门的悲愤自然流露。馆臣关于《旧将》的酬唱，由杨亿首唱：

> 平生苦战忆山西，抚剑临风气吐霓。戟户当衢容驷马，髯奴绕帐列生犀。新丰酒满清商咽，武库兵销太白低。髀肉渐生衣带缓，早朝空听汝南鸡。⑦

前四句铺写昔时旧将：平生苦战、抚剑临风、戟户当衢、髯奴绕帐；其

① 《全唐诗》卷七十七，中华书局1980年版，第3册，第834页。
② 《全唐诗》卷二十四，中华书局1980年版，第2册，第311页。
③ 《全唐诗》卷一百二十五，中华书局1980年版，第4册，第1257页。
④ 郭茂倩编：《乐府诗集》卷三十七，中华书局1979年版，第545页。
⑤ 李白撰，王琦注：《李太白全集》卷九，中华书局1977年版，第484页。
⑥ 李商隐著，冯浩笺注，蒋凡标点：《玉溪生诗集笺注》卷二，上海古籍出版社1979年版，第328页。
⑦ 杨亿编，王仲荦注：《西昆酬唱集注》卷上，中华书局1980年版，第73~74页。

后四句则写如今旧将：新丰酒满、武库兵销、髀肉渐生、早朝听鸡。可以看出，杨诗主要采用时间对比来表达对老将境遇的同情。任随诗的结构与杨亿相似："几年鏖虏复征蛮，分阃功成两鬓斑。新画仪形当汉阁，旧铭勋业在燕山。"①初写老将鏖战边关，两鬓斑白，其功入画阁，勋业勒石。"龙泉照步文犀涩，马埒堆金骏足闲。时泰无因问充国，晓窗风雪梦阳关。"其后则写刀枪归库，老将赋闲；太平之世，无所用长。惟于风雪之中，梦回阳关。② 至于刘筠的和作：

> 丈八蛇矛战血干，子孙今已列材官。青烟碧瓦开新第，白草黄云废旧坛。劳薄可甘先蔺舌，爵高还许戴刘冠。秋来从猎长杨榭，矍铄犹能一据鞍。③

在首、颔两联，刘诗主要写旧将的当下状态：丈八蛇矛，战血已干；子孙后代，身列材官；青烟碧瓦，府第新开；拜将旧坛，白草黄云。颈联写旧将们的心情：虽然功劳微薄，但自认战功先于文臣，爵位高居，备受尊崇。尾联写当前的生活状况：秋猎之时，精神矍铄，还能据鞍一试。值得提出的是，刘诗中的每一个"如今"场景都似乎保留着昔时征战的记忆："丈八蛇矛战血干"保留着血战的痕迹；"白草黄云废旧坛"保留着筑坛拜将的记忆；"劳薄可甘先蔺舌"保留着战争与外交争斗的记载；"矍铄犹能一据鞍"保留着纵横疆场的体验。至此，可以看出刘筠的态度：昔时的战功已经沉淀到今日的荣耀之中了。刘骘的态度与刘筠接近，仍然是用过去与现在的对比，来展示将军们的一生。不过其全诗结构稍有不同：首联"强弩当年讨不庭，功成身退炳丹青"写功成名就；颔联"囊沙泽畔知兵法，聚米山前识阵形"写曾经的指画形势；颈

① 杨亿编，王仲荦注：《西昆酬唱集注》卷上，中华书局 1980 年版，第 73～74 页。

② 此"晓窗风雪梦阳关"显示自李白《赠郭将军》"畴昔雄豪如梦里"中化出。

③ 杨亿编，王仲荦注：《西昆酬唱集注》卷上，中华书局 1980 年版，第 75～76 页。

联“骥老未甘秋伏枥，剑闲犹觉夜冲星”写壮心不已；尾联“分茅锡土传家谍，钟鼎还须为勒铭”写勒铭立碑。刘骘全诗框架可以简化为：昔时远征不庭—如今功成身退；昔时指画形势—如今(壮心未已)。最终分茅锡土，钟鼎勒铭。① 全诗意指旧将虽然一生征战，终得战功封荫，流露出功成身退的自安意味。相比唐诗而言，馆阁诸公之诗都没有写及叙功无缘这一个隐含悲愤的环节，故其“旧将”之慨只不过是“成功人士”的抚今追昔而已。

我们可以发现，在西昆咏史诗中，通常运用时间的截取与比对来表达历史态度形成某种构句模式。② 比较而言，“公子”是活在当下的一个群体，他们笙歌达旦，纵情声色，他们遗忘了过去，也不思考未来；“旧将”本是一个活在过去的群体，昔时的边塞征战才是他最为荣光的时刻，但国泰民安使他们不得不沉浸在当下的战功封荫之中③。综合而观，咏叹“老将”与批评“公子”，表现了馆臣对于当下处境的复杂态度：可以抚今思昔，更要感恩当下，切不可走向奢靡。

四、盛衰的切换：《宋玉》与《明皇》

正如杨亿《送倚序》有曰：“眷惟职业，素所蕴崇。……侍栢梁之高宴，即赋七言。”④身入秘阁，文学侍君本为馆臣应尽的职责，故而杨刘诸公每以才士为咏，亦为自然。以文学侍君，而为后人咏叹者，其典型

① 杨亿编，王仲荦注：《西昆酬唱集注》卷上，中华书局 1980 年版，第 77~78 页。

② [法]米歇尔·福柯著，莫伟民译：《词与物——人文科学考古学》，上海三联书店 2001 年版，第 128 页。

③ 曾枣庄认为：“杨亿等人受诏修书的前一年，契丹大举攻宋，君臣纷纷主张迁都避敌，赖寇准(包括杨亿)力主抵抗，虽获胜而仍签订了岁给金帛的澶渊之盟。杨亿诸人的《旧将》显然是有感于此而发。”(曾枣庄：《论西昆体》，台湾丽文文化公司 1993 年版，第 75 页)或可备一说。

④ 杨亿：《武夷新集》卷七，《宋集珍本丛刊》，线装书局 2004 年版，第 262 页。

莫过宋玉。杜甫《咏怀古迹五首》其二有云："摇落深知宋玉悲，风流儒雅亦吾师。怅望千秋一洒泪，萧条异代不同时。江山故宅空文藻，云雨荒台岂梦思？最是楚宫俱泯灭，舟人指点到今疑。"①以才士萧条，故宅荒芜为悲。李商隐《宋玉》："何事荆台百万家，惟教宋玉擅才华。楚词已不饶唐勒，风赋何曾让景差！落日渚宫供观阁，开年云梦送烟花。可怜庾信寻荒径，犹得三朝托后车。"②写宋玉才华寂灭，庾信寻其故径，亦为文学侍从，乃重为之不幸。③ 概而言之，唐人咏宋玉，大抵不出才士萧条、故宅荒芜之慨叹。馆臣以《宋玉》为题的酬唱，由杨亿首唱：

> 兰台清吹拂冠緌，薙草新居对渺弥。丽赋朝云无处所，羁怀秋气动赍咨。三年送目愁邻媛，七泽迷魂怨楚词。独有江南哀句在，更传余恨到黄旗。④

首句写楚襄王游于兰台之宫，宋玉侍君；次句写庾信逃归江陵，居于宋玉故宅。颔联与颈联铺排宋玉的名作，列《高唐赋》《九辩》《好色赋》《招魂》诸篇及篇中人物与景象（巫山神女、羁怀悲秋、东邻美女、神秘七泽），渲染神秘、悲凉、凄美、痛楚等交织的复杂情绪。尾联"独有江南哀句在，更传余恨到黄旗"，乃全诗之关捩：用庾信《哀江南赋》传于后世，反衬宋玉生前显贵与身后寂灭。杨诗将宋玉随侍与庾信逃归两个时空跨度极大的情景进行了拼贴，全诗流露出沉重的历史沧桑与人生

---

① 杜甫撰，仇兆鳌注：《杜诗详注》卷十七，中华书局 1979 年版，第 1501 页。

② 李商隐著，冯浩笺注，蒋凡标点：《玉溪生诗集笺注》卷二，上海古籍出版社 1979 年版，第 304 页。

③ 又李商隐《过郑广文旧居》："宋玉平生恨有余，远循三楚吊三闾。可怜留着临江宅，异代应教庾信居。"程梦星曰："以宋玉比郑（虔），以庾信自比，沦落文人，后先相望。"冯浩曰："结言谁克踵其风流不愧此宅乎？虚说尤妙，自誉自叹，皆寓言外。"（李商隐著，冯浩笺注，蒋凡标点：《玉溪生诗集笺注》卷三，上海古籍出版社 1979 年版，第 689~690 页）

④ 杨亿编，王仲荦注：《西昆酬唱集注》卷上，中华书局 1980 年版，第 177~178 页。

虚无感①。至于刘筠的和诗：

楚国骄荒日已深，山川朝暮剧登临。曾伤积毁亡师道，祇托微辞荡主心。江草东西多恨色，峡云高下结层阴。潘郎千载闻遗韵，又说经秋思不任。②

首联写楚国的骄奢荒淫，逐日加深；楚王（却）登临巫山之上，朝云暮雨。颔联与颈联铺排宋玉诸篇写作的因由：由屈原被当世积毁，世无师道而写作《招魂》；写作《风赋》，希图借微辞以谏；写作《招魂》，江南春色因之染恨③；写作《神女赋》，巫山神女，峡云高下，结于层阴。尾联感叹潘岳《秋兴赋》仍然为秋气而悲，可见宋玉赋作之千载遗韵。至于钱惟演的和诗：

章华清宴重游陪，已有微词更有才。神女梦灵因赋感，屈平魂怨待招回。悲秋终古情难尽，障袂何时望可来。只用大言君自许，景差无计上兰台。④

首联写宋玉凭其才华辞采，得以陪侍章华清宴。其下铺排宋玉名作之场景：楚王梦见巫山神女，借其赋以感通，作《神女赋》；屈原游魂无归，借《招魂》以招之；自古以来，感秋而悲，借他的《九辨》来表达；或有东邻美女障袂，借其《好色赋》表达期而再至的心情。此数句说明宋玉

① 曾枣庄《论西昆体》：“此诗实以宋玉、庾信自喻，宋玉有才而不得施展，徒成哀怨的《楚辞》；庾信思乡而不得归乡，只能‘更传余恨到黄旗’。”（曾枣庄：《论西昆体》，台湾丽文文化公司1993年版，第100~101页）

② 杨亿编，王仲荦注：《西昆酬唱集注》卷上，中华书局1980年版，第179页。

③ 《楚辞·招魂》：“目极千里兮伤春心，魂兮归来哀江南。”（屈原撰，刘向集，王逸章句：《楚辞》卷七，四部丛刊初编本）。

④ 杨亿编，王仲荦注：《西昆酬唱集注》卷上，中华书局1980年版，第179~180页。

之辞赋能曲尽常人心绪，自可流传千古。尾联“只用大言君自许，景差无计上兰台”，写楚王既然好用大言，则宋玉正当自许，他人无缘比肩。综合来看，在关于《宋玉》的酬唱中，杨刘诸公皆铺写宋玉一生名篇及身后影响，但表达的态度各有不同：杨亿借宋玉以自况，表露出来才华易逝、人生虚无的伤感情绪；刘筠之诗则赞叹宋玉之辞有千载遗韵，自能不朽；钱惟演亦称宋玉文辞能曲尽人心，自可流芳千古。比较而言，杨诗基本沿袭唐人咏宋玉的情绪惯性，而刘、钱的立意则颇有不同：虽然才士身与物灭，但辞采却流芳千古；并对杨亿有劝勉之意：既然时重文士，则当放胆而为①，借势而进。

如果说关于“宋玉”的酬唱反映了馆臣对文学侍臣这一荣耀身份的某种自省，那么关于“明皇”的酬唱，则体现了他们对君王权力的冷眼旁观。唐代安史之乱后，明皇贵妃故事多为诗家所咏。韦应物《骊山行》有曰：“干戈一起文武乖，欢娱已极人事变。”②以“干戈”以继“欢娱”，强调乐极生悲的世情无常。白居易《长恨歌》有曰：“渔阳鞞鼓动地来，惊破《霓裳羽衣曲》。九重城阙烟尘生，千乘万骑西南行。”③以“鞞鼓”惊破笙歌，而后写出逃的仓皇，亦寓欢宴不能得终之意。李商隐《马嵬二首》，其一有“冀马燕犀动地来，自埋红粉自成灰”之句，用叛军来犯与红粉成灰的急转，表明逸乐之不可长久。“君王若道能倾国，玉辇何由过马嵬？”则对玄宗失政有所讥讽。其二则曰：“海外徒闻更九州岛，他生未卜此生休。空闻虎旅鸣宵柝，无复鸡人报晓筹。此日六军同驻马，当时七夕笑牵牛。如何四纪为天子，不及卢家有莫愁！”④用驻军马嵬时的仓皇，反衬长生殿之恩爱之不可长久。综合观之，唐人

① 郑再时笺注曰：“结联用恢谐之语以励大年，若云子但放胆为之，自能得君之心，邀名之宠陈彭年、王钦若辈，岂敢与子抗衡哉？”（郑再时：《西昆酬唱集笺注》，齐鲁书社 1986 年版，第 551 页）

② 孙望编著：《韦应物诗集系年校笺》卷十，中华书局 2002 年版，第 1 页。

③ 白居易著，朱金城笺校：《白居易集笺校》卷十二，上海古籍出版社 1988 年版，第 660 页。

④ 李商隐著，冯浩笺注，蒋凡标点：《玉溪生诗集笺注》卷三，上海古籍出版社 1979 年版，第 604 页。

写明皇贵妃事，大致申说乐极而生悲、逸乐不可久的道理。以《明皇》为题的酬唱，亦由杨亿首唱：

> 玉牒开观检未封，斗鸡三百远相从。紫云度曲传浮世，白石标年凿半峰。河朔叛臣惊舞马，渭桥遗老识真龙。蓬山钿合愁通信，回首风涛一万重。①

方回有曰："凡赋唐明皇诗，至于养成禄山之祸，皆自侈靡奢纵始，蛊于心而昏于事，不过如此。"②杨诗初举玄宗侈靡奢纵之举，而后述叛臣惊舞马、渭桥遗老追随的痛心场景，以及贵妃赐死、风涛求通的悲惨结局，用初举与结局的反转来表达对玄宗失政的讥评。再看钱惟演的和作：

> 山上汤泉架玉梁，云中复道拂瑶光。丝囊暗结三危露，翠幰时遗百和香。枉是金鸡亲便坐，更抛珠被掩方床。匆匆一曲凉州罢，万里桥边见夕阳。③

方回评道："诗贵一轻一重对说，一曲《梁州》(《凉州》)，为乐几何？万里桥在成都府，却忽屈万乘至彼，乐之中成此哀也。"④钱诗前三联皆铺排李杨生活之富丽(山上汤泉、云中复道)，次叙及玄宗对安禄山的恩宠(丝囊结露、翠幰遗香)。惟尾联写凉州曲罢、玄宗西巡，一转而入苍凉。钱诗正用铺叙之后的突转，表达对玄宗晚年政治昏庸的微讽意

① 杨亿编，王仲荦注：《西昆酬唱集注》卷上，中华书局1980年版，第101~103页。

② 方回选评，李庆甲集评校点：《瀛奎律髓汇评》卷上，上海古籍出版社1986年版，第129页。

③ 杨亿编，王仲荦注：《西昆酬唱集注》卷上，中华书局1980年版，第104~105页。

④ 方回选评，李庆甲集评校点：《瀛奎律髓汇评》卷三，上海古籍出版社1986年版，第130页。

味。至于刘筠的和诗：

> 岁岁南山见寿星，百蛮回首奉威灵。梨园法部兼胡部，玉辇长亭复短亭。河鼓暗期随日转，马嵬恨血染尘腥。西归重按凌波舞，故老相看但涕零。①

方回评此诗曰："三四(联)良佳，荒唐沉湎有如此，流离颠沛忽如彼，皆可为后世人主之戒。明皇赖有太子即位灵武，郭子仪、李光弼之兵足以战，及忠臣义士之志，未离唐室。故得返驾旧京。有此末句，不然父子俱入蜀，中原之人虽不服禄山，江东已有永王璘欲炙矣，事将如何?"②可谓知言者。钱诗首联写明皇之多福与威望(终南星见、百蛮尊奉)，颔联写其创制梨园、玉辇飞驰。颈联意脉急转：七夕盟誓的日子刚刚过去，贵妃就在马嵬坡上血染黄土。尾联写玄宗西归之后，重新跳起凌波舞步；故老相看，惟有泪流满面。在对玄宗讥评的同时，钱诗还表达了人心向背乃为政之根本的政治理念。

据《麟台故事校证》载，对于《历代君臣事迹》每部类所撰序，宋真宗皆亲自审阅，其间认为"然于戒劝，或有未尽"处，特别指出"国家常务，偶有阙失"，或"帝王率情违法"等情况，馆臣劝诫的尺度把握失当。③ 可以想见，天宝年间玄宗施政作为关乎大唐治乱的历史关捩，自然成为馆臣讽谏的重点。《册府元龟》"失政"有载：

> 玄宗天宝四载(745)，册太真妃杨氏为贵妃，范阳节度使安禄山请为贵妃养儿，入对，皆先拜太真，遂命杨铦已下，并约为兄

---

① 杨亿编，王仲荦注：《西昆酬唱集注》卷上，中华书局1980年版，第105~107页。

② 方回选评，李庆甲集评校点：《瀛奎律髓汇评》卷三，上海古籍出版社1986年版，第130页。

③ 程俱撰，张富祥校证：《麟台故事校证》，《唐宋史料笔记丛刊》，中华书局2000年版，第295~296页。

> 弟。十一载(752)十一月，以贵妃从祖兄御史大夫国忠为右相。十三载(754)正月，禄山谒于华清宫，请为闲厩三十群牧等都使，又请知总监事。帝筋脚马皆阴令择之。三月人从范阳来言反者，帝必大怒，至送与之。十四载(755)十一月，禄山果叛，矫称奉命以兵讨逆人杨国忠。是时，天下承平日久，人不知战，闻其兵起，朝廷恟惧。十二月，禄山渡河，遂入陈留郡，又入东京。十五载六月，潼关不守，帝乃幸蜀。①

从此处记载来看，安史之乱主要归咎于杨国忠乱政与安禄山谋逆，并未指摘玄宗失政。不过，《册府元龟》所载宪宗与崔群的一段交谈值得关注：

> 宪宗元和末谓宰臣曰："朕读《玄宗实录》，见开元初锐意求理，至十六年(728)已后，稍似懈倦；元末又不及中年，何也。"崔群对曰："玄宗久历民间，身经屯难，故即位之初，知人疾苦，躬勤庶政，加之姚崇、宋璟、苏颋、卢怀慎等守正之辅，孜孜献纳，故致治平。及后承平日久，安于逸乐，渐远端士而近小人。宇文融以聚敛媚上心，李林甫以耳目获上意，终之以国忠，故及于乱。"②

此处则借崔群之口，玄宗"承平日久，安于逸乐，渐远端士"的失政意寓批评。此可见馆臣讽谏之曲折艰难，颇可与诸公"明皇"酬唱对读。

统而观之，无论是关于宋玉的酬唱，还是关于玄宗的酬唱，馆臣都使用了乐哀急转、盛衰对比的构句模式来表达其历史态度：无论如何列举宋玉之佳篇迭出，或铺排明皇之文治武功(或侈靡奢纵)，皆非其真实态度的表达；只有其后的急转(或为身后凋零，或为颠沛流离)，才

① 王钦若等编纂，周勋初等校订：《册府元龟》卷一百八十，凤凰出版社2006年版(校订本)，第1993页。

② 王钦若等编纂，周勋初等校订：《册府元龟》卷一百八十，凤凰出版社2006年版(校订本)，第1993页。

传达出馆臣对才士荣耀瞬灭的叹惋与君王逸乐无终的警示，并最终表达无论是为君为臣，皆当忧患进取的政治态度。

五、热冷的突转：《秦皇》与《汉武》

秦皇与汉武，亦是唐人咏史的重要题材。如李白《登高丘而望远》，其中有曰："君不见骊山、茂陵尽灰灭，牧羊之子来攀登。盗贼劫宝玉，精灵竟何能？穷兵黩武今如此，鼎湖飞龙安可乘？"①即批评秦皇、汉武求取长生之妄诞，感叹其生前穷兵黩武和死后之清冷。

单就秦皇的咏叹来说，唐人已多有之。张九龄《和黄门卢监望秦始皇陵》有曰："秦帝始求仙，骊山何遽卜。……人怨神亦怒，身死宗遂覆。"②则叙秦皇求仙及驱遣民力，而终身死宗覆的可笑结局。李白《古风》之三"秦王扫六合，虎视何雄哉！"③铺排秦王功业。而后"刑徒七十万，起土骊山隈"，写其驱遣民力，求仙无已。由"但见三泉下，金棺葬寒灰"，写其身死之后的清冷。至李商隐写及秦皇事，有《五松驿》曰："独下长亭念《过秦》，五松不见见舆薪。只应既斩斯、高后，寻被樵人用斧斤。"④以五松之虽受秦皇之封，而后亦为舆人所伐，可见权势显贵之不可恃。总体而言，唐人咏秦皇事，多写其生前之驱遣民力，身后寂灭清冷，以显示权势转瞬即衰、功业不可永久的历史铁则。馆臣有《始皇》之酬唱，由杨亿首唱：

衡石量书夜漏深，咸阳宫阙杳沉沉。沧波沃日虚鞭石，白刃凝霜枉铸金。万里长城穿地脉，八方驰道听车音。儒坑未冷骊山火，

① 李白撰，王琦注：《李太白全集》卷四，中华书局1977年版，第222～223页。

② 《全唐诗》卷四十七，中华书局1980年版，第2册，第565页。

③ 李白撰，王琦注：《李太白全集》卷二，中华书局1977年版，第92页。

④ 李商隐著，冯浩笺注，蒋凡标点：《玉溪生诗集笺注》卷一，上海古籍出版社1979年版，第57～58页。

三月青烟绕翠岑。①

此诗前三联皆铺排秦王生前勤政（深夜批阅、东巡鞭石、收天下之兵、修万里长城、修八方驰道），造成热烈的效果，而尾联“儒坑未冷骊山火，三月青烟绕翠岑”，全诗由极热而转极冷，造成结局反转的震撼效果②。再来看刘筠的和作：

利嘴由来得擅场，尽迁豪富入咸阳。属车夜出迷云雨，峻令朝行剧虎狼。前殿建旗凌紫极，东门立石见扶桑。从臣嘉颂徒虚美，不奈卢生谶国亡。③

首句旗帜鲜明地表明自己的态度：自古以来，巧言利嘴，得擅胜场。接着指出秦始皇的一系列举措（尽迁豪富、属车夜出、峻令朝行、前殿建旗、东门立石）都是在巧言利口蛊惑之下施行的。尾联语意一转，表示从臣的称美都只是虚美之词，反而是卢生的谶言，预示了帝国必亡的命运。④ 首联“利嘴由来得擅场”与尾联“从臣嘉颂徒虚美”前后呼应，对从臣阿谀近习进行批评。再看钱惟演之和作：

天极周环百二都，六王钟鐻接刘苏。金椎漫筑甘泉道，匕首还随督亢图。已觉副车惊博浪，更携连弩望蓬壶。不将寸土封诸子，刘项由来是匹夫。⑤

---

① 杨亿编，王仲荦注：《西昆酬唱集注》卷上，中华书局1980年版，第162~163页。

② 方回选评，李庆甲集评校点：《瀛奎律髓汇评》卷三，上海古籍出版社1986年版，第133页。

③ 杨亿编，王仲荦注：《西昆酬唱集注》卷上，中华书局1980年版，第163~164页。

④ 方回选评，李庆甲集评校点：《瀛奎律髓汇评》卷三，上海古籍出版社1986年版，第134页。

⑤ 杨亿编，王仲荦注：《西昆酬唱集注》卷上，中华书局1980年版，第165~166页。

首联谓秦国天运所钟，地势险固。其后列举秦始皇的数件举措及其结局：收天下之兵，(不料)到了刘邦起事，又都恢复成了兵器；修筑驰道，树以青松，(不料)刺客却隐金椎于其中；让燕国献上督、亢二州的地图，(不料)荆轲的匕首随之而来；在博浪沙受惊，有所察觉，换于副车，幸免于祸，(不料)徐市却在他的眼皮底下，东渡不归；秦王担心诸子造反，不愿意将寸土封之，(不料)灭掉秦朝的刘、项原来起于匹夫。全诗对秦始皇意欲主宰历史的骄纵进行嘲弄和揶揄，也表达了历史无常，命运弄人的冷峻规则。诚如方回所说，事常出于"智之所不能料"，祸必伏于"人之所不能见"①，"不料"的意脉转折贯穿全诗。《册府元龟》"闰位部"之"失政"小序有曰："自秦嬴宰制，事或非允。……至于出令制命，不厌于众心，阿谀近习，匪率乎彝则；赏罚淆乱，贤愚混同，典礼无章，用度靡纪，而犹骄心方炽。"②与之相应，杨亿诗写秦王之专制，刘筠诗写从臣之奉迎，钱惟演诗则写秦王之奢侈与骄纵。在馆臣看来，专制(出令制命，不厌于众心)与奉迎(阿谀近习)、奢侈(用度靡纪)与骄纵(骄心方炽)往往相伴而生。

就汉武的咏叹来说，唐人亦多有之。李峤《汾阴行》有曰："千年人事一朝空，四海为家此路穷。"③写汉武身死之后的寂灭。"昔时青楼对歌舞，今日黄埃聚荆棘。"用今昔对比，抒其黍离之悲。韦应物《汉武帝杂歌三首》其二有曰："千载金盘竟何处，当时铸金恐不固。蔓草生来春复秋，碧天何言空坠露。"以金盘不知何处，空余蔓草丛生，对汉武求仙进行讥讽。李贺有《昆仑使者》："金盘玉露自淋漓，元气茫茫收不得。麒麟背上石文裂，虬龙鳞下红枝折。"④写昔时金盘玉露，而今空余

① 方回选评，李庆甲集评校点：《瀛奎律髓汇评》卷上，上海古籍出版社1986年版，第134页。

② 王钦若等编纂，周勋初等校订：《册府元龟》卷第二百一十九，凤凰出版社2006年版(校订本)，第2455页。

③ 郭茂倩编：《乐府诗集》卷九十三，中华书局1979年版，第1308~1309页。

④ 李贺著，王琦等评注：《笺注评点李长吉歌诗》外集，上海古籍出版社1998年版，第183页。

麒麟文裂、鳞下枝折荒凉景象，刺汉武求仙之不得。李商隐《茂陵》有曰："汉家天马出蒲梢，苜蓿榴花遍近郊。内苑只知含凤嘴，属车无复插鸡翘。玉桃偷得怜方朔，金屋修成贮阿娇。谁料苏卿老归国，茂陵松柏雨萧萧。"①全诗关捩即在"谁料"二字，氛围由热而急转为冷。概括而观，唐人咏汉武事，皆以其平生功业或求仙盛举与其死后冷清作对比，以展现其历史沧桑与人生虚无。以"汉武"为题的咏史酬唱，由杨亿首唱：

> 蓬莱银阙浪漫漫，弱水回风欲到难。光照竹宫劳夜拜，露漙金掌费朝餐。力通青海求龙种，死讳文成食马肝。待诏先生齿编贝，那教索米向长安。②

此诗铺排汉武平生求仙事件：远望蓬莱、夜拜竹宫、玉盘承露、力通青海、死讳文成。尾联写东方朔乞米长安，意寓汉武疏远贤能，警示其不能爱才以终③。方回评曰："此诗有说讥武帝求仙，徒费心力，用兵不胜其骄，而于人才之地不加意也。"④可见杨亿诗中所言，不惟讥讽汉武求仙之虚诞，亦特表其"得士则昌，失人则乱"之建言。⑤ 至于刘筠的和作：

> 汉武天台切绛河，半涵非雾郁嵯峨。桑田欲看他年变，瓠子先

① 李商隐著，冯浩笺注，蒋凡标点：《玉溪生诗集笺注》卷一，上海古籍出版社 1979 年版，第 264 页。

② 杨亿编，王仲荦注：《西昆酬唱集注》卷上，中华书局 1980 年版，第 42~44 页。

③ 郑再时注曰："盖以曼倩自喻也。"（郑再时：《西昆酬唱集笺注》，齐鲁书社 1986 年版，第 357 页）

④ 方回选评，李庆甲集评校点：《瀛奎律髓汇评》卷三，上海古籍出版社 1986 年版，第 127 页。

⑤ 王钦若等编纂，周勋初等校订：《册府元龟》卷六十七，凤凰出版社 2006 年版（校订本），第 716 页。

> 成此日歌。夏鼎几迁空象物，秦桥未就已沉波。相如作赋徒能讽，却助飘飘逸气多。①

首联与颔联铺排汉武故事：修建甘泉天台、欲观沧海之变、自作《瓠子之歌》。颈联突转为冷峻：夏鼎数迁，只剩下空洞的图案；始皇东巡，未筑成的石桥，已淹沉于海波之中。尾联语意再转：相如作赋，本欲讽谏，武帝反生凌云之气。由刘诗可见："兴亡之运，理所必有"②，实非人力可拒。至于钱惟演的和作：

> 一曲横汾鼓吹回，侍臣高会柏梁台。金芝烨煜凌晨见，青雀轩翔白昼来。立候东溟邀鹤驾，穷兵西极待龙媒。甘泉祭罢神光灭，更遣人间识玉杯。③

首联渲染汉武之文治武功(横汾鼓吹、柏梁高会)，颔联言其祥瑞遇仙(甘泉灵芝、西会王母)，颈联言其求取长生之举(东溟邀鹤、穷兵西极)，尾联写其没后之凋零(甘泉光灭、玉杯流落)。可以看到，前三联形成：功勋—祥瑞—长生的递进链条，尾联则以"甘泉祭罢神光灭，更遣人间识玉杯"，突转入冰冷之结局。李宗谔和诗与钱诗手法相似，其初铺排汉武平生洪业，其后突转为空寂：王母未至，而方朔已去，惟余茂陵松柏，细雨潇潇④，颇近于李商隐"谁料苏卿老归国，茂陵松柏雨萧萧"之体势。刁衎之作结构亦类此，其尾联"谁知辛苦回中道，共尽

---

① 杨亿编，王仲荦注：《西昆酬唱集注》卷上，中华书局 1980 年版，第 44~45 页。

② 方回选评，李庆甲集评校点：《瀛奎律髓汇评》卷三，上海古籍出版社 1986 年版，第 127 页。

③ 杨亿编，王仲荦注：《西昆酬唱集注》卷上，中华书局 1980 年版，第 46~47 页。

④ 杨亿编，王仲荦注：《西昆酬唱集注》卷上，中华书局 1980 年版，第 51~52 页。

千龄五柞宫"①，亦近义山之"谁料"句法。任随诗以王母言东方朔三偷其桃，以寓诸说虚妄。② 刘骘之作寓汉武一意求仙，终是一厢情愿。③可以看出，无论杨、刘、钱，还是李宗谔、刁衎、任随、刘陟诸诗，皆铺排汉武帝平生功业和求仙之举，而终以有不遂其愿作结。④ 诚如方回所叹："不伏死之人，未有不得其死，曾谓其智力可恃乎。"⑤可见，死亡乃自然铁则，无人可以抗拒。

综合来看，在《秦皇》《汉武》的酬唱之时，诸诗起初皆铺排秦皇、汉武之丰功伟业，营造出热烈的气氛，而后以"谁料……"句法，突转而入冷峻立场：虽秦皇、汉武力巨心劳，其好大喜功，求取仙药，终归虚无。值得补充说明的是对于秦皇、汉武求取仙药而为方士所误，馆臣于《册府元龟》中三致意焉。帝王部"智识"载唐太宗贞观元年(627)谓侍臣言："神仙事本虚妄，空有其名。"⑥并表达"神仙不须妄求"的态度。又载唐高宗显庆二年(657)言王玄策事："若有其实，长生之人，即今何在?"⑦极陈长生之不实。又载大中十一年(857)九月陈嘏、王谱、薛廷杰谏迎罗浮山轩辕先生事，唐宣宗有曰："虽少君、栾大复生，不能相惑。"⑧足见馆臣之良苦用心。

---

① 杨亿编，王仲荦注：《西昆酬唱集注》卷上，中华书局1980年版，第47~48页。

② 杨亿编，王仲荦注：《西昆酬唱集注》卷上，中华书局1980年版，第48~49页。

③ 杨亿编，王仲荦注：《西昆酬唱集注》卷上，中华书局1980年版，第49~51页。

④ 巩本栋：《关于唱和诗词研究的几个问题》，《江海学刊》2006年第3期，第165~166页。

⑤ 方回选评，李庆甲集评校点：《瀛奎律髓汇评》卷三，上海古籍出版社1986年版，第128~129页。

⑥ 王钦若等编纂，周勋初等校订：《册府元龟》卷四十六，凤凰出版社2006年版(校订本)，第498页。

⑦ 王钦若等编纂，周勋初等校订：《册府元龟》卷四十六，凤凰出版社2006年版(校订本)，第500页。

⑧ 王钦若等编纂，周勋初等校订：《册府元龟》卷一百一，凤凰出版社2006年版(校订本)，第1111页。

六、处境的忧惧：《宣曲》与《别墅》

汉武帝建元三年(前138)，“(丞相御史)乃使右辅都尉徼循长杨以东，右内史发小民共待会所。后乃私置更衣，从宣曲以南十二所，中休更衣，投宿诸宫，长杨、五柞、倍阳、宣曲尤幸”①。其事后为诗人所咏，如王褒《长安有狭斜行》有曰“日斜宣曲观，春还御宿园。涂歌杨柳曲，巷饮榴花樽。独有游梁倦，还守孝文园”②，诗中宣曲仅指游逸场所。至温庭筠《车驾西游因而有作》：“宣曲长杨瑞气凝，上林狐兔待秋鹰。”③宣曲亦仅作为汉武帝巡幸之所。“谁将词赋陪雕辇？寂寞相如卧茂陵。”谓才士不得其用，方才带有微讽的意味。西昆诗人有《宣曲二十二韵》，由杨亿首唱：

> 宣曲更衣宠，高堂荐枕荣。十洲银阙峻，三阁玉梯横。鸾扇裁纨制，羊车插竹迎。南楼看马舞，北埭听鸡鸣。彩缕知延寿，灵符为避兵。粟眉长占额，蛋发俯侵缨。莲的沉寒水，芝房照画楹。麝脐熏翠被，鹿爪试银筝。秦凤来何晚，燕兰梦未成。丝囊晨露湿，椒壁夜寒轻。绮段余霞散，瑶林密雪晴。流风秘舞罢，初日靓妆明。雷响金车度，梅残玉管清。银镮添旧恨，琼树怯新声。洛媛迷芝馆，星妃滞斗城。七丝緪绿绮，六箸斗明琼。惯听端门漏，愁闻上苑莺。虚廊偏响屧，近署镇严更。蚪蘖心长苦，投签梦亦惊。云波谁托意，璧月久含情。海阔桃难熟，天高桂渐生。销魂璧台路，千古乐池平。④

① 班固撰，颜师古注：《汉书》卷六十五《东方朔传》，中华书局1964年版，第2847页。

② 郭茂倩编：《乐府诗集》卷三十五，中华书局1979年版，第517~518页。

③ 温庭筠著，曾益等笺注，王国安标点：《温飞卿诗集笺注》卷五，上海古籍出版社1998年版，第108页。

④ 杨亿编，王仲荦注：《西昆酬唱集注》卷上，中华书局1980年版，第79~85页。

诗歌铺叙种种奢靡生活：宣曲争幸、南楼看舞、北埭听鸡、皇后补眉、秦凤来祥、燕梦未成等——其实大多事件与宣曲这一历史场所并无联系。其后“银镮添旧恨，琼树怯新声。洛媛迷芝馆，星妃滞斗城”，写后宫森严，宫女孤苦。最后一联“销魂璧台路，千古乐池平”，则以盛姬亡后，乐池已平，写繁华过后的荒凉。我们追寻此诗意脉：后宫奢靡—宫人之怨—终归荒芜，可知此诗主要写人臣之难遇与欢宴之无久，杨亿借此表达他对身处馆阁、因君心难知而产生的失望心情。至于刘筠的和诗：

> 八月收民算，三千异典章。天机从此浅，国艳或非良。玉户铜为沓，罗帱象作床。骊姬初悔泣，飞燕近专房。莲小才承步，梅新竞试妆。尽知春可乐，终叹夜何长。取酒临邛远，吞声息国亡。难销守宫血，易断舞鸾肠。百草兼花斗，双钩映烛藏。金人须手铸，虎圈更身当。步辇回长乐，飞除接未央。琳珉饰欢馆，藻绣裹周墙。厌火双鱼尾，鸣弦小雁行。云甍澄颢气，绮井激回光。路有斯须隔，忧难顷刻忘。新声来乐府，别寝近温汤。虹跨层台晚，萤飞下苑凉。锦帷迎七夕，蓬饵荐重阳。九畹兰承露，三江橘带霜。方资裂缯笑，可要荡舟狂。并钓池鱼小，重衾穴凤翔。珊瑚分碧树，火齐列清防。背枕多幽怨，登楼更远伤。下陈无自媿，人彘剧豺狼。①

此诗初列举宫中选秀、贵妃专宠、远道取妃、守宫舞鸾、后宫奢靡、新声乐府、褒姒裂帛等后宫事件。其后“背枕多幽怨，登楼更远伤。下陈无自媿，人彘剧豺狼”，表示既然君臣难遇，又兼倾轧惨烈，士人不得

① 杨亿编，王仲荦注：《西昆酬唱集注》卷上，中华书局1980年版，第79~85页。

宠信；所以不得君心，亦不必怨伤①。对杨亿的失望，刘筠欲有所宽慰。再来看钱惟演的和诗：

> 绛缕初分后，银镮未解时。已障纨扇笑，犹捧玉壶悲。乞巧长生殿，迎风太液池。雕屏涵火齐，宝帐隔琉璃。欲买词人赋，空传狎客诗。蔗浆销内热，琼蕊疗朝饥。绮蔕桃初熟，红心草欲披。凌波渡罗袜，向日翳华芝。素脸分丹柰，香津滴紫梨。龙梭随振素，獭髓补凝脂。蓬饵重阳节，金针七夕期。玉膏尝滵溢，翠盖逐葳蕤。弦急哀随指，歌长恨入眉。青鸾惟有舞，赤凤可能疑。下蔡迷还易，平阳破未知。髻高钗自坠，腰细佩长垂。出恐严妆晚，归嫌钿幰迟。辘轳惊晓梦，鹦鹉漏春思。魂怨惟愁断，肠柔已自危。壁珰萤影度，琼户藓花滋。掩鼻谗难诉，披图悔岂追。祇应金带枕，聊为达微辞。②

此诗之中，钱惟演仍然以宫中选秀切入，其后列举一系列的人物和事件：班婕妤、薛灵芸、杨玉环、陈阿娇、洛神宓妃、西施、昭君等后宫故实，最后以西施难以倾诉、昭君无法追悔、洛神无法追寻等心曲迷离的事件，传达君臣隐微难通的意味。尾联“祇应金带枕，聊为达微辞”，则表达仍当尽力于此的自勉。总体看来，《宣曲》唱和不过表达人臣所处环境险恶与君臣幽微难通的感慨。比较而言，三人的态度又略有不同：杨亿以君宠终归虚无，借以自安；刘筠以倾轧之惨烈，不必怨伤，以求自宽；钱惟演则以君臣虽然幽微难通，但当尽力自勉。

馆臣还有以“别墅”为题的酬唱，亦属由场所发端。《册府元龟》“好客”有一段记载，颇值得重视：

---

① 周益忠：《西昆研究论集》，台湾学生书局1999年版，第11页。

② 杨亿编，王仲荦注：《西昆酬唱集注》卷上，中华书局1980年版，第92~97页。

自战国之世，四豪竞逐，莫不倾意下士，以致千里之客，繇是方来之宾，入者悦，出者誉，而光名满于天下矣。汉氏之后，游谈滋甚，乃有虚怀曲意，翘思延竚，孜孜以款接，区区而忘势，以至门无停轮，坐无空席，浆酒藿肉，撞钟舞女，以极其宴喜。从车飞盖，名园别墅，以纵乎游娱，骋文翰以为适，资气侠以自任，斯固倜傥磊落，夸迈流俗者之所为也。若乃群居之谈不能及义，逾侈之咎见讥于时，此又不足尚已。①

此一段话，正可视为馆臣“别墅”酬唱的基本态度。《别墅》之唱，由杨亿发起：

别墅过从数，当年意气豪。象筵开旭日，金络骋平皋。托乘争飞盖，衔杯更藉糟。麝烟凝藻棁，鲙缕落霜刀。鸡耸花冠斗，猿惊柘弹号。光风微转蕙，露井正开桃。武子牛探炙，梁家兔刻毛。东城归路晚，飞絮扑云袍。②

首联写权贵过从别墅，得意洋洋。随后诗歌铺排别墅之中发生的事件和情景：旭日之中，豪族赴宴；平野之上，金络飞驰；酒席之上，衔杯藉糟；厨房之中，鲙缕如雪；斗鸡场上，斗鸡弹猴；阳光之下，蕙草翻转；天井之中，桃花盛开。末联写当豪族归城之时，柳絮飞舞。所以，杨亿此诗不过铺写别墅之中富豪的生活奢靡而已（“纵乎游娱”）。再来看刘筠的和诗：

感慨复风流，交通遍五侯。鸣钟平乐宴，击鞠茂陵游。狡兔方多穴，苍鹰始下韝。铃奴藏广柳，剑骑骋长楸。云际寻橦技，花间

① 王钦若等编纂，周勋初等校订：《册府元龟》卷八百六十八，凤凰出版社2006年版（校订本），第10111～10112页。

② 杨亿编，王仲荦注：《西昆酬唱集注》卷上，中华书局1980年版，第107～109页。

笑躄楼。害先除白额，梦已应黄头。燕酒惟增气，秦筝漫送愁。鸿毛轻一死，祇待报私雠。①

首联写富豪们气概豪迈而风流俊爽，交游之人遍布五侯。颔联开始铺排种种豪族放纵：乐宴鸣钟，茂陵击鞠；郊外打猎，苍鹰击兔；长楸林中，剑骑飞驰；云际之中，寻找橦枝；民家之躄，受其嘲笑；犹如周处，勇除虎害；汉文登天，黄头相推；亦如荆轲，慷慨赴死，快意恩仇。可见，刘诗主要写豪门任侠使气（“资气侠以自任”）。至于钱惟演的和诗：

别馆斗城傍，斜轩映曲房。苍头冠绿帻，中妇织流黄。复道登平乐，期门集未央。意钱梁冀宅，挟瑟莫愁堂。走马章台柳，停车陌上桑。彀弓随宝障，投辖付银床。出戴繁星急，归冲细雨忙。曾过阿君宿，醉舞起跳梁。②

钱诗首联写长安郊外，别馆独立。其后铺写与别墅相关的两个场景：第一个场景，人们戴着绿色的头巾，妇人们以流黄装扮自己。由复道登至平乐殿，或拨弄意钱，或挟琴上堂。第二个场景是，章台街边，柳枝掩映，人们骑马行走，或止于陌上之桑。其后写人们的纵乐：射猎野雉、饮酒投辖，戴星出门，细雨归家。细勘此诗，其间包含着诸种空间：京郊别馆（即别墅）、平乐殿、莫愁堂，章台街、陌上桑、陈遵舍——事实上这些场所已经远远超过别墅范围了。钱惟演将这些空间并置于诗中，营造出一个豪纵佚荡的活动空间链，从而表达豪门生活的雅趣（“倜傥磊落，夸迈流俗”）。此次酬唱，初看起来，典丽雕绘③，意象

---

① 杨亿编，王仲荦注：《西昆酬唱集注》卷上，中华书局1980年版，第109～112页。

② 杨亿编，王仲荦注：《西昆酬唱集注》卷上，中华书局1980年版，第112～114页。

③ 王小丽：《〈西昆酬唱集〉研究》，上海大学2004年硕士学位论文，第27页。

纷纭，但只要我们对“别墅”酬唱诸诗进行提炼，就可以发现其隐含的句法：“在(别墅)发生着各种奢靡(和仙化)的事情”，从而体察杨、刘诸公对别墅之中“群居之谈不能及义，逾侈之咎见讥于时”①的警示态度。

总体而言，关于《宣曲》和《别墅》的唱和，馆臣都使用了“在特别之地发生特别之事”的构句模式，从而传达出他们对宫廷生活的忧惧和别墅生活的自警。

七、结　语

自缪钺先生指出：“唐诗以韵胜，故浑雅，而贵蕴藉空灵；宋诗以意胜，故精能，而贵深析透辟。唐诗之美在情辞，故丰腴；宋诗之美在气骨，故瘦劲。”②唐宋诗之别乃判然可见。其实，“意胜”“精通”“深折透闢”之评，施之于西昆诗作亦为极当。朱熹曾说：“本朝杨大年虽巧，然巧之中犹有混成底意思，便巧得来不觉。及至欧公，早渐渐要说出来。”③可见他敏锐地感觉到西昆诗处于浑融与表露的过渡阶段。常人但见西昆之藻丽④，而不见西昆之劲健⑤。西昆诸公在学习义山诗的基础

① 王钦若等编纂，周勋初等校订：《册府元龟》卷八百六十八，凤凰出版社2006年版(校订本)，第10112页。

② 缪钺：《论宋诗》，《诗词散论》，开明书店1949年版，第17页。

③ 黎靖德编，王星贤点校：《朱子语类》卷一百四十，中华书局1988年版，第3334页。

④ 葛立方：《韵语阳秋》卷二，上海古籍出版社1984年影印本，第29～30页。

⑤ 严羽《答出继叔临安吴景仙书》：“又谓：盛唐之诗，雄深雅健。仆谓此四字，但可评文，于诗则用健字不得。不若《诗辨》雄深悲壮之语，为得诗之体也。毫厘之差，不可不辨。坡、谷诸公之诗，如米元章之字，虽笔力劲健，终有子路事夫子时气象。盛唐诸公之诗，如颜鲁公书，既笔力雄壮，又气象浑厚，其不同如此。”正基于唐宋诗之争在于浑融与劲健之别(严羽著，郭绍虞校释：《沧浪诗话校释》附录，人民文学出版社1961年版，第252～253页)。本章借用其“劲健”的说法。

之上，有意将虚词省去，而用实词排列，其藻丽之中，亦自有筋骨肌理。周益忠对李商隐诗与西昆诗进行比较之后，指出：义山每能借用虚字，使其诗一气流转。如前所引的："徒令—终见"(《筹笔驿》)、"空闻—不复"(《马嵬》)、"不缘—应是"、"于今—终古"(《隋宫》)等于此虚字所形成的流畅语气中，其议论之生动醒目，自在其中。而西昆诸人多以实字相对，除前引刘筠之宋玉诗有"曾伤—只托"，为写其寄托，不觉用此流畅语调外，诸人所作较少如此，而多用实字，形成其矫健之工夫，辅之以典故之驱遣，而形成其西昆体的咏史①。如果我们将讲求句法视为宋诗有别于唐诗的根本特征，那么西昆诗作已经隐含构句模式，其作为宋诗之开山理所当然。②

因此，当我们剥去其繁复的典故与辞藻，从其句法之中即可体察其整体的历史态度与政治立场。在《南朝》和《成都》的酬唱诸作有"无论……终究……"的构句模式，馆臣借以表达割据自恃(奢靡、富饶)的终结，流露天下终将一统的政治信念。在《公子》和《旧将》的酬唱诸作中，用"正在……"句法表达对"只顾眼前"生活的批评，用"昔时……"句法表达对老将曾经荣光的感慨，也流露出战功封荫的自安。在《宋玉》和《明皇》的酬唱诸作中，用乐哀相转、盛衰对比的句法表达对才士荣耀寂灭的惋惜和君王逸乐无终的警示，流露君臣皆当忧患进取的意识。在《秦皇》和《汉武》的酬唱诸作中，以"谁料……"句法，使热烈之场景突转而入冷寂，体现其对奢侈与骄纵的冷峻规劝。在《宣曲》《别墅》的酬唱中，使用"在特别之地发生特别之事"句法，传达出对宫廷倾轧的忧惧和对别墅游逸生活的警示。

正如朱蒂斯·A. 霍华德所说："凭借着社会互动和沟通，知识结

① 周益忠著：《西昆研究论集》，台湾学生书局1999年版，第112页。

② 如秦寰明认为："昆体诗以堂庑大、气象宽、措意深、资书为诗、讲求修辞，变革五代诗风，既为宋代的渐趋升平，提供了'佩玉冠绅，温文尔雅；自有开国文明气象'(陈仅《竹林答问》)的新诗，又有境宽思深注重用典等方面深深地影响了欧、梅、王、黄等后起诗人，昆体虽貌似唐音，实已始变宋骨，它是宋诗发展过程中的第一个诗歌流派或思潮，也是在唐宋诗之间承流启变的重要一步。"(秦寰明：《试论北宋元祐诗坛兴盛的原因》，《辽宁大学学报》1991年第1期，第56页)

构是可以被共同分享的，它有着共同的渊源，并能够获得共同发展。”①“杨刘诸人，身处馆阁”，“借修史之便，发诸篇咏自有规谏之志，然又欲说还休，曲折往还，可说君心之一悟，而重重典故，包蕴密致，皆足以见诸人用心之苦，与用力之深”②。正在此文化场域之中③，西昆诗派基于共同处境，通过咏史酬唱而表露出历史态度与政治立场；这样的态度与立场体现了馆阁诸公从文学侍从到士人群体的过渡④，并为元祐文人集团的主体觉醒与热情参政树立了良好的榜样。

① ［美］朱蒂斯·A. 霍华德著，张戌凡译：《关于认同的社会心理学》，周宪主编：《文学与认同：跨学科的反思》，中华书局 2008 年版，第 60 页。

② 周益忠：《西昆研究论集》，台湾学生书局 1999 年版，第 101~102 页。

③ 周益忠：《西昆研究论集》，台湾学生书局 1999 年版，第 287 页。

④ 王小丽：《〈西昆酬唱集〉研究》，上海大学 2004 年硕士学位论文，第 38~39 页。

第二章　文章之盟：宋代文人投谒与延誉及同好与师承

——以欧阳修为中心的考察

法国学者埃斯卡皮曾经指出："一代年轻的作家中往往有一位比他们年长的'带头人'：从不同的角度看，歌德、诺地埃和卡莱尔都起过这种'带头人'的作用。"①在中国古代，这样的情况亦往往可见。如晋时张华"性好人物，诱进不倦，至于穷贱侯门之士，有一介之善者，便咨嗟称咏，为之延誉"②。梁时任昉"好交结，奖进士友，得其延誉者，率多升擢，故衣冠贵游，莫不争与交好，坐上宾客，恒有数十"③。萧衍"引后进文学之士，苞及从兄孝绰、从弟孺、同郡到溉、溉弟洽、吴郡陆倕、张率并以文藻见知，多预燕坐，虽仕进有前后，其赏赐不殊"④。初唐裴行俭"凡遇贤俊，无不甄采"⑤。葛立方曾经感叹："唐朝人士，以诗名者甚众，往往因一篇之善，一句之工，名公先达为之游谈延誉，遂至声闻四驰。"⑥其风之盛，可以想见。

后辈文学之士，于声名未驰之时，亦往往希求前达为之延誉。如南

---

① ［法］罗贝尔·埃斯卡皮著，符锦勇译：《文学社会学》，上海译文出版社1988年版，第43页。

② 房玄龄等：《晋书》卷三十六《张华传》，中华书局1974年版，第1074页。

③ 姚思廉：《梁书》卷十四《任昉传》，中华书局1973年版，第254页。

④ 姚思廉：《梁书》卷四十九《刘苞传》，中华书局1973年版，第688页。

⑤ 刘昫等：《旧唐书》卷八十四《裴行俭传》，中华书局1975年版，第2805页。

⑥ 葛立方：《韵语阳秋》卷四，何文焕辑：《历代诗话》，中华书局1981年版，第516~517页。

朝钟会“撰《四本论》始毕”，“甚欲使嵇公(康)一见，置怀中既定，畏其难，怀不敢出，于户外遥掷，便回急走”①。唐代取士兼重誉望，投卷之习尤为盛行②。如白居易“初举”，“名未振，以歌诗投顾况”③；贾岛曾“携新文诣韩愈”④。

一、风气之绵延：将推仁义之道，宜取奇伟闳通之士

韩愈在《与凤翔刑部尚书书》中指出，“布衣之士身居穷约，不借势于王公大人，则无以成其志”；同时，“王公大人功业显著，不借誉于布衣之士，则无以广其名”。“是故布衣之士，虽甚贱而不谄，王公大人虽甚贵而不骄，其事势相须，而先后相资也。”⑤布衣借势与王公借誉，正好构成了文人交往上互相倚仗的态势。不过，韩愈所说的“事势相须”与“先后相资”颇有些势利相交的意味。宋代士林的投谒与延誉，与唐代相比，情况颇有不同。梁建国已经注意到北宋文人行卷为后学与前贤搭建沟通桥梁，从而具有促成历史责任接续的重要意义⑥。其实，延誉与投谒对于前贤与后学来说，也是双方身份得以互相实现的重要方式。

---

① 刘义庆撰，徐震堮校笺：《世说新语校笺》卷上《文学第四》，中华书局2001年版，第106页。

② 程千帆《唐代进士行卷与文学》有曰：“所谓行卷，就是应试的举子将自己的文学创作加以编辑，写成卷轴，在考试以前送呈当时在社会上、政治上和文坛上有地位的人，请求他们向主司即主持考试的礼部侍郎推荐，从而增加自己及第的希望的一种手段。”(上海古籍出版社1980年版，第3页)可见，行卷主要用于科举及第。另可参见傅璇琮《唐代科举与文学》第十章《进士行卷与纳卷》(陕西人民出版社1986年版，第247~286页)的相关论述。

③ 吴幵：《优古堂诗话》，丁福保辑：《历代诗话续编》，中华书局1983年版，第226页。

④ 葛立方：《韵语阳秋》卷三，何文焕辑：《历代诗话》，中华书局1981年版，第503页。

⑤ 韩愈撰，朱熹校：《朱文公校昌黎先生文集》卷十八，四部丛刊初编本。

⑥ 梁建国：《北宋东京的士人拜谒——兼论门生关系的生成》，《中国史研究》2008年第3期，第71页。

我们先来看延誉。有唐一代，韩愈延誉后学，最为突出。贞元十一年(795)作《荐士》荐引孟郊①。又《〈此日足可惜〉一首赠张籍》有“东野窥禹穴，李翱观涛江”盛推孟郊与李翱。又有杨敬之，“尝为《华山赋》示韩愈，愈称之，士林一时传布，李德裕尤咨赏”②。又推重鲍溶③、李贺④等，二人由是声名大盛。其流风余韵，延及后世。⑤ 宋初之时，此风仍盛。如由五代入宋的宋白，“后进之有文艺者，必极意称奖，时彦多宗之，如胡旦、田锡皆出其门下”⑥。又如白体代表人物王禹偁“词学敏赡，独步一时，锋气俊厉，极谈世事，臧否人物，以直道自任，故屡被摈斥”，但“喜称奖后进，当时名士多出其门下”⑦。再如陶谷“强记嗜学，博通经史，诸子佛老，咸所总览……为人隽辨宏博，然奔竞务进，见后学有文采者，必极言以誉之”⑧。至西昆派领袖杨亿“喜诲诱后进，以成名者甚众。人有片辞可纪，必为讽诵”⑨。西昆派

① 王伯大编：《别本韩文考异》卷二《荐士》题下注曰：“荐东野于郑余庆也。东野贞元十一年(795)为溧阳尉，时郑余庆尹河南，公(韩愈)作是诗荐之。”(《景印文渊阁四库全书》，台湾“商务印书馆”1983年版，第1073册，第296页)

② 欧阳修：《新唐书》卷一百六十《杨敬之传》，中华书局1975年版，第4972页。

③ 鲍溶：《别韩博士愈》有“不知无声泪，中感一顾厚”之句，“盖退之所尝推激也”。(马端临：《文献通考》卷二百四十二，中华书局1986年版，第1918页)

④ 《剧谈录》云：“元和中李贺善为歌篇，韩公深所知重，于搢绅间每加延誉，由是声华籍甚。”(刘昫等：《旧唐书》卷一百三十七“考证”引，《景印文渊阁四库全书》，台湾“商务印书馆”1983年版，第270册，第632页)

⑤ 这种无私延誉的精神，又被杨敬之所继承发扬。“敬之爱士类，得其文章，孜孜玩讽，人以为癖。雅爱项斯为诗，所至称之，繇是擢上第。”(欧阳修：《新唐书》卷一百六十《杨敬之传》，中华书局1975年版，第4972页)杨敬之《祭酒赠诗》云：“几度见君诗总好，及观标格过于诗，平生不解藏人善，到处逢人说项斯。”项斯“其名以此益彰矣。”(傅璇琮主编：《唐才子传校笺》卷七，中华书局1987年版，第3册，第333页)

⑥ 脱脱等：《宋史》卷四百三十九《宋白传》，中华书局1977年版，第13000页。

⑦ 晁公武撰，张猛校证：《昭德先生郡斋读书志》卷十九，上海古籍出版社1990年版，第961页。

⑧ 脱脱等：《宋史》卷二百六十九《陶谷传》，中华书局1977年版，第9238页。

⑨ 脱脱等：《宋史》卷三百五《杨亿传》，中华书局1977年版，第10083页。

晚期代表人物晏殊，“文章擅天下，尤喜为诗，而多称引后进，一时名士，往往出其门”①。盛宋时期，称赞人才，亦蔚然成风。如有文同：“湖州之文一出，东坡兄弟皆敬而爱之，前辈大老如文潞公亦为之延誉，司马温公则至于心服，赵清献公则至于叹服，荆公、蜀公又皆形之歌咏。”②又有贺铸：其《题定力寺》词，王荆公“极爱之，自此声价愈重”；其《青玉案》词，黄庭坚有“解道江南断肠句，只今唯有贺方回”赞之③。值得提醒的是，前贤先达对后学进行延誉称奖之时，其间往往有创作水平或理论见识领先于后学的社会预设；所以，延誉后进其实隐含着“前辈”大老地位的自我确认④。

我们接着来看宋代的投谒。宋初士子投卷，主要面向掌握科考权力的官员（即所谓的“有司”“主司”）。如薛奎“自少以文行推于乡里，既举进士，献其文百轴于有司，由是名动京师”⑤。柳开“应举时以文章投主司帘下，凡千轴，载以独轮车”，“引试日，衣襴自拥车以入，欲以此骇众取名”⑥，其风气实与唐代一脉相承。通常认为，宋代实行了弥封、誊录制度之后，大大限制了考官徇私的空间，士子投卷之习寝衰⑦。而事

---

① 陈鹄撰，孔凡礼点校：《西塘集耆旧续闻》卷九，《唐宋史料笔记丛刊》，中华书局2002年版，第385页。

② 文同：《丹渊集拾遗卷跋》，《丹渊集》跋，四部丛刊初编本。

③ 龚明之撰，孙菊园校点：《中吴纪闻》卷三，《宋元笔记丛书》，上海古籍出版社1986年版，第69页。

④ ［美］乔治·H. 米德著，赵月瑟译：《心灵、自我与社会》，上海译文出版社1992年版，第283页。

⑤ 欧阳修：《薛简肃公文集序》，欧阳修撰，李之亮笺注：《欧阳修集编年笺注》卷四四，巴蜀书社2007年版，第3册，第210页。

⑥ 沈括：《梦溪笔谈》卷九，四部丛刊续编本。

⑦ 王辟之：《渑水燕谈录》卷九：“国初，袭唐末士风，举子见先达，先投笺刺，谓之请见。既与之见，他日再投启事，谓之谢见。又数日再投启事，谓之温卷。或先达以书谢，或有称誉，即别裁启事，委曲叙谢，更求一见。当时举子之于先达者，其礼如此之恭。近岁举子不复行此礼，而亦鲜有上官延誉后进者。”（《唐宋史料笔记丛刊》，中华书局1981年版，第118－119页）范镇《东斋记事》卷三载：“初，举人居乡，必以文卷投贽先进，自糊名后，其礼寝衰。贾许公为御史中丞，又奏罢公卷，而士子之礼都亡矣。”（中华书局1980年版，第23页）

实情况是，即使公卷之礼亡①，而士子投谒之习并未消歇②。因为，科考之外，士人投谒或希图名公先达为之延誉，以求声名顿显；或希图得到开示与指点，使文章有所长进。③ 行事既然多样，其风始终不坠。

我们可以通过考察曾巩向欧阳修的投谒，以窥北宋中期士林投谒心态之一斑。庆历元年(1041)，曾巩以“杂文时务策两编”谒欧阳修④，并有《上欧阳学士第一书》。在其上书中，曾巩对欧阳修推崇备至：谓修以“明圣人之心”，并“口讲之”“身行之”“书存之”，由其仁义之不穷，其闻实之不浮，乃“世之所谓大贤者”。⑤ 其述孔、孟、荀、扬、韩之业，使道之绵延，不绝如缕。同时，曾巩对“近世学士”进行批评：“饰藻缋以夸诩，增刑法以趋向，析财利以拘曲者，则有闻矣”，认为“圣人之道泯泯没没，其不绝若一发之系千钧也，耗矣衰哉”，期盼“命世大贤，以仁义为己任者”，“畴能救而振之”。显然，曾巩在此文中直接将欧阳修置于道统的序列之中，并表达了自己想要入其门墙而执弟子

① 胡坤：《宋代荐举与士风》，《北方论丛》2010 年第 6 期。

② 祝尚书《论宋初的进士行卷与文学》：“尽管举子以取解、登科为目的的行卷，在北宋中叶以后见不到了，但其他目的的各种行卷并未停止。”(《宋代科举与文学考论》，大象出版社 2006 年版，第 343 页)日本学者高津孝《宋初行卷考》一文亦对宋初行卷多有考证，可资参读(《科举与诗艺——宋代文学与士人社会》，王水照主编“日本宋学研究六人集”，上海古籍出版社 2005 年版，第 1~36 页)。梁建国指出宋代拜谒之动机具体而言，可以归纳为三种情形：宋初的举子为了进士及第而向举官行卷；士子向名宗宿儒投贽拜谒，以求师问学或博得延誉；中下层官员为了转官、升迁而奔走权贵之门。以这些拜谒为机缘，分别生成三种门生关系：知举官与及第进士之间的座主门生、学问师承上的恩师门生以及荐举中的举主门生(《北宋东京的士人拜谒——兼论门生关系的生成》，《中国史研究》2008 年第 3 期，第 68 页)。另可参见郭凌云《宋初百年选仕政策与文人干谒现象研究》(《西北师大学报》2015 年第 4 期)。本章所论主要在第二种情况，即学问师承上的恩师门生关系。

③ 程千帆指出，士子行卷除了向行省纳卷(即公卷)之外，还有行卷：“将自己的作品送请有地位、有学问的人看，希望得到他们的揄扬或教益，这也原是古已有之的。”(《唐代进士行卷与文学》，上海古籍出版社 1980 年版，第 4 页)可见，即使在唐代，投卷亦不仅限于科考目的。

④ 李震：《曾巩年谱》，苏州大学出版社 1997 年版，第 46 页。

⑤ 曾巩著，陈可珍、晁继周点校：《曾巩集》，中华书局 1984 年版，第 231~233 页。

之礼的愿望。曾巩对欧阳修为学之根正理要、拔正邪僻，及其掎挈当世，张惶大中之宏愿，皆深为钦服；对其体道扶教之公义，示范指示之气魄，亦至为推崇。从其投书看来，未有一语言及功名利禄，而对道德仁义的向往则流贯全篇。其所谓："苟得望执事之门而入，则圣人之堂奥室家，巩自知亦可以少分万一于其间也。"其自处亦毫无卑微之气，惟愿由欧门而入圣人之堂奥，于宏道之责亦自任其万一。其度欧阳修为"有心于圣人者"，必具宏圣从道之志："执事将推仁义之道，横天地，冠古今，则宜取奇伟闳通之士，使趋理不避荣辱利害，以共争先王之教于衰灭之中。"此可见曾巩虽身处后进，气度亦自不凡。如此投谒，前辈之当仁不让，后进之舍我其谁，其意气风发，自信自励，确非营营于利禄者可同日而语。在上书中，曾巩续有曰"若其以庸众待之，寻常拒之，则巩之望于世者愈狭，而执事之循诱亦未广矣"。可以看出，曾巩对欧阳修的投谒，其实隐藏着对受到赞赏的深度渴求和获得接纳的殷切期盼。①

二、使命的分任：各极其长，不能优劣

北宋中叶，欧阳修实可谓名公延誉之典型。梅尧臣诗文，早年为王曙所知②，但其诗名卓著，主要得力于欧公之延誉。欧阳修在《水谷夜行诗寄子美圣俞》诗中，较早概括出梅诗的特点："梅翁事清切，石齿漱寒濑。"③"作诗三十年，视我犹后辈"，对其笃意作诗，欧阳修至为

① ［美］乔治·H. 米德著，赵月瑟译：《心灵、自我与社会》，上海译文出版社1992年版，第283页。

② 曾敏行《独醒杂志》载："王文康公（曙）晦叔，性严毅，见僚属未尝解颜。知河南日，梅圣俞时为县主簿，一日，袖所为诗文呈公。公览毕，次日，对坐客谓圣俞曰：'子之诗有晋宋遗风，自杜子美没后，二百余年不见此作。'由是礼貌有加，不以寻常待圣俞矣。"（曾敏行著，朱杰人标校：《独醒杂志》卷一，《宋元笔记丛书》，上海古籍出版社1986年版，第7页）

③ 欧阳修撰，李之亮笺注：《欧阳修集编年笺注》卷二，巴蜀书社2007年版，第1册，第75页。

推崇。“梅穷独我知，古货今难卖。”对梅诗迈越当世与不为世知，欧阳修既深表惋惜，也对自己的慧眼独具颇感自矜。① 后来，梅尧臣先之而亡故，欧阳修写下了著名的《梅尧臣诗集序》。其开篇发问：“予闻世谓诗人少达而多穷，夫岂然哉?”又自答：“盖世所传诗者，多出于古穷人之辞也。”其下遂详论其“穷而后工”之说：

> 凡士之蕴其所有而不得施于世者，多喜自放于山巅水涯外。见虫鱼、草木、风云、鸟兽之状类，往往探其奇怪。内有忧思感愤之郁积，其兴于怨刺，以道羁臣、寡妇之所叹，而写人情之难言，盖愈穷则愈工。然则非诗之能穷人，殆穷者而后工也。②

梅尧臣科举屡次受挫，沉沦州县十余年。年近五十，仍然困于吏事；其所蓄积，不得奋见，不得已发而为诗。其后，欧阳修回顾了梅尧臣作诗的经历：其自幼习诗，而后学六经，其文章简古纯粹，不求说于世。欧阳修对梅尧臣声名的扬誉，重点表现为对其诗歌创造力的称颂：“若使其幸得用于朝廷，作为雅颂，以歌咏大宋之功德；荐之清庙，而追商、周、鲁《颂》之作者，岂不伟欤?”特别对人才不能为朝廷所用，深表惋惜：“奈何使其老不得志，而为穷者之诗，乃徒发于虫鱼物类、羁愁感叹之言？世徒喜其工，不知其穷之久而将老也，可不惜哉!”欧阳修虽赞其傲然自立，又憾其不为世知，故重加标榜，其责无旁贷的气概溢于言外。③

与欧公同时，与梅尧臣诗齐名，亦以诗见称的还有苏舜钦。在《水

---

① 梅圣俞亦有诗云：“吾诗固少爱，独尔太守知。”(《方在许昌幕内弟滁州谢判官有书邀余诗送近闻欧阳永叔移守此郡为我寄声也》，梅尧臣著，朱东润编年校注：《梅尧臣集编年校注》卷十五，上海古籍出版社 2006 年版，第 316 页)

② 欧阳修撰，李之亮笺注：《欧阳修集编年笺注》卷四二《梅圣俞诗集序》，巴蜀书社 2007 年版，第 3 册，第 177 页。

③ 葛立方极具洞察力地指出：“圣俞诗佳处固多，然非欧公标榜之重，诗名亦安能至如此之重哉!”(葛立方：《韵语阳秋》卷一，何文焕辑：《历代诗话》，中华书局 1981 年版，第 491 页)

谷夜行诗寄子美圣俞》中，欧阳修并加评议："子美气尤雄，万窍号一噫。有时肆颠狂，醉墨洒滂霈。譬如千里马，已发不可杀。盈前尽珠玑，一一难拣汰。"盛称苏舜钦气势豪雄，惊骇当世。又有《答苏子美离京见寄》曰："其于诗最豪，奔放何纵横。众弦排律吕，金石次第鸣。间以险绝句，非时震雷霆。两耳不及掩，百痾为之醒。"①称颂其诗作豪俊奔放。"使之束带立，可以重朝廷"，"况令参国议，高论吐峥嵘"，若能为朝廷所用，实乃国之幸事。惜其因小过而被贬江淮。"嗟我非鸾鹙，徒思和嘤嘤。因风幸数寄，警我聋与盲。"欧阳修对自己不能施以援手而深感无奈。在苏舜钦亡故四年之后，欧阳修自其岳父杜庠处得苏舜钦集，录之以为十卷，并为之序：

> 斯文，金玉也，弃掷埋没粪土，不能销蚀。其见遗于一时，必有收而宝之于后世者。虽其埋没而未出，其精气光怪，已能常自发见，而物亦不能掩也。故方其摈斥摧挫，流离穷厄之时，文章已自行于天下，虽其怨家仇人，及尝能出力而挤之死者，至其文章，则不能少毁而掩蔽之也。凡人之情，忽近而贵远，子美屈于今世犹若此，其伸于后世宜如何也，公其可无恨！②

欧阳修不仅对苏舜钦的不幸遭遇深表同情，也用文章传于后世来安慰杜庠："子美屈于今世犹若此，其伸于后世宜如何也，公(杜庠)其可无恨！"此时，欧阳修不再大力称扬苏舜钦的旷世才华与卓越的创造力，而是将之置于宋代古文复兴的历史语境中来进行评论：初、盛唐之时，文章不能革五代(宋、齐、梁、陈、隋)之习。至中唐韩、李及元和之文，始复于古。唐衰后百余年，至圣宋兴，天下无事。又历百余年，古文始盛于今。天圣之间，时文风行，古文反被人嘲笑。独苏舜钦不以世

① 欧阳修撰，李之亮笺注：《欧阳修集编年笺注》卷五三，巴蜀书社 2007 年版，第 3 册，第 443~444 页。

② 欧阳修撰，李之亮笺注：《欧阳修集编年笺注》卷四一《苏氏文集序》，巴蜀书社 2007 年版，第 3 册，第 144~145 页。

非，笃意古文。如此引领潮流的文学先锋，却因为时代的不能珍惜而困厄以死，可不痛哉！由此可见，欧阳修对苏舜钦命运的慨叹实与“斯道”衰亡的忧惧相伴随；所以，苏舜钦的死，就不仅是一个普通诗才的死，而是“斯道”蒙受厄难的象征性事件。

对梅尧臣与苏舜钦的慧眼擢赏，欧阳修曾经颇为自得：

> 圣俞、子美齐名于一时，而二家诗体特异；子美笔力豪隽，以超迈横绝为奇；圣俞覃思精微，以深远闲淡为意。各极其长，虽善论者不能优劣也。余尝于《水谷夜行诗》，略道其一二云：……语虽非工，谓粗得其仿佛，然不能优劣之也。①

苏舜钦之超迈横绝，梅尧臣之深远闲谈，实有互相映衬之势。苏、梅二人可谓欧公之同道。所以苏、梅之先后亡故，诚为欧公之至痛。如果说梅尧臣的人生不幸让欧阳修感受到的只是人才不能得当世之知的遗憾，那么苏舜钦的困厄以死，则让他体会到了同道凋零的沉痛。欧阳修曾在回复蔡襄的寄诗时，感叹道：“近时苏、梅，二穷士尔，主张风雅，人士归之，自二穷人死，文士满朝，而使斯道寂然中绝。每念此事窃叹。乃知文士满朝而诗道寂然，不但近岁，祖宗盛时因已然矣。”②同道中人，互相鼓舞，风雅可兴；斯人逝去，则斯道中绝。

又有陆经，字子履，又曾作陈经③。欧阳修与之志趣相投，互相推重，一生交好。周必大《陆子履嵩山集序》有曰：“本朝文章至庆历而盛，欧阳文忠公实主夏盟，学者一被品题，往往名世。”④庆历间，陆经“乃与文忠周旋馆阁，诗文往复，相与至厚”，不幸的是，“陷于朋党，

① 欧阳修：《六一诗话》，何文焕辑：《历代诗话》，中华书局1981年版，第267～268页。

② 刘克庄撰：《后村诗话·前集》卷二，中华书局1983年版，第22页。

③ 参见刘德清：《陆经诗文酬唱及其对宋代文学的贡献》，《江西社会科学》2007年第1期；王福利《陆经事迹诗文钩沉》，《中国诗歌研究》2010年00期。

④ 周必大：《文忠集》卷五十三，《景印文渊阁四库全书》，台湾“商务印书馆”1983年版，第1147册，第557～558页。

起而复仆，仆而复起”。等到“晚遇裕陵(神宗)，自集贤修撰守河中，召知审官东西院，方向于用，则已老矣”。对于陆经的“仕宦不偶”，“君子每有不遇之叹焉”。为此，周必大颇生感慨：“尹师鲁、苏子美、江邻几、梅圣俞、丁元珍，皆著美名，负屈称，与子履大略相似。彼五贤者，得文忠铭其藏，序其文，姓名铿轰，炳耀至今，荡人耳目”，唯独陆经“以后死不得与于斯文”。有人认为“公生既不遇，其没又重不幸也”，但周必大否定了这种说法，并举欧公称赏之句：“公当古文复兴时，文忠实与为友，其出倅宿州，送以诗曰：‘子履自少声名驰，落笔文章天下知……’”而“暮年酬唱尤多，有‘怕逢诗敌力难当’及‘敢期佳句报琅玕’之句”。并认为，陆经曾得欧阳修之赠答与称誉，其生前身后声名亦得不朽。周必大主要着眼于被延誉者的际遇，其实我们站在延誉者的立场上，也可以理解，走在时代前列的欧阳修，有必要使他的认识和态度被文坛同道(“五贤”、陆经等)所接受，并使他们真实地参与其文化事业，而延誉同道则是此种使命分任的重要方式①。如此看来，无论是先之而亡故的苏、梅，还是后之而辞世的陆经，他们的诗歌人生都成为欧阳修“古文复兴”之文化使命的分担或延续。

三、以文章自任：名世之士，相与主盟

对于后进才俊，欧阳修亦颇加指教，期以斯文之传。我们接着来看欧阳修与曾巩的交往。欧公初见曾巩投文，既奇其文，且壮其志②。庆历元年(1041)，欧阳修在《与余襄公》中称曰：“广文曾生，文识可骇，云尝学于君子，略能道动静。因其行，聊书此为问。”③即为延誉。庆历二年(1042)，曾巩由太学选拔参加礼部试，却不幸落第，并于是年春

① [美]乔治·H. 米德著，赵月瑟译：《心灵、自我与社会》，上海译文出版社 1992 年版，第 283 页。

② 李震：《曾巩年谱》，苏州大学出版社 1997 年版，第 48 页。

③ 欧阳修撰，李之亮笺注：《欧阳修集编年笺注》卷一四八，巴蜀书社 2007 年版，第 8 册，第 92 页。

归乡。欧阳修作《送曾巩秀才序》送之。在此序之中，欧阳修深为曾巩之落第而不平。在欧阳修眼中，曾巩大处可谓突出，小处亦能中尺度，但“有司”仍然弃之。欧阳修由此对宋代选才之求全责备、固守成法提出激烈的批评：“虽有魁垒拔出之才，其一累黍不中尺度，则弃不敢取。”①值得称赏的是，曾巩并未由自己的落第而道说同进的是非，亦未怪罪于有司。他收拾行装，向欧阳修告别。欧阳修亦别无他法，惟“思广其学而坚其守”，并以农夫为喻，以“不咎岁而菑播是勤”之言以勉励之。曾巩南归抚州之后，日夜苦读。其间又有《上欧阳学士第二书》，再次表达了对欧阳修的景仰之心，称颂其“文章、智谋、材力之雄伟挺特，信韩文公以来一人而已”。在上书中，他回忆自己曾经受到的推重与勉励，也谈到落第对自己造成的伤害，表示正是欧阳修的勉励让自己超越眼下的困厄。他再次向欧阳修陈说自己的修业与志向。对于欧阳修曾经的生活周济，他也心怀感激。此次上书中，曾巩特别对于欧公收于门下，深感荣幸。他说：“及行之日，又赠序引，不以规而以赏识其愚，又叹嗟其去。”“大贤长者，海内所师表，其言一出，四方以卜其人之轻重。”②可见对于曾巩来说，欧阳修的延誉，不惟扬播其名，亦且推重其德。至此，可以看出，通过投谒与延誉，后进与先达事实上形成了师门关系。值得进一步指出的是，先达的延誉显然提升了后进才俊的自尊与自信③，从而使后进产生对于师尊的归附心理。正由此种心理，深受欧阳修器重的曾巩，后曾开示陈师道；陈师道遂尊曾巩为师，终生不愿改易④。

欧阳修素不喜浮图，但他文名既盛，释门弟子有喜作歌诗者，仍然

① 欧阳修撰，李之亮笺注：《欧阳修集编年笺注》卷四二，巴蜀书社2007年版，第3册，第156页。

② 曾巩著，陈可珍、晁继周点校：《曾巩集》，中华书局1984年版，第233～234页。

③ ［澳］迈克尔·A. 豪格、［英］多米尼克·阿布拉姆斯著，高明华译：《社会认同过程》，中国人民大学出版社2011年版，第30页。

④ 陈鹄撰，孔凡礼点校：《西塘集耆旧续闻》卷二，《唐宋史料笔记丛刊》，中华书局2002年版，第308页。

向他投谒。如庆历七年(1047)，欧阳修知滁州时，有僧惟晤曾以诗相谒，所谓"勤勤袖卷轴，一岁三及门。惟求一言荣，归以耀其伦"①。欧阳修答诗则曰："子佛与吾儒，异辙难同轮。"门径森严，不加掩饰。又曰："苟能知所归，固有路自新。诱进或可至，拒之诚不仁。"一副劝其改宗儒门的语气。事实上，因欧阳修延誉而知名的佛门弟子，并不罕见。一是文莹，"顷持苏子美书荐谒之"，追还吴，蒙诗见送，欧诗有"孤闲竺乾格，平淡少陵才"，盛称其才。及"林间著书就，应寄日边来"之句，并期续有来往②。另一位是契嵩。释惠洪序《镡津集》中对契嵩得到欧阳修的延誉始末载之甚详："书成，携之京师，因内翰王公素献之，仁宗皇帝又为书以先之。"当时，《镡津集》已经得到仁宗的褒奖："上读其书，至'臣固为道不为名，为法不为身'，叹爱久之，旌以'明教大师'之号，赐其书入藏。"又"书既送中书，时魏国韩公琦览之"，"以示欧阳文忠公"。由此，欧阳修始得见此集。当时欧阳修"以文章自任，以师表天下"，"又以护宗不喜吾(释)教"，存在很深的成见。"及见其文，乃谓魏公曰：'不意僧中有此郎也，黎明当一识之。'""师闻，因往见之"，"文忠与语终日，遂大称赏其学赡道明"，"由是师之声德益振寰宇"。③ 可以说，正是契嵩的著作改变了欧阳修对佛门弟子的看法。值得一提的还有释秘演。所谓"曼卿隐于酒，秘演隐于浮屠"④，石曼卿与释秘演都属于"遗外世俗"之士，他们以气节相高，不苟求合于世。后释秘演"北渡河，东之济、郓，无所合，因而归"，又"闻东南多山水"，"欲往游焉"。"于其将行"，欧阳修"为叙其诗"，"因道其盛时以悲其衰"。欧阳修晚年颇有感慨："浮图能诗者不少，士大夫莫为

① 欧阳修撰，李之亮笺注：《欧阳修集编年笺注》卷四《酬学诗僧惟晤》，巴蜀书社 2007 年版，第 1 册，第 144 页。

② 文莹撰，郑世刚、杨立扬点校：《湘山野录》卷上，《唐宋史料笔记丛刊》，中华书局 1984 年版，第 15 页。

③ 释惠洪：《又序》，释契嵩《镡津集》卷二十二，四部丛刊三编本。

④ 欧阳修撰，李之亮笺注：《欧阳修集编年笺注》卷四一《释秘演诗集序》，巴蜀书社 2007 年版，第 3 册，第 130 页。

汲引，多汨没不显。”①可见其颇存惜才之心，并不因为儒释分辙而心胸狭隘。此外，对于女性诗人，欧阳修亦不外之。如谢景山的妹妹谢希孟，正身处夷陵的欧阳修撰序称之曰：“希孟之言，尤隐约深厚，守礼而不自放，有古幽闲淑女之风，非特妇人之能言者也。”②极力延誉，以图其不没。“希孟不幸为女子。莫自章显于世。”“今有杰然巨人能轻重时人而取信后世者，一为希孟重之，其不泯没矣。”不惟亲自作序，亦希望其他名公能广加延誉。事实上，欧阳修通过广泛的延誉，使原本与“文章之盟”关联松散的僧辈与女流③，同样围绕他而形成一个泛化的“文学圈子”④。

当然，最为著名的是对苏氏父子的延誉。嘉祐二年(1057)，在苏洵的带领下，苏轼、苏辙兄弟进入京师。他们首先向欧阳修投谒。欧阳修一览其文，惊为异人，随即向“一时公卿”传示。据后来苏轼的回忆：

> 顷年文忠欧公荐某先君，荐章才上，一时公卿争先求识面，交口推服，声名一日大振。盖欧公之言，既取重于世，而当时之人，亦有喜贤好善之心，无纷纷然翕訿之间言也。⑤

意思是说，当世喜贤好善，欧阳修又人尊而言信，由其延誉，苏氏文章，遂名满天下。后来科考高中亦得力于欧公之赏擢，苏轼曾在《谢欧阳内翰书》中表达自己的感激之意：“伏惟内翰执事，天之所付以收拾

① 欧阳修撰，李伟国点校：《归田录》佚文，《唐宋史料笔记丛刊》，中华书局1981年版，第50页。

② 欧阳修撰，李之亮笺注：《欧阳修集编年笺注》卷四二《谢氏诗序》，巴蜀书社2007年版，第3册，第166页。

③ [美]乔治·H. 米德著，赵月瑟译：《心灵、自我与社会》，上海译文出版社1992年版，第226页。

④ [日]高津孝：《宋初行卷考》，《科举与诗艺——宋代文学与士人社会》，王水照主编“日本宋学研究六人集”，上海古籍出版社2005年版，第10页。

⑤ 李廌撰，孔凡礼点校：《师友谈记》，《唐宋史料笔记丛刊》，中华书局2002年版，第21页。

先王之遗文，天下之所待以觉悟学者。恭承王命，亲执文柄，意其必得天下之奇士以塞明诏。”①可见，在苏轼眼中，欧阳修之赏拔并非私器与人，而是受天所付，收拾遗文，并恭承王命，为国选才。苏轼带有几分谦卑地写道：“轼也远方之鄙人，家居碌碌，无所称道，及来京师，久不知名，将治行西归，不意执事擢在第二。”他特别提到当时曾引发士林异议，他曾为之深感不安：“惟其素所蓄积，无以慰士大夫之心，是以群嘲而聚骂者，动满千百。”正是欧阳修的赏识，让他获得了自信：“亦惟恃有执事之知，与众君子之议论，故恬然不以动其心。”再加上殿试，亦还顺利：“犹幸御试不为有司之所排，使得搢笏跪起，谢恩于门下。”再次坚定了他的信心。苏轼深深地知道，这样的赏识是多么难能可贵。其言有曰：“闻之古人，士无贤愚，惟其所遇。盖乐毅去燕，不复一战，而范蠡去越，亦终不能有所为。”可见际遇与平台十分重要，由此，他向欧阳修表达了归于师门的愿望：“轼愿长在下风，与宾客之末，使其区区之心，长有所发。”

后来，苏轼逐渐获得了一定文坛地位，亦极力延誉后学。其曾以《太息》一篇送秦觏(少章)归京，援述欧公故事，云：“昔吾举进士，试名于礼部，欧阳文忠公见吾文，曰：‘此我辈人也，吾当避之。’方是时，士以剽裂为文，聚而见讪，讪公者所在成市。”②因而感叹：“英伟奇逸之士，不容于世俗也久矣。”并对延誉之艰难深有感触：“张文潜、秦少游此二人者，士之超轶绝尘者，非独吾云尔。二三子亦自以为莫及也。士骇于所未闻，不能无异同，故纷纷之论，亦尝及吾与二子，吾策之审矣。”苏轼指出：“士如良金美玉，市有定价，岂可以爱憎口舌贵贱之欤?”士子文章的评判，不能因个人之爱憎与众人之贵贱而改变，一定要有某种经得起时间检验的标准。他对秦觏说：“作《太息》一篇，以践其行，使藏于家。三年然后出之。”希望秦少章对自己有信心。由此

① 张志烈、马德富、周裕锴主编：《苏轼全集校注·苏轼文集校注》卷四九《谢欧阳内翰书》，河北人民出版社2010年版，总第16册，第5310页。

② 苏轼撰，孔凡礼整理：《商刻东坡志林》卷十，《全宋笔记》，大象出版社2014年版，第1编，第9册，第175页。

可见，文章宗主对于后进的延誉，最为重要是眼光和勇气。苏轼极力鼓励后学，不遗余力，即便有一言之善，亦加褒赏。“东坡自岭南归”，谢民师“袖书及旧作遮谒”，东坡览之，“大见称赏”，谓之曰：“子之文，正如上等紫磨黄金，须还子十七贯五百。”并“留语终日”①。李廌还记载了苏轼的一段自陈：

> 文章之任，亦在名世之士，相与主盟，则其道不坠。方今太平之盛，文士辈出，要使一时之文有所宗主。昔欧阳文忠常以是任付与某，故不敢不勉。异时文章盟主，责在诸君，亦如文忠之付授也。②

如果我们将“文章之盟”视为一种共享价值观念与写作趣尚的“共同体”③，那么欧阳修和苏轼的延誉，可作如是观：他们前后相继，排除纷扰，以其慧眼独具的判断力与勇于担当的责任感，扩大和丰富着这一“共同体”，并引导和推动它走上正确的道路。

四、道德的感召：士欲见其守，视其居贱贫

韩愈在《与凤翔邢尚书书》中对邢君牙言：“夫士之来也，必有求于阁下，夫以贫贱而求于富贵，正其宜也。”而事实上，“阁下之财不可以遍施于天下，在择其人之贤愚而厚薄等级之可也”。由此，“欲求士之贤愚，在于精鉴博采之而已矣”。“精鉴于已，固已得其十七八矣。又博采于人，则百无一二遗者。”④韩愈强调求士中“博采精鉴”的重要：

---

① 曾敏行著，朱杰人标校：《独醒杂志》卷一，《宋元笔记丛书》，上海古籍出版社1986年版，第7页。

② 李廌撰，孔凡礼点校：《师友谈记》，《唐宋史料笔记丛刊》，中华书局2002年版，第44页。

③ [美]乔治·H. 德著，赵月瑟译：《心灵、自我与社会》，上海译文出版社1992年版，第192页。

④ 韩愈撰，朱熹校：《朱文公校昌黎先生文集》卷十八，四部丛刊初编本。

既不能泛滥，又不能遗漏；正指出前贤延誉之不易。欧阳修对于后学才士，广为延誉，特别对下层士子，殊未尝吝之。如荥阳县魏主簿，欧阳修有诗赠之："卓荦东都子，姓名闻十年。穷冬雪塞空，千里至我门。"①生动地描写了魏主簿谒见欧阳修时的穷寒境况。特别有意思的是，诗中提到仆童与僚吏的态度："仆童相视疑，僚吏或不然。"当时魏主簿并不妄自菲薄，而是"俯首鹄鹤啄，进趋凫雁联。青衫靴两脚，言色倩以温"。欧阳修自是以礼相待："子足未及阈，我衣惊倒颠。"值得注意的是，欧阳修鉴士的态度与方法："受知固不易，知士诚尤难。"对于谒进士子其人其文的品鉴，欧阳修采用了群议之法，即"觞豆及嘉节，高堂列群贤"。魏主簿的文章，"文章看落笔，论议驰后先。破石出至宝，决高泻长川。光晖相磨晻，浩渺肆波澜"，已使"僚吏愧我叹，仆童恪生颜"，但欧阳修认为这样的评价仍然不全面。"我顾僚吏嘻，士岂此以观。此聊为戏耳，以惊仆童昏。"他认为还需要进一步考察士子的品行操守："士欲见其守，视其居贱贫。欲知其所趋，试以义利干。"此时，欧阳修表现出鉴人识才的自信："我始识其面，已窥其肺肝。"在他看来，操守坚毅的士子，才是值得长期交往的。

如果谒者的德行有亏，则为士林不耻，亦为先达所薄。有士子杜默，曾携诗谒石介，受其指点："先生颔首遣，教以勿骄矜。"后来，他又向欧阳修投谒："杜子来访我，欲求相和鸣。"欧阳修对其诗倍加称赏："南山有鸣凤，其音和且清。鸣于有道国，出则天下平。杜默东土秀，能吟凤凰声。作诗几百篇，长歌仍短行。"甚至自谦不足与之俱名。随后欧阳修对之多加勉励，希望能够于国于民有所作为："京东聚群盗，河北点新兵。饥荒与愁苦，道路日以盈。子盍引其吭，发声通下情。上闻天子聪，次使宰相听。何必九包禽，始能瑞尧庭。"②但其后久

① 欧阳修撰，李之亮笺注：《欧阳修集编年笺注》卷四《送荥阳魏主簿》，巴蜀书社2007年版，第1册，第159~160页。

② 欧阳修撰，李之亮笺注：《欧阳修集编年笺注》卷一《赠杜默》，巴蜀书社2007年版，第1册，第28页。

不第，杜默“落魄不护名节”，渐为欧阳修所薄①。比较典型的还有吴孝宗。嘉祐初，他将其所作《法语》十余篇向欧阳修投谒，欧阳修“读而骇叹”②。欧阳修高度评价其作：“昆仑倾黄河，渺渺盈百川，疏决以道之，渐敛收横澜，东溟知所归，识路到不难。”但欧阳修转生疑问：吴孝宗与曾巩、王安石本是同乡，在曾、王都声誉卓著时，却未闻其名。吴孝宗也还算老实，交代了他由于“不护细行”而“少无乡曲之誉”的事实。欧阳修称赞了他的文章不错，表示人才难得，教诲他知过能改，善莫大焉。

广为延誉，难免有识人不慎的疏忽。③ 欧阳修曾荐一士人与王仲仪，可是这个士子不久就因为贪污而被查处。④ 不过，少数所举非人的遭遇，并未改变欧阳修广为延誉的惯常做法。苏轼对此“欧公风范”颇有申发：“欧阳公好士，为天下第一”，“士有一言中于道，不远千里而求之，甚于士之求公”⑤；“以故尽致天下豪俊，自庸众人以显于世者，固多矣”。然“士之负公者，亦时有”。对此局面，欧阳修“盖尝慨然太息，以人之难知，为好士者之戒”，一般人亦以为“公之于士，自是少倦”。但苏轼发现，欧阳修初衷未改，“犹论士之贤者，唯恐其不闻于世也”。甚至对于那些“负己者”，欧阳修亦曰：“是罪在我，非其过。”可谓“宁天下士负我，不可我负天下士”。平心而论，自视为“文坛盟

① 王辟之：《渑水燕谈录》卷七，《唐宋史料笔记丛刊》，中华书局 1981 年版，第 87 页。

② 魏泰撰，李裕民点校：《东轩笔录》卷十二，《唐宋史料笔记丛刊》，中华书局 1983 年版，第 135~136 页。

③ 正由于此，也有延誉后进颇为谨慎者。如谢泌：“居官不妄荐士，或荐一人，则焚香捧表，望阙再拜而遣之。所荐虽少，而无不显者。”(魏泰撰，李裕民点校：《东轩笔录》卷十，《唐宋史料笔记丛刊》，中华书局 1983 年版，第 116 页)王安国“名重天下”，而“慎许可”(晁公武撰，张猛校证《昭德先生郡斋读书志》卷十九，上海古籍出版社 1990 年版，第 1014 页)。

④ 赵令畤：《侯鲭录》卷三，《唐宋史料笔记丛刊》，中华书局 2002 年版，第 87 页。

⑤ 张志烈、马德富、周裕锴主编：《苏轼全集校注·苏轼文集校注》卷一〇《钱塘勤上人诗集叙》，河北人民出版社 2010 年版，总第 11 册，第 1001 页。

主”的欧阳修，随时随地都需要有他的听众。特别当其政治上处于困厄之时，延誉士子，指点后学恐怕更是他寻求听众并维持影响的重要方式。①

五、道义与权力：腾上必速，但不能久

王安石为欧公所知，实由曾巩之荐。② 庆历四年(1044)曾巩有《上欧阳舍人书》，言当世之急务者三，文末随即力推荐王安石。曾巩称赞其“文甚古，行甚称文”③，自重难进，不假轻售。曾巩希望欧阳修能向朝廷举荐王安石。至和中，欧阳修遂有《荐王安石吕公著札子》：“伏见殿中丞王安石，德行文学，为众所推。守道安贫，刚而不屈。……安石久更吏事，兼有时才，曾召试馆职，固辞不就。……今谏官尚有虚位……必能规朝廷之得失，裨益陛下之聪明。”④嘉祐元年(1056)，欧阳修时任翰林学士，有广为人知的《赠王介甫》一诗：“翰林风月三千首，吏部文章二百年。老去自怜心尚在，后来谁与子争先。”此诗之中，欧阳修将文学之统绪传承的希望都寄托在王安石身上了。“朱门歌舞争新态，绿绮尘埃试拂弦。常恨闻名不相识，相逢樽酒盍留连。”⑤并对与王安石的结识表达了期待之意。王安石以《奉酬永叔见赠》一诗答之，“欲传道义心犹在，强学文章力已穷。他日若能窥孟子，终身何敢望韩公”，表示他的志向是传道，做孟子的事业，而非“文章”，事实上婉拒了欧公的托付。不过，“抠衣最出诸生后，倒屣尝倾广座中”，他仍然

① ［美］乔治·H. 米德著，赵月瑟译：《心灵、自我与社会》，上海译文出版社1992年版，第283页。

② 李震：《曾巩年谱》，苏州大学出版社1997年版，第78页。

③ 曾巩著，陈可珍、晁继周点校：《曾巩集》，中华书局1984年版，第237~238页。

④ 欧阳修撰，李之亮笺注：《欧阳修集编年笺注》卷一一一，巴蜀书社2007年版，第6册，第381~382页。

⑤ 欧阳修撰，李之亮笺注：《欧阳修集编年笺注》卷五七，巴蜀书社2007年版，第3册，第590页。

对欧阳修的礼遇深怀感激。“只恐虚名因此得，嘉篇为贶岂宜蒙”①，并表达自己虚蒙错爱，深感愧疚的心情。

虽然王安石没有接过欧阳修手中的“接力棒”，但他同样保留着延誉后进的传统。其中与王令的交往，最为典型。王令曾“以书上介甫，且以《南山》之诗求学于荆公”。其《上王介甫书》提出“亲炙甚于闻言”②，强调师从先贤的重要性。孔子没后，“弟子源移流漫”，而六经之学“皆杂出异同，骈为门户”，遂使“后世学者，老身白首，更疑是非，衔默终死，无所折问”。在此，王令向王安石表达“思欲奋起，以沾被余泽”的志愿，更隐然以王安石为“是非”“折问”之所在。其所寄之诗《我策我马寄王介甫》有曰：“君子则高，吾则仰之。”③更是表达了对王安石高山仰止的恭敬态度。而后，王安石有《与王逢原书》答之。其第一书有曰：“始得足下文，特爱足下之才耳。”④“既而见足下，衣刓屦缺，坐而语，未尝及己之穷”，又“退而询足下，终岁食不荤，不以丝忽妄售于人”，称赞王令虽身处穷困而不轻售的高尚品节。王安石对王令作出“知及之仁又能守之”的评判，决定“以学报之”。其第二书有曰：“读所辱书辞，见足下之材，浩乎沛然，非某之所能及。”⑤而后“问诸邑人，知足下之行学为君子而方不已者也”。正是经此一番调查访问之后，而王令“师资之礼已定”，王安石方才“以师道自任”⑥，可见其师道不可轻为的态度。王安石面对欧阳修的诱掖时，他可以不接受

① 王安石著，聂安福、侯体健整理：《临川先生文集》卷二十二，王安石全集本，复旦大学出版社 2017 年版，第 5 册，第 465 页。

② 王令著，沈文倬校点：《王令集》卷十六，上海古籍出版社 2011 年版，第 286 页。

③ 王令著，沈文倬校点：《王令集》卷一，上海古籍出版社 2011 年版，第 16 页。

④ 王安石著，聂安福、侯体健整理：《临川先生文集》卷七十五，王安石全集本，复旦大学出版社 2017 年版，第 7 册，第 1337 页。

⑤ 王安石著，聂安福、侯体健整理：《临川先生文集》卷七十五，王安石全集本，复旦大学出版社 2017 年版，第 7 册，第 1337 页。

⑥ 葛立方：《韵语阳秋》卷十八，何文焕辑：《历代诗话》，中华书局 1981 年版，第 630 页。

欧公的委托，但“欲传道义”却是他们最基本的共识①；当王令向王安石投谒时，虽然尊卑贵贱差别极大，但“知及之仁又能守之”成为他们定下“师资之礼”的前提。由此可见，无论“师资之礼”是否订立，其间“道义”与“仁”都是前贤与后学互相认同的基础。

其后，王安石“以多闻博学为世宗师”，“当世学者得出其门下者，自以为荣，一被称与，往往名重天下”。② 比如卢秉，“尝为江南郡掾”。他在驿站中题诗曰：“青衫白发病参军，旋粜黄粱置酒罇。但得有钱留客醉，也胜骑马傍人门。”诗中表明自己的蹇寒与操守，得到王安石的称赏，“立荐于朝，不数年登贰卿”③。又有刘季孙，本为饶州监酒，曾题小诗于治所壁间：“呢喃燕子语梁间，底事来惊梦里闲？说与傍人应不解，杖藜携酒看芝山。”④王安石见诗，“大称赏之”。“问专知官谁所作，以季孙言”，“即召与之语，嘉叹升车而去，不复问务事”。“既至传舍，适郡学生持状立庭下，请差官摄州学事，公判监酒殿直”，“一郡大惊，遂知名云”。

王安石生性“倔强”，“于欧、苏无所置喙，非苟叹服后生者”⑤，但执政之后，却“引用一时之人，最为不次”⑥。甚至一些为欧阳修所不喜的士子，亦转而向王安石投谒。如元绛，“少以文字自许”，“屡以贽欧阳文忠，卒不见录”⑦。“熙宁初，荆公当国，独知之，始荐以为

① ［法］阿尔弗雷德·格罗塞著，王鲲译：《身份认同的困境》，社会科学文献出版社 2010 年版，第 3 页。

② 王辟之撰：《渑水燕谈录》，《唐宋史料笔记丛刊》，中华书局 1981 年版，第 126~127 页。

③ 张表臣：《珊瑚钩诗话》卷二，何文焕辑：《历代诗话》，中华书局 1981 年版，第 463 页。

④ 叶梦得：《石林诗话》卷下，何文焕辑：《历代诗话》，中华书局 1981 年版，第 433 页。

⑤ 刘克庄撰，王秀梅点校：《后村诗话·续集》卷四，中华书局 1983 年版，第 136 页。

⑥ 彭阙辑撰，孔凡礼点校：《续墨客挥犀》卷七，《唐宋史料笔记丛刊》，中华书局 2002 年版，第 492 页。

⑦ 叶梦得：《石林燕语》卷九，中华书局 1984 年版，第 136 页。

知制诰”①。类似的还有韩驹、董耘等，皆投荆公而得举荐。对此现象，张表臣深感不平：“近时韩驹待制、董耘尚书，以诗文见知贵近，闻于天子，自诸生三四年至法从。”认为他们升迁过于侥幸：“呜呼！士有片文只字，而遭遇如此者。”②葛立方对此现象颇具洞见，他引岑文本之言喻之：“鸢肩火色，腾上必速，但不能久。”③此外，《渑水燕谈录》的一段记载则道尽当时士子趋炎附势之态：

> 公之治经，尤尚解字，末流务多新奇，浸成穿凿。朝廷患之，诏学者兼用旧传注，不专治新经，禁援引《字解》。于是学者皆变所学，至有著书以诋公之学者，且讳称公门人。故芸叟为挽词曰："今日江湖从学者，人人讳道是门生。"传士林。及后诏公配享神庙，赠官并谥，俾学者复治新经，用《字解》。昔从学者，稍稍复称公门人，有无名子改芸叟词云："人人却道是门生。"④

我们发现，由于拥有政治权力，王安石广加延誉，辄施荐举，自然受其助推；但随着其权力的起伏，以他为中心的文人群体(“门生”)也呈现出扩张与收缩的变化⑤。

---

① 晁公武载：“绛立朝无特操，晚入翰林，谄事王安石及其子弟，时论鄙之。工文辞，为流辈所推许。”(晁公武：《昭德先生郡斋读书志》之《后志》卷二，四部丛刊三编本)

② 其实，王安石对于有文无行之人，亦非率意轻荐，比如对于曾经投谒欧阳修而终不为所荐的吴孝宗，王安石亦簿其反复，“无复荐引之者”(魏泰撰，李裕民点校：《东轩笔录》卷十二，《唐宋史料笔记丛刊》，中华书局 1983 年版，第 135 页)。对于郭祥正，王安石原爱重其诗，可是当神宗想向他作深度了解时，他“极口陈其不可用”，其理由也是“薄于行”(同上，卷六，第 67 页)。

③ 葛立方：《韵语阳秋》卷十八，何文焕辑：《历代诗话》，中华书局 1981 年版，第 630 页。

④ 王辟之撰，吕友仁点校：《渑水燕谈录》卷十，《唐宋史料笔记丛刊》，中华书局 1981 年版，第 126~127 页。

⑤ [法]阿尔弗雷德·格罗塞著，王鲲译：《身份认同的困境》，社会科学文献出版社 2010 年版，第 3 页。

六、有功于斯人：吾常患力寡，欣子好古徒

对落第的举子，欧阳修往往多加慰藉。我们翻检欧阳修的文集，发现除已经提到的曾巩之外，他还安抚过为数不少的下第士子。如《送黎生下第还蜀》诗："黎生西南秀，挟策来东游。有司不见采，春霜滑归辀。"①"自云喜三传，力欲探微幽"，也算是学有专攻。"凡学患不强，苟至将焉廋。圣言简且直，慎勿迂其求。"欧阳修告诫黎生，《春秋》之圣言简易，不必深求。"经通道自明，下笔如戈矛"，由经而文，亦为一途。诗末，欧阳修并安慰黎生，"一败不足恤，后功掩前羞"。又有杨生者，与曾巩同时应礼部试，下第。欧阳修有诗赠之："吾奇曾生者，始得之太学。初谓独轩然，百鸟而一鹗。既又得杨生，群兽出麟角。"②复以得杨生为幸，"乃知天下才，所识惭未博"。他回顾了对杨生的初次印象：其人"仁义而礼乐"，"天姿朴且茂"；其文读来"如渴饮醴酪"；其谈吐"稍稍吐锋锷"；且富春秋，厚天爵。遗憾的是"有司选群材，绳墨困量度"，"胡为谨毫分，而使遗磊落"。"至宝异常珍，夜光惊把握。骇者弃诸涂，窃拾充吾橐。"欧阳修虽然以得人为幸，但愧感能力有限，无法有所助推。他安慰杨生："世好竞辛咸，古味殊淡泊。否泰理有时，惟穷见其确。"否泰有时，穷见其守。又在送刘秀才的诗中，欧阳修写道："落日古京门，车马动行色。河上多悲风，山阳有归客。"③可见刘秀才落第时的凄凉。"朽箧蠹虫篆，遗文摩鸟迹。言干有司知，岂顾时人识？"欧阳修赞其为学向古，不顾时流的超迈心态。"山陂岁始寒，霰雪密已积。还家宁久留，方言事征轭。"希望刘秀才重

① 欧阳修撰，李之亮笺注：《欧阳修集编年笺注》卷一，巴蜀书社 2007 年版，第 1 册，第 55 页。

② 欧阳修撰，李之亮笺注：《欧阳修集编年笺注》卷二，巴蜀书社 2007 年版，第 1 册，第 57 页。

③ 欧阳修：《送刘秀才归河内》，欧阳修撰，李之亮笺注：《欧阳修集编年笺注》卷五二，巴蜀书社 2007 年版，第 3 册，第 382 页。

振旗鼓，再次出发。可以想见，对于这些因科考落第、黯然归乡而散居各地的士子来说，欧阳修的诗文相赠与精神慰藉使他们不再沉溺于命运坎坷的哀叹，而更多为学向古的超迈、道义相交的可贵、锲而不舍的坚韧等心理体验，从而不约而同地依赖这种慰藉，并渐次形成一个“被安抚的落第士人”群体①。这落第士子之间或许是缺乏联系的，但对于欧阳修来说，他们却是实际存在且需要去真实面对的群体。

对于下第士子，慰藉之外，勉励其实更为重要。如有士子方希则，屡举不第。欧阳修曾撰序文送之。序中首先指出：官位爵禄，人之所欲。惟君子能轻视去就，行随卷舒。方希则由举茂才而入官，但参加科考，却三举而不利。欧阳修以命运否泰与修身之轻物去就以劝勉之。欧公回顾了与方希则在京都的交往，而对其受屈于有司深表同情。欧阳修称赞方希则的澹然处之：“恢识宇以见乎远，穷倚伏以至于命。”②亦且勉之：“以希则之资材而沉冥郁堙，岂非天将张之而固翕之邪?”又有唐生：“翩然动归思，旦夕来叩门。终年少人识，逆旅惟我亲。”③与欧阳修相识于旅途之中。“来学愧道瞢，赠归惭橐贫”，欧阳修自愧于为道尚浅，对唐生的归去亦不能有经济上的帮助。“勉之期不止，多获由力耘。”只能多加勉励，希望他继续努力。又有孔秀才：“及子来叩门，手持赠子篇。贤愚视所与，不待交子言。”其人品高洁。“又文谐律吕，子行洁琅玕。行矣慎所游，恶草能败兰。”④欧阳修希望他交游谨慎，爱护名节。由此可见，欧阳修对于每一位他以诗文相赠的士子，都了解其来历，知晓其优劣，并分别提出针对性的意见。

有时，来谒的士子们会令欧阳修想起自己的年轻时代。如至和二年

---

① ［澳］迈克尔·A. 豪格、［英］多米尼克·阿布拉姆斯著，高明华译：《社会认同过程》，中国人民大学出版社 2011 年版，第 131 页。

② 欧阳修撰，李之亮笺注：《欧阳修集编年笺注》卷六四《送方希则序》，巴蜀书社 2007 年版，第 4 册，第 197 页。

③ 欧阳修撰，李之亮笺注：《欧阳修集编年笺注》卷一《送唐生》，巴蜀书社 2007 年版，第 1 册，第 37 页。

④ 欧阳修撰，李之亮笺注：《欧阳修集编年笺注》卷一《送孔秀才游河北》，巴蜀书社 2007 年版，第 1 册，第 54 页。

(1055)，欧阳修时任翰林学士兼史馆修撰、勾当三班院，有徐生携文来谒，他的意气丰发，让欧阳修想到自己充西京留守推官之时的豪迈生活：

> 河南地望雄西京，相公好贤天下称。吹嘘死灰生气焰，谈笑暖律回严凝。曾陪樽俎被顾盼，罗列台阁皆名卿。……我昔初官便伊洛，当时意气尤骄矜。主人乐士喜文学，幕府最盛多交朋。园林相映花百种，都邑四顾山千层。朝行绿槐听流水，夜饮翠幙张红灯。①

如今徐生亦是如此："徐生南国后来秀，得官古县依崤陵。脚靴手板实卑贱，贤俊未可吏事绳。携文百篇赴知己，西望未到气已增。"年轻的士子也令他感到自己的衰老："尔来飘流二十载，鬓发萧索垂霜冰。同时并游在者几，旧事欲说无人应。文章无用等画虎，名誉过耳如飞蝇。荣华万事不入眼，忧患百虑来填膺。"欧阳修勉励徐生："羡子年少正得路，有如扶桑初日升。名高场屋已得隽，世有龙门今复登。"诗中充满祝愿与展望。

正如欧阳修诗所陈："万辙走声利，独趋仁义途。仁义荒已久，斤锄费耕除。"②其实，在趋向仁义的道路上，欧阳修也曾经感到过孤独："吾常患力寡，欣子好古徒。"所以，他也需要利用延誉来壮大自己的队伍。③ 事实正是如此，在欧阳修的勉励之下，士子由遵循某种共同的价

---

① 欧阳修撰，李之亮笺注：《欧阳修集编年笺注》卷五《送徐生之渑池》，巴蜀书社2007年版，第1册，第205~206页。

② 欧阳修撰，李之亮笺注：《欧阳修集编年笺注》卷五一《送白秀才西归》，巴蜀书社2007年版，第3册，第373页。

③ 祝尚书先生在《论宋初的进士行卷与文学》中指出："由于宋初行卷、受卷双方都定位在'文学'上，举子投书多选择那些与自己文学思想相同，相近的高官或文学名流，而接受投卷者，也借此机会大力栽培文学新人。"(祝尚书：《宋代科举与文学考论》，大象出版社2006年版，第359页)其实不惟宋初如此，有宋一代，此理皆然。

值观念，从而实现由个体向群体的转变。苏轼对此颇加揭示：

> 自欧阳子出，天下争自濯磨，以通经学古为高，以救时行道为贤，以犯颜纳说为忠，长育成就。至嘉祐末，号称多士，欧阳子之功为多。呜呼！此岂人力也哉！非天其孰能使之？①

由此看来，欧阳修对后进士子的勉励，让他们感觉到自己“不只是一个人在战斗”；对于后学，这不仅有精神鼓舞之功效，而且意味着某种集体情怀的赋予②。

欧阳修之后，苏轼主盟文坛，他继承乃师的伯乐精神，对于后学才俊广为延誉。元丰元年(1078)，黄庭坚首次向苏轼投献，有《上苏子瞻书》③，同书所附《古风二首上苏子瞻》④。正如任渊注云：“前篇《梅》以属东坡。”“后篇《松》以属东坡；‘茯苓’以属门下士之贤者；‘菟丝’以自况。”黄庭坚将东坡比作梅松，赞其傲世不屈的品格，又以借茯苓以喻其门下多士，最后引菟丝以自喻，虽自处卑微，而其志则欲与相依。苏轼有《次韵黄鲁直见赠古风二首》答之，诗中“佳谷卧风雨，稂莠登我场”“陈前漫方丈，玉食惨无光”“大哉天宇间，美恶更臭香”⑤，都表示了人才辨别的困难。“君看五六月，飞蚊殷回廊”，“千金得奇药，开视皆豨苓”，在苏轼看来，名不符实的人太多，不才之人充斥当世。由此，苏轼勉励黄庭坚：“期君蟠桃枝，千岁得一尝”，“不知市人中，

---

① 张志烈、马德富、周裕锴主编：《苏轼全集校注·苏轼文集校注》卷一〇《六一居士集叙》，河北人民出版社2010年版，总第11册，第979页。

② ［澳］迈克尔·A. 豪格、［英］多米尼克·阿布拉姆斯著，高明华译：《社会认同过程》，中国人民大学出版社2011年版，第28页。

③ 黄庭坚著，刘琳、李勇先、王蓉贵校点：《黄庭坚全集》，四川大学出版社2001年版，第2册，第457~458页。

④ 黄庭坚著，任渊、史容、史季温注，刘尚荣校点：《黄庭坚诗集注》卷一，中华书局2003年版，第47~50页。

⑤ 张志烈、马德富、周裕锴主编：《苏轼全集校注·苏轼诗集校注》卷一六，河北人民出版社2010年版，总第3册，第1773~1776页。

自有安期生”，他称赞其诗作已经度越世人，当立志高远，要耐得住寂寞，不必急于求售。对于黄庭坚的投书，苏轼亦撰文答之。文中追述了两次见黄庭坚诗文的感受与认识。其初见于孙莘老处，“耸然异之，以为非今世之人也”，“然观其文以求其为人，必轻外物而自重者”，以为“今之君子莫能用也”。其后见于李公择处：“意其超逸绝尘，独立万物之表，驭风骑气，以与造物者游。非独今世之君子所不能用，虽如轼之放浪自弃，与世阔疏者，亦莫得而友也。”称扬黄庭坚超尘脱俗的品格。对于黄庭坚的结识请求，苏轼表示“喜愧之怀，殆不可胜”。同时，苏轼评价黄庭坚的诗作：“《古风二首》托物引类，真得古诗人之风。”①当然苏轼之延誉并不止于黄庭坚一人，而是功被士林。张表臣《珊瑚钩诗话》有一段话：

> 东坡先生人有尺寸之长，琐屑之文，虽非其徒，骤加奖借。如昙秀“吹将草木作天香”、妙总“知有人家住翠微”之句，仲殊之曲，惠聪之琴，皆咨嗟叹美，如恐不及。至于士大夫之善，又可知也。观其措意，盖将揽天下之英才，提拂诱掖，教载成就之耳。②

东坡对后进之善，延誉不遗余力。其目的在于收揽天下英才，诱掖后进，教载成就，其功至伟。诚若张表臣所谓“夫马一骖骥坂，则价十倍，士一登龙门，则声烜赫，足以高当时而名后世矣”。

不少情况下，士子进取受挫，“必变所学，以求媚于有司”，实为“学者之大病”③，前贤往往有所警示。梅尧臣在方干、蔡驹等下第之后，赠诗鼓励，“尔持金错刀”，“慎勿辄镕锻”，希望他们能持之以恒，

---

① 张志烈、马德富、周裕锴主编：《苏轼全集校注·苏轼文集校注》卷五二《答黄鲁直书》，河北人民出版社 2010 年版，总第 17 册，第 5738~5739 页。

② 张表臣：《珊瑚钩诗话》卷一，何文焕辑：《历代诗话》，中华书局 1981 年版，第 453 页。

③ 葛立方：《韵语阳秋》卷十八，何文焕辑：《历代诗话》，中华书局 1981 年版，第 634 页。

不要随意更改。李廌“少时有好名急进之弊”，“献书公交车者三，多触闻罢，然其志不已。复多游巨公之门”。东坡尝诲之曰：“如子之才，自当不没，要当循分，不可躁求。王公之门，何必时曳裾也?”李廌受教，“尔后常以为戒”。“自昔二三名卿已相知外，八年中未尝一谒贵人”，“中间有贵人使人谕殷勤，欲相见，虽其人之贤可亲，然廌所守匹夫之志，亦未敢自变也”。① 可见，前贤先达的勉励对后进士子坚持操守确有重要作用。我们可以发现，当苏轼接过欧阳修的“接力棒”之后，同样利用延誉的方式，令后学士子“踊跃自勉，乐于修进”，“而终为令器”②。其间一以贯之的精神，即是欧、苏所倡导的“仁义”：它不仅是文人士夫“集体意识”的表达，也是文人群体共有的“行事方式”③。同时，对于后学士子，“仁义之途”还成为“一种施加于行为之上的道德约束”，它吸引、规范、引导着无数的士子，让他们用文章与人生践行“士”这一荣耀而自豪的身份；故葛立方之“有功于斯人”，确非虚语。

七、有功于斯文：新文时我寄，庶可蠲烦壅

欧阳修面对后学之时，多有论道之语。如贬居夷陵之时，有乐秀才携文谒之。其年虽长于欧阳修，仍执后进之礼。又兼夷陵水土多湿，欧阳修多病，而少有答书。但乐秀才执礼甚恭。“舟行往来”，皆有过从；又“以所业一册”相示。欧阳修遂有《与乐秀才第一书》答之。在书中，欧阳修详细地论述了德先而文后的主张。

闻古人之于学也，讲之深而信之笃，其充于中者足，而后发乎

① 李廌撰，孔凡礼点校：《师友谈记》，《唐宋史料笔记丛刊》，中华书局 2002 年版，第 14~15 页。

② 葛立方：《韵语阳秋》卷一，何文焕辑：《历代诗话》，中华书局 1981 年版，第 489 页。

③ ［澳］迈克尔·A. 豪格、［英］多米尼克·阿布拉姆斯著，高明华译：《社会认同过程》，中国人民大学出版社 2011 年版，第 20 页。

外者大以光。譬夫金玉之有英华，非由磨饰染濯之所为，而由其质性坚实，而光辉之发自然也。①

又引《易》之《大畜》“刚健笃实，辉光日新”，并述之曰“夫畜于其内者实，而后发为光辉者，日益新而不竭也”，强调修德为作文之先。不过，溯源在乎唯一，其流布可衍乎众。欧阳修续有曰：“古人之学者非一家，其为道虽同，言语文章未尝相似。”后学可由性以就道，实不必拘守文字。由此，他特别批评了当世不求根养之厚，惟求文辞夸张浮华的不良风气。最后，欧阳修对乐秀才之文进行褒扬：“窃读足下之所为高健，志甚壮而力有余。譬夫良骏之马，有其质矣，使驾大辂而王良驭之，节以和銮而行大道，不难也。”在此，欧阳修以乐秀才作文的实际例子：“夫欲充其中，由讲之深，至其深，然后知自守。能如是矣，言出其口而皆文。”这正是“大抵道胜者，文不难而自至也”②一说的重申。

其身处滁州之时，有章生来谒，欧阳修为作《送章生东归》诗，曰：“穷山荒僻人罕顾，子以一身千里来。”③“问子之勤何所欲，自惭报子无琼瑰。非徒多难学久废，世事渐懒由心衰。”表示自己身难学废，事懒心衰，不能有所报偿。“吴兴先生富道德，佽佽弟子皆贤材。乡闾礼让已成俗，余风渐被来江淮。子年方少力可勉，往与夫子为颜回。”褒扬吴兴先生胡宿，德高望重，劝章生往之与游。又有孙秀才来谒，欧阳修为作《送孙秀才》，曰：“高门煌煌赫如赭，势利声名争借假。”感叹世态趋名逐利。“嗟哉子独不顾之，访我千山一羸马。明珠渡水覆舟失，赠我玑贝犹满把。”感叹孙秀才之不弃。“迟迟顾我不欲去，问我无穷惭

① 欧阳修撰，李之亮笺注：《欧阳修集编年笺注》卷六九，巴蜀书社 2007 年版，第 4 册，第 333 页。

② 欧阳修撰，李之亮笺注：《欧阳修集编年笺注》卷四七《答吴充秀才书》，巴蜀书社 2007 年版，第 3 册，第 255 页。

③ 欧阳修撰，李之亮笺注：《欧阳修集编年笺注》卷二，巴蜀书社 2007 年版，第 1 册，第 98 页。

报寡。时之所弃子独向，无乃与世异取舍？”①欧阳修因不能对后进士子有实际的援引，深感愧疚，但仍然提醒他们：即使世风奔竞，对道的坚守仍应充满信心。②

在与后学的交游中，学习诗文的路径自然是前辈发起的常见话题。欧阳修在《与荆南乐秀才书》中，回顾自身学文的经历。文中特别交代了由时文入，而由古文出的经历：“仆少孤贫，贪禄仕以养亲，不暇就师穷经，以学圣人之遗业”③；“涉猎书史，姑随世俗作所谓时文者，皆穿蠹经传，移此俪彼，以为浮薄，惟恐不悦于时人，非有卓然自立之言如古人者”。他后悔花了很多时间和精力去学习时文，而没有将主要的精力用于就师穷经。幸运的是，他很快科举中第，可以达岸舍筏。于是改易前作，补足对于经史的研究。“天圣中，天子下诏书，敕学者去浮华，其后风俗大变”，对于乐秀才来说，形势变得更为有利。随后，欧阳修勉励乐秀才学习古文：“先辈往学之，非徒足以顺时取誉而已，如其至之，是直齐肩于两汉之士也。”除路径指向之外，前辈也会针对后学诗文的弊端而提出具体改进意见。如曾巩曾将王安石之文转呈欧阳修，后又将欧阳修的意见转告王安石：“欧公更欲足下少开廓其文，勿用造语及模拟前人，请相度示及。”④并云：“孟、韩文虽高，不必似之也，取其自然耳。”欧阳修针对王安石之文，提出勿用造语、取其自然的建议。又有焦千之、徐无党辈，“始生及吾门，徐子喜惊踊。曰此难致宝，一失何由踵”⑤，欧阳修提醒他们，“读书趋简要，害说去杂

① 欧阳修撰，李之亮笺注：《欧阳修集编年笺注》卷三，巴蜀书社 2007 年版，第 1 册，第 129 页。

② ［德］扬·阿斯曼著，金寿福、黄晓晨译：《文化记忆：早期高级文化中的文字、回忆和政治身份》，北京大学出版社 2015 年版，第 95 页。

③ 欧阳修撰，李之亮笺注：《欧阳修集编年笺注》卷四十七，巴蜀书社 2007 年版，第 3 册，第 264 页。

④ 曾巩著，陈可珍、晁继周点校：《曾巩集》卷十六《与王介甫第一书》，中华书局 1984 年版，第 255 页。

⑤ 欧阳修撰，李之亮笺注：《欧阳修集编年笺注》卷四《送焦千之秀才》，巴蜀书社 2007 年版，第 1 册，第 168 页。

冗”，并且希望“新文时我寄，庶可蠲烦壅”。可见，欧阳修对于指导后学作文，是乐意为之的；因为，将自己的创作经验加以推广，也是对后学施加影响的一种方式。①

与欧阳修一样，苏轼于后学作文，亦乐意为之开示。《韵语阳秋》卷三载：“东坡在儋耳时，余三从兄讳延之，自江阴担簦万里，绝海往见，留一月。”②东坡“尝诲以作文之法”，曰：

> 儋州虽数百家之聚，州人之所须，取之市而足，然不可徒得也，必有一物以摄之，然后为己用。所谓一物者，钱是也。作文亦然，天下之事，散在经子史中，不可徒使，必得一物以摄之，然后为己用。所谓一物者，意是也。不得钱不可以取物，不得意不可以明事，此作文之要也。

苏轼开示葛延之“以意御事”的作文之法，葛延之谨受教，“拜其言而书诸绅”。可以看出，欧阳修、苏轼已经掌握了诗文创作方法的“话语权”，即使身处贬谪之中。他们依然被群体成员看作文学路径的仲裁者③；其创作体验与理论指导保持着不可忽视的影响力。

前贤开示之法，后学若能受教遵循，则渐成学诗作文法门。如孙莘老曾经向欧阳修请教作文之法，而欧阳修示以“多读多作”之法：“此无他，唯勤读书而多为之自工。”④欧阳修指出：“世人患作文字少，又懒读书。每一书出，必求过人。”如此急切，自然“少有至者”。“疵病不必待人指摘，多作自见之”。孙莘老受教，“书于座右”。乐秀才曾经向欧

① ［美］乔治·H. 米德著，赵月瑟译：《心灵、自我与社会》，上海译文出版社1992年版，第226页。

② 葛立方：《韵语阳秋》卷三，何文焕辑：《历代诗话》，中华书局1981年版，第509~510页。

③ ［澳］迈克尔·A. 豪格、［英］多米尼克·阿布拉姆斯著，高明华译：《社会认同过程》，中国人民大学出版社2011年版，第230页。

④ 周辉撰，刘永翔校注：《清波杂志校注》卷十一，《唐宋史料笔记丛刊》，中华书局1994年版，第466页。

阳修索求近作文字，欧阳修谢之曰："如修者，天下穷贱之人尔，安能使足下之切切如是邪？盖足下力学好问，急于自为谋而然也。然蒙索仆所为文字者，此似有所过听也。"①欧阳修认为乐秀才对自己推崇太过。不过，如果我们站在乐秀才的立场上看，欧阳修所作文字，代表当时诗文创作的范式，所以切切求之。

八、未息之余波：称道诱掖，惓惓不怠

有宋一代，后进之投谒与先达之延誉，长期存在，绵延不绝。在南宋，更蔚然成风。建炎绍兴间，朱松"诗声满天下"，"一时名公巨卿，交口称荐"②。孝宗中兴，人物称盛。有刘良佐(应时)以诗擅长，范成大"独深赏之"，"每为客言"③。但陆游认为一般听者未必能领会刘良佐诗作的妙处，所以在为之集序时，更摘出其间妙句，表而出之。嘉泰元年(1201)，杨万里又为之集序，更加称褒之。刘良佐一人之作，得中兴诗坛范、陆、杨，交相称褒，足见其幸。理学宗派延誉后进，亦不遗余力。倪文节"喜奖借后进"，"且知其(真德秀)才，意欲以词科衣钵传之"。"每假以私淑之文"，后来"漫扣一二，皆能成诵"，倪文节"始大惊喜"，"与之延誉于朝，而继中词科，遂为世儒宗焉"④。又有永嘉四灵，初名不甚显，时叶适"广纳后辈，颇加称奖"⑤，曾手编《四灵诗选》，选诗五百篇，亲为鼓吹。许棐跋之，称其"出自天成，归于神

---

① 欧阳修撰，李之亮笺注：《欧阳修集编年笺注》卷四十七，巴蜀书社 2007 年版，第 3 册，第 263~264 页。

② 傅自得：《韦斋集序》，朱松：《韦斋集》卷首，四部丛刊续编本。

③ 陆游：《颐庵居士集序》，刘应时：《颐庵居士集》卷首，《景印文渊阁四库全书》，台湾"商务印书馆"1983 年版，第 1164 册，第 18 页。

④ 周密：《齐东野语》卷一，《唐宋史料笔记丛刊》，中华书局 1983 年版，第 12 页。

⑤ 吴氏：《林下偶谈》卷四，《丛书集成初编》，商务印书馆 1936 年版，第 38 页。

识”，“多而不滥，玉之纯，香之妙者欤”①。诚如赵汝回所说：“水心先生既啧啧叹赏之，于是四灵之名，天下莫不闻。”②及至宋末，延誉风气都依然留存。如黄仲元，其初江万里“挽之尤力，声誉翕然动于一时”。③ 后“陆公(秀夫)一见，极器之”。“明年丙子(1276)，杭都已陷，国事不可为”，陆秀夫犹“趣先生至行都充益王府撰述，官兼处置使司干办公事”。又遗民诗人于石，见吴师道所作，辄曰“是子当不下人”，其“称道诱掖，惓惓不怠，犹有古人之风焉”④。所谓山河破碎，风雨飘摇，而前辈先达，犹不忘延誉俊才，其喜贤好善之心，令人慨叹。

投谒之风，以庆元、嘉定以来，江湖游士为最盛。方回《瀛奎律髓》卷二十《跋戴复古〈寄寻梅〉》载之颇详：

> 盖“江湖”游士，多以星命相卜，挟中朝尺书，奔走阃台郡县餬口耳。庆元、嘉定以来，乃有诗人为谒客者，龙洲刘过改之之徒不一人。石屏亦其一也。相率成风，至不务举子业，干求一二要路之书为介，谓之“阔匾”，副以诗篇，动获数千缗，以至万缗。如壶山宋谦父自逊，一谒贾似道，获楮币二十万缗以造华居是也。⑤

方回所载正好反映了江湖诗派中人的生存状态：投谒之时，虽“副以诗

① 许棐：《跋四灵诗选》，陈起编：《江湖小集》卷七十六，《景印文渊阁四库全书》，台湾“商务印书馆”1983年版，第1357册，第601页。

② 赵汝回：《瓜庐集序》，《瓜庐集》卷首，《景印文渊阁四库全书》，台湾“商务印书馆”1983年版，第1171册，第206页。

③ 宋濂：《四如集序》，黄仲元《四如集》卷首，《景印文渊阁四库全书》，台湾“商务印书馆”1983年版，第1188册，第592~593页。

④ 吴师道：《于介翁诗选后题》，《礼部集》卷十七，《景印文渊阁四库全书》，台湾“商务印书馆”1983年版，第1212册，第240页。

⑤ 方回选评，李庆甲集评校点：《瀛奎律髓汇评》卷二十，上海古籍出版社1986年版，第840页。

篇”，但往往干求要路，以求赏赐。当时，“钱塘、湖山，此曹什伯为群，阮梅峰秀实、林可山洪、孙花翁季蕃、高菊磵九万”，互相煽动，“往往雌黄士大夫，口吻可畏，至于望门倒屣”，甚至影响士林舆论。至此，“处士诗名遂绝响矣”。不过，身处“时俗佻巧”之世，或有山林逸民自重难进，不假轻售。如汪莘，庆元间曾遇朱熹，嘉定间曾遇真德秀，而上终不得遇。其间，真德秀曾经作帖以劝“俯屈以访诸贤”①，但汪莘以“自重难进之节”，“非招不往”，其行实非“驰骛于名场利区，朵颐于爵标势位者”可拟。

投谒既成一代风尚，则投谒之文，亦渐而有体。唐刘蜕《上礼部裴侍郎书》曾论投文之难作：

> 赞功论美近乎谄，饰词言己近乎私；低陋摧伏近乎鼠窃，广博张引近乎不敬；钩深简尚则畏不能动乎人，偕俪相比又畏取笑乎后；情志激切谓之躁，词语连绵谓之续。夫临其事而自言者，其难如此也。②

可见其间的分寸确实不易把握。王直方《王立之诗话》曾举数例，如“张宗古自堂后官守登州，祈雪获应，一判官以诗为贺”③。张宗古以之为“玩我”，“欲缴进，为人劝止”。又王直方之先人曾“任饶幕”，“与邵武黄坚叟为代”。“一日郡宴鄱江楼，黄作《木兰花》词上别乘，有‘监郡风流欢洽’之语，亦贻怒缴申。”投献者被迫“历考古今风流欢洽出处”，而“辩答甚苦”。王直方特别提醒道：“要知投献本求人知，又当视其人如何，庶不返致案剑。”意思是士子投谒之时，应该根据谒主的知识与趣味来决定用语，以免反致其怒。对此问题，杨万里亦有所提醒：“投

① 王应麟：《方壶存稿序》，汪莘《方壶存稿》卷首，《景印文渊阁四库全书》，台湾“商务印书馆”1983年版，第1178册，第118~119页。

② 刘蜕：《刘蜕集》卷五，四部丛刊初编本。

③ 周辉撰，刘永翔校注：《清波杂志校注》卷九，《唐宋史料笔记丛刊》，中华书局1994年版，第408页。

人诗文，有语忌者，不可不知。”①从杨万里所举的情况看来，士子投诗，有三点忌讳：一是不应用老死、迁谪相关等不吉利的用事或用语；二是不应将谒主与身份地位不相配的名物，特别是与动物相对；三是不应该犯谒主家讳。

九、结　语

投谒与延誉作为具有交互作用的社会交往与文学传播方式，对于文人同好与师承关系的形成，以及文人身份认同具有多方面的促进作用。对于后学而言，他们的投谒既包含对受到赞赏与接纳的期盼，也表达对道义的向慕及对师尊的归附；对于前贤来说，延誉隐含着自身优势的证明，也成为他们“前辈”地位的一种确认方式。作为文章盟主(如欧阳修)对同辈好友的赞颂与称扬，不仅仅在于对友朋命运坎坷(如梅尧臣)的同情，也伴随着对诗道衰微(如苏舜钦)的忧惧；其对同道(如陆经)的认可还伴随着事业受到追随的欣慰。

同时，前贤在对后学的积极评价之中，提升其自尊与自信，并促使其产生某种归附心理。广泛汲引也使得处于分散状态的同道建立起“文学圈子”；名世之士递相主盟，诱掖后进(如苏轼对黄庭坚)，使“文章之盟”不断扩大和丰富，也引导和推动这一“共同体”走上正确的道路。文章盟主可以通过自己德行的感召，促使后学通过遵循共同的价值观念和行为规范(“仁义之途”)，而实现个体向群体的转变(“道义联盟”)。身处显贵当然可能使用权力的助推来扩大影响，但同时必须承受权力盈缩带来的攀附与背叛。对于落第的士子，先达的慰藉与勉励，使他们形成某种心理性的群体。对于文章盟主来说，作文法门的开示隐含着创作经验的推广和普遍化；而范本的提供与创作的评判，则显示了圈内“仲裁者”的责任担当。

---

① 杨万里：《诚斋诗话》，丁福保辑：《历代诗话续编》，中华书局1983年版，第157页。

第三章　活动与身份：宋代文人雅集与结社及其“文学圈子”

西晋永和九年(353)，王羲之与谢安、孙绰等四十一人，在会稽兰亭举修禊之会。当时，“群贤毕至，少长咸集”①；又“引以为流觞曲水，列坐其次”。“虽无丝竹管弦之盛，一觞一咏，亦足以畅叙幽情。”由此，“兰亭”成为文人雅集的象征。唐大历中，朱迪、吕谓、吴筠、章八元等三十七人，经兰亭故池，众人联句，中有“赏是文辞会，欢同癸丑年”之句②，可见其远绍之意。宋景祐中，会稽太守蒋堂修永和故事，有诗云：“一派西园曲水声，水边终日会冠缨，几多诗笔无停缀，不似当年有罚觥。”③颇见其比肩之趣。宋人性喜雅集，情形多样。常见有莲社、怡老会，同僚、故旧亦多雅集，至于诗社“例会”，则毋庸赘言④。

---

① 房玄龄等撰：《晋书》卷八十《王羲之传》，中华书局1974年版，第2099页。

② 姚宽撰，孔凡礼点校：《西溪丛语》卷上，《唐宋史料笔记丛刊》，中华书局1993年版，第33页。

③ 葛立方：《韵语阳秋》卷五，何文焕辑：《历代诗话》，中华书局1981年版，第521页。

④ 周扬波对诗社的定义是：“诗社是士绅出于共同文学志趣结成的会社。”(周扬波：《宋代士绅结社研究》，中华书局2008年版，第128页)陈小辉则认为：“诗社是诗人们为吟诗作文、把盏言欢而自发组织的文学性社团。”(陈小辉：《宋代诗社研究》，江西人民出版社2014年版，第1页)。对于作为活动的诗社(或称为雅集唱和)与作为组织的诗社，学界已有明确区分。如欧阳光认为：“诗社活动离不开雅集唱和，又谓但是雅集唱和又不完全等同于诗社活动，两者既有密切联系，又有一定区别。”(《宋元诗社研究丛稿》，广东教育出版社2011年版，第158页)熊海英对于“诗社”，“不强调其组织结构、活动规则，更注意一种集会活动的主题是否是诗歌创作”(《北宋文人集会与诗歌》，中华书局2008年版，第41页)，而将之视为“一种活动形式”。本章采用熊海英的界定，主要讨论作为活动形式的雅集唱和，而由(作为组织的)诗社发动的雅集唱和自然也在其中。

关于宋人雅集与结社的历史情状，前人考之甚详。此处，我们想讨论的是，诸种雅集与结社活动中展现出来的“圈子”文化及其所隐含的群体认同。

一、风尚：拟洛耆英宜有咏，班唐九老可成图

文人结社，论其渊源，当首推庐山莲社。东晋时，释慧远与士人刘遗民、雷次宗、宗炳等在庐山创立白莲社，建斋立誓，共期西方①，“乃延命同志息心贞信之士，百有二十三人，集于庐山之阴，般若台精舍阿弥陀像前，率以香华敬廌而誓焉”②。虽然慧远立社之目的在于同修净土之法，并非单纯的文学结社，但其间却多有文学活动，包括赋诗唱和、作文纪事等。此风在宋代颇有沿袭。最具代表性的当属真宗景德三年(1006)，南昭庆寺僧省常与士大夫结西湖白莲社，当时参加者有向敏中、丁谓等十八人。省常序曰：“庐山东林，由远公莲社而著称。我今居是山，学是道，不力慕于前贤，是无勇也。”③可见其自觉追迹慧远白莲社之宗趣。颇值得关注的是此次聚会的联络广泛：

> 贻诗京师，以招卿大夫。自是贵有位者闻师之请，愿入者十八九。故三公四辅，宥密禁林，西垣之辞人，东观之史官，洎台省素有称望之士，咸寄诗以为结社之盟文。自相国向公而降，凡得若干篇，悉置意空寂，投迹无何，虽轩冕其身，而林泉其心。噫！作诗者其有意乎？

省常以诗送达京师，招卿大夫结社，时应者云集。所谓“三公四辅，宥密禁林，西垣之辞人，东观之史官，洎台省素有称望之士”，“咸寄诗

---

① 欧阳光：《宋元诗社研究丛稿》，广东教育出版社2011年版，第155页。

② 释慧皎：《高僧传》卷六，中华书局1992年版，第214~215页。

③ 丁谓：《西湖结社诗序》，［高丽］义天集：《圆宗文类》卷二十二，《续藏经》第103册，台湾新文丰出版公司1994年版，第852页。

以为结社之盟文”。值得注意的是，此次西湖白莲社活动，虽为追迹慧远，但与会者却自视度越前人。正如孙何所说：“追道安之故事，则我在圣朝；蹑惠远之遗踪，则彼无公辅尔。”活动举行在太平之世，大量的卿大夫乃至台省公辅入社，大大提升了此次结社的规格。由此，与会诸人自感荣幸非常：“凡若干人，莫不间发好辞，演成盛事，摛锦布绣乎堂上，合璧连珠于牖间。”从召集到应集，产生了大量的诗文，实为文坛盛事。此后，或有文人追迹，即使规模不及，亦不掩其宗趣。如许景衡之横塘诗社，曾组织过一次护国寺游。许景衡有诗曰：“未暇远寻庐阜游，只消护国也深幽。种莲惠远谁还往，得酒渊明自献酬。”①其自知无法与慧远结社相比肩，而步武追迹之趣或不稍减。“恶句多惭居唱首，高吟长许作遨头。请看十八人同社，尽是人间第一流。”参与雅集的十八人，饮酒赋诗，自相推重。其诗又曰：“小诗聊记风山游，仿佛东林水石幽。已愧高僧与摹刻，更烦诸老数赓酬。”可见护国寺游之后，僧俗续有赓酬唱和之举。值得提出的是，其诗曰：“簿书底事长遮眼，林壑何人肯转头。会待从公白莲社，杖藜来往亦风流。”②山水清幽，杖藜徐步，饮酒赋诗，已然有某种“仪式”的意味③，令众人终生难忘④。

其次当推九老会。唐会昌五年(845)三月二十一日，闲居洛阳的白

① 许景衡：《护国寺诗》其一，《横塘集》卷四，《景印文渊阁四库全书》，台湾“商务印书馆”1983年版，第1127册，第195页。

② 许景衡：《赵虞仲过仙岩以诗见寄答之》，《横塘集》卷四，《景印文渊阁四库全书》，台湾“商务印书馆”1983年版，第1127册，第196页。

③ [德]扬·阿斯曼著，金寿福、黄晓晨译：《文化记忆：早期高级文化中的文字、回忆和政治身份》，北京大学出版社2015年版，第7页。

④ 后来诗人到北方游宦，颇怀念旧时诗社之游。曾有故友重寻旧迹，以诗相寄，许景衡有诗答之，曰：“十年归梦在江湖，今日南飞塞雁孤。……近闻仙岭寻先友，亦有诗筒及老夫。还许追随白莲社，横塘今已结茅庐。”(许景衡：《赵虞仲过仙岩以诗见寄答之》，《横塘集》卷四，《景印文渊阁四库全书》、台湾“商务印书馆”1983年版，第1127册，第196页。)可见其追念之意。又有诗寄社友，追忆其事，诗曰：“往在横塘诗酒社，而今不忍重寻思。时人狂简无如我，县尹风流更有谁？塞上尘沙长冥寞，江南梅柳正葳蕤。人生闲健须行乐，莫学安仁鬓早衰。”(《寄张宰几仲》，《横塘集》卷五，第209页)深切怀念曾经的诗社活动。

居易，与胡杲等八人共举九老会，其跋曰："会昌五年三月二十一日于白家履道宅同宴。宴罢赋诗。"①其诗曰："天年高过二疏傅，人数多于四皓图，除却三山五天竺，人间此会更应无。"自视迈越流辈，开启一代风尚。宋代的怡老会往往自觉追迹白居易九老会之故事。如宋仁宗嘉祐元年(1056)，告老退居睢阳的祁国公杜衍与王涣、毕世长、朱贯、冯平等共为五老会②。他们互相唱和，相得甚欢。"是时，欧阳文忠留守睢阳，闻而叹慕，借其诗观之"，次韵以谢，卒章云："闻说优游多唱和，新诗何惜借传看。"③颇致向慕之意。宋神宗元丰间，章岵为吴中太守，"清德杰气，为时老成。高谊劲节，缙绅所仰。静镇吴国，四周星纪。威孚惠洽，讼庭晨虚。乃辟郡斋，会九隽老"。耆德相聚，席间赋诗饮酒，"羽觞屡酬，雅章迭作"。与会者除章岵外，另有九人④，米芾《九隽老会序草》载之甚详：内阁清河公(张诜)"神宇轩拔，德章昭融，名威西夏，勋书册府"；正议大夫广平公(程师孟)"秀质孤映，清标迈远，郁建功利，焕于汗青"；太中大夫濮阳公(卢革)"冲襟爽澈，淑质端清，积厚施衍，父子显荣"。再有"朝议大夫清丰公(徐师闵)、朝议大夫彭城公(闾丘孝终)、朝议大夫徐公(徐九思)、朝议大夫郑公(郑方平)"，并"道韵虚旷，内德淳耀"，"或中台耆彦，或四方肤使，出处有裕，始终一德，恺悌爱利，布在世间"。另有"承议郎崇君(崇大年)、奉议郎黄君(黄挺)"皆"素行洁修，乡闬标准，早解簪绂，仕路式瞻。或颀颀硕德，天赐难老，貌若辽鹤，言为龟鉴"⑤。我们注意到，

① 白居易著，朱金城笺校：《白居易集笺校》卷三十七《胡吉郑刘卢张等六贤皆多年寿予亦次焉偶于弊居合成尚齿之会七老相顾既醉甚欢静而思之此会稀有因成七言六韵以纪之传好事者》，上海古籍出版社1988年版，第2563~2564页。

② 欧阳光：《宋元诗社研究丛稿》，广东高等教育出版社2011年版，第33~34页。

③ 王辟之撰，吕友仁点校：《渑水燕谈录》卷四，《唐宋史料笔记丛刊》，中华书局1981年版，第48页。

④ 欧阳光：《宋元诗社研究丛稿》，广东高等教育出版社2011年版，第171~173页。

⑤ 米芾：《九隽老会序草》，《宝晋英光集》卷六，《景印文渊阁四库全书》，台湾"商务印书馆"1983年版，第1116册，第123页。

与会诸公或功成名就，或出处自裕，或道旷德淳，或仕路式瞻，他们的身份自视显然对雅聚氛围产生了某种界定，所谓：“叙怀感遇，乐时休明。顾眄之间，穆如清徽，薰如太和。”米芾并对此种人生风范有所宣示：“夫学本美身，仕欲行志，名节既立，荣利后之。”不惟志在为此辈立范，亦希为后世追奉：“若诸公积储渊深，未极经纬而不苟于得，进退从容，千祀可垂，后生仰止。”可以看出，怡老会是根据年龄和“待遇”界定的群体；在此种雅集中，他们往往“叙怀感遇，乐时休明”，借以表达“老年成功人士”的成就与自豪。

为延续年轻时结成的友谊，耆老们往往对聚会有着特别的热衷①。如叶汝舟、卫宗武举华亭真率会②。卫宗武作《月集呼声妓不至埜渡于觞末俾赋诗以纪初集》诗，有云：“拟洛耆英宜有咏，班唐九老可成图。从今胜集循环举，岁岁毋令此意辜。”③可见，其初集追迹白居易九老会，并希望雅聚能常年举行。又有《锦山自杭来诗呈乡曲共举月集》诗，云：“岁月易以迈，羲娥不停旋。忆昔聚嬉戏，缟发今盈颠。日往而月来，壮逝老至焉。④”可见，昔时的友谊令他们怀念。“交情贵浃洽，良辰忍弃捐。簪舃要时集，尊俎宜相先。”他认为，为延续这样的友谊应该更多举行聚会。对于老人来说，“杜门惟独善，此见恐未然。良朋去七载，归锦荣山川。盟鸥思海上，访鹤来云边”，闭门不一定能得独善其身。相反，诗文相会才是应有的联络方式：“胸中五千卷，笔下琳琅篇，尤当会以文，雅好庶不愆。”“真率月有集，旧典犹可讼”，他希望能遵循前贤先例，每月一聚。有意思的是，卫宗武还指出：“洛社多尚齿，尚齿则未便，何如仿修禊，少长无拘挛。”他认为，尚齿的原则虽

---

① ［法］阿尔弗雷德格·罗塞著，王鲲译：《身份认同的困境》，社会科学文献出版社2010年，引言：第10~11页。

② 欧阳光：《宋元诗社研究丛稿》，广东高等教育出版社2011年版，第282~283页。

③ 卫宗武：《秋声集》卷三，《景印文渊阁四库全书》，台湾“商务印书馆”1983年版，第1187册，第677页。

④ 卫宗武：《秋声集》卷一，《景印文渊阁四库全书》，台湾“商务印书馆”1983年版，第1187册，第653页。

然体现了尊老的美俗，但少长有所拘限，不如仿兰亭旧俗，无分老幼，皆得参与。看来，怡老会虽然以年龄来界定，但同时又有突破年龄限制的内在要求①。

同僚雅集，亦极为常见。最具代表性的当数欧阳修等人的聚星堂咏雪。其间最引人关注的是欧阳修作《雪》诗时立下的规矩："玉、月、梨、花、练、絮、白、舞、鹅、鹤等事，皆请勿用。"②我们不妨稍观其诗：

> 新阳力微初契萼，客阴用壮犹相薄。朝寒棱棱锋莫犯，暮雪緌緌止还作。驱驰风云初惨淡，炫晃山川渐开廓。光芒可爱初日照，润泽终为和气烁。美人高堂晨起惊，幽士虚窗静闻落。酒垆成径集瓶罂，猎骑寻踪得狐貉。龙蛇扫处断复续，猊虎围成呀且攫。共贪终岁饱麰麦，岂恤空林饥鸟雀。沙墀朝贺迷象笏，桑野行歌没芒屩。乃知一雪万人喜，顾我不饮胡为乐。坐看天地绝氛埃，使我胸襟如洗瀹。脱遗前言笑尘杂，搜索万象窥冥漠。颍虽陋邦文士众，巨笔人人把矛槊。自非我为发其端，冻口何由开一噱？③

全诗然未有一语及"玉、月、梨、花、练、絮、白、舞、鹅、鹤"等事，却写尽初雪情状（天气惨淡、人们反应、世间景象、诗人心情）。此事一时盛传，退居南京（今河南商丘）的杜衍，作诗赠欧阳修，谓：

① ［美］朱蒂斯·A. 霍华德撰，张戍凡译：《关于认同的社会心理学》，周宪主编：《文学与认同：跨学科的反思》，中华书局2008年版，第76页。

② 据朱弁《风月堂诗话》卷上所载，关于聚星堂赋诗，当有两次雅集。其一为聚星堂分题赋诗，欧阳修分得"松"字韵，而吕公著分得"雪"字韵（中华书局1988年版，第101页）。其二方为聚星堂咏雪，则是欧公与众人皆欲作咏雪诗（同上，第102页）。由于朱弁载之相邻，往往被误认为同一次雅集（如韩酉山《欧阳修颍州聚星堂燕集赋诗考述》，《江淮论坛》1999年第4期，第91页）。

③ 欧阳修撰，李之亮笺注：《欧阳修集编年笺注》卷五四，巴蜀书社2007年版，第3册，第471页。

“尝闻作者善评议，咏雪言白匪精思。及窥古人今人诗，未能一一去其类。”①可见尽去其类，确实不易。杜衍续作评议道：“不将柳絮比轻扬，即把梅花作形似。或夸琼树斗玲珑，或取瑶台造嘉致。散盐舞鹤实有徒，吮墨含毫不能既。深悼无人可践言，一旦见君何卓异。”称赏欧阳修能避其轻熟，独造异语，又能穷尽其态。② 又云：“万状驱从物外来，终篇不涉题中意。宜乎众目诗之豪，便合登坛推作帅。回头且报郢中人，从此阳春不为贵。”认为此诗开启一种风尚。值得提出的是，此种依令作诗的规则，意味着“表现方法上的独占性”，“因而具有强烈的排他性”③，对于“文学圈子”具有一种边界划定的意义——创作的“圈内”与“圈外”即通过规则的遵循与否来进行划分。元祐六年(1091)，苏轼守颍州，祈雨得雪，与签判赵令畤(德麟)、教授陈师道(履常)及欧阳修之二子欧阳棐(叔弼)、欧阳辩(季默)等人再集聚星堂，重申前令，相与唱和④。此次聚星堂赋诗，明显为追美先贤。胡仔有曰：“自二公(欧阳修、苏轼)赋诗之后，未有继之者，岂非难措笔乎？”⑤叹其风流余韵，难有继者⑥。我们注意到，杜衍“便合登坛推作帅”、苏轼“白战不许持寸铁”，皆以战为喻；意谓参与唱和则必遵守其规则，此其实也是成员对自身创作能力的证实⑦。可见，约客赋诗，“禁体物语”，或

① 朱弁，陈新点校：《风月堂诗话》卷上，中华书局1988年版，第102页。

② 周裕锴：《白战体与禁体物语》，《古典文学知识》2010年第3期，第64~65页。

③ 程千帆、张宏生：《“火”与“雪”：从体物到禁体物——论“白战体”及杜、韩对它的先导作用》，《中国社会科学》1987年第4期，第221页。

④ 张志烈、马德富、周裕锴主编：《苏轼全集校注·苏轼诗集校注》卷三四《聚星堂雪并引》，河北人民出版社2010年版，第3807~3808页。

⑤ 胡仔纂集，廖德明校点：《苕溪渔隐丛话》前集卷二十九，人民文学出版社1962年版，第202~203页。

⑥ 汪超：《论宋人同题文章与师门文学交流、传播》，《兰州学刊》2015年第11期，第47页。

⑦ [德]扬·阿斯曼著，金寿福、黄晓晨译：《文化记忆：早期高级文化中的文字、回忆和政治身份》，北京大学出版社2015年版，第49页。

者“以诗为战”①，皆属以特殊方式来证实自己(作为参与者或继承者)的能力；而主盟者则借此进行群体的维护或扩大。

故旧相聚亦为文人常见的雅集形式。如熙宁七年(1074)苏轼由杭州移守高密，途经湖州，杨绘(元素)、陈舜俞(令举)、张先(子野)相随，当时李公择正好在湖州作太守，而刘述(孝叔)又恰好与李公择在一起。他们在松江垂虹亭燕集，众人相得，并有张先作《定风波令》，纪赞其事。时“坐客欢甚”，“有醉倒者”，苏轼亦称“此乐未尝忘也”②。在与周开祖的尺牍中，苏轼追忆此事：

> 某忝命皆出奖借，寻自杭至吴兴见公择，而元素、子野、孝叔、令举皆在湖，燕集甚盛，深以开祖不在坐为恨。别后，每到佳山水处，未尝不怀想谈笑。出京北去，风俗既椎鲁，而游从诗酒如开祖者，岂可复得。乃知向者之乐，不可得而继也。令举特来钱塘相别，遂见送至湖。久在吴中，别去，真作数日恶。然诗人不在，大家省得三五十首唱酬，亦非细事。③

“别后，每到佳山水处，未尝不怀想谈笑。”后来“出京北去”，风俗椎

① 宋代唱和诗中的以战为喻，甚为常见。如魏野《醉和知府李殿院见访之什往来不休因成四首》其四：“虽喜乘骢到水村，却愁诗敌势难亲。平生未竖降旗客，临老将为弃甲人。豸角勇无心害物，鸡皮怯有汗沾巾。数篇勉和情枯竭，潦倒词锋息战尘。”(魏野：《东观集》卷八，《景印文渊阁四库全书》，台湾“商务印书馆”1983年版，第1087册，第388页)黄庭坚《奉和文潜赠无咎篇末多见及以既见君子云胡不喜为韵》：“晁张班马首，崔蔡不足云。当今横笔阵，一战静楚氛。”(黄庭坚著，任渊、史容、史季温注，刘尚荣校点：《黄庭坚诗集注》内集卷四，中华书局2003年版，第156页)刘克庄《永嘉曹君赠诗次韵一首》：“开卷沉吟首屡搔，想提诗律比戎韬。清于学士茶烹雪，壮似将军弩射潮。”(刘克庄：《后村先生大全集》卷十一，四部丛刊初编本)。

② 苏轼：《东坡志林》卷一，《唐宋史料笔记丛刊本》，中华书局1981年版，第3页。

③ 张志烈、马德富、周裕锴主编：《苏轼全集校注·苏轼文集校注》卷五六，河北人民出版社2010年版，总第17册，第6175~6176页。

鲁，“向者之乐，不可得而继也”，更令苏轼怀念。元丰四年(1081)，苏轼再次追述此事：“今七年耳，子野、孝叔、令举皆为异物，而松江桥亭今岁七月九日，海风驾潮，平地丈余荡尽，无复孑遗矣。追思曩时，真一梦耳。”抚今思昔，东坡感慨万千。又八年后(元祐四年，1089)，苏轼再次经过湖州：

> 凡十五年，再过吴兴，而五人者皆已亡之矣。时张仲谋与曹子方、刘景文、苏伯固、张秉道为坐客。仲谋请作《后六客词》，云：“月满苕溪照夜堂，五星一老斗光芒。十五年间真梦里，何事长庚，对月独凄凉。绿鬓苍颜同一醉，还是六人吟笑水云乡，宾主谈锋谁得似，看取曹刘，今对两苏张。”①

苏轼于此地再次集会，此时已是物非人亦非：松江垂虹桥亭已荡然无存；而当时与会者，除东坡之外，其他五人皆已先后亡故。值得注意的是，此次聚会仍然保留对十五年前垂虹亭聚会的某种模仿：一是张仲谋、曹辅(子方)、刘季孙(景文)、苏坚(伯固)、张弼(秉道)为坐客，依然是六人相集；二是依然令人作词为纪，只是张先换成张仲谋。至此，我们可以看到，垂虹亭作为一个场所，不仅为成员间的交流提供空间，而且成为与会者回忆的线索。② 随着苏轼的追忆与书写，它的意义不断被附加，而最终成为文人雅集的象征。③

综合而观，无论是莲社、怡老会、同僚雅集、故旧雅集，在这些雅集与会社活动中，文人追求着身份的融入与群体的宣示：莲社依靠活动的重复来获取仪式性意义，并表达“轩冕其身，林泉其心”的集体趣味；

---

① 胡仔纂集，廖德明校点：《苕溪渔隐丛话》后集卷三十九，人民文学出版社 1962 年版，第 320 页。

② ［德］扬·阿斯曼著，金寿福、黄晓晨译：《文化记忆：早期高级文化中的文字、回忆和政治身份》，北京大学出版社 2015 年版，第 31~32 页。

③ 刘方：《城市雅集、文学场域与湖州城镇文化的建构——以北宋湖州六客亭雅集及其经典化为核心的探索》，《湖州师范学院学报》2016 年第 5 期。

怡老会则根据人群的类别(老年+成功)来进行边界的界定与身份的维持；同僚相聚时的依令为诗和以诗为战则隐含着成员的能力证实及“圈子”的划分；故旧燕集时往往将地点的纪念上升为集体追忆的线索。

二、高趣：淡泊交情俱耐久，几多潇洒寄琴樽

文人通过(真实或想象的)雅集，对其生活氛围与人生状态有着颇多影响①。首先，成员参与活动时会更为积极地表达自己，并使创作更为旺盛。对此情绪状态，赵鼎《真率会诸公有诗辄次其韵》诗中有典型的表述：“山林与钟鼎，出处无异趣。刍豢等藜藿，同是一厌饫。此心无适莫，外物曾何忤。奚独淡交游，未肯厕纨袴。故寻漫浪人，要作寻常聚。主既不速客，客亦随即赴。”②可见文人雅集，或不拘穷达，率意相交，其乐融融。“倾谈剧悬河，泻酒快流霔。百年人醉醒，万物皆侨寓。云何造请门，日满户外屦。却想耆英游，风流甚寒素。淡然文字欢，一笑腥膻慕。”席间交谈，甚为相得。“我亦蹭蹬余，早向危机悟。绝意鸳鹭行，幸此松萝附。”看穿宦海沉浮，所以乐此雅聚。“君诗妙铺写，纵横俱中度。我老学荒废，一词不能措，独于樽酒间，不惜淋漓污。”所谓酒酣耳热，诗兴大发，诗人的表现会因朋友的在场而得到提升③。“有兴即放言，安能限章句?”诗友相聚的兴奋又令诗歌写作更为率性。又叶梦得曾结许昌诗社，时入社成员亦意气相投，“时相从于西湖之上，辄终日忘归，酒酣赋诗”，“唱酬迭作，至屡返不已”，群体的热烈气氛刺激了成员的创作欲望④，而“酬唱迭作”又进一步巩固了他

---

① [澳]迈克尔·A. 豪格、[英]多米尼克·阿布拉姆斯著，高明华译：《社会认同过程》，中国人民大学出版社 2011 年版，第 150 页。

② 赵鼎：《忠正德文集》卷五，《景印文渊阁四库全书》，台湾“商务印书馆”1983 年版，第 1128 册，第 698~699 页。

③ [澳]迈克尔·A. 豪格、[英]多米尼克·阿布拉姆斯著，高明华译：《社会认同过程》，中国人民大学出版社 2011 年版，第 146 页。

④ [澳]迈克尔·A. 豪格、[英]多米尼克·阿布拉姆斯著，高明华译：《社会认同过程》，中国人民大学出版社 2011 年版，第 216 页。

们之间的感情。南渡之后，士大夫聚会之风亦不减其盛。如张镃，他交游广泛，与辛弃疾、陆游、杨万里、姜夔等均有唱和往来。张镃的宅第一度成为行都文人聚会的活动中心。“当是时，遇佳风日，花时月夕，功父必开玉照堂，置酒乐客。其客庐陵杨廷秀(万里)、山阴陆务观(游)、浮梁姜尧章(夔)之徒以十数，至辄欢饮浩歌，穷昼夜忘去。”①聚会于张镃玉照堂的文人们，在此饮酒赋诗，他们的文学创作更显自由和率性②，至“明日，醉中唱酬诗或乐府词累累”，并且“都下人门抄户诵，以为盛事”。

其次，雅集会使成员感觉到彼此的依赖。如两宋交替之际，欧阳彻尝与吴朝宗、陈钦若等在江西崇仁结社。“扁舟乘兴叩寒门，闭户先生不让孙。白雪郢人亲到耳，青天广客迥披云。”③欧阳彻曾携诸人，未经预约，径往吴朝宗家，成此雅集。“吟行牛渚裁佳句，坐对鸡窗嗜古文”，吟诗作文，抒发情怀；“淡泊交情俱耐久，几多潇洒寄琴樽”，诗友文会，寄情琴樽。吴朝宗见和后，欧阳彻复次韵谢之，曰“何时红树寻诗社，琢句令倾潋滟樽”④，期以再集。正是在这样的活动之中，文人们彼此交流，并形成互相依赖的关系。⑤诗社成员为保持联系，又会不断地举行雅集活动。高翥《清明日招社友》诗：“且趁酴醾对醽醁，共来相与一伸眉。”⑥即以饮酒相约，以求一乐。胡仲弓有《与社友定花朝之约》诗：“花朝曾有约，来此定诗盟。隐几江湖梦，闭门风雨情。身

① 戴表元：《牡丹燕席诗序》，戴表元撰，周仪辑编：《剡源文集》卷十，《景印文渊阁四库全书》，台湾“商务印书馆”1983年版，第1194册，第135页。

② ［美］西蒙·弗利兹：《音乐与身份》，［英］斯图亚特·霍尔、保罗·杜盖伊编著，庞璃译：《文化身份问题研究》，河南大学出版社2010年版，第130页。

③ 欧阳彻：《欧阳修撰集》卷四《诸友乘兴拉谒吴朝宗因次韵》，《景印文渊阁四库全书》，台湾“商务印书馆”1983年版，第1136册，第394页。

④ 欧阳彻：《欧阳修撰集》卷四《朝宗见和复次韵谢之》，《景印文渊阁四库全书》，台湾“商务印书馆”1983年版，第1136册，第394页。

⑤ ［澳］迈克尔·A. 豪格、［英］多米尼克·阿布拉姆斯著，高明华译：《社会认同过程》，中国人民大学出版社2011年版，第119页。

⑥ 高翥撰，高士奇辑编：《菊涧集》，《景印文渊阁四库全书》，台湾“商务印书馆”1983年版，第1170册，第140页。

名千载共，心事一般清。且尽吟樽乐，徂徕不用赓。”①以花期定诗盟，期以吟诗把樽。叶茵曾有《寄社友》诗，云：“近来何事倦于吟，岂是因吟误却身。此道自来多冷淡，郊寒岛瘦少陵贫。”②则以诗什往来渐少而追问社友。至于杨万里、陆游、姜夔等人的玉照堂雅集，更视燕集赋诗成为一种习惯：“然或半旬十日不尔，则诸公嘲讶问故之书至矣。”正是通过频繁的雅集，诗友之间不断强化联络，从而逐渐形成一个个相对固定的“圈子”。高宗绍兴元年(1131)辛亥，邓深在湖南湘阴，与友人欧阳天聪、何仲敏等结诗杜③。时值盛春花开，社友们相聚于邓深的贫乐轩。“急呼我辈人，趺坐花阴下”，“虽无裙可幄，赖有草堪藉”，众人趺坐于花荫之下，草地之上，分韵赋诗；“但愁欢未阑，酒尽不容把”，兴致盎然，只是担心酒不够。“明年长安城，走马逐东野”，意犹未尽，希望明年再期，可以一起走马东郊。雅集活动令社友们印象深刻，并心生眷恋，“斯盟可重寻，慎勿轻弃捐”④，希望续有相约，不要中断。⑤

再次，雅集还有助于群体活动凝聚成集体记忆。一些诗人的文学活动长期都与诗社紧密相关，由于“共同的信息和热情不断流动”⑥，雅集几乎成为他们的“组织生活”。如宋哲宗元祐元年(1086)，邹浩与当地士人苏京、崔鶠、裴仲孺、胥述之等结社唱和。苏京与邹浩都是田承友的朋友，他们刚好先后来到颍川为官。应田承友的嘱托，邹、苏二人负责指导乡里士子崔鶠和陈叔易。另两位士子裴仲孺、胥述之亦通过崔

① 胡仲弓：《苇航漫游稿》卷二，《景印文渊阁四库全书》，台湾“商务印书馆”1983年版，第1186册，第686页。

② 陈起编：《江湖小集》卷四十一，《景印文渊阁四库全书》，台湾“商务印书馆”1983年版，第1357册，第332页。

③ 欧阳光：《宋元诗社研究丛稿》，广东高等教育出版社2011年版，第212~213页。

④ 周紫芝：《太仓稊米集》卷二十六《诸公约游诸山而雨，分韵得“莲”字》，《景印文渊阁四库全书》，台湾“商务印书馆”1983年版，第1141册，第178页。

⑤ [澳]迈克尔·A. 豪格、[英]多米尼克·阿布拉姆斯著，高明华译：《社会认同过程》，中国人民大学出版社2011年版，第92页。

⑥ [法]塔尔德著，[美]克拉克编，何道宽译：《传播与社会影响》，中国人民大学出版社2005年版，第219页。

鵬的联络而加入诗盟(当时陈叔易正好在“杜门著书”，并没有参加这次诗盟)。于是邹、苏、崔、裴、胥诸人“非公家事挽人，则深衣藜杖，还相宾主，间或浮清潩，欵招提，谈经议史，揖古人于千百岁之上，有物感之，情与言会，落于毫楮”，“先后倡酬，以是弥年，裕如也”①。直至苏京任满离开颍川，这一段快乐的“组织生活”才宣告结束。胡仲弓《柬倪梅村》所云：“萧寺相逢喜溢眉，未言心事我先知。”“半生风月樽中酒，十载江湖社里诗。”②可说饮酒赋诗的雅集生活伴随其漫长的人生历程。“满眼秋容关客况，背时春色到南枝。翻思旧日长安市，醉拍栏干歌《楚辞》。”对旧时的雅集生活颇致怀念。曾与四灵诗派保持密切联系的薛师石，曾有《秋晚寄赵紫芝》诗，云：“数日秋风冷，丘园独自身。闲看篱下菊，忽忆社中人。苦咏肩常瘦，移家债又新。极知君淡泊，十载得相亲。”③表达了对社友赵紫芝的思念，并怀念与社友们的友善相处。显然，对群体活动的回忆有助于群体交流的维系④，并增强文人群体的凝聚力。也就是说，基于文学交流的群体记忆与雅集活动，其实是可以互相强化的。

最后，雅集还可成为文人生活方式的集中展示。典型的文人雅集，每每被视为“盛事”。主持者亦往往持有树立典范的自觉意识。如我们前面已经提到的省常之西湖莲社，丁谓序有曰：“远公之道，常师之知，宗雷之迹，群公悦之，西湖之胜，天下尚之，则是结社之名，亦千载之美谈也。”⑤至于司马光《洛阳耆英会序》有云：“洛中旧俗，燕私相

---

① 邹浩：《道乡集》卷二十七《颍川诗集叙》，《景印文渊阁四库全书》，台湾“商务印书馆”1983年版，第1121册，第406页。

② 陈起编：《江湖后集》卷十二，《景印文渊阁四库全书》，台湾“商务印书馆”1983年版，第1357册，第871页。

③ 薛师石：《瓜庐集》，《景印文渊阁四库全书》，台湾“商务印书馆”1983年版，第1171册，第211页。

④ [德]扬·阿斯曼著，金寿福、黄晓晨译：《文化记忆：早期高级文化中的文字、回忆和政治身份》，北京大学出版社2015年版，第22页。

⑤ 丁谓：《西湖结社诗序》，[高丽]义天集：《圆宗文类》卷二十二，《续藏经》第103册，台湾新文丰出版公司1994年版，第852页。

聚，尚齿不尚官，自乐天之会已然，是日复行之，斯乃风化之本，可颂也。"①赵鼎《真率会诸公有诗辄次其韵》有曰："淡然文字欢，一笑腥膻慕。"楼钥《适斋约同社往来无事形迹次韵》有云："义概同古人，闾里咸归依。"②他们都表示，这样的怡老会，足可引导乡里；"居然三达尊，后生愿影随。"并令后生影从。可以看出，雅集的宣示往往透露出文人对理想身份的自得和自矜③。值得提及的是，文人雅集，时有自我图画的举措。宋仁宗庆历六年(1046)丙戌，马寻为湖州太守，举六老会事。据《齐东野语》卷十五载，"张氏十咏图"条云："先世旧藏吴兴《张氏十咏图》一卷，乃张子野图其父维平生诗，有十首也。"其一《太守马大卿会六老于南园》云："贤侯美化行南国，华发欣欣奉宴娱。政绩已闻同水薤，恩辉遂喜及桑榆。休言身外荣名好，但恐人间此会无。他日定知传好事，丹青宁羡洛中图。"④表示此行乃风化所尚，而图画之作意使存久流芳。当然，最为典型的当数西园雅集。据米芾《西园雅集图记》载：

> 自东坡而下，凡十有六人，以文章议论，博学辨识，英辞妙墨，好古多闻，雄豪绝俗之资，高僧羽流之杰，卓然高致，名动四夷，后之览者，不独图画之可观，亦足仿佛其人耳！⑤

此次雅集不惟"卓然高致，名动四夷"，而且由于画而成图之后，后人可以观图而想见当年风雅。

---

① 吕祖谦编，齐治平点校：《宋文鉴》卷八十七，中华书局 1992 年版，第 1243 页。

② 楼钥：《攻媿集》卷六，四部丛刊初编本。

③ [英]E. 霍布斯鲍姆、[英]T. 兰格著，顾杭、庞寇群译：《传统的发明》，译林出版社 2004 年版，第 281 页。

④ 周密：《齐东野语》卷十五，《唐宋史料笔记丛刊》，中华书局 1983 年版，第 277 页。

⑤ 贺复征编：《文章辨体汇选》卷五百八十四，《景印文渊阁四库全书》，台湾"商务印书馆"1983 年版，第 1409 册，第 195~196 页。

需要特别提及的是，雅集风气并非常有。当士子困于仕进，则自然无此雅兴。如绍兴二年(1132)苏庠在丹阳与陈序等结诗社。其初曾受知于苏轼，其后辞聘家居，交游甚众，“策杖花朝，扣舷月夕，盖不知几来往”。在刘宰眼里，他们的雅集活动代表了一种文化氛围。遗憾的是：“年来诗社久废，山川寂寞，后生束于科举，不复为诗。间有切切从事其间者，父兄师友争尤之，以为用意不专，前辈风流尽矣。”①可见，后进士子奔竞，前辈风流难以存续。李涛《诗社中有赴补者》诗有曰：“有诗千首可成名，万户侯封亦可轻。自是高标凌富贵，肯随余子逐恩荣。”标举士林雅趣，正缘于当时诗盟情况堪忧：“君游壁水甘芳饵，仆为铨衡上玉京。水镜兰坡各求第，诗盟似未十分清。”②

综合而观，雅集之时，既有文人自我情怀之表现，也有成员之间的互相激发；邀约之时，则由情感需求的彼此满足而生成相互依赖；其深情怀念之时，其间的集体记忆与雅集活动可以互相强化③；文人雅集，自矜典范之时，则有对既有高雅生活方式的追随及其理想身份的标榜。

三、文会：会时要似庖丁刃，妙处应同靖节琴

诚如曾子所谓“君子以文会友，以友辅仁”④，文学可以成为文人交流的媒介，文人并由此实现群体融入，获得归属感。首先，文人雅集驱使成员产生群体归属的心理动力。前面我们提到，元祐初年，邹浩曾与苏世美等人唱和。邹浩有《次韵世美冬夜见怀》诗，云：“君家儒学频公侯，岂知孔孟穷于邹。他年事业知未艾，诜诜孙子多清流。”虽称苏

① 刘宰：《书碧嵓诗集后》，《漫塘集》卷二十四，《景印文渊阁四库全书》，台湾“商务印书馆”1983年版，第1170册，第617页。

② 李涛：《蒙泉诗稿》，陈起编：《江湖小集》卷八十三，《景印文渊阁四库全书》，台湾“商务印书馆”1983年版，第1357册，第633页。

③ [德]阿莱达·阿斯曼著，潘璐译：《回忆空间：文化记忆的形式和变迁》，北京大学出版社2016年版，第143页。

④ 程树德撰，程俊英、蒋见元点校：《论语集释》卷二十五《颜渊下》，中华书局1990年版，第878页。

世美家学渊深，但对其穷居故乡表示遗憾。其间事业未艾，所幸子孙亦多清流，或可稍慰。“红莲上客更超诣，劲节耻与今人俦。自言名宦亦何有，回看家法长包羞。”自居高洁，不与世同流合污；自我安慰名宦无命，只能家法传世。命运的相似，极易引发诗友的情感共鸣，并产生相互的吸引①。诗中有谓：“芜城岁月已波逝，竭来文会消吾忧。青天白日有崔子，亦许交臂闻嘉谋。”表示过去的岁月已经流逝，只希望用文会来消除忧愁。“人生南北那可必，合散倏忽春云浮”，人生聚散离合，本不由人。“会须着鞭入圣域，无使后悔空冥搜”②，以文来会，更显交往的可贵。又如高宗绍兴二十年(1150)庚午，史浩在临安与友人雅集。其《诗社得“神”字》诗，首联谓“今宵文会友，作句擅清新”③，表明雅集活动就是以文会友。“始也诗言志，终焉笔有神。”成员之间，既为社友，雅集之时，互示新作。“既无折角者，宁有面墙人。”诗友之间，互阅之后，可以互相批评，也可以虚心接受。“只待逢真主，艰难《七月》陈。”心灵的相知是诗友雅集最令人沉醉的方面④。

其次，文人雅集中的酬唱、品题会促使成员进行文学观念上的交流与碰撞。高宗绍兴十三年(1143)，张扩与顾景藩、顾彦成、张子温、张元龄、张大年、张耆年等在吴县结成诗社。⑤ 张扩有《大年、耆年各赋长篇，投名诗社中，顾景蕃及伯初、子温二侄传诵喜甚。子温有诗，因次其韵》诗。从诗题看来，张大年与张耆年作长篇诗后，投名诗社中，在成员间传诵，并受到称赏。张子温为此作诗，张扩遂次其韵。张

① [澳]迈克尔·A. 豪格、[英]多米尼克·阿布拉姆斯著，高明华译：《社会认同过程》，中国人民大学出版社 2011 年版，第 123 页。

② 邹浩：《道乡集》卷二《次韵世美冬夜见怀》，《景印文渊阁四库全书》，台湾“商务印书馆”1983 年版，第 1121 册，第 175 页。

③ 史浩：《鄮峰真隐漫录》卷三，《景印文渊阁四库全书》，台湾“商务印书馆”1983 年版，第 1141 册，第 553 页。

④ [澳]迈克尔·A. 豪格、[英]多米尼克·阿布拉姆斯著，高明华译：《社会认同过程》，中国人民大学出版社 2011 年版，第 121 页。

⑤ 欧阳光：《宋元诗社研究丛稿》，广东高等教育出版社 2011 年版，第 219～221 页。

扩诗中有曰：“诸君总能诗，字字秉忠信。联章辄惊人，我老终不近。”“朝来试披读，花雨乱巾衽。独惭草元迂，浪说《周易》准。”其以扬雄自拟。“至今覆瓿谤，文字愧小谨。”对自己诗作要求十分严格。而对张大年与张耆年的诗作，则称誉有加：“昨观两雄篇，词采溢肝肾。高参风雅淳，俯谢边幅窘。谁能报殺役，怒语激先轸。吾军老而怯，望敌倒戈盾。会看两犹子，秋风横雁阵。”①可见，他们作诗，既有互相推重的平静交流，亦有诗艺竞争的逞强斗胜。此外，诗社的品题对于转换文风具有一定的引导作用。在江西诗派的掩映之下，“唐风不竞，派沿江西，此道蚀灭尽矣”。其后，永嘉四灵异军突起：“永嘉徐照、翁卷、徐玑、赵师秀，乃始以开元、元和作者自命，治择平炼，字字玉响，杂之姚、贾中，人不能辨也。”②当时的薛景石“每与聚吟，独主古淡，融狭为广，夷镂为素，神悟意到，自然清空”；又“日为文会，论切阊析，恐不人人陶、谢、韦、杜也”。正是通过与四灵的雅集交游③，薛景石希望将诗主古谈变成一种群体的态势④，从而推动诗坛风气的转变。正如江湖诗人邓允端曾有《题社友诗稿》诗所云：“诗里玄机海样深，散于章

① 张扩：《东窻集》卷一，《景印文渊阁四库全书》，台湾“商务印书馆”1983年版，第1129册，第4页。值得注意的是，张扩有《诗社近日稍稍复振，而顾子美坚壁既久，伯初以诗致师请于老仆，无语，但乞解严尔》一诗。由诗题可知，顾彦成(字子美)，少有诗作(“坚壁既久”)。张伯初作诗发起(“致师”)，并请张扩加入。张扩自称：“我知老成人，别得妙方便。要留一转语，准备奔北殿。后生舌如铦，酬答了忘倦。”谓彦成“不须远乞兵，唾手当八面。小人智谋短，敢倚筋力健”。“请驰班师檄，白罢两河战。”视顾彦成视为王朝正师，挥军而出，两河可定。诗中有“坚壁”“致师”“奔北”“乞兵”“八面”“智谋”“筋力”“班师”“罢战”等一系列的战争术语。

② 赵汝回：《瓜庐集序》，薛师石：《瓜庐集》卷首，《景印文渊阁四库全书》，台湾“商务印书馆”1983年版，第1171册，第206~207页。

③ 欧阳光：《宋元诗社研究丛稿》，广东高等教育出版社2011年版，第8~9页。

④ [美]西蒙·弗利兹：《音乐与身份》，[英]斯图亚特·霍尔、保罗·杜盖伊编著，庞璃译：《文化身份问题研究》，河南大学出版社2010年版，第131页。

句敛于心。会时要似庖丁刃，妙处应同靖节琴。”①可见诗社之中，诗艺的探讨既需深中肯綮，又需妙悟其趣。

再次，即使成员不能参与雅集，仍然可以通过寄诗投简的方式，想象性地参与诗社活动。诗友之间，或由于俗务牵绊，不能亲晤，但彼此可以互相邀约，诗什往来。如徐集孙《寄怀里中诸社友》有云：

> 自笑初无作吏能，却因作吏远诗朋。与君交讯欠逢雁，知我怀人独是僧。客枕梦残听夜雨，乡心愁绝对秋灯，何时岁老梅花下，石鼎分茶共煮冰。②

可见其身系吏职，而心向诗朋。其《寄里中社友》又云：“欠作故人书，侵寻半载余。”③大概有半年与故友们之间没有书信往了。“穷吟虽自各，入梦不相疏。”虽然吟诗不能与共，但梦中并未疏远。“待余归故里，鸥约复如初。”期盼返乡之后可以相聚。再如，廖行之的诗社曾组织过一次中秋“双桂熏炼之举”④，但廖行之本人却因故没能参加，遂作诗《中秋日简同盟诸公》投社中：

> 风囊啸谷猎尘衫，雨鬣行天驾玉骖。一洗蛮烟浑逐北，全提商令似征南。佳时不负中秋约，双桂能同一夜谈。我亦《兰陔》奉馨膳，与君欢事喜相参。⑤

① 陈起编：《江湖后集》卷十五，《景印文渊阁四库全书》，台湾“商务印书馆”1983年版，第1357册，第918页。

② 陈起编：《江湖小集》卷十六，《景印文渊阁四库全书》，台湾“商务印书馆”1983年版，第1357册，第128页。

③ 陈起编：《江湖小集》卷十六，《景印文渊阁四库全书》，台湾“商务印书馆”1983年版，第1357册，第132页。

④ 欧阳光：《宋元诗社研究丛稿》，广东高等教育出版社2011年版，第240页。

⑤ 廖行之：《省斋集》卷二，《景印文渊阁四库全书》，台湾“商务印书馆”1983年版，第1167册，第295页。

其小序有言：“是日诸公约为双桂熏炼之举，不克往”，廖行之自谓“我亦《兰陔》奉馨膳，与君欢事喜相参”①，可见他需要在家照顾父母，不能参加诗社活动。但依然作诗投简社友，获得一种想象的参与感②。

最后，雅集诗作结集意味着诗社形成一个可供成员阐释和回忆的文本凭据。小规模的文集雅集，其席间所作，即可编纂成集，而后向外传播。如前面提到的欧阳修聚星堂分题赋诗之后，席间所作之诗，即“编成一集，流行于世”，“当时四方能文之士，及馆阁诸公，皆以不与此会为恨”。而一些大规模的结社活动，往往更具传播的自觉。如前面提到的省常西湖结社，即采取了几方面措施扩大传播：一是丁谓命序，“顷岁将命瓯闽，息肩邻里，复又写山林之幽胜，集群彦之歌诗，作为冠篇”③。二是省常刊石，“且就他山之石，将刊不朽之名”。三是孙何作记，“心照神交，实由道契。依经作传，敢萌左氏之词；相质披丈，但愧陆机之说”。充分利用丁谓、省常、孙何等人的社会地位来扩大此次莲社活动的影响。正如孙何记中所云：“今所叙者始以枢机大臣，台阁名士，闻法随喜之岁月，寄诗入社之后，先辨其官班，列彼名氏。”此次雅集事实上成为当时台阁名士诗歌的一次集体展示。同时，唱和诗作的编集往往成为与会诸人交游情况的见证。如邹浩等人的颍昌唱和。宋哲宗元祐元年(1086)丙寅，邹浩任颍昌府学教授，与当地士人苏京、崔鶠、裴仲孺、胥述之等结社唱和④。随着邹浩的秩满离任，诗社也就宣告结束。但胥述之裒辑其间唱和诗作：“所谓倡酬者”，与“众自为之者”，及“非同盟而尝与同盟倡酬者”，“共得若干

---

① 《诗经·南陔》序曰：“《南陔》，孝子相戒以养也。”(孔颖达疏：《毛诗正义》卷九，阮元校刻：《十三经注疏》，中华书局1980年版，第418页)

② ［澳］迈克尔·A. 豪格、［英］多米尼克·阿布拉姆斯著，高明华译：《社会认同过程》，中国人民大学出版社2011年版，第145页。

③ 孙何：《白莲社记》，潜说友：《咸淳临安志》卷七十九，《景印文渊阁四库全书》，台湾“商务印书馆”1983年版，第490册，第821~822页。

④ 欧阳光：《宋元诗社研究丛稿》，广东教育出版社2011年版，第185~188页。

篇，名之曰《颍川集》"①。邹浩序之曰："《传》不云乎'诗以道志'。观春秋时，其君臣朝聘必赋诗，一切用古语，然识者听之，且前判其治乱祸福不缪，况诚动于中而形于外者邪！"认为"是集也，可以观二三子之志矣"。《颍川集》事实上成为苏京、邹浩等人颍川时期"文学圈子"的见证②。唱和诗集的编印，其间经历最为曲折的，当数叶梦得等人的许昌唱和集。叶梦得于徽宗宣和二年(1120)任许昌太守，曾与韩瑨、韩宗质、韩宗武、王实、曾诚、苏迨、苏过、岑穰、许亢宗、晁将之、晁说之等人结社唱和③。唱和的诗作，后来编成一集，名曰《许昌唱和集》④。24年后，即绍兴甲子岁(1144)，当韩瑨之侄韩元吉见到叶梦得，问起这本诗集的情况，当时叶梦得说尚在编类之中，并答应等编类完成后给韩元吉。尔后诗集编成，叶梦得将之交与韩元吉(四年后，叶梦得即辞世)。此后，诗集却在韩元吉手中保存了30多年。直到淳熙二年(1175)，韩元吉为建安太守，而苏迨、苏过后人苏岘为市舶使，二人谈到当年的结社酬唱之盛，才开始讨论刊刻这本诗集。而我们发现，《许昌唱和集》作为叶梦得诗社活动的重要见证，自徽宗重和元年(1118)至宣和二年(1120)的唱和，绍兴甲子岁(1144)年尚在编类，直至淳熙二年(1175)方才付刻，前后延续达半个世纪。其间经历新旧党争、靖康之乱、南渡中兴，可谓所历之事多矣，而终得以付梓传世。正如韩元吉序中所称："盖叔子父祖诸诗亦多在也。箕颍隔绝，故家沦落殆尽，典型未远，其交好之美，文采风流之盛，犹可概见于此云。"《许昌唱和集》付印之时，虽与会者皆已作古，但一种可供其向慕者不断进

① 邹浩：《颍川诗集叙》，《道乡集》卷二十七，《景印文渊阁四库全书》，台湾"商务印书馆"1983年版，第1121册，第406页。

② [德]扬·阿斯曼著，金寿福、黄晓晨译：《文化记忆：早期高级文化中的文字、回忆和政治身份》，北京大学出版社2015年版，第8页。

③ 欧阳光：《宋元诗社研究丛稿》，广东高等教育出版社2011年版，第195~200页。另可参见：张晓利、操瑞文《〈许昌唱和集〉与宋代文学家族》，《许昌学院学报》2012年第6期；王苑《从〈许昌唱和集〉看宋代文人结社之演变与诗坛之风尚》，《时代文学》2014年下半月。

④ 韩元吉：《南涧甲乙稿》卷十六，《景印文渊阁四库全书》，台湾"商务印书馆"1983年版，第1165册，第253~254页。

行追忆与阐释的文本却历久弥新①。

综合而观，宋代文人雅集，往往包含着种种文学创作与传播活动：成员之间往往有唱和、赠行，或出示、传示新作，或相与议论品题。活动之后，作品或可汇编成集，或得名公为之作序。在这些文学交流中，与会成员不惟获得群体归属的心理感受，而且获得审美观念的交流与文学技艺的切磋。寄诗投简使成员可以想象性地参与诗社活动；唱和诗作的编集则使与会者与向慕者获得集体追忆的文本凭据。

四、典范：酒徒诗社朝暮忙，日月匆匆迭宾送

宋高宗绍兴三十年(1160)十二月既望(十六日)，黎州太守冯时行，受召赴临安。途经成都，与当地士子举行了梅林雅集。据冯时行序曰：“是行也，余被命造朝，行事薄遽，重以大府衣冠谒报，主人馈劳，酬对犇驰，形神为之俱敝。”②途经成都之时，成都士子杨大光(仲约)、施晋卿(子一)、吕及之(周辅)、吕商隐(泽父)、吕宜之(义父)、吕智父、宇文师献(德济)、吕默夫(凝之)、杜谨言(少讷)、房仕成、杨舜举、绵竹李流谦(无变)、潼川于格(伯永)，以及僧宝印，共十五人，在西郊梅林雅集③。与会众人以黄庭坚《出礼部试院王才元惠梅花三种皆妙绝戏答三首》其二中“旧时爱酒陶彭泽，今作梅花树下僧”一

① ［德］扬·阿斯曼著，金寿福、黄晓晨译：《文化记忆：早期高级文化中的文字、回忆和政治身份》，北京大学出版社2015年版，第8页。

② 袁说友等编，赵晓兰整理：《成都文类》上册，中华书局2011年版，第236页。

③ 据《宋诗纪事》载，吕及之，字周辅，成都人。冯时行，字当可，巴县人。于格，字伯永，潼川人。施晋卿，字子一，成都人。李流谦，字无变，绵竹人。杨大光，字仲约，成都人。吕凝之，字默夫，成都人。吕商隐，字义父，成都人。吕宜之，字泽父，成都人(厉鹗辑撰：《宋诗纪事》卷五十二，上海古籍出版社1981年版，第1303~1310页)。以名之与字，义当相关的常例，推测吕商隐当字泽父，吕宜之当字义父。又卷九十三载僧宝印分韵得“泽”字之诗，并载其生平：“宝印字坦叔，龙游李氏子。世居峨眉之麓，从中峰密印禅师得悟。淳熙中，敕住径山。绍熙元年(1190)示寂，谥曰慈辩，塔曰智光，庵曰别峰。”(同上书，第2249页)

联为韵①，并增“诗”字韵，以足十五字，分题赋诗(以下简称此次活动为“梅林分韵”)②。因冯时行受召赴朝，临行仓促，连续应酬，颇感疲倦；而成都梅林风景秀丽：“江流如碧玉，平野秀润，竹坞桑畴，连延弥望。”又兼田园意趣：“民家十十五五，篱落鸡犬，比间相亲，不愁不嗟”，冯时行“散策其间，盖不知向之疲厌苦所在也”。

我们首先需要关注的是此次雅集的场所——成都西郊梅林。据冯序曰：“林本王建梅苑。”其中有梅，“树老，其大可庇一亩。中间风雨剥裂，仆地上，屈盘如龙，孙枝丛生直上，尤怪古者凡三四”。梅树所历年岁久远，又有屈盘之姿，颇有苍劲之意。成都梅林久负盛名，为蜀地文人墨客雅集赋诗的理想场所。北宋徽宗大观中，潼川杨甲等六七人曾游梅林，分韵赋诗,③ 有《腊日游梅龙以“雪后园林才半树”为韵，得

---

① 黄庭坚著，任渊、史容、史季温注，刘尚荣校点：《黄庭坚诗集注》卷九，中华书局2003年版，第328页。

② 《成都文类》卷十一将得“今”字系于“杜舜举”，但冯时行序中列十五人之名，中有杨舜举，而无杜舜举，故疑分得“今”字韵者为杨舜举(袁说友等编，赵晓兰整理：《成都文类》上册，中华书局2011年版，第239页)。另张积有《冯先生访梅于成都西郊同游十五人分韵哦诗而积不与翊日先生分僧字属积作之》，可知“僧”字韵乃张积补作。樊汉广有(字允南，沈犀监税)《沈黎使君与客饮王建梅林分韵作诗过沈犀以诗相示阙树字令汉广补之》，可知“树”字韵乃樊汉广事后补作。《成都文类》于“旧”字韵诗下题曰“阙名”。《蜀中广记》载：“杨仲约得‘旧’字。”(曹学佺：《蜀中广记》卷六十三，《景印文渊阁四库全书》，台湾“商务印书馆”1983年版，第592册，第63页)，其下又曰“杨大光得‘陶’字”(同上，第64页)。杨仲约即杨大光，焉有一人而分得两字者，《蜀中广记》显误。其实《成都文类》载某人得某字已较为明确，清点后发现，冯序所记十五人中惟杜谨言(字少讷)、吕智父、房仕成三人未有诗作见载。由“今”字韵本为杨舜举，而误为杜舜举，颇疑成诗者或有一姓杜者，从而推测得“旧”字韵或乃杜谨言作。而吕智父与房仕成则应该是参与雅集而诗未成的两个人了。

③ 陈思《棣华馆小集》小序：“杨甲，字鼎卿，重庆昌州人。大观时，游京师，颇有声望，尝仕于蜀，旋以事去官。寓居灵泉山中，有《棣华馆小集》一卷。”(陈思编，陈世隆补：《两宋名贤小集》卷二百七十四，《景印文渊阁四库全书》，台湾“商务印书馆”1983年版，第1364册，第818页)据《两宋名贤小集》小序所载，杨甲大观中曾仕于蜀，可推知所谓“庚寅再游”，当为大观四年(1110)。

“树”字》。① 后又有庚寅(1110)再游，并有《庚寅再游》诗。其两次梅林分韵作诗，初游以“雪后园林才半树”七字分韵，再游诗中又有“故人同游六七辈，或似醉阮林中嵇”之句，推测参与雅集分韵的人两次都在七人左右。乾道九年正月(1173)，陆游初至成都，即寻访梅林②，其《西郊寻梅》诗有曰：“西郊梅花矜绝艳，走马独来看不厌。似羞流落蒙市尘，宁堕荒寒傍茆店。”③诗中颇托梅以自喻。两年之后，再游之，又有《故蜀别苑在成都西南十五六里梅至多有两大树夭矫若龙相传谓之梅龙予初至蜀尝为作诗自此岁常访之今复赋一首丁酉十一月也》一诗。据诗题可知，陆游自初访梅林之后，“自此岁常访之”。丁酉年，即淳熙四年(1177)，陆游居蜀已至第三年④，又赋诗。诗中写及梅龙之情状：“蜀王故苑犁已遍，散落尚有千雪堆。珠楼玉殿一梦破，烟芜牧笛遗民哀。两龙卧稳不飞去，鳞甲脱落生莓苔。”颇显其老厉苍劲之态；“精神最遇雪月见，气力苦战冰霜开。羁臣放士耿独立，淑姬静女知谁媒？摧伤虽多意愈厉，直与天地争春回。”⑤寄托其烈士虽暮年，壮心犹不已的情怀。此年《夜饮》诗又有“中年倍觉流光速，行矣西郊又见梅”⑥之句。

① 曹学佺辑撰：《蜀中广记》卷六十三，《景印文渊阁四库全书》，台湾“商务印书馆”1983年版，第592册，第66~67页。

② 王士祯《古夫于亭杂录》卷三：“陆放翁诗‘扁舟系着古梅林’，初以为泛然语耳。按宋缙云冯时行，从诸朋旧十有五人携酒具出西梅林分韵赋诗。……然后知梅林之义，盖梅林即所谓梅龙者也。”(王士祯：《古夫于亭杂录》卷三，《景印文渊阁四库全书》，台湾“商务印书馆”1983年版，第870册，第628页)

③ 陆游著，钱仲联校注：《剑南诗稿校注》卷三，上海古籍出版社2005年版，第1册，第292页。陆游又有《宇文子友闻予有〈西郊寻梅〉诗以诗借观次其韵》(同上，第294页)，可知此次西郊寻梅，引发成都好友宇文子震的唱和。

④ 陆游另有《分韵作梅花诗得“东”字》云：“北客同春俱税驾，南枝与我两飘蓬。从来遇酒千钟少，此外评花四海空。”(陆游著，钱仲联校注：《剑南诗稿校注》卷三，上海古籍出版社2005年版，第1册，第293页)亦当为与友同游梅林分韵而作。

⑤ 陆游著，钱仲联校注：《剑南诗稿校注》卷九，上海古籍出版社2005年版，第2册，第728页。

⑥ 陆游著，钱仲联校注：《剑南诗稿校注》卷九，上海古籍出版社2005年版，第2册，第699页。

淳熙五年(1178)，陆游受召东归，其《怀成都十韵》诗中对于梅林仍有追忆："一梢红破海棠回，数蘂香新早梅动。酒徒诗社朝暮忙，日月匆匆迭宾送。"①可以看出，成都梅林这一特定的空间赋予了诗人们以适意的活动方式，并促使他们获得快乐体验与生活意义。② 正如冯时行序中所说："客既占韵，立者倚树，行者环绕，仰者承芗，俯者拾英，吟态不一，皆可图画。"这是一种充满图画感的场所体验。成都西郊的梅林不仅作为文人雅集赋诗的典型场所，它更成为诗人群体充满文化体验和空间记忆的场景③：无论是大观中杨甲等七人的梅林分韵，绍兴中冯时行等十五人的梅林分韵，还是淳熙中陆游等人的梅林分韵④，它维系着先后踏入其中的文人们的文化联系⑤。

其次，我们注意到，梅林分韵使得参与者从雅集中获得个体快乐与群体融合，也从追迹传统中获得身份的意义。赋诗饮酒之时，众人更容易融入狂欢的氛围之中：李流谦"巾冠堕城府，桔槔无停时"(《得时字》)；宇文师献"命客花下坐，相与沃醇酎"(《得酒字》)；冯时行"飞英送香来酒杯，酒酣疾呼竹篱开"(《得梅字》)；吕凝之"一笑呼酒来，大盆注老瓦"(《得花字》)。"诗成，次第不以长少，以所得韵之后先联成轴。"又曰："昔人谋于野，则获闲暇清旷，有爽于精神思虑，游不可废如此哉！又况所与游皆西州名俊憙事者耶！"宇文师献《得酒字》："非

---

① 陆游著，钱仲联校注：《剑南诗稿校注》卷十，上海古籍出版社2005年版，第2册，第825页。

② 劳伦斯·格罗斯伯格：《身份和文化研究：这是全部吗?》，[英]斯图亚特·霍尔、保罗·杜盖伊编著，庞璃译：《文化身份问题研究》，河南大学出版社2010年版，第120页。

③ [德]扬·阿斯曼著，金寿福、黄晓晨译：《文化记忆：早期高级文化中的文字、回忆和政治身份》，北京大学出版社2015年版，第55页。

④ 陆游在成都之时，与同样游宦成都的范成大、谭德称，及成都本地的宇文子震、宇文绍奕等人结社唱和。可参见陈小辉：《宋代诗社研究》，江西人民出版社2014年版，第417~419页。

⑤ [美]约翰·博兰：《北爱尔兰的墙上涂画、游行和日常文化》，[德]哈拉尔德·韦尔策编，季斌、王立君、白锡堃译：《社会记忆：历史、回忆、传承》，北京大学出版社2007年版，第218页。

公无此客，譬诸草木臭。”和睦的友群关系确实对创作情绪有激发的效能。李流谦《得时字》：“羞我木石资，鬬公琼琚词。深酌起自劝，滕莒吾封圻。”其间以木石对琼琚，又以滕莒以自喻小国，“斗诗”之中，亦多谦逊。冯时行《得梅字》有“飞英送香来酒杯，酒酣疾呼竹篱开”，写当时情状；其“慎勿变化随风雷，年年开花照尊罍。我欲结茅买芋煨，与梅周旋送衰颓”，可见这样的文人雅集，令他心生眷恋，希望长期如此，不因风雨而废。① 这一雅集分韵虽然发生在西川成都，但丝毫不影响它对文人雅集传统的追溯与攀附。在冯时行等人的梅林分韵中，杨舜举《得今字》：“兰亭久陈迹，修竹空自阴”，即自认此次雅集乃追慕兰亭修禊之举。李流谦《得时字》有“冒踏众俊场，更从百代师”，吕凝之《得花字》有“风流一时胜，野意十倍加”，皆自以此次活动乃树立一代典范。与会诸人因自身置入传统，而获得身份的意义。

再次，值得我们关注的是，这位卸任黎州太守②，为奔赴临安而途经成都的冯时行③，他才是此次梅林聚会的主角。吕及之分韵《得爱字》云：“人言此实升庙堂，埋没荒村今几岁？清芳不为无人改，捐弃何妨本根在！”其所称为冯时行之品行，其所发亦由梅之姿态而起。李流谦《得时字》有曰：“公行对宣温，云雾生攀跻。能来玩墟落，疋马却盖麾。蟠胸万蝃蝀，区寰眇毫丝。以兹接群动，白羽坐指㧑。”指出冯时行此次进京，定当柄用；只因短暂停留成都，遂为此次雅集主盟。吕及之《得爱字》曰：“瑰章妙语今得公，国色天香真有待。”则表示梅花国色天香，与盟主瑰章妙语，正可谓珠联璧合。“归路从公巾倒戴，俗物污人非所爱。我公行向日边归，此段风流入图绘。”祝贺冯时行受召赴京，亦颂美此次雅集。数位与会者，对冯时行非惟以诗友视之，更以前

① ［澳］迈克尔·A. 豪格、［英］多米尼克·阿布拉姆斯著，高明华译：《社会认同过程》，中国人民大学出版社 2011 年版，第 120 页。

② 《太平寰宇记》：“黎州，汉源郡。今理汉源县。汉为沈黎郡之地，宋、齐以来并于此为沈黎郡。后周破羌夷，得此土。因立黎州。”（乐史撰，王文楚等点校：《太平寰宇记》卷七十七，中华书局 2007 年版，第 1559 页）

③ 胡问涛、罗琴：《冯时行年谱》，《冯时行及其〈缙云集〉研究》，巴蜀书社 2002 年版，第 353~354 页。

辈显达期之。如宇文师献《得酒字》有曰："平生慕英游，望公真山斗。一见开心诚，已落他人后。龙门岂甄择，大小俱容受。"颇致仰慕。并以梅格拟之，"惟公对江梅，端若同志友"，"念公捧召节，修名当不朽"，以致颂美之意。杨大光《得陶字》有曰："尚能领诸生，相就醉澄醪"，"真赖旁辉映，并觉标韵高"。以冯为前辈高标，揭其示范后生之效应。"籍湜俱可人，冥搜争过褒。乃知天地间，一等为贤豪"，更以韩愈之于张籍、皇甫湜之赏擢，称赏其延誉之功；"横飞与陆沉，亦各系所遭。再烦起穷邅，国柄行当操"。感慨浮沉系乎命遇，祝愿冯氏入京当为柄用。于格《得彭字》亦有"今代文章橥，缙云主齐盟"，以为冯时行主盟文坛；"幸因輶轩使，锡贡充广庭。王明傥予烛，和羹登簋铏"。称颂冯时行类于輶轩使者，察访四方。甚至僧宝印《得泽字》亦曰："发兴访梅花，主盟得诗伯。""同时饮中仙，着我林下客。春槽沸滴红，满坐喧举白"，不惟对此次梅林分韵之雅举进行称颂；"公今日边去，陛下正前席"。亦祝愿其入京或得柄用。杨舜举《得今字》有曰："四海冯黎州，未妨铁石心。提携到诸子，遍赏江之浔。""谢氏六君子，对饮香满襟""正味悦天下，妙用无古今。去去好着鞭，江南春已深。"则展望冯氏此次受召入京，能够大展宏图。我们知道，梅子用于调味，与政治上的和羹调鼎颇可相通。《左传·昭公二十年》载晏婴言："和如羹焉，水、火、醯、醢、盐、梅，以烹鱼肉，燀之以薪，宰夫和之，齐之以味，济其不及，以泄其过。君子食之，以平其心。君臣亦然。君所谓可而有否焉，臣献其否以成其可，君所谓否而有可焉，臣献其可以去其否，是以政平而不干，民无争心。故《诗》曰：'亦有和羹，既戒既平。鬷嘏无言，时靡有争。'"①所以，梅林分韵，还隐含着梅花与政治的关系，诸人作诗，实三致意焉。吕商隐《得作字》："终收调鼎功，傅岩真可作。持问缙云老，一樽笑相酢。"吕宜之《得诗字》："先生羊叔子，到处英名垂。"皆对冯时行为国柄用表达美好祝愿。而施晋卿《得下字》："夭矫待风云，有年天实假。须知羹

① 杨伯峻：《春秋左传注》，中华书局1981年版，第1419页。

鼎调，嘉实系用舍。"则表示冯时行的出处用舍，同样系乎命遇；"我欲寿使君，罇罍更倾泻。明朝得楚骚，健甚无屈贾。君今有锡环，诏落九天下"，对其领命赴京进行称赏和祝愿。"留滞以诸生，斯文要陶冶。惟应郢中歌，倡绝和自寡。"则赞赏雅集之高趣。樊汉广所补《得"树"字》："时来荐鼎真偶尔，小住疏篱非不遇。我知天意绝茫茫，无为展转独多虑。"则对冯时行的用舍出处进行安抚。平心而论，冯时行等人的梅林分韵——发生于地处边缘的成都——在宋代文人雅集中，其实是一次非常普通的诗社活动：此次活动，既无声名显赫的诗坛大家与会；作为盟主的冯时行，在当时的诗坛上，其声名影响亦极为有限。不过，对于身处蜀地的士子们来说，冯时行此次受召赴京，却是一件值得特别祝贺的大事；此时的冯时行众望所归，也就成为联络众人并提供交流话题的中心人物。①

最后，我们需要关注参与雅集与唱和的成员。需要特别指出的是，此次雅集的成员，并不限于亲自参与现场分韵的士子。据冯序所言，参与梅林分韵现场的是十五人。由于其中一人当时病"首眩"，"树"字韵实未有作。于是，诸人分韵之作结集之后，冯时行携集相过樊汉广，请其补足。樊汉广遂有《沈黎使君与客饮王建梅林，分韵作诗，过沉犀，以诗相示，阙树字，令汉广补之》一诗。值得注意的是，樊汉广作此诗，根本不在现场，但他所补"树"字韵仍然描摹了梅林分韵的情景："墙头冉冉新阳露，忽作玲珑玉千树。老蛟偃蹇独避人，卷回飞雪江皋暮。"仿佛他亲自参与了聚会一般。对此次雅集，他也有由衷的赞颂："何处鸣禽来好音，四月枝垂起黄雾。摧折霜余初不惧，笑看春光等闲度。"对冯时行的任官蓬州与奔赴行在，亦多有安慰与宽解："百年梦幻欲无言，吹落吹开岂风故。时来荐鼎真偶尔，小住疏篱非不遇。"可见，通过事后补作，诗人仍然可以想象性地参与雅集之中。另外一个情况也

① ［美］乔治·H. 米德著，赵月瑟译：《心灵、自我与社会》，上海译文出版社 1992 年版，第 226 页。

应该被注意到，《成都文类》所载“僧”字韵诗，由张积所补作。① 冯行时所作集序，并未提到“僧”字韵当时缺作。不过从张积诗题之名《冯先生访梅于成都西郊，同游十五人分韵哦诗，而积不与。翊日，先生分僧字，属积作之》，可以看出补诗也是遵从冯氏安排而作的。此诗初写梅龙矫健之状：

> 春回九地阳潜升，南枝破腊如酥凝。疏篱度香竹梢短，寒沙倒影溪流澄。魁然老株忽骇目，雪鳞矫矫双龙腾。天公一叱困仆地，掀髯弄爪高曲肱。长林望断千百株，奋首直欲青云凌。

可以想见，对于成都“梅龙”，张积亦非常熟悉；缺席此次雅集，丝毫不妨碍他将当时情景写得喧声盈耳：

> 黎州太守和羹手，十里往看车呼登。西江破晓郊路净，合簪者谁金兰朋。欢笑藉草飞大白，行厨载酒多于渑。风花飘摇落杯面，漱齿浇胸如嚼冰。湘流之清岘山瘦，千古邂逅一笑兴。却踏东风急回首，侵夜霜月寒生棱。入门未坐亟相诧，曰今见之生未曾。成都胜事多四蜀，我欲问津云水僧。先生功成早匄身，未老重来醉倚藤。

其诗颇为称赞冯时行为柄用之才。对于士林，其引领风范，清雅风标。其后希望冯氏功成乞退之后，能再来成都，归隐于此。由此，我们可以看出，分享群体记忆也是群体认同的一种方式；② 所以，未能亲自参与此次聚会的樊汉广与张积，最终以补作和诗的方式“想象性地参与”了

① 袁说友等编，赵晓兰整理：《成都文类》上册，中华书局 2011 年版，第 241 页。

② ［德］扬·阿斯曼著，金寿福、黄晓晨译：《文化记忆：早期高级文化中的文字、回忆和政治身份》，北京大学出版社 2015 年版，第 32 页。

诗社活动，从而象征性地进入到“文人圈子”之中。

五、结　语

英国学者 E. 霍布斯鲍姆在《传统的发明》中指出：

> “被发明的传统”意味着一整套通常由已被公开或私下接受的规则所控制的实践活动，具有一种或象征特性，试图通过重复来灌输一定的价值和行为规范，而且必然暗含与过去的连续性。①

与此相似，宋代文人雅集，不断追迹前贤，并自创传统。文人雅集之时，文学交往(传播)亦在焉。与会者之间的文会与呈示、传示与寄赠，未与会者的投简与续作，结集之后的品题与延誉、编集与作序。这些交往(传播)也往往催生文人的身份认同：诗友之间互相呈示，激发成员之间的互相吸引与深度交往。群体内品题的进行，既有诗艺的切磋与斗胜，也有诗法的互相影响，乃至诗学观念的创新与推广。寄赠、投简、续作之时，诗人由“想象性在场”而进入友朋包围的氛围之中。群体之作编集、刻印之后，一种可供参与者与向慕者不断进行回忆与阐释的文本凭据也因之而形成。总体而言，雅集与结社是文人实现“圈子”的创造与融入，从而获取其自我认同与社会认同的重要方式。

① ［英］E. 霍布斯鲍姆、［英］T. 兰格著，顾杭、庞冠群译：《传统的发明》，译林出版社 2004 年版，第 2 页。

第四章　媒介与诗学：宋代文人的阅读与写作及其诗法变迁

宋代印刷术的盛行，使书籍在文学生活中占据了重要的位置。① 诚如梅罗维茨所说："引进和广泛使用一种新的传播媒介，可重新建构一系列情境，并要求产生一系列新的社会行为。"②对于宋代文人来说，印刷术的广泛使用不仅带来文集获取的方便，更使文学交流的媒介发生了重大变化，③ 并建构出新的阅读情境与写作情境。当然，由此形成的近似于"我读故我在"和"我写故我在"的文人生存方式，也成为宋代诗人身份认同的重要途径。这对宋代诗学产生诸多方面的影响；同时，宋代文人也开始了相应的媒介批评，而这些批评直接或间接地推动了诗法的嬗变与兴替。

---

① 王宇根指出："尽管不可否认，印刷术对手抄书的全面优势要到几个世纪之后的明代中后期才完全确立，所有证据都表明，对印刷作为大规模文本生产方式的合法性的接受在十一世纪后半期就已经开始发生，到十三世纪初在士大夫读者中已经牢固确立了。"(王宇根：《万卷：黄庭坚和北宋晚期诗学中的阅读与写作》，三联书店 2015 年版，第 221~222 页)本章更多关注印刷术兴起以及书籍生产规模化对于文人阅读与写作所带来的系列变化，故所说的"书籍"，多指印本书籍，但并不排除写(抄)本。

② ［美］梅罗维茨：《空间感的失落》，张国良主编：《20 世纪传播学经典文本》，复旦大学出版社 2003 年版，第 519 页。

③ 由于海量书籍的出现，促使宋代文人在阅读与写作以及社会认识方式等方面出现系列转变。本章所说的媒介包括多个层面。一是文学写作所需的符号媒介，主要指语言文字(文字、声韵、句法、体制等)。二是相应的技术(抄写、印刷)与物质媒介(书籍)。三是相应的活动(埋头书册、闭门觅句)和空间媒介(如门户、舟中、窗下、青灯等)。这些不同层面的媒介概念，在宋人的相关表述中，往往互相交织或重叠。为求清晰，我们在行文中，或使用术语替换，或用括号注明。

一、阅读沉浸与士人生活：积书山崇崇，探义海茫茫

宋代普遍实施右文政策，印刷术的兴盛又使书本获得极大的便利，在此社会与技术的双重驱动之下，诗人往往勤学好读。麦克卢汉有言："人们迫不及待地抓住印刷术，将它作为传递信息的手段，作为刺激虔诚和默祷的手段。"①古今中外，概莫能外。苏轼曾经有一段论说，可代表时人对书本的崇敬态度："悦于人之耳目而适于用，用之而不弊，取之而不竭，贤不肖之所得，各因其材，仁智之所见，各随其分，才分不同，而求无不获者，惟书乎！"②也就是说，书是一种既适于用，又永不枯竭，付出就一定有回报的精神产品。陆游则告诫自己的儿孙："子孙才分有限，无如之何，然不可不使读书。贫则教训童稚，以给衣食，但书种不绝，足矣！"③可见，对于宋代的家庭来说，读书是保持文化生活的底线。

（一）媒介发达与书籍增长及阅读沉浸

沈括有载："板印书籍，唐人尚未盛为之。自冯瀛王始印五经，已后典籍，皆为板本。"④发源于隋唐、成熟于宋代的印刷技术，使宋代的书籍数量增长极快。景德二年（1005），"上（真宗）幸国子监阅库书，问昺经版几何"，邢昺做了自豪的回答："国初不及四千，今十余万。经、传、正义皆具。臣少从师业儒时，经具有疏者百无一二，盖力不能传写。今板本大备，士庶家皆有之。斯乃儒者逢辰之幸也。"⑤真宗喜曰：

---

① ［加］马歇尔·麦克卢汉著，何道宽译：《理解媒介——论人的延伸》，商务印书馆2000年版，第204页。

② 张志烈、马德富、周裕锴主编：《苏轼全集校注·苏轼文集校注》卷一一《李氏山房藏书记》，河北人民出版社2010年版，总第11册，第1132页。

③ 陆游：《放翁家训》，《丛书集成初编》，商务印书馆1939年版，第7页。

④ 沈括：《梦溪笔谈》卷十八，四部丛刊续编本。

⑤ 脱脱等：《宋史》卷四百三十一《儒林传·邢昺传》，中华书局1977年版，第12798页。

“国家虽尚儒术，非四方无事何以及此。”可见，至真宗朝时，板印书籍不仅在官府，在士夫，甚至平民家，都大为具备。苏轼在《李氏山房藏书记》中对此变化亦有所描述：

> 余犹及见老儒先生，自言其少时，欲求《史记》《汉书》而不可得……近岁市人转相摹刻，诸子百家之书，日传万纸，学者之于书，多且易致如此。①

可见，学者自觉聚书以为之备，极为便利。黄庭坚《郭明父作西斋于颍尾请予赋诗二首》其一有曰：“万卷藏书宜子弟，十年种木长风烟。”②亦可见，对于士夫居所来说，藏书与种树同为“标准配置”。至南宋，地方刻印极为发达。魏了翁《眉山孙氏书楼记》有云：“自唐末五季以来始为印书，极于近世，而闽、浙、庸、蜀之锓梓遍天下。③”不惟士夫读书，且普通市民、村民亦颇尚读。陆游曾在临安，时“巷南巷北秋月明，东家西家读书声”，令他记忆深刻④。乾道六年(1170)其有入蜀之行，“十月一日过瓜州坝仓头百里洲，泊沱滗。皆聚落，竹树郁然，民居相望。亦有村夫子聚徒教授群童，见船过，皆挟书出观，亦有诵书不辍者”⑤。可见乡里读书，亦为常见。

文人士夫多有读书的倡举与自觉。在给后学的告诫中，黄庭坚总是提醒他们：要利用一切可以利用的时间来读书。其《侄相随知命舟行》

---

① 张志烈、马德富、周裕锴主编：《苏轼全集校注·苏轼文集校注》卷一一，河北人民出版社2010年版，总第11册，第1132页。

② 黄庭坚著，任渊、史容、史季温注，刘尚荣校点：《黄庭坚诗集注》外集卷二，中华书局2003年版，第3册，第785页。

③ 魏了翁：《鹤山集》卷四十一《眉山孙氏书楼记》，《景印文渊阁四库全书》，台湾“商务印书馆”1983年版，第1172册，第474页。

④ 陆游著，钱仲联校注：《剑南诗稿校注》卷一《往在都下时与邹德章兵部同居百官宅无日不相从仆来佐豫章而德章亦谪高安感事述怀作歌奉寄》，上海古籍出版社2005年版，第1册，第85页。

⑤ 陆游：《渭南文集》卷四十七《入蜀记》，《陆放翁全集》，中国书店1986年版，第292页。

曰："清江濯足窗下坐，燕子日长宜读书。"①《迎醇甫夫妇》曰："园中鸟语劝沽酒，窗下日长宜读书。"②人们不仅白天好读，如陆游"今朝北窗卧，句句味陶诗"③。夜晚也时常读书，如黄庭坚《漫书呈几复三首》其三曰："秋虫振羽惊寒梦，河汉西斜夜独兴。欲罢不能呼子起，新凉宜近读书灯。"④由于勤读不辍，文人普遍有"枕籍"书本的习惯。如陆游"闭门谁共处，枕籍乐天诗"⑤、"数行褚帖临窗学，一卷陶诗傍枕开"⑥、"枕籍漆园语，呻吟栗里诗"⑦；严羽亦提倡"以李杜二集枕藉观之"⑧。即使行途之中，亦不稍惰。如苏轼在舟中，或有读《文选》，而恨其编次无法，去取失当。⑨ 王安石《舟中读书》曰："归卧无与语，出门何所求。未能忘感慨，聊以古人谋。"⑩杨万里亦有《读诗》曰："舟中活计只诗编，读了唐诗读半山。不是老夫朝不食，半山绝句当朝餐。"⑪黄庭坚

---

① 黄庭坚著，任渊、史容、史季温注，刘尚荣校点：《黄庭坚诗集注》卷十三，中华书局2003年版，第2册，第472页。

② 黄庭坚著，任渊、史容、史季温注，刘尚荣校点：《黄庭坚诗集注》外集补卷三，中华书局2003年版，第5册，第1651页。

③ 陆游著，钱仲联校注：《剑南诗稿校注》卷五十八《砭愚》，上海古籍出版社2005年版，第6册，第3354页。

④ 黄庭坚著，任渊、史容、史季温注，刘尚荣校点：《黄庭坚诗集注》外集补卷三，中华书局2003年版，第5册，第1683页。

⑤ 陆游著，钱仲联校注：《剑南诗稿校注》卷四十一《自咏》，上海古籍出版社2005年版，第5册，第2589页。

⑥ 陆游著，钱仲联校注：《剑南诗稿校注》卷四十五《初夏野兴》，上海古籍出版社2005年版，第5册，第2802页。

⑦ 陆游著，钱仲联校注：《剑南诗稿校注》卷八十四《病小减复作》，上海古籍出版社2005年版，第8册，第4494页。

⑧ 严羽著，郭绍虞校释：《沧浪诗话校释》，人民文学出版社1961年版，第1页。

⑨ 苏轼撰，孔凡礼整理：《商刻东坡志林》卷一，全宋笔记，大象出版社2014年版，第一编，第九册，第125页。

⑩ 王安石著，聂安福、侯体健整理：《临川先生文集》卷十，王安石全集本，复旦大学出版社2017年版，第5册，第282页。

⑪ 杨万里撰，辛更儒笺校：《杨万里集笺校》卷三十一，中华书局2007年版，第1582页。

曾经告诫后学："人胸中久不用古今浇灌之，则俗尘生其间，照镜则觉面目可憎，对人亦语言无味也。"①王宇根评之曰："对于黄庭坚来说，读书不仅是学者生涯的关键组成部分，滋润着其人格，纯净着其语言，为其学者身份提供坚实的基础和力量源泉。"②我们扩而充之，可以认为：在宋代社会，阅读关乎一个士大夫的身份辨识("读书人")。

(二)书本沉浸与身体伤害及人生衰老

读书往往伴随着穷困与饥饿，它尤其需要读者具备坚韧精神，才能常年不懈。士子未第之时，自是如此。如黄庭坚《寄张宜父》："追随裘马多少年，独忍长饥把书卷。"③即使已经得官，如果官阶低微，读书也意味着寒窗独坐。如黄庭坚《次韵张秘校喜雪三首》其二曰："巷深朋友稀来往，日晏儿童不扫除。……寒生短棹谁乘兴，光入疏棂我读书。"④其《和邢惇夫秋怀十首》其十："邢子卧北窗，吟秋意少悰。读书用意苦，呕血惊乃翁。"⑤在他的笔下，读书行为变成一种"缺欢少乐、由艰苦和刻意所界定的活动"⑥。大量的阅读也会造成视力的下降。黄庭坚《子瞻以子夏丘明见戏聊复戏答》曰："迩来似天会事发，泪睫见光犹陨珠。……请天还我读书眼，愿载轩辕讫鼎湖。"⑦又《种决明》有曰："老

① 黄庭坚著，刘琳、李勇先、王蓉贵校点：《黄庭坚全集》《与宋子茂书》，四川大学出版社 2001 年版，第 2 册，第 1378~1379 页。

② 王宇根：《万卷：黄庭坚和北宋晚期诗学中的阅读与写作》，三联书店 2015 年版，第 1 页。

③ 黄庭坚著，任渊、史容、史季温注，刘尚荣校点：《黄庭坚诗集注》外集卷十三，中华书局 2003 年版，第 4 册，第 1232 页。

④ 黄庭坚著，任渊、史容、史季温注，刘尚荣校点：《黄庭坚诗集注》外集卷五，中华书局 2003 年版，第 3 册，第 901 页。

⑤ 黄庭坚著，任渊、史容、史季温注，刘尚荣校点：《黄庭坚诗集注》内集卷四，中华书局 2003 年版，第 1 册，第 170 页。

⑥ 王宇根：《万卷：黄庭坚和北宋晚期诗学中的阅读与写作》，三联书店 2015 年版，第 176 页。

⑦ 黄庭坚著，任渊、史容、史季温注，刘尚荣校点：《黄庭坚诗集注》卷六，中华书局 2003 年版，第 1 册，第 221 页。

眼愿力余，读书真成癖。”①由此，他甚至主张读书应有所节制。其《次韵元实病目》：“道人尝恨未灰心，儒士苦爱读书眼。要须玄览照镜空，莫作白鱼钻蠹简。”②长期的阅读还伴随着精力的衰殆。陆游《灯笼》一诗对一生阅读的心迹有所交代：

我年十六游名场，灵芝借榻栖僧廊。钟声才定履声集，弟子堂上分两厢。灯笼一样薄腊纸，莹如云母含清光。还家欲学竟未暇，岁月已似奔车忙。书生白首故习在，颠倒简牍纷朱黄。短檠虽复作老伴，目力眩晃不可常。平生所好忽入手，摩挲把挈喜欲狂。兰膏潋滟支达旦，秋雨萧瑟输新凉。讨论废忘正涂乙，遂欲尽发万卷藏。所嗟衰病终难勉，非复当年下五行。③

诗人从十六岁开始为科举而准备，当时在庙中借读，所以对灯笼情有独钟。晚年归家得到一盏灯笼，他非常高兴。想要重新努力读书，但身体已经衰老，精力大不如前。其《雨夜感怀》亦有曰：“点滴空阶雨送凉，青灯对影独凄伤。身如病木惊秋早，心似鳏鱼怯夜长。铸得黄金犹有术，扫空白发定无方。萧然禅榻君休笑，一卷残书伴枕傍。”④雨夜之时，诗人灯下读书，但精力已经衰殆，这让他感到无可奈何。其《月昏颇废书以诗纪其始时年七十九矣》诗亦有曰：“少时业诗书，慕古不自量。晨暮间弦诵，左右纷朱黄。积书山崇崇，探义海茫茫。……忽焉六十年，绿鬓久已霜。”⑤一生埋头书海，转瞬之间，鬓发已霜。衰老的身

① 黄庭坚著，任渊、史容、史季温注，刘尚荣校点：《黄庭坚诗集注》外集卷六，中华书局2003年版，第3册，第828页。

② 黄庭坚著，任渊、史容、史季温注，刘尚荣校点：《黄庭坚诗集注》卷十九，中华书局2003年版，第2册，第675~676页。

③ 陆游著，钱仲联校注：《剑南诗稿校注》卷十五，上海古籍出版社2005年版，第3册，第1195页。

④ 陆游著，钱仲联校注：《剑南诗稿校注》卷十五，上海古籍出版社2005年版，第3册，第1172页。

⑤ 陆游著，钱仲联校注：《剑南诗稿校注》卷五十四，上海古籍出版社1985年版，第6册，第3198~3199页。

体总是触发诗人对一生嗜书的感慨。①

(三)书本沉浸与精神重构及表达需要

书籍的发达与文人的刻苦，使书本媒介实现了对文人的覆盖与包围。黄庭坚《读书呈几复二首》其一曰："身入群经作蠹鱼，断编残简伴闲居。"②陆游曾自豪地写道："挂墙多汉刻，插架半唐诗。"③沉浸书海，成为宋代文人普遍的人生经历。无论是陆游自陈"我生学语即耽书，万卷纵横眼欲枯"④，还是杨万里自嘲"平生刺头钻故纸"⑤，都表示在他们的人生历程中，有一个长期沉浸于书本的阶段。当阅读成为士大夫的日常生活，他们的精神世界也由书本而得以建构。仅就黄庭坚而言，他在《上运判朱朝奉书》中，自称："结发读书，愿以所闻与一世共之"⑥，阅读几乎成了他一生的立志所在。其诗《寄黄几复》有曰："桃李春风一杯酒，江湖夜雨十年灯。"⑦王宇根认为此诗句"极好地抓住并表达了学者和读书生涯的浪漫以及其所必然包含的孤寂、艰辛、忍耐和痛苦"⑧，从而广为流传。苏轼一生奔波，黄庭坚称之曰："一饱事难谐，五车书

---

① [英]安东尼·吉登斯著，赵旭东、方文译：《现代性与自我认同》，三联书店1998年版，第111页。

② 黄庭坚著，任渊、史容、史季温注，刘尚荣校点：《黄庭坚诗集注》外集补卷三，中华书局2003年版，第5册，第1638页。

③ 陆游著，钱仲联校注：《剑南诗稿校注》卷六十五《老态》，上海古籍出版社2005年版，第七册，第3670页。

④ 陆游著，钱仲联校注：《剑南诗稿校注》卷六十八《解嘲》，上海古籍出版社1985年版，第7册，第3826页。

⑤ 杨万里撰，辛更儒笺校：《杨万里集笺校》卷一《题唐德明建一斋》，中华书局2007年版，第56页。

⑥ 黄庭坚著，刘琳、李勇先、王蓉贵校点：《黄庭坚全集》别集卷十二，四川大学出版社2001年版，第3册，第1710页。

⑦ 黄庭坚著，任渊、史容、史季温注，刘尚荣校点：《黄庭坚诗集注》内集卷二，中华书局2003年版，第1册，第90页。

⑧ 王宇根：《万卷：黄庭坚和北宋晚期诗学中的阅读与写作》，三联书店2015年版，第178页。

作伴。风雨暗楼台，鸡鸣自昏旦”①，认为阅读构成其主要的精神生活。陆游一生嗜书：“官身常欠读书债，禄米不供沽酒资。剩喜今朝寂无事，焚香闲看玉溪诗”②，“焚香细读斜川集，候火亲烹顾渚茶”③，“老人世间百念衰，惟好古书心未移”④。虽然现实生活清苦，但书中的世界始终令诗人着迷。其《秋夜读书每以二鼓尽为节》曰：“腐儒碌碌叹无奇，独喜遗编不我欺。白发无情侵老境，青灯有味似儿时。”⑤虽然已经年迈，但青灯黄卷的生活依然令他感到自足。当然，书海无边有时也令人感到绝望。刘克庄《和季弟韵二十首》其二曰：“古书随读已微茫，时事间思欲发狂。”⑥《答林文之》曰：“鹤天鲸海无边际，莫费功夫纳百家。”⑦在书本包围的宋代社会，庄子“吾生也有涯，而知也无涯”的人生体悟不时激起诗人们的共鸣。⑧

当阅读有所得，自然会激起写作的欲望。黄庭坚《寄李次翁》曰：“胸中种妙觉，岁晚期必获。然膏夜读书，见圣宜有作。”⑨又《赠知命弟离戎州》：“船窗卧读书万卷，还有新诗来起予。”⑩陆游《何君墓表》

① 黄庭坚著，任渊、史容、史季温注，刘尚荣校点：《黄庭坚诗集注》外集卷五《见子瞻粲字韵诗和答三人四返不困而愈崛奇辄次旧韵寄彭门三首》其一，中华书局2003年版，第3册，第909页。

② 陆游著，钱仲联校注：《剑南诗稿校注》卷十九《假中闭户终日偶得绝句》，上海古籍出版社2005年版，第3册，第1519页。

③ 陆游著，钱仲联校注：《剑南诗稿校注》卷四十一《斋中弄笔偶书示子聿》，上海古籍出版社2005年版，第5册，第2604页。

④ 陆游著，钱仲联校注：《剑南诗稿校注》卷八十《读书至夜分感叹有赋》，上海古籍出版社2005年版，第8册，第4312页。

⑤ 陆游著，钱仲联校注：《剑南诗稿校注》卷一，上海古籍出版社2005年版，第1册，第85页。

⑥ 刘克庄：《后村先生大全集》卷十九，四部丛刊初编本。

⑦ 刘克庄：《后村先生大全集》卷三十四，四部丛刊初编本。

⑧ 郭庆藩：《庄子集释》卷三《养生主》，《诸子集成》，上海书店1986年版，第54页。

⑨ 黄庭坚著，任渊、史容、史季温注，刘尚荣校点：《黄庭坚诗集注》外集卷十，中华书局2003年版，第4册，第1120页。

⑩ 黄庭坚著，任渊、史容、史季温注，刘尚荣校点：《黄庭坚诗集注》卷十三，中华书局2003年版，第2册，第471页。

有曰："诗岂易言哉？一书之不见，一物之不识，一理之不穷，皆有憾焉。"①虽然读书、识物、穷理都是诗歌写作的必要功夫，而读书实居其首；那么，我们可以认为，阅读是成为一位诗人必经的途径。②

二、阅读沉溺与诗法转向：资书以为诗

麦克卢汉在《理解媒介》第二版序言中指出："任何技术都逐渐创造出一种全新的人的环境，环境并非消极的包装用品，而是积极的作用进程。"③就沉溺阅读的宋代文人而言，这种"作用进程"体现为：印刷术创造出书籍世界，而书籍世界则建构出文人的阅读情境，阅读情境进一步建构了诗人的创作情境。④

（一）勤学好读与句法讲求及创作独特性

汉代扬雄曾用"熟读千首赋则可入"来回答"作赋之法"的求教，⑤唐代杜甫用"读书破万卷，下笔如有神"为旺盛的创作力进行自我解释。⑥ 不过，广览熟读到底为创作能提供何种准备，他们都未暇语及。李商隐"为文多检阅书史，鳞次堆集左右，时谓为'獭祭鱼'"⑦，其读

① 陆游：《渭南文集》卷三十九，《陆放翁全集》，中国书店 1986 年版，第 245 页。

② 王宇根：《万卷：黄庭坚和北宋晚期诗学中的阅读与写作》，三联书店 2015 年版，第 184 页。

③ ［加］马歇尔·麦克卢汉著，何道宽译：《理解媒介——论人的延伸》，商务印书馆 2000 年版，第 25 页。

④ 王宇根：《万卷：黄庭坚和北宋晚期诗学中的阅读与写作》，三联书店 2015 年版，第 12 页。

⑤ 曹学佺：《蜀中广记》卷一百一，《景印文渊阁四库全书》，台湾"商务印书馆"1983 年版，第 592 册，第 623 页。

⑥ 杜甫撰，仇兆鳌注：《杜诗详注》卷一《奉赠韦左丞丈二十二韵》，中华书局 1979 年版，第 74 页。

⑦ 吴坰：《五总志》，知不足斋丛书本。

书主要是为了检阅典故。我们在第二章已经提到欧阳修开示孙莘老，教以“唯勤读书而多为之”的法门。① 不过，对于后学而言，“自工”“自见”云云，终觉有些玄虚。苏轼《次韵孔毅甫集古人句见赠五首》其四曰：“诗人雕刻闲草木，搜抉肝肾神应哭。不如默诵千万首，左抽右取谈笑足。”②已经注意到阅读背诵对于诗材积累的重要。至唐庚《唐子西语录》则语之甚详：

> 凡作诗平居须收拾诗材以备用。退之作《范阳卢殷墓铭》云：“于书无所不读，然正用资以为诗”是也。《诗疏》不可不阅，诗材最多，其载谚语如“络纬鸣、懒妇惊”之类，尤宜入诗用。《乐府解题》，须熟读，大有诗材。③

这里说得很明白，阅读可以为创作进行素材的准备。我们注意到，唐庚眼里的“诗材”不止是诗句本身，还包括相应的题解、疏解等解释性材料。吕本中更为明确地提出：“须是发于既溢之余，流于已足之后，方是极头。所谓‘既溢’‘已足’者，必从学问该博中来。”④正式提出文学创作须有充裕的学术储备（学问该博）⑤。这正是宋诗“以才学为诗”的由来。

---

① 周辉撰，刘永翔校注：《清波杂志校注》卷十一，《唐宋史料笔记丛刊》，中华书局1994年版，第466页。

② 张志烈、马德富、周裕锴主编：《苏轼全集校注·苏轼诗集校注》卷二二，河北人民出版社2010年版，总第4册，第2421页。

③ 胡仔纂集，廖德明校点：《苕溪渔隐丛话·前集》卷三十五，人民文学出版社1962年版，第238页。

④ 陈鹄撰，孔凡礼点校：《西塘集耆旧续闻》卷二，《唐宋史料笔记丛刊》，中华书局2002年版，第305页。

⑤ 同时，学术储备也是深度阅读的基础。黄庭坚：《毕宪父诗集序》中说道：“（毕宪父诗）按其笔语，皆有所从来，不虚道，非博极群书者，不能读之昭然。”（黄庭坚著，刘琳、李勇先、王蓉贵校点：《黄庭坚全集》正集卷十五，四川大学出版社2001年版，第1册，第412页）

除了“诗材”的积累之外，阅读还有更重要的目的——体察前人写诗的“规矩”。陈师道说：“学诗当以子美为师，有规矩故可学。”①黄庭坚《次韵高子勉十首》其二有曰：“言诗今有数，下笔不无神。”②范温说：“老杜律诗布置法度，全学沈佺期，更推广集大成耳。”③诸公所谓的“规矩”“有数”“布置”“法度”都可以理解为诗歌写作的规律。范温说：“然则自古有文章，便有布置，讲学之士不可不知也。”④更将“布置”提升为诗歌(乃至文章)的普遍性规律。从杜甫的“有神”到黄庭坚的“有数”，即表现出对诗歌写作规律的自觉追寻。这种追寻又主要表现为对“句法”的讲求。“山谷隐括诗律，于是少陵句法大振”⑤，在此基础之上，黄庭坚亦逐渐形成自己的“句法”(句律、诗律)，即朱熹所谓“黄费安排”⑥。黄庭坚更将“句法”的讲求推广到其他诗人。如认为徐长孺，“幼少刻苦读书，多见博闻”，而后“乃刻意作诗，得张籍句法”⑦。由此，刻意作诗必揣摩句法，与刻苦读书以求多见博闻，一并成为诗人成长的必经路径。刘克庄有曰：“盖逐字逐句铢铢而较者，决不足为大家数，而前辈号大家数者，亦未尝不留意于句律也。”⑧杨万里

① 陈师道：《后山诗话》，何文焕辑《历代诗话》，中华书局1981年版，第304页。

② 黄庭坚著，任渊、史容、史季温注，刘尚荣校点：《黄庭坚诗集注》卷十六，中华书局2003年版，第2册，第566页。

③ 胡仔纂集，廖德明校点：《苕溪渔隐丛话·前集》卷六，人民文学出版社1962年版，第3页。

④ 胡仔纂集，廖德明校点：《苕溪渔隐丛话·前集》卷十，人民文学出版社1962年版，第64页。

⑤ 张元干：《芦川归来集》卷九《亦乐居士文集序》，《景印文渊阁四库全书》，台湾“商务印书馆”1983年版，第1136册，第653页。

⑥ 黎靖德编，王星贤点校：《朱子语类》卷一百四十，中华书局1988年版，第3324页。

⑦ 黄庭坚著，刘琳、李勇先、王蓉贵校点：《黄庭坚全集》正集卷三十三《徐长孺墓碣》，四川大学出版社2001年版，第2册，第865页。

⑧ 刘克庄撰，王秀梅点校：《后村诗话》之《前集》卷二，中华书局1983年版，第23页。

亦曰："句法何曾问外人？单传山谷当家春。"①可见前辈大家，皆不免此径。值得注意的是，在黄庭坚眼中，自具"句法"的诗人(无论是学习了前人句法，或者自我形成了句法的)，都具备了个人创作的独特性。如他称杜甫"似欲不可企及"②，称陈师道"今之诗人不能当也"③，称雷太简则谓他人"无此功也"④。看来，句法不仅成为学习前辈的途径，也成为诗人创作独特性的标识。⑤

(二)熟读深思与规模前作及"绝似"追求

与陶渊明"好读书，不求甚解"⑥大为不同的是，宋人读书要求细致深入。苏轼说"看书眼如月，罅隙无不照"⑦，陆游也说"读书不放一字过"⑧；但由于海量的书籍等待被阅读，客观上又需要提高阅读的速度。所以，宋代文人非常倾慕一目五行的阅读能力。如陆游所载："王性之读书真能五行俱下，往往他人才三四行，性之则已尽一纸。后生有投贽者，且观且卷，俄顷即置之。以此人疑其轻薄，遂多谤毁，其实工

---

① 杨万里撰，辛更儒笺校：《杨万里集笺校》卷三十八《书黄庐陵伯庸诗卷》，中华书局2007年版，第4册，第1996页。

② 黄庭坚著，刘琳、李勇先、王蓉贵校点：《黄庭坚全集》正集卷十八《与王观复书》其二，四川大学出版社2001年版，第2册，第471页。

③ 黄庭坚著，刘琳、李勇先、王蓉贵校点：《黄庭坚全集》正集卷十八《答王子飞书》，四川大学出版社2001年版，第2册，第467页。

④ 黄庭坚著，刘琳、李勇先、王蓉贵校点：《黄庭坚全集》正集卷二十五《跋雷太简梅圣俞诗》，四川大学出版社2001年版，第2册，第662页。

⑤ 王德明指出："从侧重点来说，唐人研究和传授诗法主要集中在诗的声韵、对偶和体势上，其核心是句(联)法，即句(联)的构成。"(王德明：《略论唐代的诗法研究与传授》，《中国韵文学刊》2009年第2期，第14页)唐人这种"有句无篇"的句法探求，跟诗歌的口头吟诵传播有直接的关系。相较而言，宋代重字眼、命意、体制的句法讲求则跟阅读传播亦颇为相关。

⑥ 陶渊明：《五柳先生传》，袁行霈撰：《陶渊明集笺注》卷六，中华书局2003年版，第83页。

⑦ 张志烈、马德富、周裕锴主编：《苏轼全集校注·苏轼诗集校注》卷二一《吊李台卿》，河北人民出版社2010年版，总第4册，第2397页。

⑧ 陆游著，钱仲联校注：《剑南诗稿校注》卷三十四《寄题吴斗南玩芳亭》，上海古籍出版社2005年版，第5册，第2228页。

拙皆能记也。”①可以说王性之是宋代文人强大阅读能力的象征。颇有趣味的是，当诗人成为“前辈”后，却总是告诫后学读学不可贪多务得。如苏轼《送安惇秀才失解西归》说：“旧书不厌百回读，熟读深思子自知。”②提出“熟读深思”这一具体要求。对此要求，黄庭坚也反复强调。其《论作诗文》曰：“（读书）不贵杂博，而贵精深。”③其《书赠韩琼秀才》曰：“读书欲精不欲博，用心欲纯不欲杂。读书务博，常不尽意。用心不纯，讫无全功。”④又在《与王子予书》中说：“尽心于一两书，其余如破竹节，皆迎刃而解也。”⑤杨万里晚年对自己早年“观书”求快进行反思：“急性平生不少徐，读书不喜喜观书。十行俱下未心醒，两目顿昏还月余。偶与儿曹翻故纸，共看诗句煮春蔬。问来却是东坡集，久别相逢味胜初。”⑥他年轻时读东坡集读得太快，读得不仔细，晚年重读才能深知其味。“枉著平生多少书？分明便是蠹书鱼。万签过眼还休去，一字经心恰似无。急读何如徐读妙，共看更胜独看奇。”他主张慢读、细心地读。

既然读书要熟读深思，那么在海量的书籍面前，阅读就必须要有重点。黄庭坚他曾要求后学“闲居熟读《左传》《国语》《楚词》、庄周、韩非诸书”⑦。严羽也要求“先须熟读《楚词》，朝夕讽咏以之为本，及读《古诗十九首》，乐府四篇，李陵、苏武、汉魏五言皆须熟读”，并“以

① 陆游撰，李剑雄、刘德权点校：《老学庵笔记》卷二，《唐宋史料笔记丛刊》，中华书局1979年版，第20页。

② 张志烈、马德富、周裕锴主编：《苏轼全集校注·苏轼诗集校注》卷六，河北人民出版社2010年版，总第1册，第509页。

③ 黄庭坚著，刘琳、李勇先、王蓉贵校点：《黄庭坚全集》别集卷十一，四川大学出版社2001年版，第3册，第1684页。

④ 黄庭坚著，刘琳、李勇先、王蓉贵校点：《黄庭坚全集》正集卷二十五，四川大学出版社2001年版，第2册，第655页。

⑤ 黄庭坚著，刘琳、李勇先、王蓉贵校点：《黄庭坚全集》正集卷十八，四川大学出版社2001年版，第2册，第468页。

⑥ 杨万里撰，辛更儒笺校：《杨万里集笺校》二七《与长孺共读东坡诗前用唐律后用进退格》其一，中华书局2007年版，第1409页。

⑦ 赵翼：《瓯北诗话》卷十一，人民文学出版社1963年版，第168页。

李、杜二集枕藉观之”①。诚如周宪所说：“通过经典作品的反复解读，一代又一代人就被建构成一个关联复杂的‘想象共同体’，形成许许多多的共享体验和观念。”②所以熟读经典不仅是诗人成为诗人的必要条件，也是诗人进入“文学共同体”的基本途径。

在熟读深思的阅读文化影响之下，宋代诗学形成了追本渊源、尊奉前辈的传统③。黄庭坚《答洪驹父书三首》其二有曰：“凡作一文，皆须有宗有趣，终始关键，有开有阖，如四渎虽纳百川，或汇而为广泽，汪洋千里，要自发源注海耳。”④范温说：“古人学问，必有师友渊源。”⑤刘克庄说：“古者艺必有师，师必有传人。”⑥可见，此种观念长盛不衰。严羽《沧浪诗话·诗体》对于宋代诸人之体，总是提到其学习模仿的对象：比如后山体，其称“后山本学杜，其语似之者但数篇”⑦；陈简斋体，则曰“亦江西诗派而小异”；于杨诚斋体，则称“其初学半山、后山，最后亦学绝句于唐人”。

重点阅读的文集自然也成为诗歌模仿的对象，而模仿的重点则在文章的结构。黄庭坚指出：“如欲方驾古人，须识古人关捩，乃可下笔。”⑧比如学作楚辞，他说：“若欲作楚词追配古人，直须熟读《楚词》，观古人用意曲折处讲学之，然后下笔，譬如巧女文绣一世，若欲

① 严羽著，郭绍虞校释：《沧浪诗话校释》，人民文学出版社1961年版，第1页。

② 周宪：《文学与认同》，周宪主编：《文学与认同：跨学科的反思》，中华书局2008年版，第193页。

③ 周裕锴：《宋代诗学通论》，上海古籍出版社2007年版，第167页。

④ 黄庭坚著，刘琳、李勇先、王蓉贵校点：《黄庭坚全集》正集卷十八，四川大学出版社2001年版，第2册，第474页。

⑤ 胡仔纂集，廖德明校点：《苕溪渔隐丛话·前集》卷六，人民文学出版社1962年版，第3页。

⑥ 刘克庄：《后村先生大全集》卷九十七《赵庭原诗》，四部丛刊初编本。

⑦ 严羽著，郭绍虞校释：《沧浪诗话校释》，人民文学出版社1961年版，第59页。

⑧ 黄庭坚著，刘琳、李勇先、王蓉贵校点：《黄庭坚全集》别集卷十九，四川大学出版社2001年版，第3册，第1896页。

作锦，必得锦机乃能成锦尔。”①又如作赋，他说“作赋要须以宋玉、贾谊、相如、子云为师”，“略依仿其步骤，乃有古风”②。黄庭坚所说的“古人关捩”“用意曲折”“步骤”都可以归结为文章结构方面的规律（并有工具、途径、程序、法度等意义）。黄庭坚《与王立之四帖》其三还特别指出：“欲下笔先体古人致意曲折处，久乃能自铸伟词，虽屈宋不能超此步骤也。”③可见在他眼里，即使“自铸伟词”是向上一级的目标，但细致揣摩文章结构始终是一个不能省略的环节。

在模拟中学习，写得像不像，是一个必须要面对的问题。黄庭坚《跋梅圣俞赠欧阳晦夫诗》曰：“闻欧阳君学诗于圣俞……（晦夫）用圣俞之律，作诗数千篇，今世虽已不尚，而晦夫自信确然。”④欧阳阚用“圣俞之律”作诗数千篇，其诗必庶几近之，方得自信。后学遵山谷诗法以进，往往有此一关。陈师道《答秦观书》有云：

> 仆于诗初无法师，然少好之，老而不厌，数以千计，及一见黄豫章，尽焚其稿而学也。豫章以为譬之奕焉，弟子高师一着，仅能及之，争先则后矣。仆之诗，豫章之诗也。豫章之学博矣，而得法于杜少陵。其学少陵而不为者也，故其诗近之，而其进未也。故仆尝谓豫章之诗如其人，近不可亲，远不可疏，非其好，莫闻其声。⑤

在陈师道眼里，山谷诗法师少陵，故其诗“近之”，而己诗之学山谷，

① 黄庭坚著，刘琳、李勇先、王蓉贵校点：《黄庭坚全集》外集卷二一，四川大学出版社2001年版，第3册，第1371页。

② 黄庭坚：《山谷集》别集卷十五《与王立之承奉帖六》其四，《景印文渊阁四库全书》，台湾“商务印书馆”1983年版，第1113册，第687页。

③ 赵翼：《瓯北诗话》卷十一，人民文学出版社1963年版，第168页。

④ 黄庭坚著，刘琳、李勇先、王蓉贵校点：《黄庭坚全集》别集卷八，四川大学出版社2001年版，第3册，第1644页。

⑤ 陈师道：《后山集》卷九，《景印文渊阁四库全书》，台湾“商务印书馆”1983年版，第1114册，第602页。

则几不能辨，乃谓“仆之诗，豫章之诗也”。又释慧洪：“尝诈学山谷作《赠洪诗》，云：‘韵胜不减秦少游，气爽绝类徐师川。’师川见其体制绝似山谷，喜曰：‘此真舅氏诗也。’遂收置《豫章集》中。”①看来，“绝似”是江西诗派中人颇为自得的学诗境界。由模仿而相似，在宋代其实是一个普遍的现象。陆游在《吕居仁集序》中交代他诗学吕本中的由来：

> 某自童子时，读公诗文，愿学焉。稍长，未能远游，而公捐馆舍。晚见曾文清公，文清谓某：“君之诗渊源殆自吕紫微。”恨不一识面。某于是尤以为恨。②

对于吕本中，陆游一生未曾谋面，其师法吕本中，纯属由阅读文集和句法揣摩而得。曾几一见其诗，即辨其渊源，其间的依据只能是“绝似”。严羽也说过：“诗之是非不必争，试以已诗置之古人诗中，与识者观之而不能辨，则真古人矣。”③其所谓的“不能辨”，即指模仿得很像。麦克卢汉认为，“(书面语)磨掉了文人的棱角”，使“他们的言语成为印刷文字的摹本”④，其所言或有夸张之处，但指出以书面语为媒介的学习容易导致表达的模仿，还是慧眼独具的。受其启发，我们注意到书本倚重对宋代诗学的影响：用句法模仿来进行诗歌的学习，学义山成西昆，学杜甫成江西，学郊岛成四灵，学晚唐绝句则成晚年王安石、后期杨万里。可以说，宋代诗人对阅读的倚重是文人以书本(句法)为衣钵、以“绝似”为追求这一诗学路径形成的重要原因。

---

① 陈善：《扪虱新话》下集卷一，《丛书集成初编》，商务印书馆 1939 年版，第 54 页。

② 陆游：《渭南文集》卷十四，《陆放翁全集》，中国书店 1986 年版，第 81 页。

③ 严羽著，郭绍虞校释：《沧浪诗话校释》，人民文学出版社 1961 年版，第 138 页。

④ [加]马歇尔·麦克卢汉著，何道宽译：《理解媒介——论人的延伸》，商务印书馆 2000 年版，第 227 页。

（三）自名一家与度越前辈及议论为诗

诚如刘克庄所说“百家众体皆融液，一字陈言亦铲除”①，宋代诗学一方面讲求师承渊源，另一方面又追求度越前辈。有宋一代，要求“自得”声音从未停止。② 如黄庭坚要求后学写作诗文不仅在于“出尘拔俗”，更要求追配古人。他对王直方（立之）说：“盖古人于能事，不独求跨时辈，要须于前辈中擅场耳。”③他对洪刍（驹父）说：“当求配于古人，勿以贤于流俗遂自足也。”④虽然他也认为做到这一点其实非常艰难，所谓“吾欲超万古，乃如负山蚁”⑤；但他认为只要坚持不懈，还是有可能做到的。他告诫后学说：“要当不已，乃到古人下笔处。”⑥“少加意读书，古人不难到也。”⑦希望能够激起学诗者的信心。杨万里亦曰：“传宗传派我替羞，作家各自一风流。”⑧刘克庄也说过：“诚叟放翁几日死，着鞭万一诗肩随。”⑨他们都主张能比肩前贤，自开门户。严羽也鼓励学诗者“入门须正，立志须高”，他称赞杨万里作诗能“已而尽弃诸家之体，而别出机杼”⑩。

---

① 刘克庄：《后村先生大全集》卷四十，四部丛刊初编本。

② 周裕锴：《宋代诗学通论》，上海古籍出版社2007年版，第168~169页。

③ 黄庭坚：《山谷集》别集卷十五《与王立之承奉帖六》其四，《景印文渊阁四库全书》，台湾“商务印书馆”1983年版，第1113册，第687页。

④ 黄庭坚著，刘琳、李勇先、王蓉贵校点：《黄庭坚全集》外集卷二十一《与洪驹父书六首》其一，四川大学出版社2001年版，第3册，第1365页。

⑤ 黄庭坚著，任渊、史容、史季温注，刘尚荣校点：《黄庭坚诗集注》卷七《次韵答王眘中》，中华书局2003年版，第1册，第57页。

⑥ 黄庭坚著，刘琳、李勇先、王蓉贵校点：《黄庭坚全集》别集卷十一，四川大学出版社2001年版，第3册，第1684页。

⑦ 黄庭坚著，刘琳、李勇先、王蓉贵校点：《黄庭坚全集》正集卷十八《答洪驹父书三首》其二，四川大学出版社2001年版，第2册，第474页。

⑧ 杨万里撰，辛更儒笺校：《杨万里集笺校》卷二六《跋徐恭仲省干近诗》，中华书局2007年版，第1369页。

⑨ 刘克庄：《后村先生大全集》卷三十五，四部丛刊初编本。

⑩ 严羽著，郭绍虞校释：《沧浪诗话校释》，人民文学出版社1961年版，第59页。

既然宋人作诗追求“自立意”①，并以此度越前人②，那么接下来的问题就是：“自立意”从何而来呢？黄庭坚尝言：“词意高胜，要从学问中来尔。”③开的还是“多读书”的老方子。至吕本中则曰：“渊明、退之诗，句法分明，卓然异众，惟鲁直为能深识之。学者若能识此等语，自然过人。”④也就是说，要想度越前人，还是得从句法辨识中来。因为，辨识前人句法，才能熟悉古人的长处与短处。黄庭坚指出：“覆却万方无准，安排一字有神。更能识诗家病，方是我眼中人。”⑤吕本中则说：“学习古人文字，须得其短处。”⑥刘克庄说：“夫诗参众作，而后见工拙。”⑦再接下来的问题，即是如何实现超越古人。吕本中说：

> 老杜诗云：“诗清立意新”，最是作诗用力处。盖不可循习陈言，只规摹旧作也。鲁直云：“随人作计终后人。”又云：“文章切忌随人后。”此自鲁直见处也。近世人学老杜多矣，左规右矩不能稍出新意，终成屋下架屋，无所取长。独鲁直下语未尝似前人而卒与之合，此为善学。如陈无已力尽规摹已少变化。⑧

---

① 胡仔纂集，廖德明校点：《苕溪渔隐丛话》前集卷三十七，人民文学出版社1962年版，第254页。

② 周裕锴：《宋代诗学通论》，上海古籍出版社2007年版，第169~170页。

③ 黄庭坚著，刘琳、李勇先、王蓉贵校点：《黄庭坚全集》别集卷十一，四川大学出版社2001年版，第3册，第1684页。

④ 胡仔纂集，廖德明校点：《苕溪渔隐丛话》前集卷十八，人民文学出版社1962年版，第119~120页。

⑤ 黄庭坚著，任渊、史容、史季温注，刘尚荣校点：《黄庭坚诗集注》卷十六《荆南签判向和卿用予六言见惠次韵奉酬四首》其三，中华书局2003年版，第2册，第578页。

⑥ 胡仔纂集，廖德明校点：《苕溪渔隐丛话·前集》卷四十八，人民文学出版社1962年版，第328页。

⑦ 刘克庄：《后村先生大全集》卷九十八《刻楮集后序》，四部丛刊初编本。

⑧ 张镃：《仕学规范》卷三十九，《景印文渊阁四库全书》，台湾“商务印书馆”1983年版，第875册，第196页。

看来，揣摩句法之后，“立意”创新才有可着力处。徐俯说：“作诗自立意，不可蹈袭前人。”①从立意处见新，意味着江西诗法由句法着力而至立意着力的转折。

黄庭坚说：“宁律不谐，而不可使句弱；用字不工，不使语俗。”②陈师道说：“宁拙毋巧，宁朴毋华，宁粗毋弱，宁僻毋俗，诗文皆然。”③吕本中说：“初学作诗，宁失之野，不可失之靡丽。失之野不害气质，失之靡丽不可复整顿。”④可见初学诗者，用语下字步入陈熟，即是死路；所以他称赏“苏黄用韵、下字、用故事处，亦古所未到”⑤。不过，说者易，做者难。韩驹(陵阳)有云：“目前景物，自古及今，不知凡经几人道。今人一下笔，要不蹈袭，故有终篇无一字可解者，盖欲新而反不可晓耳。”⑥单纯从语言上创新也是走不通的。⑦ 杜甫有曰“为人性僻耽佳句，语不惊人死不休”⑧，但旋即自扫其迹：“老去诗篇浑漫与”，“焉得思如陶谢手，令渠述作与同游”。韩愈曰“唯陈言之务去”⑨，而其所谓“取于心而注于手”，后学依然无法措手。至黄庭坚指

---

① 胡仔纂集，廖德明校点：《苕溪渔隐丛话·前集》卷三十七，人民文学出版社1962年版，第254页。

② 黄庭坚著，刘琳、李勇先、王蓉贵校点：《黄庭坚全集》正集卷二十五《题意可诗后》，四川大学出版社2001年版，第2册，第665页。

③ 陈师道：《后山诗话》，何文焕辑：《历代诗话》，中华书局1981年版，第311页。

④ 魏庆之著，王仲闻校勘：《诗人玉屑》卷五，古典文学出版社1958年版，第152页。

⑤ 阮阅编，周本淳校点：《诗话总龟》后集卷三十一，人民文学出版社1987年版，第194页。

⑥ 魏庆之著，王仲闻校勘：《诗人玉屑》卷八，古典文学出版社1958年版，第265页。

⑦ 周裕锴：《宋代诗学通论》，上海古籍出版社2007年版，第175~179页。

⑧ 杜甫撰，仇兆鳌注：《杜诗详注》卷十《江上值水如海势聊短述》，中华书局1979年版，第810页。

⑨ 韩愈撰、朱熹校：《朱文公校昌黎先生文集》卷十六《答李翊书》，四部丛刊初编本。

出："好作奇语自是文章病，当以理为主。理得而辞顺，文章自然出群拔萃。"①理在辞先，理得而辞顺，理胜则辞高。朱熹曾经说过："本朝杨大年虽巧，然巧之中犹有混成底意思，便巧得来不觉。及至欧公，早渐渐要说出来。"②严羽则指出："至东坡、山谷始自出己意以为诗。"③这种"以理为主""要说出来""自出己意"正是宋诗与唐诗迥异的表达方式。陈与义《和张规臣水墨梅》诗"意足不求颜色似，前身相马九方皋"，正是以规避描摹的议论式写作④，而受到徽宗的赏识。看来，正是欧、苏、黄逐渐改变了以往诗歌的传统表达方式：面对唐诗，他们以议论替代描摹；面对宋诗，他们以新见替代旧识。立意创新也就走向了"以议论为诗"。需要反思的是，此种转折或许跟宋代兴起的印刷—阅读的交流情境有直接的关联。周宪、许钧在《文化与传播译丛总序》中指出：

> 印刷文化阶段，信息不依赖于在场，它贮存在可移动的媒介(印刷物)中，使得不在场的交流成为可能。……由于读者和作者不在同一时空里，阅读活动较之面对面，更加带有批判、怀疑和改写原本的倾向。⑤

简而言之，书本倚重及阅读沉溺使文学交流不再依赖于在场，因而批判、怀疑和改写都更为容易；对于后学者来说，也更具诱惑力。

---

① 黄庭坚著，刘琳、李勇先、王蓉贵校点：《黄庭坚全集》正集卷十八《与王观复书》其一，四川大学出版社 2001 年版，第 2 册，第 470 页。

② 黎靖德编，王星贤点校：《朱子语类》卷一百四十，中华书局 1988 年版，第 3334 页。

③ 严羽著，郭绍虞校释：《沧浪诗话校释》，人民文学出版社 1961 年版，第 26 页。

④ 陈与义著，吴书荫、金德厚点校：《陈与义集》卷四，中华书局 1982 年版，第 57 页。

⑤ ［加］马歇尔·麦克卢汉著，何道宽译：《理解媒介——论人的延伸》，商务印书馆 2000 年版，总序：第 2 页。

三、形式偏重与认识超越：悟入与活法

以黄庭坚为首的江西诗派提倡书本沉浸，以句法揣摩和立意创新的方式进行诗歌学习，故而江西诗学跟书本媒介一直有着不可割舍的关系。同时，江西诗派对书本倚重的局限并非无所认识；在主张阅读沉浸的同时，他们也始终保持着某种程度的警醒。

（一）遍考前作与辨尽体制及体派分异

前面我们提到，宋代诗人普遍关注句法问题，这其实包含诗人两个阶段的追求：句法不仅成为学习前辈的途径，也成为诗人创作独特性的标识。由此，句法逐渐衍生出诗歌体制的意义。吕本中说：

> 前人文章各有一种句法。如老杜“今君起柂春江流，予亦江边具小舟”，“同心不减骨肉亲，每语见许文章伯”。如此之类，老杜句法也。东坡“秋水今几竿”之类，自是东坡句法。鲁直“夏扇日在摇，行乐亦云聊”，此鲁直句法也。学者若能遍考前作，自然度越流辈。①

杨万里也说过：

> “问君何事栖碧山，笑而不答心自闲。桃花流水杳然去，别有天地非人间。”又：“相随遥遥访赤城，三十六曲水回萦。一溪初入千花明，万壑度尽松风声。”此李太白诗体也。“麒麟图画雁鸿行，紫极出入黄金印。”又：“白摧朽骨龙虎死，黑入太阴雷雨垂。”又：“指挥能事回天地，训练强兵动鬼神。”又：“路经滟滪双蓬鬓，天

① 魏庆之著，王仲闻校勘：《诗人玉屑》卷三，古典文学出版社1958年版，第68页。

入沧浪一钓舟。”此杜子美诗体也。“明月易低人易散，归来呼酒更重看。”又：“当其下笔风雨快，笔所未到气已吞。”又：“醉中不觉度千山，夜闻梅香失醉眠。”又《李白画像》：“西望太白横峨岷，眼高四海空无人。大儿汾阳中令君，小儿天台坐忘身。平生不识高将军，手涴吾足乃敢嗔。”此东坡诗体也。“风光错综天经纬，草木文章帝杼机。”又：“涧松无心古鬓鬛，天球不瑑中粹温。”又：“儿呼不苏驴失脚，犹恐醒来有新作。”此山谷诗体也。①

吕本中用名句列举的方式标出“老杜句法”“东坡句法”“鲁直句法”；杨万里亦以此方式辨别“李太白诗体”“杜子美诗体”“东坡诗体”“山谷诗体”。在他们看来，由句法而及诗体，是自然而然的事情。

黄庭坚《跋书柳子厚诗》曾指出王观复“观古人之文章”，“未能尽得其规摹及所总览笼络，但知玩其山龙黼黻成章”②，批评其不能充分地体会其文体的规制与结构，而停留在学习辞藻的初级阶段。吕本中也说过：“学诗须熟看老杜、苏、黄，亦先见体式，然后遍考他作，自然工夫度越过人。”③其所说的“体式”偏指因人而异的文体结构。曹丕既云“文以气为主”，又云“诗赋欲丽”④，陆机既言“体有万殊”，又有“诗缘情而绮靡”之语，⑤ 可见他们都察觉到文体与人格（体性）之间的关联。随着阅读文化的发达，宋代的文体观念更深入作者文章结构与句法修辞层面。如黄庭坚“荟萃百家句律之长，究极历代体制之变，搜猎奇

① 杨万里：《诚斋诗话》，丁福保辑：《历代诗话续编》，中华书局 1983 年版，第 137 页。

② 黄庭坚著，刘琳、李勇先、王蓉贵校点：《黄庭坚全集》正集卷二十五，四川大学出版社 2001 年版，第 2 册，第 656 页。

③ 陈鹄撰，孔凡礼点校：《西塘集耆旧续闻》卷二，《唐宋史料笔记丛刊》，中华书局 2002 年版，第 304 页。

④ 曹丕：《典论论文》，萧统编选，李善等注：《六臣注文选》卷五十二，浙江古籍出版社 1999 年版，第 949 页。

⑤ 陆机：《文赋》，萧统编选，李善等注：《六臣注文选》卷十七，浙江古籍出版社 1999 年版，第 293 页。

书，穿穴异闻，作为古律，自成一家”。① 这里“体制”已经不限于古、律、绝句之别，② 而发展到了“以人论体”的层面。其实，从文集的阅读及句法的揣摩，宋人都必须进行作者体制的分辨。严羽《沧浪诗话》鲜明地提出：“辨家数如辨苍白，方可言诗。”③在《答出继叔临安吴景仙书》中，他续有申说：

> 世之技艺，犹各有家数；市缣帛者，必分道地，然后知优劣，况文章乎？仆于作诗，不敢自负，至识则自谓有一日之长，于古今体制，若辨苍素，甚者望而知之。④

黄庭坚、严羽所言的“辨体”更多是从文本接受的角度来看的。

同时，从文本生产的角度，也可以看到这一点。杨万里说：“个个诗家各筑坛，一家横割一江山。”⑤刘克庄《竹溪诗序》则曰：“三百年间虽人各有集，集各有诗，诗各自为体。或尚理致，或负材力，或逞辨博，少者千篇，多至万首。”⑥其《毛震龙诗稿跋》亦曰：“诗料满天地，

① 刘克庄：《后村先生大全集》卷九十五《江西诗派小序·黄山谷》，四部丛刊初编本。

② 黄庭坚指出：“荆公评文章，常先体制，而后文之工拙。”（黄庭坚著，刘琳、李勇先、王蓉贵校点：《黄庭坚全集》正集卷二十五《书王元之竹楼记后》，四川大学出版社 2001 年版，第 2 册，第 660 页）张戒也认为：“论诗文当以文体为先，警策为后。”（张戒《岁寒堂诗话》卷上，丁福保辑《历代诗话续编》本，中华书局 1983 年版，第 459 页）南宋倪思也提出：“文章以体制为先，精工次之。”（王应麟纂《玉海》卷二百二，江苏古籍出版社·上海书店 1987 年影印版，第 3692 页）可见，体制之辨是一个时代性的话题；古律绝句之别亦其题中之意。

③ 严羽著，郭绍虞校释：《沧浪诗话校释》，人民文学出版社 1961 年版，第 136 页。

④ 严羽著，郭绍虞校释：《沧浪诗话校释》，人民文学出版社 1961 年版，第 252 页。

⑤ 杨万里撰，辛更儒笺校：《杨万里集笺校》卷二十四《和段季承左藏惠四绝句》其一，中华书局 2007 年版，第 1217 页。

⑥ 刘克庄：《后村先生大全集》卷九十四，四部丛刊初编本。

诗人满江湖。人人为诗，人人有集。”①又“后生歆慕，人人有集”②，此处，我们应该可以明白：正是印刷术使文人作品可以自由结集并付诸刻印(所谓人各有集，集各有体)，这事实上推动了宋代诗体的多元化。②正是在此基础上，严羽《沧浪诗话》独辟“以人而论”的诗体论：

> 以人而论则有苏李体、曹刘体、陶体、谢体、徐庾体、沈宋体、陈拾遗体、王杨卢骆体、张曲江体、少陵体、太白体、高达夫体、孟浩然体，岑嘉州体、王右丞体、韦苏州体、韩昌黎体、柳子厚体、韦柳体、李长吉体、李商隐体、卢仝体、白乐天体、元白体、杜牧之体、张籍王建体、贾浪仙体、孟东野体、杜荀鹤体、东坡体、山谷体、后山体、王荆公体、邵康节体、陈简齐体、杨诚斋体。③

杜甫曾言“王杨卢骆当时体”④，虽体系其人，但“当时体”仅指四杰创作的时代共同性。至严羽所列唐宋诸体，则皆体系其集，集系其人：呈现出人、集、体三位一体的状态。严羽有曰：“作诗正须辨尽诸家体制，然后不为旁门所惑。今人作诗，差入门户者，正以体制莫辩也。”⑤戴复古亦云：“诗家体固多，文章有正脉。”⑥对于诗家体制，有辨别，而后知正、旁：能辩尽诸体，才可以选择“正脉”。可以认为，书籍发达与阅读兴盛，对于宋代诗体观念的发展有着直接的推动作用。

---

① 刘克庄：《后村先生大全集》卷一百九，四部丛刊初编本。

② 刘克庄：《后村先生大全集》卷九十七《晚觉□稿》，四部丛刊初编本。

③ 严羽著，郭绍虞校释：《沧浪诗话校释》，人民文学出版社 1961 年版，第 58~59 页。

④ 杜甫撰，仇兆鳌注：《杜诗详注》卷十一《戏为六绝句》其二，中华书局 1979 年版，第 899 页。

⑤ 严羽著，郭绍虞校释：《沧浪诗话校释》，人民文学出版社 1961 年版，第 252 页。

⑥ 吴茂云校注：《戴复古全集校注》卷一《题郑宁夫玉轩诗卷》，中国文史出版社 2008 年版，第 10 页。

(二)规矩遵守与规矩超越及从容法度

宋人学诗讲求师承渊源，更多落实到句法渊源与语意渊源。黄庭坚《答洪驹父书》其三特别指出：

> 自作语最难，老杜作诗，退之作文，无一字无来处，盖后人读书少，故谓韩、杜自作此语耳。古之能为文章者，真能陶冶万物，虽取古人之陈言入于翰墨，如灵丹一粒，点铁成金也。①

黄庭坚在此提出了影响广泛的“无一字无来处”以及“点铁成金”的创作方法②。我们简化一下其间的逻辑：多读书——取古人陈言(字字有来处)——点铁成金(后人谓自作语)，即可以发现黄庭坚在阅读和写作之间搭建了一条“快捷通道”——化用陈言：它连接着沿袭与突破的两端。他紧接着提出：

> 文章最为儒者末事，然既学之，又不可不知其曲折，幸熟思之。至于推之使高如泰山之崇，崛如垂天之云，作之使雄壮如沧江八月之涛，海运吞舟之鱼，又不可守绳墨，令俭陋也。

这里所说的“知其曲折，幸熟思之”主要体现为句法揣摩，而推之使高崛、作之使雄壮则相当于不守绳墨。简而言之，即由规矩入(遵循)，而自规矩出(突破)。

江西诗派大多宗杜，如高子勉作诗“以杜子美为标准，用一事如军中之令，置一字如关门之键”③，严格遵守杜诗句法来作诗。对此日趋

① 黄庭坚著，刘琳、李勇先、王蓉贵校点：《黄庭坚全集》正集卷十八，四川大学出版社2001年版，第2册，第475页。

② 周裕锴：《宋代诗学通论》，上海古籍出版社2007年版，第176~179页。

③ 黄庭坚著，刘琳、李勇先、王蓉贵校点：《黄庭坚全集》正集卷二十五《跋高子勉诗》，四川大学出版社2001年版，第2册，第669页。

僵化的学诗路径，黄庭坚也有所警醒，于是鼓励他“充之以博学，行之以温恭”①。王观复“所寄诗多佳句，犹恨雕琢之功多耳”，黄庭坚就建议他：“但熟观杜子美到夔州后古律诗便得句法。简易而大巧出焉，平淡而山高水深，似欲不可企及，文章成就，更无斧凿痕，乃为佳作耳。”②他其实也希望后学们能写出自由纵横的诗作来。如张仲谋作诗“用意刻苦”，他提示他“作语多而知不雕为工，事久而知世间无巧”③。对于苏轼“饱吃惠州饭，细和渊明诗”，他推崇其“出处虽不同，风味乃相似”④，主张学诗应该达到风格的相近，而不是形式的模仿。有趣的是，黄庭坚总是将一切问题都归结为读书的问题。如王观复“作诗有古人态度，虽气格已超俗”，但“未能从容中玉佩之音，左准绳、右规矩尔”⑤；黄庭坚认为他“读书未破万卷”。王观复或有“语生硬，不谐律吕”，或有“语气不逢初造意时”⑥；黄庭坚仍然认为“只是读书未精博耳”⑦。事实上，除了王观复之外，江西后学作诗，产生了很多的流弊。吕本中《与曾吉甫论诗第二帖》批评道：“近世江西之学者，虽左规右矩，不遗余力，而往往不知出此。故百尺竿头，不能更进一步，亦失山谷之旨也。”⑧张戒指出：“鲁直又专以补缀奇字，学者未得其所长，而

---

① 黄庭坚著，刘琳、李勇先、王蓉贵校点：《黄庭坚全集》正集卷二十五《跋高子勉诗》，四川大学出版社2001年版，第2册，第669页。

② 黄庭坚著，刘琳、李勇先、王蓉贵校点：《黄庭坚全集》正集卷十八《与王观复书》其二，四川大学出版社2001年版，第2册，第471页。

③ 黄庭坚著，刘琳、李勇先、王蓉贵校点：《黄庭坚全集》外集卷二十三《书张仲谋诗集后》，四川大学出版社2001年版，第3册，第1409页。

④ 黄庭坚著，任渊、史容、史季温注，刘尚荣校点：《黄庭坚诗集注》正集卷十七《跋子瞻和陶诗》，中华书局2003年版，第2册，第604页。

⑤ 黄庭坚著，刘琳、李勇先、王蓉贵校点：《黄庭坚全集》正集卷二十五《跋书柳子厚诗》，四川大学出版社2001年版，第2册，第656页。

⑥ 黄庭坚著，刘琳、李勇先、王蓉贵校点：《黄庭坚全集》正集卷十八《与王观复书》其一，四川大学出版社2001年版，第2册，第470页。

⑦ 黄庭坚著，刘琳、李勇先、王蓉贵校点：《黄庭坚全集》正集卷十八《与王观复书》其一，四川大学出版社2001年版，第2册，第470页。

⑧ 胡仔纂集，廖德明校点：《苕溪渔隐丛话·前集》卷四十九引，人民文学出版社1962年版，第333页。

先得其所短。诗人之意扫地矣。”①更是将这些流弊的责任追溯到黄庭坚本人。显然，无论是“左规右矩”，还是“补缀奇字”，都偏重在书本上下工夫。这好像是江西诗法的根本缺陷。

伊尼斯曾对书籍(印刷)传统进行反思，他批评道：“一个脑袋通过自由联想和另一个脑袋接触并追踪其思路时，未必能实现彼此的熟悉。”②意思是说以印刷与书籍为媒介的传播与交流可能缺乏真实的感受。周庆山《文献传播学》指出：

> 由于文献独立存在于读者的视界中，非语言的传播因素无法进入文字体系，使读者在阐释文本上产生理解困难与障碍。由于缺少反馈，使得作者无法根据阅读者的反应及时调整传播行为，阅读者不得不处于被动接受文字信息的地位。作者与读者之间的隔膜成为古今文化隔膜，进而使得古代儒生皓首穷经，死于句下，身陷于文字的囚笼。③

其指出书本阅读与偏重形式的关联，颇具启发意义。张咏华进一步指出：“当印刷传媒在社会传播中占主导地位时，人们自然而然会重视书面语言符号的使用技巧，重视文章的逻辑、修辞等。”④事实上正是如此，书本倚重造成了诗人关注语言文字，重视文章的句法、体制等形式因素。也就是说，当江西诗派的诗人们将诗思聚焦于前人诗作的语言技巧层面，其诗法将无可避免地出现形式化倾向。

江西诗派并非没有意识到这样的缺陷。黄庭坚由“拾遗句中有眼”

---

① 张戒：《岁寒堂诗话》卷上，丁福保辑《历代诗话续编》，中华书局1983年版，第455页。

② ［加］哈罗德·伊尼斯(Harold A. Innis)著，何道宽译：《传播的偏向》，中国人民大学出版社2003年版，第167页。

③ 周庆山：《文献传播学》，书目文献出版社1997年版，第28页。

④ 张咏华：《媒介分析：传播技术神话的解读》，复旦大学出版社2002年版，第77页。

到“彭泽意在无弦”，其本身就指向一种渐进的过程，即由“法”达“悟”。陈师道主张“学诗如学仙，时至骨自换”①，也要求由规矩入，而出乎规矩。黄庭坚最为推崇的是无规矩而合规矩。如对于杜甫诗，他认为其妙处“乃在无意于文”，“无意而意已至”②。对于陶渊明诗，则谓之“不烦绳削而自合”③。对于李白诗，则曰“如黄帝张乐于洞庭之野，无首无尾，不主故常，非墨工椠人所可拟议”④。对于苏轼诗，他自叹弗如：“譬如闻韶耳，三月忘味叹。我诗岂其朋，组丽等俳玩。”⑤也就是说，在黄庭坚的心目中，江西诗法有两种出路：一是由有规则到无规矩，二是无规矩而自合规则。韩驹则提出：“学诗当如初学禅，未悟且遍参诸方。一朝悟罢正法眼，信手拈出皆成章。”⑥其间的“遍参”到“信手”，正表现出媒介（书本与语言）依赖到媒介超越的思维方式。吕本中在《夏均父集序》中说：“学诗当识活法。”⑦所谓活法者“规矩备具而能出于规矩之外，变化不测而亦不背于规矩也”；其间的“规矩备具”即来源于书本学习，而“出于规矩之外”，则表现出对书本的超越。吕本中说：“读《庄子》令人意宽思大，敢作；读《左传》，便使人入法

---

① 陈师道撰，任渊注，冒广生补笺：《后山诗注补笺·后山逸诗笺》卷上，中华书局 1995 年版，第 467 页。

② 黄庭坚著，刘琳、李勇先、王蓉贵校点：《黄庭坚全集》正集卷十六《大雅堂记》，四川大学出版社 2001 年版，第 2 册，第 437 页。

③ 黄庭坚著，刘琳、李勇先、王蓉贵校点：《黄庭坚全集》正集卷二十五《题意可诗后》，四川大学出版社 2001 年版，第 2 册，第 665 页。案“不烦绳削而自合”是黄庭坚对诗法自由的常见说法，除评陶渊明诗之外，也用于评价杜甫夔州诗、韩愈还朝后文、李白诗。

④ 黄庭坚著，刘琳、李勇先、王蓉贵校点：《黄庭坚全集》正集卷二十五《题李白诗草后》，四川大学出版社 2001 年版，第 2 册，第 656 页。

⑤ 黄庭坚著，任渊、史容、史季温注，刘尚荣校点：《黄庭坚诗集注》外集卷五《次韵答尧民》，中华书局 2003 年版，第 3 册，第 914 页。

⑥ 韩驹撰：《陵阳集》卷一《赠赵伯鱼》，《景印文渊阁四库全书》，台湾“商务印书馆”1983 年版，第 1133 册，第 770 页。

⑦ 刘克庄：《后村先生大全集》卷九十五《江西诗派总序·吕紫微》引，四部丛刊初编本。

度，不敢容易。二书不可偏废也。近世读东坡、鲁直诗亦类此。”①正欲法度与自由相济为用。

正如陆机《文赋》用“伫中区以玄览”来化解“颐情志于典坟”的古僻②，杜甫用“下笔如有神”来冲淡“读书破万卷”的自闭③。宋代文人在“资书以为诗”的同时，也不断发出相应的警示。如苏轼《次韵孔毅甫集古人句见赠五首》其三有曰：“天上几人学杜甫，谁得其皮与其骨？”“名章俊语纷交衡，无人巧会当时情。前生子美只君是，信手拾得俱天成。”④即使是集句为诗，也应该“巧会时情”，信手天成。在《次韵王定国谢韩子华过饮》诗中，苏轼提出著名的弹丸说：“新诗如弹丸，脱手不移晷。”⑤追求创作的圆美流转。此等媒介倚重到媒介超越的路径，在“后江西时代”照样存在。如陆游说：“六十余年妄学诗，工夫深处独心知。夜来一笑寒灯下，始是金丹换骨时。”⑥其认为通过长期的阅读与写作，而达到最后的体悟。朱熹认为：“李太白诗非无法度，乃从容于法度之中，盖圣于诗者也。”⑦其推崇的太白作诗境界即接近于黄庭坚的“不烦绳削而自合”、吕本中所说的“变化不测而亦不背于规矩”。杨万里说“参透江西诗，无灯眼亦明”⑧，也说“学诗

① 胡仔纂集，廖德明校点：《苕溪渔隐丛话》前集卷四十九，人民文学出版社1962年版，第334页。

② 陆机撰，金涛声点校：《陆机集》卷一，中华书局1982年版，第1页。

③ 杜甫撰，仇兆鳌注：《杜诗详注》卷一《奉赠韦左丞丈二十二韵》，中华书局1979年版，第74页。

④ 张志烈、马德富、周裕锴主编：《苏轼全集校注·苏轼诗集校注》卷二二，河北人民出版社2010年版，总第4册，第2419页。

⑤ 张志烈、马德富、周裕锴主编：《苏轼全集校注·苏轼诗集校注》卷二六，河北人民出版社2010年版，总第5册，第2940页。

⑥ 陆游著，钱仲联校注：《剑南诗稿校注》卷五十一《夜吟》其二，上海古籍出版社2005年版，第6册，第3067页。

⑦ 黎靖德编，王星贤点校：《朱子语类》卷一百四十，中华书局1988年版，第3326页。

⑧ 杨万里撰，辛更儒笺校：《杨万里集笺校》卷三《和周仲容春日二律句》，中华书局2007年版，第168页。

须透脱，信手自孤高”①，既主张遍参而得悟，又推崇彻悟之后的无往而不可。看来，对书本媒介的超越，并不仅仅存在江西诗派的理论中。

(三)轮扁释书与书不尽言及自然悟入

在倚重媒介的基础之上来追求媒介的超越，那么文人的认识能力就显得特别的重要。苏轼在《李氏山房读书记》中提到李公择“少时读书于庐山五老峰下白石庵之僧舍”②。对于书籍，李公择能“涉其流，探其源，采剥其华实，而咀嚼其膏味，以为己有”，终能“发于文词，见于行事，以闻名于当世矣”；其阅读与写作，即由广泛吸收，而自化成之。其实，对于书本倚重，黄庭坚本人也时有反思。其《和邢惇夫秋怀十首》其十有曰：“安得和扁辈，为浣学古胸。”③其《致政王殿丞逍遥亭》亦曰：“何必读书始晓事，此翁暗合庄生意。”④对于苦读的执著，他希望用轮扁斫轮之法来加以化解。⑤ 其《众人观俳优》诗有更详细的解释：“桓公方读书，轮扁释斧凿。借问作书人，已归蒿里宅。至精固不传，所说乃糟粕。”⑥所谓“谁能起千载，化此故纸痴”，已经有明显的媒介(书本)超越意味了。黄庭坚《读书呈几复二首》其二曰：“吾欲忘

① 杨万里撰，辛更儒笺校：《杨万里集笺校》卷四《和李天麟二首》其一，中华书局2007年版，第1册，第199页。

② 张志烈、马德富、周裕锴主编：《苏轼全集校注·苏轼文集校注》卷一一，河北人民出版社2010年版，总第11册，第1132页。

③ 黄庭坚著，任渊、史容、史季温注，刘尚荣校点：《黄庭坚诗集注》卷一，中华书局2003年版，第1册，第170页。

④ 黄庭坚著，任渊、史容、史季温注，刘尚荣校点：《黄庭坚诗集注》外集补卷一，中华书局2003年版，第5册，第1565页。

⑤ 郭庆藩：《庄子集释》卷十三《天道》，诸子集成本，上海书店1986年版，第217~218页。当然，这一思路不限于江西诗派。陆游《游镜湖》也说过：“读书五十年，自笑安所获。昔人精微意，岂独在简册。”(陆游著，钱仲联校注：《剑南诗稿校注》卷十七，上海古籍出版社2005年版，第3册，第1343页)

⑥ 黄庭坚著，任渊、史容、史季温注，刘尚荣校点：《黄庭坚诗集注》外集补卷一，中华书局2003年版，第5册，第1551页。

言观道妙，六经俱是不完书。”①其间“书—言—道”的递进明显有《周易·系辞》“书不尽言，言不尽意”②的逻辑路径。

如果说在黄庭坚那里，媒介超越（“化此故纸痴”）更多指一种境界（状态），而在范温那里则转化为一种能力。其《潜溪诗眼》言曰：“学者要先以识为主，如禅家所谓正法眼藏者。直须具此眼目，方可入道。”③由禅家“正法眼藏”而提出“识”的能力：这是一种独特的审美鉴赏能力，也可延伸为独特的创造力。④ 朱熹曾有一段论说：

> 今人所以事事做得不好者，缘不识之故。只如个诗，举世之人尽命去奔做，只是无一个人做得成诗。他是不识，好底将做不好底，不好底将做好底。这个只是心里闹，不虚静之故。不虚不静故不明，不明故不识。若虚静而明，便识好物事。虽百工技艺做得精者，也是他心虚理明，所以做得来精。心里闹，如何见得！⑤

朱熹所说的“识”既指“虚静而明”的心灵状态（境界），也指“事做得精”的能力。朱熹的说法似乎整合了黄庭坚和范温的媒介超越思想。

与媒介倚重与媒介超越相关的理论还有吕本中的“悟入”与“活法”说。他说的“须令有所悟入，则自然度越诸子”⑥，悟入主要一种突破规矩的状态；而所说“学诗当识活法”⑦，则偏指认识上和写作上的创

---

① 黄庭坚著，任渊、史容、史季温注，刘尚荣校点：《黄庭坚诗集注》外集补卷三，中华书局2003年版，第5册，第1638页。

② 王弼注，孔颖达疏：《周易正义》卷七《系辞上》，阮元校刻：《十三经注疏》，中华书局1980年版，第70页。

③ 范温：《潜溪诗眼》，郭绍虞辑：《宋诗话辑佚》，中华书局1980年版，第317页。

④ 周裕锴：《宋代诗学通论》，上海古籍出版社2007年版，第157页。

⑤ 黎靖德编，王星贤点校：《朱子语类》卷一百四十，中华书局1988年版，第3333页。

⑥ 魏庆之著，王仲闻校勘：《诗人玉屑》卷五，古典文学出版社1958年版，第155页。

⑦ 刘克庄：《后村先生大全集》卷九十五《江西诗派总序·吕紫微》引，四部丛刊初编本。

造能力。曾几《读吕居仁旧诗有怀其人作诗寄之》有详尽的表述：

> 学诗如参禅，慎勿参死句。纵横无不可，乃在欢喜处。人如学仙子，辛苦终不遇。忽然毛骨换，正用口诀故。居仁说活法，大意欲人悟。①

曾几不仅揭示出“活法”所经历的三个阶段：辛苦终不遇—忽然毛骨换—纵横无不可，而且对以此“活法”作诗的状态（“其圆如金弹，所向若脱兔”）及效果，也大加铺排：“风吹春空云，顷刻多态度。锵然奏琴筑，间以八珍具。”正是通过曾几的阐释，吕本中“活法”具有了某种通适性，即所谓“常言古作者，一一从此路”，“人谁无口耳，宁不起欣慕”。其所谓“活法”，概括而言，即在广泛阅读（“遍参”）的基础之上，熔铸众流，而后形成自己独到的鉴别能力（“悟入”“识”）和创造能力（“活法”），我们可以将之简化为“工夫+悟入”模式。可以认为，由“遍参”到“悟入”，乃至“活法”的提出，不仅标志着江西诗学由重句法研摹到重直觉体验的转型，② 也意味着宋代诗学从媒介倚重（书本和句法）到媒介超越的转变。“活法”说其后经曾几转释而为陆游所尊崇，其诗所谓“我得茶山一转语，文章切忌参死句”③，“切忌参死句”，即意味着超越句法（乃至书本）。戴复古所说“欲参诗律似参禅，妙趣不由文字传。个里稍关心有悟，发为言句自超然”④，其由“妙趣”的推崇而至“文字”（媒介）的批评，也属于“活法”理路的表述。

需要承认的是，江西诗派的媒介批评确实对书籍保留了太多的眷

① 陈思编，陈世隆补：《两宋名贤小集》卷一百九十，《景印文渊阁四库全书》，台湾“商务印书馆”1983 年版，第 1363 册，第 545 页。

② 周裕锴：《宋代诗学通论》，上海古籍出版社 2007 年版，第 226 页。

③ 陆游著，钱仲联校注：《剑南诗稿校注》卷三十一《赠应秀才》，上海古籍出版社 2005 年版，第 4 册，第 2115 页。

④ 吴茂云校注：《戴复古全集校注》卷第七《论诗十绝》其七，中国文史出版社 2008 年版，第 272 页。四部丛刊本作“悮”，吴茂云校注作“误”，颇觉与诗义不合，以理校之为“悟”。

恋。吕本中《童蒙诗训》有曰：“作文必要悟入处，悟入必自工夫中来，非侥幸可得也。”①在提出“工夫+悟入”的模式之后，又反复对书本(“工夫”)表示强调。即使到了“后江西诗代”，诸家说诗也难掩其媒介依赖与媒介超越的左顾右盼。如陆游曾说：“前辈于《左氏传》《太史公书》、韩文、杜诗，皆熟读暗诵，虽支枕据鞍间，与对卷无异。久之，乃超然自得。”②在要求书本“熟读暗诵”的同时，提出“超然自得”的要求，仍然属于吕本中“工夫+悟入”模式的不同阐述。但陆游又说：“今后生用力有限，掩卷而起，已十亡三四，而望有得于古人，亦难矣。”再次强调阅读(所谓“用力”，也即吕本中所说“工夫”)的重要性。周必大《跋杨廷秀石人峰长篇》有曰：

> 公由志学至从心，上规赓之歌，刻意风雅颂之什，下逮左氏、庄骚、秦汉魏晋南北朝隋唐以及本朝，凡名人杰作，无不推求其词源，择用其句法，五六十年之间，岁锻月炼，朝思夕维，然后大悟大彻，笔端有口，句中有眼，夫岂一日之功哉？③

在周必大眼里，杨万里学诗“推求其词源，择用其句法”，其实还是从字眼和句法入手，“朝思夕维”之后，而得“大悟大彻”：这依然属于吕本中“工夫+悟入”的模式。而后又补充道：“笔端有口，句中有眼，夫岂一日之功哉？”再次强调“工夫”之不可或缺。自称对江西诗派能“直取心肝”的严羽，他说：

> 先须熟读《楚词》，朝夕讽咏以之为本；及读《古诗十九首》，乐府四篇，李陵、苏武、汉魏五言，皆须熟读，即以李、杜二集枕

① 魏庆之著，王仲闻校勘：《诗人玉屑》卷五，古典文学出版社1958年版，第155页。

② 陆游：《渭南文集》卷十五《杨梦锡集句杜诗序》，《陆放翁全集》，中国书店1986年版，第84页。

③ 周必大：《文忠集》卷四十九《苏魏公文集后序》，《景印文渊阁四库全书》，台湾“商务印书馆”1983年版，第1147册，第525页。

籍观之，如今人之治经，然后博取唐名家，酝酿胸中，久之自然悟入。①

在“熟读”“枕藉观之”之后，严羽提出“自然悟入”的要求，其实还是吕本中“工夫+悟入”的套路。当然，至严羽明言“夫诗有别材，非关书也”②，我们终于看到宋人在媒介(书本)超越问题的坚决表态。

四、现实疏离与体验超越：万象与征行

(一)媒介包围与自然遮蔽及现实疏离

对于阅读的功能，法国文学社会学家埃斯卡尔皮明确指出：

> 文学性的阅读行为既能增强社会交往的能力，又使人脱离社会生活。它暂时中断个人同其周围世界的联系，是为了重新建立个人同作品中的世界的新的联系。③

也就是说，对书本的倚重使书本成为诗人信息接收的主导方式，并进而由文字建构起与现实相替代的精神世界。需要进一步指出的是，书本的倚重还会使诗人主动或者被动地屏蔽其他信息通道，从而使书本(文字)实现对诗人精神世界的包围和独占。如苏轼南迁之时，陶、柳二集成为他的“南迁二友”④。对于贬谪的诗人来说，阅读诗集无疑是他最

① 严羽著，郭绍虞校释：《沧浪诗话校释》，人民文学出版社1961年版，第1页。

② 严羽著，郭绍虞校释：《沧浪诗话校释》，人民文学出版社1961年版，第26页。

③ [法]罗贝尔·埃斯卡尔皮著，符锦勇译：《文学社会学》，上海译文出版社1988年版，第147页。

④ 陆游撰，李剑雄、刘德权点校：《老学庵笔记》卷九，《唐宋史料笔记丛刊》，中华书局1979年版，第120页。

后的精神生活。又如陆游，其一生酷爱阅读，居蜀之时，自言“千卷蠹书忘岁月，一尊浊酒信乾坤”①；东归之后，又言“放翁白首归剡曲，寂寞衡门书满屋”②；归居山阴之时，自叹“浊酒未倾心已怯，细书时读眼犹明。萧然一室平生惯，橐下何须拥万兵”③。朱熹说“一官避世今头白，万卷收功久汗青”④，谢逸说“古心莫为世情改，老眼聊凭文字遮”⑤。可见，在前途迷茫之时，文人们很容易沉溺书本来进行自我安抚。方回“自桐江休官闲居”，“万事废忘，独于读书作诗，未之或辍也”⑥；其诗有云“诗眼书胸碧宙宽，暮天摇落纵遐观”⑦。可见文人沉溺“读书作诗”，不仅是精神世界的填充，而且借此对外界信息进行屏蔽。

伊尼斯曾对印刷术的发达提出过自己的批判，他认为：“(印刷术)是视觉本位的传播”⑧，“用笔而不是用舌头使彼此不能通话的人能够交流”⑨；倚重“图书馆和博物馆的文字传统”，亚历山大帝国时代的

① 陆游著，钱仲联校注：《剑南诗稿校注》卷七《晚兴》，上海古籍出版社2005年版，第2册，第582页。

② 陆游著，钱仲联校注：《剑南诗稿校注》卷十四《读书》，上海古籍出版社2005年版，第3册，第1118页。

③ 陆游著，钱仲联校注：《剑南诗稿校注》卷十六《独夜》，上海古籍出版社2005年版，第3册，第1244页。

④ 朱熹：《晦庵先生朱文公文集》卷八《次韵寄题万顷寒光奉呈休斋先生》，四部丛刊初编本。

⑤ 谢逸：《溪堂集》卷四《怀吴迪吉》，《景印文渊阁四库全书》，台湾“商务印书馆”1983年版，第1122册，第500页。

⑥ 方回：《桐江续集》卷三十二《虚谷桐江续集序》，《景印文渊阁四库全书》，台湾“商务印书馆”1983年版，第1193册，第664页。

⑦ 方回：《桐江续集》卷二十《次韵夹谷子括吴山晚眺》，《景印文渊阁四库全书》，台湾“商务印书馆”1983年版，第1193册，第475页。

⑧ [加]哈罗德·伊尼斯(Harold A. Innis)著，何道宽译：《传播的偏向》，中国人民大学出版社2003年版，第65页。

⑨ [加]哈罗德·伊尼斯(Harold A. Innis)著，何道宽译：《传播的偏向》转引查里·马特(Charles Martel，法兰克王国大臣)语，中国人民大学出版社2003年版，第40页。

荷马(史诗)已经表现出“文学与生活脱节”①。历史具有相似性，就宋代社会而言，书籍倚重导致了宋诗创作不仅素材来源于书本，而且立意也难脱书本，从而造成诗歌内容与现实的严重疏离。钱锺书《宋诗选注》曾经指出：

> 古代作家言情写景的好句或者古人处在人生各种境地的有名轶事，都可以变成后世诗人看事物的有色眼镜，或者竟离间了他们和现实的亲密关系，支配了他们观察的角度，限止了他们感受的范围，使他们的作品刻板、落套、公式化。他们仿佛挂上口罩去闻东西，戴了手套去摸东西。……他们的心眼丧失了天真，跟事物接触得不亲切，也就不觉得它们新鲜。②

我们不妨将这一段话还置于书籍发达与阅读兴起的宋代社会，那么钱先生所说“好句”“轶事”都可以置换成“书本”，而其所说的“离间了他们和现实的亲密关系”则可以理解为诗歌与现实的脱节。

值得特别提出的是，书本对现实的屏蔽，在黄庭坚那里就已经有所察觉。其《海棠花》诗有曰：“海棠院里寻春色，日炙嫣红满院香。不觉风光都过了，东窗浑为读书忙。”③只不过，这些感叹并未上升到理论层面。宋末诗人郑思肖在《高风读书漂麦图》中亦曰：“痴爱诗书苦未休，肯将俗事挂心头。等闲痛快语言外，那见雨来和麦流。”④概括而言，书本沉溺往往带来脱离现实的创作缺陷。所以，问题的根本不在于江西诗学的误导，而在于书籍倚重所带来的不可忽视的媒介影响。

---

① ［加］哈罗德·伊尼斯(Harold A. Innis)著，何道宽译：《传播的偏向》，中国人民大学出版社 2003 年版，第 7 页。

② 钱锺书：《宋诗选注》，人民文学出版社 1958 年版，第 161~162 页。

③ 黄庭坚著，任渊、史容、史季温注，刘尚荣校点：《黄庭坚诗集注》别集卷上，中华书局 2003 年版，第 2 册，第 1424 页。

④ 郑思肖著，陈福康校点：《郑思肖集》之《所南翁一百二十图诗集》，上海古籍出版社 1991 年版，第 215 页。

(二)江山之助与体验自然及自然诗学

其实，即使主张重视书本的诗人也会给予“江山”以必要的地位。如黄庭坚《忆邢惇夫》曰：“诗到随州更老成，江山为助笔纵横。”①其《宋懋宗寄夔州五十诗三首》其一亦曰：“方今台阁称多士，且傍江山好处吟。”②不过，“江山”终究只是辅助，而不是根本。陈师道《颜长道诗序》提出：

> 万物者，才之助。有助而无才，虽久且近，不能得其情状。使才者遇之，则幽奇伟丽，无不为用者。才而无助，则不能尽其才，然则待万物而后才者，犹常才也。若其自得于心，不借美于外，无视听之助，而尽万物之变者，其天下之奇才乎。③

在陈师道的眼里，作诗的根本还在于“自得于心”，江山只是诗才的辅助而已。④

靖康元年(1127)，金兵渡河，京师告急，陈与义自陈留出奔。此后，“避地襄汉，转徙湖湘间，逾岭峤”⑤。在逃亡的路途中，他的创作路径大为开阔：“年华不负客，一一入吾诗”⑥，“蛛丝闪夕霏，随处

---

① 黄庭坚著，任渊、史容、史季温注，刘尚荣校点：《黄庭坚诗集注》卷十，中华书局2003年版，第2册，第377页。

② 黄庭坚著，任渊、史容、史季温注，刘尚荣校点：《黄庭坚诗集注》卷十二，中华书局2003年版，第2册，第434页。

③ 陈师道：《后山集》卷十一，《景印文渊阁四库全书》，台湾“商务印书馆”1983年版，第1114册，第620页。

④ 南宋赵蕃：《读旧诗作》亦有曰：“江山真末助，学问本深基。”(赵蕃《淳熙稿》卷十二，《景印文渊阁四库全书》，台湾“商务印书馆”1983年版，第1114册，第620页)可见此种观念影响之深远。

⑤ 张嵲撰：《紫微集》卷三十五《陈公资政墓志铭》，《景印文渊阁四库全书》，台湾“商务印书馆”1983年版，第1131册，第648页。

⑥ 陈与义著，吴书荫、金德厚点校：《陈与义集》卷四《年华》，中华书局1982年版，第52页。

有诗情"①。对早年"闭门觅句"的作诗途径，他有所反思："忽有好诗生眼底，安排句法已难寻"②，"莫道人人握珠玉，应须字字挟风霜"③。他主张："醒来推户寻诗去，乔木峥嵘明月中"④，"物象自堪供客眼，未须觅句户长扃"⑤。诗人重新面对现实，也同时认识到书本的遮蔽。

真正由超越书本，而提倡"体验诗学"的是陆游⑥。其《寄题张仲钦左司盘涧》诗曰："溪光如镜新拂拭，白云青嶂无朝暮。伏几读书时举头，万象争陈陶谢句。"⑦劝诫友人在埋头书册的同时，不要忘记欣赏优美的风景；它们也可以带来好的诗句。"雨声到枕助诗律，花气袭衣生客愁"⑧，"君诗妙处吾能识，正在山程水驿中"⑨。主张从书本走向自然，走向江山。"诗材满路无人取"⑩，"村村皆画本，处处有诗材"⑪，此类关于诗材无处不在的提示，已经隐含了媒介（书本）超越的思路。陆游并对自己曾经尊奉的江西诗法进行反思："文字尘埃我自知，向来

① 陈与义著，吴书荫、金德厚点校：《陈与义集》卷十五《春雨》，中华书局1982年版，第240页。

② 陈与义著，吴书荫、金德厚点校：《陈与义集》卷十《春日二首》其一，中华书局1982年版，第159页。

③ 陈与义著，吴书荫、金德厚点校：《陈与义集》外集《和若拙弟得陪游后园二首》其二，中华书局1982年版，第511页。

④ 陈与义著，吴书荫、金德厚点校：《陈与义集》卷二十一《寻诗两绝句》，中华书局1982年版，第325页。

⑤ 陈与义著，吴书荫、金德厚点校：《陈与义集》外集《寺居》，中华书局1982年版，第513页。

⑥ 周裕锴：《宋代诗学通论》，上海古籍出版社2007年版，第116页。

⑦ 陆游著，钱仲联校注：《剑南诗稿校注》卷四十五《腊月十四日雨》，上海古籍出版社2005年版，第5册，第2792页。

⑧ 陆游著，钱仲联校注：《剑南诗稿校注》卷八十《腊月十四日雨》，上海古籍出版社2005年版，第8册，第4325页。

⑨ 陆游著，钱仲联校注：《剑南诗稿校注》卷五十《题庐陵萧彦毓秀才诗卷后》其二，上海古籍出版社1985年版，第6册，第3021页。

⑩ 陆游著，钱仲联校注：《剑南诗稿校注》卷五《自江源过双流不宿径行之成都》，上海古籍出版社1985年版，第1册，第464页。

⑪ 陆游著，钱仲联校注：《剑南诗稿校注》卷四十一《舟中作》，上海古籍出版社1985年版，第5册，第2577页。

诸老误相期。挥毫当得江山助，不到潇湘岂有诗”①；“诗人肝肺困雕镌，往往寿非金石坚。我独适情无杰句，化工不忘遣长年”②；直至提出“文章本天成，妙手偶得之。粹然无疵瑕，岂复须人为”③。其《寄题吴斗南玩芳亭》曰：“平生离骚读千遍，屈沱秭归要亲见。归来落笔愈惊人，宋玉景差俱北面。”④主张读书要与亲见结合起来。至于杨万里，其心路历程亦极为相似。他自道“平生刺头钻故纸，晚知此道无多子”⑤，“少年喜读书，晚悔昔草草，迨今得书味，又恨身已老”⑥。反省自己曾经深溺书本之中，后来才明白书本实不足据的道理。“从渠散漫汗牛书，笑倚江枫弄江水”⑦，“诗人长怨没诗材，天遣斜风细雨来”⑧，主张抛却书本，到自然怀抱中去寻找诗材。他对闭门觅句(即埋头书册)的创作路径也进行纠正：“起来聊觅句，句在眼中山”⑨，“江山岂无意，邀我觅新诗”⑩，直至“万象从君听指挥”

---

① 陆游著，钱仲联校注：《剑南诗稿校注》卷六十《予使江西时以诗投政府丐湖湘一麾会召还不果偶读旧稿有感》，上海古籍出版社2005年版，第7册，第3474页。

② 陆游著，钱仲联校注：《剑南诗稿校注》卷七十三《杂兴》，上海古籍出版社2005年版，第7册，第4029页。

③ 陆游著，钱仲联校注：《剑南诗稿校注》卷八十三《文章》，上海古籍出版社2005年版，第8册，第4469页。

④ 陆游著，钱仲联校注：《剑南诗稿校注》卷三十四，上海古籍出版社2005年版，第5册，第2228页。

⑤ 杨万里撰，辛更儒笺校：《杨万里集笺校》卷一《题唐德明建一斋》，中华书局2007年版，第56页。

⑥ 杨万里撰，辛更儒笺校：《杨万里集笺校》卷二二《读渊明诗》，中华书局2007年版，第3册，第1115页。

⑦ 杨万里撰，辛更儒笺校：《杨万里集笺校》卷一《题唐德明建一斋》，中华书局2007年版，第56页。

⑧ 杨万里撰，辛更儒笺校：《杨万里集笺校》卷二九《瓦店雨作》，中华书局2007年版，第3册，第1505页。

⑨ 杨万里撰，辛更儒笺校：《杨万里集笺校》卷二《和昌英主簿叔社雨》，中华书局2007年版，第1册，第131页。

⑩ 杨万里撰，辛更儒笺校：《杨万里集笺校》卷五《丰山小憩》，中华书局2007年版，第1册，第295页。

的自由境界①。

理学家也经历了类似的诗学观念转变。如朱熹有曰："觅句休教长闭户，出门聊得试扶筇。物华始信如诗好，春色方知似酒浓。"②又曰："只凭诗律作生涯，到处山林总是家。便与清尊卧芳草，不妨皂盖拂残花。"③主张超越"闭门觅句"的作诗方法，而走向鲜活的自然。其所言"书册埋头无了日，不知抛却去寻春"④，用亲近自然来达到媒介（书本）超越。正是在媒介超越的理路上，他提出理学家的自然诗学："望中景助诗人趣，物外春归释子家"⑤；"不堪景物撩人甚，倒尽诗囊未许悭"⑥。这不仅指创作动机层面的自然，也意味着创作方法层面的自然，所谓"自然触目成佳句，云锦无劳更剪裁"⑦。需要说明的是，理学家眼中的"自然"毕竟是一种伦理化的自然。正如朱熹所说："急呼我辈穿花去，未觉诗情与道妨。"⑧诗情最好能与道意相符。魏了翁说："以草木文章发帝抒机，以花竹和气验人安乐。"⑨正可以视为朱熹观点的补充。

江湖诗派亦有这方面的言论。戴复古《黄州栖霞楼即景呈谢深道国正》有曰："要知作诗如作画，人力岂能穷造化。"⑩在他看来，造化终

---

① 杨万里撰，辛更儒笺校：《杨万里集笺校》卷二十四《和段季承左藏惠四绝句》，中华书局2007年版，第1217页。

② 朱熹：《晦庵先生朱文公文集》卷三《又和秀野二首》其一，四部丛刊初编本。

③ 朱熹：《晦庵先生朱文公文集》卷三《次秀野春晴山行纪物之句》，四部丛刊初编本。

④ 朱熹：《晦庵先生朱文公文集》卷九《出山道中口占》，四部丛刊初编本。

⑤ 朱熹：《晦庵先生朱文公文集》卷三《又和秀野二首》其一，四部丛刊初编本。

⑥ 朱熹：《晦庵先生朱文公文集》卷三《次秀野极目亭韵》，四部丛刊初编本。

⑦ 朱熹：《晦庵先生朱文公文集》卷五《新喻西境》，四部丛刊初编本。

⑧ 朱熹：《晦庵先生朱文公文集》卷三《次秀野韵五首》，四部丛刊初编本。

⑨ 魏了翁：《鹤山集》卷五十三《黄太史文集序》，《景印文渊阁四库全书》，台湾"商务印书馆"1983年版，第1172册，第595页。

⑩ 吴茂云校注：《戴复古全集校注》一，中国文史出版社2008年版，第33页。

究胜人力。他称赞严粲诗“笔端有神助，句法自天成”①，认为在“江风月明”的助力下，句法自然天成。刘克庄《方元吉诗跋》有曰：

> 君家诗境，公诗天材奇逸，笔力宏放，亦书卷撑肠柱腹，英华发外而然。又周游天下，南辕湘粤，北辄汴燕，纵览祝融、扶胥、太行、黄河，故挥毫之际，如有神助。②

他是主张以阅读为根本，而以周游作为辅助的。

宋末诗人对此问题亦不乏灼见。文天祥有曰：“诗材政自满天地间也。”③亦主张走向自然。郑思肖《董仲舒不窥园图》说：“三年尽力窥经史，一旦看花了古今。”④认为观察自然常常是书本沉溺的良药。其《轮扁谏读书图》曰：“古人糟粕终枯淡，谁醉天然滋味来？”⑤认为超越书本，诗法天然才是根本之道。由此可见，宋代的体验诗学与自然诗学都体现了媒介(书本)批评的理论方向。

(三)有为而作与书外功夫及现实诗学

苏轼《凫绎先生诗集叙》极力推崇颜太初的作品，认为：“先生之诗文，皆有为而作，精悍确苦，言必中当世之过，凿凿乎如五谷必可以疗饥，断断乎如药石必可以伐病。”⑥强调文学要有现实针对性。而序中所谓“游谈以为高，枝词以为观美”，则批评士人倾注心力于高论玄谈与

---

① 吴茂云校注：《戴复古全集校注》卷五《读严粲诗风撼潇湘覆江空雪月明以其一联隐括为对》，中国文史出版社2008年版，第156页。

② 刘克庄：《后村先生大全集》卷一百八，四部丛刊初编本。

③ 文天祥：《文山先生文集》卷十《跋王道州仙麓诗卷》，四部丛刊初编本。

④ 郑思肖著，陈福康校点：《郑思肖集》之《所南翁一百二十图诗集》，上海古籍出版社1991年版，第212页。

⑤ 郑思肖著，陈福康校点：《郑思肖集》之《所南翁一百二十图诗集》，上海古籍出版社1991年版，第207页。

⑥ 张志烈、马德富、周裕锴主编：《苏轼全集校注·苏轼文集校注》卷一〇，河北人民出版社2010年版，总第11册，第968页。

语言雕琢的不良倾向。不过，“乌台诗案之后，宋人普遍对诗的讽谏功能产生出一种幻灭感，诗学开始由外在的政治关怀向内在的道德自省转移”①，与此转移相伴随的诗坛，恰好是江西诗派的“法席盛行”。看来，对现实的回避往往带来对媒介(语言)的倚重。

随着中兴时代的到来，以社会生活来超越书本媒介的声音逐渐增强，其间最为响亮的无疑是陆游。陆游较早强调诗人对社会的参与。其《莆阳昭武延平送兵渐集戏书》曰：“鼓声晨鈂鈂，角声暮呜呜。……聊收作诗料，未用厌征途。”②其诗描摹征兵场景，体现其诗歌取材现实的倾向。其《送客城西》有曰：“客思不堪闻断雁，诗情强半在邮亭。”③以路途观感触发诗情。欧阳修的“穷而后工”说对陆游有很深的影响④，其《舟过樊江憩民家具食》诗有曰：“诗怀剩向穷途得，蹭蹬人间未必非。”⑤认为穷途之中，多得诗怀。陆游对埋头书册、闭门觅句的创作路径进行批评：“酒钱自昔从人乞，诗思出门何处无？青箬织蓬菅织席，此生端欲老江湖。”⑥更为集中的表述是《九月一日夜读诗稿有感走笔作歌》一诗：

> 我昔学诗未有得，残余未免从人乞。力孱气馁心自知，妄取虚名有惭色。四十从戎驻南郑，酣宴军中夜连日。……诗家三昧忽见

① 周裕锴：《宋代诗学通论》，上海古籍出版社 2007 年版，第 42 页。

② 陆游著，钱仲联校注：《剑南诗稿校注》卷十一，上海古籍出版社 2005 年版，第 2 册，第 906 页。

③ 陆游著，钱仲联校注：《剑南诗稿校注》卷十二，上海古籍出版社 2005 年版，第 2 册，第 996 页。

④ 欧阳修撰，李之亮笺注：《欧阳修集编年笺注》卷四二《梅圣俞诗集序》，巴蜀书社 2007 年版，第 3 册，第 177 页。

⑤ 陆游著，钱仲联校注：《剑南诗稿校注》卷十三，上海古籍出版社 2005 年版，第 3 册，第 1059 页。

⑥ 陆游著，钱仲联校注：《剑南诗稿校注》卷十三《病中绝句》，上海古籍出版社 2005 年版，第 3 册，第 1087 页。

前，屈贾在眼元历历。天机云锦用在我，剪裁处非刀尺。①

从军南郑，使他真正领悟到作诗的真谛：诗歌来自充满激情的现实生活。我们前面已经提到，他在《解嘲》中说："我生学语即耽书，万卷纵横眼欲枯。"②对早年书本沉溺颇有悔意。其言又曰："纸上得来终觉浅，绝知此事要躬行"③，"莫道终身作鱼蠹，尔来书外有工夫"④，"汝果欲学诗，工夫在诗外"⑤；无论是"纸外"，还是"书外""诗外"，都可以看到陆游媒介批评的逻辑思路。杨万里《下横山滩头望金华山》有"闭门觅句非诗法，只是征行自有诗"⑥，主张用"征行有诗"来取代"闭门觅句"的创作路径，正是在媒介批评的基础上提出现实诗学的典型主张。

宋朝末年，时局危乱，诗人已不能安坐书斋。如乐雷发《乌乌歌》：

切莫读书莫读书，惠施五车今何如？请君为我焚却《离骚赋》，我亦为君擘碎《太极图》。急来相就饮斗酒，听我仰天呼乌乌。深衣大带讲唐虞，不如短后腰彤弧。吮豪搦管赋子虚，不如快鞭跃的卢。……噫，歌乌乌兮使我不怡，莫读书，成书痴。⑦

① 陆游著，钱仲联校注：《剑南诗稿校注》卷二十五，上海古籍出版社 2005 年版，第 4 册，第 1802~1803 页。

② 陆游著，钱仲联校注：《剑南诗稿校注》卷六十八《解嘲》，上海古籍出版社 1985 年版，第 7 册，第 3826 页。

③ 陆游著，钱仲联校注：《剑南诗稿校注》卷四十二《冬夜读书示子聿》，上海古籍出版社 1985 年版，第 5 册，第 2630 页。

④ 陆游著，钱仲联校注：《剑南诗稿校注》卷八十八《解嘲》，上海古籍出版社 1985 年版，第 7 册，第 3826 页。

⑤ 陆游著，钱仲联校注：《剑南诗稿校注》卷七十八《示子遹》，上海古籍出版社 1985 年版，第 8 册，第 4263 页。

⑥ 杨万里撰，辛更儒笺校：《杨万里集笺校》卷二十六，中华书局 2007 年版，第 1356 页。

⑦ 陈起编：《江湖小集》卷八十四，《景印文渊阁四库全书》，台湾"商务印书馆"1983 年版，第 1357 册，第 637~638 页。

诗中“杖剑麾旗取将相，何用区区章句为？”表达了对媒介（语言）沉溺的批评。“短后腰彤弧”“快鞭跃的卢”指的是骑马射箭。此诗显系针对国家危亡而写的“励志发愤”之作。不过，其间仍然隐藏着以“征行”取代“读书”的媒介批评思路。

五、精神断裂与情感超越：性情与兴致

（一）智巧便佞与诵读灭裂及情感隔膜

苏轼《凫绎先生诗集叙》提到，孔子年轻的时候还可以在史书中看到存疑付阙的地方——那是史官对历史负责的态度体现。随着君子长者的日益远去，“后生不复见其流风遗俗”；缺乏“长者之泽”的士子们“日趋于智巧便佞”，“慕远而忽近，贵华而贱实”。这种情况到了宋代似乎变得更加严重：

> 昔吾先君适京师，与卿士大夫游，归以语轼曰：“自今以往，文章其日工，而道将散矣。士慕远而忽近，贵华而贱实，吾已见其兆矣。”以鲁人凫绎先生之诗文十余篇示轼曰：“小子识之。后数十年，天下无复为斯文者也。”①

遗憾的是，苏洵的警示并不能阻挡这种潮流的到来。“其后二十余年，先君既没，而其言存”，“士之为文者，莫不超然出于形器之表，微言高论，既已鄙陋汉、唐，而其反复论难，正言不讳”。苏轼对于伴随“微言高论”而来的“文工道散”（精神断裂），深感惋惜。乌台诗案的发生，使苏轼对于媒介的厌恶态度进一步增强。他在《答刘沔都曹书》中说道：“平生以言语文字见知于世，亦以此取疾于人，得失相补，不如

① 张志烈、马德富、周裕锴主编：《苏轼全集校注·苏轼文集校注》卷一〇，河北人民出版社 2010 年版，总第 11 册，第 968 页。

不作之安也。以此常欲焚弃笔砚，为瘖默人。"①在他看来，媒介(包括“言语文字”“笔砚”以及印刷术)，它们传扬名声，但隔阂精神。

同时，文集兴起亦使文人的诵读传统日渐衰落②。叶梦得《石林燕语》较早察觉到这种变化：

> 唐以前凡书籍皆写本，未有摹印之法，人以藏书为贵。……学者以传录之艰，故其诵读亦精详。……自是书籍刊镂者益多。……学者易于得书，其诵读亦因灭裂。……甚可惜也。③

“诵读灭裂”意味着口头传统的丧失：士子传抄不求精校，吟读不求精详；诗歌与感情的距离进一步疏远。伊尼斯一直对口头传统抱有相当的同情，他说：“口头传统的延续……每个字都具有深刻的涵义，充满神秘和魔力。”④也就是说，吟诵传统使文学交流更强调感情体验和精神参与。麦克卢汉有进一步的解释，他说：“我们说话时倾向于对每一种情景作出反应，甚至对我们自己说话的行为本身也用语气和手势作出反应。”因为，当我们以口语为媒介进行交流时，“事事经历感情上或情绪上的卷入”⑤；与之相反，“书面传统却借用文字来确保准确性”⑥，从而使感情逐渐淡化。无论苏洵认为的“文工道散”，还是叶梦得发现“诵读灭裂”，他们都察觉到是文字(印刷)传统造成精神的隔阂和衰退。

---

① 张志烈、马德富、周裕锴主编：《苏轼全集校注·苏轼文集校注》卷五十五，河北人民出版社2010年版，总第16册，第5330页。

② [加]马歇尔·麦克卢汉著，何道宽译：《理解媒介——论人的延伸》，商务印书馆2000年版，第7页。

③ 叶梦得：《石林燕语》卷八，中华书局1984年版，第116页。

④ [加]哈罗德·伊尼斯(Harold A. Innis)著，何道宽译：《传播的偏向》，中国人民大学出版社2003年版，第83~84页。

⑤ [加]马歇尔·麦克卢汉著，何道宽译：《理解媒介——论人的延伸》，商务印书馆2000年版，第115页。

⑥ [加]哈罗德·伊尼斯(Harold A. Innis)著，何道宽译：《传播的偏向》，中国人民大学出版社2003年版，第88页。

(二)不由文字与陶写性情及性情诗学

对于书籍发达所带来的负面影响，宋代诗学必须作出理论的应对。一方面是性情论的复兴。经历江西诗派“资书以为诗”的偏离①和中兴诗人“饱以五车书，劳以万里行”的纠正②，再到江湖诗派“情性礼义为本”，“情性”重新成为了诗法论的中心话题。

刘克庄《何谦诗跋》有曰：“余尝谓以情性礼义为本，以鸟兽草木为料，风人之诗也。以书为事，以事为料，文人之诗也。”③很容易看出，刘克庄的立论是与书本批评联系在一起的；“以书为事，以事为料，文人之诗也”正是他批评的“媒介诗学”。而他提倡的是“风人之诗”，即“以情性礼义为本，以鸟兽草木为料”，则属于情性诗学的路径。在刘克庄看来，以学问为诗，违背了吟咏情性的优良传统；“今诗出于记问，博而已”，诗人们埋头书册，研习句法，辨析体制，而“锻炼精而情性远”④。显然，向书本讨生活，不如直抒性情⑤。“游默斋”序张晋彦诗，有曰：“近世以来学江西诗，不善其学，往往音节聱牙，意象迫切，且议论太多，失古诗吟咏性情之本意。”⑥刘克庄称其序能“切中时人之病”，深以为然。“至于唐宋，其变多矣。然变者诗之体制也。历千年万世而不变者，人之情性也。”在刘克庄看来，“情性”才是诗歌永恒不变的本质。甚至，他认为越古远的诗，与性情的距离越近：“古诗出于性情，发必善”；从三百篇到唐宋诗歌，体制虽然不断变化，但性

---

① 刘克庄：《后村先生大全集》卷九十六，四部丛刊初编本。

② 陆游著，钱仲联校注：《剑南诗稿校注》卷十八《感兴》，上海古籍出版社2005年版，第3册，第1433页。

③ 刘克庄：《韩隐君诗》，《后村先生大全集》卷第一百六，四部丛刊初编本。

④ 刘克庄：《后村先生大全集》卷第一百七十四，四部丛刊初编本。

⑤ 不过，刘克庄说：“性情人所同，气力君之所独，独者难强，而同者易至也。”(刘克庄《后村先生大全集》卷一百一，四部丛刊初编本)可见他并没有否认“气力”(相当于陆游的“工夫”)的重要性。

⑥ 刘克庄撰，王秀梅点校：《后村诗话·后集》卷二，中华书局1983年版，第70页。

情却是贯穿始终的。其《总戎徐侯伯东远访田舍赠诗二首次韵》其二曰："博览强通千载事，冥搜谬用一生心。乾坤劫数有成毁，风月性情无古今。"①明确主张用"性情"取代书本（"博览"和"冥搜"）。戴复古也宣称，陶写性情为诗歌的本务，他说："陶写性情为我事，留连光景等儿嬉。锦囊言语虽奇绝，不是人间有用诗。"②表面看来，他不过重新举起性情论的旧旗，似乎是现实关怀的回响；但其中对"锦囊言语"的批评却具有媒介超越的理论意义。

宋朝末年，家国之痛给性情论注入更多的现实内涵。③ 郑思肖《大义集自序》有曰："每一有作，倍怀哀痛，直若锋刃之加于心，苦语流出肺腑间。"④此处的"苦语出肺腑"，其实还是性情论的主张。其《题拙作后》有曰："我有诗一编，率皆恳切辞。便写肺腑苦，不求言语奇。矢口吐愤气，焉知诗非诗。"⑤依然属于性情（"肺腑"）超越媒介（"言语"）的理论模式。

（三）诗非关书与别材别趣及感兴诗学

另一方面是感兴（兴致）说的重释。苏轼在《南行前集叙》中说："凡耳目之所接者，杂然有触于中，而发于咏叹。"⑥其论诗保持了《文心雕龙·明诗》"人禀七情，应物斯感。感物吟志，莫非自然"的感兴传统。陈师道说："苏诗始学刘禹锡，故多怨刺。学不可不慎也。晚学太白，至其得意则似之矣。然失于粗。以其得之易也。"⑦则指出苏轼作诗沿袭

① 刘克庄：《后村先生大全集》卷四十，四部丛刊初编本。

② 吴茂云校注：《戴复古全集校注》卷第七《论诗十绝》其五，中国文史出版社2008年版，第272页。

③ 张毅：《宋代文学思想史》，中华书局1995年版，第315~322页。

④ 郑思肖著，陈福康校点：《郑思肖集》，上海古籍出版社1991年版，第22页。

⑤ 郑思肖著，陈福康校点：《郑思肖集》之《中兴集》卷二，上海古籍出版社1991年版，第71页。

⑥ 刘勰著，范文澜注：《文心雕龙注》，人民文学出版社1962年版，第65页。

⑦ 陈师道：《后山诗话》，何文焕辑：《历代诗话》，中华书局1981年版，第306页。

《诗大序》“下以风刺上，主文而谲谏”的怨刺传统。① 一般来说，感兴偏于受外物所触，怨刺则侧重对社会而发。前面已经提到，随着乌台诗案的发生，怨刺传统因之而没落。至黄庭坚说：“非强谏争于庭，怨忿诟于道，怒邻骂坐之为也。”②受到外在政治的压迫与内在心性的引导之后，其所谓“诗者，人之情性也”已经不具有现实批判的锐度了。与此同时，(自然)感兴传统却仍然保持其持续的影响力。黄庭坚指出：“谢康乐、庾义城之于诗，炉锤之功不遗力也。然陶彭泽之墙数仞，谢、庾未能窥者，何哉？盖二子有意于俗人赞其工拙。渊明直寄焉耳。”③其以“直寄”(感兴)胜“炉锤”(语言)的态度，也体现了他用感兴超越媒介的思路。陆游所说“老来无复雕龙思，遇兴新诗取次成”④，“诗凭写兴忘工拙，酒取浇愁任浊清”⑤，其所谓“遇兴”“凭兴”都属于表达上的自然触发，而对“雕龙”“工拙”的胜出和取代，也蕴含着用感兴超越媒介的逻辑和思路。

对于感兴诗学，感受深刻且有详尽表述的，当推杨万里。其《春晚往永和》诗有曰：“郊行聊着眼，兴到漫成诗。”⑥即提倡感兴为诗。其《晚寒题水仙花并湖山》诗有曰：“炼句炉锤岂可无？句成未必尽缘渠。老夫不是寻诗句，诗句自来寻老夫。”⑦其间“诗句自来”对“炼句炉锤”

---

① 孔颖达疏：《毛诗正义》卷一，阮元校刻：《十三经注疏》，中华书局 1980 年版，第 271 页。

② 黄庭坚著，刘琳、李勇先、王蓉贵校点：《黄庭坚全集》卷第二十五《书王知载朐山杂咏后》，四川大学出版社 2001 年版，第 666 页。

③ 黄庭坚著，刘琳、李勇先、王蓉贵校点：《黄庭坚全集》外集卷二十四《论诗》，四川大学出版社 2001 年版，第 1428 页。

④ 陆游著，钱仲联校注：《剑南诗稿校注》卷二十九《舟行过梅市》，上海古籍出版社 2005 年版，第 4 册，第 2009 页。

⑤ 陆游著，钱仲联校注：《剑南诗稿校注》卷七十七《初晴》，上海古籍出版社 2005 年版，第 8 册，第 4185 页。

⑥ 杨万里撰，辛更儒笺校：《杨万里集笺校》二，中华书局 2007 年版，第 1 册，第 134 页。

⑦ 杨万里撰，辛更儒笺校：《杨万里集笺校》卷二九，中华书局 2007 年版，第 3 册，第 1484 页。

的胜出，也意味着感兴对媒介(语言)的超越。杨万里最为推崇“兴”的诗法，他在《答建康府大军库监门徐达书》中说：“大抵诗之作也，兴上也。”①其后有详尽的描述：“我初无意于作是诗，而是物是事适然触于乎我，我之意亦适然感乎是物。是事触先焉感随焉，而是诗出焉，我何兴哉？天也，斯之谓兴。”可谓感兴作诗的典型表述。此外，在《荆溪集序》之中，他回顾了为官荆溪之时，“每过午，吏散庭空，即携一便面，步后园，登古城，采撷杞菊，攀翻花竹，万象毕来，献予诗材。盖麾之不去，前者未仇而后者已迫，涣然未觉作诗之难也”②，描述了其作诗由师法他人(书本依赖)转为师心自用(即感兴)，而终得豁然开朗的心路历程。

至严羽《沧浪诗话》曰：

> 近代诸公乃作奇特解会，遂以文字为诗，以才学为诗，以议论为诗。……且其作多务使事，不问兴致，用字必有来历，押韵必有出处，读之反复终篇，不知着到何在。

他批评“近代诸公”“不问兴致”；换言之，他是主张“兴致”的。在“兴致”论的基础上，严羽提出一系列的否定命题：第一，“诗有别材，非关书也”，这是针对“资书以为诗”而发，即针对书本依赖而发；第二，“不涉理路，不落言筌”，则同时针对“以文字为诗”和“以议论为诗”而发；第三，“诗有别趣，非关理也”，则是针对“以议论为诗”而发。我们将严羽所否定的三个概念按显隐程度加以排列，即：书(本)、言(筌)、理(路)，就会发现这三个概念都归属于媒介范畴，所以，其所谓的“不涉”“非关”其实都在尽力断开诗歌与媒介的关联。至严羽所谓：

① 杨万里撰，辛更儒笺校：《杨万里集笺校》六七，中华书局2007年版，第6册，第2841页。

② 杨万里撰，辛更儒笺校：《杨万里集笺校》卷八〇《诚斋荆溪集序》，中华书局2007年版，第6册，第3260页。

“诗者，吟咏情性也。盛唐诸人惟在兴趣。”①在“情性”与“兴趣”之间，他赋予了自然转承的关系。如此一来，严羽的态度就可以得到准确的把握：诗歌与媒介(书、言、理)没有关联；它直指“情性”与“兴趣”(“兴致”)。至此，在经历长期的媒介依赖与媒介超越的纠缠之后，诗歌本质的指针被重新扭回到了人的精神世界。

六、德性隔膜与道德超越：涵养与自足

(一)束书不观与袭而取之及道德隔膜

苏轼在《李氏山房读书记》中有一段议论：

> 自孔子圣人，其学必始于观书。……士之生于是时，得见《六经》者，盖无几，其学可谓难矣。而皆习于礼乐，深于道德，非后世君子所及。……余犹及见老儒先生，自言其少时，欲求《史记》《汉书》而不可得，幸而得之，皆手自书，日夜诵读，惟恐不及。近岁市人转相摹刻，诸子百家之书，日传万纸，学者之于书，多且易致如此，其文词学术，当倍蓰于昔人，而后生科举之士，皆束书不观，游谈无根，此又何也?②

苏轼指出，在书籍不易获取的时代，士子读书“习于礼乐，深于道德”，而在书籍发达的时代，士子反而“束书不观，游谈无根”。其实，这里的“束书不观”，以情理推之，大致有两个原因：一是书太多了，根本读不过来；二是书太容易获取，士子以为随时可读，反而终究未读。不读书的结果，就是后学的“游谈无根”，也就是重传言而轻道德。

① 严羽著，郭绍虞校释：《沧浪诗话校释》，人民文学出版社1961年版，第26页。

② 张志烈、马德富、周裕锴主编：《苏轼全集校注·苏轼文集校注》卷一一，河北人民出版社2010年版，总第11册，第1132页。

其实，苏轼还忽略了一种情况，即粗略地阅读，读书不能深入。对此情况，魏了翁《眉山孙氏书楼记》深有感触：

> 自唐末五季以来，始为印书，极于近世，而闽、浙、庸、蜀之锓梓遍天下。加以传说日繁，粹类益广，大纲小目，彪列胪分，后生晚学，开卷了然。苟有小慧纤能，则皆能袭而取之。噫！是不过出入口耳四寸间尔，若圣贤所以迭相授受，若合符节者，果为何事，而学之于人，果为何用，则谩不加省。然则，虽充厨牣，几于我何加焉。可不甚惧矣。①

所谓“传说日繁，粹类益广，大纲小目，彪列胪分”，指类书的大量出现。“后生晚学，开卷了然”，由于阅读的贪多图快，“出入口耳四寸间”，文化传承也就失去了内心的深刻体验，从而造成了先贤与后学之间德性传承的衰减和隔膜。综合来看，无论是苏轼批评的“游谈无根”，还是魏了翁担忧的“袭而取之”，都是书籍发达之后造成的不良状况，也都导致了阅读过程中道德的弱化。

(二)静室焚香与浃洽涵养及吐出自足

黄庭坚《答秦少章帖》其六有曰：“文章虽末学，要须茂其根本，深其渊源，以身为度，以声为律，不加开凿之功而自闳深矣。”②指出文章(写作)需要得到道德的滋养。其《书舅诗与洪龟父跋其后》又曰：“要须尽心于克己，不见人物臧否，全用其辉光，以照本心。力学有暇，更精读千卷书，乃可毕兹能事。”③以示道德亦需要得到文章(阅读)的补益。

---

① 魏了翁：《鹤山集》卷四十一，《景印文渊阁四库全书》，台湾“商务印书馆”1983年版，第1172册，第474页。

② 黄庭坚著，刘琳、李勇先、王蓉贵校点：《黄庭坚全集》别集卷十八，四川大学出版社2001年版，第1867页。

③ 黄庭坚著，刘琳、李勇先、王蓉贵校点：《黄庭坚全集》正集卷二十六，四川大学出版社2001年版，第703页。

综合看来，道德与文章需要互相助益。在《与徐师川书》其四中，黄庭坚告诫道：

> 学有要道，读书须一言一句，自求己事，方见古人用心处，如此则不虚用功。又欲进道，须谢去外慕，乃得全功。古人云：纵此欲者，丧人善事；置之一处，无事不办。读书须静室焚香，令心意不驰走，则言下会理。少年方强时能如此，半古之人功必倍之。①

这里黄庭坚提到读书的心境：一是要一言一句，仔细揣摩，见古人用心处；二是"谢去外慕"，排除外在利欲之心的干扰。要想做到这两点，就需要"静室焚香"，使身心保持静修状态。其实即强调读书之中要渗透道德修养。

理想的阅读应该让读者进入一种身心平静的状态。所以，对于情感激烈的作品，杨万里始终保持着警惕。其《卧治斋晚坐》有曰：

> 闭户坐不得，开窗贮微凉。树林荫白日，儿研生碧光。信手取诗卷，细哦三数章。初披颇欣惬，再揽忽感伤。废卷不能读，起行绕胡床。古人恨如山，吾心澹于江。本不与彼谋，云何断我肠？感罢翻自笑，一蝉催夕阳。②

杨万里认为，如果古人的作品中有怨愤，作为读者则不能受到感染；其所谓"废卷不能读"，体现出以道德（"吾心澹于江"）超越书本（"古人恨如山"）的思路。陆游《读旧稿有感》诗曰："我少即嗜

① 黄庭坚：《山谷集》别集卷十七，《景印文渊阁四库全书》，台湾"商务印书馆"1983年版，第1113册，第703页。"自求己事"原作"自求已事"，"已"理当作"己"，校改之。

② 杨万里撰，辛更儒笺校：《杨万里集笺校》卷九《卧治斋晚坐》，中华书局2007年版，第2册，第503页。

书，于道本无得。"①为其早年爱好读书而不能有所涵养而自省。其《冬夜读书》有曰："平生喜藏书，拱璧未为宝。归来稽山下，烂漫恣探讨。六经万世眼，守此可以老。多闻竟何用，绮语期一扫。幽居出户稀，衰病拥炉早。青灯照黄卷，作意勿草草。"②意思是说，其实没有必要读那么多书，只要读关键的经典就可以了。年迈之时，庆幸还能读书，就不要像年轻时候那样贪多图快，而"于道无得"了。在此，陆游虽然提倡的是阅读的由博返约，但其间以道德("六经")超越书本("多闻")的逻辑还是很明显的。

通过阅读致其修养深厚，而后创作才能达到理想的境界。黄庭坚称赞苏轼在黄州时作《卜算子》("缺月挂疏桐")"语意高妙"，"似非吃烟火食人语"，推定其"非胸中有万卷书，笔下无一点尘俗气"。③ 他称扬徐俯"上蓝庄诗""词气甚壮"，其"笔力绝不类年少书生"，推定其"行己读书，皆当老成解事"。④ 看来，黄庭坚将"阅读+修养"组合视为创作成功的必要条件。其后，吕本中提出："学问功夫全在浃洽涵养，蕴蓄之久，左右采择，一旦冰释理顺，自然逢原矣。非如世人强袭取之，揠苗助长，苦心极力，卒无所得也。"⑤吕本中已将"阅读+修养"组合提升为创作成功的充分条件。从黄庭坚到吕本中，我们看到"阅读+修养"地位的直线上升。至陆游提出："文章最忌百家衣，火龙黼黻世不知。谁能养气塞天地，吐出自足成虹蜺。"⑥他认为通过充裕的修养，发而为

---

① 陆游著，钱仲联校注：《剑南诗稿校注》卷四十，上海古籍出版社2005年版，第5册，第2529页。

② 陆游著，钱仲联校注：《剑南诗稿校注》卷十五，上海古籍出版社2005年版，第3册，第1212~1213页。

③ 黄庭坚著，刘琳、李勇先、王蓉贵校点：《黄庭坚全集》正集卷二十五《跋东坡乐府》，四川大学出版社2001年版，第2册，第660页。

④ 黄庭坚著，刘琳、李勇先、王蓉贵校点：《黄庭坚全集》正集卷二十五《题所书诗卷后与徐师川》，四川大学出版社2001年版，第2册，第666~667页。

⑤ 吕本中撰：《紫微杂说》，《丛书集成初编》，商务印书馆1939年版，第12页。

⑥ 陆游著，钱仲联校注：《剑南诗稿校注》卷二十一《次韵和杨伯子主簿见赠》，上海古籍出版社2005年版，第3册，第1593页。

文，诗语自然精彩——这表示他仍然同意修养对于创作的充分条件的地位；同时，他反对从各家文章中采摘拼凑的创作路数，体现了他对阅读地位的下调。刘克庄称赞刘圻父诗“养气益充，下语益妙”①，干脆将阅读付诸缺位。可以看到，在陆游和刘克庄这里，修养的地位保持高位，而阅读的地位则有所下降。这可以看作他们媒介超越态度的委婉流露。

可资比较的还有朱熹的主张。其《抄二南寄平父因题此诗》有云：“析句分章功自少，吟风弄月兴何长？从容咏叹无今古，此乐从兹乐未央。”②在他看来，“析句分章”（书本）和“吟风弄月”（自然）都不是作诗之正途，他倡举的是“从容咏叹无今古”，即穿越古今的道德（德性）。他还说：“作诗须从陶柳门庭中来，乃佳，不如是，无以发萧散冲淡之趣，不免于局促尘埃，无由到古人佳处也。”③其取“萧散冲淡”而去“局促尘埃”也隐含着用道德超越书本的逻辑路径。他又说：“如选诗及韦苏州诗，亦不可不熟读。”则将“书本”亦纳入“陶柳门庭—古人佳处”（道德）这一框架之中。

（三）德盛仁熟与理明义精及文从字顺

对于文人一味学习文章，而不是去体察德性（讲义理），朱熹是持否定态度的。他引林择之论诗说：“今人不去讲义理，只去学诗文，已落第二义。”④他希望达到的理想的心灵境界是“杜门守贞操，养素安冲漠。寂寂闭林园，心空境无作”⑤；理想的创作境界是“细雨被新筠，微风动幽箨。聊成五字句，吟罢山花落”。可见他推崇德性虚寂恬静，自然发抒成文。而虚寂恬静不一定需要太多的阅读，所谓“开樽细说平

① 刘克庄：《后村先生大全集》卷九十四《刘圻父诗》，四部丛刊初编本。

② 朱熹：《晦庵先生朱文公文集》卷六，四部丛刊初编本。

③ 魏庆之著，王仲闻校勘：《诗人玉屑》卷五，古典文学出版社1958年版，第114页。

④ 黎靖德编，王星贤点校：《朱子语类》卷一百四十，中华书局1988年版，第3334页。

⑤ 朱熹：《晦庵先生朱文公文集》卷一《杜门》，四部丛刊初编本。

生事，信手同缗集古书。适意何劳一千卷，新诗闲出笑谈余”①，所以其主要的路子还是靠德性本身的愉悦来拓展自己的胸襟，所谓“云梦何如胸次宽”，“老去未妨诗律在”②。

总体看来，理学家眼中的诗歌水平与作者的道德胸怀有直接的关系。朱熹在《答杨宋卿》中有大段论说：

> 诗者，岂复有工拙哉？亦视其志之所向者高下如何耳。是以古之君子德足以求其志，必出于高明纯一之地，其于诗固不学而能之。至于格律之精粗，用韵、属对、比事、遣辞之善否，今以魏晋以前诸贤之作考之，盖未有用意于其间者，而况于古诗之流乎？近世作者乃始留情于此，故诗有工拙之论，而葩藻之词胜，言志之功隐矣。③

在此，朱熹对《尚书·尧典》“诗言志”说进行了全新的阐释④：既然诗以言志，则志在诗先；君子修德以求志，德足则志高，志高则诗能。简言之，则为德足则诗能。由此，“格律之精粗，用韵、属对、比事、遣辞之善否”都不必属意。这可算是用道德超越媒介（“工拙”“葩藻”）的集中表述。

魏了翁《跋胡复半埜诗稿》曰：“古之为文，皆以德盛仁熟，流于既溢之余，故虽肆笔脱口，而动中音节，非特歌诗为然也。礼辞易象，亦莫不然。”⑤主张文章为德盛仁熟而流于既溢之余，这正是朱熹“文皆是

---

① 朱熹：《晦庵先生朱文公文集》卷二《和刘抱一》，四部丛刊初编本。

② 朱熹：《晦庵先生朱文公文集》卷三《次秀野躬耕桑陌旧园之韵二首》其二，四部丛刊初编本。

③ 朱熹：《晦庵先生朱文公文集》卷三十九，四部丛刊初编本。

④ 孔安国传，孔颖达疏：《尚书正义》卷三，阮元校刻：《十三经注疏》，中华书局1980年版，第19页。

⑤ 魏了翁：《鹤山集》卷六十二，《景印文渊阁四库全书》，台湾“商务印书馆”1983年版，第1173册，第42~43页。

从道中流出"论的重申①。对此要义，他反复申说：

《费元甫注陶靖节诗序》："先儒所谓经道之余，因闲观时，因静照物，因时起志，因物寓言，因志发咏，因言成诗，因咏成声，因诗成音者。"②

《古郫徐君诗史字韵序》："诗以吟咏情性为主，不以声韵为工。……徐君之玩心于六经，如其所以笃意于诗史，则沈潜乎义理，奋发乎文章。"③

《裴梦得注欧阳公诗集序》："盖礼义之浸渍已久，其发诸威仪文词，皆其既溢之余，是惟无言，言则本乎情性，关乎世道。"④

《跋康节诗》："理明义精，则肆笔脱口之余，文从字顺，不烦绳削而合。"⑤

其实，集中表达的意思是：在道德到达理想境界之后，自然发抒，而声韵、声律、词章、词句之类，都不需要特别关注了⑥。他希望达到的理想创作状态是："惟意所驱，周流贯彻，融液摆落，盖左右逢原，略无毫发凝滞倚著之意。"⑦但现实的情况却总是不能令人满意："自离骚作而文辞之士与世之以声律为文者，傅会牵合，始与事不相俪。文人才士

① 黎靖德编，王星贤点校：《朱子语类》卷一百三十九，中华书局1988年版，第3305页。

② 魏了翁：《鹤山集》卷五十二，《景印文渊阁四库全书》，台湾"商务印书馆"1983年版，第1172册，第587页。

③ 魏了翁：《鹤山集》卷五十二，《景印文渊阁四库全书》，台湾"商务印书馆"1983年版，第1172册，第587页。

④ 魏了翁：《鹤山集》卷五十四，《景印文渊阁四库全书》，台湾"商务印书馆"1983年版，第1172册，第606页。

⑤ 魏了翁：《鹤山集》卷六十二，《景印文渊阁四库全书》，台湾"商务印书馆"1983年版，第1173册，第38页。

⑥ 周裕锴：《宋代诗学通论》，上海古籍出版社2007年版，第243页。

⑦ 魏了翁：《鹤山集》卷五十二《邵氏击壤集序》，《景印文渊阁四库全书》，台湾"商务印书馆"1983年版，第1172册，第584页。

习焉而不之察也。”①那些文辞之士总是背弃德性的根本，追逐文字的枝叶。其《裴梦得注欧阳公诗集序》亦曰：“后之人自始童习，即以属词绘句为事，然旷日逾年，卒未有以稍出古人之区域。”②在《跋康节诗》中，魏了翁也指出：“彼月锻季炼于词章而不知进焉者，特秋虫之吟，朝菌之媚尔。”③魏了翁想让人们明白的是：不以道德修养为根本，只是从“属词绘句”“锻炼词章”上着力，是不可能有出路的。真德秀的看法与魏了翁接近。他在《许介之诗卷跋》说：“盖道德者君子成身之本……而词章又其末也。”④真德秀称赞刘阁学：“于文章不事雕缋，而浑厚正大之气，实似其为人”；且其“诗尤清婉”⑤，显然，道德崇尚也是媒介超越的一种思路。

自张载《题解诗后》提出“置心平易始知诗，逆志从容自解颐”⑥，“置心平易”遂成为宋人解诗的基本原则⑦。这一原则与宋代阅读要求获得道德熏陶有直接的关联。尹洙提倡“必欲耳顺心得，如诵己言”⑧，即要求阅读时，应有德性的参与⑨。真德秀称赞龚德庄：“少而学诗，

① 魏了翁：《鹤山集》卷六十二，《景印文渊阁四库全书》，台湾“商务印书馆”1983年版，第1173册，第42~43页。

② 魏了翁：《鹤山集》卷五十四，《景印文渊阁四库全书》，台湾“商务印书馆”1983年版，第1172册，第606页。

③ 魏了翁：《鹤山集》卷六十二，《景印文渊阁四库全书》，台湾“商务印书馆”1983年版，第1173册，第38页。

④ 真德秀：《西山先生真文忠公文集》卷三十四，四部丛刊初编本。

⑤ 真德秀：《西山先生真文忠公文集》卷四十三《刘阁学墓志铭》，四部丛刊初编本。

⑥ 张载：《张子全书》卷一十三，万有文库本，商务印书馆1935年版，第288页。

⑦ 杨挺：《宋代心性中和诗学研究》，巴蜀书社2008年版，第236~240页。

⑧ 真德秀：《西山先生真文忠公文集》卷三十六《跋余干陈君集杜诗》，四部丛刊初编本。

⑨ 德性，本指人的自然至诚之性（汉语大词典编辑委员会，汉语大词典编纂处：《汉语大词典》第3卷，汉语大词典出版社1993年版，第1072页）。《礼记·中庸》：“故君子尊德性而道问学。”孔颖达疏：“‘君子尊德性’者，谓君子贤人尊敬此圣人道德之性，自然至诚也。”（郑玄注，孔颖达疏：《礼记正义》卷五十三，阮元校刻：《十三经注疏》，中华书局1980年版，第1633页）我们借此指理学家所言修德入圣之品德。

微词奥旨，既以洞贯”，而又“博参于诸老先生之书，沉酣反复，不极不止”，“其涵泳久，故蕴积丰”，所谓“有本固如是也”①。其间，道德（“蕴积”）成为贯穿从阅读到写作全程的精神内核。又其《钱氏诗集传序》有曰：“大抵作者本诸性情之正，而说者亦以发其性情之实，不拘拘于文辞也。”②道德（“性情之正”“性情之实”）又成为破解作者（写作）与说者（阅读）之障碍的利器神兵。可以看出，真德秀在不断提升道德地位的同时，也就弱化了媒介（文辞）的作用。

（四）立其大本与心容万象及言语之外

当宋代哲学（不限于理学）将德性的修养上升到对道体的追求，诗学自然走向“与天地同游”的境界。魏了翁在《陈正献公诗集序》中说：

> （陈公）诗宽裕而理，造次仁义，无一豪纂组雕琢之习。呜呼！是岂一朝夕之致哉！祖宗涵濡之泽，山川清明之禀，师友津益之功，其根既厚，其叶滋沃。诗乎，诗乎！可以观德，可以论世，而无本者能之乎？③

在此，社会之泽、山川之秉、师友之功都成为道德修养（“根本”）的资源④，直至具有此“根”此“本”（立其大本），其诗则“宽裕而理”，“无一豪纂组雕琢之习”。真德秀《跋豫章黄量诗卷》有曰：

> 古之君子，所以养其心者，必正必清，必虚必明，惟其正也，

---

① 真德秀：《西山先生真文忠公文集》卷二十七《咏古诗序》，四部丛刊初编本。

② 魏了翁：《鹤山集》卷五十四，《景印文渊阁四库全书》，台湾“商务印书馆”1983年版，第1172册，第612~613页。

③ 魏了翁：《鹤山集》卷五十四，《景印文渊阁四库全书》，台湾“商务印书馆”1983年版，第1172册，第605页。

④ 杨万里：《魏了翁“立其大本”的文艺创作论》，《西北民族大学学报》2014年第6期。

故气之至正者入焉，清也、虚也、明也亦然。予尝有见于此久矣。方其外诱不接，内欲弗萌，灵襟湛然，奚虑奚营。当是时也，气象何如哉。温然而仁，天地之春；肃然而义，天地之秋。收敛而凝，与元气俱贞；泮奂而休，与和气同游，则诗与文有不足言者矣。①

君子养心而得气正，其气象温然而仁，肃然而义，若一岁而有春秋，“与元气俱贞”“与和气同游”，则诗文自不必言。可以看出，真德秀与魏了翁都主张立其大本，而诗文自足。

吴子良在《戴复古诗集序》中，指出戴复古平生：“所搜猎点勘”②，“凡可资以为诗者，何啻数百千家”；“所游历登览”，“可以拓诗之景，助诗之奇者，周遭何啻数千万里”；“所酬唱谂订”，“凡以诗为师友者，何啻数十百人”。其可谓汇聚博览、游历、交游诸端之功。吴子良续有曰：

盖尝论诗之意义贵雅正，气象贵和平，标韵贵高逸，趣味贵深远，才力贵雄浑，音节贵婉畅，若石屏者，庶乎兼之矣。岂非其搜揽于古今者博耶？岂非其陶写于山水者奇耶？岂非其磨礲于师友者熟耶？虽然，此旧日石屏也，今则不类。行年七十七矣，焚香观化，付断简于埃尘；隐几闭关，等一楼于宇宙；离群绝侣，对独影为宾朋。而时发于诗，旷达而益工，不劳思而弥中的。然则诗固自性情发，石屏所造诣有在言语之外者，非世俗所能测也。③

在吴子良眼里，戴复古作诗之路径，不仅将搜揽之博、陶写之奇、磨礲之熟熔为一炉，而且“等一楼于宇宙”“对独影为宾朋”，其心中已自有

① 真德秀：《西山先生真文忠公文集》卷三十四，四部丛刊初编本。

② 吴茂云校注：《戴复古全集校注》附录二，中国文史出版社 2008 年版，第 398~399 页。

③ 吴茂云校注：《戴复古全集校注》，中国文史出版社 2008 年版，第 398~399 页。

天地；“时发于诗，旷达而益工，不劳思而弥中的”，已经达到一种无施而不可的境界了；其“所造诣有在言语之外者，非世俗所能测也”，其精神境界已经超越了媒介，超越了认知，达到出神入化的地步。

宋朝末年，“立其大本”的观念给处于国破家亡的诗人们以极大的精神支持。如文天祥《孙容庵甲稿序》有曰：

> 先生读书白首不辍，皇王帝霸之迹，圣经贤传之遗，下至百家九流，闾阎委巷，人情物理，纤悉委曲。先生旁搜远绍，盖朝斯夕斯焉，是百世之上，六合之外，无能出于寻丈之间也。以一室容一身，以一心容万象，所为容如此，此诗之所以为诗也。①

孙容庵虽然身处一室，由博览群书而心容万象；以此为诗，其诗自然充沛。可见心容万象来源于博览群书，又超越于博览群书。此外，郑思肖主张以“书史之润”“益其灵根”，而后“吐为天芬”②，仍然遵循“阅读+修养”的路径。值得注意的是他对文章根本的表述：

> 凡人之一言一动，皆此心之形见者也。果能先立其大者，何往不可，岂止文之与诗也耶？盖心之为心，广大于天地，光明于日月，不可以小狭之，不可以物犯之，惟始终养之以正，则庶几乎。夫如是，无言则已，有言则必可观。

其所主张，乃“先立其大”，而后“有言必可观”，仍然是立其大本，诗文自足的逻辑。诚如郑思肖所说：“今而上无君，世皆贼，我当为天地斯道之主。”③身值家国破亡的时代，诗人唯有凭此浩然英气，“出为斯

---

① 文天祥：《文山先生文集》卷九，四部丛刊初编本。

② 郑思肖著，陈福康校点：《郑思肖集》之《心史自序》，上海古籍出版社1991年版，第4页。

③ 郑思肖著，陈福康校点：《郑思肖集》之《久久书自序》，上海古籍出版社1991年版，第100页。

道立极”，故“时吐露真情，发为歌诗，决生死为国讨贼之志”，其“气劲语烈”，又岂言语文字可以囿之哉！

七、结　语

宋代印刷技术的发达，书籍的获取变得便利，社会兴起的尚读风气，使文人普遍产生阅读沉溺。以江西诗派为代表，诗学理论出现了句法探讨、规模前作、议论为诗等不良倾向。这些诗学主张集中地由江西诗派提出，因此其间的缺陷也往往归咎于江西诗法。实际上，这些不良倾向也存在于“后江西时代”诗人的理论与创作之中。值得庆幸的是，宋代诗学在媒介依赖的同时，也开启了种种媒介超越路径的探讨：大致可以分为认识超越（活法与悟入）、体验超越（万象与征行）、情感超越（性情与兴致）、道德超越（涵养与自足）等几个途径；并因之而形成宋代的活法诗学、体验诗学、性情诗学、道德诗学几种类型。从某种程度上说，正是在媒介反思与媒介批评的基础之上，宋代诗学实现了媒介（倚重）诗法论的多路突破与嬗变代兴。

第五章 斯文曲折：宋室南渡后的苏文命运与文统接续

经历靖康之乱，宋室被迫南渡，对于元祐党禁之后文化统绪的断裂，一直无暇顾及。随着南宋政权逐渐稳定，如何重建文统，以继往开新，成为官方与士林亟须解决的共同问题。当南宋君臣回首过去，苏文作为元祐学术的核心，已经成为无法绕过的北宋文学典范。南宋文学统绪的任何一种探讨，都或多或少建立在对苏文的改造和吸收之上。通过对“后苏轼时代”斯文曲折的考察，南宋君臣对于文统接续所作的艰难努力，亦渐次得以揭示①。

一、定型与延续：高孝两朝的苏集刻印与苏轼形象

南渡之后，高宗君臣深感“熙宁创制，元祐复古，绍圣以降，弛张

① 美国汉学家包弼德曾对“斯文”的渊源与流变进行界定：(1)在《论语》中，“文”这个术语可以指一般外在的仪表(appearances)、形式(forms)，也可以指理(normative patterns)和典范(models)。(2)降及唐代，斯文开始首先指源于上古的典籍传统。圣人将天道(the patterns of heaven)，也就是现在所说的“天地”或自然秩序，转化成社会制度。由此引申，斯文包括了诸如写作、统治和行为方面适宜的方式和传统。(3)两宋的学者“与于斯文”：他们掌握这些传统，在实践中加以运用，以其自身的学术成就和文学写作对之阐幽入微。他们完全可以像孔子先前那样，通过把斯文当做一种累积的传统加以维系，他们就顺应了事物的自然秩序，接续了上古的文化遗产([美]包弼德著，刘宁译：《斯文：唐宋思想的转型》，江苏人民出版社2001年版，第1~2页)。我们稍加概括：在孔子那里，斯文主要指具有某种形式的艺文典范；唐代则延伸至自然秩序与社会制度；两宋则主指学术与文学的传统。本章所讨论的“斯文”与包弼德对两宋之“斯文”的界定基本相符。

不一，本末先后，各有所因”，皆“不可不深究而详论”①。最后将北宋灭亡的责任归咎于王安石变乱法度之后，高宗作出“最爱元祐”的选择，于是，高、孝两朝全面推动元祐学术的重建。德国历史学家扬·阿斯曼指出，犹太人在巴比伦流亡时期和第二圣殿被毁时期，“不仅丧失了法律和政治身份，而且不再拥有仪式上的连续性”，“为了弥补由此产生的断裂，他们必须借助具有卡农性质的文献对身份和连续性进行补救”②。与此类似的是，北宋灭亡，可能导致宋廷政治身份的丧失；至南宋建立，他们同样需要利用(典范性)文献进行连续性的补救。在这场重建运动中，作为元祐学术核心的苏门文学，由此获得复兴的机会。宋高宗身先士卒，走在运动的前列。据高宗自撰诗所纪：“风骚散佚罕流传，力购开雕读御前。空费元嘉诗禁密，纷纷笺释斗新编。”③高宗曾经搜求苏集，并于禁中雕印。其后，又赠苏轼以太师，并亲作敕文：

敕朕承绝学于百圣之后，探微言于六籍之中，将兴起于斯文，爰缅怀于故老，虽仪刑之莫觌，尚简策之可求。揭为儒者之宗，用锡帝师之宠。故礼部尚书端明殿学士赠资政殿学士，谥文忠苏轼：养其气以刚大，尊所闻而高明。博观载籍之传，几海涵而地负。远追正始之作，殆玉振而金声。知言自况于孟轲，论事肯卑于陆贽。方嘉祐全盛，尝膺特起之招。至熙宁纷更，乃陈长治之策。叹异人之间出，惊谗口之中伤。放浪岭海而如在朝廷，斟酌古今而若斡造化。不可夺者峣然之节，莫之致者自然之名。经纶不究于生前，议论常公于身后。人传元祐之学，家有眉山之书。朕三复遗编，久钦

① 李心传：《建炎以来系年要录》卷七十九，中华书局 1956 年版，第 1289 页。

② ［德］扬·阿斯曼著，金寿福、黄晓晨译：《文化记忆：早期高级文化中的文字、回忆和政治身份》，北京大学出版社 2015 年版，第 106 页。

③ 沈嘉辙等撰《六研斋笔记·三笔》卷三载仇远邵氏书斋题记：“思陵极爱苏公文词，力购全集，刻之禁中。”(《景印文渊阁四库全书》，台湾“商务印书馆”1983 年版，第 867 册，第 715 页)

高躅，王佐之才可大用，恨不同时；君子之道闇而章，是以论世。傥九原之可作，庶千载以闻风；惟而英爽之灵，服我衮衣之命。可特赠太师，余如故。①

高宗以斯文自任："朕承绝学于百圣之后，探微言于六籍之中，将兴起于斯文，爰缅怀于故老"，将南宋的斯文直承苏轼。"虽仪刑之莫觌，尚简策之可求。"因此，苏门文集的编印就成为文化重建的首要工作。而"人传元祐之学，家有眉山之书"，更是将苏学视为元祐之学的重心。"朕三复遗编，久钦高躅，王佐之才可大用，恨不同时；君子之道闇而章，是以论世。傥九原之可作，庶千载以闻风；惟而英爽之灵，服我衮衣之命。"苏门文集的编印实在是承载了南渡之后人主进行精神重建的重大期望。

我们知道，苏轼在世之时，其文集已经有杭本传世，但经历了元祐党禁和靖康之乱，苏学已经沦为隐学。因此，南渡之后，苏轼文集编印就显得尤其迫切而意义重大。乾道九年(1173)闰正月望日孝宗御序苏集。因其关系重大，全文抄录于下：

成一代之文章，必能立天下之大节。立天下之大节，非其气足以高天下者，未之能焉。孔子曰："临大节而不可夺，君子人欤?"孟子曰："我善养吾浩然之气，以直养而无害，则塞乎天地之间。"养存之于身，谓之气；见之于事，谓之节。节也，气也，合而言之，道也。以是成文，刚而无馁，故能参天地之化，关盛衰之运。不然则雕虫篆刻，童子之事耳，乌足以与论一代之文章哉！

故赠太师谥文忠苏轼，忠言谠论，立朝大节，一时廷臣无出其

① 郎晔：《经进东坡文集事略》卷首《苏文忠公赠太师制》，四部丛刊初编本。"知言自况于孟轲"，"自况"原作"自兄"，显误。据四库全书本改之(《景印文渊阁四库全书》，台湾"商务印书馆"1983年影印本，第1107册，第5页)。

右，负其豪气，志在行其所学。放浪岭海，文不少衰，力斡造化，元气淋漓，穷理尽性，贯通天人。山川风云，草木华实，千汇万状，可喜可愕。有感于中，一寓之于文。雄视百代，自作一家。浑涵光芒，至是而大成矣。朕万岁余暇，䌷绎诗书。他人之文，或得或失，多所取舍。至于轼所著，读之终日，亹亹忘倦。常置左右，以为矜式。信可谓一代文章之宗也欤！乃作赞曰：

维古文章，言必己出。缀词缉句，文之蟊贼。手抉云汉，斡造化机。气高天下，乃克为之。猗嗟若人，冠冕百代。忠言谠论，不顾身害。凛凛大节，见于立朝。放浪岭海，侣于渔樵。岁晚归来，其文益伟。波澜老成，无所附丽。昭晰无疑，优游有余。跨唐越汉，自我师模。贾马豪奇，韩柳雅健。前哲典型，未足多羡。敬想高风，恨不同时。掩卷三叹，播以声诗。①

在孝宗御序中，谓苏轼“忠言谠论，立朝大节”，首先表出其立朝气节。而后述其“负其豪气”“寓之于文”，其所主是以气行文的理路。苏文更被视为一代文章之宗，甚至“跨唐越汉”。可以看到，在孝宗序赞中，苏轼获得了前所未有的褒扬。据陈振孙《直斋书录解题》所载：“《东坡别集》四十六卷，坡之曾孙给事峤季真刊家集于建安。”②孝宗苏集御制序赞，末有“乾道九年(1173)闰正月望，选德殿书赐苏峤”字样，则《东坡别集》当刊于乾道九年(1173)之后。据日本学者原田爱所考，苏峤于淳熙五年(1178)才调知建宁府，则《东坡别集》极有可能就是此时编纂刊行的③。除了将苏轼本人的文集加以刻印之外，秦观、晁补之、张耒等坡门学士文集也在这一次潮流中先后得到裒辑、编次和刻印。也就是

---

① 郎晔：《经进东坡文集事略》卷首《御制文集序》，四部丛刊初编本。

② 陈振孙：《直斋书录解题》卷十七，上海古籍出版社 1987 年版，第 502~503 页。

③ 也有可能是淳熙八年(1181)前后苏岘调任福建路转运使时，苏峤将手上编纂的《东坡别集》讬付给苏岘，而由苏岘付印([日]原田爱：《苏门子嗣编纂苏轼文集考》，《新国学》第九辑，巴蜀书社 2012 年版，第 370 页)。

说，苏集及其他坡门学士文集编次和刊印大多得到孝宗的鼓励。①

事实上，孝宗序赞也对整个南宋对苏轼的理解有着导向性的作用。陈严肖在其《庚溪诗话》中，首先指出："东坡先生学术文章，忠言直节，不特士大夫所钦仰，而累朝圣主，宠遇期皆厚。"②其后对苏轼在仁宗、神宗、徽宗朝的际遇与波折皆一一记述。他特别动情地记述了高孝两朝崇苏的情况：

> 光尧太上皇帝朝，尽复轼官职，擢其孙符，自小官至尚书。今上皇帝尤爱其文。梁丞相叔子，乾道初任掖垣兼讲席，一日，内中宿直召对，上因论文，问曰："近有赵夔等注轼诗甚详。卿见之否?"梁奏曰："臣未之见。"上曰："朕有之。"命内侍取以示之。至乾道末，上遂为轼御制文集叙赞，命有司与集同刋之。因赠太师，谥文忠，又赐其曾孙峤出身，擢为台谏侍从。呜呼！昔扬雄之文，当时人忽之，且欲覆酱瓿。雄亦自谓："后世复有扬子云，当好之。"今东坡诗文，乃蒙当代累朝神圣之主知遇如此。……此诚尧、舜之君，乐取诸人以为善，而轼遂被此光荣，不其伟哉！

可以看到，陈严肖以"学术文章，忠言直节"概括苏轼一生价值所在，与孝宗序赞中的"忠言谠论，立朝大节"和"负其豪气"，"寓之于文"的概括基本符合。由此，我们可以认为，经过高孝两帝的尊崇，特别是孝宗的标举，苏轼形象实现了在南宋的基本定型。

陆游在读到孝宗御制序赞之后，颇有感触，借题发挥。有《上殿札子之二》：

> 臣伏读御制《苏轼赞》有曰："手抉云汉，斡造化机，气高天

---

① 可参见王岚《宋人文集编刻流传丛考》(江苏古籍出版社 2003 年版)中的相关考证。

② 陈严肖：《庚溪诗话》卷上，丁福保辑：《历代诗话续编》，中华书局 1983 年版，第 170~171 页。

下，乃克为之。”呜呼！陛下之言，典谟也。轼死且九十年，学士大夫徒知尊诵其文，而未有知其文之妙在于气高天下者。今陛下独表而出之，岂惟轼死且不朽，所以遗学者顾不厚哉！①

陆游指出孝宗表而出之的不仅是苏轼的文，而更多是苏轼之气。“然臣窃谓天下万事，皆当以气为主，轼特用之于文尔。”接下来，他对治国养气，有大段陈说。陆游列举了范仲淹御西夏、狄青灭侬智高，其间隐含的对金主战的态度不言而喻。他更移论至韩琦、富弼、文彦博之勋劳，唐玠、包拯、孔道辅之风节，“大抵以气为主而已”。同时，指出养气不仅在于御边，也在于临朝。“盖气胜事则事举，气胜敌则敌服。”陆游接着提出自己的希望：

伏望万几之余，留神于此。作而起之，毋使委靡；养而成之，毋使沮折。及乎人才争奋，士气日倍，则缓急惟陛下所使而已。且吴、蜀、闽、楚之俗，其浑厚劲朴，固已不及中原矣。若夫日趋于拘窘怯薄之域，臣实惧国势之寖弱也。

所以苏轼精神的重建不仅是学术与文学的重建，它更是南宋士气的重建。淳熙丁酉(1177)年十月，时在成都的陆游在玉局观拜谒了苏轼海外画像，随后他写下了《玉局观拜东坡先生海外画像》一诗：

商周去不还，盛哉汉唐宋。苏公本天人，谪堕为世用。太平极嘉祐，珠玉始包贡，公车三千牍，字字岌飞动，气力倒犀象，律吕谐鸾凤。天骥西极来，矫矫不受鞚。飞腾上台阁，废放落云梦。至宝不侵蚀，终亦老侍从。晚途迁海表，万里天宇空，岂惟骑鲸鱼，遂欲跨蝃蝀。心空物莫挠，气老笔愈纵。粃糠《郊祀歌》，远友《清

① 陆游：《渭南文集》卷四，《陆放翁全集》，中国书店1986年版，第19~20页。

庙》颂。我生虽后公，妙句得吟讽。整衣拜遗像，千古尊正统。①

在他眼里，苏轼之成就一方面在乎诗文，“气力倒犀象，律吕谐鸾凤”；另一方面则在乎气节，“心空物莫挠，气老笔愈纵”。而“整衣拜遗像，千古尊正统”，陆游心目中的苏轼正呈现出立身须正与为文须壮的正统形象。

正如陈严肖所述，复其官职、擢其子孙与文集编印，都是重建元祐的应有之义。据黄罃《山谷先生年谱》卷三〇载：“绍兴初，高宗皇帝中兴，特赠先生直龙图阁，官子孙各一人。二年(1132)，先祖尚书以给事中召至行在。”黄罃家藏先祖(黄叔敖)亲笔日记记载了高宗询问黄庭坚子孙情况以及特赠黄庭坚与张耒、晁补之、秦观四人官职的情况：

二月初六日戊辰，后殿引对，天语甚温，询先生子孙曲折，许他日召至行在。及十七日己卯午刻，中使郑谌传宣至先祖，遂就省中见之。上令问先生诸孙曲折，先祖即因谌附口回奏。当时特赠，实与张耒、晁补之、秦观四人同命。②

高孝制文中有谓“肆朕纂承，既从昭洗，今尔四人，复加褒赠，斯足以见朕志矣”，表达了对苏门学士的追尊之意。而“举以追命，聊申赍志之恨，亦以少慰天下士大夫之心”，则隐含着对坡门学士后人能有所勉励，能继往而开新的厚望。但正如黄罃文末所说：“后之子孙，伏读褒训，衔戴国恩，欲报无路，何但痛哭流涕而已。”其间虽然想要表达党人子弟对天恩优渥的感戴，但无意之中却透露出难以掩盖的窘境：元祐子孙，甚至是苏门学士的后人，也无法承担继往开新的文化重任，这可能是高、孝二帝始料未及的结局。

① 陆游著，钱仲联校注：《剑南诗稿校注》卷九，上海古籍出版社 2005 年版，第 2 册，第 713~714 页。

② 黄罃：《山谷年谱》卷三十，《景印文渊阁四库全书》，台湾“商务印书馆”1983 年版，第 1113 册，第 957 页。

二、修补与发掘：周必大的庙堂路线与杨万里的乡贤模式

淳熙丁酉(1177)年四月既望(16日)，也就是陆游成都玉局观参拜东坡先生海外像的半年前，周必大在《跋初寮先生帖》中写下这样一段话：

> 初寮先生未冠时，及拜东坡于中山，笔精墨妙，宜有传授。当政、宣间，禁切苏学，一涉近似，旋坐废锢，而先生以夺胎换骨之手，挥毫禁林，初无疑者。靖康而后，党禁已解，玉佩琼琚之词，怒猊渴骥之书，盛行于东南。然后人人知其为苏门颜、闵也，晁、张复生，其雁行。①

在周必大的眼中，王安中完全可以成为与苏门学士并列的苏门传人。他曾经师从东坡，在党禁之时，王安中“以夺胎换骨之手，挥毫禁林”。在解禁之后，“玉佩琼琚之词，怒猊渴骥之书，盛行于东南”。似乎王安中之作无论是党禁之时，还是解禁之后，都深得苏轼神髓；可见接东坡之嗣统者，非王安中莫属了。庆元六年(1200)，王安中的《初寮集》由其后人编集，并请周必大为之序。在此序之中，周必大正式提出了一个完整的谱系：

> 一代文章必有宗，惟名世者得其传。天生斯人，固已不数，向非君师作而成之，则其道不坠者几希。若稽本朝，太祖以神武基王业，文治兴，斯文一传为太宗翰林王公元之出焉，再传为真宗杨文公大年出焉。长养尊用，风示学者，虽间以刚直被排斥，而眷顾终

① 周必大：《文忠集》卷十七，《景印文渊阁四库全书》，台湾“商务印书馆”1983年版，第1147册，第163页。

不少衰。至于仁宗、英宗、神宗，然后异才充满中外，其杰出如欧阳文忠公，又逢时得政，同心德于三朝，阅八年之久，相与化成天下，功不少矣，故其门人高第尤多。①

所谓"一代文章必有宗，惟名世者得其传"，文章宗主不世出。宋代文章宗主一传为王禹偁，再传为杨亿，三传而到欧阳修，四传而至苏轼，大体是已经形成共识的一个谱系。而苏轼正是在欧门中崛起：

惟东坡苏公崛起西蜀，嘉祐收以异科，治平欲躐置翰苑，熙宁首待以国士，及遇哲宗，遂光显于朝。中间小人敲撼挫揠，欲杀不果者，天意也，上赐也。

中间虽然几番起伏，但斯文不坠。不过，还是苏轼之后的文统，更引人期待。周必大续有曰：

晚守中山尚书左丞王公世家是邦，博学，工文词，年十六，即贡京师。后二年坡至，奇之。公亦自谓得师也。明年，坡南迁，不能卒业。公寻登第，辟初寮精舍，日夜读书著文。年二十有七，游五台，为《竹林泉赋》，以将相喻泉石，格高而意新，《送某曾大父诗》云："不论与汝小一月，政自容君数百人"，专用吾宗公瑾伯仁事致推尊年德之意，精切混成，不类少作。

既然王安中以东坡为师，又文章"精切混成"，那么王安中一定是将苏文统绪传承的重要人选。那么党禁之时，又如何解释；周必大补充提出自己的理由：

---

① 王安中：《初寮集》卷首，《景印文渊阁四库全书》，台湾"商务印书馆"1983年版，第1127册，第3页。

> 时方讳言苏学，而公已潜启其秘钥久之。徽宗旁求文士，召置馆阁给札亲试，骤掌书命，由中司入北门，历二辖，其制诰，表章诗文，大率雅重温润，而时发秀杰之语。《定功》《继伐》等碑，睿谟曲宴百韵诗，多出特命。上恩与天通矣。万目睽睽，徒谓其鹤鸣九皋，而不知夺胎换骨自有仙手。故未尝以曲学指之。今前集四十卷是也。

周必大认为在元祐党禁之时，正是王安中接续了苏学的统绪，“时方讳言苏学，而公已潜启其秘钥久之”。也就是说，虽然苏学被禁，但王安中却稍稍地开启了苏学的法门。因此，在周必大眼中，徽宗朝并未因为党禁和文禁而万木凋零。这一判断得到周紫芝的附和：

> 徽宗皇帝在位岁久，文士诗人一时辈出，不减元和、长庆间人物。如参政翟公、待制韩公、翰林汪公、初寮先生王公，皆以文辞自显，号为杰出。不可跂及者，余未易殚数也。初寮盖文健而深，诗丽而雅，至于制诏浑厚，足以风动四方，则李公汉老以为“当承平之世，多褒扬粉泽之词，使伤居尔体，痛在朕躬，不得施于战士，勿为子孙之谋，更存辅车之势，不得加于叛国”。鸣呼！其尽之矣。自往至今几三十年，诸公之墓木何止拱，把读之，使人想见当时文采风流之胜，刘梦得云：“休唱内前供奉曲，贞元朝士已无多。”是亦足以为初寮之叹也。①

在周必大和周紫芝看来，正是王安中这样的人物，将徽宗朝的斯文保持不坠，“文士诗人一时辈出，不减元和、长庆间人物”，至今“使人想见当时文采风流之胜”。其前集四十卷，正是那段辉煌文学的见证。

在周必大看来，王安中甚至还将文学统绪传承到了南渡之后。

① 王安中：《初寮集》卷首，《景印文渊阁四库全书》，台湾“商务印书馆”1983年版，第1127册，第4页。

> 洎中兴南渡，四海名胜，迁谪避地，萃于湖广，而公壻赵奇、子辟章，又家之游、夏，大篇短章，更唱迭和，即已尽发平昔之所蕴，且复躬阅事物之变，益以江山之助，心与境会，意随辞达，韵遇险而反夷，事积故而逾新。他人瞠乎其后，我乃绰有余裕。至如《桂柳》《佛寺》诸记，闳深辩丽，近坡暮年之作。黄、张、晁、秦既没，系文统，接坠绪，谁出公右？岂止袭其裳，佩其环而已。今后集十卷是也。

周必大对南宋文统的描述应该引起我们的关注。王安中的某些作品已经“闳深辩丽，近坡暮年之作”，在黄、张、晁、秦既没之后，只有王安中才可以接续苏学的统绪：“黄、张、晁、秦既没，系文统，接坠绪，谁出公右？”周必大似乎又感到被质疑的危险：“岂止袭其裳，佩其环而已”，遂连忙抛出“今后集十卷是也”，这与“前集四十卷”一并成为王安中文统接续的文献依据。令人感到遗憾的是，周必大评价甚高的王安中：“始，东坡帅定武，安中未弱冠，犹及师事焉，未卒业而坡去。”①其后又师从晁以道，“其议论闻见，多得于(晁)以道”；但“既贵显，遂讳晁学”。陈振孙为之叹曰：“甚哉！籍、湜不畔之难也。”可见其品行颇招物议。同时，周必大对徽宗朝庙堂文学之盛的肯定也与元祐旧臣对崇宁党禁的痛苦记忆相违背，这使所他通过褒举王安中而建构的南宋文统注定难以得到人们的认可。

在周必大通过对徽宗朝庙堂文学之盛的肯定和王安中的标举，试图弥合因元祐党禁而断裂的“斯文”时，杨万里则在其庐陵乡贤中寻找着斯文的接续。嘉泰三年(1203)，杨万里在《杉溪集后序》中正式提出宋代文学统绪：

> 古今文章，至我宋集大成矣。盖自奎宿宣精，列圣制作，于是焕乎之文。日月光华，云汉昭回，天经地纬，衣被万物，河岳炳

① 陈振孙：《直斋书录解题》卷十八，上海古籍出版社1987年版，第524页。

> 灵，鸿硕挺出。在仁宗，时则有若六一先生，主斯文之夏盟。在神宗，时则有若东坡先生传六一之大宗。在哲宗，时则有若山谷先生续国风雅颂之绝弦，视汉之迁、固、卿、云，唐之李、杜、韩、柳，盖奄有而包举之矣。①

在杨万里看来，仁宗时欧阳修主盟文坛，神宗时苏轼主盟文坛，哲宗时黄庭坚主盟文坛，其间斯文绵延相传。但党禁改变了这一进程，所谓："中更群小，崇奸绌正，目为僻学，禁而锢之，盖斯文至此而一厄也。"所以杨万里需要找寻潜藏于地下的不息文脉。

> 惟我庐陵，有泸溪之王(庭珪)、杉溪之刘(才邵)，两先生身作金城，以郛此道。自王公游太学，刘公继至，独犯大禁，挟六一、坡谷之书以入。昼则庋藏，夜则翻阅。每伺同舍生息烛酣寝，必起坐吹灯，纵观三书。迨暇，或哦诗歌，或续古文，每一篇出，流布辇毂，脍炙荐绅，纸价为高。嗟乎！若两先生，当妖禽群啾而发紫鸾之鸣，折杨骤歌而奏清庙之瑟。鹬冠妖服之竞丽，而觌黄收纯衣之制，其有大勋劳于斯文，其伟乎哉！

与周必大对徽宗朝文坛的理解完全相反，在杨万里眼中，那是一个"妖禽群啾""折杨骤歌""鹬冠妖服之竞丽"的时代。真正的斯文只能从文学暗流中去寻找：那就是王、刘二人"犯时之大禁"，偷阅"六一、坡谷之书"，并"或哦诗歌，或续古文"。正是基于他们的不懈努力，因党禁和文禁而干涸的文脉，通过潜流而得以延续。所以杨万里称誉他们为"有大勋劳于斯文，其伟乎哉"。杨万里提到传播的越禁越传的现象，"其禁愈急，其文愈贵"，所谓"小人之厄斯文，乃所以昌斯文也。"那当然是激愤之语。重要的是不顾时禁，顽强传承的不屈精神。

---

① 杨万里撰，辛更儒笺校：《杨万里集笺校》卷八十三，中华书局2007年版，第3350~3352页。

古者圣贤君子之所守，于是可得而知矣。顾吾道之是非何如耳！时之好恶，足为之动耶？六一、坡、谷，其知之矣。至于吾州之两先生，独首犯时之大禁，力学众人之所不敢学。所谓豪杰特立之士者，不在斯人欤？不在斯人欤？

杨万里的语气让我们想起孔子困于匡时说过的话："文王既没，文不在兹乎？天之将丧斯文也，后死者不得与于斯文也。天之未丧斯文也，匡人其如予何？"①如果说孔子以己身为斯文之承担。那么，杨万里则认为王、刘二人同样承载了斯文传承的重大责任。

其实，淳熙戊申(1188)杨万里在《卢溪先生文集序》中引刘澄评王庭珪之文，谓其"庐陵自六一之后，惟先生可继，闻者韪焉"②，以王庭珪为继欧阳修之后的文坛主盟者。其后，周必大在《跋王民瞻杨廷秀与安福彭雄飞诗》指出："卢溪王公主庐陵文盟者六十年，继之者今诚斋杨监廷秀也"，则周必大所说的"岂特毋负二公之言，亦庶几乡里斯文之得其传乎"③，特指"乡里斯文"还是比较准确的。绍熙四年(1193)周必大在《跋南丰黄世成铭文》时，称颂杨万里"今之欧阳公也"④。再考虑到欧阳修、王庭珪、刘才邵、杨万里都是江西庐陵人，也就是说，以欧阳修—王庭珪—杨万里一脉相承，杨万里通过对乡贤斯文的褒扬试图建立一个庐陵统绪。我们会发现，杨万里描述得惊心动魄的私阅行为和地下文学，称誉得无以复加的"紫鸾之鸣""清庙之瑟"终究与坡、谷无涉。他的努力只局限于建构一个"庐陵文统"，这与南宋文统的接续

① 程树德撰，程俊英、蒋见元点校：《论语集释》卷十七，中华书局 1990 年版，第 578~579 页。

② 杨万里撰，辛更儒笺校：《杨万里集笺校》卷八十，中华书局 2007 年版，第 3242 页。

③ 周必大：《文忠集》卷十八，《景印文渊阁四库全书》，台湾"商务印书馆"1983 年版，第 1147 册，第 184 页。

④ 周必大：《文忠集》卷十九，《景印文渊阁四库全书》，台湾"商务印书馆"1983 年版，第 1147 册，第 200~201 页。参见韩立平：《同岑异苔：陆游、杨万里诗坛地位考索》，《浙江学刊》2010 年第 3 期，第 82 页。

还有相当的距离。

如果说，周必大对王安中的标举与对徽宗朝文学的肯定是相伴随的，我们姑且可以称其为庙堂路线；那么，杨万里对王庭珪的标出则与对徽宗朝文学的否定相同步，我们不妨视之为乡贤模式。显然，他们都触及一个共同的理论话题，即苏轼之后，斯文统绪如何接续？或者说，处于“后苏轼时代”的南宋文坛，如何继往开新？①

三、分立与掩映：洪炎《退听堂录序》与被遮蔽的眉山之宗

建炎二年(1128)，黄庭坚的故交胡少汲(直孺)出帅洪府，让洪炎等人为黄庭坚集编次，并将之刻板印行于世②。颇值表出的是洪炎序对黄庭坚的评价：

> 大抵鲁直于文章天成性得，落笔巧妙，他士莫逮，而尤长于诗。其发源以治心修性为宗本，放而至远声利、薄轩冕，极其致，忧国爱民，忠义之气蔼然见于笔墨之外。凡句法置字律令新新不穷，增出增奇，所谓包曹、刘之波澜，陶、谢之宇量，可使子美分座、太白却行者耶！③

---

① 罗立刚指出：“‘文统’健全后，重心向‘文’倾斜，目的变成了求文‘体’之正，正‘体’之心代替了求‘道’之意。”(《史统、道统、文统——论唐宋时期文学观念的转变》，东方出版中心2005年版，第283页)也就是说，在“文统”获得独立之后，讨论的重点就转向“体统”了。不过，在宋室南渡，朝廷偏安的情况下，“道统”与“文统”都重新面临合法性危机；也就是说，文统建构依然是南宋君臣的重大文化任务。

② 参见王岚：《宋人文集编刻流传丛考》，江苏古籍出版社2003年版，第198~199页。

③ 洪炎：《豫章黄先生退听堂录序》，黄庭坚著，刘琳、李勇先、王蓉贵校点：《黄庭坚全集》附录三，四川大学出版社2001年版，第2380页。

洪炎对于黄庭坚的评价重在“治心修性为宗本”，相反其“忧国爱民，忠义之气”并不直接表现于诗中。自然性情是否应该于诗中流露，成为苏、黄异流的内在分歧。而洪炎序对这种分歧已经有明确的体认：

> 苏公尝评鲁直曰：“读鲁直诗，如见鲁仲连、李太白，不敢复论鄙事。颇若不适用，然不为无补于世。”苏公知鲁直者，然此评则未尽。夫诗人赋咏于彼，兴托在此。阐绎优游，而不迫切。其所感寓常微见其端，使人三复玩味之久而不厌。言不足而思有余，故可贵尚也。若察察言，如老杜《新安》《石壕》《潼关》《花门》之什，白公《秦中吟》《乐游园》《紫阁村》诗，则几于骂矣，失诗之本旨也。举世雷同，未必皆知鲁直，苏公真知鲁直者，又可叹如此，信乎知我之难值也。

这令我们想到黄庭坚《答洪驹父书》中所说：“东坡文章妙天下，其短处在好骂，慎勿袭其轨也。”①洪炎编次之时，“独取《古风二篇》，冠诗之首，以见鲁受知于苏公，有所自也”。这算是对黄庭坚出自坡门的一种承认。但更值得注意的是，洪炎明确表示不同意苏轼对黄庭坚的评价。苏轼认为黄庭坚之诗虽然品格高雅，但缺乏现实关怀精神。而洪炎认为“赋咏于彼，兴托在此”“阐绎优游而不迫切”才是诗之本质。洪炎对黄庭坚诗特点的揭出，其实蕴含着对黄庭坚自立门户的敏锐体认。“句法置字，律令新新不穷，增出增奇”，更指出黄庭坚诗法较之东坡诗法所具有的独有特征。我们可以认为，从洪炎开始，已经表现出对黄庭坚与苏轼的区别对待。

其后，吴坰《五总志》有曰：

> 山谷老人自丱角能诗……至中年以后，句律超妙入神，于诗人

① 黄庭坚：《答洪驹父书》其二，黄庭坚著，刘琳、李勇先、王蓉贵校点：《黄庭坚全集》卷十八，四川大学出版社2001年版，第474页。

有开辟之功。始受知于东坡先生，而名达夷夏，遂有苏、黄之称。坡虽喜出我门下，然胸中似不能平也。故后之学者因生分别：师坡者萃于浙右，师谷者萃于江右。①

在吴坰的眼中，虽然“坡、谷之道一也”，但是“特立法与嗣法者不同耳”。从后学的地域分布上看来，“师坡者萃于浙右，师谷者萃于江右”，已经呈现出明显的分流态势。江西诗派的兴盛，甚至导致了“苏不如黄”看法出现。就吴坰本人来说，他就毫不犹豫地站在师谷者一边。

以余观之，大是云门盛于吴，临济盛于楚。云门老婆心切，接人易与，人人自得，以为得法，而于众中求脚根点地者，百无二三焉。临济棒喝分明，勘辩极峻，虽得法者少，往往崭然见头角。如徐师川、余荀龙、洪玉父昆弟、欧阳元老，皆黄门登堂入室者，实自足以名家。噫！坡、谷之道一也，特立法与嗣法者不同耳。彼吴人指楚人为江西之流，大非公论。

他将师坡者视为云门宗，而将师谷者视为临济宗。云门宗“接人易与”，但肤浅无根；临济宗“勘辩极峻”，则法度森严。在以气为诗和以法为诗分途之间，吴坰对师坡者的鄙夷溢于言表。

绍兴庚午(1150)七月上澣日，王十朋“读《东坡大全集》于会趣堂”，愤于学黄者对学苏者的鄙视，有言曰：“诗学江西诗者，谓苏不如黄。又言韩、欧二公诗，乃押韵文耳。予虽不晓诗，不敢以其说为然。”“因读坡诗，感而有作”：

东坡文章冠天下，日月争光薄风雅，谁分宗派故谤伤，蚍蜉撼树不自量。……

① 吴坰：《五总志》，知不足斋丛书本。

> 暮年海上诗更高，和陶之诗又过陶。地辟天开含万汇，少陵相逢亦应避。……
>
> 向来学者尊西昆，诗无老杜文无韩，淨扫书斋拂尘几，瓣香敬为三夫子。①

王十朋标举李白、韩愈和苏轼等以气为诗的诗人，借此对江西诗派(以法为诗)重黄轻苏论进行反击②。他又在《读苏文》中指出：

> 唐宋文章未可优劣。唐之韩柳、宋之欧苏，使四子并驾而争驰，未知孰后而孰先，必有能辨之者。
>
> 不学文则已，学文而不韩、柳、欧、苏，是观诵读，虽博著述，虽多未有不陋者也。
>
> 韩欧之文，粹然一出于正，柳与苏好奇而失之驳，至论其文之工，才之美，是宜韩公欲推逊子厚，欧阳子欲避路放子瞻出一头地也。③

这里虽然说的是古文的门径，自然当以韩柳欧苏为正途；但结合上面的愤然，其间似乎隐含着对黄庭坚“不入流”的排斥之意。

正如严羽所说：“东坡、山谷始自出已意以为诗，唐人之风变矣。山谷用工尤为深刻，其后法席盛行，海内称为江西宗派。”④由于江西诗派影响的扩大，吴坰所说“师坡者萃于浙右，师谷者萃于江左”的各占半壁的情况似乎都未能持久。与吕本中《江西诗派图》所开启的庞大阵

① 王十朋：《梅溪集》之《后集》卷十四，《景印文渊阁四库全书》，台湾“商务印书馆”1983年版，第1151册，第445~446页。

② 参见郑永晓：《试论苏、黄齐名及苏黄诗歌优劣之争》，《第三届宋代文学国际研讨会论文集》，宁夏人民出版社2005年版，第160~176页。

③ 王十朋：《梅溪集》之《前集》卷十九，《景印文渊阁四库全书》，台湾“商务印书馆”1983年版，第1151册，第286页。

④ 严羽著，郭绍虞校释：《沧浪诗话校释》，人民文学出版社1961年版，第26页。

容相比，“眉山之宗”似乎黯然失色。但据元代袁桷《书汤西楼诗后》所述：“至乾、淳间诸老以道德性命为宗，其发为声诗，不过若释氏辈条达明朗，而眉山、江西之宗亦绝。”①由此，我们可以推测，南宋乾、淳之前，应该还存在着“眉山之宗”，或者“浙右诗派”。这使我们产生一种冲动，想要找寻一下江西诗派掩映之下的“眉山之宗”，或者“浙右诗派”。于是，陈与义进入了我们的视野。据大致与陈与义同时的“晦斋”所作《简斋集引》转述陈与义的一段话：

> 诗至老杜极矣，东坡苏公、山谷黄公奋乎数世之下，复出力振之，而诗之正统不坠。然东坡赋才也大，故解纵绳墨之外，而用之不穷；山谷措意也深，故游泳□味之余，而索之益远。大抵同出老杜，而自成一家，如李广、程不识之治军，龙伯高、杜季良之行己，不可一概诘也。近世诗家知尊杜矣，至学苏者乃指黄为强，而附黄者亦谓苏为肆。要必识苏、黄之所不为，然后可以涉老杜之涯涘。②

可见陈与义是兼学苏黄的。“晦斋”又补充说：

> 予游吴兴得之。乃知公所学如此，故能独步一代。顷邑士有欲刻公诗者，因出前闻，为冠集首，庶学者知公渊源所自且以折近世党同伐异之说云。

我们或许可以这样理解：在江西诗派法席盛行之时，主张苏黄并重其实已经体现了对“眉山之宗”的坚持。“晦斋”自称“予游吴兴得之，乃知公所学如此”，其所生活的年代应大致在陈与义稍晚。此序中所说的吴兴

---

① 袁桷：《清容居士集》卷四十八，《景印文渊阁四库全书》，台湾“商务印书馆”1983年版，第1203册，第631页。

② 陈与义著，吴书荫、金德厚点校：《陈与义集》，中华书局1982年版，第4页。

(湖州)正属吴坰所说的“浙右”。这不免发人想象：陈与义极可能原本属于“师坡者”，根本不属于江西诗派。① 此序所说陈与义使诗之正统不坠，表面看来是陈与义继承苏黄之诗统的意思；其实说他是接继苏轼的传统(即“眉山之宗”)，可能更加准确。这或许也是“晦斋”一定要将陈与义那一段“诗说”置于其集之冠首的原因。

四、批评与重构：从朱熹的义理到魏了翁的气节

元祐之学当然还包括二程的洛学，其后学也趁着南渡之后的政治转向进行着理论的扩张。为朱熹所撰，成书于乾道二年(1173)的《伊洛渊源录》，将“周子以下，及程子交游、门弟子言行，其身列程门而言行无所表见，甚若邢恕之反相挤害者，亦具录其名氏以备考”②。建构起道学派的谱系。“宋人谈道学宗派自此书始，而宋人分道学门户，亦自此书始。”我们可以将朱熹编撰《伊洛渊源录》视为道学派自立谱系的开始。③ 北宋之时，二程之学最大的威胁来自王氏新学和苏氏蜀学；但南渡之后，王学失势，苏学则在帝王的标举之下一跃而为显学，也就成为

---

① 钱锺书指出：“陈与义在南宋诗名极高，当时有几个学他的人，像他的表侄和朱熹的父亲朱松。然而他的影响看来并不大，也没有人归他在江西派里，张嵲讲他的诗学的时候，就半个字也没提起黄庭坚。南宋末期，严羽说陈与义‘亦江西之派而小异’，刘辰翁更把他和黄庭坚、陈师道讲成一脉相承，方回尤其仿佛高攀阔人作亲戚似的，一口咬定他是江西派，从此淆惑了后世文学史家的耳目。”(钱锺书：《宋诗选注》，人民文学出版社1958年版，第132页)

② 朱熹：《伊洛渊源录》提要，《景印文渊阁四库全书》，台湾“商务印书馆”1983年版，第448册，第411页。

③ 绍兴十七年(1147)，二程的三传弟子陈渊《默堂集》付刻，沈度为乃师文集作序，序中提出：“宋兴，河南二程夫子受学于濂溪周茂叔先生，讲明道学，究圣贤之蕴，发千载不传之妙。学者趋之，如水赴壑。时惟龟山杨先生，睹奥入室，尊所闻而行所知，尽得其传焉。明道德之归，以觉斯人，以善天下。然是道也，不绝如线，则有陈公知默，以刚明果毅之姿，得师友源流之正。”(陈渊：《默堂先生文集》卷首，四部丛刊三编本)已经开始进行道学谱系的建构。但似乎朱熹的《伊洛渊源录》体系更为完整，且影响更为深远(参见[美]田浩：《朱熹的思维世界》，江苏人民出版社2011年版，第1121页)。

道学派的最大对手。所以，道学派必须作出自己的应对。朱熹在《答汪尚书》中对苏、王两家之学，特别是苏学进行尖锐的批评：

至若苏氏之言，高者出入有无而曲成义理，下者指陈利害而切近人情，其智识才辨、谋为气概，又足以震耀而张惶之，使听者欣然而不知倦，非王氏之比也。然语道学则迷大本，论事实则尚权谋，衒浮华忘本实，贵通达贱名检。此其害天理，乱人心，妨道术，败风教，亦岂尽出王氏之下也哉！①

甚至认为苏学之害甚于王学。

若苏氏则其律身已不若荆公之严，其为术要未忘功利，而诡秘过之，其徒如秦观、李廌之流，皆浮诞佻轻，士类不齿，相与扇纵横捭阖之辨，以持其说，而漠然不知礼义廉耻之为何物。虽其势利未能有以动人，而世之乐放纵、恶拘检者，已纷然向之。

其间对秦观、李廌的批评已有自其立身而延伸作文的趋势。朱熹虽然也给苏文以“文辞之工”的肯定，但都时时保持着高度的警惕。如《答程允夫书》：

苏氏文辞伟丽，近世无匹。若欲作文，自不妨模范。但其词意矜豪谲诡，亦有非知道君子所欲闻。是以平时每读之，虽未尝不喜。然既喜，未尝不厌，往往不能终帙而罢。②

他由此提醒程允夫不可“爱其文辞之工，而不察其义理之悖”。即使是广为人们所称颂的苏轼晚年诗，朱熹也评说道：“东坡晚年诗固好，只

① 朱熹：《晦庵先生朱文公文集》卷三十，四部丛刊初编本。
② 朱熹：《晦庵先生朱文公文集》卷四十一，四部丛刊初编本。

文字也多是信笔胡说，全不看道理。”①由此可见，朱熹对苏轼的总体评价是：虽有“文辞之工”，却有“义理之悖”。我们知道，道学派本以“论道学邪正”为根本，所以无论他是如何肯定苏文的“文辞伟丽”，都无法改变他对苏学总体上的批评立场。②

魏了翁，这位出生于邛州蒲江的理学家③，其对苏轼的态度，较之朱熹似乎温和得多。其《黄太史文集序》尤其值得我们注意。

> 山谷黄公之文，先正巨公称许者众矣。江、浙、闽、蜀间亦多善本。今古戎黄侯，又欲刻诸郡之墨妙亭，以致怀贤尚德之意，而属了翁识之。顾浅陋何敢措词。昔者辛尝有考于先民之言行，切叹夫世之以诗知公者末也。④

当时山谷文集已多有刻本，黄申又欲刻诸墨妙亭，“以致怀贤尚德之意”，因此请魏了翁作序——这已经预设了他对黄庭坚的理解与认同。当然，魏了翁在序中随即表明自己对黄庭坚的独到理解：“切叹夫世之以诗知公者末也。”并且，魏了翁对黄庭坚的仕宦坎坷与词章之盛有所称述。

> 公年三十有四，上苏长公诗，其志已卓荦不凡，然犹是少作也。迨元祐初，与众贤汇进，博文蓄德，大非前比。元祐中末，涉历忧患，极于绍圣、元符。以后流落黔、戎，浮沈于荆、鄂、永、宜之间，则阅理益多，落叶就实，直造简远。前辈所谓“黔州以

① 黎靖德编，王星贤点校：《朱子语类》卷一百四十，中华书局1988年版，第3326页。

② 顾易生、蒋凡、刘明今：《宋金元文学批评史》，上海古籍出版社1996年版，第768~769页。

③ 《鹤山集提要》，魏了翁：《鹤山集》卷首，《景印文渊阁四库全书》，台湾“商务印书馆”1983年版，第1172册，第75页。

④ 魏了翁：《鹤山集》卷五十三，《景印文渊阁四库全书》，台湾“商务印书馆”1983年版，第1172册，第595~596页。

后，句法尤高”。

但他马上申明，黄庭坚人生价值的重点并不在此。

> 虽然，是犹其形见于词章者然也。元祐史笔守正不阿，迨章、蔡用事，摘所书王介甫事，将以瑕众正而殄焉。公于是有黔、戎之役，鼪狖之所嗥，木石之与居，间关百罹。然自今诵其遗文，则虑澹气夷，无一毫憔悴陨获之态，以草木文章，发帝杼机；以花竹和气，验人安乐。虽百世之相后，犹使人跃跃兴起也。至其闻龚、邹冠豸，张、董上坡，则喜溢词端。《荆江亭》以后诸诗，又何其恢广而平实，乐不至淫，怨不及怼也。然而犹为小人承望时好，掎摭《承天院记》语，窜之宜阳，虽洊离险艰而行安节和，纯终不疵。呜呼！以其所养若是，设见用于建中靖国之初，将不弭蔡、邓之萌，而销崇、观之纷纷乎！是恶可以词人目之也。

在魏了翁的眼中，“行安节和，纯终不疵”才是黄庭坚本质所在，这一认识正好可与洪炎的“治心修性为宗本”相呼应。更值得注意的是，他还将黄庭坚置于苏门之中来加以评价：

> 二苏公以词章擅天下，其时如黄、陈、晁、张诸贤亦皆有闻于时人，孰不曰“此词人之杰也”，是恶知苏氏以正学直道，周旋于熙丰祐圣间，虽见愠于小人，而亦不苟同于君子。盖视世之富贵利达，曾不足以易其守者，其为可传，将不在兹乎！

我们注意到，魏了翁对黄庭坚的评价：“洊离险艰而行安节和，纯终不疵”；在此，黄庭坚已经被阐释为道德修养深厚、喜怒不形于色的理学人士。他还将黄庭坚置于苏门之中，并因而强化了苏轼的道德色彩。由此，苏轼更多被描述为一位道德高尚的人：“苏氏以正学直道周旋于熙丰祐圣间，虽见愠于小人，而亦不苟同于君子。盖视世之富贵利达，曾不足以易其守者。”他更明确表示“其为可传，将不在兹乎”。如此这般，他对苏轼影响南宋士子甚巨的辞章加以淡化，而一转为推崇苏氏的道德气节；苏轼由以文章名世一转而为以气节名世了。

那么魏了翁又如何处理“后苏轼时代”的文统问题呢？我们可以在其《杨少逸不欺集序》中看到他的考虑。此序中魏了翁首先宣称：“辞虽末伎，然根于性，命于气，发于情，止于道，非无本者能之。”①虽然仍旧是朱熹“道者，文之根本。文者，道之枝叶”的逻辑②，但毕竟是专门论文辞的，颇有欧阳修“大抵道胜者，文不难而自至也”的意思在焉。③ 他甚至还专门提到石介、苏轼等人批评过的西昆派代表作家杨亿，但魏了翁表示杨亿虽然文辞浮靡，但大节可考，可谓瑕不掩瑜。④可见，他仍然坚持着气节重于辞章的理论底线。因此，他对苏轼的评价也延续这一模式。

> 眉山自长苏公以辞章自成一家，欧、尹诸公赖之以变文体。后来作者相望。人知苏氏为辞章之宗也，孰知其忠清鲠亮，临死生利害而不易其守。此苏氏之所以为文也。

在魏了翁眼中，苏轼“忠清鲠亮，临死生利害而不易其守”，以气节立身，以操守为文。这自然令我们联想到孝宗的御制序赞：“节也，气也，合而言之，道也。以是成文，刚而无馁，故能参天地之化，关盛衰

① 魏了翁：《鹤山集》卷五十五，《景印文渊阁四库全书》，台湾“商务印书馆”1983 年版，第 1172 册，第 620~621 页。

② 黎靖德编，王星贤点校：《朱子语类》卷一百三十九，中华书局 1988 年版，第 3319 页。

③ 欧阳修：《答吴充秀才书》，欧阳修撰，李之亮笺注：《欧阳修集编年笺注》卷四七，巴蜀书社 2007 年版，第 3 册，第 266 页。

④ 随着南宋理学重道轻文观念的深入，对杨亿的评价多重其大节可考，而轻其文辞浮靡。周必大《初寮集序》亦认为杨亿：“长养尊用，风示学者。虽间以刚直被排斥，而(真宗)眷顾终不少衰。”(王安中：《初寮集》卷首，《景印文渊阁四库全书》，台湾“商务印书馆”1983 年版，第 1127 册，第 3 页)这与北宋石介、苏轼等人对西昆体的态度明显不同。

之运。”如果我们运用孝宗的逻辑进行概念替换，气节即道，那么魏了翁对苏轼气节的强调，就变成了对苏轼“以道为文”的表出。因此，表面上看，魏了翁立论不过是孝朝序赞的阐发；暗地里则隐藏了朱熹“道者，文之根本”的逻辑。我们可以说，从孝宗序赞到魏了翁的《杨少逸不欺集序》，苏轼终于被整合进入道学的“以道为文”的体系之中。在这样的理论架构之下，魏了翁对生于苏轼家乡的杨虞仲，似乎给予了特别的肯定：

> 老圃杨公自盛年射策甲科，直声劲气，响撼当世，有文忠之遗风。迨其观风作牧，风裁清峻，屡诏不入。老不待年，相羊泉石，几二十载。蜀人高其风。

这位杨虞仲，眉州青神人，是苏轼的同乡。“直声劲气，响撼当世”，“风裁清峻，屡诏不入”，“谔谔朝端，言人所不敢”，颇有早年苏轼之遗风。

> 世衰俗隘，矜利眩才，言语以为华，富贵以为事，求其脱然声利之表如公者，既不可得。今观公退休以后之文尤多，雍容自得之趣。盖“辞，心声也”，《易》曰“修辞立其诚”，辞非易能所以立诚也。

其后“公之诸孙裒老圃遗文若干卷，锓诸梓”，请魏了翁作序以申其志，“其为辞之本既在此，是宜发越著见，非浮夸纤丽者可同年语也。后之览者当于是考德焉”，经过魏了翁的一番解释之后，杨虞仲以“退休以后”的“雍容自得”的文字(显然近于理学派作品)，居然可以接续“矜豪谲诡”的苏文；其文集也就成为接续苏文统绪的文献凭据了。值得补充的是，魏了翁对苏轼的理学化建构，在吴潜《魏鹤山文集后序》中被全盘接受，并适用到对魏了翁本人的评价上。吴潜认为，魏了翁“识照古今而不自以为高，忠贯日月而不自以为异。德望在生民，名望在四夷，文章之望在天下后世”①。吴潜随后指出，“斯文之泽，所见仅止于此”，又将魏了翁视为“斯文”的接续者。

五、经典与程序：吕祖谦的《皇朝文鉴》与《古文关键》

淳熙年间临安书坊所刊行江钿编《圣宋文海》，淳熙丁酉(1177)孝宗曾观览《文海》，而后“下临安府令委教官校正毕刊行”②。对此事，“其年冬十一月，翰林学士周必大夜直奏事，语次及之”。他认为：“此书乃近时江钿类编，殊无伦理，书坊刊行可耳。今降旨校正刻板，事体则重，恐难传后。莫若委馆阁别加诠次，以成一代之书。”当时孝宗“大以为然”，这才有后来委托吕祖谦编选《皇朝文鉴》的事情。

耗尽吕祖谦心力的正是《皇朝文鉴》。据吕乔年《太史成公编〈皇朝文鉴〉始末》所载，因王淮的举荐，吕祖谦负责《皇朝文鉴》的编撰。接到谕旨之后，“即关秘书集库所藏，及因昔所记忆，访求于外。所得文集凡八百家”。从淳熙丁酉(1177)冬十一月到淳熙五年(1178)十月，不到一年的时间里，吕祖谦“搜捡编集，手不停披”，将这部总集编成。其文编遵照孝宗旨意，“有益治道”，“既而赐名《皇朝文鉴》，且令周公必大为之序，下国子监板行”。但事出多端，先有陈骙之缴章，又有“有媢者”密奏，于是“上亦以为《邹浩谏立刘后疏》语讦，别命他官，有所修定”。因为这样的波折，吕祖谦后来也就不向人提及此书。所幸吕乔年记载了此书编次的取意：

> 国初文人尚少，故所取稍宽。仁庙以后，文士辈出，故所取稍严。如欧阳公、司马公、苏内翰、黄门诸公之文，俱自成一家，以

① 吴潜：《履斋遗稿》卷三，《景印文渊阁四库全书》，台湾“商务印书馆”1983年版，第1178册，第420页。

② 吕祖谦：《皇朝文鉴》卷首，四部丛刊初编本。

文传世。今姑择其尤者，以备篇帙。或其人有闻于时，而其文不为后进所诵习，如李公择、孙莘老、李泰伯之类，亦搜求其文，以存其姓氏，使不湮没。或其尝仕于朝，不为清议所予，而其文自亦有可观，如吕惠卿之类，亦取其不悖于理者，而不以人废言。又尝谓本朝文士，比之唐人，正少韩退之、杜子美，如柳子厚、李太白，则可与追逐者，如周美成《汴都赋》亦未能侈国家之盛，止是别无作者，不得已而取之。若断自渡江以前，盖以其年之已远，议论之已定，而无去取之嫌也。其大略若此。

《文鉴》"断自渡江以前"，相当于"北宋文学作品选"。在吕祖谦的"北宋文学史"中，仁宗朝是文学兴盛期，其间欧阳修、司马光、苏轼、苏辙等，"俱自成一家，以文传世"。据罗莹《宋代东莱吕氏家族研究》统计，收文数量最多的前 14 名作者为苏轼、王安石、欧阳修、黄庭坚、刘敞、王珪、张耒、苏辙、邵雍、曾巩、司马光、陈师道、范仲淹、梅尧臣。其中，苏轼的诗文共 289 篇(组诗按一首计算)，在 14 名作者总量中占了四分之一强①。《皇朝文鉴》收录苏轼诗文约占全书所选诗文总量的十分之一强，文体的覆盖面也非常广，分布在 37 个文体之中。在所有的北宋作者中，《皇朝文鉴》收苏轼诗文为最多可见其对苏轼的尊崇。

在《皇朝文鉴》中，苏轼选诗 115 首，黄庭坚选诗 71 首，这说明在吕祖谦心目中，就诗歌成就而言，苏优于黄②。又《皇朝文鉴》选苏文 174 篇，选黄文 21 篇，则苏轼占绝对优势。可见在吕祖谦看来，苏轼诗文皆长，而黄庭坚则长于诗而短于文。又《皇朝文鉴》所选苏轼《前赤壁赋》《后赤壁赋》《放鹤亭记》《文与可画筼筜偃竹记》等篇目，均属文学色彩浓厚的作品。加上吕祖谦在《童蒙训》中"极论诗文，必以苏黄为

① 罗莹：《宋代东莱吕氏家族研究》，人民文学出版社 2011 年版，第 279～280 页。

② 罗莹：《宋代东莱吕氏家族研究》，人民文学出版社 2011 年版，第 282 页。

法”，以至于对“道学邪正”十分敏感的朱熹颇为不满，在《答吕伯恭》中提醒：“伯恭尚欲左右之，岂其未之思邪？其贬而置之唐、景之列，殆欲阳挤而阴予之耳。”①

正如罗莹所說，“吕祖谦对苏轼似乎有特殊的感情”，吕祖谦还编辑《三苏文选》五十九卷，并对之进行标注。《三苏文选》收苏洵文 11 卷，苏轼文 26 卷，苏辙文 22 卷，吕祖谦皆分体加以点抹，并标注本意，便于举子研习苏文②。影响更为深远的是吕祖谦编选的《古文关键》，他“取韩、柳、欧、苏、曾诸家文，标抹注释，以教初学”③。在“总论看文字法”中提出：“学文须熟看韩、柳、欧、苏。先见文字体式，然后遍考古人用意下句处。苏文当用其意。若用其文，恐易厌人，盖近世多读故也。”④又在《看苏文法》中指出：“波澜出于《战国策》《史记》，亦得关键法，当戒他不纯处。”⑤追寻古文之“体式”“关键”，虽较之黄庭坚在诗歌领域探讨“句法”为晚，但这种方式对于古文评点之流行，可谓得风气之先⑥；也正是这样的“体式”标抹开启了唐宋古文程式化的道路。

随着南宋时文的程式化⑦，苏文的评点更是众爱所归⑧。除吕祖谦之外，叶适亦选择欧、苏、曾、黄、秦等人作品中“意趣之高远，词藻

① 朱熹：《晦庵先生朱文公文集》卷三十三《答吕伯恭》，四部丛刊初编本。

② 罗莹：《宋代东莱吕氏家族研究》，人民文学出版社 2011 年版，第 287 页。

③ 陈振孙：《直斋书录解题》卷十五，上海古籍出版社 1987 年版，第 451 页。

④ 吕祖谦：《古文关键》，《丛书集成初编》，商务印书馆 1936 年版，第 1 页。

⑤ 吕祖谦：《古文关键》，《丛书集成初编》，商务印书馆 1936 年版，第 3 页。

⑥ 孙琴安：《中国评点文学史》，上海社会科学出版社 1999 年版，第 32~33 页。参见罗莹《宋代东莱吕氏家族研究》，人民文学出版社 2011 年版，第 314 页。

⑦ 祝尚书：《论宋代科举时文的程式化》，《宋代科举与文学考论》，大象出版社 2006 年版，第 220 页。

⑧ 祝尚书：《论乾淳“太学体”》，《宋代科举与文学考论》，大象出版社 2006 年版，第 430~446 页。

之佳丽者"，编为《播芳集》，并命工刊墨，以广其传①。另有相传为陈亮所编《苏门六君子文粹》，据四库提要："其文皆从诸家(苏门六君子)集中录出……观其所取，大抵议论之文居多，盖坊肆所刊，以备程试之用也。"②可见南宋苏文之流行与时文之盛颇多关联。陆游对南宋时文风气之变有所概括："建炎以来尚苏氏文章，学者翕然从之，而蜀士尤盛。亦有语曰：'苏文熟，吃羊肉；苏文生，吃菜羹。'"③此可见苏氏文章在蜀地士子时文中的广泛影响。浙东亦崇苏文。如陈亮曾刻意学苏。方回《读陈同甫文集二跋》曰：

> 或问陈同甫之文何如？予曰："时文之雄也。《酌古论》纵横上下，取古人成败之迹，断以己见，拾《战国策》《史记》之遗语，而传以苏文之体，乾、淳间场屋之所尚也。"④

可见陈亮文即是通过学苏文之体，而成为"时文之雄"的。在吕祖谦的《与陈同甫》中，曾对陈亮之文有所评议："示及近作，展玩数过，不能释手。……《广惠祈雨文》，骎骎东坡在凤翔时风气。"⑤由此可见，乾淳间，苏文在场屋之中的风行，由诸君共同煽动，蔚成大观⑥。所以，

---

① 叶适：《播芳集序》，《水心先生文集》卷十二，四部丛刊初编本。

② 张耒等撰，陈亮辑：《苏门六君子文粹》提要，《景印文渊阁四库全书》，台湾"商务印书馆"1983年版，第1361册，第1页。

③ 陆游撰，李剑雄、刘德权点校：《老学庵笔记》卷八，《唐宋史料笔记丛刊》，中华书局1979年版，第100页。

④ 方回：《桐江集》卷三，续修四库全书本，上海古籍出版社2002年版，第1322册，第406~407页。

⑤ 吕祖谦：《东莱集》《别集》卷十，《景印文渊阁四库全书》，台湾"商务印书馆"1983年版，第1150册，第276页。

⑥ 蒙文通认为"女婺之学偏于史，可谓远接苏氏之风"(蒙文通：《中国史学史》，上海人民出版2006年版，第82~83页)。张剑、吕肖奂、周扬波《宋代家族与文学研究》则认为："作为苏学嫡传的苏迟支在婺州绵延十世且家学承传完整的事实，当被视为两者之间的重要学术之链。"(中国社会科学出版社2009年版，第218页)可见浙学对苏学的接受或有宗族文化的渊源。

苏文在场屋中的广泛接受，也不妨视为苏文的一种发展。

六、自得与传承：叶适眼中的李焘与永嘉门庭的气脉

叶适《赠薛子长》有曰："读书不知接统绪，虽多无益也。为文不能关教事，虽工无益也。"①可见，承接斯文统绪本就是其经济之学的应有之义。事实上，在乾、淳之际的文道纷争中，叶适的统绪意识是最为强烈的，而态度是最为鲜明的。在《习学记言序目》中对周必大的《文鉴序》，他深表不满：

> 礼部尚书周必大承诏为序，称："建隆、雍熙之间，其文伟；咸平、景德之际，其文博；天圣、明道之辞古，熙宁、元祐之辞达。"按吕氏所次二千余篇，天圣、明道以前，作者不能十一，其工拙可验矣。
>
> 文字之兴，萌芽于柳开、穆修，而欧阳修最有力，曾巩、王安石、苏洵父子继之始大振，故苏氏谓"虽天圣景祐，斯文终有愧于古"，此论世所共知，不可改，安得均年析号，各擅其美乎？及王氏用事，以周孔自比，掩绝前作。程氏兄弟发明道学，从者十八九，文字道复沦坏；则所谓"熙宁元祐其辞达"，亦岂的论哉？且人主之职，以道出治，形而为文，尧舜禹汤是也。若所好者文，由文合道，则必深明统纪，洞见本末，使浅知狭好者无所行于其间，然后能有助于治。乃侍从之臣相与论思之力也；而此序无一词不谄，尚何望其开广德意哉？盖此书以序而晦，不以序而显，学者宜审观也。②

---

① 叶适：《水心先生文集》卷二十九，四部丛刊初编本。

② 叶适：《习学记言序目》卷四十七，中华书局1977年版，第696页。

叶适并不简单否定“由文合道”，只是要求“深明统纪，洞见本末”；但周必大的序，“均年析号，各擅其美”，无所甄别。与之相反，在叶适的“文学史”里，文的发展是跌宕起伏的：

> 文字之兴，萌芽于柳开、穆修，而欧阳修最有力，曾巩、王安石、苏洵父子继之始大振，故苏氏谓：“虽天圣、景祐，斯文终有愧于古。”此论世所共知，不可改。安得均年析号，各擅其美乎？及王氏用事，以周孔自比，掩绝前作。程氏兄弟，发明道学，从者十八九，文字遂复沦坏。

在叶适看来，王氏用事与道学发明都是文字沦坏的原因。我们发现，当叶适明确指出道学对文学的戕害时，他就彻底地跟程朱理学派所建构的道学谱系分裂了。因此，对于叶适来说，要将南宋的文统上接北宋，必须绕过道学派，建立自己的谱系。① 也就是说，叶适必须找到一个有分量的人物来完成“后苏轼时代”的文统接续。在《巽岩集序》中，他对李焘给予了极高的评价。“李氏《续通鉴》，春秋之后才有此书”，李焘又“与公子参知政事(李)壁、湖北帅(李)埴善”。“埴至金陵，以公集示”，叶适一见异之，期以厚望：

> 自有文字以来，名世数十，大抵以笔势纵放，凌厉驰骋为极功。风霆怒而江河流，六骥调而八音和，春辉秋明而海澄岳静也。高者自能，余则勉而効之矣。虽然，此韩愈所谓“下逮庄骚，其上无是”也。观公大篇详而正，短语简而法。初未尝藻黼琢镂，以媚俗为意。曾点之瑟方希，化人之酒欲清。又非以声色臭味自怡悦

① 对于叶适与道学派的决裂，晚宋的周密深表膺服：“宋之文治虽盛，然诸老率崇性理、卑艺文。朱氏主程而抑苏，吕氏《文鉴》去取多朱意，故文字多遗落者，极可惜。水心叶氏云：‘洛学兴而文字坏。’至哉言乎！”(周密：《浩然斋雅谈》卷上，《景印文渊阁四库全书》，台湾“商务印书馆”1983年版，第1481册，第825页)可见叶适身处于理学强势的时代所具有的锐利眼光，仍得后人之认可。

也。独于古文，《坚学》《堂上》之议，起虞造周，如挈裘领振之焉。固遗其下而独至其上者欤？蜀自三苏死，公父子兄弟后起，兼方合流，以就家学，综练古今名实之际，有补于世，天下传以继苏氏。①

叶适认为李焘“大篇详而正，短语简而法”，其“兼方合流，以就家学”，“综练古今名实之际，有补于世”，从而“天下传以继苏氏”。

正如黄震指出“水心此言亦写胸中之所自得者欤”②，叶适隐而未发的想法，为其后学所发挥。赵汝谠为乃师文集作序，有曰：

备众文名，一家言者，在唐始著，前不多见也。先生之作，从壮至老，由今并古，日迈月超，神心穷，天地伟，刻动海岳，翼然如登明堂，入清庙，黻冕崇丽，金奏而玉应，其光耀变化，如骊龙翔而庆云随也。盛矣哉，其于文乎！粹矣哉。其于道乎！③

在其后学眼中，叶适的创作差不多就是欧、苏“我所谓文，必与道俱”的再现④。在赵汝谠的“文学史”中，文与道离有两种情况：

盖周典孔籍之奥不传，左册马书之妙不续，诗迄韦张，骚降景宋，华与质始判，正与奇始分，道失其统绪久矣。世遂以文为可玩之物，争慕趍之，骋驰以其力，雕锼以其巧，彰施以其色，畅达以其才，无不自托于文而道益离矣，岂能言易知言难欤。或者反之则曰：吾亦有道焉尔，文奚为哉！

① 叶适：《水心先生文集》卷十二，四部丛刊初编本。

② 黄震：《黄氏日抄》卷六十八，《景印文渊阁四库全书》，台湾“商务印书馆”1983年版，第708册，第641页。

③ 叶适：《水心先生文集》卷首，四部丛刊初编本。

④ 张志烈、马德富、周裕锴主编：《苏轼全集校注·苏轼文集校注》卷六三《祭欧阳文忠公夫人文》，河北人民出版社2010年版，总第18册，第7047页。

赵汝譡特别批评了这两种不良倾向，一是重文离道；一是重道废文。那么事实上越汝譡就对西昆派和道学派都进行了否定。其续有言曰：

> 夫子不云乎"言之不文，行之不远"。六艺非万世之文乎？以词为经，以藻为纬，文人之文也；以事为经，以法为纬，史氏之文也；以理为经，以言为纬，圣哲之文也。本之圣哲而参之史，先生之文也，乃所谓大成也。欲植杰木必丰其根，欲潴巨泽必浚其源。文，其泽、木也；学，其根、源也。学与文，相为无穷也，是果专在笔墨间乎。

他进一步区分了三种文：文人之文、史氏之文、圣哲之文；随后他认为叶适则是本之圣哲而参以史氏，可谓大成。所谓学为文之根源，文为学之泽木，在赵汝譡看来，只有乃师叶适是最符合要求的。而这仍然是需要有文献凭据的：

> （水心）集起淳熙壬寅（1182），更三朝，四十余年中，期运通塞，人物散聚，政化隆替，策虑安危，往往发之于文，读之者可以感慨矣，故一用编年，庶有考也。昔欧阳公独擅碑铭，其于世道消长进退，与其当时贤卿大夫功行，以及闾巷、山岩朴儒幽士，隐晦未光者，皆述焉，辅史而行，其意深矣。此先生之志也。

因此，《水心集》即是叶适四十余年对时政起伏与人物荣枯体验的凝聚，这正是叶适能接续文统的文献标志。

王象祖《答车若水书》更尝试将叶适的统绪向后延伸。

> 独水心持作者之权，一时门人，孰非升堂？孰为入室？晚得陈筼窗而授之柄。今筼窗之门亦夥矣。求其可授者，未有也。人才之续绝，天运之盈亏也。斯文之隆替，国家之治乱也。前者琼出，后

者貌(藐)然，则识者惧矣。①

在王象祖眼中，叶适传授于陈耆卿，陈耆卿则忧其后不得其传。而车若水则试图用吴子良来接绪陈耆卿的统绪②。

淳祐癸卯(三年，1243)吴子良作《筼窗续集序》，水心一门的文统谱系则近乎完备了。其序曰：

> 文有统绪，有气脉。统绪植于正而绵延，枝派旁出者无与也；气脉培之厚而盛大，华藻外饰者无与也。六籍尚矣，非直以文称，而言文者，辄先焉，不曰"统绪之端，气脉之元"乎？

吴子良首先提出"统绪之端，气脉之元"，意思是气脉为统绪之根本。接下来，他用这个"气脉"理论对自汉至宋的文统作了一个全面的清理。

> 自周以降，文莫盛于汉唐宋。汉之文以贾马倡，接之者更生、子云、孟坚其徒也。唐之文以韩柳倡，接之者习之、持正其徒也。宋东都之文，以欧、苏、曾倡，接之者无咎、无己、文潜其徒也。宋南渡之文，以吕、叶倡，接之者寿老其徒也。

这样，吴子良就建构了一个完整的文统：汉代：贾马—扬雄、班固；唐代：韩柳—李翱、皇甫嵩；北宋：欧阳修、苏轼、曾巩；南宋：吕祖谦、叶适—陈耆卿。吕、叶之前似乎已经形成共识，没有太大的问题。只是他需要费一些口舌来论证陈耆卿了：

① 车若水：《脚气集》，《景印文渊阁四库全书》，台湾"商务印书馆"1983年版，第865册，第533页。

② 《宋元学案》指出："自水心传于筼窗，以至荆溪，文胜于学。阆风则但以文著矣。"(黄宗羲：《宋元学案》，中华书局1982年版，第1825页)入元之后，戴表元"闵宋季文章萎薾，慨然以振起斯文为己任"，"至元、大德间，东南以文章大家名者，唯先生而已。"(同上书，第2875页)可见叶适一系确实能将文章统绪加以传承。

> 寿老少壮时，远参洙泗，近探伊洛，沉涵渊微，恢拓广大，固已下视笔墨町畦矣。及夫满而出之，则波浩渺而涛起伏，麓秀欝而峰崚嶒，户管摄而枢运转，舆卫设而冠冕雍容，其奇也非怪，其丽也非靡，其密也不乱，其疏也不断，其周旋乎贾、马、韩、柳、欧、苏、曾之间，疆场甚宽，而步武甚的也。不幸吕公不及见，而叶公晚见之，惊诧起立，为序其所著《论孟纪蒙》若干卷，《篔窗初集》若干卷，以为学游、谢而文晁、张也，至其独得于古圣贤者。中夜授，垂死嘱焉，而曰："吾向以语吕公伯恭，今以语寿老，四十年矣。"

吴子良一方面将宋代文统上溯至汉唐，另一方面，他又将南宋文统上接北宋欧、苏、曾以及晁、陈、张。陈耆卿"学游谢而文晁张也"，言下之意，陈耆卿是接续了叶适的统绪的。

> 叶公既没，篔窗之文，遂岿然为世宗，盖其统绪正而气脉厚也。自元祐后谈理者祖程，论文者宗苏，而理与文分为二，吕公病其然，思融会之，故吕公之文早葩而晚实，逮至叶公穷高极深，精妙卓特，备天地之奇变，而只字半简无虚设者，寿老一见亦奋跃策而追之，几及焉。

叶适与吕祖谦都曾想融汇"谈理者祖程，论文者宗苏"其间的分歧，但吕祖谦"早葩而晚实"，未能融汇无间。只有叶适才能"穷高极深，精妙卓特"。陈耆卿接续的正是叶适的统绪，那又以何为据呢？

> 然则所谓统绪正而气脉厚也，又岂直文而已。余十六从篔窗，二十四从叶公，公亦以嘱篔窗者嘱予也，惰不复进，每遐想太息之。故于《篔窗初集》，既以锓之海陵，而今复并其《续集》锓之豫章，使夫统绪气脉之传来者，尚有考也。①

① 吴子良：《续集序》，陈耆卿《篔窗集》卷首，《景印文渊阁四库全书》，台湾"商务印书馆"1983年版，第1178册，第3~4页。

吴子良“于篔窗《初集》既以锓之海陵，而今复并其《续集》锓之豫章”，其目的即在于“使夫统绪气脉之传，来者尚有考也”。通过文集刻印，陈耆卿的《篔窗》诸集就成为文统接绪的符号了。在他们看来，永嘉之重道而不废文，实在是南宋文统的最合格的延续谱系了。

七、结　　语

本尼迪克特·安德森在《想象的共同体》中指出：

> 知觉到自己深深植根于一个世俗的连续的时间之中，并且知觉到这虽然暗示了连续性，却也暗示了“遗忘”这个连续性经验(这是18世纪晚期的历史断裂的产物)——这样的知觉，引发了对“认同”的叙述的需要。……唯一的替代方案是以“溯时间之流而上”的方式来为民族立传。①

借此以观，经历元祐党禁与靖康之乱的苏学如何在南宋重建，并开启新的统绪，对于南宋官方和士林，其实是一个涉及民族文化认同的重大问题。综上所述，高、孝两帝从鼓励苏门文集刊印和推恩元祐子弟入手，将苏学重建作为元祐学术复兴的首要工作。洪炎对山谷集的编次已经表现出对黄庭坚师出坡门到自立门户的体认。其后，眉山之宗遂隐没于江西诗派法席盛行之下。周必大通过肯定徽宗朝的庙堂文学之盛和标举曾经师从苏轼的王安中，试图抹平元祐到南渡的文化断层。杨万里则通过对王庭珪的表出，尝试用文禁期间坡谷尊奉的文化潜流的发掘，来实现乡贤斯文的接续。从朱熹的义理批评和魏了翁的气节凸显，道学派竭力将苏轼整合进入道学的理论体系之中。如果说吕祖谦在《皇朝文鉴》中

---

① [美]本尼迪克特·安德森著，吴叡人译：《想象的共同体：民族主义的起源与散布》，上海人民出版社2011年版，第200页。

对苏文的推崇促进了苏文的经典化，《古文关键》则代表了苏文进入时文之后的全面程式化。叶适通过称誉文史合一的李焘来延续苏文统绪，直到他自己被后学陈耆卿、吴子良等建构成为南渡之后接续文统的关键人物。总体看来，苏文在南宋经历了皇家的定型与延续、名臣的修补和发掘、江西诗派的分立与掩映、道学家批评与重构、东莱吕氏的经典化与程式化、永嘉叶适的自得与传承等多种变化，其间的苏文曲折都与南宋文学继往开新的艰难探索相伴始终。

第六章　服膺斯文：宋代文人的文献收藏与裒辑及其文化意识

《四库总目提要·十先生奥论注》在提到方恬文集时，不无遗憾地指出："宋人文集名著史册者，今已十佚其八九。而名姓无闻、篇章湮灭，如集中方恬诸人者，更指不胜屈。"①祝尚书先生在《宋人别集叙录》前言中亦指出："盖有幸流传至今的，仅是原有编集中的十百分之一而已。"②文籍的大量散亡，使今天的我们所能看到的宋代文学，只能是一幅残缺的画卷而已。需要指出的是，所谓的"有幸流传至今"，并非得于上天垂怜；这些传世文集中其实沉浸着无数文人为斯文不绝而前赴后继的身影。他们付出的艰辛和经历的曲折足令我们为之动容。在我们看来，通过作者本人或亲友(或门人故旧)的自觉收藏与勉力裒辑，文学文献得的形成，从而为作品传播提供物质基础。③ 如果说散佚凸显了裒辑的必要，那么保藏则为之提供了可能。

---

① 佚名：《十先生奥论注》卷首，《景印文渊阁四库全书》，台湾"商务印书馆"1983年版，第1362册，第28页。

② 祝尚书：《宋人别集叙录》，中华书局1999年版，前言：第1页。

③ 人们将文人的作品收集起来(即辑佚，本章称为裒辑)，再按一定的体例排列组合(编次)，或辅以相应的解释(注释，注解)，今天归属于文献学研究的范畴。可参见张舜徽：《中国文献学》(中州书画社1982年版)第二章"注解"、第六章"辑佚"，张富祥：《宋代文献学研究》(上海古籍出版社2006年版)第四章"注释学"、第九章"辑佚学"诸处的论述。

一、保藏：创造对一个共同体的信心

一些作者在生之时即将平生所作编次成集。唐代白居易，在其晚年"自勒文集，成五十卷，后集二十卷，皆写本，寄藏庐山东林寺，又藏龙门香山寺"①，已经表现出自觉的保存意识。与唐人相比，宋代文人的编集更显频繁。比较常见的情况是，当诗人进入某一新的人生阶段时，对此前的作品进行裒辑。如秦观早年作诗，效法李贺，所作诗稿辄投于随行布囊之中。元丰七年(1084)冬，在将赴京师之前，他将囊中的文稿一并取出，得数百篇，删去"辞鄙而悖于理者"，"其可存者，古律体诗百十有二，杂文四十有九，从游之诗附见者五十有六，合二百一十七篇"，"次为十卷，号《淮海居士闲居集》"②。另外，在某种特别的人生体验之后，文人也会对作品进行裒辑。比如石延年，其初"性懒，有作不能录"。"早时鲜记数百篇，过壮记益衰，近几尽废"。直至后来，"有收百篇来者，览之，或尚能识，或如非已言，久乃能辨"，方才有所警醒，"遂并近诗，存三百篇，藏之于家"③。又如贺铸早年学诗，稍不中意，则付之一炬。待年岁过壮，转而"念前日之爨烬为妄弃也"，于是"裒拾其余"，编为《庆湖遗老集》④。或者在思想认识的转折时期，文人对此前作品进行裒辑。如永嘉陈耆卿曾经致力于词章之学，但科举中第之后，他决心将精力转向义理之学。此时，他回顾前作，感念"畴昔劳瘁"，而"不忍付之埃土"，遂"择其粗可予怀者"⑤，录而藏

① 宋敏求：《春明退朝录》下，《唐宋史料笔记丛刊》，中华书局 1980 年版，第 42 页。

② 秦观：《淮海闲居集序》，《淮海集》之《后集》卷六，四部丛刊初编本。

③ 刘克庄撰，王秀梅点校：《后村诗话》之《续集》卷一，中华书局 1983 年版，第 89 页。

④ 贺铸：《庆湖遗老诗集》卷首，《景印文渊阁四库全书》，台湾"商务印书馆"1983 年版，第 1123 册，第 196~197 页。

⑤ 陈耆卿：《筼窗集》卷首，《景印文渊阁四库全书》，台湾"商务印书馆"1983 年版，第 1178 册，第 4 页。

之。江湖诗派中的姚镛，亦与此相类。他壮年“喜学文而苦于拙涩”，谪于衡州之后，“杜门省咎”之外，“稍尽力于圣经言传”，时将旧稿自读，“大有愧焉，将畀烈炬”，感其间颇有“类鸡肋者”，弃之可惜，故“因为一编”，“以识予愧”。① 有时作者自觉才华不足，但深感随意弃之，毕竟可惜，仍然自行保藏。如武衍“学诗三十年，投质于宗工名胜者甚多，藏拙之余，仅存此稿”②，遂将其文集命名为《藏拙余稿》。又如姜特立，“既备数宫属，入则番直，出则应酬，无复‘灞桥风雪’间思也。时时作应用小诗，虽有惭大雅，譬如鸡肋，不忍弃也，故录之名曰《续稿》”③。可见，对于作者来说，自身阶段性作品，往往意味着一段不可忘怀的人生，故自觉保存与编集。④

亲友故旧亦是文献保藏的重要力量。对于文人士夫来说，诗书往来是与亲故交往的主要渠道。文人亡故之后，其遗文存于亲友故交之处，多得珍视。如周源之父曾与余靖为故交，周父每得余靖文书，“必命别藏巾箧”⑤。这些被珍藏的文书，成为文集编辑的重要资料来源。后来余仲荀编辑其父余靖文集，即从周源之处有所获取。又如慕容纶裒辑乃祖慕容彦逢文集，曾“力于亲旧间搜访所藏”，亦“尚及千篇”⑥。如果编者本人即与作者有诗文往来，则其裒辑之时，自然得其方便。如孙觌曾与葛胜仲同州里，“视公为前辈盛德”，而“与公群从游最久”，“故蓄

---

① 姚镛：《雪蓬稿》，陈起编：《江湖小集》卷五十一，《景印文渊阁四库全书》，台湾“商务印书馆”1983 年版，第 1357 册，第 383 页。

② 武衍：《藏拙余稿》，陈起编：《江湖小集》卷九十三，《景印文渊阁四库全书》，台湾“商务印书馆”1983 年版，第 1357 册，第 678 页。

③ 姜特立：《梅山续稿》卷一，《景印文渊阁四库全书》，台湾“商务印书馆”1983 年版，第 1170 册，第 13 页。

④ ［美］本尼迪克特·安德森著，吴叡人译：《想象的共同体：民族主义的起源与散布》，上海人民出版社 2011 年版，第 31 页。

⑤ 周源：《武溪集序》，余靖：《武溪集》卷首，《景印文渊阁四库全书》，台湾“商务印书馆”1983 年版，第 1089 册，第 3 页。

⑥ 刘兴祖：《序》，慕容彦逢：《摛文堂集》卷首，《景印文渊阁四库全书》，台湾“商务印书馆”1983 年版，第 1123 册，第 299 页。

公诗文为多”，“校今所藏，犹有在八十卷之外者”①。编集之时，孙觌叹曰：“残年投老，复睹巨丽，如获拱宝，三叹之余，乃序次以为公书首。”又朱熹哀辑张栻遗文，“复益为求访，得诸四方学者所传，凡数十篇”。在张栻之弟(定叟)处所获“四巨编”。加之朱熹自己也与张栻亦交情深笃，“又发吾箧，出其往还书疏读之，亦多有可传者”②。在我们看来，这些文人之间的来往诗文，是一段段具有连接与约定作用的共同经验和互相期待，它们创造并维护着文人之间的相互信任。事实上，这些文献不仅把文人和他身边的人连接到一起，而且构造出一个共同的、共享的意义体系③。

诗友传抄、传诵亦是文献保存的重要渠道。作品在写成之后，文人之间或有传抄，或有记诵。如谢伯初“当天圣、景祐之间，以诗知名”，欧阳修谪夷陵时，谢为许州法曹，曾以长韵见寄，其间“颇多佳句”，“皆无愧于唐诸贤”。但由于仕宦不偶，终以困穷而卒，其诗不见于世，其家亦流落不知所在。幸运的是，历三十五年，欧阳修犹能诵之。欧阳修深感“盖其人不幸既可哀，其诗沦弃亦可惜”④，因录于诗话，其诗遂凭《六一诗话》之见录而得免全佚。另外，唐庚有诗佚于集外。宣和元年(1119)，强幼安曾与唐庚、关注等同游，诸人互有酬唱次韵。唐庚尝次韵强幼安《冬日旅舍诗》，又有《次留别》诗，“盖绝笔于是”，并为“集者逸之”⑤，幸得强幼安追录，得免散佚。又刘应奎(成伯)重辑其兄刘黻之遗文时，“每追念先生，不无遗憾”，“于撰述之仅有存者，乃于铅椠散失之余，或得之断简残篇，或得之朋友记识”，“若诗若文，

① 孙觌：《丹阳集序》，《鸿庆居士集》卷三十，《景印文渊阁四库全书》，台湾“商务印书馆”1983年版，第1135册，第306页。

② 朱熹：《晦庵先生朱文公文集》卷七十六《张南轩文集序》，四部刊初编本。

③ [德]扬·阿斯曼著，金寿福、黄晓晨译：《文化记忆：早期高级文化中的文字、回忆和政治身份》，北京大学出版社2015年版，第6~7页。

④ 欧阳修：《六一诗话》，何文焕辑：《历代诗话》，中华书局1981年版，第270~271页。

⑤ 强幼安：《唐子西文录》，何文焕辑：《历代诗话》，中华书局1981年版，第442页。

裒聚止四卷，为《蒙川先生遗稿》”①。又如贺铸所作，其《前集》为作者手自编定，而《后集》至南宋时，经兵火而散失。其子贺廪裒辑之时，除“近搜故稿所遗”之外，还“及于佛祠庙宇题咏，洎碑刻镌勒”，“并士大夫亲戚传诵”②，“得其一二”。我们可以如此理解：故友、兄弟、子孙、亲戚，他们由共享作家的思想③，而共同参与到其作品的传播之中；同时，作者—藏者—传者—编者—读者，通过作品(甚至断简残篇)的传播而成为有联系的整体。

显然，墨迹文稿是文人收藏的最爱。有宋一代，作品手迹为文人看重并加以珍藏者，苏轼可谓典型。据《渑水燕谈录》卷四所载：“子瞻文章议论，独出当世，风格高迈，真谪仙人也；至于书画，亦皆精绝。故其简笔才落手，即为人藏去，有得真迹者，重于珠玉。”④人们对之非常珍视，竞相收藏。庄绰《鸡肋编》提到：东坡到惠州之后，曾致书晁无咎。晁无咎收到书信之后，在此书之后并有题跋。庄绰之先君曾收罗此书。另有“东坡书白纻词与四学士各写其诗词”等“凡二十轴”，庄绰先君“悬之照耀堂宇”⑤，曾“为利诱势胁”，“于大观之后，幸能保守”。又王珪(郇公)曾经以翰林学士知举，曾得到苏轼的《论》与《策》二卷稿本。其间“《论》即《刑赏忠厚之至》也”⑥，“凡三次起草，虽稿亦记涂注，其慎如此”，颇可见苏轼写作态度之严谨。此稿后为道人梁冲所

① 刘应奎：《蒙川遗稿序》，刘黻：《蒙川遗稿》卷首，《景印文渊阁四库全书》，台湾“商务印书馆”1983年版，第1182册，第640页。

② 贺铸：《庆湖遗老诗集》补遗，《景印文渊阁四库全书》，台湾“商务印书馆”1983年版，第1123册，第289页。

③ [法]塔尔德著，[美]克拉克编，何道宽译：《传播与社会影响》，中国人民大学出版社2005年版，第214页。

④ 王辟之撰，吕友仁点校：《渑水燕谈录》卷四，《唐宋史料笔记丛刊》，中华书局1981年版，第42页。

⑤ 庄绰：《鸡肋编》卷上，中华书局1983年版，第36~37页。庄绰续曰：“靖康中，颍川遭金虏之祸，化为烟尘。往来于心，迨今不能已已。珠玉可致，而此不可再得。是可恨也!”在靖康之乱之中却不幸毁于战火。

⑥ 李廌撰，孔凡礼点校：《师友谈记》，《唐宋史料笔记丛刊》，中华书局2002年版，第24页。

窃，王珪子王仲薿“欲诉于官”来讨回。苏轼在儋耳，尝自写平生所作八赋，以不脱误一字，以卜还中州气象。① 周辉《清波杂志》卷二追载这幅八赋墨迹后来流传世间的情况：

> 八赋墨迹，初归梁师成，后入禁中。辉在建康，于老尼处得东坡元祐间绫帕子，上所书《薄命佳人诗》，末两句全用草圣，笔势尤超逸。尼时年八十余矣。又于吕公经甫少卿家见所书《伤春词》……二墨迹屡经兵火而尚存，诚宜珍秘。②

苏轼所书八赋、《薄命佳人诗》、《伤春词》的墨迹都经历战乱兵火而能保存下来，非常值得珍藏。还有苏辙之婿王迥，“绍兴间，其家尽裒东坡兄弟往来简帖示人，然散失亦多矣”③。至其孙王寀“以母宗女恩得右职，常为镇江都统司机宜，开其所得帖于都统司”。又有《谢赐御书诗》“绣裳画衮云垂地”者，“并表用绢，朱界以写之”，“其自珍如此”。其他文坛巨子之墨帖，亦往往为时人所重。朱弁闲居洧上之时，与洛、许故族子弟与游，曾说及“黄鲁直论晁无咎、秦少游、王介甫文章”事。座客曾有见欧阳修《答人论介甫文》帖者，晁之道亦称曾见此帖。此帖当为欧阳修遗张方平，而孙元忠曾为张方平门客时得之。时此帖已归于孙元忠处，其子“秘藏”之，“非气类者不出以示之”④。此外，南宋王庭珪的作品，亦受人珍视，所谓“人得其片言只字，宝藏十革，虽玉府所谓珠盘玉敦，未足为珍”，胡铨叹曰：“由是观之，以文章比珠玉，

---

① 朱弁：《曲洧旧闻》，《唐宋史料笔记丛刊》，中华书局2002年版，第157页。

② 周辉撰，刘永翔校注：《清波杂志校注》卷二，《唐宋史料笔记丛刊》，中华书局1994年版，第59页。

③ 赵彦卫：《云麓漫钞》卷十，《唐宋史料笔记丛刊》，中华书局1996年版，第168页。

④ 朱弁撰，孔凡礼点校：《曲洧旧闻》卷三，《唐宋史料笔记丛刊》，中华书局2002年版，第123页。

未足过论”①。我们可以理解，文人收藏，即通过讲述共同拥有的故事，巩固着集体的认同（即“气类者”），并促进收藏者行动的一致②：他们对于藏品，或者“并表用绢，朱界以写之”，或者“笥而藏之如至宝”，甚至“悬之照耀堂宇”。这些收藏的故事往往促使收藏行为表现出某种神圣性。

墨迹藏品自然成为文集裒辑的重要来源。如黄庭坚的作品，其别集乃其诸孙黄䍐所编，有跋曰：“䍐不肖，窃闻先训，用是类次家所传集，博求散亡，得八百六十六首……凡真迹藏于士大夫家及见诸石刻者，咸疏于左。”③又如建炎末，李处权曾经避乱于刘伯仲家，得到非常周到的照顾，李在其家多有所作，故其家收藏其诗文甚多。而后六年“殁于荆州”，“不获再见”，“诸子流落湖外”④。藏于刘仲家的原稿，“遗编断稿多为喜吟咏者持去”，其弟李处全“因裒辑少日所记，与十数年来摭拾得之于亲旧间者四百余篇”，寄给陈安民，并请其转交刘伯仲，“以满其好事乐善之意”，为结集刊印做了重要的前期工作。又如沈与求的作品，张叔椿作序称：“崇论竑议，鸿文大册，天下传而诵之，谓常杨燕许复出矣。”⑤正是由于张叔椿的收藏与裒辑，沈与求的作品得以结集。正如李处全对其兄李处权之作，“心常慊焉”，深以为憾，“每恨不获锓版与吾人共之”；张叔椿对于沈与求的作品，“每得一篇，笥而藏之如至宝”，“每以不及全见斯文为恨”；亦如张九成的著述“天下罔有阙违”，“独简帖字画，得者稀少”，时“僧源上人有藏先生简帖十余纸，

① 胡铨：《卢溪文集序》，王庭珪：《卢溪文集》卷首，《景印文渊阁四库全书》，台湾“商务印书馆”1983年版，第1134册，第99页。

② ［德］扬·阿斯曼著，金寿福、黄晓晨译：《文化记忆：早期高级文化中的文字、回忆和政治身份》，北京大学出版社2015年版，第148页。

③ 黄䍐：《豫章别集跋》（嘉靖本《豫章别集》卷末）。此转引自祝尚书：《宋人别集叙录》卷十一，中华书局1999年版，第504页。

④ 李处全：《崧庵集序》，李处权：《崧庵集》卷首，《景印文渊阁四库全书》，台湾“商务印书馆”1983年版，第1135册，第579页。

⑤ 张叔椿：《叙》，沈与求：《沈忠敏公龟溪集》卷首，四部丛刊续编本。

即命工刊之”，“既而故家皆出所藏以献，悉刻之不遗”①。他们为追求一种共享的文化而勉力于收藏、裒辑、编次、校勘，乃至雕版刻印。对社会而言，文献的裒辑与编次，其意义在于建构与维护某种“定型性文本”，这显然是读书人文化共享的基础。

本尼迪克特·安德森在讨论报纸对现代民族的塑造作用时，指出：

> 报纸的读者们在看到和他自己那份一模一样的报纸也同样在地铁、理发厅或者邻居处被消费时，更是持续地确信那个想象的世界就植根于日常生活中，清晰可见。……虚构静静而持续地渗透到现实之中，创造出人们对一个匿名的共同体不寻常的信心。②

宋代文人对先贤作品的收藏当然无法与现代报纸的普遍消费相提并论，但就他们心中虚构的“匿名的共同体”而言，仍有相似之处——他们都对“斯文”之汇聚抱有某种特别的责任感与自信心。我们看到的是，这些宗归儒、佛的人们，他们或许是读书人，或许是与读书人有关联，曾经无怨无悔地收藏着作者的诗文作品，而当作者文集付刻之时，又毫不吝啬地将这些作品献出，使文集编印得其全璧，以与天下人共之。表面看来，他们不过在做读书人的本分之事。深度看来，从事文献的保藏其实往往是文人身份得以定义，或得以校验的基本方式。③

二、散亡：我们需要一种共同文化

作品的毁弃其实与作品的产生相伴始终，有时是作者自己所为。比

① 于有成：《横浦先生文集序》，张九成：《横浦先生文集》，宋刊本卷首。此转引自祝尚书：《宋人别集叙录》卷十八，中华书局1999年版，第847页。

② ［美］本尼迪克特·安德森著，吴叡人译：《想象的共同体：民族主义的起源与散布》，上海人民出版社2011年版，第32页。

③ ［德］扬·阿斯曼著，金寿福、黄晓晨译：《文化记忆：早期高级文化中的文字、回忆和政治身份》，北京大学出版社2015年版，第148页。

如作者自认为作品不足传世，往往主动毁弃。如宋初陈抟："祥符八年(1015)岁旦，山斋晓起，服道衣，聚诸生列饭，取平生文稿，悉焚之。酒数行而逝。"①或者，作者本人对作品不注重保存，遂使作品散亡。如林逋之诗，"时人贵重甚于宝玉"，但"先生未尝自贵也，就辄弃之，故所存百无一二焉"，梅尧臣叹曰："呜呼，惜哉。"②南宋李曾伯自述："余自弱冠共子职，既而从诸公，幙历中外。泓颖不灵，终其身吏俗中，间随事以酬应，托意于模写。自少而壮，壮而老，夭阏剡藤者多矣。"③他的作品虽然数量不少，但由于其间"其弃而酱蒙药褚，不复可记忆"，也就散佚了。更为常见的情况是，作家创作成熟之后，因悔其少作，而毁弃之。宋祁"每见旧所作文章，憎之，必欲烧弃"④。还有黄庭坚："旧有诗千余篇，中岁焚三之二，存者无几，故自名《焦尾集》。"⑤陈师道亦是如此，"为文至多，少不中意则焚之"⑥。韩元吉亦有《焦尾集》，其自序略曰："予时所作歌词，间亦为人传道，有未免于俗者，取而焚之。然犹不能尽弃焉，目为《焦尾集》，以其焚之余也。"⑦至于单篇删落者，更难以尽列。如刘克庄《南岳旧稿》原以《惟扬客舍》为首篇，而后编选诸集，又将之删落不取⑧。杨万里亦是如此。他作诗初学江西，其后出江西而上溯至唐诗。淳熙十五年(1188)在其

① 文莹：《玉壶清话》卷八，《唐宋史料笔记丛刊》，中华书局1984年版，第77页。

② 梅尧臣著，朱东润编年校注：《梅尧臣集编年校注》拾遗，上海古籍出版社2006年版，第1150页。

③ 李曾伯：《可斋杂稿自序》，《可斋杂稿》卷首，《景印文渊阁四库全书》，台湾"商务印书馆"1983年版，第1179册，第164页。

④ 吴曾：《能改斋漫录》卷十，上海古籍出版社1979年版，第302页。

⑤ 叶梦得：《避暑录话》卷上，《全宋笔记》，大象出版社2013年版，第二编，第10册，第272~273页。

⑥ 晁公武撰，张猛校证：《昭德先生郡斋读书志》卷十九，上海古籍出版社1990年版，第1018页。

⑦ 韩元吉：《焦尾集序》，《南涧甲乙稿》卷十四，《景印文渊阁四库全书》，台湾"商务印书馆"1983年版，第1165册，第200页。

⑧ 侯体健：《汰择与类编：从编集传播看两种宋刻刘克庄作品集的学术意义》，《江西师范大学学报》2010年第4期，第56~57页。

《江湖集序》中，自曰："予少作有诗千余篇，至绍兴壬午(1162)七月皆焚之，大概江西体也。"①正如许棐所谓"玉不择则不纯，香不简则不妙"②，出于存优汰劣的目的，作者自我毁弃，或可使文集变为精胜。如果说作品自我保存，是作者想要与读者共享一些记忆，那么作品的毁弃则意味着作者想要"遗忘"掉一些记忆③：或者是不堪回首的人生经历，或者是不愿忆及的诗学道路。换言之，作者精益求精的态度之中，隐藏着作者对自我的修剪或删除。

作品毁弃更多是外力施加，令人无可奈何。兵乱战火对文献的摧残是最为严重的。我们前面提到，单篇作品往往以墨宝或书札的形式保存于作者本人或者亲友手中。不幸的是，一旦遭遇战火，这些单篇作品往往散佚无存。如周紫芝《竹坡诗话》提到其家所藏黄庭坚墨妙《谢李邦直送斋云龙茶诗》，所谓"斋云从龙小苍壁，元丰至今人未识"者是也。为其家所藏，"用川麻矮纸作巨轴书，如拳许大，字画飞动，可与《瘗鹤铭》《离堆记》争雄"。后遭遇绍兴兵乱，"姑溪诗帖两牛腰，并与山谷墨妙，为之一空"④。可不叹哉！即使已经编次成集的文集，经历兵烬，亦可能散亡无余。如朱长文的作品，据其侄朱思《乐圃余稿序》曰："《乐圃文集》旧百卷……罹建炎兵火之难，吴城失守，一日翦为劫灰。"⑤另孙觌的文集亦受兵火之厄，据其子向周必大求序时所称："先君文稿，中更兵烬，存者无几。"⑥又如文彦博的作品，据叶梦得作序称："公平生所为文章，上自朝廷典册，至于章奏议论，下及词赋歌

① 杨万里撰，辛更儒笺校：《杨万里集笺校》卷八〇《诚斋江湖集序》，中华书局2007年版，第3257页。

② 许棐：《跋四灵诗选》，陈起编：《江湖小集》卷七十六，《景印文渊阁四库全书》，台湾"商务印书馆"1983年版，第1357册，第601页。

③ [美]本尼迪克特·安德森著，吴叡人译：《想象的共同体：民族主义的起源与散布》，上海人民出版社2011年版，第194页。

④ 周紫芝：《竹坡诗话》，何文焕辑：《历代诗话》，中华书局1981年版，第344页。

⑤ 转引自祝尚书：《宋人别集叙录》卷十，中华书局1999年版，第481页。

⑥ 周必大：《鸿庆居士集序》，孙觌：《鸿庆居士集》卷首，《景印文渊阁四库全书》，台湾"商务印书馆"1983年版，第1135册，第2页。

诗，闲适之辞，世犹未尽见。”可惜，“兵兴以来，故家大族，多奔走迁移，于是公之集藏于家者，散亡无余”①。颇值提及的是张坚文集，其受兵火之灾，极为惨烈。洪迈《华阳老人文集序》提到：“建炎庚戌(1130)，家乡厄胡兵，箧椟贮臧，六丁下取略尽，煨燔所存，仅逮百一。”②其子张纲作跋敘之更详：

> 建炎己酉(1129)金虏南渡，犯浙东。明年三月，北归，所过焚剽无噍类，先君方待浙宪阙，居金坛，仓遑挈家奔句曲之西馆戴氏。一夕虏卒至，家人仅以身免，去未一里，而烈焰属天，由是数十年手泽，悉为煨烬无余。③

作者手稿，即“数十年手泽”，全部化为灰烬。洪皓所作诗文，亦受此厄。其长子洪适勉力裒辑而有跋曰：“先君以建炎己酉(1129)出疆，时年四十有二矣。平生著书多，悉留槜李。庚戌(建炎四年，1130)之春，厄于兵烬，无一存者。”④一般情况下，若原文集已经刻板，即使手稿被毁，仍可依本重印。如梅尧臣《宛陵先生文集》，汪伯彦作《重刊板序》曰：“《梅圣俞诗集》自遭兵火，残编断简，靡有全者；幸郡教官有善本。”⑤又如葛胜仲“文章粹雅琼绝，当世士夫仰之，俨如山斗”，“凡所著作，流布于人间者，孰不珍藏而喜读之。”当时已有刊本行世，“曩者洪君出守仪真，固尝锓板，以惠学者”，但“比以兵火蹂践，散失殆过其半”⑥。隆兴癸未(1163)，宋晓“不忍斯文之坠”，对葛胜仲文集特

---

① 马端临：《文献通考》卷二百三十四，中华书局1986年影印版，第1867页。

② 张纲：《华阳集》卷首，四部丛刊三编本。己酉，原作“巳酉”，显误。

③ 张坚：《华阳集跋》，张纲：《华阳集》卷四十，四部丛刊三编本。

④ 洪适：《原跋》，洪皓：《鄱阳集》卷首，《景印文渊阁四库全书》，台湾“商务印书馆”1983年版，第1133册，第393页。

⑤ 梅尧臣著，朱东润编年校注：《梅尧臣集编年校注》逸录八，上海古籍出版社2006年版，第1167页。

⑥ 葛胜仲：《丹阳集》卷二十三《原跋二首》，《景印文渊阁四库全书》，台湾“商务印书馆”1983年版，第1127册，第655~656页。

“搜访旧本，命工补阙”，“庶可传之永久”。即使士夫文集已经刊印，但经兵火之厄，印板亦可能因之而毁。如田锡文集之毁灭，颇令人感慨：“今汉嘉、田氏子孙，不知存亡，而文集板之在州者，亦毁于兵烬矣，可为永慨！”①可以看到，经兵火蹂践，单篇墨迹、既编之集、家藏之集，乃至既刊集板因之毁灭。此时，文人们对残存于世的文集，进行顽强的收集、补阙就显得特别的重要。我们可以理解，人们在文集搜访与补阙过程中，表现出“对残留物追本溯源的兴趣”②，其间隐含着延续“斯文”的责任承担。

政治的迫害也是书籍禁毁的重要原因。随着宋代的文官政治走上正轨，欧阳修等“开口揽时事，论议争煌煌”的诗歌干预政治的观念逐渐成为主流③。苏轼在《凫绎先生诗集叙》中以舍我其谁的气概指出：“言必中当世之过，凿凿乎如五谷必可以疗饥，断断乎如药石必可以伐病。”④但诗歌直接干预政治，也成为卷进政治斗争而罹祸的肇端。⑤ 印刷术的发生使“乌台诗案”中的罪与罚显得更为突出。⑥ 苏轼“作为诗文，谤讪朝政及中外臣僚，无所畏惮”⑦，“奉圣旨送御史台根勘”，“狱司必欲置之死地”。监察御史里行何大正札子里说：“（苏轼）所为讥讽文字，传于人者甚众。今犹取镂板而鬻于市者进呈”⑧；同样，御史舒亶的札子里也提到：“小则镂板，大则刻石，传播中外，自以为能。”

① 陈振孙：《直斋书录解题》卷十七，上海古籍出版社 1987 年版，第 489 页。

② ［德］阿莱达·阿斯曼著，潘璐译：《回忆空间：文化记忆的形式和变迁》，北京大学出版社 2016 年版，第 50 页。

③ 欧阳修撰，李之亮笺注：《欧阳修集编年笺注》卷二《镇阳读书》，巴蜀书社 2007 年版，第 1 册，第 88 页。

④ 张志烈、马德富、周裕锴主编：《苏轼全集校注·苏轼文集校注》卷一〇，河北人民出版社 2010 年版，总第 11 册，第 968 页。

⑤ 周裕锴：《宋代诗学通论》，上海古籍出版社 2007 年版，第 38 页。

⑥ ［日］内山精也：《苏轼文学与传播媒介——试论同时代文学与印刷媒体的关系》，《新宋学》第一辑，上海辞书出版社 2001 年版，第 261 页。

⑦ 蔡正孙：《诗林广记·后集》卷四，中华书局 1982 年版，第 257 页。

⑧ 朋九万：《东坡乌台诗案》，《丛书集成初编》，中华书局 1985 年版，第 1~2 页。

所以，问题不得不追溯到印刷传播上来。在御史们看来，苏轼作品之广泛印行，不仅是个人“不同政见”的表达，而成了政治的煽动，“或能牧养小民愚弄朝廷，妄自尊大，宣传中外，孰不叹惊”。因此，对苏轼文集的查禁从一开始就明确体现为政治的控制，“今法度未完，风俗未一，宜大明诛赏，以示天下”。乌台诗案结案后，深受伤害的苏轼在《答刘沔都曹书》说：“平生以言语文字见知于世，亦以此取疾于人，得失相补，不如不作之安也。以此常欲焚弃笔砚，为瘖默人。”①但政治的控制并不会因为个人的自畏而有所收敛。徽宗崇宁二年(1103)四月：“丁卯，诏毁吕公著、司马光、吕大防、范纯仁、刘挚、范百禄、梁焘、王岩叟景灵西京绘像。……乙亥，诏毁刊行《唐鉴》并三苏、秦、黄等文集。”②对元祐党人文集进行全面查禁。从某种程度上说，所谓的“元祐党人”正是在此次迫害中正式形成。宁宗庆元二年(1196)二月，省闱知举叶翥、倪思、刘德秀奏论文弊，上言：“伪学之魁以匹夫窃人主之柄，鼓动天下，故文风未能丕变，乞将《语录》之类，并行除毁，是科取士，稍涉义理，悉见黜落。六经、《语》《孟》《中庸》《大学》之书，为世大禁。”③庆元四年(1198)，朱熹《答刘季章书》曰：“向日石刻及今所刊三册，劝其且急收藏，不可印出。向后或欲更为此举，千万痛止之也。”④另一《答刘季章》书重申，文集编次锓木实乃“大祸之机”，“以自取祸”⑤，实“大不便”，作书力戒之。还提出其题跋“切不可便将出与人看”，“又刻石镂板二事，并望痛为止之。千万！至恳！至恳！”可见身处党禁漩涡之中的朱熹对作品传播怀有极大恐惧。纵观宋代历史，所谓的“伪党”“逆党”都与文集的查禁相关。理宗宝庆初发生的“江

① 张志烈、马德富、周裕锴主编：《苏轼全集校注·苏轼文集校注》卷五十五，河北人民出版社2010年版，总第16册，第5330页。

② 脱脱等：《宋史》卷十九《徽宗纪》，中华书局1977年版，第367页。

③ 不著撰人：《庆元党禁》，《景印文渊阁四库全书》，台湾“商务印书馆”1983年版，第451册，第31页。

④ 朱熹：《晦庵先生朱文公文集》卷二十九，四部丛刊初编本。

⑤ 朱熹：《晦庵先生朱文公文集》卷五十三，四部丛刊初编本。

湖诗案”①，其中就包括对陈思编刊《群贤小集》进行查禁。史弥远因怀疑所刊刘过集中有“谤己之言”，不仅刘过本人被逮捕，其他“同时不甚显贵之人”皆被牵连，甚至编刊者陈思“亦不免”②。“当国者见而恶之，并行贬斥”③，以好恶为是非，辄加查禁。只是，令他们始料未及的是，这些本身零散分布的诗人，因为承受了同样的权力迫害而逐渐被视作一个集体：江湖诗派。④

文籍不仅是文学的基本载体，也是历史的载体。孔子认为杞、宋历史不能言之的原因是“文献不足征”。他说：“足，则吾能征之矣。”⑤我们可以看出，在孔子的眼中，文化的传承，主要靠文籍与文人两种载体。当昔人作故之后，只有文籍可穿透时空，绵延不绝。所以，文籍的散亡，往往意味着“斯文”的灾难。在《跋京本〈家语〉》中，陆游对本朝图籍之散亡纪述甚详：宋绶藏书两遭回禄，而方策扫地；李淑藏书，经靖康兵火，亦散亡皆尽。江浙藏书，经金兵焚劫，“异时藏书之家，百不存一”，“纵有在者，又皆零落不全”⑥。陆游幸得京本《家语》，跋纪其事：“予旧收此书，得自京师，中遭兵火之余，一日于故箧中偶寻得之。”“而虫龁鼠伤，殆无全幅，缀缉累日，仅能成秩，乃命工裁去四周

① 方回选评，李庆甲集评校点：《瀛奎律髓汇评》卷二十，上海古籍出版社1986年版，第843~844页。

② 陈思编，陈世隆补：《两宋名贤小集》序，《景印文渊阁四库全书》，台湾“商务印书馆”1983年版，第1362册，第329页。

③ 罗大经：《鹤林玉露》卷十，中华书局1983年版，第188页。

④ [法]阿尔弗雷德·格罗塞著，王鲲译：《身份认同的困境》，社会科学文献出版社2010年版，第3页。

⑤ 郑玄注曰：“献犹贤也。”(何晏集解，邢昺疏：《论语注疏》卷三，阮元校刻：《十三经注疏》，中华书局1980年版，第2466页)朱熹集注：“文，典籍也；献，贤也。”(朱熹：《论语集注》卷二，《四书章句集注》，中华书局1983年版，第63页)合而言之，文献指有关典章制度的文字资料和多闻熟悉掌故的人。后专指有历史价值或参考价值的图书资料(汉语大词典编辑委员会、汉语大词典编纂处编：《汉语大词典》第6卷，汉语大词典出版社1993年版，第1546页)。

⑥ 陆游：《跋〈京本家语〉》，《渭南文集》卷二十八，《陆放翁全集》，中国书店1986年版，第169~170页。

所损者，别以纸装背之，遂成全书。”兵火之余，幸得此本，深加惜护，颇致感慨：“呜呼！予老懒目昏，虽不复读，然嗜书之心，固未衰也。后世子孙知此书得存之如此，则其余诸书幸而存者，为予宝惜之。”至绍熙五年(1194)，这部书又“脱坏不可挟”，子聿重装辑之，并示子惔。子惔感慨万千，再记曰：“方先少保书此时某年十四，今七十矣。不觉老泪之濡睫也。”

周密《齐东野语》卷十二极论“书籍之厄”。其称：“世间凡物未有聚而不散者，而书为甚。隋牛弘靖请开献书之路，极论废兴，述五厄之说，则书之厄也久矣，今姑摭其概言之。”①其叙皇家所藏，自“梁元帝江陵蓄古今图书十四万卷，隋嘉则殿书三十七万卷。唐惟贞观、开元最盛，两都各聚书四部至七万卷”。北宋的藏书：“宋宣和殿、太清楼、龙图阁、御府所储尤盛于前代，今可考者，《崇文总目》四十六类三万六百六十九卷，史馆一万五千余卷，余不能具数。”南渡以来：“复加集录馆阁书目五十二类四万四千四百八十六卷、续目一万四千九百余卷，是皆藏于官府耳。”士大夫家藏，亦代有所兴。“在前世如张华载书三十车，杜兼聚书万卷，韦述蓄书二万卷，邺侯插架三万卷，金楼子聚书八万卷，唐吴竞西斋一万三千四百余卷。”至宋朝，士大夫所藏尤盛，“如南都戚氏，历阳沈氏，庐山李氏，九江陈氏，番易吴氏，王文康，李文正，宋宣献，晁以道，刘壮舆，皆号藏书之富”。“邯郸李淑五十七类二万三千一百八十余卷，田镐三万卷，昭德晁氏二万四千五百卷，南都王仲至四万三千余卷”，而“类书浩博，若《太平御览》之类，复不与焉”。“次如曾南丰及李氏山房，亦皆一二万卷”，“然其后靡不厄于兵火者”。还有地方乡贤藏书。“至若吾乡故家如石林叶氏、贺氏，皆号藏书之多，至十万卷。其后齐斋倪氏，月河莫氏，竹斋沈氏，程氏，贺氏，皆号藏书之富，各不下数万余卷”，“亦皆散失无遗”。其间包括传录诸家，且作解题的陈振孙，“近年惟直斋陈氏书最多，盖尝仕于莆，

① 周密：《齐东野语》卷十二，《唐宋史料笔记丛刊》，中华书局1983年版，第216~218页。

传录夹漈郑氏、方氏、林氏、吴氏旧书至五万一千一百八十余卷，且仿《读书志》作解题，极其精详”，惜“近亦散失”。“至如秀嵓、东窗、凤山三李，高氏、牟氏皆蜀人，号为史家，所藏僻书尤多”，“今亦已无余矣”。甚至周密自己亦出自藏书世家：

> 吾家三世积累，先君子尤酷嗜，至鬻负郭之田以供笔札之用。冥搜极讨，不惮劳费，凡有书四万二十余卷，及三代以来金石之刻一千五百余种，度置“书种”“志雅”二堂，日事校雠，居然籯金之富。

不过，“余小子遭时多故，不善保藏，善和之书，一旦扫地”。周密“因考今昔，有感斯文，为之流涕”。扬·阿斯曼指出，“集体的认同”乃“通过使用共同的象征系统而促成的”①。借此以观，宋代的图书文献其实属于“象征性意义和符号系统”的重要方面，它承担着宋代乃至儒学世界“文化形态”生产与再生产的重任。由此，我们可以明白，陆游父子“老泪之濡睫”，周密“为之流涕”，不仅因为文籍散亡本身所造成的伤害，更多因“斯文”断裂（即“象征系统”消亡）而痛心疾首。②

---

① 扬·阿斯曼有曰：“因为语言并非只是关涉到词语、句子和篇章，同时也关涉到了例如仪式和舞蹈、固定的图案和装饰品、服装和文身、饮食、历史遗迹、图画、景观、路标和界标等。所有这些都可以被转化成符号用以对一种共同性进行编码。”（[德]扬·阿斯曼著，金寿福、黄晓晨译：《文化记忆：早期高级文化中的文字、回忆和政治身份》，北京大学出版社 2015 年版，第 144~145 页）可见其所说的“象征系统”涵括甚为广泛。

② 事实上，作品的残缺的确会造成作者的残缺、精神的残缺，乃至文学史的残缺。如中兴诗人尤袤，与陆、杨、范齐名（魏庆之著，王仲闻校勘：《诗人玉屑》卷二，古典文学出版社 1958 年版，第 14 页）。其集长期未尝刊行，以稿本藏于家。至宋末，曾孙尤藻方才付梓，然终焚于兵。方回曾“得其家所抄副本，颇有讹误云”（方回选评，李庆甲集评校点：《瀛奎律髓汇评》，上海古籍出版社 1986 年版，第 832 页）明人编《永乐大典》，尤袤文集已不在其中。时至今日，尤袤文集已化于乌有。当我们谈到中兴四大诗人时，于尤袤每有名不符实之感。

三、裒辑：基于同步的信念或激情

曹书杰《中国古籍辑佚学论稿》指出："辑佚工作到了宋代已经渐趋成熟，到南宋时已逐渐进入到自觉的、明确的辑佚阶段。"①宋代之文献辑佚，蔚为壮观，诚为一代之盛。不过，我们此处无意去展示宋代辑佚成果的丰硕，而欲对宋代文人裒辑背后的文化观念稍加讨论。

一般来说，文献裒辑需要国家安治的社会环境以及右文尊道的文化氛围。有宋一代，号称文治，朝廷大多注重文献的收集与收藏的。在宋初统一进程中，即首先收集原割据政权的藏书，其次奖励献书，还派官寻访、抄写、刻版印刷图书。② 金人渡河，北宋图籍为之灰飞烟灭。南迁以后，高宗即着人访求图书。"自绍兴至嘉定，承平百载，遗书十出八九，著书立言之士又益众，往往多充秘府。"③在朝廷的鼓励之下，文人文集亦多有得以复聚者。颇具代表性的是华镇文集的裒辑。其子华初成编刊乃父文集，于绍兴十四年(1143)表上于朝。其表有曰：

> 伏睹明诏搜访书籍者，窃以藏在私家业久，虞于失坠。迨兹盛世，书方切于褒搜，十行烂云汉之章，六丁谨雷电之勅，束帛有贲，輶轩载奔。发孔壁所藏，尽禹穴之探。残编蠹简，片幅断

① 曹书杰：《中国古籍辑佚学论稿》，东北师范大学出版社1998年版，第95页。曹书杰于辑佚之中分出"辑汇散佚"一类，以概"散佚之书(集)""散佚之篇"为对象的辑佚活动。其又可分为三类：一是以原本有集而后世散失的"散佚之书"为对象的辑佚活动；二是原本无集而后人汇辑其散见之零篇，结成新集的辑佚活动；三是通代、断代的诗、文总集的编辑。我们这里讨论宋代的裒辑主要属于辑汇散佚的前两种。

② 参见姚瀛艇主编：《宋代文化史》，河南大学出版社1992年版，第37~42页。

③ 马端临：《文献通考》卷一百七十四，中华书局1986年影印版，第1510页。

碑，煌煌乎盘盂之铭，矫矫若钟鼎之字。下为《稗》《说》，上极《皇》《坟》，莫不稛载而来，肩摩自列。群言入奏，不惟汉牍之三千，秘府遂盈，何止唐卷之八万。曲尽古今之目，大增文物之光。①

正如其表所言："藏在私家业久，虞于失坠"，私家收藏有着很大的局限性，而国家安治之时，"书方切于褒搜"，"发孔壁所藏，尽禹穴之探，残编蠹简，片幅断碑"，"煌煌乎盘盂之铭，矫矫若钟鼎之字。下为《稗》《说》，上极《皇》《坟》"，莫不"稛载而来，肩摩自列"，运用国家的力量进行文集的裒辑才是重头。其表称颂朝廷所发动的裒辑工作对文献保存与传播，更为广泛而深入："伏覩明诏搜访书籍者"，"群言入奏，不惟汉牍之三千；秘府遂盈，何止唐卷之八万，曲尽古今之目，大增文物之光"。由此而观，华初成裒类父集，表上于朝，意味着他将个人行动融入国家行动之中，不仅使他自己成为南宋图籍复兴运动中的一员，也使其父遗编重获时代的文化价值。②

在传统社会的代际传递中，血缘关系产生出最为顽强的精神力量；它也成为文献裒辑的重要推动力③。作者在世之时，自我裒辑，而子孙多有协助者。如舒邦佐《双峰猥稿自序》叙其晚年情状："投绂西归，老于三径，目昏于观书，手倦于执笔，不复记忆旧作。"其子舒迈"念其生平劳甚"，"并与诗文裒之"，而后"厘为若干卷，锓木以衍其传"。④ 更多的情况是作者在生之世，虽然自我编集，而其作仍多遗落，故最终往

① 华初成：《进〈云溪居士集〉表》，华镇：《云溪居士集》卷首，《景印文渊阁四库全书》，台湾"商务印书馆"1983年版，第1119册，第341页。

② ［美］乔治·H. 米德著，赵月瑟译：《心灵、自我与社会》，上海译文出版社1992年版，第195页。

③ 周运清：《现代人生社会学》，武汉大学出版社1987年版，第111页。

④ 舒邦佐：《双峰猥稿自序》，道光本《双峰猥稿》卷首。此转引自祝尚书：《宋人别集叙录》卷二十二，中华书局1999年版，第1076页。

往由子孙裒辑编类①。如王禹偁之所作，“自编缀集为三十卷，命名‘小畜’”，“《后集》诗三卷，《奏议集》三卷，《承明集》十卷，《五代史阙文》一卷”，亦并行于世。不过，“遗文坠简尚多散落”，曾孙王汾又“购寻裒类”，“得诗、赋、碑志、论议、表书，凡二十卷，目曰《小畜外集》”，“因其名，所以成先志也”②。又或有生前成编而复佚，亦赖子孙复裒而复聚者。如文彦博平生所作甚富，其生前并已编集，但经历战乱，散亡无余。其少子文及甫(维申)“讨求追辑”③，得二百八十六篇，编成《文潞公略集》二十卷行世。值得特别提及的米芾文集的重新成集。米芾平生撰述亦富，“至所著诗文凡百卷，号《山林集》《宣已子》《圣度录》《正韵杂说》，又数十卷”④，曾由其子米友仁藏于家。其子后“侨寓溧阳”，经靖康之变，当时“仅脱身于崎岖兵火之中，异时宝晋所藏，皆希代所见，靡有孑遗”，“故先集亦不复存在，以故尚未显行于世”。由于确实散佚太甚，“六丁敕将，毫芒仅存”，所以“梵筴杂迭，青毡并藏”，其孙米宪勉力裒辑，其裒聚所得，“自《书史》《画书》《砚史》外，其他诗文才百余篇”。米宪的裒辑工作是艰辛而漫长的：编成《宝晋山林集拾遗》。担心再次散佚，米宪又“命工锓板”，以广其传。我们发现，后代子孙裒辑先祖文集之时，往往秉持一种强烈的责任与信念⑤。如王汾裒类其祖集，且“因其名”，“以成先志”；米宪裒辑乃祖

---

① 曹书杰指出，影响辑佚的质量主观方面因素有：辑佚者的知识结构和学识水平、心态、学风、精力、动机和目的、前期准备等。另外物质条件、技术方法以及辑佚者所处的学术氛围、辑佚发展的时代水平，也不同程度地影响辑佚工作的质量和水平(曹书杰：《中国古籍辑佚学论稿》，东北师范大学出版社 1998 年版，第 293~294 页)。比较而言，辑佚者是决定裒辑质量高低的决定性因素。

② 苏颂：《小畜外集序》，王禹偁：《小畜外集》卷首，四部丛刊初编本。

③ 马端临：《文献通考》卷二百三十四，中华书局 1986 年影印版，考 1867 页。

④ 张丑：《清河书画舫》卷九下，《景印文渊阁四库全书》，台湾“商务印书馆”1983 年版，第 817 册，第 358 页。“宣已子”，原作“宣巳子”，疑误改之。

⑤ [英]雷蒙·威廉斯著，高晓玲译：《文化与社会：1780—1950》，吉林出版集团有限责任公司 2011 年版，第 319 页。

之集，“钦承先训”，“剿心瘵形，远求博访，裒聚缕积，迨今五十年矣”①。袁甫裒其父袁燮遗编，其《絜斋集后序》称：“遗编犹在，不肖孤不能窥其仿佛，又安能拟诸形容。”②其实无论是“窥其仿佛”，还是“拟诸形容”，都是子孙面对“遗编犹在”时的分内之责。不过裒辑是第一步。“惟是散落人间，兄弟相与裒辑，尚多阙略”，儿孙后代又总是伴随着一种恭敬而愧疚的心情。

作者或为名家巨匠，所作甚富，或有数人裒辑，而诸家所裒，虽各有所得，但皆非完聚，尤其需要诸家裒辑之协作。如梅圣俞之诗“既多，不自收拾”，虽其妻兄之子谢景初“惧其多而易失也，取其自洛阳至于吴兴已来所作，次为十卷”，但仍颇多遗漏。“其后十五年，圣俞以疾卒于京师”，欧阳修“既哭而铭之，因索于其家，得其遗稿千余篇，并旧所藏，掇其尤者，六百七十七篇，为一十五卷”③。可知，欧阳修编次梅尧臣文集时，一部分是从谢景初那里得到其前期所辑的十卷，再加上向梅尧臣妻子处索求的遗稿，最终裒辑而得成集。④ 此种裒辑，共力承担，前后相递，需要合数人之力方可告成。张耒文集之裒辑尤为典型。张耒生平所作，未有编集，“诗文散落”，而其子弟死于兵火，“未有纂萃而诠次之者”⑤。张表臣于是“因俾访求”，进行裒辑。时张耒文集其实已经有四种存世：汪藻所编三十卷，“颇复不全”；王鈇所录四十卷，续集十余卷，“稍为精好”；另有何若所辑数卷、秦熺所藏八册。

---

① 米宪：《宝晋山林集拾遗跋》，米芾：《宝晋山林集拾遗》卷末，《北京图书馆古籍珍本丛刊》，书目文献出版社1990年版影印本，第268页。

② 袁甫：《絜斋集后序》，袁燮：《絜斋集》卷末，《景印文渊阁四库全书》，台湾“商务印书馆”1983年版，第1157册，第329页。

③ 欧阳修撰，李之亮笺注：《欧阳修集编年笺注》卷四十二《梅圣俞诗集序》，巴蜀书社2007年版，第3册，第177～178页。

④ 收藏者过于爱护，不肯示人，也可能导致作品裒辑的不易。如祖无择裒辑穆修遗文，曾“从其旧友而求之”，但旧友“往往知爱而不知传，故无获焉”（祖无择：《龙学文集》卷八《河南穆公集序》，《景印文渊阁四库全书》，台湾“商务印书馆”1983年版，第1098册，第828页）。

⑤ 梅华：《〈全宋文〉所收文集序跋补遗七则》，《古籍整理研究学刊》2017年第3期。

"大抵总四家，凡百余卷"。张表臣在此基础之上，"亟加考订，去其重复，正其讹谬，补其缺漏，定取七十卷"。然而张表臣所编之七十卷本犹未为备。其后，周紫芝又裒聚数集：得《柯山集》十卷于大梁罗仲共家，得《张龙阁集》三十卷于内相汪彦章家，得《张右史集》七十卷于浙西漕台(即上述张表臣所辑之七十卷)，又得《谯郡先生集》一百卷于四川转运副使南阳井公(度)之子井晦处，共四家，都为一集。"先生之制作于是备矣"①。其中《谯郡先生集》一百卷，为井度所辑，据其子井晦讲述，其间裒辑曾历经艰难。"晦之泣为余(周紫芝)言"："百卷之言，皆先君无恙时，贻书交旧而得之，手自校雠，为之是正。凡一千八百三首，历数年而后成。"井晦向周紫芝提出："君能裒其所未得者，以补其遗，是亦先君子之志，而某也与有荣耀焉。"井晦认为周紫芝裒辑完备之时，度、晦父子，亦能身与荣焉②。周紫芝由是答应："他日有续得者，不可以赘君家之集，当为《别集》十卷，以载其逸遗而已。"以使井度父子裒辑之功不致淹没。

我们不妨以一简图标出张耒文集的裒辑经历：

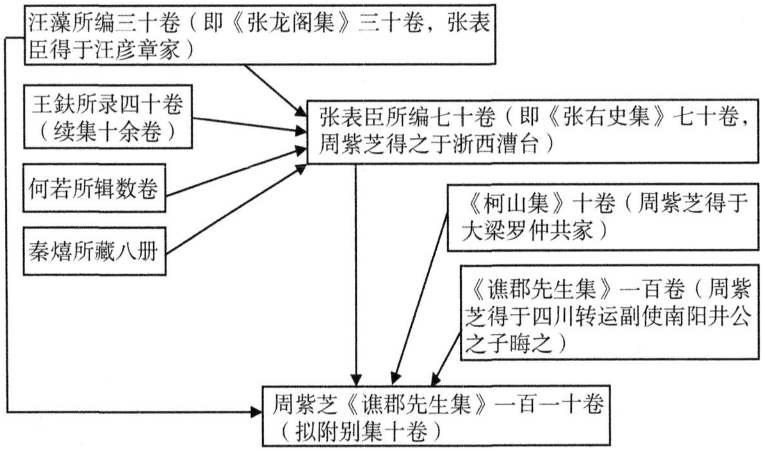

① 周紫芝：《书〈谯郡先生文集〉后》，《太仓稊米集》卷六十七，《景印文渊阁四库全书》，台湾"商务印书馆"1983年版，第1141册，第483页。

② [美]乔治·H. 米德著，赵月瑟译：《心灵、自我与社会》，上海译文出版社1992年版，第232页。

由此图可知，张耒文集之最后成编，历汪藻、王鈇、何若、秦熺四家裒辑而成张表臣七十卷。此张表臣七十卷，又合罗仲共家藏十卷，井晦所藏一百卷，再加上得自汪彦章家藏汪藻所编三十卷，经两次汇聚，方合裒而成《谯郡先生集》。在张耒文集裒辑编次的过程中，这些收藏者与裒辑者(汪藻、王铁、何若、秦熺、罗仲共、井度父子、张表臣等)，他们之间可能互相不认识，彼此的联系也可能是不充分的，但由于他们从事同一作者的文集裒辑工作；事实上，他们就形成了一个特殊的“裒辑”群体。①

在宋代，官员、学者往往身份合一②，前辈后学自有座主门生之谊，即使长官故吏相处既久，也颇以诗文相知。由此，故吏、门生，亦成为长官、座主文集裒辑的中坚力量。如徐积“文章泯坠”，其遗文由属吏兼门生□萃裒辑，□萃“访之子孙，得遗稿数万言，命萃董之，锓板以广其传”③。据□萃自称：“萃视太守属吏且门生，故不得而辞，敢不夙夜在公，服膺斯文，仰副贤守，欲托先生之道，化斯民于醇厚之域耶!”□萃以徐积之属吏兼门生的身份，裒辑遗文，其间有强烈的“传道”“化民”的责任感。又范雍为寇准之副僚。雍“顷为公倅，常从游燕”④，“多闻其得意之句，情思闲雅，听之忘倦，随录简牍，才数十篇”。后来范雍又与寇准的中表赵侯往来，“日与游接，时道公诗”，“因请于公家，尽录昔所存纪，得二百余篇”。加上他自己记录的寇准诗作，及赵侯所记寇准谪官之后诗作，共二百四十首，“类而第之，分为上中下三卷”。惜“其余流落，无复求购”，又“惧岁久磨灭，因序以成编”。

门人故旧于作者作品之用心，往往更多了解，这使他们以更为强烈

① [法]塔尔德著，[美]克拉克编，何道宽译：《传播与社会影响》，中国人民大学出版社2005年版，第215~216页。

② 王水照主编：《宋代文学通论》绪论，河南大学出版社1997年版，第27页。

③ □萃：《刊节孝先生文集跋》，陆心源撰：《皕宋楼藏书志》卷七五，中华书局1990年版，第855页。

④ 寇准：《忠愍公诗集》前序，四部丛刊三编本。

的责任感，来从事文集的裒辑编次。如南宋末年孙锐所作"文集累若干卷，多散佚不传"。赵时远裒辑其文，并序其集，称："予忝世谊，知之深，因搜辑其遗稿，或扇头，或壁上，或蠹简鼠穴，裒而成编，得数十首。"①值得提出的是，赵时远编集作序时，已是元朝至元十八年(1281)年，正值兵荒马乱之时，其勉力于孙锐遗文裒辑，不惟见友情之深笃，亦可见其彰显作者声名之迫切。门人裒辑，恪尽其责，虽历易代，犹不忘其事者，往往而见。如宋末李昴英，"天收其声，山颓笔绝，遗编散落，浩不可收"②。门人李春叟裒辑其遗文，"勉收烬余，仅得奏稿杂文一百二十二篇，诗词一百二十五首"。李春叟在集序中叙其追随乃师的经历，及对时乱之感受。文末，李春叟不惟自愧："春叟耄矣，于师门无能为役，大惧放失，永负夙心。"亦对文章的散亡十分痛心："世运中更，衣冠祸烈，主家十二楼，竟堕昆明劫火中。"其痛言曰："斯文何辜，例坐此厄，噫！尚忍言哉！"此时已是至元三十一年(1294)，宋亡已经十五年了！春叟所言，今天读来，犹肝胆欲裂。诚如赵时远所言，"后之人览斯集，而先生(孙锐)之梗概从而可知矣"。我们可以理解，正是在文集的异代传承之时，先辈期待与后代追随的"接合性视域"得以形成③；也由此视域的连接，作者、编者、读者可以跨越时间的断裂、穿越空间的隔绝，而形成一个连续的"斯文共同体"。这种群体存在感驱动他们前赴后继，以某种无私精神④，勉力于文献裒辑。

---

① 赵时远：《孙耕闲集序》，陆心源编：《皕宋楼藏书志》卷九三，中华书局1990年版，第1055页。

② 李春叟：《文溪集序》，李昴英：《文溪集》卷首，《景印文渊阁四库全书》，台湾"商务印书馆"1983年版，第1181册，第115页。

③ [德]扬·阿斯曼著，金寿福、黄晓晨译：《文化记忆：早期高级文化中的文字、回忆和政治身份》，北京大学出版社2015年版，第306~307页。

④ [美]本尼迪克特·安德森著，吴叡人译：《想象的共同体：民族主义的起源与散布》，上海人民出版社2011年版，前言：第12页。

四、范例：社会和文化合法性的拥有——《嵩山文集》的裒辑

我们可以晁说之文集的裒辑为例，来考察宋代家族文献裒辑的大致情况。晁说之(1059—1129)，字以道，一字伯以。世居澶州清丰，生于开封①。元丰五年(1082)进士出身，累官至中奉大夫徽猷阁待制②。晁说之"博极群书，尤长于经术"，"所著书数十种"，据其长孙晁子健列举：

> 先大父平生著书，曰《易商瞿大传》、曰《易商瞿小传》、曰《商瞿易传》、曰《商瞿外传》、曰《京氏易式》、曰《易规》、曰《易玄星纪谱》、曰《诗晁氏传》、曰《诗论》、曰《书晁氏传》、曰《书论》、曰《春秋晁氏传》、曰《春秋辨文》、曰《春秋年表》、曰《中庸传》、曰《右论大传》、曰《论语讲义》。由壬寅年(1122)，《孝经》《论语》及《吾经》《小传》、曰《历谱》，凡十有九种。并杂著文字，曰《儒言》、曰《参记许氏文字》、曰《异同志》、曰《有旧》、曰《养素削觚》、曰《山下草堂》，杂书曰《石鹄志》、曰《唐逸士志》、曰《清心堂杂志》、曰《随省》、曰《据麦》、曰《嵩外墨省》、曰《晁氏彝训》，凡十有三种，合有三十二书，其它文章不在焉，固有已行于世者。唯《易传》用昔人之戒，期死而后出之。③

晁说之一生勤于撰述，平生所作主要体现为三个方面：一是经学，包括《易》《诗》《书》《春秋》《中庸》《论语》《孝经》等的传注与论述，凡十有九种；二是杂著文字，凡十有三种；三是其他文章，主要是诗文作品。这些著作，作者在生之时，已经有一些流行于世；惟《易传》"用昔人之

① 张剑：《晁说之研究》，学苑出版社2005年版，前言：第1页。

② 晁说之：《嵩山文集》卷末《晁氏世谱节录》，四部丛刊续编本。

③ 晁说之：《嵩山文集》卷末，四部丛刊续编本。

戒，期死而后出之”。可惜的是，“靖康之后，兵火屡更，平生文字，与五经图书，悉为灰烬”。这些凝聚了作者毕生心血的著作，在两宋之际的战火中，荡然无存。自穆叔倡言“三不朽”①，立言不朽作为人生的目标，遂成为千百年来中国士大夫的普遍追求。同样，宋代文人平生著书，期行于世，乃其追求不朽的媒介②。可以想见，对晁说之来说，生平撰述化为灰烬，会给他带来多么大的悲痛。

建炎二年(1128)，渡江之后的晁说之侨寓海陵，曾自叹曰：“平生述作，无复存者，唯志于《易》。今老病之躯，存于灰烬之外者，幸也。”他一生于《易》用力最勤，不能忘怀。于是，他又靠着记忆，重新撰述《周易太极传》《外传》及《因说》。“二圣北狩，中原陆沉，痛愤湮郁，连年抱疾”，国破家亡，长途奔波，使晁说之的身体状况急转直下，而重新撰述《易传》，可能耗尽了他最后的心力。建炎三年(1129)正月初七，在常人还在欢度农历新年之时，晁说之病卒于舟中。临终之时，其遗言有曰：“殓以时服，蒿葬僧舍，不封不树，无以文志墓，第以吾道号刊诸石，待它日迁祔先茔。”此时，晁说之显然已经看破生死与名利。但临终遗言却引起我们的关注：“汝等若访类吾遗文，则以‘嵩山景迂生’目之。”作者视声名如过眼烟云，惟对自己散佚的作品不能忘怀③。

其子孙等承其遗训，特别是其孙晁子健，可谓受命不殆；其自愧“不足以显扬吾先大父”，几乎将余生精力，全部用于裒辑其遗文：

> 伏自捐馆之后，徒步往来江、浙间，求访遗文者三年，得上朝廷章九，古律诗三百一十有二，《易规》十有一，《洪范小传》一，

① 杨伯峻编：《春秋左传注》“襄公二十四年”，中华书局1981年版，第1088页。

② [德]阿莱达·阿斯曼著，潘璐译：《回忆空间：文化记忆的形式和变迁》，北京大学出版社2016年版，第214页。

③ [德]阿莱达·阿斯曼著，潘璐译：《回忆空间：文化记忆的形式和变迁》，北京大学出版社2016年版，第42页。

《诗》之序论四，杂文十有七，书十有六，序十有三，墓志等九，记赞铭题跋四十有九，编成一十二卷。①

其裒辑所得，初编为十二卷本。绍兴二年(1132)刊于潭州。其后“又得《京氏易式》并《周易太极传》及《因说》与《外传稿》”，“缮写藏于家，以俟后之君子”。可见裒辑父祖文集，竟成其毕生事业。其跋有云：“呜呼！先大父平生所述文字，亡轶尽矣。今得之者百无一二，子健傥未死，说当继继博求，随其所得以编次，然不敢以一言述美先德。”表示其裒辑所得与其祖父著述相较，所得甚少；他表示将以余生续为之。值得提出的是，晁之健的裒辑大有深意在。据其自称：“窃考古今图书，莫盛于隋之御府所藏，然隋之书悉没于河，多不见于世。”“世之学者徒见其藏书之目，每为之兴嗟痛惜。”“故今于文集之后，悉纪其所著之目”。他不仅将裒辑所得编成十二卷本，刊行于世；且并将晁说之所著之目，列名于后：“知后之览者必有掩卷叹惜者矣！岂独不肖之孙子哉！”其功不仅为存先祖遗文，更欲后世读者“掩卷叹惜”。可知其裒类祖集，并非仅为存续家族文献而着眼，更为“斯文”传承而思虑。

在十二卷本刊印之后，晁氏子孙继续裒辑，续有所获，即后来的二十卷本。据晁子健二十卷本跋：

先大父待制生平著述甚富，晚遭离乱，散失几尽。绍兴初子健编集所得之文，止成十二卷，但窃记所亡书目于后。及既宦游江、浙、蜀、淮、荆襄，往来博访，所得加多，重编为二十卷，而东南之士多未之见。谨用锓木于临汀郡庠，以广其传。唯是收拾兵火之余，传写讹阙异同，不敢辄易改补去取，尚俟他日访本校正。②

他利用在各地做官的机会，“往来博访”，“所得加多”，于是重编为二

① 晁说之：《嵩山文集》卷末，四部丛刊续编本。
② 晁说之：《嵩山文集》卷末，四部丛刊续编本。

十卷，“东南之士多未之见”。晁子健将之刻印于郡庠，以广其传。需要进一步提出的是，通过晁之健等人的奔走，晁说之文集的裒辑已经成为一个家族的责任。所谓“始子健约叔位季弟子阖同力访求”，“每有所得，互相传录，兹以索之未至”。裒辑每有所得，率先在家族内部进行共享；同时，“迫于受代，据子健所有，今先刊行”，因为自己任期将满，所以将已经裒辑到的作品，先期刊行。乾道三年(1167)他权知汀州，又将经过增补的二十卷本付刻。此时，距绍兴二年(1132)十二卷本付刻已经过去三十五年。晁子健与其他诸孙，已经将其生命价值融入到晁氏家族的荣誉与声望之中了①。甚至，在二十卷本付刻之后，裒辑工作仍然在继续。晁子健“且约诸孙，博访不怠”，打算“随得附益”，“或为‘外集’以传”。同时，在二十卷刊本跋中，晁子健希望“博雅君子，昔有藏者，举以见授”。这相当于利用二十卷本刊印之际，随书发布一个裒辑公告：请但凡收藏有晁说之作品的士大夫，将其所藏向晁氏子孙处汇集。在南宋的社会条件下，这种发布公告的做法无疑使晁说之作品得到最大限度的裒辑。诚如晁子健所说“俾获广先大父著述之志，实诸孙之至愿也”，晁说之文集的裒辑成为一个家族的愿望与责任。所以，文献裒辑——它关系到家族的延续，也推动家族成员的继续前行②。

五、结　　语

雷蒙·威廉斯在讨论“共同文化”时曾经指出：

> 无论何时，人们都将从整个文化中选取一部分进行参与，他们的选择如同自己所作的贡献一样，必然是千差万别、高低不等。这

① ［德］阿莱达·阿斯曼著，潘璐译：《回忆空间：文化记忆的形式和变迁》，北京大学出版社2016年版，第79页。

② ［德］扬·阿斯曼著，金寿福、黄晓晨译：《文化记忆：早期高级文化中的文字、回忆和政治身份》，北京大学出版社2015年版，第26页。

> 种选择，这种高低不等的状况，是可以与有效的文化共同体并行不悖的，但是需要真正的相互责任和相互调整才能达成。①

此时，我们可以理解，正是基于维系一种“共同文化”的责任，宋代文人选择不同的方式参与其中，共同推动着文学文献裒辑宏大事业的发展。②

如前所述，或因作者的无意遗弃、有意毁弃，或因政治争斗的禁毁、兵火之厄的损害，宋人作品的散佚，成了难以逃脱的厄难。但经历千年的书厄，依然有大量的文学文献能够流传后世，这当然要归功于文人的收藏与裒辑③。对“斯文”的追求，使宋代文人勉力于收藏。对于他们来说，某一阶段作品的收藏与整理其实意味着保存一段不可忘怀的人生。因交游而保存下来的书信诗文，是文人之间相互联系的纽带与相互信任的见证。断简残篇的收藏与朋友的记诵，或出于思想共享的愿望，而得到珍视和保存。对名家墨迹和经典文本的收藏使文人因相同的行为与动机而形成某种“收藏者联盟”。与此同时，文献也不断地在散亡。文人也会进行文籍的自我销毁，在精益求精的态度之中，其实隐藏着作者对自我的选择性记忆。兵烬之后的残本追溯，不仅体现为文本真实性的追求，也支撑着“斯文”的延续以及文人身份的维系。宋代屡兴图书查禁，却总是无意地使这些“被迫害者”形成群体。在宋人眼中，时代震荡带来的图籍散亡，不仅意味着文化形态再生产的难以为继，也意味着某种象征系统的消亡。

文献的裒辑亦出于文人的种种观念驱动。王朝的创立或复兴，都号召着文献的复聚，文人积极参与其中，通过加入国家行动，而获得某种

---

① ［英］雷蒙·威廉斯著，高晓玲译：《文化与社会：1780—1950》，吉林出版集团有限责任公司 2011 年版，第 344 页。

② 参见张三夕：《中国古典文献学》，华中师范大学出版社 2009 年版，第 199～202 页。

③ 参见曹书杰：《中国古籍辑佚学论稿》，东北师范大学出版社 1998 年版，第 23 页。

共同的时代价值。在“钦承先训”的信念之下，子孙总是怀着恭敬而愧疚的心情，裒辑着父祖的文集①。那些可能“互不认识”的裒辑者由于共同的使命而形成“裒辑者联盟”。门生和后学往往以“传道化民”的责任感裒辑先贤遗文：在文集传世中，先贤的期待眼光与后辈的追随视域得以接合，从而使作者、编者、读者建立起一种穿越时间的文化联系。概而言之，宋代文人基于不同的立场，选择不同的部分参与文学文献的收藏与裒辑活动之中，共同推动一代文化的保存与延续。由此，一个“斯文”的共同体依托于文献收藏与裒辑而世代相传，绵延不绝。

① ［德］阿莱达·阿斯曼著，潘璐译：《回忆空间：文化记忆的形式和变迁》，北京大学出版社2016年版，第51页。

第七章　呈示与自我：绍熙退居后陆游的社会交往与身份书写

"从今再见应无日，长与沙鸥共钓矶"①，淳熙十六年(1189)冬，陆游再次因言罢职②，与昔日故友告别。从此之后，诗人归居山阴，赋闲乡里，一直到老死③，长达20年④。退居山阴之后，陆游的社会交

① 《去国待潮江亭太常徐簿宋卿载酒来别》，陆游著，钱仲联校注：《剑南诗稿校注》卷二十一，上海古籍出版社2005年版，第3册，第1596页。本章所引陆游诗作，皆出此版。

② 陆游一生多次获罪罢职：1. 绍兴三十一年(1161)夏，时陆游37岁，罢职归山阴。七月旋返朝。2. 隆兴元年(1163)五月癸巳，陆游39岁，任枢密院编修，因忤贵幸龙大渊、曾觌，罢归故里约半年。3. 乾道二年(1166)春，陆游42岁，时任隆兴府通判任，因言者论其"交游台谏，鼓唱是非，力说张浚用兵，免归"。再次返乡，卜居山阴镜源三年，直到乾道六年(1170)复启用，赴夔州通判任。4. 淳熙八年(1181)陆游57岁，三月二十七日，时任江西常平提举，本有淮南东路常平茶监公事新命，被驳，奉祠居家。至淳熙十三年(1186)秋七月三日，始抵严州任。5. 淳熙十六年(1189)十一月二十八日，以谏议大夫何澹论"其前后屡遭白简，所至有污秽之迹"，并攻其嘲咏风月也，再次罢归山阴。时陆游65岁，罢归之时，已是淳熙十六年年底，次年即为绍熙元年(1190)，故本章称此次罢归为"绍熙退居"。

③ 欧小牧《陆游年谱》载，宋宁宗嘉定三年(1210)庚午，"春：先生卒，年八十六。"(人民文学出版社1981年版，第274页)

④ 绍熙退居之后，陆游闲居于家，历时最长。自淳熙十六年(1189)十一月二十八日罢归始计，至庆元五年(1199)五月七日，诗人以中大夫致仕，已有近10年。其后遂一直致仕居家。中间除嘉泰三年(1203)进宝谟阁待制，权同修国史，居临安不足半年外，至嘉定三年(1210)老死，又是10年有余。我们将罢归居家与致仕居家合并计算，共计20年余。

往发生了重大变化：除了与昔日挚友有少量书信往来之外①，儿孙家人、田园邻曲以及偶尔前来求教的后学，乃至山间的僧辈道流成为他的主要交往对象。社会心理学认为："任何个体都拥有多重的自我概念。……(各个部分)是相当不同的，而且可以相对独立地发挥作用。"②当诗人居于相对隔绝的故里，却未甘于孤寂的生活③；他依然频频作诗，不仅向儿孙呈示，且遍示亲旧、座客、邻翁、僧道、后学等④，借以形成新的"对话网络"⑤，并重新实现其自我认同。

一、亲旧：身体的关注与特异性标志

我们不妨先把视线转回到淳熙八年(1181)。是年三月二十七日，臣僚论陆游不自检饬，所为多越于规矩，屡遭物议；给事中赵汝愚更驳其提举淮南东路常平茶盐公事新命。诗人遂罢职闲居。⑥ 诗人时有《遣

① 在绍熙归居之后，诗人与昔时故友的诗作往来数量非常之少。仅嘉泰元年(1201)有《送陈希周赴安福令》。嘉泰四年(1204)，辛弃疾受宁宗召见，言盐法，陆游有《送辛幼安殿撰造朝》。嘉定二年(1209)有《送黄文叔守福州》等。

② [澳]约翰·特纳等著，杨宜音、王兵、林含章译：《自我归类论》，中国人民大学出版社2011年版，第46页。

③ 欧小牧《陆游年谱》认为，宋高宗绍兴十四年(公元1144)，"先生已立击胡草檄之志"，自此以后"击胡草檄"成为他一生的自我身份预期。陆游在《观〈大散关图〉有感》中对自己一生的政治理想与人生设计有集中的表述："上马击狂夫，下马草军书。二十抱此志，五十犹癯儒。……安得从王师，汛扫迎皇舆？……丈夫毕此愿，死与蝼蚁殊。志大浩无期，醉胆空满躯。"我们在讨论陆游的身份书写时，主要基于其诗歌之中的自我描述，同时也注意到诗人对自身仕宦经历、政治理想、诗坛地位的评价，以及他归居之后对社会环境的反应与适应等多方面因素。

④ 我们用"呈""示"为关键词，对中国台湾元智大学全宋诗数据库之中的诗歌标题进行检索，经统计得知，陆游诗歌中，诗题含"呈"或"示"字眼的，共179首，其数量之众实为宋代诗人之冠。这些诗歌有两个方面的特点：第一，作者有明确的呈示对象。第二，诗歌往往隐含了诗人与对象的交流情景。对此诗歌类型，我们姑且称之为"呈示诗"。

⑤ [加]查尔斯·泰勒著，韩震等译：《自我的根源：现代认同的形成》，译林出版社2012年版，第52页。

⑥ 欧小牧：《陆游年谱》，人民文学出版社1981年版，第168页。

兴》诗，其一中有“绿发凋零白发多，山林未死且婆娑”①之句，自叹黑发凋零，白发转多。自喜寄居山林，尚未身死，尚可婆娑前行。“此中得意君须领，莫爱车前印几窠”，对于门庭冷落，尚能自我宽慰。又有《老境》二首，其一有“白发短欲尽，人嗤心尚孩”②，自赞虽白发疏落，但仍然保持着天真的心态：“埋盆池潋滟，累瓦塔崔嵬”，生活充满了童真；所谓“忽然拈笔起，记着早梅开”，“云开见残日，更爱小窗妍”③，诗中依然洋溢着生活意趣。可见谆熙罢归，陆游虽感受挫，但尚能自宽。

相比而言，绍熙归居造成的生活落差，诗人似乎需要更多的时间去适应。归居之初，诗人时常沉浸于年轻岁月的追忆之中。其《记梦》一诗，云：“梦里都忘两鬓残，恍然白纻入长安。”④恍然之间，诗人又像当年一样，乌巾白纻，前往京都应举。“硾教纸熟修温卷，僦得驴骑候热官。”硾得纸熟，以修改考前的温卷。赁得毛驴，以等候朝廷的张榜。“红叶满街秋著句，青楼烧烛夜追欢。”秋天里，红叶满街。青楼之上，红烛点燃。曾经的挥洒诗篇，曾经的彻夜追欢。在梦里，陆游一时忘记了自己的衰老。“如今万事消除尽，老眼摩挲静处看。”梦醒之后，万事皆作云烟。身处僻静之处，摩挲着昏花的老眼，想要检查梦境的真实。可以看出，对于退居之后的诗人，梦中的快意，与现实的老病，构成强烈的反差。不过，梦醒之后，剩下的只有衰老的身体（“残鬓”和“老眼”），才成为诗人自我认同的基本途径⑤。

① 陆游著，钱仲联校注：《剑南诗稿校注》卷十三，上海古籍出版社 2005 年版，第 3 册，第 1040 页。

② 陆游著，钱仲联校注：《剑南诗稿校注》卷三十八，上海古籍出版社 2005 年版，第 5 册，第 2458 页。

③ 陆游著，钱仲联校注：《剑南诗稿校注》卷三十八《老境》其二，上海古籍出版社 2005 年版，第 5 册，第 2459 页。

④ 陆游著，钱仲联校注：《剑南诗稿校注》卷二十一，上海古籍出版社 2005 年版，第 3 册，第 1604 页。

⑤ ［英］安东尼·吉登斯著，赵旭东、方文译：《现代性与自我认同》，三联书店 1998 年版，第 111 页。

绍熙元年(1190)秋天，诗人有《秋夜自近村归》一诗。诗人对农村的冷清与孤寂，依然不太适应。在诗中，他写道："江头浩歌天宇宽，刺船归来清夜阑。"①江头浩歌，使人顿觉天宇宽阔。江上船只来来往往，夜色正自阑珊。"女贞林黑月未上，姑恶声悲村已寒。"穿过女贞林时，月亮还没升起来，四周显得特别黑。姑恶鸟发出的悲切声音，令诗人心生不快。此时，诗人自我宽慰："不恨故交日零落，本知浮生难控抟。"他说，人生本来就难以控制，所以也怪不得此时的故交零落。"头童面槁更安往"，诗人突然自拟为路人发问：眼前这位头发稀少、面容枯槁的人能何去何从？诗人展示自己衰老的身体②，将自我简化为"头童面槁"；"莫问傍人君自看？"他拒绝将自己的内心坦露，因为身体已经说明一切。在《幽居》一诗中，诗人这样写道："白发萧萧仅到肩，一枝藤杖日翩跹。"③他将自己的生活进行简化：白发萧萧齐肩，一枝藤杖相伴。"草苫墙北栖鸡屋，泥补桥西放鸭船。"乡村生活是枯燥而乏味的。"心似枯葵空向日，身如病栎孰知年。"内心的绝望，使诗笔更多转向身体本身："心似枯葵"，虽然心向朝廷，但已经不抱什么希望了，可见诗人有意识地将精神进行弱化；"身如病栎"，对身体的描写正好可以转移他人对内心的窥探。"放怀却有翛然处，不养金丹不学禅"，此处的轻描淡写正好体现了内心追问的刻意回避。

绍熙元年(1190)秋天，收到亲旧来书，相问近况，诗人有《得亲旧书问近况以诗代书报之》。其诗有云："溪头日日弄潺湲，敢料余生竟得全。"④归居之后，每日坐于溪头，耍弄溪水。"白简免劳中执法，青铜罢算小行年。花前一笑频开口，林下深藏永息肩。"诗人归居之前并

---

① 陆游著，钱仲联校注：《剑南诗稿校注》卷二十一，上海古籍出版社2005年版，第3册，第1621页。

② ［法］戴维·勒布雷尔著，王圆圆译：《人类身体史和现代性》，上海文艺出版社2010年版，第209页。

③ 陆游著，钱仲联校注：《剑南诗稿校注》卷二十一，上海古籍出版社2005年版，第3册，第1626页。

④ 陆游著，钱仲联校注：《剑南诗稿校注》卷二十一，上海古籍出版社2005年版，第3册，第1614页。

没想到能够如此安享余生：既然身体找到寄放，心灵也就找到归宿了。“欲养金丹还懒去，身今已是地行仙”，即使有炼丹修炼的想法，但因性情疏懒，也不想去强求了。不过，此时的诗人，心情并未真正平复。一次，他收到京城来信之后，情绪忽然变得激动起来，有《忽得京书有感》诗。首联有云：“白发苍颜七十翁，朽株枯木略相同。”①自己跟朽木枯树已经没有分别。“如山储药难医拙，齐斗堆金不换穷。”用再多的药也治不了自己的笨拙，用再多的钱也替代不了自己的穷困。“昨梦已抛空劫外，残年全付醉眠中。”昔时的梦想都已经抛入空劫之外，剩下的岁月都只能沉溺于醉酒和睡眠之中。“故人苦未知心事，一纸空烦寄断鸿。”京都的故人根本不了解诗人当下的心情，寄来的书信反而引起他内心的波动。诗人因为何事而激愤，我们已经无法窥知。诗人此时能够向人展示的，只有衰老的身体。因为它与诗人人生的自我评价紧密相连②：昔时梦想早已破灭，剩余岁月深感无助。

诗人需要忘记曾经的宦途，所以他想通过某种装束，让自己看起来更像乡民一些。绍熙元年(1190)春天，他曾有《或问余近况示以长句》一诗，其中写道：“天亦知予懒是真，暮年乞与自由身。”③上天似乎知道诗人性情疏懒，所以在其晚年之时，将他放归山野。“幽寻东浦鹭迎棹，独卧北窗莺唤人。”一切都是那么的和谐与安宁。“野卉满头狂取醉，草庐容膝乐忘贫。”草屋虽仅可容膝，但怡然自乐，这使他忘记了贫穷。值得注意的是，“野卉满头狂取醉”，他将野花插满头发，放肆地喝酒，这明显是一种乡民姿态的宣示。庆元元年(1195)冬，故交蜀僧宗杰远道来访，诗人有诗相送：“放翁烂醉寻常事，莫笑黄花插满头。”④或许，归居的诗

① 陆游著，钱仲联校注：《剑南诗稿校注》卷二十六，上海古籍出版社2005年版，第4册，第1848页。

② [法]戴维·勒布雷尔著，王圆圆译：《人类身体史和现代性》，上海文艺出版社2010年版，第216页。

③ 陆游著，钱仲联校注：《剑南诗稿校注》卷二十一，上海古籍出版社2005年版，第3册，第1606页。

④ 陆游著，钱仲联校注：《剑南诗稿校注》卷三十三《蜀僧宗杰来乞诗三日不去作长句送之》，上海古籍出版社2005年版，第4册，第2194页。

人，他的身份依然无法定义，所以“野花满头”就成了他的“特异性标志”①。因为，“野花满头”成为既可与官员相区别，又可以与乡民相认同的象征符号。至庆元五年（1199）的春天，诗人有《简邻里》一诗，诗云：“今年意味报君知，属疾虽频未苦衰。独坐空斋如自讼，小镌残俸类分司。”②他对眼前的生活表示满足。“闲撑野艇渔蓑湿”，诗人披着蓑衣，独自撑开小舟。“乱插山花醉帽攲”，喝酒之后，帽子歪斜，山花插满。此时，他同样借“乱插山花”向邻里乡亲表明，自己已经与农夫无异③。耐人寻味的是此诗的颔联：“有兴行歌便终日，逢人那识我为谁？”可以体会，当他插上满头的野花之时，既是给别人看的，也是给自己看的④。诗人正是以野花满头向亲旧与乡民示意：自己已经融入村野。

二、座客：在场的座客与情景化行为

或当客人来访时，陆游又塑造出另一种形象来自我展示。乾道二年（1166），陆游迁居镜湖之三山⑤。时“方务德帅绍兴，携妓访之”。陆游有词云：“三山山下闲居士，巾屦萧然。小醉闲眠，风引飞花落钓船。”⑥此时，诗人“巾屦萧然，小醉闲眠”，正以一副闲居隐士的情

① ［澳］迈克尔·A. 豪格、［英］多米尼克·阿布拉姆斯著，高明华译：《社会认同过程》，中国人民大学出版社 2011 年版，第 71 页。

② 陆游著，钱仲联校注：《剑南诗稿校注》卷三十八，上海古籍出版社 2005 年版，第 5 册，第 2474 页。

③ ［澳］迈克尔·A. 豪格、［英］多米尼克·阿布拉姆斯著，高明华译：《社会认同过程》，中国人民大学出版社 2011 年版，第 21 页。

④ ［澳］迈克尔·A. 豪格、［英］多米尼克·阿布拉姆斯著，高明华译：《社会认同过程》，中国人民大学出版社 2011 年版，第 237 页。

⑤ 欧小牧：《陆游年谱》，人民文学出版社 1981 年版，第 106 页。

⑥ 陈鹄撰，孔凡礼点校：《西塘集耆旧续闻》卷十，《唐宋史料笔记丛刊》，中华书局 2002 年版，第 389 页。

貌示人①。甚至，在诗人独处之时，这一闲居隐士的神情外貌依然留存。在其《闲居无客所与度日笔砚纸墨而已戏作长句》一诗中，颇有体现。此诗首联云："水复山重客到稀，文房四士独相依。"②路途遥远，来访的客人很少；只有文房四宝始终相伴。诗人感叹："黄金那得与齐价，白首自应同告归。韫玉面凹观墨聚，浣花理腻觉豪飞。"文房四宝没有黄金那样的价格(其间仍然有难以掩藏的激愤)，与诗人同时告老归乡，如今可以陪伴诗人挥洒诗情。"兴阑却欲烧香睡，闲听松声昼掩扉。"我们注意到，此时此刻并没有客人来访，但诗人以文房四宝为友，"戏作长句"，而后闭门烧香，在耳畔松涛声中，静静睡去。对于诗人来说，虽然"水复山重客到稀"，但"文房四士独相依"依然虚拟了"他人在场"③，这对诗人的自我书写依然产生某种"影响"。所以，"兴阑却欲烧香睡，闲听松声昼掩扉"，诗人的行为一如既往地具有雅士生活的扮演感。

绍熙五年(1194)，有客来访④，诗人有《示客》一诗。首联云："桑柘成阴百草香，缲车声里午风凉。"⑤这显然是一个令人心境纯净的场景。"客来莫说人间事，且共山林夏日长。"诗人对客人说：请不要讲述那些凡俗之事，且先与我一起消受这山林中的凉夏吧。社会学认为，场景氛围对话题具有限定的作用，"莫说""且共"，诗人忍不住对客人进行"引导和控制"⑥，正表示他对自己的闲居意趣有着强烈的表达欲望。

---

① [英]安东尼·吉登斯著，赵旭东、方文译：《现代性与自我认同》，三联书店1998年版，第112页。

② 陆游著，钱仲联校注：《剑南诗稿校注》卷二十六，上海古籍出版社2005年版，第4册，第1860页。

③ [澳]迈克尔·A. 豪格、[英]多米尼克·阿布拉姆斯著，高明华译：《社会认同过程》，中国人民大学出版社2011年版，第150页。

④ 陆游集中有多首示客诗，而这些"客""座客""坐客"，作者并未明确其所指。我们推测，当指除邻居之外的故交。

⑤ 陆游著，钱仲联校注：《剑南诗稿校注》卷三十，上海古籍出版社2005年版，第4册，第2024页。

⑥ [美]欧文·戈夫曼著，黄爱华、冯钢译：《日常生活中的自我呈现》，浙江人民出版社1989年版，第3页：注释。

庆元六年(1200)夏天，诗人作有《示客》一诗，对昔日的宦途沉浮与眼前的乡野闲居生活，皆有所总结："世间可笑走踆踆，误认虚空作汝身。"①诗人说，世间可笑之事，莫过于一生奔走，将虚空的东西当作人生的根本而执着追求。"已觅微名润枯骨，更谋厚积遗何人?"他自问，如今既然已经觅得虚名，就应该无所挂念了。"风旛毕竟非心境，瓦砾何妨是道真"，人生无处无道，唯有仁者自定。"新藕出泥瓜上市，为君一醉堕纱巾"，当新藕和新瓜上市之时，诗人喝得大醉，纱巾歪斜。这正是诗人在历经沧桑之后的"自我呈现"②。在诗人放达的行为之中，既有儒家"从心所欲，不逾矩"的流露③，也有佛家"平常心是道"④的体现；诗人借此表明：归居之后，自己已经安贫乐道，任性逍遥了。

嘉泰元年(1201)，一次客人来访，诗人有《示客》一诗："枳缚藩篱荆作门，萧条何以致诸君。"⑤因为乡居的简陋，对客人的来访，诗人感觉惭愧。但随后，他自豪地描述起他的田园生活："紫蟹迎霜径盈尺，白鱼脱水重兼斤。一杯潋滟无辞醉，秋稼登场合策勋。"秋蟹盈尺，白鱼肥美。收成之时，秋高气爽，心情愉悦，就像做官受封一样。来访的客人，似乎对诗人产生某种压力⑥，迫使他对归居之后的生活进行解释："归休正得求吾志，老病犹能诵所闻"；此时此刻，他(只能)回应的正是：隐居乡里，正得所愿。是年秋天，诗人又有一首《小饮示座

① 陆游著，钱仲联校注：《剑南诗稿校注》卷四十三，上海古籍出版社2005年版，第5册，第2686页。

② [澳]迈克尔·A. 豪格、[英]多米尼克·阿布拉姆斯著，高明华译：《社会认同过程》，中国人民大学出版社2011年版，第157页。

③ 程树德撰，程俊英、蒋见元点校：《论语集释》卷三《为政》，中华书局1990年版，第1册，第76页。

④ 释道原：《景德传灯录》卷十，四部丛刊三编本。

⑤ 陆游著，钱仲联校注：《剑南诗稿校注》卷四十七，上海古籍出版社2005年版，第6册，第2885页。

⑥ [澳]迈克尔·A. 豪格、[英]多米尼克·阿布拉姆斯著，高明华译：《社会认同过程》，中国人民大学出版社2011年版，第166页。

中》，首联云："镜里萧萧两鬓衰，闲人正与老相宜。"①看到镜中两鬓斑白的自己，诗人自感当下的赋闲正好与自己的老迈相协调。剪烛焚香之夜，正是诗人剥橘搓桔之时。"莫道闭门无逸气，尚能为客诵新诗。君看江海宽多少，是处皆堪理钓丝。"诗人对客人说：不要说我闭门之后，已经没有什么超脱之气，你看我还可以诵读自己的新诗呢！况且江海宽阔，任我垂钓。

当然，值得向人夸耀的还有诗人曾经的丰富阅历和眼前仍然健康的身体。嘉泰三年(1203)年，诗人有《对酒示坐中》："绿橙丹柿斗时新，一笑聊夸老健身。"②宴席之中，绿橙红柿，争鲜斗艳。"大度乾坤容纵酒，多情风月伴垂纶。"诗人向客人展示自己依然倍儿棒的身体。以及天地广阔，风月相伴的自由与雅趣。"初生京洛逢时泰，幼度江淮避虏尘。"诗人回想当年，自己出生于宣和年间，那时候国家还是太平的，但幼年时就战乱频仍；自己渡过江淮，以躲避兵乱。"八十年间尘不死，犹能涧底束荆薪。"八十年风尘岁月，自己犹然健在，如今还可以去涧底打柴呢！我们发现，无论是"老病犹能诵所闻""尚能为客诵新诗"，还是"犹能涧底束荆薪"，诗人"试图在他人面前树立一种能干的形象"③：他向来客展示着自己丰富的人生阅历、不减当年的超逸气概，以及依然健康的身体。

诗人饮酒之后，更喜作诗示客。其《醉中示客》，首联有曰："四座无哗听我歌，百年生计一烟蓑。"④诗人突显强烈的表现欲；他想说的是，一生奔波，历尽风雨吹打。"清尊潋潋犹狂在，白发萧萧奈老何！"如今虽狂放犹在，只是自己已经年迈，不能抵抗岁月的法则。"远适安

① 陆游著，钱仲联校注：《剑南诗稿校注》卷四十八，上海古籍出版社2005年版，第6册，第2906页。

② 陆游著，钱仲联校注：《剑南诗稿校注》，上海古籍出版社2005年版，卷五十四，第6册，第3207页。

③ [澳]迈克尔·A. 豪格、[英]多米尼克·阿布拉姆斯著，高明华译：《社会认同过程》，中国人民大学出版社2011年版，第156页。

④ 陆游著，钱仲联校注：《剑南诗稿校注》，上海古籍出版社2005年版，卷五十一，第8册，第4145页。

能缩地脉？高眠聊足养天和。吾徒看尽人间事，莫爱车前印几窠。”诗人告诫说：等到看尽人生兴衰，历尽官场沉浮之后，就不会贪恋位高权重、访客盈门了。诗句之中，洋溢着诗人酒后狂放的豪情，也有掩藏不住的老迈沧桑。一次，有客人来访，席间曾举吕本中诗，陆游遂有《席上有举吕居仁诗者因次其韵示坐客》一诗。其诗有云：“是身如鼠穴太仓，七十始办求深藏。”①诗人自慨一生空食官禄而无所作为；七十之后才开始讲求深藏退隐之术②。“扶衰复拜求旧诏，入对讲殿瞻颙昂。”后来又应朝廷的求旧臣之诏，到了金殿之上。面对君王的询问，仍然气宇轩昂。“期年蒙恩许谢病，家居更辱乡党敬。”次年就得到恩准，可以回家养病。回到乡村，又得到乡民的尊敬。诗人流露出曾经蒙受皇恩的自豪与眼下得到乡党尊敬的自赏。所以，诗人奔走宦途的人生经历，使他终究无法做回一个普通的乡民。“今夕不醉无庸归，此老余年君所知”，诗句之中流露出某种欲盖而弥彰的自矜，可见曾经的宦海沉浮和君恩浩荡终究是诗人身份书写中不可省略的一段内容③。

三、儿孙：具有集体意识和共同行事

归居之后，诗人与儿孙们的主要生活是耕与读④。绍熙二年(1191)夏，诗人写下一首《示儿》诗，其中有云：“舍东已种百本桑，舍

---

① 陆游著，钱仲联校注：《剑南诗稿校注》卷六十，上海古籍出版社2005年版，第7册，第3473页。

② 欧小牧《陆游年谱》载，庆元五年(1199)，“夏，五月七日，先生以中大夫致仕，支半俸”(人民文学出版社1981年版，第220页)。

③ [英]安东尼·吉登斯著，赵旭东、方文译：《现代性与自我认同》，三联书店1998年版，第39页。

④ 据欧小牧《陆游年谱》考证，陆游有六个儿子：子虡(统)、子龙、子惔(子修)、子坦、子布、子聿(子綍、子遹)。孙辈则有元用、元礼、阿通、元敏、元简、元雅(人民文学出版社1981年版，第8页)。在陆游的179篇“呈示诗”中，向儿孙呈示的诗歌，即达99首之多。在示儿孙的诗歌中，示子聿的又达57首，此足见陆游对子聿的偏爱。

西仍筑百步塘。早茶采尽晚茶出，小麦方秀大麦黄。”①诗中对农家生活颇致铺排之意。“老夫一饱手扪腹，不复举首号苍苍。”也对眼前的富足生活表达了满意。“读书习气扫未尽，灯前简牍纷朱黄。”家里的尚读风气仍然保留，油灯前发黄的书籍罗列纷呈，这令他感到自豪。“吾儿从旁论治乱，每使老子喜欲狂。”儿子们在旁边读史书，由此能知兴乱，也让他感到欣慰。诗人说：“不须饮酒径自醉，取书相和声琅琅。”此时，儿孙勤读的场景已令他感到沉醉。“人生百病有已时，独有书癖不可医。”他承认，人生的百病都可治好，只有这读书的癖好是没治了。不过，尾联所云“愿儿力耕足衣食，读书万卷真何益”，却令我们感到不解。一方面，“不须饮酒径自醉，取书相和声琅琅”，他对家风尚读，颇怀自矜；但另一方面，“愿儿力耕足衣食，读书万卷真何益”，诗人又主张读书无用，只希望儿孙们努力耕种，争取丰衣足食。乾道二年(1166)的《示儿子》，其诗云：“父子扶携返故乡，欣然击壤咏陶唐。墓前自誓宁非隘，泽畔行吟未免狂。雨润北窗看洗竹，霜清南陌课剥桑。秋毫何者非君赐，回首修门敢遽忘。”②当时的“欣然击壤咏陶唐”，虽然也说归隐正得其愿，但当时陆游父子以效法先贤自榜，与此时相比，少了些对乡村生活的沉潜。因此，考虑到陆游对待读书表露态度时的不同情景，我们就可以理解：对尚读的自矜更多源于陆游自身嗜读的体验，而倡导力耕足食则似乎是其面对儿孙能够给出的稳妥态度③，因为更符合当下乡居生活的价值。

绍熙三年(1192)春天，陆游带第四子(子坦)和第六子(子聿)，前往山阴黄祊，途中在小店野饭，曾作诗示二子，诗云：“山林久衰病，

① 陆游著，钱仲联校注：《剑南诗稿校注》卷二十二，上海古籍出版社2005年版，第4册，第1663页。

② 陆游著，钱仲联校注：《剑南诗稿校注》卷一，上海古籍出版社2005年版，第1册，第98页。

③ [美]欧文·戈夫曼著，黄爱华、冯钢译：《日常生活中的自我呈现》，浙江人民出版社1989年版，第184~185页。

生世几清明？未作松根卧，犹寻溪上行。”①表示自己虽然年老，但仍然还要出去走动。“食新炊麦饭，尝馌啜莼羹”，希望二子能明白食物来之不易。“孺子虽知学，家贫且力耕”，他告诫儿孙们，知学是长远打算，力耕是当前急务。可以看出，陆游面对儿孙时，会根据不同情景调整他讲话的重点②。绍熙五年(1194)，入秋的一天，天气晴朗，诗人心情不错，与儿孙嬉戏，一直到黄昏。诗人写下《秋晴每至园中辄抵暮戏示儿子》一诗。诗云：“老翁七十如童儿，置书不观事游嬉。”③他像孩子们一样，开心地玩耍。秋天的植物，众色交错，枝杆倚伏，令他的心情愉快。“但知身存百无害，莫问老健能几时。”诗人表示，只要活着，总是有好处的。他跟儿孙们说：“汝勤挟筴乃堪笑，且共饭豆羹秋葵。”陆游再一次表达了重耕轻读的看法。

庆元四年(1198)，陆游有《三山卜居今三十有三年矣屋陋甚而地有余数世之后当自成一村今日病少间作诗以示后人》两首，其一有云：“印累累，绶若若，换君朱颜君不觉。冠如箕，剑拄颐，苍头庐儿笑君痴。不如短褐归乡舍，上毕租庸下婚嫁。”④这一次，他告诉儿孙们，一生追求仕宦，不如归居乡舍，子孙传后。其二有云：“再见封侯未为快，一掷成‘卢’安用再，世间得意固多矣，堪笑穷人事常败。”⑤二见方得封侯，二掷方得卢字，可见世事本多波折。“我生出仕四十年，寸进恰如船上埭。即今卧病茅檐里，回首穷通竟何在。”诗人感叹，从出仕到如今，已经四十年了，宦途进展就像行船过坝一样艰难。到了现

① 陆游著，钱仲联校注：《剑南诗稿校注》卷二十四《黄祊小店野饭示子坦子聿》，上海古籍出版社2005年版，第4册，第1748页。

② [美]欧文·戈夫曼著，黄爱华、冯钢译：《日常生活中的自我呈现》，浙江人民出版社1989年版，第211页。

③ 陆游著，钱仲联校注：《剑南诗稿校注》卷三十，上海古籍出版社2005年版，第4册，第2052~2053页。

④ 陆游著，钱仲联校注：《剑南诗稿校注》卷三十八，上海古籍出版社2005年版，第5册，第2465页。

⑤ 陆游著，钱仲联校注：《剑南诗稿校注》卷三十八，上海古籍出版社2005年版，第5册，第2466页。

在，卧病茅屋之中，回想当年，人生穷通又有什么意义。“躬耕至老岂不佳，子孙当以吾为戒。”诗人告诫儿孙：当以奔走宦途为戒；躬耕至老，有何不好。我们发现，“躬耕至老”成为陆游“家庭演说”的基本论调。嘉泰四年(1204)年冬，诗人《与儿孙小饮》诗，有云：“岁暮寒多雨，村深早闭门。荒园摘葵芥，近市买鸡豚。”①岁暮之时，天寒多雨。村庄深处，门户早闭。在荒园之中采摘向日葵和芥菜，在市场上去买鸡和猪。这些活动构成了“陆氏家族”的生活内容。陆游再次向儿孙们表达了贫贱守家的旨趣：“短褐联三世，幽窗共一樽。”“吾曹常得此，余事不须论”，他不希望儿孙们再像自己一样，追求仕宦，穷尽一生。“扶衰复拜求旧诏，入对讲殿瞻颙昂”②，“期年蒙恩许谢病，家居更辱乡党敬”，这些曾经蒙受的君恩及荣耀，此时的陆游都闭口不言。显然，根据场合的不同，一些“实际的感情态度”被加以掩饰，而只有那些“应有的感情”才得以表露③。

值得特别提出的是，当陆游把自己跟儿孙看成一个整体时④，他就会表现出相当的优越性。绍熙二年(1192)冬天的一个晚上，诗人读书至深夜，作《五更读书示子》诗，曰：“近村远村鸡续鸣，大星已高天未明；床头瓦檠灯煜爚，老夫冻坐书纵横。暮年于书更多味，眼底明明见莘渭。但令病骨尚枝梧，半盏残膏未为费。”⑤或许诗人写诗时已是五更，真实的想法可以有所透露。“吾儿虽戆素业存，颇能伴翁饱菜根。”儿孙们能与他贫贱相守，令他感到欣慰。他想要告诉儿孙们：读书并不

① 陆游著，钱仲联校注：《剑南诗稿校注》卷六十，上海古籍出版社 2005 年版，第 7 册，第 3445 页。

② 陆游著，钱仲联校注：《剑南诗稿校注》卷六十《席上有举吕居仁诗者因次其韵示坐客》，上海古籍出版社 2005 年版，第 7 册，第 3473 页。

③ [美]欧文·戈夫曼著，黄爱华、冯钢译：《日常生活中的自我呈现》，浙江人民出版社 1989 年版，第 210 页。

④ [澳]迈克尔·A. 豪格、[英]多米尼克·阿布拉姆斯著，高明华译：《社会认同过程》，中国人民大学出版社 2011 年版，第 4 页。

⑤ 陆游著，钱仲联校注：《剑南诗稿校注》卷二十三，上海古籍出版社 2005 年版，第 4 册，第 1725 页。

是为了一己之荣华富贵，而是为天下黎民谋利。“万钟一品不足论，时来出手苏元元”，在此，我们再次感受到诗人郁勃于胸的兼济之志。绍熙三年(1192)夏，诗人又有《示儿》一诗：

斥逐襟被归，招唤振衣起。此是鄙夫事，学者那得尔。前年还东时，指心誓江水。亦知食不足，但有饿而死。小儿教汝书，不用日十纸。字字讲声形，仍要身践履。果能称善人，便可老乡里。勿言五鼎养，肉食吾所鄙。①

诗人说“字字讲声形，仍要身践履”，读书不仅在于知其文意，还需付诸践履。在诗人眼中，召则跃然而起，斥则黯然而归，本非学者所为。忆及前年退居时，曾指水为誓，永不再仕。如果身不能仕，又如何践履？最后他总结道：修身即是践履；身修行善而老死乡里，亦为人生之幸。“勿言五鼎养，肉食吾所鄙”，陆游想要通过耕读传家、行贤乡里的家风培植，在仕宦显贵之外，另行建立起家庭的荣耀感。②

四、邻翁：急欲融入乡里与去个性化

归居之后，陆游既已与昔日同僚异途；而进入乡村，村人亦未必将他当作自己人。社会心理学认为：“对于那些离开原有群体的人来说，如果新的群体不接纳他们，他们会有被边缘化的感觉。”③绍熙二年(1191)春天，诗人有《信步近村》诗，其中有云：“长饥未必缘诗瘦，多闷惟须赖酒浇。”可见归居乡里不久的诗人，内心还是非常苦闷的。绍

① 陆游著，钱仲联校注：《剑南诗稿校注》卷二十四，上海古籍出版社2005年版，第4册，第1769~1770页。

② ［澳］迈克尔·A. 豪格、［英］多米尼克·阿布拉姆斯著，高明华译：《社会认同过程》，中国人民大学出版社2011年版，第30页。

③ ［澳］迈克尔·A. 豪格、［英］多米尼克·阿布拉姆斯著，高明华译：《社会认同过程》，中国人民大学出版社2011年版，第70页。

熙二年(1191)夏天，诗人始有“宦途自古多忧畏，白首为农信乐哉”的自我宽慰①；又有“为农世世乐有余，寄语儿曹勿轻舍”②的自我打气。绍熙二年(1191)入冬，村庄的父老们邀约陆游饮酒，诗人写下《初冬从父老饮村酒有作》一诗，其中颇多心迹流露：

> 父老招呼共一觞，岁犹中熟有余粮。荞花漫漫浑如雪，豆荚离离未着霜。山路猎归收兔网，水滨农隙架鱼梁。醉看四海何曾窄，且复相扶醉夕阳。③

这一次的邀饮，“醉看四海何曾窄，且复相扶醉夕阳”，诗人与村民的隔阂被打破了，他那颗冰凉的心感受到乡情的温暖。从此之后，乡村生活对于他来说，不仅意味着乡间风物和农耕生活，更多意味着农村和谐与乡里温情。比如，左邻右舍修筑新居，陆游要带上儿辈前去道贺。在《东邻筑舍与儿辈访之为小留》诗中，陆游写道：“甲第潭潭莫羡渠，穷人从昔爱吾庐。”④这差不多是站在乡民的立场上来说话了：宏大的甲第，咱们不用羡慕；咱们穷人自古热爱自己的草屋。“茆茨新洁嗟何欠，邻里追随故不疏。瓮酱芬香盘旱兔，臼齑珍酽脍寒鱼。”新居初成，生活富足。邻里都去祝贺，诗人也感受到浓浓温情。“年丰日有携尊兴，家乘从今不一书。”丰年之时，大家可以经常带着酒相聚。自此之后，家庭日记都懒得记了。诗人也称赞邻居农舍的朴实与温馨。其《西

① 陆游著，钱仲联校注：《剑南诗稿校注》卷二十二《村居初夏》，上海古籍出版社 2005 年版，第 4 册，第 1663 页。

② 陆游著，钱仲联校注：《剑南诗稿校注》卷二十二《江村初夏》，上海古籍出版社 2005 年版，第 4 册，第 1666 页。

③ 陆游著，钱仲联校注：《剑南诗稿校注》卷二十三，上海古籍出版社 2005 年版，第 4 册，第 1716 页。

④ 陆游著，钱仲联校注：《剑南诗稿校注》卷二十五，上海古籍出版社 2005 年版，第 4 册，第 1799 页。

邻亦葺所居复与儿曹过之》诗，有云："竹屋茆檐烟火微，长歌相应负禾归。"①诗人笔下的乡村，透露出和谐与安宁。"穷居幸可支朝夕，世事何曾有是非。"茅屋可以遮风避雨，对于穷居的人来说已经足够。诗人希望，自早至夕，世间之事，和睦相处，不生是非。"老翁略与吾年等，眷眷遮留莫苦违。"西邻的老翁刚好年龄与诗人相当，邀他上家小坐，怎么好意思不去呢？看来，邻里关系的融洽逐渐冲淡了诗人内心的失落与孤寂。一次，诗人偶染小恙，康复之后，闲步乡村，邻曲皆欣然相迎。诗人有《秋晚闲步邻曲以予近尝卧病皆欣然迎劳》一诗，云：

> 放翁病起出门行，绩女窥篱牧竖迎。酒似粥醲知社到，饼如盘大喜秋成。归来早觉人情好，对此弥将世事轻。红树青山只如昨，长安拜免几公卿。②

乡村邻曲的热情既然让陆游觉得温暖，于是对官场的炎凉就看得更淡了。诗人想，京城里不知又有几人升官，几人罢免；但乡村的青山红树则跟昨天一样，不会改变。已经融入乡村的诗人，不再感到茕茕独立。③

不过，陆游毕竟不是普通的乡野村翁，某种情境中，他会表现出自己与村民的不同。绍熙三年(1192)冬，十一月十八日，陆游再次得领冲佑观祠禄，左邻右舍都来祝贺。陆游作《十一月十八日蒙恩再领冲佑邻里来贺谢以长句》为谢：

> 绿章封事彻虚皇，黄纸除书降野堂。海上春常探先到，壶中日

---

① 陆游著，钱仲联校注：《剑南诗稿校注》卷二十五，上海古籍出版社 2005 年版，第 4 册，第 1800 页。

② 陆游著，钱仲联校注：《剑南诗稿校注》卷二十七，上海古籍出版社 2005 年版，第 4 册，第 1912 页。

③ [澳]迈克尔·A. 豪格、[英]多米尼克·阿布拉姆斯著，高明华译：《社会认同过程》，中国人民大学出版社 2011 年版，第 4 页。

已不胜长。冰衔再署仙班贵，鹤料重支玉粒香。便挂朝冠亦良易，金铜茶笼本相忘。①

诗人颇有几分得意地说：有了官衔，就可以再入朝班；重新得到祠禄，就像仙鹤重新得到了玉粒之食。可以想见，在“野堂”的背景之中，昔日的“朝冠”“茶笼”和眼前的“绿章”“黄纸”，错杂纷呈，令诗人感到迷乱。“便挂朝冠亦良易，金铜茶笼本相忘。”看来，陆游毕竟与普遍的乡民不同，曾经的仕途成为他归居之后难以抹去的人生记忆②。

退居以后，陆游竭力将自己言行与思想改变得跟乡民一样。“直令掩关避世俗”，但“未害煎茶唤邻舍”③；诗人曾经想要闭门谢客，但与邻翁的交往属于例外。“暮霭昏昏半掩扉，偶逢邻叟荷鉏归。”④傍晚之时，诗人闲步村里，与荷锄而归的邻翁相遇，闲聊起来。他有意识地寻找着与村民的共同话题，“且令闲说乡村事，莫问渠言是与非”，他希望邻居可以跟他闲聊村里发生的事情，即使只是些家长里短。“屋角时闻黄犊鸣，相逢但可说春耕。”他希望与村民有闲聊的共同话题：“春耕”。此处，“相逢但可说春耕”显然化用陶渊明《归园田居》其二“时复墟曲中，披草共来往。相见无杂言，但道桑麻长”之意⑤。其实，庆元二年(1196)，陆游《跋〈渊明集〉》有云：“吾年十三四时，侍先少傅居城南小隐。偶见藤床上有渊明诗，因取读之，欣然会心。日且暮，家人呼食，读诗方乐，至夜卒不就食。今思之，如数日前事也。”⑥对陶诗的

① 陆游著，钱仲联校注：《剑南诗稿校注》卷二十六，上海古籍出版社 2005 年版，第 4 册，第 1834~1835。

② [澳]迈克尔·A. 豪格、[英]多米尼克·阿布拉姆斯著，高明华译：《社会认同过程》，中国人民大学出版社 2011 年版，第 24 页。

③ 陆游著，钱仲联校注：《剑南诗稿校注》卷三十《幽居戏赠邻曲》，上海古籍出版社 2005 年版，第 4 册，第 2034 页。

④ 陆游著，钱仲联校注：《剑南诗稿校注》卷四十六《出门与邻人笑谈久之戏作》其二，上海古籍出版社 2005 年版，第 6 册，第 2836~2837 页。

⑤ 袁行霈撰：《陶渊明集笺注》卷二，中华书局 2003 年版，第 83 页。

⑥ 陆游：《渭南文集》卷二十八，《陆放翁全集》，中国书店 1986 年版，第 171 页。

喜爱几乎贯穿陆游一生。陆游说“一言误及城中事，议罚应须便酌觥”，可见他不想谈论“城中事”，因为那意味着与宦途生活的纠缠不清。看来，诗人小心翼翼地调整着自己的言行①，以使之符合乡村情境。“今日出门逢父老，欣然随众强卢胡”②，他甚至学会了像乡民那样自喉中发出带有奉迎意味的笑声③。经济状况的相似也是诗人与乡民认同的重要方面。其《贫甚戏作长句示邻曲》诗，有云：“百屋堆钱四壁空，人生志愿孰能同？”④诗中写道，即使堆钱百屋，一样会破散。人生的志愿，人谁能真正实现呢？“萧条齿发难藏老，冷落杯盘可讳穷？斸笋不思郫夏日，典衣那计御霜风。”老迈穷困，生活艰难，但幸好有邻居老翁为知心之交，故而贫居之乐，亦时时有之。“知心幸有邻翁在，一笑相从草莽中。”穷困的共同性，让诗人与邻翁有了命运与共的体会。庆元五年(1199)的一次村饮，陆游依旧作了诗：

> 陆子白首安耕桑，乐事遽数乌能详？……老人饱食可无患，摩挲酒瓮与饭囊。儿孙扶侍递相送，笑语无间歌声长。人间哀乐不可常，掠剩有鬼在汝傍。常忧水旱虞螟蝗，力行孝悌招丰穰。⑤

诗中写道，安居乡野的生活，快乐的事情其实很多：老人饱食无忧，儿孙相扶；即使丰歉无常，也可以劝善乡里，以祝丰穰。至此，陆游终于完成从一个退居官员到乡村长老的身份转换。

---

① ［英］安东尼·吉登斯著，赵旭东、方文译：《现代性与自我认同》，三联书店1998年版，第223页。

② 陆游著，钱仲联校注：《剑南诗稿校注》卷四十六《出门与邻人笑谈久之戏作》其一，上海古籍出版社2005年版，第6册，第2836页。

③ 吕肖奂：《“不得体”的社交表达：陆游的人际关系诗歌论析》，《四川大学学报》2016年第1期，第157~159页。

④ 陆游著，钱仲联校注：《剑南诗稿校注》卷七十，上海古籍出版社2005年版，第6册，第3050页。

⑤ 陆游著，钱仲联校注：《剑南诗稿校注》卷四十《村邻会饮》，上海古籍出版社2005年版，第5册，第2557页。

身处公共场合，陆游更多表达一些符合乡村场合的观念。开禧元年(1205)的春天，在一次村居聚会上，诗人被选为主盟人，写下了《示邻曲》一诗：

北陌东阡好弟兄，耄年幸复主齐盟。同尝春韭秋菘味，共听朝猿夜鹤声。百世不忘耕稼业，一壶时叙里闾情。诸孙识字吾真足，安用鹏抟九万程。①

大家一起品尝春韭，听着猿声和鹤声。诗人说，世世代代不忘耕读传家，眼下共饮一壶酒，大家正好畅叙乡邻之情。或许是为了避免乡民的另眼相看，他说："诸孙识字吾真足，安用鹏抟九万程。"强调读书只为识字，并非要以此大展宏图，其间颇有几分自我澄清的意味。在《重示》一诗中，我们可以更为明显地看出这一点。其诗有云："笃学仁何远，穷居道亦行。能充气刚大，谁蔽性光明？"②在陆游笔下，穷居与修道，也获得了融通。"家世艰难业，乡闾宿昔情。岁残相劳苦，惟是语春耕。"诗人再次表明：自己读书只为了识字，以便孝慈处世。如果我们将陆游独居时的自我看作"私下自我"，而此类村居聚饮的场合显然要求诗人呈现出"公共自我"③。可以理解："万钟一品不足论，时来出手苏元元"④，这样的话只能在自己家里说说；"百世不忘耕稼业，一壶时叙里闾情"，则适合在乡村聚饮的时候说。他必须让自己显得不那

① 陆游著，钱仲联校注：《剑南诗稿校注》卷六十一，上海古籍出版社2005年版，第7册，第3487页。

② 陆游著，钱仲联校注：《剑南诗稿校注》卷六十三，上海古籍出版社2005年版，第7册，第3604~3605页。

③ [澳]迈克尔·A. 豪格、[英]多米尼克·阿布拉姆斯著，高明华译：《社会认同过程》，中国人民大学出版社2011年版，第155页。

④ 陆游著，钱仲联校注：《剑南诗稿校注》卷二十三《五更读书示子》，上海古籍出版社2005年版，第4册，第1725页。

么“另类”①。

其实，陆游特别愿意别人将他当作普通的老翁看待。在嘉泰四年(1204)春，诗人在山中行走，遇到一位老翁，有《山行赠野叟》诗。在诗中，他有这样的表露：“垂白衰翁住道边，突间犹喜续炊烟。壁如龟筴难占卜，瓦似鱼鳞不接连。”②这位老翁的家就住在路边。家中生起火，炊烟就飘出小屋。诗人进到老翁的家中，发现墙壁充满裂纹，瓦片也七零八落。“幼学及时儿识字，官租先众吏无权。与君俱长宣和日，握手相看一怅然。”两个老翁执手相看，颇为怅然。因为这位老翁与诗人有太多的相似：他们都出生于宣和年间；他们都曾经“幼学及时儿识字”。——这位老翁就像一面镜子，映照出诗人因求仕而改变的人生轨迹。诗人未及言明的是：如果不去求仕做官，自己的人生就会跟眼前的老翁一样。其二又云：“莫笑孤村生理微，茅茨烟火自相依。客来旋扫青苔榻，日在先关白版扉。”③诗人说，请不要笑话如此孤村之中，生计微薄。茅草与烟火相伴而生。客人来的时候，匆忙把长了青苔的床榻打扫干净。太阳还没落山，就提前关门闭户。老翁家的日常生活，平淡无奇：“妇女忧蚕租叶去，儿童耘麦荷锄归。”“散人世袭江湖号，剩欲溪头借钓矶。”此时的陆游感觉自己跟这位老翁一样：闲散江湖；剩下的心愿，不过在溪头上借一个钓鱼的石矶坐着罢了。正是参照老翁的生活与形象，陆游将自己“打扮”为一个安居山林、不求世知的老者④。

但是，陆游终究是陆游，他胸中的豪情壮志总是在不经意间流露出来。庆元二年(1196)，诗人归居已经七个年头了，他又参加了又一次

---

① [澳]迈克尔·A. 豪格、[英]多米尼克·阿布拉姆斯著，高明华译：《社会认同过程》，中国人民大学出版社 2011 年版，第 205 页。

② 陆游著，钱仲联校注：《剑南诗稿校注》卷五十六，上海古籍出版社 2005 年版，第 6 册，第 3293~3294 页。

③ 陆游著，钱仲联校注：《剑南诗稿校注》卷五十六，上海古籍出版社 2005 年版，第 6 册，第 3294。关于陆游与邻里的交往，可参见包伟民：《陆游的乡村世界》，社会科学文献出版社 2020 年版，第 64~70 页。

④ 孟樊：《后现代的认同政治》，扬智文化事业股份有限公司 2001 年版，第 94 页。

村饮。诗人兴之所至，写下《村饮示邻曲》：

> 七年收朝迹，名不到权门。耿耿一寸心，思与穷友论。忆昔西戍日，孱虏气可吞。偶失万户侯，遂老三家村。朱颜舍我去，白发日夜繁。夕阳坐溪边，看儿牧鸡豚。雕胡幸可炊，亦有社酒浑。耳热我欲歌，四座且勿喧。即今黄河上，事殊曹与袁。扶义孰可遣？一战洗乾坤。西酹吴玠墓，南招宗泽魂。焚庭涉其血，岂独清中原！吾侪虽益老，忠义传子孙。征辽诏傥下，从我属櫜鞬。①

这次村饮，或许邻曲实在难以按捺对陆游传奇经历的好奇，他们可能向诗人问起他曾经的过去。“耿耿一寸心，思与穷友论。”于是，陆游先谈到自己归居的情况：“七年收朝迹，名不到权门”，七年前从宦途退出，声名不达权贵之门。“偶失万户侯，遂老三家村”，失去名禄，于是老于乡里。“朱颜舍我去，白发日夜繁”，眼看自己日渐衰朽。“夕阳坐溪边，看儿牧鸡豚”，已经过着老于乡里的乡居生活。“雕胡幸可炊，亦有社酒浑”，惟与乡党野老相饮而已。“耳热我欲歌，四座且勿喧”，诗人语气一转，豪气顿显。他仍然有强烈的政治看法想要表达：“扶义孰可遣，一战洗乾坤”，当今国家境况，只有一战可以雪耻。“吾侪虽益老，忠义传子孙”，虽然自己这一辈人已经老迈，但应该将此种忠义精神传于后代。“征边诏傥下，从我属櫜鞬”，诗人说，如果朝廷需要用人，仍然可让儿孙们从军，为国效力。可以看出，已经归居的诗人，仍然不懈地将自己的人生价值与国家命运关联。

当然，诗人独处之时，类似的情感更不加掩饰。陆游有《三山杜门作歌》三首。这一次关着门，独自作诗，诗人可以无所顾忌。他回顾儿时的遭逢丧乱、壮年的趋召赴朝。当然，最能引发陆游感慨的还是远游

① 陆游著，钱仲联校注：《剑南诗稿校注》卷三十四，上海古籍出版社2005年版，第5册，第2261页。

剑南。“中岁远游逾剑阁，青衫误入征西幙。”①他想起中年之时，经蜀地，前往南郑，到过的前线，“南沮水边秋射虎，大散关头夜闻角”，那是何等的令人热血沸腾啊！“画策虽工不见用，悲咤那复从军乐。”可惜划策虽工，报国无门。“呜呼！人生难料老更穷，麦野桑村白发翁”，可惜最终还是一事无成；归居山阴，成为村野之中一个白发老翁而已。言语之间，诗人流露出无尽的遗憾。

五、道士：相似性寻找与自我差异化

诗人早年即与僧道有来往。如寓蜀期间，与青城道人有交往，在《与青城道人饮酒作》一诗中，他写道：“君不见太傅晚岁具海舟，归欲极意东山游；翰林偶脱夜郎谪，大醉赋诗黄鹤楼。”可以看出，谢安的貌闲意悦和李白的放达飘逸，成为陆游结交僧道的精神比拟和人生企慕：“两公穷达何足道，同是逸气横清秋。”所以，诗人对自己一生行事，常常借之自比：“我无一事行万里，青山白云聊散愁。有酒不换西凉州，无酒不典鹔鹴裘。不作王猛傲睨坐扪虱，不作宁戚悲歌起饭牛。五云覆鼎金丹熟，笙鹤飘然戏十洲。”②其行侠游仙，俨若李白再世。

归居之后，陆游“多与道、释、剑客游”，“以谢安、李白自况”③。庆元二年(1196)有《赠童道人盖与予同甲子》，正可见之：

> 吾侪之生乙巳年，达者寥寥穷比肩。退士一生藜藿食，散人万里江湖天。忍贫不变我自许，挟术自营君岂然？一事尚须烦布策，几时能具钓鱼船。④

① 陆游著，钱仲联校注：《剑南诗稿校注》卷三十八，上海古籍出版社 2005 年版，第 5 册，第 2456 页。

② 陆游著，钱仲联校注：《剑南诗稿校注》卷七，上海古籍出版社 2005 年版，第 2 册，第 598 页。

③ 欧小牧：《陆游年谱》，人民文学出版社 1981 年版，第 145 页。

④ 陆游著，钱仲联校注：《剑南诗稿校注》卷三十四，上海古籍出版社 2005 年版，第 5 册，第 2258 页。

诗人出生于乙巳年(宣和七年，1125)，这位童道人恰好与诗人同年出生。诗人不禁发出命运相似的感叹：像我们这样的人啊，通达的很少，而穷迫的却比比皆是。诗人将自己与道人的人生轨迹进行比较："退士一生藜藿食，散人万里江湖天。"虽然一仕一隐，但最终的结局却有颇多相似：作为"退士"的自己一生吃的是粗食，而作为"散人"的道人则江湖万里，行走无定；"忍贫不变我自许，挟术自营君岂然"，忍受贫苦，不改初衷，本是诗人的自许，也是童道人的自守。嘉泰四年(1204)的《山行赠野叟》其二中，诗人亦宣称："散人世袭江湖号，剩欲溪头借钓矶。"①诗人当下只有一件愿望，就是可以拥有一条钓鱼的船，过上垂钓江湖、怡然自乐的生活；这其实也是童道人的愿望②。

嘉定二年(1209)的夏天，诗人作有《赠倪道士》，其一有云："羽衣暂脱着戎衣，坐定方惊语入微。"③这位倪道士，原是道士，而后又从戎；诗人则与之相反，是由从戎而又修道。不过，诗人想的依旧是与倪道士相同的归宿："归隐玉霄应不出，他年容我扣岩扉。"其二有云："我坐虚名剩得穷，百年身堕畏途中。"④诗人感叹一生追逐虚名，眼下只剩下穷困了。一生营营碌碌，总是陷入畏途之中。"看君一棹烟波乐，悔不常为采药翁。"看着倪道士放棹烟波，诗人有无限的羡慕。陆游《赠道流》中有"太华何时寻此约？九霄风露宿青冥"⑤，又有《赠道侣》："何时醉携手，为我发玄机？"⑥看来，陆游与道侣有一个始终未

① 陆游著，钱仲联校注：《剑南诗稿校注》卷五十六，上海古籍出版社2005年版，第6册，第3294页。

② [澳]迈克尔·A. 豪格、[英]多米尼克·阿布拉姆斯著，高明华译：《社会认同过程》，中国人民大学出版社2011年版，第137页。

③ 陆游著，钱仲联校注：《剑南诗稿校注》卷八十二，上海古籍出版社2005年版，第8册，第4407页。

④ 陆游著，钱仲联校注：《剑南诗稿校注》卷八十二，上海古籍出版社2005年版，第8册，第4408页。

⑤ 陆游著，钱仲联校注：《剑南诗稿校注》卷六十九，上海古籍出版社2005年版，第7册，第3860~3861页。

⑥ 陆游著，钱仲联校注：《剑南诗稿校注》卷七十七，上海古籍出版社2005年版，第8册，第4222页。

践行的约定。

不过，寻找相似之处，并不妨碍陆游表现出自己的独特情怀。庆元元年(1195)春，陆游有《赠持钵道人》一诗：

青铁作小冠，白纻缝短褐。右扶九节杖，左执七缀钵。何尝有定止，到处可生活。惟有烈士心，白刃不能夺。相逢一笑粲，滞思得披豁。挥袂去若飞，跂望已天末。①

最令诗人赞叹的是道士的心志："何尝有定止，到处可生活。惟有烈士心，白刃不能夺。"他们的人生从未停留，而随处都是安顿之处。不变的只有壮烈之心，坚伟不可夺。对道士的书写，诗人流露出他的倾慕，也表达了他的向往。所谓"相逢一笑粲，滞思得披豁"，陆游认为自己与这位持钵道人心灵是相通的。闲居山阴之时，诗人亦时常忆及南郑从戎生活。嘉泰元年(1201)《追忆征西幙中旧事》，其一云："大散关头北望秦，自期谈笑扫边尘。收身死向农桑社，何止明明两世人！"其二云："小猎南山雪未消，绣旗斜卷玉骢骄。不如意事常千万，空想先锋宿渭桥。"②可见北伐恢复之志未酬，诗人始终耿耿于怀。嘉泰元年(1201)，陆游又有《有道流过门留与之语颇异口占赠之》一诗：

万里纵横自在身，偶然来看剡溪春。取将月去闲娱客，携得云归远寄人。缩地不妨游汗漫，移山随处对嶙峋。须君更出囊中剑，一为关河洗敌尘。③

① 陆游著，钱仲联校注：《剑南诗稿校注》卷三十一，上海古籍出版社 2005 年版，第 4 册，第 2122 页。

② 陆游著，钱仲联校注：《剑南诗稿校注》卷四十八，上海古籍出版社 2005 年版，第 6 册，第 2926~2927 页。

③ 陆游著，钱仲联校注：《剑南诗稿校注》卷四十九，上海古籍出版社 2005 年版，第 6 册，第 2971 页。

陆游笔下的这位道士，行踪无定，来去自由，法术高强，意趣超迈，这都是陆游为之神往的。特别值得注意的是此诗尾联："须君更出囊中剑，一为关河洗敌尘。"可见，陆游始终无法忘怀恢复山河的宏大抱负。

六、后学：诗法传授与诗统中的定位

绍熙四年(1193)青年诗人刘过前来山阴拜访。对于曾经主盟诗坛，如今归居乡里的陆游来说，"真正的问题不是如何建构身份，而是如何保持它"①。陆游有《赠刘改之秀才》诗，云：

> 君居古荆州，醉胆天宇小。尚不拜庞公，况肯依刘表。胸中九渊蛟龙蟠，笔底六月冰雹寒；有时大叫脱乌帻，不怕酒杯如海宽。放翁七十病欲死，相逢尚能刮眼看。李广不生楚汉间，封侯万户宜其难！②

诗人意气丰发，豪情横溢，一扫归居之后的老迈之态。因为，在刘过的身上，诗人看到年轻时的自己③："胸中九渊蛟龙蟠，笔底六月冰雹寒；有时大叫脱乌帻，不怕酒杯如海宽。"诗情纵横、性格奔放，他们的秉性与志趣有着太多的相似。始料未及的是，连命运与遭遇也如此相似："李广不生楚汉间，封侯万户宜其难。"诗人叹惜刘过生不逢时，英才难用；显然这也是诗人对自己一生的切身体会与自我评价。

对于后学求诗，陆游往往勉力应承。如嘉泰二年(1202)《吕氏子夔郎求诗》：

---

① ［英］齐格蒙特·鲍曼：《从朝圣者到观光客——身份简史》，［英］斯图亚特·霍尔、保罗·杜盖伊编著，庞璃译：《文化身份问题研究》，河南大学出版社2010年版，第29页。

② 陆游著，钱仲联校注：《剑南诗稿校注》卷二十七，上海古籍出版社2005年版，第4册，第1878页。

③ 孟樊：《后现代的认同政治》，扬智文化事业股份有限公司2001年版，第92页。

乃祖身兼将相崇，诸孙玉立有家风。此郎已复尘埃外，它日相期气类中。行己勤勤须自省，读书亹亹要新功。果能哮吼如狮子，一瓣香应嗣放翁。①

此吕氏子夔郎或为吕好问之后，他如今向陆游求诗，期待得到点拨。诗人称许吕夔郎出自将相之门，亦有家风世传。夸赞他的诗作已出世人之外，他日当与同类相应，成为诗坛英才。陆游勉励吕夔郎，行事当自省，读书当求新：这显然也是陆游对自己一生修身与读书的体悟和总结。值得我们注意的是"果能哮吼如狮子，一瓣香应嗣放翁"一联：陆游告诫吕夔郎，如果日后真能修成正果，成为诗坛名人，其诗统之嗣应以己为宗。显然，陆游将自己读书与做人的心得尽数付与吕夔郎，同时也欲借此将自己置入一个诗统序列之中，确定自己的位置②。

绍熙五年(1194)，有应秀才(致远)见访，诗人有诗：

过宋不见元城公，渡淮不见陈了翁。当时人人皆太息，至今海内倾高风。老夫七十居乡县，龌龊龙钟何足见；辱君雪里来叩门，自说辛勤求识面。我得茶山一转语，文章切忌参死句。知君此外无他求，有求宁踏三山路？③

在自称卑陋的谦词之中，诗人还有一丝不为世遗忘的欣喜。"辱君雪里来叩门，自说辛勤求识面。"既然远道而来，不当虚行。"我得茶山一转语，文章切忌参死句"，陆游向应秀才宣示自己对曾几"活法"的独特领

① 陆游著，钱仲联校注：《剑南诗稿校注》卷五十，上海古籍出版社 2005 年版，第 6 册，第 2998 页。

② ［澳］迈克尔·A. 豪格、［英］多米尼克·阿布拉姆斯著，高明华译：《社会认同过程》，中国人民大学出版社 2011 年版，第 31 页。

③ 《赠应秀才》，陆游著，钱仲联校注：《剑南诗稿校注》卷三十一，上海古籍出版社 2005 年版，第 4 册，第 2115 页。

会①。可以理解，诗人虽然已经归居，但他仍然表达对诗法的独特领会，坚持对后学有所点拨与奖掖，可见他并不愿意真正地泯然于众人②。

七、结　语

戈夫曼在《日常生活中的自我呈现》中指出：

> 身份、地位、社会地位这些东西并不是被拥有，尔后得到展示的物质的东西；它是一种恰当的行为模式，是首尾一致的、经过修饰润色的和表达明晰的。不管表演是轻松自如的还是笨手笨脚的，不管是有意识的还是无意识的，不管是狡诈的还是真诚的，它仍是必须演出和饰演的事情，是必须理想化的事情。③

借此以观，绍熙归居之后的陆游，其生活圈子发生根本的变化，他需要调整自己的心态，建立新的社会关系，重新确认自己的身份。事实上，他不断向人呈示诗作：在与亲旧的书信往复中，他展示着衰老的身体；面对昔时的宦友与眼前的乡居，他在头上插满黄花，借以自我展示。面对来到家里的座客，他力图塑造一个能干的形象：还能作诗、尚能打柴，身体倍儿棒。与儿孙们在一起时，他告诫他们，要耕读传家，要行贤乡里。在与邻居的交往中，他努力跟他们谈论同样的话题，他想要融入他们，不愿被当成另类。面对僧道时，他将自己的人生与他们进行比附，他想要成为他们。面对求教的后学，他从他们年轻而狂放的性格中

① 参见邱鸣皋：《陆游师从曾几新论》，《文学遗产》2002 年第 2 期，第 88～89 页。

② ［澳］迈克尔·A. 豪格、［英］多米尼克·阿布拉姆斯著，高明华译：《社会认同过程》，中国人民大学出版社 2011 年版，第 210 页。

③ ［美］欧文·戈夫曼著，黄爱华、冯钢译：《日常生活中的自我呈现》，浙江人民出版社 1989 年版，第 73 页。

看到自己昔时的形象；通过诗法的指授，他努力地保持着自己对诗坛的影响。

同时，我们又发现，归居之后的陆游，即使他努力融入乡里，但始终难以掩盖那曾有的仕宦经历所留下的痕迹。事实上，他终究不同于一般的乡民，他在向往归隐中，又保留着自己志趣的差异。在比附于僧道时，他无法忘怀自己对国家的关怀和那恢复山河的壮志。总体上说，闲居山阴的陆游，在新的社会交往和不断的诗歌呈示中，追求着认同，又显露出差异，进行他人生最后阶段的身份书写。

第八章　对话的准则：宋代文集序跋中的多维修辞及其作者建构

序，亦可作叙。《尔雅》云：“叙，绪也。”①可见，序(或绪)本指头绪与次序。又孔安国《尚书序》曰：“序，所以为作者之意，昭然义见，宜相附近，故引之各冠其篇首。”②吕祖谦云：“凡序文籍，当序作者之意。”③在他们看来，序其实是说明、彰显作者之意。至王应麟《辞学指南》：“序典籍之所以作也。”④则明白指出，序是用来说清楚著书来由的。我们将诸家意见综合起来，可以明白，序大致说明作者著文之意以及著书之由。跋，又称题跋。吴讷《文章辨体·题跋》引《苍崖金石例》云：“跋者，随题以赞语于后，前有序引，当掇其有关大体者以表章之，须明白简严，不可堕人窠臼。”⑤可知“跋”本意为读者读某书或某文，而赞语其后者。因为前面已经有序在“序作者之意”了，所以只能“随题以赞语于后”，“掇其有关大体者以表章之”，对其内容进行归结、赞颂、补充或申发。

---

① 郭璞注，邢昺疏：《尔雅注疏》，阮元校刻：《十三经注疏》，中华书局1980年版，第2569页。

② 孔颖达疏：《尚书正义》，阮元校刻：《十三经注疏》，中华书局1980年版，第116页。

③ 转引自吴讷：《文章辨体序说》，人民文学出版社1962年版，第42页。

④ 王应麟：《玉海》卷二〇四，江苏古籍出版社、上海书店1987年影印本，第3729页。

⑤ 吴讷：《文章辨体序说》，人民文学出版社1962年版，第45页。

随着宋代文集编刻之兴，文集序跋亦随之而盛①。对此重要现象，近年学界渐予更多关注②。不过，此章之中，我们无意考察序跋所具辅证作者生平之文献价值③，仅欲循吕祖谦所言“当序作者之意”而进，而对序跋之于作者意由的彰显、申发、补充之机制，稍加探讨④。换而言之，我们考察宋代序跋的目的，主要在于探询作者与序(跋)者之间

① 吴讷《文章辨体序说》又引吕东莱(祖谦)之说：“如赠送燕集，又当随事以序其实也。”并认为：“大抵序事之文，以次第其语、善叙事理为上。近世应用，惟赠送为盛。当须取法昌黎韩子诸作，庶为有得古人赠言之义，而无枉己徇人之失也。”(人民文学出版社 1962 年版，第 42 页)可知“序事实”之赠序，与“序文籍”之集序不同。褚斌杰《中国古代文体学》也认为：“唐宋以后曾出现了专为赠人而写的文字，虽也以‘序’名篇，但性质与书、文序并不相同，在文体上应是另属一类了。”(台湾学生书局 1991 年版，第 400 页)则视赠序与集序为不同文体。本章限于对“序文籍”之集序进行讨论。

② 近年宋集序跋研究渐兴。读者可参考郭根群《北宋人所撰诗集序跋整体观照》(《时代文学》2012 年 2 月上半月)、梅华《文以序传：宋人文集序跋意识自觉化及其影响》(《安徽师范大学学报》2015 年第 1 期)、梅华《宋代文集传播方式探析——以文集序跋为对象》(《内江师范学院学报》2015 年第 5 期)等。以宋代序跋为题的硕、博士论文，则有宋荟彧《宋集序跋发微：作为文学史的一个断面》(南京大学 2013 年硕士学位论文)、刘秋彬《宋人所撰诗文集序研究》(河北师范大学 2014 年博士学位论文)等。

③ 王国强：《古籍序跋在揭示著者方面的文献价值》，《图书馆论坛》2009 年第 6 期。

④ 集序与题跋，通常认为是指两种文体。其实就传播研究来看，集序与题跋亦是两种对文集(或文章)进行传播而采取的活动(本章或视“序”“跋”为动词)。梅华《文以序传：宋人文集序跋意识自觉化及其影响》已经提到：“撰序题跋逐渐演变成为宋代文人沟通交往的一种新形式。宋代文人重视其文集的整理，每有新集结就常常会分送故旧亲朋，而后者也会通过序跋的形式对文集作者及作品予以品评和推挹，从而形成了文人间对话的一种方式。”(《安徽师范大学学报》2015 年第 1 期，第 74 页)其所见亦可采。

如何营造出一种心理互动与共享场域①，并由此发现序跋中所“隐含的作者”。社会互动与身份归类的相关理论，对于我们体察序跋之中“作者”建构之准则②，或大有裨益，故本章多有借鉴。

一、作者：援笔自述

司马光曾经说过：“中藏之志，造膝之言，不自叙之，他人安得知之?”③言下之意，作者是最了解自己的，他应该首先自我表述其创作时的真实体验。不过，在社会心理学家看来，即使是作者自序，也可能是一场“姿态的会话”④。换言之，自序中可能隐藏了真实作者的某种自我修辞。通常情况下，作者自序，需要对自己的生平与遭遇进行介绍，

① 约翰·特纳认为有关人类互动和群体形成的两个基本点——即它们包含着“心理互动”(psychological interaction)；而且它们发生在“互相共享的心理场域”(mutually shared psychological field)，同时这一场域也使它们(社会互动和群体形成)的发生成为可能([澳]约翰·特纳等著，杨宜音、王兵、林含章译：《自我归类论》，中国人民大学出版社2011年版，第16页)。本章借此以观宋代文集序跋活动，希图发现序跋者(以下或简称“序者”)与作者之间心理互动与场域共享之种种情形与特征。

② 拉康曾经说过：“在语言中，我们自己的信息来自对方。”([法]拉康著，褚孝泉译：《拉康选集》卷首导言，上海三联书店2001年版，第1页)如果我们将作品(文集)视为作者所说的“语言”，那么序跋则相当于序者与作者的“对话”。由此，作品的意义，乃至作者的形象极大程度上都来自于序者的理解与评价(参见王玥琳：《论著作序在文学传播、接受中的特点与作用》，《中国文学研究》2015年第3期，第76页)。拉康认为，在语言中，“对话”的“准则”不仅体现在“说话者”一方，在“对话者”一方其实有更好的体现(《拉康选集》卷首导言，第2页)。由此以观，在序者与作者的对话中，“对话”的规则不仅体现在作者这一边，也可能体现在序跋者这一边。也就是说，在序跋活动中，作者身份的建构规则有可能是由序者来操控的。本章写作的目的在于揭示文集序跋中的种种隐含的规则，而这些规则与作者的形象建构具有紧密的关系。

③ 王迈：《真西山集后序》引，《臞轩集》卷五，《景印文渊阁四库全书》，台湾“商务印书馆”1983年版，第1178册，第507页。

④ [美]乔治·H. 米德著，赵月瑟译：《心灵、自我与社会》，上海译文出版社1992年版，第125页。

也可以借此抒发自己的抱负；当然也会说明其文集之所收作品的范围，裒辑与编次的缘起等。这些内容对于读者准确地理解作品以及了解作者都是非常必要的。不过，在此我们想提起讨论的是文集自序之中的“自我”建构问题。姑以数例示之。

杨亿曾自编诗集《武夷新集》，更自作序。在自序中他详细地交代了自己的宦途所历：咸平戊戌(998)岁九月受知括苍郡，“凡再更年钥，复朝于京师”①。“未半载，入西台掌诰命”。景德丙午(1006)仲冬，“被召入翰林”。其次说明自己编集的机缘：“会庚戌(1010)诏书，许百执事以旬休出沐”，趁此“燕居多暇”，“因取十年来诗笔，条次为二十编，目之曰《武夷新集》”。我们如果对杨亿集序多加体会，即可发现其自序中，对自身进退左右曲护者有四：其一“召入翰林”“旬休出沐”极易招惹自矜君恩的批评，而自序以“盖山林之士不忘维桑之情”进行澄清；其二以“雕篆之文”示人，易使人产生炫示之感，自序又以“窃怀敝帚之爱”以自解；其三“由凫鹤之质自然，胡能损益姜桂之性”，令人产生其本性耿介，自放山林，不务君命之惯性理解，自序又以“励精为学，抗心希古”标明自己的用心与立志；其四陈述他本欲“假词大手”，又虑其“掩瑕溢美”“以丧其真”，终“不避乎厚颜”“聊援笔以自述”的思虑过程。由此，我们可以体会杨亿编《武夷新集》之时的特殊处境：入掌诰命却心怀山林、雕篆作文又窃怀自爱、本性耿介又抗心希古、欲假大手终援笔自述。又如黄庶自编《伐檀集》，自序首道其自幼抱负与生平所历：

> 其少而学也，观诗书以来，至于忠臣义士，奇功大节，常恨身不出于其时，不得与古人上下其事，每辄自奋，以为苟朝得位，夕必行之，当使后之人望乎己，若今之慕乎古也。②

① 杨亿：《武夷新集》自序，《宋集珍本丛刊》，线装书局2004年版，第2册，第184页。

② 黄庶：《伐檀集》卷首，《景印文渊阁四库全书》，台湾“商务印书馆”1983年版，第1092册，第762页。

但其平生宦途却极为坎坷，“历佐一府三州，皆为从事。逾十年，郡之政，巨细无不与”，“大抵止于簿书狱讼而已”，而“其心之所存，可以效于君，可以补于国，可以资于民者，曾未有一事可以自见”，可见其抱负郁积、夙志难遂，且自感尸位素餐，无所作为的艰难处境。当他编集己作之时，“暇日发常所作稿草，得数百篇，览初省末，散亡居多。其存者或失首与尾，或窜乙断裂不可读”。“因取其完者，以类相从而编焉”，且“题之曰《伐檀集》，且识其愧”。此序之中，作者胸怀大志而无所施展、壮怀激烈而沉沦下僚、自愧素餐而溺于文字等诸般纠结、无奈与悲愤，皆寓含于其中。我们统而视之，则无论是杨亿的入掌诰命，还是黄庶的困于吏事，其编集自序都展示出作者正处于某种矛盾与困扰之中。也就是说，自序者中的“作者”有可能是受到“特定环境”激发而形成的①。

文集自序，作者当然要对自己“肆力翰墨”的历程，有所交代。其间当然有很多的例子；不过杨万里平生八集自序，似乎显得特别突出。我们知道，杨万里生前曾自编其诗，凡成八集。按其创作的先后顺序，当为《江湖集》《荆溪集》《西归集》《南海集》《朝天集》《江西道院集》《朝天续集》《江东集》；但杨万里诸集的示人面世却不是按其创作的先后顺序而进行的。其由尤袤之评与刘涣之索而出《南海集》②；其由钟仲山之索而出《荆溪集》③；由范成大之相索而录寄《西归集》并寄刘涣、钟仲山④；

① ［澳］约翰·特纳等著，杨宜音、王兵、林含章译：《自我归类论》，中国人民大学出版社2011年版，第46页。

② 《南海集》为杨万里官于广东提举及提刑期间(1180—1182)所作诗的结集(杨万里撰，辛更儒笺校：《杨万里集笺校》卷八〇，中华书局2007年版，第3264页)。此前的《江湖集》《荆溪集》《西归集》皆已成集，而杨万里却未以示人。

③ 杨万里撰，辛更儒笺校：《杨万里集笺校》卷八〇《诚斋荆溪集序》，中华书局2007年版，第3260页。

④ 《西归集》乃其淳熙六年(1179)除提举广东常平茶盐公事，携家离开常州印绶西归及待次家中所作诗的汇集。诗人西归之时，曾经路过苏州，拜访范成大。范成大即索其诗，诗人当时虽有《荆溪集》，但“窃自薄陋”，不敢出之。“既还舍，计在道及待次，凡一年得诗，仅二百首，题曰《西归集》，录以寄公。”(杨万里撰，辛更儒笺校：《杨万里集笺校》卷八〇《诚斋西归集序》，中华书局2007年版，第3262页)

由尤袤之鼓励而以《江湖集》抄张德器①；因陆游"立朝结局"之戏言而示《江西道院集》；应刘纯先、炳先兄弟相索而出《朝天集》②、《江西道院集》③、《朝天续集》④；因胡晋臣、巩丰之砺而成《江东集》并寄刘炳先、继先兄弟⑤。尤值得关注的是，杨万里每出一集，必自为序，叙其始末。由此，杨万里平生八集就呈现了另一种顺序，即出示与自序的顺序：《南海集序》《荆溪集序》《西归集序》《朝天集序》《江湖集序》《江西道院集序》《朝天续集序》《江东集序》。显然，这是与创作结集之先后迥然不同的顺序，也是作者诗法探索与诗坛接受之间互相推动的结果。可以看出，从淳熙十三年(1186)到绍熙三年(1192)的六年间，杨万里实际利用诸集推出的机会，重新梳理了自己学诗的历程：从"学后山及半山及唐人者"时"学之愈力，作之愈寡"⑥，到"万象毕来，献予诗材"的创作体验。⑦ 而且，在诸集渐次推出的过程中，杨万里也逐步获得对自己诗法探索的自信，从起初的诗友击节之赞(如尤袤对《南海集》中竹枝歌)对整集(《江湖集》)"焚之可惜"的劝诫；从面对范成大索诗时，对《荆溪集》的"窃自薄陋"到《西归集》的"录以寄公"；从集成数年而不敢示人到诗未作而友朋待之。其间不仅寓含着作者对学诗道路的反思与总

① 杨万里撰，辛更儒笺校：《杨万里集笺校》卷八〇《诚斋江湖集序》，中华书局2007年版，第3257~3258页。

② 杨万里撰，辛更儒笺校：《杨万里集笺校》卷八〇《诚斋朝天集序》，中华书局2007年版，第3267页。

③ 杨万里撰，辛更儒笺校：《杨万里集笺校》卷八一《诚斋江西道院集序》，中华书局2007年版，第3269~3270页。

④ 杨万里撰，辛更儒笺校：《杨万里集笺校》卷八一《诚斋朝天续集序》，中华书局2007年版，第3273~3274页。

⑤ 杨万里撰，辛更儒笺校：《杨万里集笺校》卷八一《诚斋江东集序》，中华书局2007年版，第3275~3276页。

⑥ 杨万里撰，辛更儒笺校：《杨万里集笺校》卷八〇《诚斋江湖集序》，中华书局2007年版，第3257~3258页。

⑦ 《诚斋荆溪集序》，杨万里撰，辛更儒笺校：《杨万里集笺校》卷八〇，中华书局2007年版，第3260页。

结，也伴随着诗人“自我”逐步呈现的过程和阶段。① 由此看来，诸集之自序，其实表现出作者根据所处的社会情境而进行自我组织的过程。②

作者自序有时还需要解释文集命名之义。如王禹偁《小畜集》，在自序中，他首先详细地交代了自己的宦海履历与身世沈浮：“淳化二年(991)，岁在辛卯，禹偁王□州团练副使”，“至道二年乙未岁(995)□士，黜守滁上，得尚书工部郎中”③；“明年(996)十二月移知广陵，又明年(997)三月今上嗣位，复以刑部郎中入西掖”；“咸平二年(999)，守本官知齐安郡”。宦途奔波，王禹偁已经“年四十有六，发白，目昏阙，常多病”，当时“大惧没世而名不称矣”。“因阅平生所为文，散失焚弃之外，类而第之，得三十卷”。“将名其集”，由“以周易筮之”，以卦义寓之，故名“小畜”。随后，王禹偁详解其意曰：

> 小畜之象曰：“风行天上，小畜君子以懿文德。”《说》者有曰：“未能行其施，故可懿文而已。”是禹偁位不能行道，文可以饰身也。集曰“小畜”，不其然乎？

王禹偁表达自己虽身处卑微不能行道，或可立言懿文以饰身的人生定位。由此看来，“小畜”之义，不仅是对其集之编的命名，更是对其平生宦历的自评与自我定位的自励。又有岳珂曾自编其集，其序首称：“予自戊戌(1178)西遡沔鄂，庚子(1180)东游当涂，岁凡三周，裒汇诗稿，得三百五十有八，名以‘玉楮’。”④其后引宋人刻玉为楮之寓言，

① ［澳］约翰·特纳等著，杨宜音、王兵、林含章译：《自我归类论》，中国人民大学出版社 2011 年版，第 46 页。

② ［美］乔治·H. 米德著，赵月瑟译：《心灵、自我与社会》，上海译文出版社 1992 年版，第 127 页。

③ 王禹偁：《王黄州小畜集序》，《王黄州小畜集》卷首，《宋集珍本丛刊》，线装书局 2004 年版，第 1 册，第 525 页。

④ 岳珂：《玉楮集》卷首，《宋集珍本丛刊》，线装书局 2004 年版，第 78 册，第 645 页。

以自嘲己之作诗。其所谓“以人之伪象天之真，盖又如是其拙也”，感叹世人之巧乃尽人之技以达于天工，而自己反其道而行之，“风行水上，涣而成文；云出岫间，了非有意；澄江净练，风雨满城”，坚持“尚絅去华，贵乎直遂”的自然创作论。其末有云：“木以不材寿，雁以不鸣弃，牺尊以青黄丧，大瓠以浮游取。”则表达其以无用以自处的人生态度。“览吾卷者，其置我于巧拙之间乎？”则是他对读者的某种期待。此外，程公许《沧洲尘缶编》自序：“余自中年喜交方外，粗闻至道之要，方当落华取实，反求其一性之元，而友朋尚欲索我于文字言语间。用采陆士衡‘惧蒙尘于叩缶，顾取笑于鸣玉’之句，名其编曰《尘缶》，并叙所以未暇搜择之本意。”①他希望“友朋见者，幸无强之以云雷之饰，责之以宫商之音，庶几万一，不以吴楚之僭，取辠于当代作者”。晁补之《济北晁先生鸡肋集》自序：“《鸡肋集》，左朝奉郎秘书省著作郎充秘阁校理国史编修官济北晁补之无咎自名其所为诗文也。”又自谦曰：“食之则无所得，弃之则可惜，其鸡肋乎？故裒而藏之，谓之《鸡肋集》。”②统而观之，无论是王禹偁的“小畜”，还是岳珂的“玉楮”，程公许的“尘缶”、晁以道的“鸡肋”，乃至黄庶的“伐檀”，或称自己才学之不足，或愧见识之不至，或伤命遇之不逮，作者不约而同地收敛锋芒③，甚至以谦卑的态度，寻求着想象的读者群体（即“览吾卷者”“友朋见者”）的接纳④。

令我们感到有趣的是，文人自序虽对自身才学、见识、命遇表现出自己的谦卑态度，但在言及诗文创作时，却执着于揭出自身之独特⑤。

---

① 程公许：《沧洲尘缶编》，《景印文渊阁四库全书》，台湾“商务印书馆”1983年版，第1176册，第890~891页。

② 晁补之：《鸡肋集》卷首，四部丛刊初编本。

③ ［澳］约翰·特纳等著，杨宜音、王兵、林含章译：《自我归类论》，中国人民大学出版社2011年版，第10页。

④ ［美］乔治·H. 米德著，赵月瑟译：《心灵、自我与社会》，上海译文出版社1992年版，第190~191页。

⑤ ［澳］约翰·特纳等著，杨宜音、王兵、林含章译：《自我归类论》，中国人民大学出版社2011年版，第57页。

如释绍嵩有《江浙纪行集句诗》，其自序言其经历与所作："绍定己丑(1229)之秋，自长沙发行，访游江浙，村行旅宿，感物寓意之所作。"①平心而论，所谓"感物寓意"云云，实乃人之共识。绍嵩续道其作诗之法："信口而成，不工句法"，亦乃平常之论。至壬辰(1232)八月，永上人来访，以诗为请，绍嵩以不敢为谢。请之再三，遂发囊编录，题曰《江浙纪行》以遗之。并有言曰："禅心，慧也；诗心，志也。慧之所之，禅之所形；志之所之，诗之所形。谈禅则禅，谈诗则诗，是皆游戏，师何愧乎?"于此，绍嵩诗法，谈禅谈诗，"是皆游戏"，乃悠然表出，其集之作，乃得自别于他人。又如汪梦斗《北游集》，其自序曰："己卯(1279)春正月戊辰如京，冬十月丙申归里。"用时九个多月。"舟车几行万里，客食二百七十日"②，其"已天时之寒燠，地里之险易，人情之孅恶，物产之丰俭，风俗之醇驳"，"有所知，随而笔之"。诗人虽历经艰辛，无处无诗，然此亦不过宋人纪行诗之常态。故而，他特别解释此次北游的特殊意义。"余生于南，自少至长，冉冉老矣，而未尝得至于南之极"；"以余有生时言之，北至淮极矣。借得在全宋盛时，北亦止极白沟耳"。即使在全宋盛时，其所游亦止于白沟。"今逾淮，又逾白沟，信乎此游为北之极也。"以作者有生之年，而幸得极北之游。"吁！其亦可喜也。夫其亦可悲也夫?"至此，作者极北而游的壮怀与家国破碎的悲慨，翻覆交织，令人嘻吁，此非一般纪行诗集可以相比。

由此，我们发现，自序并非止于真诚流露，其间实有作者之种种考量：或由所处之特定情境而对创作心境有策略性展示；或以自我成就的立场来概括自己的创作道路③；文集命名之义，往往谦称才学识命之不

---

① 释绍嵩：《江浙纪行集句诗》，陈起编：《江湖小集》卷三，《景印文渊阁四库全书》，台湾"商务印书馆"1983年版，第1357册，第20页。

② 汪梦斗：《北游集》卷首，《景印文渊阁四库全书》，台湾"商务印书馆"1983年版，第1187册，第450~451页。

③ [美]乔治·H. 米德著，赵月瑟译：《心灵、自我与社会》，上海译文出版社1992年版，第179页。

逮；自序交代创作之原委，却又揭出自身体会之独特。

二、名公：增价信传

宋代儒学倡明，文人多具淑世情怀，为求当世之知，索取名公序跋，已然成为一代风尚①。需要承认的是，在文人群体内部，个体地位并非平等；名公巨卿通常具有更多的“人际吸引”②，从而对普通士夫或有诸多的影响，而序跋是发挥此种影响的重要方式。

通常名公作序，乐见他人之美，不吝为之延誉。如梅尧臣曾为林逋诗集作序。此序之中，梅尧臣首先回顾了天圣年间与林逋相识的经历。其初有相闻：“有林君崭崭有声，若高峰瀑泉，望之可爱；即之逾清，挹之甘洁而不厌也。”③谓其人格之清雅高洁。而后有相访：“因适会稽，还访于雪中。”乃见其人：“其谈道，孔孟也；其语近世之文，韩李也；其顺物玩情为之诗，则平淡邃美，咏之令人忘百事也。”赞其论道作文而能归乎雅正。“其辞主乎静正，不主乎刺讥，然后知趣尚博远，寄适于诗尔。”亦赏其趣尚与言辞。而后述及林逋生平，谓其虽有大闻，但“终老而不得施用于时”，并深表同情。“其诗时人贵重，甚于宝玉，先生未尝自贵也，就辄弃之，故所存百无一二焉。”更为其诗之散佚，深为惋惜。可以看到，此序之中，梅尧臣对林逋其人其诗，由相闻到相访，由品格到趣尚，由对生平不遇的同情到其作散佚的惋惜，其间多属

---

① 参见梅华：《文以序传：宋人文集序跋意识自觉化及其影响》，《安徽师范大学学报》2015年第1期。

② ［澳］约翰·特纳等著，杨宜音、王兵、林含章译：《自我归类论》，中国人民大学出版社2011年版，第59~60页。

③ 林逋：《林和靖集》卷首，《景印文渊阁四库全书》，台湾“商务印书馆”1983年版，第1086册，第616页。与欧阳修相比，梅尧臣一生坎坷，可谓不遇；与梅尧臣相比，林逋时为隐士，声名未为人所知，不遇更甚。梅序论林逋之为人为诗，其口吻颇近魏晋时期的清议品人，可见其对林逋之风度的体认。

“积极的评价”①，其欲声名远播的用意十分明显。又南宋林尚仁有《端隐吟稿》，曾请陈必复为之序②。陈序首称七闽山川，地杰人灵，喻指林尚仁本为英杰之才。接着详细追叙与林尚仁交往的经过：其初相识，“揖之进，使之坐，与之上下议论，皆缅缅可听”，“知其深乎诗，而非苟于作者也”，见其的论与卓识。而后有相知：“林君携短编以过”，陈必复“见之愕然而惊，离席而起”，称赞林尚仁之肠腑锦绣、言多而美。不惟揣其既得山川灵秀之气，复度其诗或得林逋之真髓。其后，概括其作诗之取法（“其为诗，专以姚合、贾岛为法，而精妥深润则过之”）与平生之志（“切切然，惟忧其诗之不行于世，而贫贱困苦莫之忧也”）。最后，陈必复自陈作序之意：“惧乎世之知林君者未能众，故乐为序其诗而表出之”，“后有知林君，必自此诗始”。可以看出，陈必复之序林尚仁，与梅尧臣之序林逋一样，都体现对作者之立身与作文，品格与雅趣，多加美言，乐为表出。

宋人论文，往往文行并重，故序跋之作，有为作者立传之考虑，独重其出处大节。如刘安世序刘挚之《忠肃集》志在叙其生平出处之大概，其“特取大节载之，其余非公出处所系，皆略而不书”③。又如王阮之有《义丰文集》，“其子且为邑惠之博，罗稡其文，锓梓以归，属（吴）愈识其卷首”④。吴序有曰：“独念前辈典刑之老，中原文献之裔，去世逾远，一时出处大节，后生鲜有闻者。”并引孟子言“诵其诗，读其书，不知其人可乎？”，“故为述其概云”。可知吴愈为王阮之作序立传，其意实含知人论世之意。对于声名不显之人，名公序跋多有扬誉之效。比较典型的是北宋仁宗年间的赵湘：其在世之时，“生平所蕴，未及设

① ［澳］约翰·特纳等著，杨宜音、王兵、林含章译：《自我归类论》，中国人民大学出版社2011年版，第60页。

② 陈起：《江湖小集》卷三十三，《景印文渊阁四库全书》，台湾“商务印书馆”1983年版，第1357册，第264~265页。

③ 刘挚：《刘忠肃集》卷首，《宋集珍本丛刊》，线装书局2004年版，第15册，第724页。

④ 吴愈：《义丰集序》，王阮：《义丰集》卷首，《景印文渊阁四库全书》，台湾“商务印书馆”1983年版，第1154册，第538~539页。

张，论著不盈志”①；又因其早卒，声名不显。惟有《南阳集》传世，乃其孙赵抃裒辑，遍示当时名流。宋祁首为之序，而文同、欧阳修等皆为之跋。赵湘中第之后，其官不过县尉，又“阅期，卒于官”，于赵湘生平，一般序者亦徒叹命运无常而无从称扬。宋祁序之则另起发覆：一在其诗作之“探出新意”。当作者在生之世：“大抵近世之诗，多师祖前人，不丐奇博于少陵，萧散于摩诘，则肖貌乐天，祖长江而摹许昌也。故陈言旧辞，未读而先厌。”赵湘独辟蹊径，“不旁古，不缘今，独行太虚，探出新意，其无藉一家者与”。二在其后代之“有名于时”。“殿中(赵抃)蹈庆址，复有名于时，为天子才臣，则叔灵(赵湘)弗大于身而大于后者”。宋祁最终认为：“身虽没，其言意所谓不朽者，叔灵尚无憾云”。正由赵抃所请：“君既知吾祖，请遂冠篇，以信于传。”宋祁序特谓赵湘之诗“清整有法度，浑焉所得，不琢不美，无丹雘而采”，“其文恢动沈蔚，不减于诗”，多寓超拔之意。其后又有欧阳修跋，谓赵湘其人：“其能不戚戚于穷厄，而泰然自以为乐者，既知有命，又知屈于当时者，近而伸于后世者，远也。”②既叹其乐天知命，泰然自乐。又赞其子赵抃之文“至于抑扬驰骋，辩博宏远，可谓壮矣”，“岂止其诗清淑粹美之可喜也”，实可谓“公之盛德有后矣”。并评曰：“然方其屈于一时，其所以自乐而忘忧者，诗也，可以想见其人焉。”显然，欧阳修想用以诗自乐、斯文传后去弥补赵湘“生平所蕴，未及设张”的缺憾。治平二年(1065)二月，又有蔡戡跋，谓其孙“又宰君风雅之体，善继祖德，知清芬为之不坠”③，又谓其“惜其早世，位不充才，余庆当在诸孙子”。同年十一月，又有文同题跋。文同对赵湘诗歌的认识，首先源于其子赵抃的结识。赵抃曾为江源宰，文同在临功幕，“屡往来公(赵

① 赵湘：《南阳集》卷首，《景印文渊阁四库全书》，台湾“商务印书馆”1983年版，第1086册，第305页。

② 赵湘：《南阳集》卷末，《景印文渊阁四库全书》，台湾“商务印书馆”1983年版，第1086册，第347页。

③ 赵湘：《南阳集》卷末，《景印文渊阁四库全书》，台湾“商务印书馆”1983年版，第1086册，第348页。

抃)之治下”，见“其言温厚有法，与前辈俯仰，殊不为彼此之异同”①。而后，赵抃又为益州路运使，而文同又以职事属部，“公召至左右间，以语文字之学”。赵抃出其家集，同始见之：“若诗与文者，凡两大袟，使同得尽窥之。”文同详细记述当时阅读的感受，所谓“退屏诸虑，伏读累日”：“悦若已之身侍大帝、祠太室，灿如华衮之在目，而锵如雅音之入耳也。”并评曰：“繁文哆韵，悉远观听。信夫！灵气游于太空，虽云嚣氛，久隔不下，亦有人焉，自得之矣。”赞其文穿越浮尘，见识高远。文同由是“乃知公之所为祖风在也”。对于赵湘文集，宋祁曾议“宜从镂刻，以广传闻”，应赵抃之请而“纪岁月之实”，“执笔题其后。因道其所以”。文同跋正可谓对宋祁序称其后当“有名于时”与蔡勘跋慰其“余庆当在诸孙子”的照应。由此可见，文集序跋不惟于序主之作诗撰文“探出新意”甚多超拔，亦有对其立身之乐天知命，其立言之斯文得传，乃至于后人得积善余庆②，亦感慰藉。

名公集序，往往对作品进行品题；如果序者与作者气味相投，互相煽动，或可推动文学群体的形成。我们可以叶适序陈耆卿《筼窗集》为例，稍加剖析。叶序指出，自建安中“徐、陈、应、刘，争饰词藻，见称于时，识者谓两京余泽，由七子尚存”，“自后文体变落，虽工愈下，虽丽益靡，古风不复者，几数百年”。而后又有“元祐初，黄、秦、晁、张，各擅毫墨，待价而显，许之者以为古人大文赖数君复见”③。“及

① 赵湘：《南阳集》卷末，《景印文渊阁四库全书》，台湾“商务印书馆”1983年版，第1086册，第348~349页。

② 元符元年(1098)，时吴传守淮阳，赵湘之孙以文集见示，且曰：“愿求一言为不朽之托。”吴俦着重评述其诗文之“已自建立，克成一家”。“次及其文，拨邪扶正，蔚有鲠议”，主要从诗艺与文道之自得上着眼。南宋理宗宝庆元年(1226)，赵湘六世孙赵大忠，将其祖集刊印，有跋曰：“大忠先世太傅南阳公，当国初文章方兴未盛之际，以诗声为一时宗，其他著述，远迈古作，备见于宋景文公之序，及欧阳文忠公诸大贤之跋。”可见赵湘诗声之宗，已经借宋祁之序、欧公诸贤之跋，而成为定论了。

③ 陈耆卿：《筼窗集》卷首，《景印文渊阁四库全书》，台湾“商务印书馆”1983年版，第1178册，第3页。

夫纷纭于绍述，埋没于播迁，异等不越宏词，高第仅止科举；前代遗文，风流泯绝，又百有余年矣”。由此，叶适希望建安、元祐这样的文学盛世，能复现于当世。但事实上的情况并不乐观，即使一些“出奇吐颖”的才情之士“近宗欧曾，高揖秦汉”，但是他们“未脱摹拟之习，徒为陵肆之资”，“所知不深，自好已甚”，“欲周目前之用，固难矣”，“又安能及远乎？”而后他自然揭出陈耆卿文学的独特价值：

> 君之于文涉猎既多，培蕴亦厚，规制广而密，波澜浩而平，错综应会，纬经匀等，膏润枯笔之后，安徐窘步之末，若是则荐之庙郊而王度美，藏之林薮而幽愿惬矣。至于审其所从，不求强同；量其所与，毋为易得。趋舍一心之信，否臧百世之公则，何止于建安、元祐之文也。其望耆卿，可谓深矣。

陈耆卿“涉猎既多，培蕴亦厚”，“错综应会”，游刃有余。至为文“审其所从”，“量其所与”，又一心之信，出入百世，其功业何止于建安元祐之文。其望耆卿，可谓深矣。

序者与作者之间往往基于某种“相似性”①，共同推动文统传承与文学创新。吴子良在《荆溪林下偶谈》卷二“知文难”对知文之难，尤表感慨。其举欧阳修之知东坡，东坡之知张耒、秦观之难。随后，吴子良对叶适之知陈耆卿深表服膺：

> 往时水心先生，汲引后进如饥渴。然自周南仲死，文字之传，未有所属，晚得筼窗陈寿老，即倾倒付嘱之。时士论犹未厌，水心举《太息》一篇为证，且谓他日之论终当定于今日。②

---

① ［澳］约翰·特纳等著，杨宜音、王兵、林含章译：《自我归类论》，中国人民大学出版社 2011 年版，第 62 页。

② 吴氏：《林下偶谈》卷二，《丛书集成初编》，商务印书馆 1936 年版，第 15 页。

“今才十数年，世上文字，日益衰落，而篔窗卓然为学者所宗，则论定固无疑。”可见陈耆卿确实不负叶适所望。叶适所主“他日之论，终当定于今日”，此不惟显序者之卓识，亦表序者之自信。

作者身故之后，作者之志或赖序者深加发掘，而后方得以彰显。如华镇虽“富于艺能，颇有经世志”，但“徒以不苟合，世莫有知而用之者”，“其间虽或用之亦不甚力，要惟不能深知之故耳，为郡漳南，未几而没”。可谓其人与文，于当时皆为不显。其子华初成坦称：“夙夜用惧，奈何遗孤，人地凡冗。念非推借于名公巨人，则无以增重其价，而铿鍧震耀斯人之耳目属者。”①绍兴间，楼炤来帅是邦，华初成遂往而请序。楼序叙其请序之情状：“绍兴壬戌(1142)来为是邦，君之子初成奉君文集一百卷，求余文冠其首。”②其实，此前楼炤对于华镇已经有所闻见，曾览其《会稽览古诗》而“知其为好古博雅之士也”，但对“其文采足以竦动时听，而名不昭”深表疑惑。帅会稽而得华初成之携集求序，因得观全璧，始知华镇其人“介然自重，不轻以求人之知也”，其文“精深典赡”，而诗“遒丽逸发”，“其它众制烂然，皆有体，则非涵养蓄蕴之厚不能发之如此也”，对其为文之精深典赡与为人之涵养蓄蕴，深加赞叹。楼炤颇为华镇之生平不遇，而名亦不昭为憾：“元丰间孙觉丰稷在朝，皆荐君堪博士，不报，卒老州县，其治行泯没，不得显白于世矣。而文又不昭焉。呜呼，有可惜哉！”惟以斯文得传其后慰之：“初成能尽力以图传君之文于世，亦足以不朽矣。”对于楼炤的作序，华初成则在卷末跋中深表感激：“呜呼盛与！乐道人之善，非公殆不能与?”更有言曰：“枢密大资楼公来帅会稽，敬以遗文冠序为请，乃蒙矜从仰，惟文章翰墨，妙绝一时，将令来者失声叹息。”他希望读者由楼序而知其先君之志：“诚不待披先君之文，而先君之志可知也。”至此，我们发现，华镇终其一生，事实上践履一种为人当介然自重，为诗当涵养蓄蕴

① 华初成：《跋》，华镇：《云溪居士集》卷末，《景印文渊阁四库全书》，台湾“商务印书馆”1983年版，第1119册，第615页。

② 华镇：《云溪居士集》卷首，《景印文渊阁四库全书》，台湾“商务印书馆”1983年版，第1119册，第340页。

的“理想自我”①；只是这样的“理想自我”，华镇本人并未表明，华初成亦未及发明，直至借助楼炤“妙绝一时”的“文章翰墨”而得以彰显。

总体而言，名公序跋乐于显扬作者之立身与立言，其间往往有积极的评价。序跋作传或同于纪实，多重其出处大节，兼有某种普遍价值的揭示。序者对作者之为人与为文深加了解，多寓品题，其间往往基于某种体验的相似。作者或身名不显于世，其心志亦不为世所知，名公序跋多着重发掘，深加表彰。

三、挚友：述实见蕴

故交旧友为作者文集作序，亦十分常见。借助序跋往复，序者与作者之间可能建立起紧密联系，并形成某种“群体凝聚”②。首先，序者与作者共力于某种创作探索，其惺惺相惜，引为同道。如李觏自裒其集，其将文稿《退居类稿》寄祖无择，并请为序。祖序首叙斯文之曲折：孔子之后，作者如“孟轲、荀卿、贾谊、董仲舒、扬雄、王通之徒，异代相望，而不能兴衰救敝者”，皆由“位不得而志不行也”③；至秦汉以来，礼乐不兴，而“斯文衰敝”甚矣。而李觏“有孟轲氏六君子之深心”，其“年少志大，常愤疾斯文衰敝”，曰“坠地已甚，谁其拯之”，俨然以古道自任，“于是夙夜讨论文武周公孔子之遗文旧制”，“兼明乎当世之务”，“悉著于篇”，锐意自进。又“徒步二千里，入京师，以文求通于天子”，“举茂材异等，得召第一”。令人感到遗憾的是“试于有司，有司黜之”。祖序复感叹李觏命运之不遇：“呜呼！岂有司之过耶？其泰伯之命耶？或者天徒付泰伯以其文，而命则否耶？”由祖序看来，李觏

① ［澳］约翰·特纳等著，杨宜音、王兵、林含章译：《自我归类论》，中国人民大学出版社2011年版，第60页。

② ［澳］约翰·特纳等著，杨宜音、王兵、林含章译：《自我归类论》，中国人民大学出版社2011年版，第21~22页。

③ 李觏：《盱江集》卷首，《景印文渊阁四库全书》，台湾“商务印书馆”1983年版，第1095册，第3页。

有拯起斯文之志，但有志而无命，惟其志见于篇籍，或得后学君子之景行。又如石介曾为石延年诗集作序。石序首先强调了“诗之作，与人生偕者也”，有感天地、动鬼神、观风俗、致风教之功效。随后，他又将诗歌与时代及作者的关系进行阐明：“诗之于时，盖亦大物于文字，尤为古尚，但作者才致鄙迫不扬，不能深入其域耳。”概括而言，即诗本以见道，而当时作者大多不能“深入其域”，诚为憾事。我们知道，大中祥符中，由于西昆体的影响，文学“率以藻丽为胜”。惟石延年与穆修等“自任以古道”，“作之文，必经实，不放于世”。经过石介的一番抑扬，石延年俨然成为古道作文的干将：

> 曼卿之诗，又特震奇秀发，盖能取古之所未至，托讽物象之表，警时动众，未尝徒设。虽能文者，累数千百言，不能卒其义。独以劲语蟠泊会而终于篇，而复气横意举，飘出章句之外，学者不可寻其屏阈而依倚之。其诗之豪者欤?①

可以发现，石延年“作之文，必经实”，与石介“诗之原故卒于用”的阐发，在诗文当经世致用这一点上，作者与序者可谓同志。综合来看，祖无择之序李觏、石介之序石延年，作者与序者的文学观念互相推举，经世致用这一观念遂渐成为古文运动中诗文评价互相参照的基本理论框架②。

其次，序者对作者为文道路的艰难探索往往有感同身受的同情。我们前面已经提到，欧阳修倡明古道，推进古文运动，颇得力于梅尧臣与苏舜钦的辅翼。后梅尧臣先之而亡故，欧阳修写下《梅尧臣诗集序》，不惟对其为学之纯粹与为诗之求工给予高度评价，亦对作者一生的不幸遭遇深表同情，更对人才不能为朝廷所用深表惋惜。苏舜钦亡后，欧阳

---

① 石介：《徂徕文集》卷十八《石曼卿诗集序》，《宋集珍本丛刊》，线装书局2004年版，第4册，第319页。

② [澳]约翰·特纳等著，杨宜音、王兵、林含章译：《自我归类论》，中国人民大学出版社2011年版，第15页。

修亦为作《苏学士集序》，序中肯定苏舜钦在古文运动中的前期探索的功劳与文学引领的地位。最后叹惜其不幸困厄以死的命遇，对当世不能顾惜英才，深表不平。显然，欧阳修对他们的不幸遭遇都充满了从文人立场出发的感同身受的同情①。又南宋叶适为陈亮文集作序，其情状亦极为相似②。在表出作者行世文字之显著者，并记述其子编次求序情况之后，叶适序追念往昔，重点回顾了陈亮以布衣上书天子的惊世之举："初天子得同甫所上书，惊异累日，以为绝出，使执政召问，当从何处下手。将繇布衣，径唯诺殿上，以定大事，何其盛也。"不幸的是，陈亮随后受谗遭毁："然而诋讪交起，竟用空言罗织成罪，再入大理狱，几死，又何酷也。"晚年虽终得状元及第，但当时之诬却造成了他才不及施，而垂垂老矣。叶适不禁感叹："使同甫晚不登进士第，则世终以为狼疾人矣。"他愤慨于当世对于陈亮的误解："呜呼！悲夫！同甫其果有罪于世乎？天乎？"并对当世不能容人进行谴责："同甫其果无罪于世乎？世之好恶，未有不以情者，彼于同甫，何独异哉！"在陈亮"无罪""有罪""疑罪"三种评判态度的切换之间，叶适表达了对于陈亮无辜受诬的同情、对当世苛责的愤慨，以及尚德自厚的称赏。叶序最后叙陈亮为学之续绝精微，"既修皇帝王霸之学，上下二千余年，考其合散，发其秘藏，见圣贤之精微，常流行于事物"，"儒者失其指，故不足以开物成务，其说皆今人所未讲"。叶适此序称赏陈亮之胸怀与志向，发掘其见识与学问，显扬其襟怀与气概。显然，叶适如此极力显扬正在于其深为之鸣不平。

再次，故交序跋，由相知而生共识，或可由此开创共同之事业。仁宗天圣元年，薛田曾为魏野文集作序。其序首先表明自己的文学观念："文胜质则史，质胜文则野。"③由此认为："夫诗之作，不与文偕，大

① ［澳］约翰·特纳等著，杨宜音、王兵、林含章译：《自我归类论》，中国人民大学出版社 2011 年版，第 9~10 页。

② 叶适：《龙川集序》，《水心先生文集》卷十二，四部丛刊初编本。

③ 薛田：《东观集序》，魏野：《东观集》卷首，《景印文渊阁四库全书》，台湾"商务印书馆"1983 年版，第 1087 册，第 351 页。

率情根于意，言发乎情，点而化之，流为章句。”指出诗本在于根意发情。并提倡“且绮靡者不以烟火为尚，风雅者不以金石为多，但务其陈古刺今，去邪守正而已。”而后写及魏野之立身之高逸远利而仁义友朋，作文随缘应变而辄能中的。并忆及与魏野的交往深厚：“如此余与之交，越三十年，凡遇景遣兴，迭为酬唱，每筒递往还，则驰无远迩。”又及魏野的高蹈远引：“大中祥符中……是时首被温诏，逊避不起，其介癖也如此。”及命遇之不幸：“天禧已未岁(1019)冬，余尹正京洛，许造公居。岂谓未及其期而随物化去。”其文集为其后人所编，行于世，“以其国风教化，讽刺歌颂，比兴缘情者”，“欲使先君子之道之行，彬蔚而不泯耳”。薛田序中特别写及追访旧居的凄凉情状：“又如彼今岁之春，余忝绥益部，载历邵阴，憩止之辰，追访郊墅。”“噫！岩亭索寞凄凉，此时竹树菁葱，依旧日奈。伊人之既往，而流风之如在。”其伤感溢于言外。薛田有谓：“余执往知生，不当推让，聊陈梗概，用布之于编首”，不仅表示对魏野作诗“讽刺歌颂，比兴缘情”创作立场的肯定，而且隐示着自己对于陈古刺今、去邪守正的文学事业亦有弘扬之责任。

又如淳熙七年(1180)，朱松生平所作结集，成《韦斋集》，由其子朱熹所刊，而请傅自得作序。傅序首论文章工拙与时命通塞之关系：“文章之工拙系乎人，时命之通塞存乎天。”①并指出二者实难以得兼：“天人之适相合也为甚难，是以古今负文章之名者未必得贵仕，而都公卿之位者又未必以文章显也。”而后叙朱松诗名之盛，所谓：“建炎绍兴间，诗声满天下，一时名公巨卿，交口称荐，词人墨客，传写讽诵如不及。”而后赞其“其诗高远而幽洁，其文温婉而典裁，至表疏书奏，又皆中于理，而切事情”；其学于二程，“既久而所得益深，故发于诗文，自然臻此，非有意于求其工也”，可谓得本而遂本。最后叹其时命之不遇，“使其得通显于朝廷，施诸润色，而见于事业，必有大过绝人者，不幸位不媲德”。此序之中，正如傅序自陈：“游南康父子间为最久，

① 傅自得：《韦斋集序》，朱松：《韦斋集》卷首，四部丛刊续编本。

相知为最深。得其父子之贤为悉，故不敢以不能为辞。”挚友之间，交流既久，相知最深，他们之间能形成“相互的心理场域”①。其实此序之中，傅自得叙及与朱松昔日交游，共言作诗之趣，即深有用意：

> 予少时学诗，尝以作诗之要叩公，公不以辈晚遇我，而许从游。间宿于闽部宪台从事官舍之东轩，夜对榻语，蝉联不休，比晨起，则积雨初霁，西风凄然。公因为予举简斋“开门知有雨，老树半身湿”，及韦苏州“诸生时列坐，共爱风满林”之句，且言古之诗人，贵冲口直致，盖与彭泽“把菊东篱下，悠然见南山”同一关棙，三人者出处穷达虽不同，诵此诗则可见其人之萧散清远，此殆太史公所谓难与俗人言者。予时心开神会，自是始知为诗之趣。

诗法贵冲口直致，诗境尚萧散清远，这自然成为他们在文学主张上同声相应的基础。

最后，故交旧友序跋，往往隐含了与作者在人生与文学的道路上的价值认同与品节坚守。如范浚文集，由其侄范端臣(元卿)编集，而后请浚之生前好友陈严肖作序。陈序首举“士以志道为先，而志道以养气为本”，“是则气之在人，穷则独善其身，达则兼善天下，举不可以不养也”，意在于标明范浚之涵养。其后，描写其志道全气的坚守：“自少至老，笃学而赡于文，探道而不以世故婴其虑”，不惟叙其修身养性，不以世故婴其虑的高尚品格，亦写其身处陋室，而志气不少衰的品节。最后赞其文“辩博而峻整”。可以看出，陈序不惟赞范浚其人“以养气为本，而立言不朽者”，亦自陈集之作乃“故述其志道养气之实，以见素所蕴云”：此可见陈、范二人在立身与为文方面的共同立场。又如姚勉文集，曾有文及翁作序。文序主要回顾了与姚勉的相交相知的几个阶段：一是与姚勉为同年进士，时“联镳入期集所，一见倾盖，欢若生

① [澳]约翰·特纳等著，杨宜音、王兵、林含章译：《自我归类论》，中国人民大学出版社2011年版，第17页。

平，握手论心”，“知其慷慨有大志”①；二是“游清江碧嶂间，距瑞阳三舍竹舆山行，入境问俗”，“知其倜傥有义气”；三是“渭北江东，末由再晤，四方传诵，累疏囊封，愤世嫉邪，排奸指佞”，“知磊磊落落有奇节”。后姚勉早逝，文及翁颇志其哀：“夫以成一之志与气节，奋乎百世上下，而官仅校黄本，书备青宫采，年仅四十有六，遽修文白玉楼，骑鲸白云乡去，岂不可悲也夫?”既哀其沉沦下僚，又不幸其早逝。文及翁更联系到同年陈亮的不幸命运，亦“未及大用而殁”，由此“抚遗编而欷歔，悼吾党之零落”②，深为文林同道凋零而志哀。又曹彦约与度正相交，其《跋性善堂后集》有谓：“论交于度周卿者十年，识其为人矣。”其后评其为人：“守师道如守孤城，持正论如持盘水。”再论其文：“其为文操纵卷舒，真得巨儒心法，非拘拘泛泛，袭纸上已成之说，架屋于屋下者。”③可见，挚友序跋，初识其为人，而后评其为文，其间必寓含某种价值与品节的坚守，实为宋代友朋序跋之程式。

总体而言，挚友序跋，互相勉励，以期再复古道，其间有价值观的参照；相交甚深，于作者之生平与遭遇，多抱深切的同情；称赏作者的创作成效，可立标举之势。以德、学推尊作者，可彰同志之道④。

四、后学：表章斯文

后学之序前辈文集，不惟显扬师德，并在表章斯文。有宋一代，多

① 姚勉：《雪坡集》卷首，《景印文渊阁四库全书》，台湾“商务印书馆”1983年版，第1184册，第2~3页。

② 姚勉文集，又有方逢辰序。方序虽然激赏其文章见识之卓越，亦同情其命运遭遇之不幸，终惋惜其立业不足而以空言传后。此可见文及翁与方逢辰皆先气节而后文章(姚勉：《雪坡集》卷首，《景印文渊阁四库全书》，台湾“商务印书馆”1983年版，第1184册，第3页)。

③ 曹彦约：《昌谷集》卷十七，《景印文渊阁四库全书》，台湾“商务印书馆”1983年版，第1167册，第206页。

④ [澳]约翰·特纳等著，杨宜音、王兵、林含章译：《自我归类论》，中国人民大学出版社2011年版，第16页。

有后学遍序前贤文集，彰其大节贤行，追溯其文道传承者。比较典型的是苏轼，他曾经为其前辈学者范仲淹、欧阳修、张方平诸人文集作序。其《范文正公文集叙》，叙其初闻范公之名，以及后来的闻其故去而读其墓志铭的情状，表达其结识欧阳、韩、富三人而未及范公的遗憾。其后以伊尹、管仲、乐毅、韩信、诸葛孔明等以喻范之功德宏伟。最后，补叙其文集之工实为德行之发现①。又《乐全先生文集叙》，于张方平出处大节多有体察，谓其以天下之重自任，以迈往之气，行正大之言，不苟合于世人。又谓其议论，“本于礼义，合于人情，是非有考于前而成败有验于后”；而以“清远雄丽”评其诗文②。至《六一居士集叙》，则盛称欧阳修倡明儒学，有益于治道，砥砺士气之功。其后以其“论大道似韩愈，论事似陆贽，记事似司马迁，诗赋似李白”，对其行道、论事、作文、作诗皆予以准确概括③。我们不妨将诸序比并而观：于欧阳修，谓其明德之功；于张方平，赞其出处大节；于范仲淹，则称其功业德行。可以看出，苏轼对欧阳修、张方平、范仲淹诸人的集序中，其中体现出对“明道修文”“出处大节”“功业德行”等人生价值范型的标举④，这事实上成为宋代士夫的人生理想模式。宋代有大量文人文集传世，但功业不能像范仲淹、欧阳修、张方平那样显扬于世。如穆修，文集由其门人祖无择裒辑，并作《河南穆公集序》。祖序首先标举：“有道有文，

① 苏轼之序范仲淹集，为后人引为典范。如王悦之序黄裳集，有曰：“公生平行事当与文正相伯仲，而悦钦慕之诚，窃自托于东坡。虽然，公之名固足以垂不朽，若无待文而后传，亦无待悦之序而后显。”王悦将黄裳比范仲淹，而以己之诚比苏轼之诚，则其序黄集亦当比于苏序范集（黄裳：《演山集》卷首，《景印文渊阁四库全书》，台湾“商务印书馆”1983年版，第1120册，第26~27页）。

② 张志烈、马德富、周裕锴主编：《苏轼全集校注·苏轼文集校注》卷一〇《乐全先生文集叙》，河北人民出版社2010年版，总第11册，第973页。

③ 张志烈、马德富、周裕锴主编：《苏轼全集校注·苏轼文集校注》卷一〇《六一居士集叙》，河北人民出版社2010年版，总第11册，第979页。

④ 如杨万里序其师胡铨之《澹庵文集》时，其序所称：“先生功被于中国，名震于边隅，文范于学者。”（胡铨：《澹庵文集》卷首，《景印文渊阁四库全书》，台湾“商务印书馆”1983年版，第1137册，第2~3页）即显示出“功业+名望+文章”的人生成就模式。

然后可以为君子。”①依然标举“有道有文”(即“行道+立言”)的人生范式。但事实上穆修“命之穷，道之不行也”，祖序只能随即作出补充，“君子不以其命之穷，而辍于为道”，即命虽穷而道不辍。由此，祖序对穆修的强调就不得不集中在文的一方面，即“未尝废文”：“大凡有作，莫不要诸圣贤，而立言合诸仁义，以为质平时所见于简策者，殆逾数千万言。”也就是说，穆修一生虽命穷而道不辍；道虽不行，文未为废；身虽厄于时，而名显于后。祖序如此这般阐释，其间体现出“立言合诸仁义”的人生补偿模式(即“立言+行道”)。又如南宋胡宏有《五峰集》，其后学张栻序之。对于胡宏“进德之日新”②，“故其发见于辞气议论之间，亦月异而岁不同”，张序深表服膺。然而，事实上，胡宏一生“不得大施于时”，“又不幸仅得中寿”，“其见于文字间者，复止于如此”，也就是陷入立德不得、立功不得，立言亦不得的悲怆境地。即使如此，张栻仍极力称道：“至其所志之远，所造之深，纲领之大，义理之精”，“后之人亦可以推而得焉”。也就是说，张栻仍然推出了可值安慰的“推言得志”的人生价值模式。至此可见，后学序跋总是基于某种人生价值模式,③ 从而对乃师或先贤之功业、德行、文字等进行人生价值的阐明与彰显。

道德文章固足发扬，才性文章亦不可废。后学序跋除了在显扬先贤功业、德行等社会基础性价值的同时，先贤的才性、体性、器度等人格价值亦不可掩藏④。如范雍曾为寇准之倅，平日于公诗多有闻录。寇准之诗传世，颇得力于雍之裒辑编次。雍并有集序,⑤ 首称天生万物，人

① 祖无择：《龙学文集》卷八，《景印文渊阁四库全书》，台湾“商务印书馆”1983年版，第1098册，第828页。

② 胡宏：《五峰集》卷首，《景印文渊阁四库全书》，台湾“商务印书馆”1983年版，第1137册，第88页。

③ ［澳］约翰·特纳等著，杨宜音王兵林含章译：《自我归类论》，中国人民大学出版社2011年版，第63页。

④ ［澳］约翰·特纳等著，杨宜音、王兵、林含章译：《自我归类论》，中国人民大学出版社2011年版，第64~65页。

⑤ 寇准：《忠愍公诗集》前序，四部丛刊三编本。

为其灵，而寇准“其钟体质也，温粹庄厉，和气袭物”，“其立臣节也，端亮平直，英风可尚”，“其施政教也，宽简明裕，视民如伤”，可谓秉质温和、立节平直、施政宽简。序而后云“其为文章也，优赡微婉，属意绵密，尤工于诗。曲尽风雅，藻思宏逸，峻格高远，因兴发咏，必根于理”，“得骚人之旨趣焉”。又引述王曙“志公之墓”曾“录公謦策之篇”，曾有“公之为诗，必本风骚之旨，而以感伤为主”之定评。范雍之“骚人之旨趣”，王曙之“风骚之旨”“以感伤为主”，皆谓寇准之诗文偏于感伤怨刺之路，与儒家之温柔敦厚颇异其趣。其末有言，颇有趣味：“此第言公之诗也，若大节贤行，则有追谥诏旨存焉，亦录于集首，俾开卷者，不独仰骚雅之道尔。”表面看来，范序对寇准之大节贤行亦寓称褒，以示不偏之意，其实亦示“骚雅之道”的独特价值不可偏废。又如晁公遡《嵩山集》，其后学师璇曾序之，首曰：“文章之在天下，其用至不一，而其体亦各不同。”①由文之体而至文之变：“文之变若是，其多乎？”由人之才力声名各有异，能兼之者寡，转而标举晁公遡之文章：其“负绝人之资”，“出于内海文章家，凭厚而积深”，“发之于文，雄深雅健，巨丽俊杰，以是擅名声于时久矣”；即使“为部使者，秉权任之重”，“犹日论著数千百言”，“凡属乎文艺，不问何等下笔，辄妙天下，而皆与古作者合”。由是，盛赞之“天下之文，至于公可谓大备矣”。颇具趣味的是，在盛赞晁公文体大备之后，师璇又急忙声明：“虽然，公岂徒尔哉！”其“以道德治其心，以仁义修其身，忠以事上，公以待物，其中浩然，方与天地同量，宜乎发于事业者”，如此声明本在强调晁公德行与事业实不可掩。其后又谓：“既如彼而见于文章者，又如此观公之文者，尝试以是求之。”终示晁公文章之盛。再如楼钥序其师李弥逊文集，其序首言：“士大夫种学绩文，孰不欲流传于后。”②而后言：“资禀有厚薄，用力有浅深，固不可诬，然须器度过人，则自应高胜，

① 晁公遡：《嵩山集》卷首，《景印文渊阁四库全书》，台湾“商务印书馆”1983年版，第1139册，第2~3页。

② 李弥逊：《筠溪集》卷首，《景印文渊阁四库全书》，台湾“商务印书馆”1983年版，第1130册，第586页。

有非勤苦之所能强进者，此可与知者道耳。”楼钥在资禀、用力之后，独标“器度”。序中并于李弥逊之“器度过人”处，三致意焉：其一太学之时有同舍投缳，“略无惧意，亟解其系”，“竟全其生”；其二政和间“以南宫舍人使契丹”，“用讦直贬”；其三宣和末，“知冀州，独能坚壁以抗虏暴”。其四绍兴七年，“寻掌书命，雄深之文，黼藻王度，四方传诵之”，“论事封驳，皆人所难，又以力辟和议，益与时忤”。最后，称乃师凭其器度，发而为诗文：“哦诗自娱，笔力愈伟，居间忧世，著议古数十篇”；“虽泛论古事，而皆关于当世利病，深切著明”。可以看到，即使处在德行、功业等普遍价值的笼罩之下，才性、器度等具有个人独特性的价值，仍然得到后学序跋的充分关注与强力表出。

后学作序，或自豪于乃师之声望。如陈师道将平生所著诗文，传于门人魏衍，衍为作《后山集记跋》。其跋首称“幼好学行，其所知慕古作者，不为进取计也”①，标举其不求进取的高格。于乃师受知诸先贤显贵，其序三致意焉。其初受业于曾巩：“曾公巩曾大器之，遂受业于门。”其次受知于章惇：“枢密章公惇，高其义，冀来见，特荐于朝，而终不一往。”再次受荐于苏轼：“林学士苏公轼，与侍从列荐，乃官之俾教授，其乡未几，除太学博士。”其后受教于山谷：“初先生学于曾公，誉望甚伟，及见豫章黄公庭坚诗，爱不舍手，卒从其学。”其末叙其因党论而罢，但能屏迹而安，显其“专欲以文学名后世”的平生之志。魏衍特别提到，正由于曾巩与苏轼的称扬：“先生之文早见称于曾、苏二公，世人好之者，犹以二公故也。”“今贤士大夫竞收藏之，则其传也，奚待于衍耶？”亦以乃师之名扬天下而深感荣幸。又如汪藻之序苏颂文集，此叙首称苏颂文如其人：“所贵于文者，以能明当世之务，达群伦之情，使千载之下读之者，如出乎其时，如见其人也”，而后主张文虽贵于势，然须根于理。接下来，他将苏颂之文置于宋兴百年文变的背景之下加以评述：“杨文公倡之于前，欧阳文忠公继之于后，至元丰元祐

① 陈师道：《后山集》卷末，《景印文渊阁四库全书》，台湾“商务印书馆”1983年版，第1114册，第738~739页。

间，斯文几千古而无遗恨矣。""盖宋极盛之时也，于是丞相魏国苏公出焉。"①苏颂作文可谓生逢其时。随后，汪序盛赞苏颂之声望名节："以博学洽闻，名重天下者五十余年，卒用儒宗"，"然公事四帝，以名节始终，其见于文者岂空言哉"。以其德行学问，见于文者："论政之得失，则开陈反复，而极于忠"；"论民之利病，则援据该详而本于恕"；"若其讲明经术之要，练达朝廷之仪，下至百家九流，律历方技之书，无不探其源，综其妙者"。概括而言，苏颂之文可谓"论政极于忠""论民本于恕""讲经探其源""论技综其妙"，即"一话言一章句，皆足以垂世立教，革浇漓而已"，其文皆关乎教化，"非当时翰墨名家者所能彷佛也"，正是作者声望名节的集中体现。可以看出，无论是见称于名公的陈师道，还是作文逢其时的苏颂，其当世之声望与名节，于后学序跋之中皆不能不特加称扬。

后学序跋显扬师德，或多申发其辅翼之志。② 苏轼为欧阳修文集作序，即盛称乃师倡明古道之功："以通经学古为高，以救时行道为贤，以犯颜纳说为忠"，一代士风兴起或系于此。而后"欧阳子没十有余年，士始为新学，以佛老之似，乱周孔之实，识者忧之"，幸"赖天子明圣诏修取士法，风厉学者，专治孔氏，黜异端"，"然后风俗一变，考论师友渊源所自，复知诵习欧阳子之书"。苏轼序中所谓"愈之后二百有余年而后得欧阳子，其学推韩愈、孟子以达于孔氏，著礼乐仁义之实，以合于大道"，"长育成就，至嘉祐末，号称多士"云云，其斯文自任，舍我其谁的豪情溢于言外。又如陆九渊有《象山先生文集》，其弟子袁燮、杨简皆有序。袁燮之序不惟揭出乃师学说之法门，更标举乃师之学实为北辰泰岳，其功衣被千秋的地位。杨简序特叙其师学之关键："此心本灵、本神、本明、本广大、本变化无方"，"举天下万世人心皆如

---

① 汪藻：《浮溪集》卷十七，《景印文渊阁四库全书》，台湾"商务印书馆"1983年版，第1128册，第150~151页。

② ［澳］约翰·特纳等著，杨宜音、王兵、林含章译：《自我归类论》，中国人民大学出版社2011年版，第68页。

此”。而后自称：“不自揆度，敢少致辅翼之力”①，其由尊奉之致而生辅佐意愿亦表达得明白。

如前所述，后学序跋或褒扬显达之大节贤行，以发掘其间的道德价值；或者彰显骚雅之道，以突出其个人之独特性；或称颂其乃师的声望与名节，而表俱与荣焉；或致其少致辅翼的志愿，而显舍我其谁之豪情。如此这般，后学序跋之中的师尊，往往被塑造成为某种符合群体规范和角色期望的“前辈”，其人其文往往成为当时价值标准与人格模式的典范。

五、子孙：显扬父祖

子孙为父祖作序跋，往往欲形容其德美，而及其立身与作文。如程端中序其父程颐之文集。其序首曰：“道之在天，下民日用之。”“圣人虑后世不足以知之，载之六经，丁宁教告，纤悉具备，宜若人见而知之。”②言六经之功在上承天道，下启民知。惜乎“自秦汉以下，泯没无传”，而后“伊川先生以出类之才，独立乎百世之后”，“天下学者士大夫，翕然宗师之”，谓其父程颐于孔门实有重兴之功。序中所谓“圣人之道蔽曀千四百年，至先生而复明”，更谓“先生独能如醉之醒，如梦之觉，其功岂不优于孟子哉？”其显扬父德，无以复加。程端中续言其父之盈缩出处与立朝大节。首先，“元祐初大臣以先生道义荐诸朝，召为崇政讲官，哲宗信而敬之”，“既而同朝之士，有以文章重于时者，忌先生名出已右，与其党类，巧为谤诋，遂以罢去”。其次，“朝命屡加，终不复起”，“居于洛阳，天下尊仰之”。再次，“绍圣治元祐诸臣罪，先生坐尝为所荐责涪州”。最后，“今上嗣圣得归，遂居伊川，后七年而终”。程端中颇憾其父志未及施而身没，遂竭力发现以补其不

① 陆九渊：《象山先生文集》卷首，《景印文渊阁四库全书》，台湾“商务印书馆”1983年版，第1156册，第239页。

② 程端中：《伊川先生文集后序》，(明)程敏政：《新安文献志》卷十七，《景印文渊阁四库全书》，台湾“商务印书馆”1983年版，第1375册，第251~252页。

足："编次其遗文，俾后之学者，观其经术之通明，议论之纯一，谋虑之宏深，出处之完洁。"经程端中序之彰显，程颐以其经术通明、议论纯一、谋虑宏深、出处完洁，兼具学、言、德、行诸端之备，虽身没而名存。又如薛季宣文集，由其侄孙薛旦作跋。初述其文集传世之曲折，其后特标学道之法门："夫学之为道，循本及末，由粗入精，必正心诚意，而后可以治国平天下。"次叙其道器不二之要义："虽洒扫应对而道存焉，未尝可离为二也。"随后，薛旦批评了两种不良倾向："眩高者骛于空无，故言道而不及物"；或者"循实者囿于名数，故言物而不及道"。其后，遂申其伯祖之学：

> 伯祖常州儒学夙成，高明缜密，于书无不读，必略短而取长，于事无不谙，必通今而据古，每以口耳之习，为学者之戒。凡有得于残编断简，必参验订审，不至于理融不已也。

并叙其立朝大节：

> 其立朝大节，难进易退，孜孜然，惟以进贤退不肖为务，奉使淮堧，首正奸欺之罪，而以忠实报上，出守茗霅，抗论经总制钱之非法，不忍重为民困，卒以不合而归，则死矣。

再言及其学之根本："盖伯祖之学，有根有叶，有源有流，本末精粗，内外如一，不变今，不泥古。措之事业，无非实学实理也。"薛旦感于其伯祖道器不二之实学精髓，乃称之曰："其古所谓儒者欤？"我们发现，程端中之序程颐集，薛旦之序薛季宣集，着眼其道与学的标举，意在显扬父祖，以达成一种凸显的效应①。

子孙为父祖文集作序跋，亦颇存代父显志之意。如张纲平生所作，

① ［澳］约翰·特纳等著，杨宜音、王兵、林含章译：《自我归类论》，中国人民大学出版社2011年版，第74页。

初受金兵战火之厄，再受秦桧挟嫌之害，其所作多有散佚，经其子之裒辑与其孙之刊刻，而得以传世。华镇之集，其子华初成“尽力以图传君之文于世”，意在为父显志。又如嘉泰三年(1203)岳珂为其祖岳飞文集作序。其序首叙岳飞“刻意于学，涉猎经史”，“尤喜《春秋左氏传》与孙、吴之书”，为文“不为章句，不事华靡，直欲致之实用”，故“自束发从戎，未尝一败者，其中心之蕴，谋略之所施，往往见于表奏、题跋吟咏之间，随笔敷露”，所作“如《出师》一奏、《谢赦》一表”，“天下之士，至今传诵，以未见全文为恨”。岳珂接着郑重指出，岳飞集中虽以奏议、公牍居多，而其用心亦不可不察。其一，“夫题记非文也，所以著其所向之志”；其二，“戎捷非文也，所以叙其垂成之功”；“或以参辩诬蔑而存，或以照应事机而录”，“至于建炎投匭之疏，绍兴建储之议，则以亲书而密封，焚稿而后奏”。事实上，这些文章非常珍贵，“虽侍膝之子弟，入幕之僚属，且不可见”，“特因记载，粗得其梗概焉耳”。其他，“都上游之奏，止班师之疏，捣京洛之策，出蕲黄之请，亦仅详其一二”。岳飞的奏议、公牍涉及靖康、建炎、绍兴间诸多事件，也成为后人体察当时情势、理解岳飞忱诚忠谠及精深识虑的重要资料。诚如岳珂所言：“异时苟未溘先犬马，誓将搜访，以补其阙，而备其遗，庶几先臣之志有考于万世云尔。”发明乃祖，其心可鉴，其情可明。岳珂言之未尽，又特举一例：

> 臣窃观高宗皇帝报先臣建储之札，有曰：“览卿亲书奏，深用叹嘉，非忱诚忠谠，则言不及此。卿识虑精深，为一时智谋之将，非他人比。”呜呼！方中原云扰，群盗猬兴，先臣秘计大策，朝奏夕可，反复剀切，皆当帝心，至于嘉叹奖激，未易殚举。此先臣之所以蒙被知遇，而见于题品者如此。①

① 岳珂：《金佗稡编》卷十，《景印文渊阁四库全书》，台湾“商务印书馆”1983年版，第446册，第393~394页。

岳珂倍感责任重大："苟不能掇拾，以俟来哲，则何以章先帝知人之明，敢援前诏，昧死上之秘府，以备采择。"因为编集传世不仅关系到"先帝知人之明"，也关系到父祖心志之鉴。可以看到，即使经历战乱、政争，子孙于其父祖之品行往往抱有不可怀疑之信心，① 于其文集传世亦自认有不可旁贷之责任。

或有父祖议论、事迹不闻于世者，子孙借为父祖作序，多存为之立传之意。如陈次升《谠论集》由其侄陈安国裒辑，绍兴五年(1135)有序。其序全列陈次升为谏官，忠肝义胆，大义谠论之事迹。其一叙其宣仁徽号之议，力排众议，有德于元祐。二论其于瑶华之狱，论不当以妾为妻，论列激切。三论堂陛不严，内侍不恭，凌慢无礼，将有不可制之患。四论毅然极论，京唱为预政之语，吓胁台谏。五论辽主新立，生辰初使，不当用花礼。由于陈次升身为言官，"平生慎密，论事人罕知者，去国一十八年，绝口不谈时政"②，故其平生所历，不得闻见于世人。而陈安国"于犹子中，最蒙顾盼，榻前之语，盖尝预闻"，于是将其平生谠论诸事"谨序于集首，以备国史采择"，是知其序之作，实为其伯祖存史立传而作也。又如李若水《忠愍集》，其子李淳作跋，有曰：

> 靖康祸变，敌骑长驱，四郊多垒，猛不可当，所在望风，土崩瓦解。钦宗皇帝，擢先公于庶官，两持使者节，入尼玛哈军，誓欲捐躯，以济艰危，青城之死，素定于胸中，非一时不得已而为之者。于戏！人谁不死？先公之死酷矣，颐已解，舌已断，犹奋骂喷血，终至于身首异处。当此之时，天地为之变色，日月为之无光，战士为之嗟惋，敌帅为之羞畏。③

---

① [澳]约翰·特纳等著，杨宜音、王兵、林含章译：《自我归类论》，中国人民大学出版社 2011 年版，第 77 页。

② 陈次升：《谠论集》卷首，《景印文渊阁四库全书》，台湾"商务印书馆"1983 年版，第 427 册，第 321~322 页。

③ 李若水：《忠愍集》附录，《景印文渊阁四库全书》，台湾"商务印书馆"1983 年版，第 1124 册，第 694 页。

李若水于靖康二年(1127)随钦宗至金营，金人逼帝易服，若水大骂其帅，遂遇害，其事罕为人知。李淳"惧岁月侵寻，世不得而知之"，"他日当列诸朝，祈补史之阙"，可见淳跋之作意在存其父之忠义烈迹。统而观之，陈安国于陈次升台谏之谠论、李淳于李若水于敌营之忠烈事迹，或"备国史采择"，或"祈补史之阙"，可见，子孙序跋于父祖谠论，或父德忠烈，皆专意作传，以备史采择，以图父祖忠言德行不没于世。①

父祖诗文用心之微妙，子孙或能独有所知，于序跋中详载之。如陆子虡编其父陆游诗集，其跋记述其父虽受高、孝两代君王之恩典，然不幸"以忤贵幸自免去"，而后"五为州别驾西僰道，乐其风土，有终焉之志"②。游"是以题其平生所为诗卷曰《剑南诗稿》，以见其志焉"。在集跋中，陆子虡特别解释道："剑南诗稿"之谓"盖不独谓蜀道所赋诗也"，而且隐含了陆游在蜀时，因"乐其风土"而生的"终焉之志"。陆子虡"后守新定门人请以锓梓，遂行于世"，时"假守九江，刊之郡志，遂名曰《剑南诗稿》"，"所以述先志也"。此非为人子孙者，不能深察也。幼子陆子遹又编其父文集并有序。有谓："盖今学者皆熟诵剑南之诗，《续稿》虽家藏，世亦多传写。"③其下叙集名"渭南"之陆游自用意："惟遗文自先太史未病时，故已编辑，而名以《渭南》矣。"陆子遹并对"渭南"所谓有所交代："渭南者，晚封渭南伯，因自号为'陆渭南'。"又记述陆游曾言及所指曰："剑南乃诗家事，不可施于文"，"故别名'渭南'"。集中所载，"第学者多未之见，今别为五十卷，凡命名，及次第之旬，

① ［澳］约翰·特纳等著，杨宜音、王兵、林含章译：《自我归类论》，中国人民大学出版社2011年版，第76页。

② 据陆子虡跋，时"蜀之名卿巨儒，皆倾心下之，争先挽留。晁公子止侍郎，欲捐其别墅以舍之，先君诺焉，而未之决也"陆游颇为眷恋，尝为子虡等言："蜀风俗厚，古今类多名人，苟居之，后世子孙宜有兴者，宿留殆十载。"最终东归，"戊戌(1178)春正月，孝宗念其久外，趣召东下，然心固未尝一日忘蜀也"。可见陆游眷恋蜀中，曾屡为儿孙言及，故子虡多有获知。

③ 陆游：《渭南文集》卷末，《陆放翁全集》，中国书店1986年版，第319页。

皆出遗意”。陆子遹刊集时，谨遵其次而“不敢紊”，乃“锓梓溧阳学宫，以广其传”。在我们看来，陆子虡编刊其《剑南诗稿》，其间自然有对陆游一生之至爱之事(作诗)与至爱之地(剑南)的深度体察。陆子遹编刊其《渭南文集》，则有对其父一生志向所系的“渭南”(南郑)的特别表出①。

我们可以看出：子孙对父祖，或形容德美，彰其学言德行，赞其为文之道；或显扬父祖盛德与生平出处，叙其立朝大节与出处盈缩；或发明父志，显其忠义之心，义同立传，备史采择。或叙其平生所系，乃出其遗意，述其先志。由此可见，子孙序跋，对于先祖遗意有种种秉承与沿袭。②

六、结　　语

综上所述，我们可以把宋代林林总总的文集序跋视为序者与作者“对话”的一个个侧面，其对于作者身份实具有不可忽略的建构作用；甚至这些建构的过程，亦隐藏着种种的程式和不便言明的规则。

在文集自序中，作者或根据所处的特定情境而对创作心态进行策略性描述；或从自我成就的立场对文学道路进行有“组织”的呈现；文集命名往往表现作者谦卑的态度，以追求群体价值观的认同；但创作之原委和体会的独特必须得到详尽的交代。名公序跋乐于显扬作者之立身与立言。显扬之时，或阐幽发微，同于纪实，以便对某种普遍价值有所揭示。或基于对作者为人与为文的深入了解，而意寓品题，其中隐含了序者与作者某种为文体验的相似。对于身名不显的作者，其心志亦不为世所知，名公序跋意欲发现与表彰，其间多预设某种人生理想模式。挚友序跋，多互相勉励，以期再复古道，其间有价值框架的互相参照；故友

① ［澳］约翰·特纳等著，杨宜音、王兵、林含章译：《自我归类论》，中国人民大学出版社2011年版，第77页。

② ［澳］约翰·特纳等著，杨宜音、王兵、林含章译：《自我归类论》，中国人民大学出版社2011年版，第71页。

相交甚深，于作者之生平与遭遇，多抱命运之同情；序跋称赏创作成效，颇寓标举之意，营造出共享的文化氛围。序跋颇致勉励之意，以德、学相推，可彰同志之道，以建立文学的共同规范。后学序跋往往褒扬先贤之大节贤行，以图发掘其间的道德价值；或彰显其骚雅之道，以突出其文学创作的独特性；或称颂其个人的品节与声望，而表俱与有荣焉；或者表达其少致辅翼的志愿，显其步武前贤的决心。在后学序跋中，师尊往往成为符合群体期望的"前辈"，其人其文成为当时价值标准与人格模式的典范。子孙序跋对父祖文集，或形容德美，彰其学言德行，赞其为文之道；或显扬盛德与生平出处，叙其立朝大节与出处盈缩；或发明父志，其义同立传，备史采择。总体看来，文集序跋从不同的侧面和角度，遵循着不同的规则与程式，进行"作者"身份的建构。这是我们进行作者研究时，不得不加以注意的方面。

第九章　变化与生成：戴复古的诗集编次与交游序跋及其诗坛地位

晚宋诗人戴复古，在其有生之年，其诗歌随得而随编①，且因其交游投谒之广泛，而得多人之序跋与题咏。我们依照张继定的考证，将戴复古生前诸集及序跋，依其先后顺序，稍列如下：第一，自编之“诗卷”，嘉定三年(1210)有楼钥序，嘉定七年(1214)有巩丰序，真德秀跋、杨汝明跋。第二，嘉定十四年(1221)赵汝譡为选《石屏小集》，嘉定十五年(1222)有石屏自序。其后又有赵蕃、倪祖义为之跋，嘉定十七年(1224)赵汝谈亦为作跋，绍定二年(1229)赵汝腾再为作序。第三，《续集》有绍定五年(1232)戴复古自序，绍定六年(1233)姚镛序。第四，《三稿》绍定六年(1233)王埜序，端平元年(1234)有赵以夫序。第五，《四稿》上、《四稿》下，有端平三年(1236)姚镛跋，后李贾又跋。第六，《后集》，淳祐二年(1242)有包恢序，淳祐三年(1243)吴子良序。其序跋合计已有十八篇之众。其他，《小集》之后的题咏，尚有曾极、李贾、李义山、方岳、赵希迈、林璧等，总计二十三篇。在宋代文集中，作者在世而文集序跋、题咏如此之众，实不多见。其实，身处衰世而出身贫寒的戴复古②，其诗学取经的艰难及其对现实回应的渴望，实

① 关于戴复古集生前身后的编刻情况，可以参见张继定《戴复古诗集及其版本考述》(《温州师范学院学报》1994年第2期)、张继定《石屏诗编选者及序跋作者考述(上)——戴复古交游考之一》(《浙江师范大学学报》2003年第6期)、吴茂云《石屏诗词版本略述》(吴茂云校注：《戴复古全集校注》附录，中国文史出版社2008年版，第442~444页)诸文之论述。

② 参见刘婷婷《宋季士风与文学》(中华书局2010年版)第三章“士人精神的失落：江湖文人的创作”对江湖诗人的出处及创作的相关研究。

在有太多"不得不采取的地位"①，这使他诗坛地位的获取颇显曲折，值得我们加以探讨。

一、"石屏诗卷"：诗承父志与凌厉当世

刘丽玲《戴复古年谱》将戴复古一生分为六个阶段。② 其中，第一阶段为其年少求学期，大约二十四岁以前，戴复古主要留在家乡台州，以传承父业为夙愿，励志学诗。第二阶段为其离家游学期。特别是绍熙元年(1190)拜访了归居山阴的陆游，经其指授，获益良多。第三阶段为辗转京华期，诗人离家来到行在临安，辗转十余年，苦寻出路。我们的讨论将从他的第三阶段开始。

庆元三年(1197)，三十一岁的戴复古，"离家出游，诗谒四方"，"后十余年足迹不详，多游临安附近"③。戴复古游谒京师，受尽冷落，其诗多有抒写都中情怀者。

《都中书怀二首》其一：醉卧长安市，思归东海涯。……日与愁为地，时凭梦到家。乡书三两纸，一读一咨嗟。④

《都中书怀二首》其二：寂寞安吾分，奔驰失我真。枯桐就爨

① ［英］斯图亚特·霍尔：《导言：是谁需要身份?》，［英］斯图亚特·霍尔、保罗·杜盖伊编著，庞璃译：《文化身份问题研究》，河南大学出版社2010年版，第7页。

② 刘丽玲：《戴复古年谱》结语，四川大学2003年硕士学位论文，第59~60页。本章对戴复古生平行迹与交游情况的讨论，皆以此谱为据(以下或简称"刘谱")。其他，王开春《戴复古研究》(安徽师范大学2006年硕士学位论文)第三章为"戴复古年谱"(以下简称为"王谱")，黄思逾《戴复古及其诗歌研究》(四川师范大学2013年硕士学位论文)有附录"戴复古(部分)诗歌系年"(以下称为"黄谱")，吴茂云《戴复古论稿》中有《戴复古年谱》(上海古籍出版社2015年版，第84~177页)并可参见。

③ 刘丽玲：《戴复古年谱》，四川大学2003年硕士学位论文，第10页。

④ 吴茂云校注：《戴复古全集校注》卷二，中国文史出版社2008年版，第41页。

烬，容有赏音人。

《都下书怀》：道路谁推毂，江湖赋《采芊》。从来麋鹿性，那作帝乡人。①

《都下书怀》：京华作梦十年余，不道南山有弊庐。白发生来美人笑，黄金散尽故交疏。明知弄巧翻成拙，除却谋归总是虚。出处古人都说尽，功名未必胜鲈鱼。②

《都中怀竹隐徐渊子直院》：手携漫刺访朝官，争似沧洲把钓竿。万事看从今日别，九原叫起古人难。菊花到死犹堪惜，秋叶虽红不耐观。多谢天公怜客意，霜风未忍放深寒。③

这些诗大多抒发其投进无门的苦闷、思念家乡的深切、困处京都的穷寒、返乡归居的不甘，以及对他人援引的企盼等复杂心情。我们可以想见，漂泊临安十余年的戴复古所经历的抑郁苦闷和人生煎熬。

嘉定三年(1210)，他已经四十四岁。是年冬，“游临安，携诗访楼钥，并求品题”④。楼钥应之而序曰：“诗能穷人哉，谓惟穷然后工。……子惟能固穷，则诗愈昌矣。”⑤值得注意的是，楼钥此序笔墨倾重于戴敏、戴复古父子之间子传父业、矢志不移的卓绝精神，而对于戴复古的诗歌(以下简称戴诗)，实未置一语。其实，我们可以想象，诗名未立的戴复古携带诗卷拜访楼钥时的惴惴不安：“吾以此传父业，然

① 吴茂云校注：《戴复古全集校注》卷四，中国文史出版社 2008 年版，第 118 页。

② 吴茂云校注：《戴复古全集校注》卷六，中国文史出版社 2008 年版，第 199 页。

③ 吴茂云校注：《戴复古全集校注》卷六，中国文史出版社 2008 年版，第 206 页。

④ 刘谱，第 13 页。关于戴复古的诗集之编集，可参见张继定《石屏诗编选者及序跋作者考述(上)——戴复古交游考之一》(《浙江师范大学学报》2003 年第 6 期)、黄思逾《戴复古及其诗歌研究》“戴复古诗歌结集及其版本流传考”(四川师范大学 2013 年硕士学位论文，第 16~20 页)。

⑤ 吴茂云校注：《戴复古全集校注》附录二，中国文史出版社 2008 年版，第 393 页。

亦以此而穷，求一语以书其志。"求序之时，他向楼钥讲述一个故事：戴敏离世之时，戴复古"方褓褓中"；戴敏亡后，其作多散佚。或有亲友"告以遗言"，戴复古"收拾残编，仅存一二"，"深切痛之，遂笃意古律"。这显然是一个极具励志意义的故事。① 戴复古所说"吾以此传父业，然亦以此而穷"包含了两种说辞的衍生路径：子承父业与因诗而穷。我们可以联系戴复古《求先人墨迹呈表兄黄季文》诗中的表述。此诗乃戴复古向表兄黄季文索辑其父遗墨而作，诗中对其父有简略的概括："身穷道则腴，年高气弥壮。平生无长物，饮尽千斛酿。"②其后写父之清高野逸："我翁有遗迹，数纸古田样。仿佛钟王体，吟句更豪放"；"把玩竹林间，寒风凛凄怆。昂昂野鹤姿，愧无中散状"。以及其父之遗世独立："幽居寂寞乡，风月共来往。众丑成独妍，群瘖怪孤唱。一生既蹉跎，人琴遂俱丧。"显然，戴复古对其父形貌的追忆基本出于想象，真正能落到实处就只有"儿孤褓褓中，家风随扫荡"。诗中更多地写到自己收拾残篇的艰难与坚持："篇章久零落，人间眇余响。搜求二十年，痛泪湿黄壤。"所以，子传父业、矢志不移就成为戴复古面向亲友和名流时重复讲述的"故事"。幸运的是，这一故事在楼钥那里唤起了回应："而能以诗承先志，殆异于此。东皋子其不死矣。"子承父业、矢志不移这一更具积极意义的路径被强力表出。嘉定七年(1214)冬，戴复古诗卷再得杨汝明作跋。杨跋仍曰："陶元亮责子不好纸笔，杜子美喜其子新知句律，诗人眷眷于传业如此。式之再世昌其诗。东皋子可无憾矣。"③其着眼同样在于戴复古子传父业的坚毅。至武衍《悼戴式之》一诗，首称戴复古一生诗名之盛："四海诗人说石屏，一

① ［英］齐格蒙特·鲍曼：《从朝圣者到观光客——身份简史》，［英］斯图亚特·霍尔、保罗·杜盖伊编著，庞璃译：《文化身份问题研究》，河南大学出版社2010年版，第28页。

② 吴茂云校注：《戴复古全集校注》卷一，中国文史出版社2008年版，第1页。

③ 吴茂云校注：《戴复古全集校注》附录二，中国文史出版社2008年版，第394页。

时知己尽公卿。”①而对于成名之凭恃，虽然“重感慨时多比兴，最瑰奇处是歌行”一联对其作品之擅场有所圈点，而“家传衣钵生无愧，气挟江湖老更清”一联，亦见“家传衣钵”说影响之深远。

值得关注的是，即使在楼钥作序之后，戴复古的投谒仍多穷愁之声。《岁暮呈真翰林》一诗：“岁事朝朝迫，家书字字愁。频沽深巷酒，独倚异乡楼。诗骨梅花瘦，归心江水流。狂谋渺无际，忍看大刀头。”②方回曾评曰：“前六句尽佳，尾句不称，乃止于诉穷乞怜而已。”③其实此篇并非其尤者。嘉定四年(1211)，戴复古结识杨长孺④，有《寄湖州杨伯子监丞》诗曰：“宛如公干卧漳滨，枕上穷吟过一春。遣病每怀诗眷属，访医因问药君臣。钻龟小卜占灾数，览镜羸形类别人。寄语霅川贤太守，新诗莫厌话愁频。”⑤在此诗中，“穷”“病”“灾”“羸”“愁”等字眼，充斥全篇。另戴复古《访杨伯子监丞自白沙问路而去》其二“朝市风波地，乾坤渔猎场。生民日憔悴，吾道亦凄凉。龙不为霖出，凤于何处藏。群鸦争晚噪，一意送斜阳”⑥，亦写其不遇的窘迫。嘉定五年(1212)，诗人冬返临安，与时任秘书少监的滕强游。其《都中书怀呈滕仁伯秘监》诗有曰：“儒衣历多难，陋巷困箪瓢。无地可躬耕，无才仕王朝。一饥驱我来，骑驴吟灞桥。”几可谓其肖像自画，“索米长安街，满口读诗骚。时人试静听，霜枝啭寒蜩”⑦，写尽江湖游士的穷寒窘迫。

① 陈起编：《江湖小集》卷九十四，《景印文渊阁四库全书》，台湾“商务印书馆”1983年版，第1357册，第683~684页。

② 戴复古：《岁暮呈真翰林》，吴茂云校注：《戴复古全集校注》卷二，中国文史出版社2008年版，第42页。

③ 方回：《瀛奎律髓》卷十四，《景印文渊阁四库全书》，台湾“商务印书馆”1983年版，第1366册，第151页。

④ 刘丽玲：《戴复古年谱》，四川大学2003年硕士学位论文，第14页。

⑤ 吴茂云校注：《戴复古全集校注》卷六，中国文史出版社2008年版，第167页。

⑥ 吴茂云校注：《戴复古全集校注》卷二，中国文史出版社2008年版，第51页。

⑦ 吴茂云校注：《戴复古全集校注》卷一，中国文史出版社2008年版，第4~5页。

概括而言，戴复古游谒之诗，其主诉有两个方面的内容：一是自叹穷苦，二是矢志父业。对此二端，他本人原无所侧重，但经楼钥之序，后者成为其戴复古当世之评的重要着眼点。绍定六年(1233)十月十六日，赵以夫为《三稿》作序。赵序标举戴复古诗“诗备众体，采本朝前辈理致，而守唐人格律”①。所谓“其用工深矣”“非一旦屈起而能者”，赞其多年耕耘。至谓石屏诗学传其父业，学有师承；又以少陵诗源自审言以拟之。其言“石屏本之东皋，又祖少陵，虽欲不传，不得而不传”，乃将其师承与家学，合而言之。

嘉定七年(1214)正月，戴复古“携诗访巩丰于武义”②，巩亦为之序。与楼序不同的是，巩序对于子承父业之事一笔带过，而更多地将关注点转向其诗作。巩序提到，此前戴诗已经得到胡都司、杨监丞(长孺)二人的称赞，此二人“导诚斋宗派，不轻许与”③，其称赞应该是可信的。只是，对于巩丰来说，胡、杨之赞仍然属于风闻之评，未必全可信。直到诗人“一日忽见过于武川村舍，袖出近作一编”，得以亲睹，巩遂有评曰：“大抵唐律尤工，务新奇而就帖妥，道路江湖间，尤多语意之合，读之使人不厌。”这显然是对戴复古诗法江湖的最早体认。④ 当然，巩序对诗人的将来有更多勉励：“倘未委土壤，尚及见凌厉斯世，扪参历井，横翔而杰出也。”其后，戴复古与巩丰多有诗什往来，有诗《栗斋巩仲至以元结文集为赠》云：“文章自一家，其意则古甚。大羹遗五味，纯素薄文锦。聱牙不同俗，斯人异所禀。君君望尧舜，人人欲仓廪。古道不可行，时对窊樽饮。”⑤通过对元结诗文的品评表达自己诗存

① 吴茂云校注：《戴复古全集校注》附录二，中国文史出版社 2008 年版，第 397 页。

② 刘丽玲：《戴复古年谱》，四川大学 2003 年硕士学位论文，第 16 页。

③ 吴茂云校注：《戴复古全集校注》附录二，中国文史出版社 2008 年版，第 393～394 页。

④ 关于戴复古宗法晚唐，可参见慈波《戴复古与季宋诗风》(《廊坊师范学院学报》2006 年第 2 期，第 9 页)一文的相关论述。

⑤ 吴茂云校注：《戴复古全集校注》卷一，中国文史出版社 2008 年版，第 17 页。

古道的文学见解。又有《寄栗斋巩仲至》："几度观朝报，差除不到君。山林自台阁，文字即功勋。吟苦孟东野，潜深扬子云。一官虽偃蹇，千载有知闻。"①在安慰巩丰的同时，似乎也是戴复古的某种自我安慰。

嘉定七年(1214)，戴复古"返游临安，真德秀为其诗题词"②，有谓："戴君诗句高处不减孟浩然，予叨金銮夜直，顾不能邀入殿庐中，使一见天子，予之愧多矣。"③真跋既引王维荐孟浩然于玄宗之故实以自喻，其间当有对戴诗体近野逸的辨识。戴复古与真德秀之间的诗酬往来，其实尚多。如《小孤山阻风，因成小诗。适舟中有浦城人，写寄真西山》："群山势如奔，欲渡长江去。孤峰拔地起，毅然能遏住。屹立大江干，仍能障狂澜。人不知此山，有功天地间。"④显以"孤峰"喻真德秀，显其"屹立"之姿与"障澜"之功。又《湖南见真帅》："致身虽自文章选，经世尤高政事科。以若所为即伊吕，使其不遇亦丘轲。长沙地窄儒衣阔，明月池干春水多。天以一贤恩一路，其如四海九州何?"⑤称褒真德秀功开千古，泽被万民，其言辞几至谄媚。其他尚有《真西山帅长沙祷雨》赞其治理有方⑥，《清凉寺有怀真翰林运使之来》则赞其高雅之趣⑦。其间特值表出的《嘉定甲戌孟秋二十有七日，起居舍人兼直学士院真德秀上殿直前奏边事，不顾忌讳，一疏万言，援引古今，铺陈方略，忠谊感激，辞章浩瀚，诚有补于国家。天台戴复古获见此疏，伏读

① 吴茂云校注：《戴复古全集校注》卷一，中国文史出版社2008年版，第44页。

② 刘丽玲：《戴复古年谱》，四川大学2003年硕士学位论文，第16页。

③ 吴茂云校注：《戴复古全集校注》附录二，中国文史出版社2008年版，第394页。

④ 吴茂云校注：《戴复古全集校注》卷一，中国文史出版社2008年版，第25页。

⑤ 吴茂云校注：《戴复古全集校注》卷六，中国文史出版社2008年版，第172页。

⑥ 吴茂云校注：《戴复古全集校注》卷二，中国文史出版社2008年版，第58页。

⑦ 吴茂云校注：《戴复古全集校注》卷六，中国文史出版社2008年版，第168页。

再三，窃有所感敬，效白乐天体以纪其事，录于野史》一诗。① 诗中有曰："言虽甚鄙用甚切，宸断必行天下福，勿谓儒生论迂阔。臣之肝胆与人别，读书岂为文章设?"显然是对真德秀上疏言事之忠义情志的阐发。由此，我们可以看到，与真德秀的交往，对戴复古的情怀扩张当有很大的促进：② 以理学名家而官至参知政事的真德秀，是年"上殿直前奏边事，不顾忌讳"，其由儒生穷陋而至越录敢言的行为，当是戴复古逐步超越江湖游士见识纤陋的某种示范与榜样。

二、《石屏小集》：方驾李杜与深入陶柳

其后数年，戴复古广交诗林中人，游踪无定。③ 嘉定十四年(1221)，与赵汝讜游。戴复古与赵汝讜往来之诗，有《送湘漕赵蹈中寺丞移宪江东》，中有句："宇宙虚长算，江湖寄短吟。番阳秋水阔，湘浦未为深。"④表达对朋友的关切。《立春后二首》有云："爱酒常无伴，吟诗近得师。"⑤更以吟诗饮酒为期。"春，至湖南潭州，赵汝讜为选《石屏小集》"⑥。二月朔日，当戴复古拿到赵汝讜所编《石屏小集》(时

① 吴茂云校注：《戴复古全集校注》卷一，中国文史出版社 2008 年版，第 30 页。

② [美]乔治·H. 米德著，赵月瑟译：《心灵、自我与社会》，上海译文出版社 1992 年版，第 120 页。

③ 据刘谱：嘉定八年(1215)，至镇江府与史弥坚游，或与李贾游，或渡江至真州，与丰有俊游，复游淮南等地。嘉定九年(1216)，秋，或游鄂州访吴柔胜；重阳与吴柔胜同登黄鹤楼。嘉定十年(1217)，至真州，与刘克庄定交，或与方信孺游，又至建康府，再访刘克庄。秋，或至江东南康军，与陈宓游庐山。嘉定十一年(1218)，夏，或至隆兴府，与裘元量游。嘉定十二年(1219)，春，自江西返临安，与庐祖皋把酒品诗。秋至汉理，与王中甫游。嘉定十三年(1220)，或游江西各地。

④ 吴茂云校注：《戴复古全集校注》卷二，中国文史出版社 2008 年版，第 49 页。

⑤ 吴茂云校注：《戴复古全集校注》卷二，中国文史出版社 2008 年版，第 49 页。

⑥ 刘丽玲：《戴复古年谱》，四川大学 2003 年硕士学位论文，第 24 页。

为赵汝谈所录藏)，乃自作序。戴复古愧于赵之编选“何其泛也”①，谦称“五字可传”“十字可存”足矣，虽示愧谢，亦难掩自得。必须承认的是，赵汝譡的编集事实上培养了戴复古对诗作的自我认识。② 戴复古自书中提到，赵汝譡本长于诗，“古诗得曹、谢、陶之体，律则步骤杜工部”③。我们推测，一方面是赵汝譡的诗风与观念影响到戴复古，另一方面赵汝譡为戴诗编选时，有意识地选择那些老气横棱、胸次高峻、藻辞奇屈、意趣腾跃的诗作。所以，从某种程度上说，正是赵汝譡的“精拣”成就了戴复古。对此“精拣”之功，当时诗坛即多有称赞。如曾极有谓：“百首诗精拣，亲逢赵倚楼。”④赵希迈《曩从懒庵游，辄道手择戴式之诗百篇。懒庵仙去今四年，式之忽持所择诗来过。时余卧疾，展转苏醒，果知懒庵笔削不轻，而式之负名不虚也。因赋鄙语一章以赠》亦肯定赵汝譡之“笔削”于戴复古的彰显之功。我们可以认为，经赵汝譡编选，戴复古诗作特色得到了突出与彰显。

从此之后，戴复古开始将《石屏小集》作为拜谒的“敲门砖”，频频出示⑤。随后，戴复古诗名渐兴，其诗胸襟高迈、议论峻伟的特色亦得到诗坛的广泛认可。豫章李义山《题式之诗卷后》以“老气棱棱”与“谊襟凛凛”评其诗，更以“夔州已后”拟之，尊之已甚。李贾《题式之诗卷后》则谓：“老气横九州，胸次何崔嵬。”强调其老气横棱、胸次高峻；“有时杯酒间，高论倾淮湖”，则谓其议论高绝。这与戴诗最初叹穷乞怜已不可同日而语。其后《论诗十绝》其二：“古今胸次浩江河，才比诸公十

① 吴茂云校注：《戴复古全集校注》附录二，中国文史出版社 2008 年版，第 394 页。

② ［美］乔治·H. 米德著，赵月瑟译：《心灵、自我与社会》，上海译文出版社 1992 年版，第 61 页。

③ 吴茂云校注：《戴复古全集校注》附录二，中国文史出版社 2008 年版，第 394 页。

④ 吴茂云校注：《戴复古全集校注》附录二，中国文史出版社 2008 年版，第 405 页。

⑤ 吴茂云校注：《戴复古全集校注》附录二，中国文史出版社 2008 年版，第 405~406 页。

倍过。时把文章供戏谑，不知此体误人多。"或是此种体悟的流露。同时，戴诗的辞藻奇崛、意趣腾跃的特色亦得到诗坛的体认。李贾《题式之诗卷后》曰："藻□晚更奇，崩腾豁高趣。"高斯得《次韵戴石屏见简二首》其一有："采玉探珠遍九围，先容分不到离奇。①"其二"入东颇亦交名胜，安道闻孙更崛奇"。其"离奇""崛奇"之评，亦属对戴诗的独到体会。②

值得补充的是，其议论高绝、辞藻奇崛的特别，可以从戴复古诗学杜甫上找到原因。戴复古在《杜甫祠》一诗集中表达了他对杜甫的敬仰和尊崇。在他看来，杜甫"文章万丈光，不随枯骨葬"，"如史数十篇，才气一何壮"的关键，在于"平生稷契心，致君尧舜上"的广阔情怀。其心怀天下，即使一生坎坷，道路饥寒，而笔下仍然有"草中辨君臣，笔端诛将相。高吟比兴体，力救风雅丧"的自我担当。戴复古《论诗绝句》其六亦曰："飘零忧国杜陵老，感寓伤时陈子昂。近日不闻秋鹤唳，乱蝉无数噪斜阳。"③要求作诗当学习感寓伤时的陈子昂与飘零忧国之杜甫，即主张关心现实，而不以一己穷达为念。此时，戴复古显然找到了对道路江湖而多穷寒之声的补救之道；而这些努力及其成效也被诗林同道所称赏。端平元年(1234)秋，"自汀州寄诗李贾，时李贾或为编第四稿上"。时姚镛被贬衡阳，戴复古前往访之，并请为其第四稿下进行编次。端平三年(1236)，姚镛为之序。姚镛认为他的诗作"其似少陵也"："忠义根于天资，学问培于诸老，故其发见，非直为言句而已。"④"忠义"在乎德，"学问"在乎学，强调戴诗所作实有所寄托。姚镛序特别揭

① 高斯得：《耻堂存稿》卷八，《景印文渊阁四库全书》，台湾"商务印书馆"1983年版，第1182册，第125页。

② 元至正戊戌(1358)贡师泰有《重刊石屏先生诗序》一文，其初谓其诗力追古人，而成一家言；本于少陵，而未有蹈袭。又褒其人"负奇尚气，慷慨不羁"(吴茂云校注：《戴复古全集校注》附录二，中国文史出版社2008年版，第400页)，为学"高深奥密"，为诗"机括妙运"，皆不吝溢美之词。

③ 吴茂云校注：《戴复古全集校注》卷七，中国文史出版社2008年版，第272页。

④ 吴茂云校注：《戴复古全集校注》附录二，中国文史出版社2008年版，第397页。

出其集“朋友故旧之情，每惓惓不能忘”和“伤时忧国，耿耿寸心”，显然意欲对戴诗忠义情怀极力表出。

赵汝譡所编《石屏小集》，虽今不存于世，然由当时序跋可以推知，其所选诗并非尽取似杜者。赵蕃（字昌父，号章泉）在题跋中，指出：“学诗者莫不以杜为师，然能如师者鲜矣。”其中，陈后山（师道）《寄外舅郭大夫》“此陈之全篇似杜者也”，而戴复古《思家用陈韵》一诗又“此式之全篇似陈（后山）者也”，而“蹈中所选，乃不在数”，赵蕃颇以之为异。对此置疑，倪祖义题跋坚决地站在赵汝譡的一边。他认为赵汝譡的编选其实是“兼备众体”的，并不专主似杜者。其题跋有曰：“式之方尽屏世学，坐进此道，发其英华，见于章什，必当方驾李杜，深入陶柳，得天之趣，侔神之工，回视旧编，遂成组绣。”①认为这些诗作，正是戴复古“方驾李杜，深入陶柳”的体现。绍定二年（1229），赵汝腾亦应请而为之序，其中有曰：“懒庵（赵汝譡）于诗少许可，韦、陶之外，虽辋川、柳州集，犹有所择，今于石屏诗，取至百三十首，非其机有契合者乎？”②赵汝腾序中推崇戴诗多“从容之态”，而少“汲取之功”的（“隽永”“脍炙”“高远”一类）诗作，这正可与倪祖义“得天之趣，侔神之工”的评判呼应。接下来，他对戴诗作出与李义山、李贾等人题咏迥然不同的评价：“石屏之诗，平而尚理，工不求异，雕镂而气全，英拔而味远。玩之流丽而情不肆，即之冲淡而语多警。”赵汝腾眼中的戴诗（事实上是赵汝譡编选之后），表现出“尚理”“气全”，“味远”“流丽”“冲淡”等特点。赵汝腾并对赵汝譡的编选，有独特解会，乃叹曰：“懒庵之选，其旨深矣。”而后指出戴诗直寻（少典实）和苦吟的创作特点，并认为：“仆曩在赣，见懒庵论作诗亦然，二公契合之机，岂不□□乎！”③可以看出，赵汝腾对戴诗的推崇更多出于对韦、陶、王、柳闲淡一路的

① 吴茂云校注：《戴复古全集校注》附录二，中国文史出版社 2008 年版，第 395 页。

② 吴茂云校注：《戴复古全集校注》附录二，中国文史出版社 2008 年版，第 395 页。

③ 吴茂云校注：《戴复古全集校注》附录二，中国文史出版社 2008 年版，第 395~396 页。

欣赏，这自然与赵汝腾本人的诗作取向有很大的关系。也就是说，他是从其特有的立场出发来发现戴诗的创作风格的。①

事实上，戴复古诗作中应该是学杜与学陶都有所体现。高斯得《次韵戴石屏见寄》中有谓"太羹无厚味，嘉稷有真香""遥知道机熟，尊酒百忧忘"，可见关注面亦偏重其闲远冲淡之风格②。不过，诗中"投老安蓬户，平生似草堂(原注：戴诗颇近子美)"一句，似亦不忘其似杜的一面。况且，赵汝腾序中指出了戴诗的不足：才学不富，作诗太缓；这其实是诗学韦陶者的通病。戴复古《论诗十绝》其七："欲参诗律似参禅，妙趣不由文字传。个里稍关心有娱，发为言句自超然。"③追求发句超然。其八："诗本无形在窈冥，网罗天地运吟情。有时忽得惊人句，费尽心机做不成。"强调得之自然。其实，发句超然与得句自然，都需要"费尽心机"作为铺垫。《论诗绝句》其三也有谓"雕锼太过伤于巧，朴拙惟宜怕近村"，其意在于进行两方面的维护：既不可雕锼伤巧，又不可朴拙近村。从这些说法，我们都可以看出其陶、杜兼学的历程。

三、续集、三稿、四稿：大似高适与远追陶谢

绍定二年(1229)冬，戴复古前往闽地④。在《小集》成编之后，戴复古续有创作，其成诗经收拾，又得四百余篇，经过赵汝腾、王元敬的删减。理宗绍定四年(1231)"自福建游江东，至鄱阳访袁甫"，以此集

① [美]乔治·H. 米德著，赵月瑟译：《心灵、自我与社会》，上海译文出版社1992年版，第179页。

② 高斯得：《耻堂存稿》卷八，《景印文渊阁四库全书》，台湾"商务印书馆"1983年版，第1182册，第120页。

③ 吴茂云校注：《戴复古全集校注》卷七，中国文史出版社2008年版，第272页。

④ 刘谱：绍定二年(1229)冬，戴复古来到闽地，此后，他先后在闽中、江东、江西、广东、广西等地与众多诗朋酒友进行了广泛的交游。于嘉熙二年(1238)返回故乡(第60页)。此一阶段为其第五阶段，即漫游闽粤时期。

示之，袁甫又从中摘取百首，附于《小集》之后，是为“续集”①。绍定五年(1232)仲夏，对于编成的“续集”，戴复古自序称，“续集”之编，既有赵汝腾与王元敬“各以入其意者，分为两帙”，而后“袁蒙斋又就其中摘取百首”②。我们注意到，这次编选经过了两道工序。戴复古认为：“凡物之可上可下，随人好恶而为之去取者，断非奇货”，“明珠纯玉，万口称好，无可拣择，是为至宝”。看来，盛名之下，他也期盼得到客观公正的评价③。

绍定五年(1232)，春至邵武，与王埜游。夏，游麻姑山，访严粲。戴复古在《祝二严》中，有曰：“仆本山野人，渔樵共居处。小年学父诗，用心亦良苦。”“糊口走四方，白头无伴侣。”④深以之为同道。“前年得严粲，今年得严羽。”以与二严交游而得友。其评严粲曰：“粲也苦吟身，束之以簪组。遍参百家体，终乃师杜甫。”可见二人在师法杜甫、苦吟作诗这一点上，是有共同取向的。亦论严羽：“羽也天姿高，不肯事科举。风雅与骚些，历历在肺腑。持论伤太高，与世或龃龉。长歌激古风，自立一门户。”论其立世高逸，作诗取法风骚，论诗高远。绍定六年(1233)，戴复古于“邵武度岁”⑤，而后“日与王埜、李贾、严羽观诗、论诗，作《论诗诗》十首”⑥。值得注意的是严羽《送戴式之归天台

---

① 案此续集编入《江湖后集》之中，今《宋集珍本丛刊》(线装书局 2004 年版，第 72 册)亦存此集。

② 吴茂云校注：《戴复古全集校注》附录二，中国文史出版社 2008 年版，第 396 页。

③ [美]乔治·H. 米德著，赵月瑟译：《心灵、自我与社会》，上海译文出版社 1992 年版，第 126 页。

④ 吴茂云校注：《戴复古全集校注》卷一，中国文史出版社 2008 年版，第 21~22 页。

⑤ 刘丽玲：《戴复古年谱》，四川大学 2003 年硕士学位论文。

⑥ 戴复古：《昭武太守王子文，日与李贾、严羽共观前辈一两家诗及晚唐诗，因有“论诗十绝”，子文见之，谓无甚高论，亦可作诗家〈小学须知〉》(吴茂云校注：《戴复古全集校注》卷七，中国文史出版社 2008 年版，第 271~272 页)，一般简称《论诗十绝》，乃其诗学思想之集中体现。可参见何方形《戴复古诗学思想述评》(《甘肃社会科学》2007 年第 3 期)、胡传志《元好问与戴复古论诗绝句比较论》(《文学遗产》2012 年第 4 期)。

歌》一诗："中有石屏古仙客。吟窥混沌愁天公，醉饮扶桑泣龙伯。适来何事游人间，飘飘八极寻名山。"①谓其诗作洞察混沌，其步履遍及异域。"共结天边污漫游，重论方外云霞友。海内诗名今数谁，群贤翕沓争相推。"谓其诗名遍天下。"胸襟浩荡气萧爽，豁如洞庭笠泽月。"谓其襟怀萧爽，气概超脱。此时的戴复古，已经因其襟怀与气概而扬名于世。是年，三月二十四日，"春，游赣州，访姚镛"，姚镛为作序。姚序称赏戴诗"天然不费斧凿处"，"大似高三十五辈"②。更称"晚唐诸子当让一头"；又谓"使生遇少陵，亦将有'佳句法如何'之问"。看来，在姚镛的眼里，戴诗句法已由潇洒自得之意趣，可以大似高适、比驾少陵了。

绍定六年(1233)，七月间，游抚州，访萧泰来。萧为选"第三稿"③。十月，王埜为作序。王序指出，"近世以诗鸣者多学晚唐"，虽"致思婉巧，起人耳目"，"然终乏实用"④。相比而言："式之独知之，长篇短章，隐然有江湖廊庙之忧，虽诋时忌，忤达官，弗顾也。"在王埜看来，戴复古身处江湖之远，而心怀廊庙之下，其诗歌诋时忤官，有强烈的政治参与意识——这显然与其诗学杜甫有很大的关系。王序同样评述了戴诗中学殖不富的问题，而以韦应物之诗曾"兴寄冲逸，远追陶谢"解之。王埜显然看出，戴诗既追求像杜甫那样关心时政的一面，所谓"江湖廊庙之忧"，同时又有如陶、谢诗"兴寄冲逸"的一面。这显然是对戴复古在思想上步武少陵，在艺术上远追陶谢的全面体认。⑤ 戴复

① 陈思编，陈世隆补：《两宋名贤小集》卷二百二十五，《景印文渊阁四库全书》，台湾"商务印书馆"1983年版，第1363册，第761页。

② 吴茂云校注：《戴复古全集校注》附录二，中国文史出版社2008年版，第396页。

③ 马金：《书石屏诗集后》，吴茂云校注：《戴复古全集校注》附录二，中国文史出版社2008年版，第401~402页。萧学易即萧泰来(刘丽玲：《戴复古年谱》，四川大学2003年硕士学位论文，第38页)。

④ 吴茂云校注：《戴复古全集校注》附录二，中国文史出版社2008年版，第396页。

⑤ 慈波：《戴复古与季宋诗风》，《廊坊师范学院学报》2006年第2期，第11页。

古《论诗十绝》其四有曰："意匠如神变化生，笔端有力任从横。须教自我胸中出，切忌随人脚后行。"正可作为其"三稿""四稿"诗作取法的自我批注。

端平元年(1234)秋，"自汀州寄诗李贾，时李贾或为编第四稿上"①。时姚镛被贬衡阳，戴复古前往访之，并请为其第四稿下进行编次。端平三年(1236)，姚镛为之序。姚序首先追忆："式之以诗鸣江湖间垂五十年，多识前辈，晚乃与余为忘年友。"②而后感叹戴复古不以己之宦途沉浮而有薄厚之辨："余既流放，式之由闽峤度梅岭，涉西江，吊余于衡岳之阳，此意古矣。"对其诗作，则谓："观近作一编，其于朋友故旧之情，每惓惓不能忘，至于伤时忧国，耿耿寸心。"特别强调了戴诗于友、于国的忠义之心。姚镛称曰："甚矣其似少陵也。"谓其"忠义根于天资，学问培于诸老，故其发见，非直为言句而已"，认为戴复古以天资之"忠义"与培养之"学问"，发而为诗；诗句之中，德行与学问并存焉。

四、《石屏后集》：海上诗翁与遗世独立

嘉熙二年(1238)，由其子琦来迎，戴复古以七十二岁高龄，归家返台。归家之后，诗人续有所作。理宗淳祐二年(1242)，戴复古亲自编印《后集》，收诗千首。是年夏，与包恢游，包为作序。以理学大家知名于世的包恢，首标戴复古"本朝诗出于经"之说③，评其诗合于理；次谓"石屏长而有闻，深切疚心，求以传父业，显父名，是其志也，实继父志也"，"故其为诗感慨激发，多与志应"，谓其诗应于志；再评

① 刘丽玲：《戴复古年谱》，四川大学2003年硕士学位论文。王谱系戴复古访姚镛、李贾于理宗端平三年(1236)；黄谱与王说同(第106页)。

② 吴茂云校注：《戴复古全集校注》附录二，中国文史出版社2008年版，第397页。

③ 吴茂云校注：《戴复古全集校注》附录二，中国文史出版社2008年版，第397~398页。

“少孤失学，胸中无千百字书”，以“果无古书，则有真诗，故其为诗，自胸中流出，多与真会”，谓其诗会于真。至此，经过包恢的阐释与发挥，戴复古诗实得“理契”“志应”“真会”三端之玄奥。所谓“三者备矣，其源流不其深远矣乎!”褒之几无以复加。特别值得玩味的是，对于戴复古少孤失学，胸中无书的不利方面，包恢亦有解说：“予谓其非无书也，殆不滞于书与不多用故事耳，有靖节之意焉。果无古书，则有真诗，故其为诗，自胸中流出，多与真会。”包恢不仅将诗中多求直寻、少用故事解为“有靖节之意”，则进一步将之延伸为“果无古书，则有真诗”，以与理学对性情的强调暗合。① 显然，包恢的一番操作几将戴复古其人其诗推为理学典范。值得注意的是戴复古曾有诗寄包恢，包恢《和戴石屏见寄韵二首》其一亦颇可见其推崇所自。其诗有曰：“海邦太守常时有，海上诗翁间世奇。自赋归来石屏去，不烦绳削草堂知。高情岂为时情改，浩气难随血气移。句老律精何酷似，昔题蜀相孔明祠。”②其所言“自赋归来”“不烦绳削”指其学陶与学杜的诗法取径；而“高情”“浩气”则谓其胸襟高远。“句老律精”则谓其技法老练，得少陵真髓。其实谓其无论是人品，还是诗艺，都已臻至境。在此，我可以感受到：包恢的评价正是戴复古一生努力的某种正向回应：人生修养上的高情浩气和襟怀洒落，诗学追求上的步武少陵，追迹陶谢。

淳祐三年(1243)，六月，戴复古又请吴子良作序。吴序指出戴诗取法几方面的特点。其一“所搜猎点勘”：“凡可资以为诗者，何啻数百千家”，即“搜揽于古今者博”③；其二“所游历登览”：“凡乔岳巨浸，灵洞琢苑，空迥绝特之观，荒怪古僻之踪，可以拓诗之景，助诗之奇者，周遭何啻数千万里”，即“陶写于山水者奇”；其三“所酬唱谂订”：

① 参见石明庆、王素丽：《论包恢的诗歌理论及其理学底蕴》，《河北科技大学学报》2006年第3期。

② 包恢：《敝帚稿略》卷八，《景印文渊阁四库全书》，台湾“商务印书馆”1983年版，第1178册，第800页。

③ 吴茂云校注：《戴复古全集校注》附录二，中国文史出版社2008年版，第398~399页。

“凡以诗为师友者，何啻数十百人”，即“磨礲于师友者熟”。综而述之，即极力表彰其搜揽之博、陶写之奇、磨礲之熟。对于戴诗之艺术呈现，吴子良亦有所论：“诗之意义贵雅正，气象贵和平，标韵贵高逸，趣味贵深远，才力贵雄浑，音节贵婉畅”，并认为“若石屏者庶乎兼之矣”，几为集大成者。尤值揭出的是，诗人晚年生活：“焚香观化，付断简于埃尘；隐几闭关，等一楼于宇宙；离群绝侣，对独影为宾朋。”此时的戴复古诗歌则是“旷达而益工，不劳思而弥中的”，“所造诣有在言语之外者，非世俗所能测也”。在吴子良的笔下，此时的诗人俨然成了隐居的世外高人，其诗作则到了出神入化的境界，这应该也是晚年戴复古寻求和展示的自我形象。①

五、结　　语

查尔斯·泰勒在《自我的根源》中指出：

> 我们的条件问题，决不会因我们是什么而穷尽，因为我们也总是变化的和生成的。……当我们经历多了和成熟时，甚至这种确定不断地受到我们生活的新事件的挑战，也不断遭遇潜在的修正。所以，对我们来说，问题不只是我们在何处，而且是我们正走向何处。②

借此以观，戴复古的诗歌生涯，其实颇具启发：身处衰世而出身贫寒的戴复古，其先天所具有诗学资源并不丰富，但他“一直在努力”，交游与求序(跋)显然是他提升自己诗坛影响的重要途径。

我们其实可以稍事总结。携诗游谒的戴复古，不断求取他人的序

① ［美］乔治·H. 米德著，赵月瑟译：《心灵、自我与社会》，上海译文出版社1992年版，第131~132页。

② ［加］查尔斯·泰勒著，韩震等译：《自我的根源》，译林出版社2012年版，第68~69页。

跋：携“诗卷”初编以投楼钥，楼序对其子传父业、矢志不移精神的彰显使其开始超越单纯的诉穷乞怜；以“诗卷”二编投谒巩丰，巩序以“道路江湖”对其学诗途径进行初次的归类，亦以凌厉当世期待之。真德秀的题跋虽然出于其诗体近野逸的印象，但其充沛的儒家情怀却给予戴诗以胸怀的扩充。与赵汝譡、赵汝谈、赵汝腾三人的相交，是戴复古诗歌人生中的重大转折。赵汝譡为编选《石屏小集》，但并未对编选用意进行说明。赵汝谈序因为其弟的亡故，而依然感慨戴复古生平不遇的窘迫；赵汝腾序则着重发掘其平实尚理、气全味完、流丽情实、冲淡多警的特点。其后，戴复古携《小集》投谒当世，其议论高绝与藻辞奇崛的特色，得到当代诗坛的辨识与认可。极具趣味的是，在赵汝譡编选《小集》的基础之上，戴复古分别被阐释为师法少陵而议论高峻，师法陶、韦而冲淡闲远两种诗学路数与表现风格。在《小集》成编之后，戴复古续有所作，是为“续集”。戴复古自序“万口称好”“是为至宝”，似乎希望得到客观公正的品题。二严赞其襟怀洒脱，姚镛序称其“大似高适”，都是对其诗作得之自然的肯定。其后所作，萧泰来为编第三稿，王埜称其有“江湖廊庙之忧”，强调其诗关怀时政的淑世情怀。而后，李贾与姚镛分编其第四稿上与下，姚镛序特别彰显其“朋友故旧之情，每惓惓不能忘”和“伤时忧国，耿耿寸心”的忠义品行。戴复古返乡之后，续有所作，手编为《后集》，又得包恢与吴子良为之序。包序谓戴诗“正大醇雅，多与理契”“感慨激发，多与志应”“胸中流出，多与真会”，将戴复古其人其诗理学化。而吴子良之序褒扬戴复古作诗有搜揽之博、陶写之奇、磨砺之熟的创作特色，亦标举其诗歌意义雅正、气象和平、标韵高逸、趣味深远、才力雄浑、音节婉畅的艺术水准。而后载其“焚香观化”“离群绝侣”“旷达益工”“不思而中”的晚年景象，更将他塑造成一个洞察世事、遗世独立的高逸隐者。至此，一个“渐进多面”的“戴复古”被其文集序跋与题咏逐步建构出来：“诗卷”时期的道路江湖与诗学少陵；《小集》时期的议论高峻与冲淡闲远；“续集”时期的襟怀洒脱与得之自然；“三稿”“四稿”时期的忠义品行与兴寄冲逸；《后集》时期的理学典范与高逸隐士。

在戴复古身后，对其人其诗的评价，开始回归客观。如方回《跋戴石屏诗》认为其"早年读书少，故诗无事料"，亦肯定"轻健轻快，自成一家"，"无晚唐之纤陋"①。方回甚至也指出戴复古名重一时的原因："诸公争致馈贶，归而成家八十余岁。"其特别引陈杰之言谓"石屏诗亦非千载不朽之文，未为极致"，足见他也认为戴复古当世之名颇有过誉之嫌。诚如《四库提要》所说："复古诗笔俊爽，极为当代所推许。姚镛称其天然不费斧凿处，大似高三十五辈。晚唐诸子当让一面。方回亦称其清健轻快，自成一家。虽皆不免稍过其实，而其研刻处要自能独辟町畦。"②戴复古其人其诗得当世盛名，似乎誉过其实，与其生前的交游投谒与序跋题咏（即其当世之评）不无关联。③

---

① 方回：《桐江集》卷四，《续修四库全书》影印宛委别藏本，第1322册，第422页。

② 《石屏诗集》卷首提要，《景印文渊阁四库全书》，台湾"商务印书馆"1983年版，第1165册，第550页。

③ 关于戴复古之当世之评与后世之评，可参见王开春《戴复古研究》（安徽师范大学2006年硕士学位论文）之"历史地位的判断"部分的论述（第15~17页）。

第十章　走向自觉：宋代文人与文学传播及其身份追求

960年，后周归德军节度使检校太尉、殿前都点检赵匡胤，通过陈桥兵变，“黄袍加身”，即位称帝，建立了宋王朝。为避免唐末五代出现的武人专横、尾大不掉的政治痼疾，太祖赵匡胤运用强干弱枝、权力制衡、文官政府、厚禄养士等多种政治智慧，形成了一整套“祖宗家法”①，使宋代逐渐形成以文官政治与士人社会为上层统治的政治结构与社会格局。曼纽尔·卡斯特指出：“虽然认同也可以由支配的制度产生，但是只有在社会行动者将之内化，且将他们的意义环绕着这内化过程建构时，它才会成为认同。”②宋代文人文学传播的热烈正是文人对当时制度的内化，从而积极促进其身份认同的形成。

一、斯文自任：身份意识与文人活动

有宋一代，尊崇文治。③ 太祖赵匡胤及其后继者太宗赵光义，虽都出身武夫，但都深知文治的重要。太祖建国之后，很快由“少亲戎事”

① 王水照主编：《宋代文学通论》，河南大学出版社1997年版，第1页。

② ［美］曼纽尔·卡斯特著，夏铸九、黄丽玲等译：《认同的力量》，社会科学文献出版社2003年版，第3页。

③ 参见姚瀛艇主编：《宋代文化史》第一章“宋廷的右文政策”，河南大学出版社1992年版，第18~27页。

转而“性好艺文”①，变成尊儒重文之君；太宗更以“锐意文史”②，而见著史册；真宗则“道遵先志，肇振斯文”③。宰相赵普原为一名小吏，却以“半部《论语》治天下”而知名。④ 通过君主的身体力行，标榜示范，君臣朝野皆以学文为荣。人文化成天下，遂成为宋廷的国策。

宋廷通过优礼儒士来提倡尊师重道，其间当然包括对孔子的尊崇和对儒学的提倡⑤，而落实到当世，则集中表现为对儒臣学官的礼遇，对馆阁侍从的优待等。如宋太祖主张“宰相须用读书人”，天下定后“益重儒臣”⑥。其中“命文臣知州事”⑦，甚至“欲武臣尽读书以通治道”⑧，都表现了对文人儒士的重视与尊礼。他的这些倡导被后代君王奉为祖宗家法，“国家三百年，待士大夫不薄”⑨。宋王朝重用文人治国，“与士大夫治天下”⑩，使文臣掌控了从中央到地方的各级行政、司法、财政权力，宋代政治实际上成为文官政治。

文官政治的基础是不断地让社会的勤慧文士进入统治层，除了优礼儒士来进行社会引导之外，还有切实可行的选拔渠道来网罗人才，选拔俊彦，一个有效的方法，即是科举取士。宋代以科举选官为主，而且

① 吴曾：《能改斋漫录》卷四，上海古籍出版社 1979 年版，第 71 页。

② 江少虞：《宋朝事实类苑》卷二《祖宗圣训·太宗皇帝》引《渑水燕谈》，上海古籍出版社 1980 年版，第 19 页。

③ 王钦若、杨亿：《册府元龟考据》，《册府元龟》卷首，《景印文渊阁四库全书》，台湾“商务印书馆”1983 年版，第 902 册，第 6 页。

④ 周琦：《东溪日谈录》卷十一，《景印文渊阁四库全书》，台湾“商务印书馆”1983 年版，第 714 册，第 207 页。

⑤ 姚瀛艇主编：《宋代文化史》，河南大学出版社 1992 年版，第 17~18 页。

⑥ 李焘撰，上海师范大学古籍整理研究所、华东师范大学古籍研究所点校：《续资治通鉴长编》卷七，中华书局 1995 年版，第 171 页。

⑦ 徐乾学：《资治通鉴后编》卷三，《景印文渊阁四库全书》，台湾“商务印书馆”1983 年版，第 342 册，第 30 页。

⑧ 脱脱等：《宋史》卷一《太祖本纪》，中华书局 1977 年版，第 11 页。

⑨ 脱脱等：《宋史》卷二百四十三《后妃列传·理宗谢太后》，中华书局 1977 年版，第 8659 页。

⑩ 李焘撰，上海师范大学古籍整理研究所、华东师范大学古籍研究所点校：《续资治通鉴长编》卷二百二十一，中华书局 1995 年版，第 5370 页。

“取士不问家世”①，不像唐代军功和门荫很重要。通过科考，宋廷获得了大量的人才。据马端临《文献通考》“选举”二至五统计，唐代289年间科举取士总计约8500名，平均每年不足30人。宋代从太祖建隆元年(960)到理宗嘉熙二年(1238)279年间科举取士有49300余名，年均约176人。这样的科举制度保证了选官途径的纯一化——“用读书人”，从而形成了“满朝朱紫贵，尽是读书人”②“三百余年元臣硕辅，鸿博之儒，清疆之吏皆自此出”的局面③，真可谓“得人为最盛焉”④。

如果说科举取士是朝廷得人的一个入口，那么为保证科举有庞大的“后备军”，或者说候选人的储备，就需要兴办学校，以提供士子读书的场所。于是，中央和地方大力扩办官学，以吸引子弟入学。同时，自民间看来，通过科举入仕也是士子读书学文的一个出路，故而民间所办书院、私塾也大为兴盛。“自仁宗命郡县建学，而熙宁以来，其法浸备，学校之设遍天下，而海内文治彬彬矣”⑤，这些举措，为平民百姓增加了入学的机会，使宋代读书风气的盛行具有了社会基础与制度保障。宋廷君臣皆极力提倡读书。太祖朝首任宰相范质作《诫儿侄八百字》诗，其中劝读书：“当闻诸格言，学而优则仕。不患人不知，唯患学不至”⑥。宋真宗作《劝学文》有曰：“书中自有黄金屋，书中自有千钟粟，书中车马多如簇，书中有女颜如玉。”⑦皆以功名利禄诱导后学读

① 郑樵撰：《通志》卷二十五《氏族序》，中华书局1987年版，志439。

② 张端义：《贵耳集》卷下，《全宋笔记》第六编第十册，大象出版社2013年版，第356页。

③ 脱脱等：《宋史》卷一百五十五《选举志一》，中华书局1977年版，第3604页。

④ 参见张海鸥：《狂者进取——宋代文人的淑世情怀》，《宋代文化与文学研究》一《文化篇》，中国社会科学出版社2002年版，第36~52页。

⑤ 脱脱等：《宋史》卷一百五十五《选举志一》，中华书局1977年版，第3604页。

⑥ 吕祖谦编，齐治平点校：《宋文鉴》卷十四，中华书局1992年版，第188页。

⑦ 高拱：《本语》卷六，《景印文渊阁四库全书》，台湾“商务印书馆”1983年版，第849册，第863页。

书进取。

另外，宋廷还进行大规模的求书、编书，为文化建设打下文献基础，而印刷技术的广泛应用，使得宋代书籍文献大量出现，乃有“山积”之称，使宋代读书人得到书籍极为便利。这些政策与举措产生了积极的结果，促使宋代成为我国历史上文化昌盛的朝代。总体看来，有宋一代，从皇室到民间，读书之风盛行不衰，文人士子凭之以进取功名富贵的狂热理想得到前所未有的激发。苏辙在《上皇帝书》中说：“今世之取人，诵文书，习程课，未有不可为吏者也。其求之不难，而得之甚乐，是以群起而趋之。凡今农工商贾之家，未有不舍其旧而为士者也。①在整个宋代，形成四民之中，士居其首的社会地位观念，“万般皆下品，惟有读书高”的社会价值观念深入人心。周绍明在讨论“文人共和国”之建构时，曾经概括其中心观念为“一大群受过教育的人在国家和宗教组织所控制的知识参量之外，共同参与一个共享的人文主义知识实体的学习与发展”②，并认为这一概念“可以帮助我们建立一个框架，用以分析自3世纪以来在中国书写文化的传播中想要承担领先角色的学者们所面临的问题”，也就是建立一个“知识共同体”的理想。我们可以循着周绍明的思路做进一步的推论：有宋一代，正是这种理想使文人士夫成为一种具有自觉意识的文化群体。

宋代的右文政策刺激了社会的求学欲望，又为这样的渴求提供释放的条件，如此推波助澜，宋代士子往往不惟有勤学苦读的普遍风气，亦有自我实现的强烈愿望，这事实上成为宋代文学传播活跃的社会原因。正如陈寅恪所说“天水一代思想最为自由，故文章亦臻上乘”③。宋代是一个思想较为自由的时代，朝廷对文儒之士的尊崇也促进了宋代读书人的自信，士气振作。朱弁曾经极力标举宋代士气，其《续骫骳说》

① 苏辙著，陈宏天、高秀芳点校：《苏辙集》之《栾城集》卷二十一，中华书局1990年版，第370页。

② ［美］周绍明著，何朝晖译：《书籍的社会史：中华帝国晚期的书籍与士人文化》，北京大学出版社2009年版，第106页。

③ 陈寅恪：《论再生缘》，《寒柳堂集》，三联书店2001年版，第72页。

生”①，可见终以此道而自任，成为韩愈以下三百年来“当仁不让”第一人。其著述可比司马迁、班固“二家之良者”，可见其所自任，并非虚言。在此类似观念之下，宋代文臣士子之文字传世与文集刊行，往往意在“化斯民于醇厚之域”②，“于风教抑有补”③；或意欲“指南后学”④，“表见于后人”⑤；或立志“为学者矜式”⑥，“使来者有所矜式”⑦。或为遂先贤父祖之遗志，或惧“门生故吏，无意斯作，为儿亦无所托，则湮没无闻也”⑧，勉力于文集之编刻；或欲“家有贤子孙能绍祖父书香，昭箕裘于不坠，则其文久而弥彰，流传不朽矣”⑨。在我们看来，淑世情怀固然是与儒家的入世态度相应的，但只有在具备相应社会条件的时代，才会得到如此广泛而深入的释放。可以理解，宋代的士人作为精英文化的代表，通过儒家经典的学习与科举考试而入仕为官。这种共同文化的拥有与时代机会的分享成为宋代文人人群体认同的基础⑩。也就是说，时代给予的机会让他们获得群体的自信，他们也在这样的群体自信中找得了身份的归宿。

---

① 柳开：《东郊野夫传》，《河东集》卷二，《景印文渊阁四库全书》，台湾“商务印书馆”1983年版，第1085册，第245~246页。

② □萃：《刊节孝先生文集跋》，陆心源撰：《皕宋楼藏书志》卷七十五，中华书局1990年版，第855页。

③ 秦熺：《郧溪集序》，郑獬：《郧溪集》卷首，《景印文渊阁四库全书》，台湾“商务印书馆”1983年版，第1097册，第111页。

④ 葛胜仲：《陈去非诗集序》，《丹阳集》卷八，《景印文渊阁四库全书》，台湾“商务印书馆”1983年版，第1127册，第488页。

⑤ 叶适：《书龙川集后》，《水心先生文集》卷二十九，四部丛刊初编本。

⑥ 黄玠：《演山集跋》，《皕宋楼藏书志》卷七十八，中华书局1990年版，第884页。

⑦ 周必大：《苏魏公文集后序》，《文忠集》卷二十，《景印文渊阁四库全书》，台湾“商务印书馆”1983年版，第1147册，第211页。

⑧ 黄沃：《知稼翁集跋》，黄公度：《知稼翁集》，《景印文渊阁四库全书》，台湾“商务印书馆”1983年版，第1139册，第612页。

⑨ 姚衠、刘希仁：《后村先生大全集序》，刘克庄：《后村先生大全集》卷首，四部丛刊初编本。

⑩ ［德］扬·阿斯曼著，金寿福、黄晓晨译：《文化记忆：早期高级文化中的文字、回忆和政治身份》，北京大学出版社2015年版，第156~157页。

有曰：

> 一身之盛衰在乎元气，天下之治乱在乎士气。元气壮则肤革充盈，士气伸则朝廷安强。故善养生者使元气不耗，善治国者使士气不沮。……欲士气不沮，则必防壅蔽以达之，而言路者所以开导壅蔽也。①

事实上，宋代士子在政治上崇尚气节，高扬人格力量，可谓一代风气。如王禹偁“锋气俊厉，极谈世事，臧否人物，以直道自任”②；范仲淹“大历名节，振作士气，故振作士大夫之功为多”③；又“自欧阳子出，天下争自濯磨，以通经学古为高，以救时行道为贤，以犯颜纳说为忠。长育成就……号称多士”④。可以说，政治上的自断、自主、自信成为士大夫们的群体自觉；这极大地激发了士子自我实现的热情，也使宋代士大夫对于国家安治与文化传承表现出强烈的责任感。我们前面提及，以理学名家而官至参知政事的真德秀，嘉定甲戌“上殿直前奏边事，不顾忌讳”，其由儒生而至越录敢言的行为，正是戴复古逐步超越江湖游士纤陋之识的示范与榜样。文以传道——不仅是宋代文人的人生理想，而且已经转化为自觉的责任。宋初柳开即用意于振兴儒家道统，他说：“吾之道，孔子、孟轲、扬雄、韩愈之道；吾之文，孔子、孟轲、扬雄、韩愈之文。”⑤他自号“东郊野夫”，似欲遗世而独立；又曰“补亡先

① 朱弁撰，孔凡礼点校：《曲洧旧闻》附录一《续骫骳说》“士气”，《唐宋史料笔记丛刊》，中华书局2002年版，第235页。

② 晁公武撰，张猛校证：《昭德先生郡斋读书志》卷十九，上海古籍出版社1990年版，第961页。

③ 范仲淹：《范文正公集》附录《论疏》，四部丛刊初编本。

④ 张志烈、马德富、周裕锴主编：《苏轼全集校注·苏轼文集校注》卷一〇《六一居士集叙》，河北人民出版社2010年版，总第11册，第978~979页。

⑤ 柳开：《应责》，《河东集》卷一，《景印文渊阁四库全书》，台湾“商务印书馆”1983年版，第1085册，第244页。

《左传·襄公二十四年》记载穆叔之言曰："大上有立德，其次有立功，其次有立言。虽久不废，此之谓不朽。"①不朽作为人生的目标，遂成为千百年来中国士大夫的追求。至宋代的右文政策，文士的政治地位与社会地位得到真正的提升，士子的淑世热情得到极大的刺激与释放。但"立德"与"立功"毕竟不是普通士大夫可以企及的，"立言"才是文人更具可行性的人生目标。杨万里《江西续派二曾居士诗集序》有曰："古之君子，道充乎其中，必思施乎其外。故用于时者施也；传于后者亦施也。"②在杨万里看来，"用于时"与"传于后"，都是人生价值的体现方式。换言之，即使其道不能用于时，其言若能传于后，也是人生价值的一种实现方式。程珌《吴安抚竹洲集序》亦谓："千载之下，悲公何穷，然'诗卷长留天地间，钓竿欲拂珊瑚树'，而公固不穷也。"③也将立言传后作为立功不足的补偿。④ 或许以文德致治而军力衰弱的宋代，文人很难再有唐代士子建功立业的豪情壮志了，立言传后从诗人不得已接受的结果，一变而成为诗人主动选择的一条出路。程珌曰："由唐而来，数百年间，风人才士，大编长轴，欲以自见于斯世者，殆海藏山委。"⑤士子们孜孜以求当世之知，希望作品传之广远。陈必复《林尚仁端隐吟稿序》曰："(林尚仁)每来对余，言切切然，惟忧其诗之不行于世，而

① 杨伯峻编：《春秋左传注》"襄公二十四年"，中华书局1981年版，第1088页。

② 杨万里撰，辛更儒笺校：《杨万里集笺校》卷八十三，中华书局2007年版，第3344页。

③ 程珌：《洺水集》卷八，《景印文渊阁四库全书》，台湾"商务印书馆"1983年版，第1171册，第344页。

④ 方逢辰：《雪坡集序》谓姚成一"操守议论气概，欲为天下国家兴事立业者也，岂文章而已乎?""天夺之早，而仅以文章传后，惜也"(姚勉：《雪坡集》卷首，《景印文渊阁四库全书》，台湾"商务印书馆"1983年版，第1184册，第3页)，仍然表现出强烈的遗憾，可见立言不朽只能作为补偿，而不能作为替代。

⑤ 程珌：《吴安抚竹洲集序》，《洺水集》卷八，《景印文渊阁四库全书》，台湾"商务印书馆"1983年版，第1171册，第343页。

贫贱困苦莫之忧也。”①陈必复亦“诚惧乎世之知林君者未能众”，可见文集传世已经成为作者与序者共同的追求。

据《尚书·舜典》所载，舜时已有命夔典乐，以教胄子的做法，“诗言志，歌永言，声依永，律和声，八音克谐，无相夺伦，神人以和”②，其间已经包含了籍文学以教化的充分自觉。《周礼·春官宗伯下·大司乐》有“以乐语教国子，兴道讽诵言语”③，所指主要以音乐来教育子弟，其中也可能包含着文学的内容。《礼记·经解》提出“温柔敦厚”的“诗教”之说④，到《毛诗序》则直接提出风教说，所谓“正得失，动天地，感鬼神，莫近于诗”⑤，可见诗歌对于教化具有强大的影响力。“先王以是经夫妇，成孝敬，厚人伦，美教化，移风俗”，其“上以风化下”的做法已成为当政者的常识。东汉以后，风教说渐趋衰微。齐梁诗歌“彩丽竞繁，而兴寄都绝”⑥，几弃教化于不顾。隋代王通引“夫子论诗”之旨，重倡诗文应“上明三纲，下达五常”⑦，但其实际影响并不大。唐代白居易倡导“国家以文德应天，以文教牧人”⑧，但在当时的文人圈子并未形成主流。宋代天下重新归于治平，鉴于五代的混乱，诗歌与政治的关系重新受到重视。宋初的徐铉《成氏诗集序》谓：“诗之旨

---

① 陈起编：《江湖小集》卷三十三，《景印文渊阁四库全书》，台湾“商务印书馆”1983年版，第1357册，第265页。

② 孔颖达疏：《尚书正义》，阮元校刻：《十三经注疏》，中华书局1980年版，第131页。

③ 郑玄注，贾公彦疏：《周礼注疏》，阮元校刻：《十三经注疏》，中华书局1980年版，第787页。

④ 郑玄注，孔颖达疏：《礼记注疏》，阮元校刻：《十三经注疏》，中华书局1980年版，第1609页。

⑤ 孔颖达疏：《毛诗正义》，阮元校刻：《十三经注疏》，中华书局1980年版，第270页。

⑥ 陈子昂：《修竹篇并序》，徐鹏校点：《陈子昂集》卷一，上海古籍出版社1962年版，第15页。

⑦ 王通：《文中子中说》卷第二《天地》，四部丛刊初编本。

⑧ 白居易：《策林六十八：议文章》，白居易著，朱金城笺校：《白居易集笺校》卷六十五，上海古籍出版社1988年版，第3547页。

远矣，诗之用大矣，先王所以通政教、察风俗，故有采诗之官，陈诗之职，物情上达，王泽下流。”①认为诗歌与政教相通，可以起到反映风俗、上下交通的作用。范仲淹谓“国之文章，应于风化。风化厚薄，见乎文章”②，表明风化与文章的相互对应关系。苏轼则认为“王政所由，形于诗道”③，“文章之变，与时盛衰”④，表示政治会表现于诗歌，而诗歌发展也会与时代相应。更为重要的是，宋代文人更多地将文章注重教化的观念落实到文学传播实践中。徐积文集乃太守王直阁与其属吏□萃“服膺斯文”，“叹先生(徐积)节行虽立，而文章泯坠”；“访之子孙，得遗稿数万言，命萃董之，镂板以广其传”，“欲托先生之道，化斯民于醇厚之域”⑤。淳熙丙午(1186)秦焴刊郑獬文集，其序有曰：“安陆公乡里而公之文集不传，为郡者得无愳乎?”深感乡里斯文之传的责任，“乃啬公帑之用，刊而置诸校官，将俾此邦人士，知乡之先达所立如此，因以劝慕兴起，其于风教抑有补云”⑥。也就是说，有宋一代，服膺斯文，化民醇厚，不惟成为官方的提倡，也成为士林的自觉。我们可以认为，正是斯文化民的责任自担使士大夫主导了社会价值⑦，而这种责任自担正是文人士夫与佛、道，乃至农、工、商三民相区别的根本所在。合而论之，右文尊儒、振作士气、修德行道、斯文化民诸种观念驱动着文人致力于文学传播及身份实现。

---

① 徐铉：《徐公文集》卷第十八，四部丛刊初编本。

② 范仲淹著，李勇先，王蓉贵校点：《范仲淹全集》卷九《奏上时务书》，四川大学出版社2007年版，第200页。

③ 张志烈、马德富、周裕锴主编：《苏轼全集校注·苏轼文集校注》卷九《御试制科策一道并策问》，河北人民出版社2010年版，总第11册，第911页。

④ 张志烈、马德富、周裕锴主编：《苏轼全集校注·苏轼文集校注》卷三十九《林希中书舍人制》，河北人民出版社2010年版，总第14册，第3991页。

⑤ □萃：《刊节孝先生文集跋》，陆心源撰：《皕宋楼藏书志》卷七五，中华书局1990年版，第855页。

⑥ 秦焴：《郧溪集序》，郑獬：《郧溪集》卷首，《景印文渊阁四库全书》，台湾“商务印书馆”1983年版，第1097册，第111页。

⑦ [加]查尔斯·泰勒著，韩震等译：《自我的根源：现代认同的形成》，译林出版社2012年版，第40页。

二、当世之知：发现自我与融入群体

宋代传播兴起的社会文化背景，使当世文人对于作品传世进行了许多的思考。欧阳修《苏氏文集序》认为："斯文，金玉也，弃掷埋没粪土，不能销蚀，其见遗于一时，必有收而宝之于后世者。"①"凡人之情忽近而贵远，子美屈于今世，犹若此。其伸于后世，宜如何也。"认为斯文终究有发现的时候；甚至认为经过时间的沉淀更有利精品的传播。在《仲氏文集序》中，欧阳修亦有一段申说：

> 君生于有宋百年全盛之际，儒学文章之士得用之时，宜其驰骋上下，发挥其所畜，振耀于当世。而独韬抑郁、久伏而不显者，盖其不苟屈以合世，故世亦莫之知也，岂非知命之君子欤！余谓君非徒知命而不苟屈，亦自负其所有者，谓虽抑于一时，必将伸于后世而不可掩也。②

这表示只要作品有价值，终将得到传播。蔡抗为其师朱熹《朱子语类》作序时，有感于《语录》行世之无常，而慨然叹曰："岂斯文之显晦固自有时乎？"③在他看来，作品的传播，受到某种冥冥之中力量的控制。杨万里《江西续派二曾居士诗集序》表示"用于时"与"传于后"皆为人生的实现，而后续有曰："然用于时或不传于后；传于后或不用于时，二者皆难并也。"④并叹曰："是有幸有不幸焉！"可见，"用于时""传于后"，

---

① 欧阳修撰，李之亮笺注：《欧阳修集编年笺注》卷四一，巴蜀书社 2007 年版，第 3 册，第 143 页。

② 欧阳修撰，李之亮笺注：《欧阳修集编年笺注》卷四四，巴蜀书社 2007 年版，第 3 册，第 205 页。

③ 蔡抗：《饶州刊朱子语后录后序》，黎靖德编、王星贤点校：《朱子语类》卷首，中华书局 1988 年版，第 4~5 页。

④ 杨万里撰，辛更儒笺校：《杨万里集笺校》卷八十三，中华书局 2007 年版，第 3344 页。

二者实难兼得，其间或有命运存焉。钱象祖《书潏水集后》有云："由汉唐以来，士之有德行文章、功名事业载于金石，不见于传记，不可胜言。后世泯绝无闻者多矣。岂真无闻耶？盖系乎幸不幸也。"①其曰"传不传，时有隐显尔"，可见作品能否传世，在乎命运，系乎时遇，实非人力可控制。既然作品传世，系乎命遇，非作者所能抟控，亦非传者所能预料。林希逸《网山集序》对此颇有申说：

> 儒者之学难成矣。学成而穷不售，则以空言传此，不能于人，能于天者也。然岩谷之藏，草木俱化，非附青云之士，则姓氏且就湮灭，其言岂尽传哉？是区区者可必乎？或曰芒芒之生，宇宙一律，其间杰然以人物名者，千百年几见哉？于人物之中，卓然有见于斯道者，又几见哉？②

林希逸认为，即使作品金玉，其传与不传仍然不可预料，其间有人力不能控制的因素，近于天机命运。不过，林希逸仍然表达了对作品本身的自信：

> 虽不幸摈弃于人以死，意其言语文字之遗鬼神，必且珍惜之，决不至委掷于他日。今夫泮冱禅仍，衰荣霍忽，其摧败朽落，鼓万物者何尝少靳之？至若剑埋鼎沉，一混泥滓，则精芒夜出，妖怖见焉，必使华赫震耀而后已。岂非以其不轻得，故亦不轻委欤？见伏迟速，特以时尔。

在此，林希逸所说："至若剑埋鼎沉，一混泥滓，则精芒夜出，妖怖见焉，必使华赫震耀而后已。岂非以其不轻得，故亦不轻委欤？"林希逸

① 李复：《潏水集》卷末，《景印文渊阁四库全书》，台湾"商务印书馆"1983年版，第1121册，第158~159页。

② 林希逸：《网山集》卷首，《景印文渊阁四库全书》，台湾"商务印书馆"1983年版，第1149册，第855~856页。

相信：如果作品价值很高，即使作者身处困厄，其文当自显于当世。“见伏迟速，特以时尔”，在命运时遇的背后，他们最终表达了对文学传播中“内容为王”的坚信。

我们在第二章中已经提到，有宋一代，文人性喜雅集。所谓“以文会友，以友辅仁”，士子交游，同声相应，“相与欢甚”①。宾客交游之际，座间应酬而作，诗人文思迅捷，作品随机生发。雅集之后，与会之作都为一集，能传行于世，亦令人景慕。如宋初莲社，本为宗教性聚会，其中有很多卿士大夫参与。丁谓有谓：“远公之道，常师之知；宗、雷之迹，群公悦之；西湖之胜，天下尚之。则是结社之名，亦千载之美谈也。”②其流风所及，不惟引士林之向慕，参与雅聚的文人或由此而被视为一个文化群体。文人交往之时，往往有诗艺切磋。如西昆体杨刘钱诸人在秘阁之时，“历览遗编，研味前作，挹其芳润，发于希慕，更迭唱和，互相切劘”③，“研味”与“切劘”，说的正是文学切磋。再如嘉祐二年(1057)欧阳修、梅尧臣等人在礼部唱和。当时锁院之中，共有六人，他们志趣相投，群居终日，乃“长篇险韵，众制交作”，争奇斗胜，甚是热闹，“笔吏疲于写录，僮史奔走往来”，“间以滑稽嘲谑，形于风刺，更相酬酢，往往烘堂绝倒”，“自谓一时盛事，前此未之有也”④。士人雅集更可引导社会风气、营造文化氛围。如耆老聚会。司马光《洛阳耆英会序》有曰：“洛中旧俗，燕私相取，尚齿不尚官，自乐天之会已然，是日复行之，斯乃风化之本，可颂也。”⑤则自觉以尊老之

① 叶梦得：《石林诗话》卷上，何文焕辑：《历代诗话》，中华书局1981年版，第408页。

② 丁谓：《西湖结社诗序》，[高丽]义天集：《圆宗文类》卷二十二，新文丰出版公司《续藏经》1994年版，第103册，第0852页。

③ 杨亿：《西昆酬唱集序》，杨亿编，王仲荦注：《西昆酬唱集》卷首，中华书局1980年版，第2页。

④ 欧阳修撰，李伟国点校：《归田录》卷二，《唐宋史料笔记丛刊》，中华书局1981年版，第32页。

⑤ 吕祖谦编，齐治平点校：《宋文鉴》卷八十七，中华书局1992年版，第1243页。

会为风化所系，可播而颂之。楼钥《适斋约同社往来无事形迹次韵》曰："义概同古人，闾里咸归依。……后生愿影随。"①通过影响闾里后生，可引导社会风气。赵鼎《真率会诸公有诗辄次其韵》有"淡然文字欢，一笑腥膻慕"②，这种风尚自创的心态亦隐藏着某种群体的自我宣示。即使未能参与到雅聚活动，文人亦可由投简、续作、序跋，乃至传阅，参与到群体活动之中。如有欧阳修等人的聚星堂分题赋诗，不仅与会者倍感荣幸，而且"当时四方能文之士及馆阁诸公皆以不与此会为恨"③。又苏轼等的汝阴唱和乃"元祐中苏轼子瞻守颍，与签判赵令畤德麟、教授陈师道无己唱和"④。李廌有谓："足以使汝阴之人，与夫它邦之人至汝阴者，自今时至于百世，皆怀慕想望，以为一段佳事。"⑤无论是汝阴当地人，还是自外地而来汝阴的人，都将通过对此一段盛事佳话的怀慕想望，而连接成一个记忆共享的群体。结社雅集之作，如果得以结集刊印，则文人群体更可由此获得文本关联。我们前面已经提到，宋哲宗元祐元年(1086)丙寅，邹浩任颍昌府学教授，与当地士人苏京、崔鶠、裴仲孺、胥述之等结社唱和⑥。随着邹浩的秩满离任，诗社也就宣告结束。但胥述之裒辑"所谓倡酬者"，与"众自为之者"，及"非同盟而尝与同盟倡酬者"，"共得若干篇，名之曰《颍川集》"⑦。邹浩序有曰："是集也，可以观二三子之志矣。"《颍川集》事实上成为苏京、邹浩等人颍

① 楼钥：《攻媿集》卷六，四部丛刊初编本。

② 赵鼎：《忠正德文集》卷五，《景印文渊阁四库全书》，台湾"商务印书馆"1983年版，第1128册，第698~699页。

③ 朱弁，陈新点校：《风月堂诗话》卷上，中华书局1988年版，第102页。

④ 陈振孙：《直斋书录解题》卷十五，上海古籍出版社1987年版，第446~447页。

⑤ 李廌：《济南集》卷六《汝阳唱和集后序》，《景印文渊阁四库全书》，台湾"商务印书馆"1983年版，第1115册，第799~800页。

⑥ 欧阳光著：《宋元诗社研究丛稿》，广东高等教育出版社2011年版，第185~188页。

⑦ 邹浩：《颍川诗集叙》，《道乡集》卷二十七，《景印文渊阁四库全书》，台湾"商务印书馆"1983年版，第1121册，第406页。

川阶段生活圈子的一个“文本性关联”①。又叶梦得于徽宗重和元年(1118)至宣和二年(1120)任许昌太守，曾与韩瑨等人结社唱和②。入社共有十一人，意气相投，“皆会一府”，“时相从于西湖之上，辄终日忘归，酒酣赋诗，唱酬迭作，至屡返不已。”③他们饮酒赋诗，迭相唱和，所作集成《许昌唱和集》。文人通过作品的投简、入编，获得集体记忆的分享，并进而表明成员对集体的归附态度及其俱有荣焉的心理感受。④

后学投谒之时，若得前贤指点，“亲炙光烈，以增益其所不能”⑤。前贤品题，或因其短。如梅圣俞“早有诗名”，“故士能诗者，往往写卷投掷，以质其是非”⑥，梅尧臣往往“因其短而教诲之”。或因其长，如苏轼极力鼓励后学，“人有尺寸之长，琐屑之文，虽非其徒，骤加奖借”⑦。诚如戴复古所说：“凡物之可上可下，随人好恶而为之去取者，断非奇货”，“明珠纯玉，万口称好，无可拣择，是为至宝”。⑧ 可见，营造一个开明而公平的文学评论环境是多么的重要！林希逸《后村居士集序》有一大段议论，发挥无余。我们引述如下：

① [德]扬·阿斯曼著，金寿福、黄晓晨译：《文化记忆：早期高级文化中的文字、回忆和政治身份》，北京大学出版社2015年版，第8页。

② 欧阳光著：《宋元诗社研究丛稿》，广东高等教育出版社2011年版，第195页。

③ 陆友仁：《研北杂志》卷上，《景印文渊阁四库全书》，台湾“商务印书馆”1983年版，第866册，第574页。

④ [德]扬·阿斯曼著，金寿福、黄晓晨译：《文化记忆：早期高级文化中的文字、回忆和政治身份》，北京大学出版社2015年版，第32页。

⑤ 黄庭坚：《上苏子瞻书》，黄庭坚著，刘琳、李勇先、王蓉贵校点：《黄庭坚全集》卷第十八，四川大学出版社2001年版，第2册，第457页。

⑥ 葛立方：《韵语阳秋》卷一，何文焕辑：《历代诗话》，中华书局1981年版，第488~489页。

⑦ 张表臣：《珊瑚钩诗话》卷一，何文焕辑：《历代诗话》，中华书局1981年版，第453页。

⑧ 吴茂云校注：《戴复古全集校注》附录二，中国文史出版社2008年版，第396页。

作者不祈人之知，知之者常在数十年之后，自古诸名人皆然。盖未有其人之好恶未齐而其文之声价已定者，摘其小疵而指为大谬，悠悠穹壤，异喙同词。昔之人固有愤恨于时，而弃掷其平生所作者，或瘗以塚，或泛以瓢，岂非痛识真之难耶？①

通常情况下，文学评论环境很难达成开明和公平，因为“好恶未齐”，“摘其小疵而指为大谬”，“悠悠穹壤，异喙同词”，显然，这是极不利于文学的正常发展的。令林希逸感到幸运的是：

独我祖宗盛时，儒学明而士具眼，文章家之品目未尝以穷达为高下。若欧、曾、苏之名以文，梅、黄、陈之名以诗。虽其身困踬寂寥，诮者、詈者附和同声，而片文只字，人人赏重，其传则自若也。中兴百年，以文字行于今者，其最大亦十数家，大半手自编次，一时或遇或否，互为升沉，于文何加损焉。此我朝人物议论之公，有非前代所可及者。

在林希逸看来，一方面“儒学明而士具眼”，拥有一些独具慧眼的品评者；另一方面“人物议论之公”，即营造出开明而公正的文学评价环境。在此健康的评论环境中，文学评论能始终关注作品自身的价值，而不因作者身份遭遇的贱贵穷通而影响对作品的真实评价，从而实现作品的筛选，推动精品的传播。先达前贤的公正评价，不仅利于营造出健康的评论环境，而且引导后学才俊养成正确的审美判断，并最终培养出具有艺术水准的创作队伍。②

宋代文人既然如此在乎作品的传播，自然会对社会关系的助推作用有某种认识。如郑总为唐庚文集作序时称：“余始疑近古以来，文字有

① 刘克庄：《后村集》卷首，《景印文渊阁四库全书》，台湾“商务印书馆”1983年版，第1180册，第2~3页。

② [美]西蒙·弗利兹：《音乐与身份》，[英]斯图亚特·霍尔、保罗·杜盖伊编著，庞璃译：《文化身份问题研究》，河南大学出版社2010年版，第131页。

传，皆须科名之崇，爵位之显。”①这里的“科名之崇，爵位之显”，指作者具有显赫的社会地位与身份。其后，郑总又指出：“大人先生能轻重，人为世所信者称之”，“其势足以相因而后传”，则认为作品传播还需要得力于名公巨卿的延誉褒扬。对于其间的心理动机，还是华初成说得坦率而直接：“念非推借于名公巨人，则无以增重其价，而铿鍧震耀斯人之耳目属者。”②郑总所疑和华初成所陈，其实正好反映了宋代的普遍事实。如四灵诗派，“水心先生既啧啧叹赏之，于是四灵之名天下莫不闻”③。陈以庄《方是闲居士小稿跋》曰：“若夫品题之言犹在耳，则有文公、远庵于前；序诗以名世传远，则有东里、溪翁于后，使览者有考焉。”④可见品题序跋对于作品传播的推动。又如戴复古之诗，赵汝腾《石屏诗序》有谓：“有楼攻愧先生之序文，诸名公巨贤之品题，不患不传远也。”⑤亦表达对名公序跋与巨贤品题的相当信心。南宋江湖词人陈人杰在《沁园春》词序里说：“予以为古今词人抱负所有，妍媸长短，虽已自信，亦必当世名巨为之印可，然后人信以传。”⑥其言语间或有激愤，但却部分道出了实情。由此可见，前贤之延誉，名公之品题，不仅推动文人的声名远播，更于文人之身份发现具有激励的作用。⑦

总体而言，宋代文人通过雅集与结社、投谒与延誉、品题与议论等社会交往来追求“当世之知”。

① 郑总：《眉山唐先生文集叙》，唐庚：《眉山唐先生文集》卷首，四部丛刊三编本。

② 华初成：《云溪居士集跋》，华镇：《云溪居士集》卷末，《景印文渊阁四库全书》，台湾“商务印书馆”1983年版，第1119册，第615页。

③ 赵汝回：《瓜庐集序》，薛师石：《瓜庐集》卷首，《景印文渊阁四库全书》，台湾“商务印书馆”1983年版，第1171册，第206~207页。

④ 陈以庄：《方是闲居士小稿跋》，刘学箕：《方是闲居士小稿》卷末，《景印文渊阁四库全书》，台湾“商务印书馆”1983年版，第1176册，第622页。

⑤ 吴茂云校注：《戴复古全集校注》附录二，中国文史出版社2008年版，第395页。

⑥ 唐珪璋编：《全宋词》，中华书局1980年版，第五册，第3077页。

⑦ ［美］乔治·H. 米德著，赵月瑟译：《心灵、自我与社会》，上海译文出版社1992年版，第283页。

三、后世之知：媒介凭借与追求永恒

曹丕《典论·论文》有曰："文章者，经国之大业，不朽之盛事"，作品正是作者声名传播的载体。曹丕还提到："古之作者寄身于翰墨，见意于篇籍，不假良史之辞，不托飞驰之势，而声名自传于后。"作者声名的传播借助作品（"翰墨""篇籍"）而实现①。白居易《河南元公墓志铭并序》说道，元稹之诗"自六宫、两都、八方，至南蛮、东夷国，皆写传之，每一章一句出，无胫而走，疾于珠玉"②。这里所说的"无胫而走"，虽表现出对传播机制的蒙昧，但对作品（"一章一句"）的依赖还是有所认识的。"士大夫种学绩文，孰不欲流传于后？"③随着宋代印刷术的成熟与文集编刻的盛行，身名不朽不仅在于篇籍对心志的承载（即曹丕所说的"寄身""见意"），还在于文集对篇籍的汇集与传世。程珌《吴安抚竹洲集序》有云："由唐而来，数百年间，风人才士，大编长轴，欲以自见于斯世者，殆海藏山委。"④文集（"大编长轴"）的传播，普遍是寄托着文人们扬誉于当世的愿望。绍兴二十一年（1151），郑康佐刊唐庚《唐眉山先生文集》，跋曰："唐公之文遂为全编，因其名类，勒为三十卷，命刻板摹既。"⑤"且将以传示学者，使知至人必有至文，而先生之名可以不朽矣。"章斯才《清波杂志跋》谓周密《清波杂志》：

① 萧统编选，李善等注：《六臣注文选》卷五十二，浙江古籍出版社1999年版，第949页。曹丕所言"翰墨""篇籍"，主要着眼于作者心志的寄托与流露，而他说"不假良史之辞，不托飞驰之势"，只对文学传播的神秘效用表示叹服，并不能说明他对传播载体的作用有所认识。

② 董诰等编：《全唐文》卷六七九，中华书局1983年版，第6946页。

③ 楼钥：《筠溪集序》，李弥逊：《筠溪集》卷首，《景印文渊阁四库全书》，台湾"商务印书馆"1983年版，第1130册，第586页。

④ 程珌：《洺水集》卷八，《景印文渊阁四库全书》，台湾"商务印书馆"1983年版，第1171册，第343页。

⑤ 郑康佐：《眉山唐先生文集后跋》，唐庚：《眉山唐先生文集》卷末，四部丛刊三编本。

“开卷一览，闻所未闻，使人起敬爱心。”①自《左传》开创的“立言不朽”，至宋代印刷发达之后，遂一转而为“传言不朽”了。“声闻播流，当同此书为不朽”，在他们看来，作者的功德依靠语言的承载而被感知，作者声名可随着文集的传世而达到永恒②。

不过，作品传播同样充满曲折和艰辛。杨万里《江西续派二曾居士诗集序》曾将士人命运分成四个层次：其一“生而用，没而传”，谓之“幸之幸”；其二“生而用，没而不传”，谓之“幸之不幸”；其三“生而不用，没而传”，谓之“不幸之幸”；其四“生既不用于时，没又不传于后”，谓之“不幸之不幸”③。那么，在生而不能用于时，没而能传诸后，则成为士人的退而次之的追求了。汪莘有《方壶存稿》行世，王应麟为之序曰：

> 文士以逸民特招，如老泉以欧公，后山以坡公，至于韩子苍之流，皆不由科目进。柳塘居士遇文公于庆元，遇西山于嘉定，而上不遇，岂二公不能为欧、苏哉？余观西山帖欲居士俯屈以访诸贤，则其自重难进之节，非招不往，岂时俗佻巧，驰骛于名场利区，朵颐于爵标势位者？④

当“时俗佻巧”之时，一般人“驰骛于名场利区，朵颐于爵标势位者”，这些行为乃王应麟所轻视。相反，汪莘“自重难进”，“非招不往”，王应麟特加标举：“斯文金玉，传之不朽，居士之遇荣矣。”江湖诗派赵汝鐩，其诗晚年始行于世，刘克庄《野谷集序》曰：“余幼交明翁（赵汝

① 周辉撰，刘永翔校注：《清波杂志校注》卷末，《唐宋史料笔记丛刊》，中华书局1994年版，第531页。

② ［加］查尔斯·泰勒著，韩震等译：《自我的根源：现代认同的形成》，译林出版社2012年版，第64页。

③ 杨万里撰，辛更儒笺校：《杨万里集笺校》卷八十三，中华书局2007年版，第3344~3345页。

④ 汪莘：《方壶存稿》卷首，《景印文渊阁四库全书》，台湾“商务印书馆”1983年版，第1178册，第119页。

鐩)，白首始见其诗。”①其作不轻示于人，“盖其深厚，不事衒鬻，立身行己皆然，不独于诗然也”。显然，在王应麟和刘克庄看来，士大夫处世，立身立言都不主动寻求展示(传播)正是深厚其养的体现。李士英《詹初文集跋》亦曰：“先生(詹初)之书，虽不得行于当时，而是书之存，犹足以传万世。然则孰谓先生之道为不行哉?”②可见，当世之传并不是他们的追求目标，“见遗一时，宝于后世”才是最值安慰的人生实现。如果说，声望是人们实现自我不朽的一种世俗的形式；那么对于宋代文人来说，斯文不朽就是最大的声望。这种不朽，可以“由每个人生前……就做好准备”③，对于宋代文人来说，“自重难进……非招不往”“盖其深厚，不事衒鬻”，正是在做这样的准备。

我们前面已经提到，发源于隋唐而成熟于宋代的印刷技术，不仅使文学的物质媒介发生重大变化，而且影响到了“斯文”的承载与传载。④但就文人而言，对此情况，他们似乎总是没有做好准备而显得颇为被动。李觏《皇祐续稿序》有云：“觏庆历癸未(1043)秋，录所著文曰《退居类槁》十二卷。后三年(1046)，复出百余首，不知阿谁盗去，刻印既甚差谬，且题《外集》，尤不韪。心常恶之，而未能正。”⑤也就是说从1043年到1046年三年间，李觏新近写作的百余首作品被人盗印，以“外集”的名义流传。李觏对此盗印行为极为厌恶，而又深感无奈。元丰二年(1079)乌台诗案中对《钱塘集》的审查报告，则正好透露出苏轼

① 刘克庄：《后村先生大全集》卷九十四，四部丛刊初编本。

② 詹初：《寒松阁集》卷三，《景印文渊阁四库全书》，台湾“商务印书馆”1983年版，第1179册，第22~23页。

③ [德]阿莱达·阿斯曼著，潘璐译：《回忆空间：文化记忆的形式和变迁》，北京大学出版社2016年版，第26页。

④ 活字印刷术在近代以前虽一直未能成为主要印刷方式，但作为一种技术探索，足以证明当时的技术兴旺(徐苏：《我国古代的活字印刷术为什么发展缓慢》，上海新四军历史研究会印刷印钞分会编《活字印刷源流——〈中国印刷史料选辑〉之二》，印刷工业出版社1990年)。

⑤ 李觏：《盱江集》卷第二十五《皇祐续槁序》，《景印文渊阁四库全书》，台湾“商务印书馆”1983年版，第1095册，第211页。

对印刷媒介的态度：诗案之前，不予理睬；诗案之后，又心存畏惧。①至元祐年间《答陈传道五首》其二有云："某方病市人逐于利，好刊某拙文，欲毁其板，矧欲更令人刊耶？"②正表现了他对印刷术的畏祸心理与抵触态度。③ 在面对新技术与新媒介时，远离政治漩涡的人们，反倒可以更为积极。唐庚文集的付刻，很能说明问题。唐庚赁居京师时，吕荣义曾与唐庚"比舍"，故而"日得见先生之所为文"，曾经"尝请其本以传"，但遭到唐庚的拒绝。唐庚的理由是："予以是得名，亦以是得谤。可一览而足，不必丐而去也。"④徽宗宣和四年(1122)，唐庚去世已两年，其集终得郑总付刻。郑序称："子西谪官七年，诗文益多而工……惟太学之士得其文，甲乙相传，爱而录之。爱之多而不胜录也，鬻书之家遂丐其本而刊焉。"郑总发现唐庚诗文受到太学士的欢迎，抄录速度又太慢，不能满足需求，故而乞本而刻。唐庚其弟表现出更为开放的心态，"比见京师刊行者，止载岭外所述"，故而将"文随卷附之，庶以广其传云"。不过，这些作用都必须在不承担政治风险的前提下来言说。此外，地方文献刻印，由于远离政治漩涡，士大夫的态度显得更为通达。熙宁五年(1072)孔延之序《会稽掇英总集序》，有曰："题之板不如刊之石，刊之石不如墨诸纸。苟欲诵前人之清芬，搜斯文之放逸而传之久远者，则纸本尚矣。"⑤这大概是宋代肯定印刷传播对斯文传承具有积极作用的最早表述。正如孔延之所说，印刷文本比其他的文化载体更为

① ［日］内山精也：《苏轼文学与传播媒介——试论同时代文学与印刷媒体的关系》，《新宋学》第一辑，上海辞书出版社2001年版，第255~256页。

② 张志烈、马德富、周裕锴主编：《苏轼全集校注·苏轼文集校注》卷五三，河北人民出版社2010年版，总第17册，第5904页。

③ 宋代官方对印刷品流入异邦多从影响国家安全出发，要求进行监管和限制。可参见祝尚书《试论宋代图书出版的审查制度》(《传统文化与现代化》1997年第6期)。

④ 唐庚：《眉山唐先生文集》卷首，四部丛刊三编本。

⑤ 孔延之：《会稽掇英总集序》，《会稽掇英总集》卷首，《景印文渊阁四库全书》，台湾"商务印书馆"1983年版，第1345册，第3页。

牢固和长久,① 积极利用印刷术来推动地方教化与斯文传承，这已经是顺理成章的事情。

《左传》所述“三不朽”，其中“立言”不朽，亦可指文章可以垂范后世。《论语》中孔子对孔鲤“不学《诗》，无以言”的告诫也是针对《诗经》作为言语典范而发的②。韩愈《答李翊书》中指出，君子“处心则有道，行己则有方，用则施诸人，舍则传诸徒”，“垂诸文而为后世法”③。可见，文学不仅是作者声名传诸后世的媒介，也是先贤以道德文章为后学立范的常见方式。在宋代，文人借文集刊印以垂范后世的观念非常广泛。文同《南阳集跋》有云：“宜从镂刻，以广传闻焉，为后世规矱。”④葛胜仲《陈去非诗集序》指出周葵将陈与义诗集“刳裁丰暇”，“委僚属雠校，而命工刻板”，“且见属为叙”⑤，其目的即在于“指南后学，而益永功名于不腐”。文人意存为后世立范，则必须进行文字的自我审核。这首先反映在作者所用故实的考定上。如苏轼“每有赋咏，及著撰所用故实，虽目前烂熟事，必令秦与叔党诸人检视而后出”⑥。其次，文字写定，需要多方斟酌，甚至“取本追改”。王安石作诗“造语用字，间不容发”，表面看来“言随意遣，浑然天成”，若“字字细考之，若经隐括权衡者，其用意亦深刻矣”。唱和往来之诗，即使已经送出，自觉仍有可议处，“后数日，复取本追改”⑦。又有韩子苍“其诗有磨淬剪截之

---

① [德]阿莱达·阿斯曼著，潘璐译：《回忆空间：文化记忆的形式和变迁》，北京大学出版社 2016 年版，第 223 页。

② 何晏集解，邢昺疏：《论语注疏》卷十六，阮元校刻：《十三经注疏》，中华书局 1980 年版，第 2522 页。

③ 韩愈撰、朱熹校：《朱文公校昌黎先生文集》卷十六，四部丛刊初编本。

④ 文同：《后跋》，赵湘：《南阳集》卷末，《景印文渊阁四库全书》，台湾“商务印书馆”1983 年版，第 1086 册，第 348~349 页。

⑤ 葛胜仲：《丹阳集》卷八《陈去非诗集序》，《景印文渊阁四库全书》，台湾“商务印书馆”1983 年版，第 1127 册，第 488 页。

⑥ 何薳：《春渚纪闻》卷六“著述详考故实”，《唐宋史料笔记丛刊》，中华书局 1983 年版，第 88 页。

⑦ 叶梦得：《石林诗话》卷上，何文焕辑：《历代诗话》，中华书局 1981 年版，第 406 页。

功”，“终身改窜不已，有已写寄人数年，而追取更易一两字者”①。他们的“取本追改”“追取更易”，正是出于使作品文字精练的考虑，即使导致“所作少而善”，亦在所不惜。欧阳修晚年“常自窜定平生所为文，用思甚苦”，当其夫人戏谑他说：“何自苦如此，当畏先生嗔耶?”欧阳修笑答：“不畏先生嗔，却怕后生笑。”②可见其准确传播的责任意识。最后，刊印之前，文集务求校正精审。如徽宗宣和五年(1123)，王次翁于道州郡斋刻寇准诗集，为“镂板传久”而“校正其错”③。又如沈圻《范忠宣集跋》有谓：“圻既得其文，不敢秘，因与同志，精加订正，命工锓梓，以永其传。”④又黄裳文集，其子孙尝编为家集，后历建炎兵火，悉皆散亡。绍兴时其季子黄玠重辑之，于乾道二年(1166)刊于建昌军学。其跋有曰：“迄乾道改元初夏，玠被命来守是邦，会乡人廖挺为军学教授，惜其文之不传，请校勘舛，镂板于军学，庶传之永久，为学者矜式。”⑤

不仅文字的校对力求精审，内容上的自我检查亦十分重要。欧阳修《论雕印文字札子》在要求对关乎边机的刻印进行检查之外，进一步指出：“及更有其余文字，非后学所须，或不足为人师法者，并在编集，有误学徒。”⑥要求进行查禁，欧阳修所言当然是站在官方立场上来考虑的。也有从学者的立场来说的。如朱熹在《答詹帅书》所说：“中心实未

---

① 刘克庄：《江西诗派小序·韩子苍》，刘克庄：《后村先生大全集》卷九十五，四部丛刊初编本。

② 沈作喆：《寓简》卷八，《景印文渊阁四库全书》，台湾“商务印书馆”1983年版，第864册，第154页。

③ 王次翁：《新开寇公诗集序》，寇准：《忠愍公诗集》前序，四部丛刊三编本。

④ 范纯仁：《范忠宣集》卷末，《景印文渊阁四库全书》，台湾“商务印书馆”1983年版，第1104册，第733页。

⑤ 黄玠：《演山集跋》，《皕宋楼藏书志》卷七十八，中华书局1990年版，第884页。

⑥ 欧阳修撰，李之亮笺注：《欧阳修集编年笺注》卷一〇九，巴蜀书社2007年版，第6册，第328页。

有自得处，不可流传，以误后学。”①这是在传播之前，学者的自我审度。朱熹还提到“非自爱而忧之，实惧其不知妄作，未能有补于斯道斯民，而反为之祸也”。我们认为，对获罪的恐惧固然是其重要原因，但其间也有对作品自身价值的审度。在《与刘德华书》中，朱熹又曰：“未加指摘，遽尔流播，愧惧多矣。”②在此书中，他还一一指出刊刻的错讹，更是表现出准确传播的实践精神。

正是在此等为后世立“规矱”“矜式”的自我要求之下，宋人在文学传播之际，往往多方考校，表现出准确传播的强烈责任感。与欧阳修同为庐陵人的周必大曾致力于欧阳修文集的编刻，其《欧阳文忠公集后序》载其始末甚详：

> 《欧阳文忠公集》自汴京、江、浙、闽、蜀皆有之。前辈尝言公作文揭之壁间，朝夕改定，今观手写《秋声赋》凡数本，刘原父手帖亦至再三，而用字往往不同，故别本尤多。后世传录既广，又或以意轻改，殆至讹谬不可读。庐陵所刊抑又甚焉。卷帙丛脞，略无统纪，私窃病之，久欲订正而患寡陋未能也。
>
> 会郡人孙谦益老于儒学，刻意斯文，承直郎丁朝佐博览群书，尤长考证，于是遍搜旧本，傍采先贤文集，与乡贡进士曾三异等互加编校，起绍熙辛亥(1191)春，迄庆元丙辰(1196)夏，成一百五十三卷，别为附录五卷，可缮写模印。惟《居士集》经公决择，篇目数定，而参校众本，有增损其词至百字者，有移易后章为前章者，皆已附注其下，如《正统论》《吉州学记》《泷冈阡表》又迥然不同，则收置外集。自余去取因革，粗有据依，或不必存而存之，各为之说，列于卷末，以释后人之惑。第首尾浩博，随得随刻，岁月差互，标注抵牾，所不能免，其视旧本则有间矣。既以补乡邦之阙，亦使学者据旧鉴新，思公所以增损移易，则虽与公生不同时，

① 朱熹：《晦庵先生朱文公文集》卷二十七，四部丛刊初编本。
② 朱熹：《晦庵先生朱文公文集·续集》卷十一，四部丛刊初编本。

殆将如升堂避席，亲承指授，或因是稍悟为文之法，此区区本意也。①

由于欧阳修文集流传既广，别本尤多，其间文字、篇目互歧之处甚多，周必大与孙谦益、丁朝佐、曾三异等“遍收旧本，互加编校”，历五年而成。文人对作品的考证、编校，追求作品内容、篇目顺序的准确，以及篇目与作者的真实对应等，其总体目的在于保证内容的正确与形态的规范。值得注意的是，周必大自陈其考订的目的在于“既以补乡邦之阙，亦使学者据旧鉴新，思公所以增损移易，则虽与公生不同时，殆将如升堂避席，亲承指授，或因是稍悟为文之法”。意思是说，周必大等人精心编校之意在于还原准确而真实的文本，以便让读者于阅读之中，体味到作者“增损移易”的用心；就好像可以亲自面对作者一样，得到耳提面命，从而领悟为文之法。我们可以发现，宋人对文集的精加考订其实耐人寻味：表层看来，他们希望通过正确的作品展示真实的作者形象；深层看来，这种将文本推向经典的倾向背后，其实隐藏着将作者推向神圣的动机。② 总体而言，宋代文人希望通过内容自恃、文集凭借、印刷传世、自我精炼来追求“后世之知”。

四、身份焦虑：“不朽”追求与传播自觉

《左传》有曰：“太上有立德，其次有立功，其次有立言。”③可见“三不朽”之中，“立言”已经是等而次之了。司马迁在《报任少卿书》中历数左丘、孙膑受厄之后，初同情他们的“终不可用”，而后感叹他们

① 周必大：《文忠集》卷五十二，《景印文渊阁四库全书》，台湾“商务印书馆”1983年版，第1147册，第550页。

② ［德］扬·阿斯曼著，金寿福、黄晓晨译：《文化记忆：早期高级文化中的文字、回忆和政治身份》，北京大学出版社2015年版，第129页。

③ 杨伯峻：《春秋左传注》“襄公二十四年”，中华书局1981年版，第1088页。

"退而论书策以舒其愤思，垂空文以自见"①。显然，与立功相比，立言不朽属于退而求其次的自我安慰。韩愈在《寄卢仝》中说"假如不在陈力列，立言垂范亦足恃"②依然有言不若功的前提③。立言的重要性只有到了宋代，才有了重大的观念改变。苏颂在《小畜外集序》有一番出奇之论：

> 或谓言不若功，功不若德，是不然也。夫见于行事之谓德，推以及物之谓功，二者立矣，非言无以述之，无述则后世不可见，而君子之道几乎熄矣。是以纪事述志，必资乎言，较于事，为其贯一也。自昔能言之类，世不乏贤，若乃德与功偕，文备于道，嘉谟谠论，见信于时主，遗风余烈，不泯于将来。④

苏颂认为，如果没有言语的记述，则功与德皆归于湮没。苏颂的言论无疑是极具革命性：立言由立德、立功不足的补偿，一转而为功与德的存身之所了。晁公遡平生诗文，由其故友师甫裒辑，并由门人师璇所序。其序有曰："尝窥公所谓《抱经堂稿》者以甲乙分第，汗牛马而充栋宇。传甫之所得，殆筦中之豹，然已足盖一世矣。"⑤晁公遡平生所作甚多，然以《抱经堂稿》行世，由此编已可名盖一世。

> 虽然，公岂徒尔哉？以道德治其心，以仁义修其身，忠以事

① 萧统编选，李善等注：《六臣注文选》卷四十一，浙江古籍出版社1999年版，第753页。

② 韩愈撰、朱熹校：《朱文公校昌黎先生文集》卷第五，四部丛刊初编本。

③ 惟曹丕在：《典论·论文》里说："文章，经国之大业，不朽之盛事。年寿有时而尽，荣乐止乎其身。二者必至之常期，未若文章之无穷。"（萧统编选，李善等注：《六臣注文选》卷五十二，浙江古籍出版社1999年版，第949页）只是他以太子之尊的身份说这样的话，与一般士夫的感受不同。

④ 苏颂：《小畜外集序》，王禹偁：《小畜外集》卷首，四部丛刊初编本。

⑤ 晁公遡：《嵩山集》卷首，《景印文渊阁四库全书》，台湾"商务印书馆"1983年版，第1139册，第2~3页。

> 上，公以待物，其中浩然，方与天地同量，宜乎发于事业者，既如彼而见于文章者，又如此观公之文者，尝试以是求之。

师璇提醒我们：对晁公遡的认识不能止于他的传世文集；其道德仁义，事上待物之忠公，本欲发现于事业，然平生所负，无所施为，而仅见于文章，或为憾事，但读者正可由此求之。简而言之，由文章可至道德，道德既与天地同量，则文章自然与天地同量。表面看来，这是曹丕《典论·论文》“经国之大业，不朽之盛事”的重倡，但考虑到晁公遡普通士夫的身份，师璇此论显然寄托着宋代知识阶层的“不朽”追求。①

如前所述，文集传世已经成为宋代士大夫的普遍欲求，但现实的社会动荡使文集散佚非常严重，其以战乱兵火为尤。两宋之交文集散失之惨重。“靖康之耻”中，仅以秘阁藏书而言②，“秘阁图书，狼籍泥中，金帛尤多，践之如粪壤。书史以来，安禄山陷长安以后，破京师者，未有如今日之甚，二百年府库蓄积，一旦扫地”③。至于文人士夫，作品散佚之惨烈，亦令人发指。张纲平生以著述为意，“一夕，虏卒至，家人仅以身免，去未一里，而烈焰属天”，“由是数十年手泽，悉为煨烬无余”④。一方面是传世的渴求，另一方面是散佚的威胁，驱动文人们进行广泛而持久的裒辑、编次、序跋、刊刻活动。他们或从作者的遗物及子嗣的收藏之中(“故稿所遗”⑤)，或从作者生前亲友往来之诗文

---

① ［德］阿莱达·阿斯曼著，潘璐译：《回忆空间：文化记忆的形式和变迁》，北京大学出版社 2016 年版，第 202 页。

② 徽宗政和七年(1117)命孙觌、倪涛、汪藻、刘彦通撰次《秘书总目》，总卷数达 55923 卷(参见姚瀛艇主编：《宋代文化史》，河南大学出版社 1992 年版，第 41 页)。

③ 汪藻著，王智勇笺注：《靖康要录笺注》卷十六，四川大学出版社 2008 年版，第 1792 页。

④ 张坚：《华阳集跋》，张纲：《华阳集》卷四十，四部丛刊三编本。

⑤ 贺铸：《庆湖遗老诗集》补遗，《景印文渊阁四库全书》，台湾“商务印书馆”1983 年版，第 1123 册，第 289 页。

（"往还书疏"①、"朋友记识"②），或于刻石题壁中所载（"佛祠庙宇题咏，洎碑刻镌勒"③），不辞辛劳，多方裒辑，以图作者所作之复聚。其间，子孙后代、门人故吏、亲友故旧等的博访裒聚，颇显坚笃。如米芾所作，经历靖康之变，"靡有孑遗"，其子米宪"钦承先训"，进行艰辛的裒辑，"劓心瘵形，远求博访，裒聚缕积，迨今五十年矣"④。他们或序以成编。如慕容彦逢"平生所著百有余卷，因兵火盗贼之后，散失几尽"，刘兴祖"辄因其文而次第之，以为不朽之传"。⑤ 编者之力，居功至伟。唐庚编次其兄唐庚文集，并作序曰："昔昌黎文公集，其子婿李汉编而序之；杜子美诗，故相吕公微仲为作年谱。"⑥在唐庚看来，韩愈之文得以传播，有其婿李汉编序之功；杜甫之诗得以传播，有吕微仲作《年谱》叙其出处之功。"予与兄手足之爱，亲炙最久，其编次之意，发挥之功，庶或几于二子焉。"可见其自认为于其兄之余蕴颇具发挥之功。显然，在面临文化断裂之时，将这些旧的杰作重新唤醒，与新的文学作品的诞生具有同等重要的意义⑦。

宋代文人为使前人和自己的作品得到更为广泛的传播和更为长久的保存，实在想了太多的办法，他们或题壁，是作者或"好事者"将自作的或他人的诗词题书于驿壁、馆壁、寺壁、桥梁等建筑物的壁上，供行

---

① 朱熹：《张南轩文集序》，《晦庵先生朱文公文集》卷七十六，四部刊初编本。

② 刘应奎：《蒙川遗稿序》，刘黻：《蒙川遗稿》卷首，《景印文渊阁四库全书》，台湾"商务印书馆"1983年版，第1182册，第640页。

③ 贺铸：《庆湖遗老诗集》补遗，《景印文渊阁四库全书》，台湾"商务印书馆"1983年版，第1123册，第289页。

④ 米宪：《宝晋山林集拾遗跋》，米芾：《宝晋山林集拾遗》卷末，《北京图书馆古籍珍本丛刊》，书目文献出版社影印本1990年版，第267~268页。

⑤ 刘兴祖：《摛文堂集序》，慕容彦逢：《摛文堂集》卷首，《景印文渊阁四库全书》，台湾"商务印书馆"1983年版，第1123册，第299页。

⑥ 唐庚：《序》，唐庚：《眉山唐先生文集》卷首，四部丛刊三编本。

⑦ [德]扬·阿斯曼著，金寿福、黄晓晨译：《文化记忆：早期高级文化中的文字、回忆和政治身份》，北京大学出版社2015年版，第301页。

人观览、传抄①。隋代王绩“或经过酒肆，动经数日，往往题壁作诗，多为好事者讽咏”②到了宋代，题壁更成为诗人自由“发表”作品的园地。宋初许洞“尝从酒家贷饮，一日大写壁，作歌数百言，乡人竞来观之，售数倍，乃尽捐其所负”③。周密《武林旧事》载吴文英（梦窗）“尝大书所赋《莺啼序》于壁，一时为人传诵”④。宋人还经常将作品刻石，以延长其保存时间，或扩大传播范围。在宋人看来，石刻可以穿越时间的碍障，比题壁更能使作品传播久远。《渑水燕谈录》载张在尝于兴龙寺老柏院题诗，大为传诵，文彦博镇青州时已经漫灭，于是又将其诗大书于东廊之壁，但三十余年之后，“壁已圮毁，不可得”，于是毕仲甫将其诗刻于天宫石柱，又在故题之处刻勒，以永其传。⑤ 不过，在印刷术成熟的背景之下，题壁与刻石都突然显得那么无力。熙宁五年（1072）孔延之《会稽掇英总集序》中有云：

> 予常恨诗书之阙亡，使善恶之戒不详见于后代者，盖编脱简落，不能即补之故也。后之为文章，自非藏之名山，副在缃帙。镂之板屋，室有时而变；勒之石岸，谷有时而易。况火于秦，莽、卓于汉，割裂于六朝、五代，则木石之能不散荡者，几矣。⑥

正所谓：“题之板不如刊之石，刊之石不如墨诸纸。苟欲诵前人之清

① 王兆鹏：《宋代文学传播探原》，武汉大学出版社2013年版，第31页。

② 刘昫等：《旧唐书》卷一百九十二《王绩传》，中华书局1975年版，第5116页。

③ 朱长文：《吴郡图经续记》卷下，江苏古籍出版社1999年版，第79~80页。

④ 周密：《武林旧事》卷五，孟元老：《东京梦华录·外四种》，古典文学出版社1956年版，第409页。

⑤ 王辟之撰，吕友仁点校：《渑水燕谈录》卷七，《唐宋史料笔记丛刊》，中华书局1981年版，第86~87页。

⑥ 孔延之：《会稽掇英总集序》，《会稽掇英总集》卷首，《景印文渊阁四库全书》，台湾“商务印书馆”1983年版，第1345册，第3页。

芬，搜斯文之放逸而传之久远者，则纸本尚矣。"孔延之认为纸本比题壁、刊石都更具有持久性。在印刷兴盛的时代，如此看法显然并非仅见。庆元二年(1196)，黄公度文集"复刊于邵阳郡斋"。黄沃作跋，其中有曰："虽埋石幽壤，陵谷难迁，而石之隐秘，初不可睹。孰若以未干之墨，寄之纸上，传十为百，传百为千乎？"①黄沃认为，在传播的广度方面，纸本要远胜于刻石，对纸本穿越空间的强大传播能力进行了充分肯定。②

事实上，为达到文集与声名的不朽，宋代文人主动利用印刷来促进作品的传播的情况是非常之多的。真宗大中祥符九年(1016)，胡克顺得徐铉全集而刊之。晏殊为之跋，称胡氏"早游骑省之门，深蒙乡里之眷，宝兹遗集，积有岁时，镂板流行，庶传悠永"③。又如邓肃的《栟榈先生文集》，作者甥饶某"切虑岁时浸邈，盛名虽显，而遗文或至于泯灭，乃搜寻裒集，命工刊板，以永其传"④，遂使"士大夫所幸得而见也"。南渡之后，出于补充文献的需要，鼓励地方印行文集。王明清说："近年所至郡府多刊文籍，且易得本传录。"⑤这反映地方官府刊印文集的风行。陆游云："近世士大夫所至，喜刻书板。"⑥可见士大夫对此亦寓十分的热情。咸淳庚午(1270)，李曾伯《可斋杂稿》得以付刻，

① 黄沃：《知稼翁集跋》，黄公度：《知稼翁集》，《景印文渊阁四库全书》，台湾"商务印书馆"1983年版，第1139册，第612页。

② 加拿大传播学者伊尼斯(Harold Adams Innis，1894—1952)曾提出"传播的偏向"(the bias of communication)理论。他指出"尤其是该媒介轻巧而便于运输的时候"(这显然包括了纸与印刷术)，"它也可能更加适合知识在空间中的横向传播，而不是适合知识在时间上的纵向传播"。事实上，中国文化顽强的延续性与纸本及印刷术有莫大的关系。中国文化同样以纸本印刷来完成斯文传播与传承，这可能是英尼斯"传播的偏向"思虑未周的。

③ 晏殊：《后序》，徐铉：《徐公文集》卷末，四部丛刊初编本。

④ 陈沃：《栟榈居士集跋》，转引自祝尚书：《宋人别集叙录》卷十七，中华书局1999年版，第838页。

⑤ 王明清：《挥麈录·前录》卷一，《宋代史料笔记丛刊》，中华书局1961年版，第10页。

⑥ 陆游：《跋历代陵名》，《渭南文集》卷二十六，《陆放翁全集》，中国书店1986年版，第159页。

其子李杓作跋，交代其间的经历与考虑："岁戊辰(1268)，先公弃诸孤"①，"睹遗草而有思，俨慈颜其如对"。"今所传者手泽存焉。藐是不肖大惧弗能读，以闭于前文人光"。"尝欲手钞小帙，未果"，对于父集，李杓起初是打算手抄，但没有做成。"会书市求为巾笥本，以便致远"，李杓曰："是区区之心也"，可见书市的索求正好满足了李杓欲传其父集的欲求。"亟命吏楷书以授之"，其欣然从之的态度，正反映出其借刻印以传播的自觉。与此相较，私淑家集而不肯付印的做法，就显得迂腐可笑了。江邈《文庄集序》有曰："邈常窃笑文人之裔，秘其家集，为私淑之计，一遭变故，已亦不能有之。或覆见有于人，甚者灰于劫火，靡有孑遗，卒之其先无传焉。"②私淑家集，原为保藏，一遭变故，不期失传在先，实不若刊印广布之存久③。由此，我们可以认为，在印刷术兴起的中国宋代，文字与书籍的强大传播能力已经与人们对作品传播的深度渴求契合了。

就宋代文化而言，大致经历了两次断裂与接续④。其一是东汉以来至中唐儒学的衰微，而欧阳修上推韩愈以续之。这集中体现在苏轼《六一居士集叙》对欧阳修的评价：

> 愈之后二百年有余年而后得欧阳子，其学推韩愈、孟子以达于孔氏，著礼乐仁义之实，以合于大道；其言简而明，信而通，引物连类，折之于至理，以服人心，故天下翕然师尊之。⑤

① 李灼：《巾笥本可斋稿跋》，陆心源：《皕宋楼藏书志》卷八十九，中华书局1990年版，第1012页。

② 夏竦：《文庄集》卷首，《景印文渊阁四库全书》，台湾"商务印书馆"1983年版，第1087册，第48页。

③ [德]阿莱达·阿斯曼著，潘璐译：《回忆空间：文化记忆的形式和变迁》，北京大学出版社2016年版，第223页。

④ [德]扬·阿斯曼著，金寿福、黄晓晨译：《文化记忆：早期高级文化中的文字、回忆和政治身份》，北京大学出版社2015年版，第301页。

⑤ 张志烈、马德富、周裕锴主编：《苏轼全集校注·苏轼文集校注》卷一〇《六一居士集叙》，河北人民出版社2010年版，总第11册，第977~979页。

欧阳修对韩愈的道文接续，苏轼是从“其学”“合于大道”与“其言”“折于至理”着眼的。其二是元祐党禁以至北宋灭亡的文化断裂，南宋君臣上推苏轼以接续之。我们在前面已经讨论过，当文集成为文统承绪的载体与媒介，南宋散文家就必然依赖文集的编选来实现斯文的传承①。高孝两帝从鼓励苏门文集刊印和推恩元祐子弟入手，将苏学重建作为元祐学术复兴的首要工作。如果说吕祖谦在《皇朝文鉴》中对苏文的推崇促进了苏文的经典化，那么，《古文关键》则代表了苏文进入时文之后的全面程式化。叶适通过称誉文史合一的李焘来延续苏文统绪，直到他自己被后学陈耆卿、吴子良等建构成为南渡之后接续文统的关键人物。总体而言，宋代文人通过语言、文献(书本)、印刷术以及文统(谱系)接续来追求自我身份的实现与保持。

五、结　　语

扬·阿斯曼在《文化记忆》导论中宣称：

> 每种文化都会形成一种“凝聚性结构”(Konnektive Struktur)，它起到是一种连接和联系的作用，这种作用表现在两个层面上，社会层面和时间层面。凝聚性结构可以把人和他身边的人连接到一起，其方式便是让他们构造一个象征意义体系——一个共同的经验、期待和行为空间，这个空间起到连接和约束的作用，从而创造了人与人之间的相互信任并且为他们指明了方向。②

这是从社会联系的功能来着眼的。其后有曰：

① [加]马歇尔·麦克卢汉：《理解媒介——论人的延伸》，商务印书馆 2000 年版，第 41 页。

② [德]扬·阿斯曼著，金寿福、黄晓晨译：《文化记忆：早期高级文化中的文字、回忆和政治身份》，北京大学出版社 2015 年版，第 6~7 页。

> 凝聚性结构同时也把昨天跟今天连接到了一起：它将一些应该被铭刻于心的经验和回忆以一定形式固定下来并且使其保持现实意义，其方式便是将发生在从前某个时间段中的场景和历史拉进持续向前的“当下”的框架之内，从而生产出希望和回忆。

这是从异代传承的功能来着眼的。无论是同代的联系，还是异代的传承，这种“凝聚性结构”具有文化整合的功能：“与共同遵守的规范和共同认可的价值紧密相连，对共同拥有的过去的回忆”，这两个方面的作用“支撑着共同的知识和自我认知(Sellstbild)”，而由此而形成的“凝聚性结构”方才将“单个个体和一个相应的‘我们’”连接到一起。与之相似，宋代的右文政策，使文人由接受共同教育并参与相同的权力中心，而不断获得群体身份的强化。时代提供的机会以及给予他们的自信亦不断培养他们对共同文化的归宿。在此基础之上，出于对道的弘扬，他们获得一种具有独立立场的文化视界，由此服膺斯文，化民醇厚，前仆后继，勉力于文章传世与文化传承。借此以观，我们可以认为，宋代士人之间有“共同遵守的规范和共同认可的价值”，及其支撑的“共同的知识和自我认知”，正是在此等“凝聚性结构”基础之上，宋代文人的“文化共同体”被建构出来。

正是在这样的一种“共同体”之中，宋代文人广泛进行社会交往与作品传播。他们知道，除自身价值之外，作品传播还需要相应的社会条件与时代机遇。即使命运坎坷，他们总是表达着对作品“内容为王”的坚信。他们当然会向名公投谒，表达自己对道的向慕，并希望在投谒中受到赞赏。他们热衷于参与雅集，通过其间的诗文呈示、唱和、传阅来获得群体的归属感。即使未能参与到雅聚，亦可由投简、补作、序跋，通过记忆的分享而证明自己的集体归属。更为可贵，宋代文人还对文学传播的舆论环境已经有所体察，要求营造出开明而公正的文学评论环境。

由于宋代社会的文治，立言由立德、立功不足的补偿，一转而为功与德的存身之所，文集传世对人生价值的实现具有至关重要的作用。无论是否能够建功立业，他们的著述与交往，似乎都是为了身后的不朽而作出的准备。由于对文字垂范的自期，他们对自己的文字与思想，往往会自我检校，以求文字的精审，以达到教化的有效。对于宋代文人来说，在趋向不朽的路途之中，印刷的文本比其他的文化载体更为牢固，文字和印刷作成为文化流传的必不可少的媒介。在面临文化断裂之时，旧的杰作必须重新被唤醒；出于对文献散佚的担忧与文化重建的责任，他们勉力于文集的裒辑、编次与刻印。在宋代，印本书籍的强大传播能力与文人对作品传播的广泛渴求达到深度契合。此时，我们可以认为，宋代文人事实上开启了中国文学史上文学传播的自觉时代，而这种自觉与其身份认同的积极寻求紧密相关。

引 用 文 献

（以作者拼音为序）

[1]E. 霍布斯鲍姆,T. 兰格. 传统的发明[M]. 顾杭，庞寇君，译. 南京：译林出版社，2004.

[2]阿尔弗雷德·格罗塞. 身份认同的困境[M]. 王鲲，译. 北京：社会科学文献出版社，2010.

[3]阿莱达·阿斯曼. 回忆空间：文化记忆的形式和变迁[M]. 潘璐，译. 北京：北京大学出版社，2016.

[4]艾·朗诺. 书籍的流通如何影响宋代文人对文本的观念[C]//第四届宋代文学国际研讨会论文集，杭州：浙江大学出版社，2006.

[5]安东尼·吉登斯. 现代性与自我认同[M]. 赵旭东，方文，译. 北京：三联书店，1998.

[6]白居易. 白居易集笺校[M]. 朱金城，笺校. 上海：上海古籍出版社，1988.

[7]班固. 汉书[M]. 颜师古，注. 北京：中华书局，1964.

[8]包弼德. 斯文：唐宋思想的转型[M]. 刘宁，译. 南京：江苏人民出版社，2001.

[9]包礼祥. 近代文学与传播[M]. 南昌：江西人民出版社，2001.

[10]包伟民. 陆游的乡村世界[M]. 北京：社会科学文献出版社，2020.

[11]本尼迪克特·安德森. 想象的共同体：民族主义的起源与散布[M]. 吴叡人，译. 上海：上海人民出版社，2011.

[12]曹萌. 文学传播学的创建与中国古代文学传播研究[J]. 沈阳师范大学学报，2004(5).

[13]曹萌. 中国古代戏剧的传播与影响[M]. 北京: 中国社会科学出版社, 2006.

[14]曹书杰. 中国古籍辑佚学论稿[M]. 长春: 东北师范大学出版社, 1998.

[15]曹学佺. 蜀中广记[M]. 景印文渊阁四库全书. 台北: 台湾"商务印书馆", 1983.

[16]曹彦约. 昌谷集[M]. 景印文渊阁四库全书. 台北: 台湾"商务印书馆", 1983.

[17]查尔斯·泰勒. 自我的根源: 现代认同的形成[M]. 韩震, 等, 译. 南京: 译林出版社, 2012.

[18]晁补之. 鸡肋集[M]. 四部丛刊初编本.

[19]晁公遡. 嵩山集[M]. 景印文渊阁四库全书. 台北: 台湾"商务印书馆", 1983.

[20]晁公武. 昭德先生郡斋读书志[M]. 张猛, 校证. 上海: 上海古籍出版社, 1990.

[21]晁说之. 嵩山文集[M]. 四部丛刊续编本.

[22]车若水. 脚气集[M]. 景印文渊阁四库全书. 台北: 台湾"商务印书馆", 1983.

[23]陈次升. 谠论集[M]. 景印文渊阁四库全书. 台北: 台湾"商务印书馆", 1983.

[24]陈鹄. 西塘集耆旧续闻[M]. 孔凡礼, 点校. 唐宋史料笔记丛刊. 北京: 中华书局, 2002.

[25]陈力丹. 精神交往论——马克思恩格斯的传播观[M]. 北京: 开明出版社, 1993.

[26]陈亮编. 欧阳文粹[M]. 景印文渊阁四库全书. 台北: 台湾"商务印书馆", 1983.

[27]陈耆卿. 筼窗集[M]. 景印文渊阁四库全书. 台北: 台湾"商务印书馆", 1983.

[28]陈起编. 江湖后集[M]. 景印文渊阁四库全书. 台北: 台湾"商务

印书馆”，1983.
[29]陈起编. 江湖小集[M]. 景印文渊阁四库全书. 台北：台湾“商务印书馆”，1983.
[30]陈善. 扪虱新话[M]. 丛书集成初编本. 长沙：商务印书馆，1939.
[31]陈师道. 后山集[M]. 景印文渊阁四库全书. 台北：台湾“商务印书馆”，1983.
[32]陈师道. 后山诗话[M]//何文焕，辑. 历代诗话. 北京：中华书局，1981.
[33]陈师道. 后山诗注补笺[M]. 任渊，注，冒广生，补笺. 北京：中华书局，1995.
[34]陈思，陈世隆补. 两宋名贤小集[M]. 景印文渊阁四库全书. 台北：台湾“商务印书馆”，1983.
[35]陈伟军. 传媒视域中的文学：建国后十七年小说的生产机制与传播方式[M]. 桂林：广西师范大学出版社，2009.
[36]陈小辉. 宋代诗社研究[M]. 南昌：江西人民出版社，2014.
[37]陈严肖. 庚溪诗话[M]//丁福保，辑. 历代诗话续编. 北京：中华书局，1983.
[38]陈寅恪. 寒柳堂集[M]. 上海：三联书店，2001.
[39]陈与义. 陈与义集[M]. 吴书荫，金德厚，点校. 北京：中华书局，1982.
[40]陈渊. 默堂先生文集[M]. 四部丛刊三编本.
[41]陈元锋. 北宋馆阁翰苑与诗坛研究[M]. 北京：中华书局，2005.
[42]陈振孙. 直斋书录解题[M]. 上海：上海古籍出版社，1987.
[43]陈子昂. 陈子昂集[M]. 徐鹏，校点. 上海：上海古籍出版社，1962.
[44]成明明. 北宋馆阁与文学研究[D]. 成都：四川大学，2006.
[45]程珌. 洺水集[M]. 景印文渊阁四库全书. 台北：台湾“商务印书馆”，1983.
[46]程公许. 沧洲尘缶编[M]. 景印文渊阁四库全书. 台北：台湾“商

务印书馆”，1983.
[47]程光炜. 大众媒介与中国现当代文学[M]. 北京：人民文学出版社，2005.
[48]程国赋. 三言二拍传播研究[M]. 北京：中国社会科学出版社，2006.
[49]程俱. 北山集[M]. 景印文渊阁四库全书. 台北：台湾“商务印书馆”，1983.
[50]程俱. 麟台故事校证[M]. 张富祥，校证. 唐宋史料笔记丛刊. 北京：中华书局，2000.
[51]程敏政. 新安文献志[M]. 景印文渊阁四库全书. 台北：台湾“商务印书馆”，1983.
[52]程千帆. 唐代进士行卷与文学[M]. 上海：上海古籍出版社，1980.
[53]慈波. 戴复古与季宋诗风[J]. 廊坊师范学院学报，2006(2).
[54]戴表元. 剡源文集[M]. 周仪，辑编. 景印文渊阁四库全书. 台北：台湾“商务印书馆”，1983.
[55]戴复古. 石屏诗集[M]. 四部丛刊续编本.
[56]戴维·勒布雷尔. 人类身体史和现代性[M]. 王圆圆，译. 上海：上海文艺出版社，2010.
[57]邓子勉. 两宋词集的传播与接受史研究[M]. 上海：华东师范大学出版社，2015.
[58]董诰等，编. 全唐文[M]. 北京：中华书局，1983.
[59]杜甫. 杜诗详注[M]. 仇兆鳌，注. 北京：中华书局，1979.
[60]段莉萍. 对《西昆酬唱集》中杨亿诗思想价值的再评价[J]. 乐山师范学院学报，2006(6).
[61]段莉萍. 后期“西昆派”研究[M]. 成都：巴蜀书社 2009.
[62]段宗社. 中国诗法论[D]. 成都：四川大学，2005.
[63]范纯仁. 范忠宣集[M]. 景印文渊阁四库全书. 台北：台湾“商务印书馆”，1983.
[64]范浚. 范香溪先生文集[M]. 四部丛刊续编本.

[65]范温. 潜溪诗眼[M]//郭绍虞, 辑. 宋诗话辑佚. 北京: 中华书局, 1980.

[66]范仲淹. 范文正公集[M]. 四部丛刊初编本.

[67]方回, 选评. 瀛奎律髓汇评[M]. 李庆甲, 集评校点. 上海: 上海古籍出版社, 1986.

[68]方回. 桐江集[M]. 续修四库全书本. 上海: 上海古籍出版社, 2002.

[69]方回. 桐江续集[M]. 景印文渊阁四库全书. 台北: 台湾"商务印书馆", 1983.

[70]方健. 北宋士人交游录[M]. 上海: 上海书店出版社, 2013.

[71]房玄龄, 等. 晋书[M]. 北京: 中华书局, 1974.

[72]傅璇琮. 唐才子传校笺[M]. 北京: 中华书局, 1987.

[73]傅璇琮. 唐代科举与文学[M]. 西安: 陕西人民出版社, 1986.

[74]甘锋. 洛文塔尔文学传播理论研究[M]. 南京: 东南大学出版社, 2014.

[75]高拱. 本语[M]. 景印文渊阁四库全书. 台北: 台湾"商务印书馆", 1983.

[76]高津孝. 科举与诗艺——宋代文学与士人社会[M]. 王水照"日本宋学研究六人集". 上海: 上海古籍出版社, 2005.

[77]高翥. 菊涧集[M]. 高士奇, 辑编. 景印文渊阁四库全书. 台北: 台湾"商务印书馆", 1983.

[78]葛立方. 韵语阳秋[M]//何文焕, 辑. 历代诗话. 北京: 中华书局, 1981.

[79]葛胜仲. 丹阳集[M]. 景印文渊阁四库全书. 台北: 台湾"商务印书馆", 1983.

[80]宫崎市定. 东洋的近世 [G]//刘俊文. 日本学者研究中国史论著选译: 第一卷. 北京: 中华书局, 1992.

[81]龚明之. 中吴纪闻[M]. 孙菊园, 校点. 宋元笔记丛书, 上海: 上海古籍出版社, 1986.

[82]巩本栋. 关于唱和诗词研究的几个问题[J]. 江海学刊，2006(3).
[83]巩本栋. 宋集传播考论[M]. 北京：中华书局，2009.
[84]顾易生，蒋凡，刘明今. 宋金元文学批评史[M]. 上海：上海古籍出版社，1996.
[85]郭根群. 北宋人所撰诗集序跋整体观照[J]. 时代文学，2012，2，上半月.
[86]郭凌云. 宋初百年选仕政策与文人干谒现象研究[J]. 西北师大学报，2015(4).
[87]郭茂倩编. 乐府诗集[M]. 北京：中华书局，1979.
[88]郭璞，注，邢昺，疏. 尔雅注疏[M]//十三经注疏. 北京：中华书局，1980.
[89]郭庆藩. 庄子集释[M]. 诸子集成本. 上海：上海书店 1986.
[90]郭玉华. 中国四大民间传说的戏剧传播研究[M]. 北京：中国电影出版社，2017.
[91]哈拉尔德·韦尔策. 社会记忆：历史、回忆、传承[M]. 季斌、王立君、白锡堃，译. 北京：北京大学出版社，2007.
[92]哈罗德·伊尼斯. 传播的偏向[M]. 何道宽，译. 北京：中国人民大学出版社，2003.
[93]韩驹. 陵阳集[M]. 景印文渊阁四库全书. 台北：台湾"商务印书馆"，1983.
[94]韩立平. 同岑异苔：陆游、杨万里诗坛地位考索[J]. 浙江学刊，2010(3).
[95]韩酉山. 欧阳修颍州聚星堂燕集赋诗考述[J]. 江淮论坛，1999(4).
[96]韩愈. 朱文公校昌黎先生文集[M]. 朱熹，校. 四部丛刊初编本.
[97]韩元吉. 南涧甲乙稿[M]. 景印文渊阁四库全书. 台北：台湾"商务印书馆"，1983.
[98]汉语大词典编辑委员会，汉语大词典编纂处. 汉语大词典[M]. 上海：汉语大词典出版社，1993.

[99]何薳. 春渚纪闻[M]. 唐宋史料笔记丛刊. 北京：中华书局，1983.
[100]何香久.《金瓶梅》传播史话：一部奇书在全世界的奇遇[M]. 北京：中国文联出版社，1998.
[101]贺复征. 文章辨体汇选[M]. 景印文渊阁四库全书. 台北：台湾"商务印书馆"，1983.
[102]贺铸. 庆湖遗老诗集补遗[M]. 景印文渊阁四库全书. 台北：台湾"商务印书馆"，1983.
[103]洪皓. 鄱阳集[M]. 景印文渊阁四库全书. 台北：台湾"商务印书馆"，1983.
[104]洪迈. 容斋随笔 [M]. 四部丛刊续编本.
[105]侯体健. 刘克庄的文学世界[M]. 上海：复旦大学出版社，2013.
[106]侯体健. 士人身份与南宋诗文研究[M]. 上海：复旦大学出版社，2019.
[107]胡曾. 新雕注胡曾咏史诗[M]. 四部丛刊三编本.
[108]胡传志. 元好问与戴复古论诗绝句比较论[J]. 文学遗产，2012(4).
[109]胡宏. 五峰集[M]. 景印文渊阁四库全书. 台北：台湾"商务印书馆"，1983.
[110]胡坤. 宋代荐举与士风[J]. 北方论丛，2010(6).
[111]胡铨. 澹庵文集[M]. 景印文渊阁四库全书. 台北：台湾"商务印书馆"，1983.
[112]胡问涛，罗琴. 冯时行及其《缙云集》研究[M]. 巴蜀书社，2002.
[113]胡晓明. 中国诗学之精神[M]. 南昌：江西人民出版社，2001.
[114]胡仔，纂集. 苕溪渔隐丛话[M]. 廖德明，校点. 北京：人民文学出版社，1962.
[115]胡仲弓. 苇航漫游稿[M]. 景印文渊阁四库全书. 台北：台湾"商务印书馆"，1983.
[116]华镇. 云溪居士集[M]. 景印文渊阁四库全书. 台北：台湾"商务印书馆"，1983.

[117]黄发有. 文学传媒与文学传播研究[M]. 南京：南京大学出版社，2013.
[118]黄公度. 知稼翁集[M]. 景印文渊阁四库全书. 台北：台湾“商务印书馆”，1983.
[119]黄裳. 演山集[M]. 景印文渊阁四库全书. 台北：台湾“商务印书馆”，1983.
[120]黄庶. 伐檀集[M]. 景印文渊阁四库全书. 台北：台湾“商务印书馆”，1983.
[121]黄思谕. 戴复古及其诗歌研究[D]. 成都：四川师范大学，2013.
[122]黄庭坚. 黄庭坚全集[M]. 刘琳、李勇先、王蓉贵，校点. 成都：四川大学出版社，2001.
[123]黄庭坚. 黄庭坚诗集注[M]. 任渊、史容、史季温，注，刘尚荣，校点. 北京：中华书局，2003.
[124]黄庭坚. 山谷集[M]. 景印文渊阁四库全书. 台北：台湾“商务印书馆”，1983.
[125]黄[XCZ22. tif, JZ]. 山谷年谱[M]. 景印文渊阁四库全书. 台北：台湾“商务印书馆”，1983.
[126]黄震. 黄氏日抄[M]. 景印文渊阁四库全书. 台北：台湾“商务印书馆”，1983.
[127]黄仲元. 四如集[M]. 景印文渊阁四库全书. 台北：台湾“商务印书馆”，1983.
[128]黄宗羲. 宋元学案[M]. 北京：中华书局，1986.
[129]黄祖舜. 西塘先生文集[M]. 明万历刻本.
[130]江少虞. 宋朝事实类苑[M]. 上海：上海古籍出版社，1980.
[131]姜特立. 梅山续稿[M]. 景印文渊阁四库全书. 台北：台湾“商务印书馆”，1983.
[132]解缙，等. 永乐大典[M]. 北京：中华书局，1986.
[133]金惠敏. 媒介的后果：文学终结点上的批判理论[M]. 北京：人民出版社，2005.

[134]金君卿. 金氏文集[M]. 景印文渊阁四库全书. 台北：台湾“商务印书馆”，1983.

[135]柯卓英. 唐代的文学传播研究[M]. 北京：中国社会科学出版社，2009.

[136]克洛德·列维-斯特劳斯(Claude Lévi-Strauss). 野性的思维[M]. 李幼蒸，译. 北京：中国人民大学出版社，2006.

[137]孔丘. 何晏，集解. 论语集解[M]. 四部丛刊初编本.

[138]孔延之. 会稽掇英总集[M]. 景印文渊阁四库全书. 台北：台湾“商务印书馆”，1983.

[139]孔颖达，疏. 毛诗正义[M]//十三经注疏. 北京：中华书局，1980.

[140]孔颖达，疏. 尚书正义[M]//十三经注疏. 北京：中华书局，1980.

[141]寇准. 忠愍公诗集[M]. 四部丛刊三编本.

[142]拉康. 拉康选集[M]. 褚孝泉，译. 上海：上海三联书店，2001.

[143]郎晔. 经进东坡文集事略[M]. 四部丛刊初编本.

[144]乐史. 太平寰宇记[M]. 王文楚，等，点校. 北京：中华书局，2007.

[145]勒内·韦勒克、奥斯汀·沃伦. 文学理论[M]. 刘象愚、邢培明、李哲明，译. 南京：江苏教育出版社，2005.

[146]雷蒙·威廉斯. 文化与社会：1780—1950[M]. 高晓玲，译. 长春：吉林出版集团有限责任公司，2011.

[147]黎靖德. 朱子语类[M]. 王星贤，点校. 北京：中华书局，1988.

[148]李翱. 李文公集[M]. 四部丛刊初编本.

[149]李白. 李太白全集[M]. 王琦，注. 北京：中华书局，1977.

[150]李曾伯. 可斋杂稿[M]. 景印文渊阁四库全书. 台北：台湾“商务印书馆”，1983.

[151]李处权. 崧庵集[M]. 景印文渊阁四库全书. 台北：台湾“商务印书馆”，1983.

[152]李复. 潏水集[M]. 景印文渊阁四库全书. 台北：台湾“商务印书馆”，1983.
[153]李更. 宋代馆阁校勘研究[M]. 南京：凤凰出版社，2006.
[154]李觏. 盱江集[M]. 景印文渊阁四库全书. 台北：台湾“商务印书馆”，1983.
[155]李觏. 直讲李先生文集[M]. 四部丛刊初编本.
[156]李贺. 笺注评点李长吉歌诗[M]. 王琦，等，评注. 上海：上海古籍出版社，1998.
[157]李昴英. 文溪集[M]. 景印文渊阁四库全书. 台北：台湾“商务印书馆”，1983.
[158]李弥逊. 筠溪集[M]. 景印文渊阁四库全书. 台北：台湾“商务印书馆”，1983.
[159]李强. “西昆体”盛行的历史语境[C]//2010年中国文学传播与接受国际学术研讨会论文汇编：中国古代文学部分.
[160]李若水. 忠愍集[M]. 景印文渊阁四库全书. 台北：台湾“商务印书馆”，1983.
[161]李商隐. 玉溪生诗集笺注[M]. 冯浩，笺注，蒋凡，标点. 上海：上海古籍出版社，1979.
[162]李焘. 续资治通鉴长编[M]. 上海师范大学古籍整理研究所，华东师范大学古籍研究所，点校. 北京：中华书局，1995.
[163]李心传. 建炎以来系年要录[M]. 北京：中华书局，1956.
[164]李永平、杨莹. 古典文学传播研究的回顾与前瞻[J]. 西安石油大学学报，2007(3).
[165]李玉莲. 中国古代白话小说戏曲传播论[M]. 太原：山西教育出版社，2005.
[166]李震. 曾巩年谱[M]. 苏州：苏州大学出版社，1997.
[167]李廌. 师友谈记[M]. 孔凡礼，点校. 唐宋史料笔记丛刊. 北京：中华书局，2002.
[168]厉鹗，辑撰. 宋诗纪事[M]. 上海：上海古籍出版社，1981.

[169]利奥·洛文塔尔. 文学、通俗文化和社会[M]. 甘锋，译. 北京：中国人民大学出版社，2012.
[170]梁建国. 北宋东京的士人拜谒——兼论门生关系的生成[J]. 中国史研究，2008(3).
[171]梁建国. 朝堂之外：北宋东京士人交游[M]. 北京：中国社会科学出版社，2016.
[172]廖行之. 省斋集[M]. 景印文渊阁四库全书. 台北：台湾"商务印书馆"，1983.
[173]林逋. 林和靖集[M]. 景印文渊阁四库全书. 台北：台湾"商务印书馆"，1983.
[174]林希逸. 竹溪鬳斋十稿续集[M]. 景印文渊阁四库全书. 台北：台湾"商务印书馆"，1983.
[175]林亦之. 网山集[M]. 景印文渊阁四库全书. 台北：台湾"商务印书馆"，1983.
[176]刘安世. 元城先生尽言集[M]. 四部丛刊续编本.
[177]刘成荣.《左传》的文学接受与传播研究[M]. 南京：南京大学出版社，2014.
[178]刘方. 城市雅集、文学场域与湖州城镇文化的建构——以北宋湖州六客亭雅集及其经典化为核心的探索[J]. 湖州师范学院学报，2016(5).
[179]刘黻. 蒙川遗稿[M]. 景印文渊阁四库全书. 台北：台湾"商务印书馆"，1983.
[180]刘克庄. 后村集[M]. 景印文渊阁四库全书. 台北：台湾"商务印书馆"，1983.
[181]刘克庄. 后村诗话[M]. 王秀梅，点校. 北京：中华书局，1983.
[182]刘克庄. 后村先生大全集[M]. 四部丛刊初编本.
[183]刘丽玲. 戴复古年谱[D]. 成都：四川大学，2003.
[184]刘婷婷. 宋季士风与文学[M]. 北京：中华书局，2010.
[185]刘蜕. 刘蜕集[M]. 四部丛刊初编本.

[186] 刘勰. 文心雕龙注[M]. 范文澜，注. 北京：人民文学出版社，1962.
[187] 刘昫，等. 旧唐书[M]. 北京：中华书局，1975.
[188] 刘学箕. 方是闲居士小稿[M]. 景印文渊阁四库全书. 台北：台湾"商务印书馆"，1983.
[189] 刘义庆，撰. 徐震堮，著. 世说新语校笺[M]. 北京：中华书局，2001.
[190] 刘应时. 颐庵居士集[M]. 景印文渊阁四库全书. 台北：台湾"商务印书馆"，1983.
[191] 刘禹锡. 刘梦得文集[M]. 四部丛刊初编本.
[192] 刘宰. 漫塘集[M]. 景印文渊阁四库全书. 台北：台湾"商务印书馆"，1983.
[193] 刘挚. 刘忠肃集[M]. 宋集珍本丛刊本. 北京：线装书局，2004.
[194] 柳开. 河东集[M]. 景印文渊阁四库全书. 台北：台湾"商务印书馆"，1983.
[195] 龙建国. 唐宋词与传播[M]. 南昌：百花洲文艺出版社，2004.
[196] 楼昉. 崇文古诀[M]. 景印文渊阁四库全书. 台北：台湾"商务印书馆"，1983.
[197] 楼钥. 攻愧集[M]. 四部丛刊初编本.
[198] 陆机. 陆机集[M]. 金涛声，点校. 北京：中华书局，1982.
[199] 陆九渊. 象山先生文集[M]. 景印文渊阁四库全书. 台北：台湾"商务印书馆"，1983.
[200] 陆心源. 皕宋楼藏书志[M]. 北京：中华书局，1990.
[201] 陆游. 放翁家训[M]. 丛书集初编本. 长沙：商务印书馆，1939.
[202] 陆游. 剑南诗稿校注[M]. 钱仲联，校注. 上海：上海古籍出版社，1985.
[203] 陆游. 老学庵笔记[M]. 李剑雄，刘德权，点校. 唐宋史料笔记丛刊. 北京：中华书局，1979.
[204] 陆游. 渭南文集[M]//陆放翁全集. 北京：中国书店，1986.

[205]陆友仁. 研北杂志[M]. 景印文渊阁四库全书. 台北：台湾“商务印书馆”，1983.

[206]露西尔·介. 留住记忆：印刷术对于宋代文人记忆和记忆力的重大影响[M]//巩本栋，徐雁，徐晓宁. 中国学术与中国思想史：思想家：Ⅱ. 南京：江苏教育出版社，2002.

[207]罗贝尔·埃斯卡尔皮. 文学社会学[M]. 符锦勇，译. 上海：上海译文出版社，1988.

[208]罗钢，刘象愚. 文化研究读本[M]. 北京：中国社会科学出版社，2000.

[209]罗立刚. 史统、道统、文统——论唐宋时期文学观念的转变[M]. 上海：东方出版中心，2005.

[210]罗莹. 宋代东莱吕氏家族研究[M]. 北京：人民文学出版社，2011.

[211]吕本中. 紫微杂说[M]. 丛书集成初编本. 长沙：商务印书馆，1939.

[212]吕乔年. 皇朝文鉴[M]. 四部丛刊初编本.

[213]吕维. 西昆酬唱集研究[D]. 贵阳：贵州大学，2005.

[214]吕希哲. 吕氏杂记[M]. 景印文渊阁四库全书. 台北：台湾“商务印书馆”，1983.

[215]吕祖谦. 东莱集[M]. 景印文渊阁四库全书. 台北：台湾“商务印书馆”，1983.

[216]吕祖谦. 古文关键[M]. 丛书集成初编本.

[217]吕祖谦. 皇朝文鉴[M]. 四部丛刊初编本.

[218]吕祖谦. 宋文鉴[M]. 齐治平，点校. 北京：中华书局，1992.

[219]马端临. 文献通考[M]. 北京：中华书局，1986.

[220]马歇尔·麦克卢汉. 理解媒介——论人的延伸[M]. 何道宽，译. 北京：商务印书馆，2000.

[221]马银琴. 周秦时代《诗》的传播史[M]. 北京：社会科学文献出版社，2011.

[222]迈克尔·A. 豪格、多米尼克·阿布拉姆斯. 社会认同过程[M]. 高明华，译. 北京：中国人民大学出版社，2011.

[223]曼纽尔·卡斯特. 认同的力量[M]. 夏铸九、黄丽玲，等，译. 北京：社会科学文献出版社，2003.

[224]茅坤. 唐宋八大家文钞[M]. 景印文渊阁四库全书. 台北：台湾"商务印书馆"，1983.

[225]梅尔清. 印刷的世界：书籍、出版文化和中华帝国晚期的社会[J]. 刘宗灵，鞠北平，译，马钊，校. 史林，2008(4).

[226]梅华.《全宋文》所收文集序跋补遗七则[J]. 古籍整理研究学刊，2017(03).

[227]梅华. 宋代文集传播方式探析——以文集序跋为对象[J]. 内江师范学院学报，2015(5).

[228]梅华. 文以序传：宋人文集序跋意识自觉化及其影响[J]. 安徽师范大学学报，2015(1).

[229]梅罗维茨. 空间感的失落[G]//张国良. 20 世纪传播学经典文本. 复旦大学出版社，2003.

[230]梅尧臣. 梅尧臣集编年校注[M]. 朱东润，编年校注. 上海：上海古籍出版社，2006.

[231]蒙文通. 中国史学史[M]. 上海：上海人民出版，2006.

[232]孟樊. 后现代的认同政治[M]. 台北：扬智文化事业股份有限公司，2001.

[233]孟元老，等. 东京梦华录·外四种[M]. 上海：古典文学出版社，1956.

[234]米芾. 宝晋山林集拾遗[M]. 北京图书馆古籍珍本丛刊，北京：书目文献出版社，1990.

[235]米芾. 宝晋英光集[M]. 景印文渊阁四库全书. 台北：台湾"商务印书馆"，1983.

[236]米歇尔·福柯. 词与物——人文科学考古学[M]. 莫伟民，译. 上海：上海三联书店，2001.

[237]缪钺. 诗词散论[M]. 上海：开明书店，1949.

[238]慕容彦逢. 摛文堂集[M]. 景印文渊阁四库全书. 台北：台湾“商务印书馆”，1983.

[239]内山精也. 苏轼文学与传播媒介——试论同时代文学与印刷媒体的关系[J]. 益西拉姆，译. //王水照，编. 新宋学：第一辑. 上海：上海辞书出版社，2001.

[240]内藤湖南. 概括的唐宋时代观[G]//刘俊文. 日本学者研究中国史论著选译：第一卷. 北京：中华书局，1992.

[241]牛景丽.《太平广记》的传播与影响[M]. 天津：南开大学出版社，2008.

[242]欧文·戈夫曼. 日常生活中的自我呈现[M]. 黄爱华，冯钢，译. 杭州：浙江人民出版社，1989.

[243]欧小牧. 陆游年谱[M]. 北京：人民文学出版社，1981.

[244]欧阳彻. 欧阳修撰集[M]. 景印文渊阁四库全书. 台北：台湾“商务印书馆”，1983.

[245]欧阳光. 宋元诗社研究丛稿[M]. 广州：广东高等教育出版社，2011.

[246]欧阳修，撰，陈亮，编. 欧阳文粹[M]. 景印文渊阁四库全书. 台北：台湾“商务印书馆”，1983.

[247]欧阳修. 归田录[M]. 唐宋史料笔记丛刊. 北京：中华书局，1981.

[248]欧阳修. 六一诗话[M]//何文焕，辑. 历代诗话. 北京：中华书局，1981.

[249]欧阳修. 欧阳修集编年笺注[M]. 李之亮，笺注. 巴蜀书社 2007.

[250]欧阳修. 新唐书[M]. 北京：中华书局，1975.

[251]彭□，辑. 墨客挥犀[M]. 唐宋史料笔记丛刊. 北京：中华书局，2002.

[252]彭□，辑. 续墨客挥犀[M]. 孔凡礼，点校. 唐宋史料笔记丛刊. 北京：中华书局，2002.

[253]彭定求，等. 全唐诗[M]. 北京：中华书局，1980.
[254]平田茂树、远藤隆俊、冈元司. 宋代社会的空间与交流[M]. 开封：河南大学出版社，2008.
[255]钱锡生. 唐宋词传播方式研究[M]. 上海：复旦大学出版社，2009.
[256]钱钟书. 宋诗选注[M]. 北京：三联书店，2002.
[257]潜说友. 咸淳临安志[M]. 景印文渊阁四库全书. 台北：台湾“商务印书馆”，1983.
[258]浅见洋二. 距离与想象——中国诗学的唐宋转型[M]. 上海：上海古籍出版社，2005.
[259]强幼安. 唐子西文录[M]//何文焕，辑. 历代诗话[M]. 北京：中华书局，1981.
[260]乔治·H·米德. 心灵、自我与社会[M]. 赵月瑟，译. 上海：上海译文出版社，1992.
[261]秦观. 淮海集[M]. 四部丛刊初编本.
[262]秦寰明. 试论北宋元祐诗坛兴盛的原因[J]. 辽宁大学学报，1991(1).
[263]屈原. 楚辞[M]. 刘向，集，王逸，章句. 四部丛刊初编本.
[264]全国哲学社会科学规划办公室. 国家社科基金项目成果选介汇编：第一辑[G]. 北京：中国人民大学出版社，2004.
[265]阮阅. 诗话总龟[M]. 周本淳，校点. 北京：人民文学出版社，1987.
[266]尚·布什亚. 物体系[M]. 林志明，译. 上海：上海人民出版社，2001.
[267]尚永亮，等. 中唐元和诗歌传播接受史的文化学考察[M]. 武汉：武汉大学出版社，2010.
[268]邵伯温. 邵氏闻见录[M]. 唐宋史料笔记丛刊. 北京：中华书局，1983.
[269]邵浩编. 坡门酬唱集[M]. 景印文渊阁四库全书. 台北：台湾“商

务印书馆”，1983.
[270]什克洛夫斯基，等. 俄国形式主义文论选[M]. 方珊，等，译. 北京：北京三联书店，1989.
[271]沈嘉辙，等. 六研斋笔记[M]. 景印文渊阁四库全书. 台北：台湾“商务印书馆”，1983.
[272]沈括. 梦溪笔谈[M]. 四部丛刊续编本.
[273]沈与求. 沈忠敏公龟溪集[M]. 四部丛刊续编本.
[274]沈作喆. 寓简[M]. 景印文渊阁四库全书. 台北：台湾“商务印书馆”，1983.
[275]石介. 徂徕集[M]. 景印文渊阁四库全书. 台北：台湾“商务印书馆”，1983.
[276]史浩. 鄮峰真隐漫录[M]. 景印文渊阁四库全书. 台北：台湾“商务印书馆”，1983.
[277]释道原. 景德传灯录[M]. 四部丛刊三编本.
[278]释慧皎. 高僧传[M]. 北京：中华书局，1992.
[279]释契嵩. 镡津集[M]. 四部丛刊三编本.
[280]斯蒂文·小约翰. 传播理论[M]. 陈德民，叶晓辉，译. 北京：中国社会科学出版社，1999.
[281]斯图亚特·霍尔，保罗·杜盖伊. 文化身份问题研究[M]. 庞璃，译. 开封：河南大学出版社，2010.
[282]宋荟彧. 宋集序跋发微：作为文学史的一个断面[D]. 南京：南京大学，2013.
[283]宋莉华. 明清时期的小说传播[M]. 北京：中国社会科学出版社，2004.
[284]宋敏求. 春明退朝录[M]. 唐宋史料笔记丛刊. 北京：中华书局，1980.
[285]宋玉书. 坚守与应变：大众传媒时代的文学及传播形态[M]. 北京：文化艺术出版社，2013.
[286]宋原放，李白坚. 中国出版史[M]. 北京：中国书籍出版

社，1991.
[287]苏轼. 商刻东坡志林[M]. 孔凡礼，整理. 全宋笔记，郑州：大象出版社，2014.
[288]苏辙. 栾城集[M]. 四部丛刊初编本.
[289]孙觌. 鸿庆居士集[M]. 景印文渊阁四库全书. 台北：台湾“商务印书馆”，1983.
[290]孙琴安. 中国评点文学史[M]. 上海：上海社会科学出版社，1999.
[291]孙绍先. 文学艺术与媒介关系研究[M]. 北京：中国社会科学出版社，2006.
[292]孙望，编著. 韦应物诗集系年校笺[M]. 北京：中华书局，2002.
[293]孙旭培. 华夏传播论：中国传统文化中的传播[M]. 北京：人民出版社，1997.
[294]塔尔德，著，克拉克，编. 传播与社会影响[M]. 何道宽，译. 北京：中国人民大学出版社，2005.
[295]塔娜. 清代文学传播个案研究：屈大均诗文集的传播与禁毁[M]. 天津：南开大学出版社，2015.
[296]台湾中国古典文学研究会，编. 文学与传播的关系[M]. 台北：台湾学生书局，1995.
[297]谭新红、柯贞金. 论两宋时期文学作品的域外传播[J]. 福州大学学报，2015(2).
[298]谭新红. 宋词传播方式研究[M]. 武汉：武汉大学出版社，2010.
[299]谭新红. 宋代的驿递制度与文学传播[J]. 武汉大学学报，2010(5).
[300]唐庚. 眉山唐先生文集[M]. 四部丛刊三编本.
[301]唐珪璋，编. 全宋词[M]. 北京：中华书局，1980.
[302]童庆炳. 文学理论教程[M]. 北京：高等教育出版社，2008.
[303]脱脱，等. 宋史[M]. 北京：中华书局，1977.
[304]汪超. 论宋人同题文章与师门文学交流、传播[J]. 兰州学刊，

2015(11).
[305]汪梦斗. 北游集[M]. 景印文渊阁四库全书. 台北：台湾“商务印书馆”，1983.
[306]汪莘. 方壶存稿[M]. 景印文渊阁四库全书. 台北：台湾“商务印书馆”，1983.
[307]汪藻. 浮溪集[M]. 景印文渊阁四库全书. 台北：台湾“商务印书馆”，1983.
[308]汪藻. 靖康要录笺注[M]. 王智勇，笺注. 成都：四川大学出版社，2008.
[309]王安石. 临川先生文集[M]. 聂安福，侯体健，整理. 王安石全集本. 上海：复旦大学出版社，2017.
[310]王安中. 初寮集[M]. 景印文渊阁四库全书. 台北：台湾“商务印书馆”，1983.
[311]王弼，注，孔颖达，疏. 周易正义[M]//十三经注疏. 北京：中华书局，1980.
[312]王伯大，编. 别本韩文考异[M]. 景印文渊阁四库全书. 台北：台湾“商务印书馆”，1983.
[313]王充. 论衡[M]. 四部丛刊初编本.
[314]王德明. 论宋代的诗歌句法理论[J]. 新疆大学学报，2000(3).
[315]王德明. 略论唐代的诗法研究与传授[J]. 中国韵文学刊，2009(2).
[316]王国强. 古籍序跋在揭示著者方面的文献价值[J]. 图书馆论坛，2009(6).
[317]王金寿. 中国古代文学传播概论[M]. 兰州：甘肃教育出版社，2009.
[318]王开春. 戴复古研究[D]. 合肥：安徽师范大学，2006.
[319]王岚.宋人文集编刻流传丛考[M]. 南京：江苏古籍出版社，2003.
[320]王令.王令集[M]. 沈文倬，校点. 上海：上海古籍出版社，2011.
[321]王明清. 玉照新志[M]. 宋元笔记小说大观[M]. 上海：上海古

籍出版社，1991.
[322]王辟之. 渑水燕谈录[M]. 吕友仁，点校. 唐宋史料笔记丛刊. 北京：中华书局，1981.
[323]王平. 明清小说传播研究[M]. 济南：山东大学出版社，2006.
[324]王钦若，等. 册府元龟[M]. 周勋初，等，校订. 校订本. 南京：凤凰出版社，2006.
[325]王钦若，杨亿. 册府元龟考据[M]//册府元龟. 景印文渊阁四库全书. 台北：台湾"商务印书馆"，1983.
[326]王阮. 义丰集[M]. 景印文渊阁四库全书. 台北：台湾"商务印书馆"，1983.
[327]王十朋. 梅溪集[M]. 景印文渊阁四库全书. 台北：台湾"商务印书馆"，1983.
[328]王士祯. 古夫于亭杂录[M]. 景印文渊阁四库全书. 台北：台湾"商务印书馆"，1983.
[329]王水照. 宋代文学通论[M]. 开封：河南大学出版社，1997.
[330]王庭珪. 卢溪文集[M]. 景印文渊阁四库全书. 台北：台湾"商务印书馆"，1983.
[331]王通. 文中子中说[M]. 四部丛刊初编本.
[332]王小丽.《西昆酬唱集》研究[D]. 上海：上海大学，2004.
[333]王一川. 论媒介在文学中的作用[J]. 广东社会科学，2003(3).
[334]王应麟. 玉海[M]. 影印本. 江苏古籍出版社，上海书店 1987.
[335]王宇根. 万卷：黄庭坚和北宋晚期诗学中的阅读与写作[M]. 北京：三联书店，2015.
[336]王禹偁. 王黄州小畜集[M]. 宋集珍本丛刊本. 北京：线装书局，2004.
[337]王禹偁. 小畜外集[M]. 四部丛刊初编本.
[338]王玉琦. 近现代之交中国文学传播模式转换研究：1902—1927[M]. 南昌：江西人民出版社，2005.
[339]王苑. 从《许昌唱和集》看宋代文人结社之演变与诗坛之风尚[J].

时代文学，2014，下半月.
[340]王玥琳. 论著作序在文学传播、接受中的特点与作用[J]. 中国文学研究，2015(3).
[341]王运涛. 文学传播学论稿(下)：中国古代贬谪文化与经典文学传播研究[M]. 长春：吉林文史出版社，2005.
[342]王兆鹏. 传播与接受：文学史研究的另两个维度[J]. 江海学刊，1998(3).
[343]王兆鹏. 宋代诗文的单篇传播方式初探[J]. 华中科技大学学报，2004(1).
[344]王兆鹏. 宋代文学传播探原[M]. 武汉：武汉大学出版社，2013.
[345]王兆鹏. 宋代作家成名的快捷方式：名流印可[J]. 中州学刊，2005(2)；
[346]王兆鹏. 中国古代文学传播研究的六个层面[J]. 江汉论坛，2006(5).
[347]卫宗武. 秋声集[M]. 景印文渊阁四库全书. 台北：台湾“商务印书馆”，1983.
[348]魏了翁. 鹤山集[M]. 景印文渊阁四库全书. 台北：台湾“商务印书馆”，1983.
[349]魏庆之. 诗人玉屑[M]. 王仲闻，校勘. 上海：古典文学出版社，1958.
[350]魏泰. 东轩笔录[M]. 李裕民，点校. 唐宋史料笔记丛刊. 北京：中华书局，1983.
[351]魏野. 东观集[M]. 景印文渊阁四库全书. 台北：台湾“商务印书馆”，1983.
[352]温庭筠. 温飞卿诗集笺注[M]. 曾益，等，笺注，王国安，标点. 上海：上海古籍出版社，1998.
[353]文天祥. 文山先生文集[M]. 四部丛刊初编本.
[354]文同. 丹渊集[M]. 四部丛刊初编本.
[355]文言. 文学传播学引论[M]. 沈阳：辽宁人民出版社，2006.

[356]文莹. 湘山野录[M]. 郑世刚, 杨立扬, 点校. 唐宋史料笔记丛刊, 北京: 中华书局, 1984.

[357]文莹. 玉壶清话[M]. 唐宋史料笔记丛刊. 北京: 中华书局, 1984.

[358]吴曾. 能改斋漫录[M]. 上海: 上海古籍出版社, 1979.

[359]吴澄. 吴文正集[M]. 景印文渊阁四库全书. 台北: 台湾"商务印书馆", 1983.

[360]吴幵. 优古堂诗话[M]//丁福保, 辑. 历代诗话续编. 北京: 中华书局, 1983.

[361]吴垧. 五总志[M]. 知不足斋丛书本.

[362]吴茂云, 校注. 戴复古全集校注[M]. 北京: 中国文史出版社, 2008.

[363]吴茂云. 戴复古论稿[M]. 上海: 上海古籍出版社, 2015.

[364]吴讷. 文章辨体序说[M]. 北京: 人民文学出版社, 1962.

[365]吴潜. 履斋遗稿[M]. 景印文渊阁四库全书, 台北: 台湾"商务印书馆", 1983.

[366]吴师道. 礼部集[M]. 景印文渊阁四库全书. 台北: 台湾"商务印书馆", 1983.

[367]吴氏. 林下偶谈[M]. 丛书集成初编. 上海: 商务印书馆, 1936.

[368]吴予敏. 无形的网络——从传播学的角度看中国的传统文化[M]. 北京: 国际文化出版公司, 1988.

[369]夏竦. 文庄集[M]. 景印文渊阁四库全书. 台北: 台湾"商务印书馆", 1983.

[370]萧统. 六臣注文选[M]. 李善, 等, 注. 杭州: 浙江古籍出版社, 1999.

[371]谢枋得, 编. 文章轨范[M]. 景印文渊阁四库全书. 台北: 台湾"商务印书馆", 1983.

[372]谢逸. 溪堂集[M]. 景印文渊阁四库全书. 台北: 台湾"商务印书馆", 1983.

[373]熊海英. 北宋文人集会与诗歌[M]. 北京：中华书局，2008.
[374]熊良智. 楚辞的艺术形态及其传播研究[M]. 北京：商务印书馆，2016.
[375]徐乾学. 资治通鉴后编[M]. 景印文渊阁四库全书. 台北：台湾“商务印书馆”，1983.
[376]徐苏. 我国古代的活字印刷术为什么发展缓慢[G]//上海新四军历史研究会印刷印钞分会. 活字印刷源流：《中国印刷史料选辑》之二. 北京：印刷工业出版社，1990.
[377]徐铉. 徐公文集[M]. 四部丛刊初编本.
[378]徐倬编. 御定全唐诗录[M]. 景印文渊阁四库全书. 台北：台湾“商务印书馆”，1983.
[379]许浑. 丁卯集[M]. 四部丛刊初编本.
[380]许纪霖. 中国知识分子十论[M]. 上海：复旦大学出版社，2011.
[381]许景衡. 横塘集[M]. 景印文渊阁四库全书. 台北：台湾“商务印书馆”，1983.
[382]许琰.《西昆酬唱集》的编定及选诗[J]//历史文献研究：总第30辑，上海：华东师范大学出版社，2011.
[383]许琰.《西昆酬唱集》研究[D]. 兰州：西北师范大学，2007.
[384]薛师石. 瓜庐集[M]. 景印文渊阁四库全书. 台北：台湾“商务印书馆”，1983.
[385]严羽. 沧浪诗话校释[M]. 郭绍虞，校释. 北京：人民文学出版社，1961.
[386]扬·阿斯曼. 文化记忆：早期高级文化中的文字、回忆和政治身份[M]. 金寿福、黄晓晨，译. 北京：北京大学出版社，2015.
[387]扬雄. 扬子法言[M]. 四部丛刊初编本.
[388]杨伯峻. 春秋左传注[M]. 北京：中华书局，1981.
[389]杨琳. 回归历史的现场：延安文学传播研究：1935—1945[M]. 北京：中国社会科学出版社，2016.
[390]杨敏. 文学传播与中国现代文学[M]. 长春：吉林大学出版

社，2017.
[391]杨挺. 宋代心性中和诗学研究[M]. 成都：巴蜀书社，2008.
[392]杨万里. 诚斋诗话[M]//丁福保，辑. 历代诗话续编. 北京：中华书局，1983.
[393]杨万里. 杨万里集笺校[M]. 辛更儒，笺校. 北京：中华书局，2007.
[394]杨亿. 武夷新集[M]. 宋集珍本丛刊，北京：线装书局，2004.
[395]杨亿. 西昆酬唱集注[M]. 王仲荦，注. 北京：中华书局，1980.
[396]姚宽. 西溪丛语[M]. 孔凡礼，点校. 唐宋史料笔记丛刊. 北京：中华书局，1993.
[397]姚勉. 雪坡集[M]. 景印文渊阁四库全书. 台北：台湾“商务印书馆”，1983.
[398]姚思廉. 梁书[M]. 北京：中华书局，1973.
[399]姚瀛艇. 宋代文化史[M]. 开封：河南大学出版社，1992.
[400]叶德辉. 书林清话[M]. 北京：中华书局，1987.
[401]叶梦得. 避暑录话[M]. 全宋笔记. 郑州：大象出版社，2013.
[402]叶梦得. 石林诗话[M]//何文焕，辑. 历代诗话. 北京：中华书局，1981.
[403]叶梦得. 石林燕语[M]. 北京：中华书局，1984.
[404]叶适. 浩然斋雅谈[M]. 景印文渊阁四库全书. 台北：台湾“商务印书馆”，1983.
[405]叶适. 水心先生文集[M]. 四部丛刊初编本.
[406]叶适. 习学记言序日[M]. 北京：中华书局，1977.
[407]义天，集. 圆宗文类[M]. 续藏经. 台湾：新文丰出版公司，1994.
[408]佚名. 十先生奥论注[M]. 景印文渊阁四库全书. 台北：台湾“商务印书馆”，1983.
[409]尤尔根·哈贝马斯. 交往行为理论：行为合理性与社会合理性[M]. 曹卫东，译. 上海：上海人民出版社，2004.

[410]于兆军. 版印传媒与两宋文学的传播及其嬗变[D]. 开封：河南大学，2011.

[411]余靖. 武溪集[M]. 景印文渊阁四库全书. 台北：台湾"商务印书馆"，1983.

[412]郁玉英. 论文学传播中的"共生"效应及其对文学经典生成的影响——以宋词为中心[J]. 江西社会科学，2012(3).

[413]袁行霈，撰. 陶渊明集笺注[M]. 北京：中华书局，2003.

[414]袁桷. 清容居士集[M]. 景印文渊阁四库全书. 台北：台湾"商务印书馆"，1983.

[415]袁说友，等. 成都文类[M]. 赵晓兰，整理. 北京：中华书局，2011.

[416]袁燮. 絜斋集[M]. 景印文渊阁四库全书. 台北：台湾"商务印书馆"，1983.

[417]原田爱. 苏门子嗣编纂苏轼文集考[J]. 新国学：第九辑，成都：巴蜀书社，2012.

[418]约翰·特纳，等. 自我归类论[M]. 杨宜音，王兵，林含章，译. 北京：中国人民大学出版社，2011.

[419]岳珂. 金佗稡编[M]. 景印文渊阁四库全书. 台北：台湾"商务印书馆"，1983.

[420]岳珂. 玉楮集[M]. 宋集珍本丛刊本. 北京：线装书局，2004.

[421]詹初. 寒松阁集[M]. 景印文渊阁四库全书. 台北：台湾"商务印书馆"，1983.

[422]詹姆斯·费伦，彼得·J. 拉比诺维茨，主编. 当代叙事理论指南[M]. 申丹，马海良，宁一中，等，译. 北京：北京大学出版社，2007.

[423]曾巩. 曾巩集[M]. 陈可珍，晁继周，点校. 北京：中华书局，1984.

[424]曾敏行. 独醒杂志[M]. 朱杰人，标校. 宋元笔记丛书. 上海：上海古籍出版社，1986.

[425]曾枣庄．论西昆体[M]．高雄：丽文文化公司，1993.
[426]张邦卫．媒介诗学：传媒视野下的文学与文学理论[M]．北京：社会科学文献出版社，2006.
[427]张表臣．珊瑚钩诗话[M]//何文焕，辑．历代诗话本．北京：中华书局，1981.
[428]张丑．清河书画舫[M]．景印文渊阁四库全书．台北：台湾“商务印书馆”，1983.
[429]张端义．贵耳集[M]．全宋笔记．郑州：大象出版社，2013.
[430]张富祥．宋代文献学通论[M]．上海：上海古籍出版社，2006.
[431]张纲．华阳集[M]．四部丛刊三编本.
[432]张高评．印刷传媒与宋诗特色——兼论图书传播与诗分唐宋[M]．台北：里仁书局，2008.
[433]张国良．传播学原理[M]．上海：复旦大学出版社，1995.,
[434]张海鸥．宋代文化与文学研究[M]．北京：中国社会科学出版社，2002.
[435]张继定．戴复古诗集及其版本考述[J]．温州师范学院学报，1994(2)
[436]张继定．石屏诗编选者及序跋作者考述(上)——戴复古交游考之一[J]．浙江师范大学学报，2003(6).
[437]张剑，吕肖奂，周扬波．宋代家族与文学研究[M]．中国社会科学出版社，2009.
[438]张剑．晁说之研究[M]．北京：学苑出版社，2005.
[439]张戒．岁寒堂诗话[M]//丁福保，辑．历代诗话续编．北京：中华书局，1983.
[440]张锦辉．宋代雕版印刷与文学传播研究[D]．西安：陕西师范大学，2011.
[441]张扩．东窗集[M]．景印文渊阁四库全书．台北：台湾“商务印书馆”，1983.
[442]张明华．西昆体研究[M]．北京：人民文学出版社，2010.

[443]张嵲撰. 紫微集[M]. 景印文渊阁四库全书. 台北: 台湾"商务印书馆", 1983.
[444]张荣翼. 媒体传播与文学史书写[J]. 甘肃社会科学, 2016(2).
[445]张荣翼. 文学传播的批评意义[J]. 社会科学辑刊, 1996(4).
[446]张荣翼. 文学传播中的当代问题[J]. 社会科学辑刊, 2003(6).
[447]张荣翼. 文学传播中的文化问题[J]. 哈尔滨工业大学学报, 2012(5).
[448]张荣翼. 文学的传媒演变与文学研究的视角调整[J]. 社会科学, 2013(10).
[449]张三夕. 中国古典文献学[M]. 武汉: 华中师大出版社, 2009.
[450]张晓利, 瑞文.《许昌唱和集》与宋代文学家族[J]. 许昌学院学报, 2012(6).
[451]张毅. 宋代文学思想史[M]. 北京: 中华书局, 1995.
[452]张英. 论宋代文人贬谪对文学传播的负面影响[J]. 武陵学刊, 2017(1).
[453]张咏华. 媒介分析: 传播技术神话的解读[M]. 上海: 复旦大学出版社, 2002.
[454]张元干. 芦川归来集[M]. 景印文渊阁四库全书. 台北: 台湾"商务印书馆", 1983.
[455]张载. 张子全书[M]. 万有文库本. 上海: 商务印书馆, 1935.
[456]张再林. 宋代文人结盟与文学研究[M]. 桂林: 广西师范大学出版社, 2016.
[457]张志烈, 马德富, 周裕锴. 苏轼全集校注[M]. 石家庄: 河北人民出版社, 2010.
[458]张镃. 仕学规范[M]. 景印文渊阁四库全书. 台北: 台湾"商务印书馆", 1983.
[459]赵春宁.《西厢记》传播研究[M]. 厦门: 厦门大学出版社, 2005.
[460]赵鼎. 忠正德文集[M]. 景印文渊阁四库全书. 台北: 台湾"商务印书馆", 1983.

[461]赵蕃. 淳熙稿[M]. 景印文渊阁四库全书. 台北：台湾"商务印书馆", 1983.
[462]赵凌河. 国统区文学传播形态[M]. 沈阳：辽宁人民出版社, 2006.
[463]赵令畤. 侯鲭录[M]. 唐宋史料笔记丛刊. 北京：中华书局, 2002.
[464]赵汝回. 瓜庐集[M]. 景印文渊阁四库全书. 台北：台湾"商务印书馆", 1983.
[465]赵湘. 南阳集[M]. 景印文渊阁四库全书. 台北：台湾"商务印书馆", 1983.
[466]赵彦卫. 云麓漫钞[M]. 唐宋史料笔记丛刊. 北京：中华书局, 1996.
[467]赵毅衡, 编选. 符号学文学论文集[G]. 天津：百花文艺出版社, 2004.
[468]赵翼. 瓯北诗话[M]. 北京：人民文学出版社, 1963.
[469]褚斌杰. 中国古代文体学[M]. 台北：台湾学生书局, 1991.
[470]真德秀. 西山先生真文忠公文集[M]. 四部丛刊初编本.
[471]郑樵. 通志[M]. 北京：中华书局, 1987.
[472]郑思肖. 郑思肖集[M]. 陈福康, 校点. 上海：上海古籍出版社, 1991.
[473]郑獬. 郧溪集[M]. 景印文渊阁四库全书. 台北：台湾"商务印书馆", 1983.
[474]郑玄, 注, 贾公彦, 疏. 周礼注疏[M]//十三经注疏. 北京：中华书局, 1980.
[475]郑玄, 注, 孔颖达, 疏. 礼记注疏[M]//十三经注疏. 北京：中华书局, 1980.
[476]郑永晓. 试论苏、黄齐名及苏黄诗歌优劣之争[C]//第三届宋代文学国际研讨会论文集. 银川：宁夏人民出版社, 2005.
[477]郑元清. 西塘先生文集[M]. 明万历刻本.

[478]郑再时. 西昆酬唱集笺注[M]. 济南：齐鲁书社 1986.
[479]周必大. 文忠集[M]. 景印文渊阁四库全书. 台北：台湾“商务印书馆”，1983.
[480]周辉. 清波杂志校注[M]. 刘永翔，校注. 唐宋史料笔记丛刊. 北京：中华书局，1994.
[481]周密. 齐东野语[M]. 唐宋史料笔记丛刊. 北京：中华书局，1983.
[482]周琦. 东溪日谈录[M]. 景印文渊阁四库全书. 台北：台湾“商务印书馆”，1983.
[483]周庆山. 文献传播学[M]. 北京：书目文献出版社，1997.
[484]周绍明. 书籍的社会史：中华帝国晚期的书籍与士人文化[M]. 何朝晖，译. 北京：北京大学出版社，2009.
[485]周宪，主编，周计武，殷曼楟，副主编. 文学与认同：跨学科的反思[M]. 北京：中华书局，2008.
[486]周扬波. 宋代士绅结社研究[M]. 北京：中华书局，2008.
[487]周益忠. 西昆研究论集[M]. 台北：台湾学生书局，1999.
[488]周裕锴. 白战体与禁体物语[J]. 古典文学知识，2010(3).
[489]周裕锴. 宋代诗学通论[M]. 上海：上海古籍出版社，2007.
[490]周月亮. 中国文化传播史[M]. 北京：北京广播学院出版社，2000.
[491]周运清. 现代人生社会学[M]. 武汉：武汉大学出版社，1987.
[492]周桢、王图炜，合注. 西昆酬唱集[M]. 上海：上海古籍出版社，1985.
[493]周紫芝. 太仓稊米集[M]. 景印文渊阁四库全书. 台北：台湾“商务印书馆”，1983.
[494]周紫芝. 竹坡诗话[M]//何文焕，辑. 历代诗话本. 北京：中华书局，1981.
[495]朱弁，风月堂诗话[M]. 陈新，点校. 北京：中华书局，1988.
[496]朱弁. 曲洧旧闻[M]. 孔凡礼，点校. 唐宋史料笔记丛刊. 北京：

中华书局，2002.
[497]朱传誉. 宋代新闻史[M]. 台北：台湾中国学术著作奖助委员会，1967.
[498]朱传誉. 先秦唐宋明清传播事业论集[M]. 台北：台湾“商务印书馆”，1978.
[499]朱丽霞. 辛弃疾的“身份焦虑”及其文学表现[J]. 郑州大学学报，2001(6).
[500]朱松. 韦斋集[M]. 四部丛刊续编本.
[501]朱熹. 晦庵先生朱文公文集[M]. 四部丛刊初编本.
[502]朱熹. 伊洛渊源录[M]. 景印文渊阁四库全书. 台北：台湾“商务印书馆”，1983.
[503]朱迎平. 宋代刻书产业与文学[M]. 上海：上海古籍出版社，2008.
[504]朱长文. 吴郡图经续记[M]. 南京：江苏古籍出版社，1999.
[505]祝尚书. 论宋代理学家的“新文统”[J]. 文学遗产，2006(4).
[506]祝尚书. 试论宋代图书出版的审查制度[J]. 传统文化与现代化，1997(6).
[507]祝尚书. 宋代科举与文学考论[M]. 郑州：大象出版社，2006.
[508]祝尚书. 宋人别集叙录[M]. 北京：中华书局，1999.
[509]祝尚书. 宋人总集叙录[M]. 北京：中华书局，2004.
[510]祝尚书编. 宋集序跋汇编[G]. 北京：中华书局，2010.
[511]庄绰. 鸡肋编[M]. 北京：中华书局，1983.
[512]邹浩. 道乡集[M]. 景印文渊阁四库全书. 台北：台湾“商务印书馆”，1983.
[513]祖无择. 龙学文集[M]. 景印文渊阁四库全书. 台北：台湾“商务印书馆”，1983.

后　　记

提笔为此书写作后记，其实颇为汗颜，因为“宋代文学传播与文学发展”原来是我2003年至2006年在四川大学中国语言文学博士流动站所作研究报告的选题，但出站之后，研究报告一直束之高阁；主要原因是自我感觉出站报告体系庞大而内容驳杂，颇多未尽之处，一想到动手来进行全面修改，缺乏足够的勇气。所以，我想借此机会将出站之后的一些困惑与探索作一下交代。

当初在博士后流动站期间时，选题与研究角度受到前工作单位学科侧重的牵引，主要想从科学、技术与社会(STS)的角度去进行文学传播的研究，从而将研究重点放在印刷术与文学编刊、文人交往与文学勃兴方面的发掘与阐发。如今十多年过去了，宋代文学传播的研究已经发生了很大的变化：印刷术与文学形态、文人活动与文学交往，都发表了很多的论文，甚至几部研究专著都已经出版。此时再单纯通过对文学传播活动中技术与社会的发掘来考察文学发展的推动因素，已经价值不大了。2010年，我申请的“宋代文人活动空间与文学形态”获得教育部人文社科立项资助(研究成果为《场所、身份与文学：宋代文人活动空间的诗意书写》，四川大学出版社2016年版)。正是在进行宋代文人活动空间与文学书写的研究过程中，我注意到文人身份与文学活动问题。这使我意识到：身份认同可能也是文学与传播双向互动的重要动因。这成为我对原研究报告进行根本性改写的理论支撑。也要感谢四川省哲社规划办及其匿名评审专家，他们决定对本人申请的选题“宋代文学传播与士人身份建构”进行资助(四川省哲学社会科学“十二五”规划一般项目，项目批准号：SC15B001)，使我重新打起精神，将十多年的研究报告进行全面改写。另外，2018年本人所申请的“空间诗学视域下的宋代文人行旅与纪行诗研究”获得了国家社科基金西部项目立项资助(项目编号：18XZW006)，本书之出版亦受益于此次资助。感激之余，我姑且将这些立项资助视为对我近年从事文人行旅、活动空间与文学传播等关于“文学流动”研究的鼓励。

在博士后答辩出站之后，我曾将研究报告的一些章节修改成为单篇论文，先后投寄发表。关于宋代文人风气与文学传播交往的有：《宋代讲摩风气及其对文学的影响》(《内江师范学院学报》2007年第5期)、《宋代剧谈风气与“谈录”小说》(《重庆三峡学院学报》2007年第5期)。这些论文的与当前书稿的体例不符，也就不再收入。唯在此提及，以示不忘。关于宋代媒介诗学，有《印本倚重的惑与祸——宋代诗人的阅读沉溺与诗学的程式化倾向》(《蜀风学术论衡》2011年)、《试论宋代诗学对印刷文本态度之演变及其诗法代兴》(《内江师范学院学报》2011年第9期)两篇论文，本次收入书稿，进行了全面改写和扩充，形成第四章“媒介与身份：宋代文人的阅读与写作及其诗法变迁”。本书的第五章“斯文曲折：宋室南渡后的苏文命运与文统接续”曾经过修改，以《后苏轼时代的斯文曲折——宋室南渡之后的苏文命运与文统接续》发表于《海南大学学报》(2017年第6期)，因为文统接续的问题属于文化身份研究中不可或缺的方面，且书稿的体例更为宽容，所引资料可以更翔实一些，故仍收入书中。关于戴复古诗集编次与交游序跋及其身份塑造的研究论文，曾于2017年12月在温岭市纪念戴复古诞辰850周年学术研讨会上提交过，并最后刊于《戴复古学术研讨会论文集》(线装书局2019年版)。该文亦属全书体系不便舍弃的部分，故作为本书第九章“变化与生成：戴复古的诗集编次与交游序跋及其诗坛地位”。以上情况在此特作说明。

关于宋代文学传播观念的研究，发表的论文稍多一点。有《语言与文籍的凸显——宋代立言不朽观念的革新与文集编刻的繁盛》(《中国文学研究》2008年第1期)、《印刷传播语境下宋代文学的社会责任观念》(《求索》2007年第11期)、《内容自恃与传播促进——宋代文学传播观念的二元景观》(《社会科学研究》2008年增刊)、《从言传到书传——宋代古文家对印刷术的接受与文统的印本接续》(《新国学》第9卷)、《符号、技术与社会——宋代文学传播的观念更新及其意识自觉》(《湘潭大学学报》2014年第1期)。如今，我仅将这些先期发表成果的相关结论，吸收到本书第十章“走向自觉：宋代文人与文学传播及其身份追求”，并重新从身份建构的角度进行了改写，主要是希望能给读者一个宋代社会与文学传播及文人身份建构的总体印象。

坚持基础研究需要更加强大的内心。在当今，当一位大学教师，真心不容易：要做好自己的科研，也不能荒了教学的“自留地”。人到中年，上有老，下有小，精力却大不如前。套用一下本书的说法：身处当下，“身份的焦虑”同样会浸入我们的内心。不过，我曾记得欧阳修曾对科举不第的曾巩说：“不咎岁而菑播是勤。”罗伯特·芮德菲尔《农民社会与文化》亦指出：在一个玛雅人的村庄里，尽管在有些年头里种玉米肯定只会赔钱，可是有一些人不论在什么样的情况下都能坚持种玉米。在此，吾谨借二翁之言以自勉！

杨挺记于成都城南花荫村

2019年9月13日